十力
文化

十力文化

十力文化

十力文化

如是復仇

在時間的長河
我們不過是執意一段去截彎取直

林義棠 著

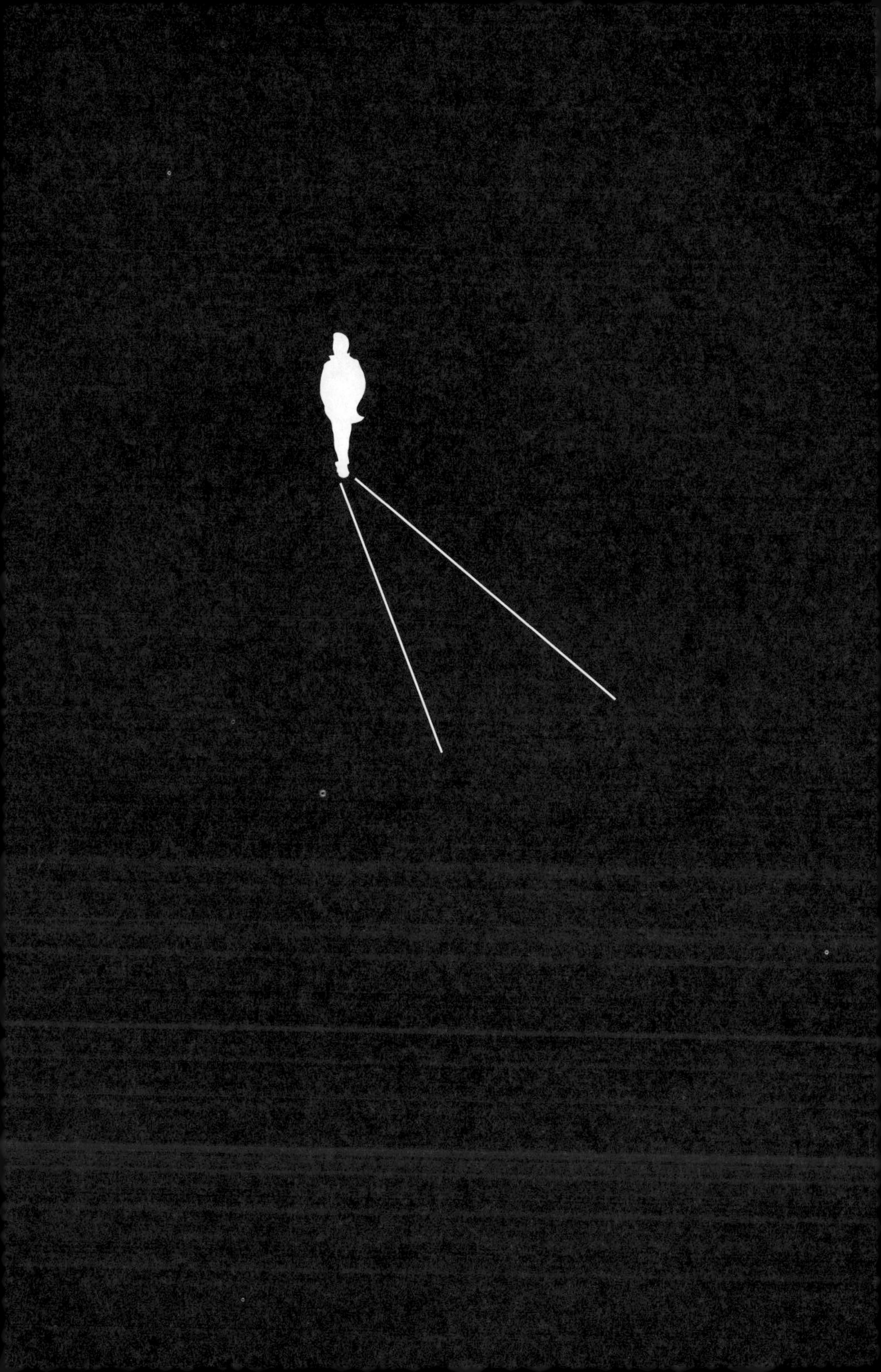

目錄

我未曾見過一個人的出現
像一縷風　是一縷煙
從曠野上遠遠飄來
是的，我還聽到口哨聲，轉轉的
赫然在眼前
單槍匹馬

克林．伊斯威特「荒野浪子」的片首場景
Clint Eastwood，「High Plains Drifter (1973)」

他不屬於墓園，他怕孤單。

在秀壇鄉的骨灰塔，像公寓一格一格的，他窘促於一小方格裡，就像他習慣了的微不足道的身姿。那個小小空間，是小，但足夠他殘餘了。

三年了，第一次有人來上香，燃燒過半的柱香在插筒上輕煙裊裊。格子門上沒嵌相片，只有名字。走道上撒落一地香灰，等待飄走。

夕陽從窗外悄然隱沒。遠處，幾葉餘暉在樹梢上顫抖著才想逗留，便已隨黃昏而去。

是三年了，三年並不晚。

那時候，黃昏不久，巷道就空蕩了。家家戶戶閉著門，一間一間獨立而並排的別墅樓房從窗子透著光。隱約的笑聲，還有不知哪一家的母親在吆喝著小孩。是晚餐時刻，即使有暖熱的食物香氣，一經飄出也馬上於風中消散。外面正刮著刺骨的寒風。

他出現了。

他在巷口。強風擠壓著狹窄的巷道，咻咻地呼嘯而去，像是人吹起的口哨聲。這是一個乾燥的冬日黃昏，天暗得快。他來時，確實揚起了沙塵。這裡是高地上的一條小巷。他，一件及膝的黑風衣緊裹著抵禦刺冷如錐的風。他走得很慢。沙塵再起，他邁著的是那種猶豫的步履……

沒有人看見他。

第一部 蘭苑山居

蘭苑山居不在山，是住起來有在山上的感覺
或許是它的位處高地

1

喝了酒走這段路是會要人半條命的。

社區管理處總幹事吳伯虎刷了卡進入社區斜成三十度的爬坡，已經氣喘吁吁吐著白色霧氣了。巷口的警衛崗亭在他醉眼矇矓的前方亮著小燈，他皺了皺眉朝它走去。

「誰值班。」

「是我！總幹事。」角落裡先有聲音，人才從崗亭的窗口冒出頭來。「是我，阿東。」

「沒什麼事吧？」

「沒事！沒事！」

蘭苑山居的十七巷，今夜整個通道像座冰窟，風刀子似地刮削人面。吳伯虎揣緊外套，艱難呼著氣。他不該走十六巷，雖然這條路就挨著他住的十七巷；是他酒喝多糊塗了，平常不開車時，他寧可由十五巷多繞個圈拐上十七巷的巷尾，這樣可以避免正面對衝十七巷的陡坡。他開始淌汗，然而酒氣散了之後只會更冷。他搜著口袋找菸，摸摸掏掏，摸出了個空菸盒，哼一聲，揉成團往地上一摜。正咕噥著，後面跟上了腳步聲，是阿東。

「還有事嗎？」吳伯虎轉身，「有菸嗎？」

「有。」阿東拿出菸給他點上。「是的。其實也沒什麼事，只是我又聽到那聲音了。」

「聲音？」吳伯虎猛吸一口菸。

「少跟我講那些有的沒有。」說著便把外套拉得更密實，以抵擋背脊突如襲來的一陣寒凜。

他掉頭拖著步子向社區管理處走去。天氣冷是冷，天空卻異常清朗，點點星光依舊明燦燦的，不過已漸漸斜移稀落了。天上的星星果真可以告訴你時間。他按亮手機，嗯，跟他想的一樣，快凌晨三點了。酒意消了大半有，但酒後的食道逆流正一股銷蝕的灼熱在他的喉管間翻酸倒醋。他扭曲著臉吞忍著，好似體內有什麼地方行將被穿透了。

今晚，嚴格說來是昨晚，他參加朋友兒子的結婚喜宴，筵開五十幾桌，可能還要多。吳伯虎到得晚些，也許是一時興起坐下就喝多了幾杯。宴會尚未結束，有人上前環著他的肩，「走，去鎮東夜市。」於是一票人簇擁著到了夜攤。沒說上兩句話又開始拼酒，酒撒出去的要比灌進去得多。吳伯虎目眩頭暈地看著腳下一灘污濘，以為是自己吐了的時候，迷迷糊糊上了不曉得是誰的車，被載往里長的家喝茶。他覺得整個晚上像浸在湯湯水水裡，不喝醉，也灌飽了。所以他預先決定今晚不開車是對的。

然而顯然茶並不能解酒，他開始不舒服。

「幫我叫計程車。」他想回去。

「叫車要等很久。」里長竭力挽留他，「其他人都沒走啊。」里長家不在大路邊，位置也偏。吳伯虎肩高腳低的，人已經到了門口，略略張望，他說：「多走幾步沒關係？豐岡路離這兒不遠，在那邊攔車很方便。」

「不行，你喝了酒。」里長連忙搖頭。「你等等。」他不理會吳伯虎，逕自回屋子。

隨著電捲門嘎嘎唧唧作響，轟一聲從里長主屋旁的車庫衝出一部藍色的越野車，一個急剎停在吳伯虎還站著發愣的跟前。

「讓我孩子送你回去。」里長跟上說。

一個年輕人跳下車，「叔叔請上車。」小夥子挺有禮貌的。但開起車來卻像一頭驚慌狂奔的野獸，油門一踩，只管衝不管停，彷彿這部車子打一出廠便沒裝上剎車系統。吳伯虎坐後座，死死抓牢車窗上的把手。

近大和路，天光照射下，一條「S」字的大彎道有如銀蛇般在漆黑的田野間蜿蜒曲展。小夥子非但沒減速，反而催加油門，在一個大弧彎仄迫的急轉處，只聽到車子輪胎咬擦著路面的吱吱尖叫。吳伯虎感覺人快被甩出車外，而車輪好似下一秒即將拋飛。他的膝蓋使勁地頂著前座椅背，握把上的手掌已擠出汁來。緊接著，一個撞牆般的驟然停頓並反彈，車子嘎然停在路口的紅燈前，他整個人一下子趴到駕駛座的椅背，差點砸上鼻子；驚魂甫定，才看清右邊是大和路。

「我在路口下車。」

「咦？叔叔不是要回蘭苑山居？」小伙子閃過一絲誠惶誠恐。「我父親交待——」

「不了。我還有別的事，就這裡下。」吳伯虎舔了舔嘴唇，搓搓沁汗的手。「麻煩你了，謝謝。」

他下了車，腳是麻軟的。紅燈變綠燈的瞬間，又一聲轟隆，車走遠了。他豎起衣領，手插進外套口袋。許是那時候他自覺酒醒了，於是，他寧願走路，即使要面對爬坡。他的步伐仍然蹣跚。

蘭苑山居在太平路有個大路口，大和路走到底左轉便接上太平路，事實上這才是社區的正向。鏤鑄的大門牌樓也立在這裡：「蘭苑山居」四個大大的、輝映著暖金閃閃的銅字，和它背後仿歐式的獨特別墅群，遠在高速公路上來往的行車也遙望可及。

今日白天，不，應該是昨日的白天，吳伯虎特地過來查看這一座社區人引以為傲的牌樓。因為前一天住六巷八號的家具行老闆打了通電話來，笑說：「咱們蘭苑也升等E時代了，不信你去看看。」

昨天一瞧，吳伯虎也莞然，牌上赫然是：

「蘭苑E居」

「山」字的螺栓鬆脫了，整個塌了肩90度右垂而下就成了和英文字母「E」一個模樣。在風中吊晃著岌岌可危，隨時有掉落砸傷人的可能。他即刻拿起手機撥電話給街上做廣告看板的小陳，說好明天來重新裝上。不，又錯了，是今天。此刻他全亂了套。

到十七巷最好別走正門，主要是大門和十七巷一頭一尾，簡直是貫穿偌大社區的一條直徑而過。因此走崗頂邊的坡路是一條上十七巷的最佳捷徑，就是累了點。

蘭苑山居建在一個高高的崗頂上，地勢在東的一邊陡然直直削下一個近乎懸崖的大落差，下面便是號稱峰西鎮穀倉的蘆陽平原。而十七巷正位於社區的邊端上，就偏險在崗頂的邊緣，與峻峭的斷崖圍起的柵欄尚有段距離。看似險傾，反倒創造了一個居高臨下的大視野景觀。就是冬天不好，現在正逢這個季節，風大沙多。

此刻不遠的社區管理處是一片漆黑。管理處也是他的家，一個沒有妻兒點燈的家，他常以「一隻孤鳥棲身的枯巢」自況。每次夜半回家，總覺得走入無底的黑暗。

白天狹窄的十七巷，在這時候顯得特別寬闊。十七巷並不深，也不寬，是社區最短的一個巷子。巷道兩旁各有五棟獨立的三樓半別墅對稱排列；也許是每棟的樓距間隔大，管理處側邊的空地更大，所以覺得長。對，是空地的延伸。

或者是這一刻空的錯覺，是寂寂的幽靜吧。他不是沒有深夜一人走過蘭苑的巷子，只是沒有像現在十七巷的寬、空和寂寥；除了風，是冷，以及風稍歇的靜。

但不平靜。有聲音！阿東說的沒錯，有聲響。這時，突然一閃滅的光使他心一咚。有小偷?!他的感覺一向很準。是有事……不，不是，是有東西。他尚未反應過來，又是一道微弱的光飛逝。他的眼角瞬間捕捉到了光源，是來自管理處對面的九號別墅，但仔細一看什麼也沒有；他轉了個身，又似有光，確定是燈光，還有人影晃動。他不信邪，他站定鼓氣出聲，「誰?!」眼睛不眨地盯著面前的房子。只有風的回音，和屋子裡依然故我、深不可測的黑，彷彿累積好幾年的黑暗在那裡凝聚不去。屋內連個聲息也沒有。見鬼了！他眼花了？一定是的。他完全酒醒了。

先前聽巷子裡的人說，九號這棟房子最近在夜裡常有怪聲怪影，三傳兩傳竟成了鬧鬼。他當然嗤之以鼻。但現在，他不得不屏息，佇立聆聽。突然隨風飄來一長聲一長聲幽幽的淒叫，他心臟緊縮成一團，惶惶然四處搜尋。那聲音不在前、不在後，也不在巷子的另一頭。他以為是半夜嬰兒驚嚇的哇哇哭啼，再豎耳傾聽，才清楚是貓叫。這叫聲到最後是斷續而飄忽，宛如在天邊。天灰濛了，而他也已經是一身冷汗了。

「昨天晚上你聽到的是什麼聲音？」白天，他問保全阿東。「是不是貓叫？」

「不是。」阿東說。

2

星期天的氣氛，從空氣中也聞得出來。林德從星期一開始便翹首期待星期六的到來，這是年輕時代迄今他一直解不開的一個生活紐結——喜歡星期六，不喜歡星期天。星期六至少還有第二天能夠休息的盼想；一想到隔天又要上班的星期天，尤其到了下午，就會有一種說不出的慌悶，對什麼事都意興闌珊。這就是那年代所謂的「週一症候群」，是上班族常見的症狀。即使後來自己出來創業，開了出版社，這種作息的障礙仍在他身上根植著。如今他已年屆花甲，這細微難察的恐懼再細，依然藕斷絲連般、若有似無地牽縱著。

總之，星期天經常是他無可排遣的一個空檔，不知何去何從。所以，星期天就他而言，是延續一週來的疲勞，以及早上賴床倦怠所沉積的慵懶。那種倦怠是睡眠過足，抑或長時間處於休眠狀態下的乏力？他說不清楚。那像是昨夜他脫下，此刻癱在床邊地板上的那一隻又酸又臭的襪子的那種感覺。而那隻皺巴巴的襪子，是他睡前去洗衣服時掉落的吧。肯定是的。永遠是這樣，丟三落四，不是獨居老人的邋遢，是什麼？

「是你看不開。」朋友說他。許多人勸他及早退休，「老而不退，也是一種罪。」

「他是做好玩的，無所事事會使人生病。」最怕的是無聊。他的好友，也是住蘭苑山居十七巷的蔡頭替他緩頰：「他忙得很，也並非老孤獨。」主要是他女兒經常回來看他。

事實上，出版社部分的工作已經交給他女兒，他也形同退休了。

林德，說老不老，六十剛滿。今年年春，妻子熬不過肺疾的折磨而去世，對他的打擊自然不小，曾有一段時間他猶如沒有花圃的花株，等待枯萎。

情況是，妻子痛苦地頂著最後一口氣，終於撒開握緊他的手時，他腦子因突如其來一個人就這樣斷氣了而一片空白。他根本尚無意識到這就是死亡。悲傷是不知不覺，眼淚也是。他已記不得他是否哭了。在他被一面看不見的哀痛密網籠罩的同時，他的腳不自覺地邁出，彷彿那是一條極限的線，這一步出去，便是解脫了。然而他卻因那一剎那的輕鬆而有罪惡感。其實悲傷就悲傷而已。

家有臥病多年的病人，不管是照料的人或是病人本身，每天的生活幾乎無時無刻不一起在與病魔的搏鬥中掙扎、煎熬、苟延殘喘。老實說，他透不過氣來。生活即是生命是如此深切，而生命是這般脆弱，猶如懸卵。他和妻子在同一生命的齒輪裡咬合、碾轉。

他準備要相信命運了。

妻子葬禮後一個月，林德下定決心將台中市進化路上，他一手創辦的山月出版社轉由女兒谷馨和女婿全權掌管。好友蔡頭第一個舉手贊成。「早該這麼做了，教授。」林德的氣質、外表的確有那麼點教授的味兒，人也溫文爾雅，但他最討厭人家叫他教授。他恨迂腐，隨時想顛覆；他認為傳統、教條不是不好，成了包袱或束縛就不好。此外，他不相信有所謂的權威。

他說：「權威是一時的浪尖。」鋒頭的勁兒能持續多久？不如戲謔人生。他是個不落俗泥的老頑童。「他還是個老帥哥呢！」這話是住同一條巷子一號房子的醫生娘說。以老年人來說，他有一頭過長但很有型的長髮。女兒谷馨有一天盯著他說：「老爸越老越像約翰．赫特（John Hurt）。」應該是他的髮型像。

他常笑說：「長髮通常是用來遮蓋傷疤的。」知道他這意思的人不多。他的後腦勺確實有塊疤痕。

而疤痕不過在提醒人過去的傷害……

林德自謂是「電影人」。在山月出版社所出版的書籍和刊物裡頭，就數「電影人」這本雜誌最為暢銷，賣得最俏。它是雙月刊，也是十年來從尋覓資料、審稿、定稿到編輯，事無鉅細、一手包辦，盡集於他一身的結晶。其中一篇他執筆的專欄「捕風捉影」風評頗佳，是讀者的必讀。除了介紹近期的電影、潮流趨勢、明星、導演等訊息外，也作評論。然而他的據引立論，經常是不按情理，有時甚至毫無道理可言。他不隨波逐流追捧，而且對「冷門片」尤感興趣。也許讀者偏愛的正是他這點「歪謬」吧。嚴格說來，他不是一個好評論家。

女兒谷馨承接了山月出版社的大半業務，林德留給自己的私房錢就是「電影人」這本雜誌。不為別的，「只是和它有一份情感。」他對所有人說。並將它從台中移花接木到蘭苑山居十七巷六號。他的住家二樓空間大小正適合做他的辦公室，讓「電影人」在這裡續命綻放花朵。除了發行仍交由谷馨處理，其餘的一應運作全操辦在自己手裡，只差沒吊上招牌。去年他改了版面，添增年輕人園地，吸收外來的稿件，擴大眼界，給這份月刊注入了新血。可不像蔡頭說的，他是玩票，消磨時間而已。

「沒有電影我早掛了……我五歲看第一部電影。」林德和電影一塊成長，電影是他的養分，在不確定的人生中，竟然是靠這些虛構的影像和故事陪伴他走過來。

覺得電影不真？

「可別這麼講。」一樣癡愛電影的蔡頭並不苟同：「今天活生生出現在我們眼前的，有多少是來自那些不真實的奇想內容，像是我們以前不敢想像的機械人、神秘武器，以及我們現今日常裡不可或缺的遙控，都成了我們生活中必需的功能。」重點是他們有敢於嘗試的超前觀念。

蔡頭本名叫蔡宗南。別人是車癡、書癡，他是道道地地的電影癡另加古董癡。他不修邊幅，天真率性。如果說林德是教授，那麼在十七巷人的眼裡，蔡頭是個不折不扣的瘋子。這樣的兩個人也唯有在一部部電影的交流裡才有共同語言，在電影的國度裡才能準確用詞遣字，才有動聽順耳的發音。就這一點已殊屬難求了。林德和蔡頭每每談得興起，通宵達旦滔滔不疲。

「但是，沒有你的茶不行。」林德喜歡蔡頭家的杉林溪茶。他不是個健談的人，只有觸及電影才會打開話匣子。一部片子，他可以說上一整天，若是沒有茶水，口乾舌燥的嘴巴如何有口沫談說。就如同水箱沒有水的車子怎麼開？

別看蔡頭平時瘋瘋癲癲的，一評論起電影來，那可就有條有理了。在劇情、演員的演技之外，他也會不經意地提及一些電影畫面的構圖，人物在畫面中的位置與其目的；近距離、遠距離的象徵意義，甚至背景音樂、主題曲或配樂……皆頭頭是道。

「你可以改行寫影評了。」林德由衷說。

他們以懷舊的心聲旋律去緬懷過去，當然盡是些老掉牙而美其名為經典的影片。畢竟他們都是年過半百、行將擺上供桌的人了。剩有的，就是往日情懷。

蔡頭這個綽號，起源於他的大頭。此外，他的家什麼都大：房子大（後面加蓋）、金庫大、車子大（載運酒）。他育有一男一女，女兒已經嫁人了，兒子也已成家自立門戶，可說他家什麼都不缺，唯獨人少。

蔡頭小林德七歲，人頗豪爽。他從父親手上接下在峰西鎮鎮街上的一片洋酒店，由於他獨具的眼光，特別是在拿下店鋪後面一間廢棄的小鐵工廠，加以改裝、擴充成大儲酒倉後，三、四年間，在他的積極經營下，搖身一變成了與國際接軌，展現不凡氣勢的威古堡酒莊。他已經成為一個擲地有聲的酒業巨賈了，手中還代理幾個國外名酒的品牌。在峰西鎮這樣一個彈丸之地，威古堡的龐然矗立，不可不謂之為奇蹟。不少台中市酒商也會來這裡批貨。於是，蔡頭富足了，也有閒了，然後想風雅了，他開始把玩古董。如今，他的地下室滿倉滿架子的古董，姑且不論真偽，光數量就夠嚇人的了。不過古董是他的寶貝，是不會輕易示人的。

但有一回，在很久以前，他帶林德到他家的地下室。

「下去看一樣東西。」他說。

「我太太不算，你是第三個看到的人。」

「那第二個是誰？」林德問。

「楊老董。」蔡頭說的是峰西鎮郊宏森製藥廠的楊老闆，他也是一個老古董癡。只是他苛酷無情、喜怒無常的個性讓人避而遠之。他的名言：「對人好不如對古董好，至少它們有價，不吵不鬧。」

「是他！」那個老魔鬼。林德咳了一聲，有如要把這名字一口痰咳掉。

地下室樓梯走到底便撞上一個有密碼的不鏽鋼大門，就像銀行裡大金庫厚重的門。裡面是恆溫和除濕的全控，絲毫沒有濁悶的霉味，四季清爽宜人。驚人的是，裡面簡直是將博物館的一個小倉庫原封不動地搬移過來。大大小小紙箱、木箱，上面依次編了號碼，捆裝得也很扎實。擺上架的古董分門別類，一一作標示，井然有序。不可否認這是絞盡心思，歷經一番心血的成果。這與平日邋裡邋遢的蔡頭怎麼也對不上號。這花的是大把大把的鈔票。重要的是如何看待古董。「必須像呵護一群小孩。」蔡頭說。林德有些被眼前的事物所震撼。蔡頭瞧著笑笑，好似在說這沒什麼，但他的臉在微暗地下室裡還是洋溢著光彩。就算是炫耀，也當之無愧，林德想。不過心裡也忍不住嘀咕著，賣酒真有那麼好賺？或許他今天的成功憑的就是這股瘋狂勁兒。

「走，我們去那邊。」

他們停在靠右後方的一個架子前，「這裡都是唐代的東西。」他指著一一層的一排箱子，「大部分是唐三彩。」他輕輕搬下一個箱子割開封膠，裡面是一些圓嘟嘟的公主、侍女、宮女的陶俑，個個體型豐腴福態。「唐代人對美女的審美標準是要胖。」這是其時代特徵；「環肥燕瘦的環肥，說的就是楊玉環。」正是那時期的寫照吧。蔡頭轉身一偏，「我要你看的是這個。」那是架子最邊邊、一塊帆布遮掩的東西。

抽掉帆布，呈現的是一個很精緻的木箱，應該是檜木做的。正面的箱蓋是拉取式的，一打開，它所襯的金絲絨內裡立刻閃耀出一團貴氣的柔光，絲絨的皺褶波光托著一座似乎就要跳出箱外、栩栩如生的雙人陶俑。陶土的暗灰和絲絨的滑亮形成強烈的對比，陶俑活起來了。

這是一尊有著兩個唐代胡人相撲造型的陶製品，高約一尺，底座長一尺四。一般類似這種出土的都是上了彩的。「現在市場上也沒這樣的高度和尺寸。」像眼前這座土樸不著一色，尺寸又如此大的，實屬罕見。「而且，你看這兩個西域人的面部表情多生動。他們扭打，臂上鼓起的肌肉線條，那是有生命流動的……」他意猶未盡說著。突然，他茫然停住不語了，彷如憶起什麼——是奇怪的恍惚——古物是少不了故事的。誠然，似此珍貴稀有的陶俑自然有它的身分與來歷，或者是某個難逢的機遇讓他獲得此物。但他的沉落表情是林德從未見過的，是熟悉的瘋子宛如書頁的另外一面？

「看到了吧，這是好東西。」蔡頭暗啞地說。

無聲地，他們上樓。彷彿他們下來一睹胡人俑，便沒有別的可看了。

林德不是很懂古董。好東西就是好東西，美是美的唯一，在美的領域中沒有標準。那雙人相撲的陶俑便有它難以自棄的麗質，不用添飾加妝，仍舊自我尊貴。

這是林德第一次見識到蔡頭的地下寶庫。

同樣地，蔡頭在鎮街上的酒莊酒庫也是無比壯觀。

他那愛唸叨的妻子自然牢騷滿腹。林德能理解。「再怎麼說，」她向林德不只一次訴怨，「酒瓶、酒罐也強過那些土垢鏽斑的死人遺物。」酒再多，她不擔心會撐破酒庫，起碼它們是賣錢的。在她時不時數落丈夫把一捆捆鈔票砸進土坑，換取一堆破銅爛鐵時，林德也只能是一旁笑笑。

「說不準哪天妳家老公撿了個價值連城，可以抵上三間酒莊的寶物。」

「他做夢！」

電影「法櫃奇兵」（Raider of the lost ark）

法國考古學家貝勒克脫下手腕上的手錶，抖晃著對瓊斯（男主角）大意是說：「我們何必你死我活地爭奪那口櫃子（法櫃）？你看，我把這只錶埋入地下，幾百年、幾千年後，它或許又成了曠世之寶，讓後代人再爲它拼命去？」

林德想笑的是，電影裡考古學家貝勒克的大道理堂而皇之，誰不會講。不過古董也好、寶物也好確有這般時空交錯的價值迷思。林德也想過，在蔡頭身上，電影和古董間可有相互汲取滋養的互補？（話說，哪門學問不是這樣?)。林德尋思著,他所認識的蔡頭是古董的,抑或是電影的成分居多?

谷馨是林德的二女兒,不時從台中回來看她老爸;大女兒谷梅早移居美國了。二女兒出嫁多年,有一個整天坐不住的兒子,都叫他靖兒,卻一點也不靜。一到假日便拉著媽媽的手吵著,「走嘛!走嘛!去找電影阿公。」小孩子知道自己的阿公在印電影的書。他喜歡阿公,一來就黏上,也愛看電影。

「基因這東西是假不了的。」每言及此,林德開心壞了。

女兒的夫家在台中市北屯的東山,房子買在蘭苑山居是五年前的事,是女兒的提議,以「適合上了年紀的人住的地方」說服了林德。

在母親去世後最令她放心不下的莫過於父親,怕老人乏人照料。然而林德的身體確實還硬朗,體能上沒有多大衰退。出版社的員工說:「老總老化得很慢,看不出他真實的年齡,」他們逗趣說:「要不要再給你找個新媽?」谷馨的回應倒也大方,「好啊!正愁沒人天天看顧他呀。」谷馨的心是記掛著的,老想著要搬回蘭苑與父親同住。女婿也願意,他頗崇拜這個岳父。可是林德婉拒了,這個家有他熟悉的味道,不容摻入其他氣息。

「女婿不是外人啊。」對於這個怪異的父親,谷馨幾乎是嚴正抗議。「你討厭偉成?」

「怎麼會呢?正相反,我很滿意這個女婿。妳看不出來嗎?」

「那為何、為何不能一家人在一起?」

「那是兩碼事。」林德傾著頭,自己也說不出個所以然。「只能說已經習慣了,習慣一個人住。」道理其實很簡單。他喜歡水餃,也喜歡草莓醬,總不能把水餃沾著草莓醬吃吧。這個比喻不好,然則,不排斥女婿是一回事,在一個屋簷下朝夕相處又是另一回事。

3

林德感覺到被監視（無形的跟蹤）是十一月初的又一個星期天。早上，林德囫圇吞下早午餐，突然萌生往蔡頭家走走的念頭。在沙發上伸了個懶腰，再也坐耐不住了，掩上門——這個社區就這點好，出門不用慌著鎖門，大致上治安良好。本來嘛，蘭苑山居打著的就是高級住宅的招牌，沒治安談什麼高級——下了自家的階梯，他仰起頭，外面是陰冷天，下午可能會再降溫。蘭苑位處高地氣候多變，說風是雨，昨天深夜便下了一場雨，現在地上還是濕的。

十七巷靠崖邊一排房子的門牌號是單數，蔡頭家是三號，和斜對面雙數六號的林德僅僅那麼幾步之遙。蔡頭在家裡打個噴嚏，興許林德這邊會不自覺地揉揉鼻子。蘭苑的別墅在建造設計上要高出地面許多，因此家家戶戶門前都有個階梯，階梯下是一塊小花園。接鄰巷道的是有著鑄鐵成型的欄杆圍牆和鐵門。

剛進蔡頭家的庭院正待拾級而上，林德止步了。他確信來自背後的感覺絕不是憑空想像，那是後面似乎有人跟著。然而從他家到這裡才多遠距離，根本不容有跟蹤的空間。所以確切來說，是有人盯著他：是被監視而不是跟蹤。那會是誰？又為什麼？

此時的十七巷，在這短暫的時間裡，只除了駛過的一部車子——那是外來的車——以及右邊巷口住二號的鍾太太跟保全在講話之外，沒有多餘的「嫌疑」，也沒有多餘的眼睛。而且那種注視並不太遠，就在他的周邊（不一定就是背後）。也即是說，剛才他走在巷道的半中，對著他側面和背面的幾個窗口，不知哪塊窗簾後躲著有一雙眼睛在偷偷看著他。

「當然不可能是天上的雲層也有雙眼睛在窺視你吧。」進了屋子，瘋子蔡頭聽林德講完，笑著說：「誰會跟蹤你這個糟老頭。」那時蔡頭家的防盜門拉上，木門還開著，冷風直鑽而入，他去關上門。

「喝杯熱的暖暖身。」遞上一杯剛沏的茶。「除非——昨天晚上電視的週末長片你看了沒?」

「沒有。有雜誌社的人來談一些事情。」林德接過小杯仔，吹了吹，喝了口茶。是鐵觀音。事實上，他昨晚睡得早，白天他參加了報社邀請的電影座談會，累了一整天。

「昨天晚上播的是什麼片子?」

「雨中怪客。」蔡頭說：「昨晚我們這兒正好也下雨，到了半夜雨更大呢。你不曉得嗎?睡死啦?除非——」蔡頭這人就喜歡自我營造氣氛。

「你一直除非，除非什麼?」林德哂然。

「不是有人跟蹤你嗎?除了遇上怪客，誰會做這種無聊事。」蔡頭哈哈大笑。

「你知道是什麼人嗎?」

「知道是誰還叫跟蹤嗎?我說了，不是跟蹤，是監視。」

「好吧，就算是被眼睛跟蹤。」

「你當我說笑?!」

「不是。想想，突然有一個雨中怪客也挺不錯，至少日子不那麼單調。」蔡頭又癲起了瘋語，林德習慣了。

「教授講的話豈能不信。可是……」他搖著頭，「真會有這種事?」

林德自己也說不上這究竟是怎麼回事，但有一點可以肯定，那就是，那監視的眼光並無惡意。這種感覺，不說也罷；說了，無疑比被人跟蹤之事更叫人笑話。

喝了熱茶後，一股暖意自胃裡冉升，一掃適才外頭的陰冷。不，是驅走了陰森。他竊笑自己沒來由地疑神疑鬼。況且大白天，又近正午，哪來那些荒誕不稽的胡思亂想。莫非自己真的老了?常常會有那種忽然的晃神現象。或是女兒說他的，「老爸您老愛無中生有。」

蔡頭家終日茶香四溢，永遠不缺好茶。小茶壺在泡茶組的爐子上咕嚕咕嚕燒著水。霧氣升騰，壺嘴冒出的白煙遮住蔡頭部分的臉，露出他半邊的沉思。「是天氣的關係吧。」他說。

「不明白你的意思。」

「我是說這種陰陰的天氣容易產生幻覺，特別是雨，尤其在我們十七巷。」蔡頭往林德的空杯子裡倒茶。

「你在笑什麼？」

林德更笑出聲，「你還在想著這個啊。看來，你仍在昨晚的電影裡沒走出來。」

「不不，我要告訴你的是……」蔡頭說：「這全是出於感覺，而感覺是靠不住的。」

林德一口茶在嘴裡漱著，「不講這些了。」眼睛透過玻璃窗向外眺。巷子上方，別墅紅瓦屋頂的簷線剪下的一塊天空，烏雲已不分層次地只管低壓著，像厚重的油布在上面張掛著。要不了多久，將會出現台灣人所說的「黑寒天」。也許上午他的感覺真是天氣的關係。

林德撓撓長髮，再摸摸頭髮下的那塊肉疤。他用手指梳著腦後的髮絲，更像是在撫摸那塊疤。這是他遇到事情時的無意識動作，也像在提醒自己什麼。

林德收回看向窗外的視線，「哦！對了，」他想了解，「最近我們十七巷有閒雜人出入？或有什麼陌生面孔？」

「沒有。」蔡頭點了一支菸，想了想，又說：「啊！有，但已經不陌生了，」蔡頭打開窗對著外面吐煙。林德是不抽菸的。「就是七號房子有人租了，你不會不曉得吧。」

林德點頭，「這人膽子不小啊。」他說：「有可能是租房子的人不知情。」七號、九號兩棟別墅是挨著的。這事十七巷的人議論紛紛，都說做仲介的阿江為人不厚道，欺負外地人，明知九號屋子不乾淨，還把旁邊的七號強推出去。不乾淨，說穿了，就是鬧鬼。

「其實也沒啥好怕的，兩棟房子之間有那麼寬的防火巷。」

「話是這麼說。」林德笑著：「但防火巷防火，不防鬼。」

「也是。」蔡頭掏著壺子裡的茶渣。「有棟這樣的空屋做鄰居，心裡總是毛毛的。」

「三年了吧。」林德似乎突然有感而發。不敢想像三年來沒人住的房子裡面會是什麼樣子。想乾淨也不可能，但……「當它是鬼屋才真正沒道理。」

可是蔡頭信。「你是說九號屋子。」從種種跡象，他說：「最近不斷發生的……」也就是大家言之鑿鑿的屋子裡有怪聲、人影晃動。林德反問過他幾次，「你親眼見了嗎？」

蔡頭的回答依舊「沒有」，依舊是「有些事不一定要親眼看見、親耳聽到。」

「所以，憑想像，靠感覺？」林德笑了，「堵堵你的嘴吧，那是靠不住的。」

蔡頭也笑了起來：「你這老鬼頭。」蔡頭用夾杯器給林德送一杯新沖的茶。「說起來，七號屋主也夠衰了，房子一空就三年。現在好不容易租出去了。也好。」屋主當初買在這裡是作為投資，自己不住。

蔡頭弄點茶水澆熄了菸。接著，他突發奇想地說：「會不會——」他注視著林德。

林德也抬頭看著他。須臾，蔡頭壓低嗓子，「會不會，是那個剛搬來的人在監視你？」

林德差點被茶水嗆了。「說到哪裡去了，八竿子打不著的事。他監視我幹嗎？」

「或許不是。感覺這人很怪。」

「又是憑感覺？」

「不，我碰過他幾次。」蔡頭說：「老穿著一件黑風衣飄來飄去。只會笑，從不跟人打交道……」

「冬天穿風衣有什麼好奇怪的。」

「是你沒見過他。很多人都這麼說，包括我們社區總幹事……還有他的一雙眼睛又黑又利。」蔡頭的臉上有著莫名的興奮。「教授，說不定你感覺到的被監視，便來自這一雙具有穿透力的眼睛。」繼之，他近乎自語地低喃著，「但也不至於穿來穿去就那件黑風衣。」

「我是沒見過。只是，你們的定論也太莫名其妙了。」至今林德與此人尚無緣謀面。不過，可以「感覺」十七巷又將多出一個怪人。

「他是什麼時候搬來的？上個月吧？」

「嗯，是十月中。」

現在是十一月初，才半個月，便把十七巷攪動了波蕩。

「知道他的名字？」

「只知道姓傅。」

林德站起來。「我們太敏感了。不過是多了個新鄰居，至於嗎？」

「你要走了嗎？」

「是啊。」林德說著，人卻往二樓走去，這是今天他來的順便目的。

「我記得你這有『將軍之夜』(The Night of the Generals)的片子。」

「有。不是DVD，是錄影帶。」

「廠商都快不生產錄放影機了。」林德在他發行的電影人雜誌裡寫下這個小小的感觸。在科技的嬗變中，難免有些片子會流失。就像「將軍之夜」，最近他走了幾家錄影帶店都沒找著。

「怎們突然想看這部片子？哦對，你不是在寫書嗎？進展如何？」蔡頭瞇著眼，揶揄道：「廚房砰嗙響，沒見菜一碟。」

「寫書不像你泡茶那麼三兩下就有了。製作茶葉也要幾個月！你是在損我，而不是關心我。」

這就是他們兩人的互動。

林德要借「將軍之夜」的片子，不是為了這部電影，「是給我的雜誌寫點東西。」他準備出一篇關於電影裡飾演變態將軍的演員——彼得·奧圖——的專評。他欣賞他的演技內涵。

一邊，他想著，昨晚週末電影院播出的「雨中怪客」不也是這種情況？誰敢保證哪天它不銷聲匿跡？「雨中怪客」(Le passager de la pluie)確實也是不可多得的好片，出品於一九七〇年。他也喜歡這個男演員查理斯·布朗遜(Charles Bronson)。這部電影倒是很少重播。一再重播的影片總感覺像一個故事，一位明星又重生了。林德手中沒有這部電影的任何拷貝帶或資料。拍攝「雨中怪客」時，查理斯·布朗遜已年邋中年。此後他留給影迷的，幾乎是商標式的唇上兩撇墨西哥人的鬍子，以及滿臉皺紋的硬漢形象。後來乾脆都叫他「老查」。

林德走到樓梯口忽又折返身，他倚著樓梯的柱子。「我考考你。」他問蔡頭。眼光是迫人的，「老查在螢光幕上首次亮相，是哪一部片子？」找些早期的電影或LKK（很老很老）的明星來出題，是他們的樂趣，也容易考倒對方。像老查，如今年輕一代恐怕連他的名字都沒聽過。

自認電影小百科的蔡頭一慌就愣住。他關掉泡茶組的爐火，然後現出像面對催債人般的尷尬笑容。他搖頭，「想不起來。」他不說不知道。

「其實你不是沒看過。你這人就光看大的，不注意小的。」那些小小角色，難說哪天不成為大明星。「告訴你吧。」他說：「是在『龍虎干戈（Vera Cruz）』這部片子。記得吧，再仔細想，你絕對有印象——在馬車邊上調戲女人的那個男仔就是他。」只幾分鐘的鏡頭而已。

「龍虎干戈」，蔡頭腦子裡的電影索引立刻跳出了相關資料，這片子他當然知道。

「我只看過一遍。」那是很早以前的一部精典的美國西部槍戰電影。賈利·古柏（Gary Cooper）、伯特·蘭卡斯特（Burt Lancaster）在當時可是兩顆熠熠巨星。電影裡，他們分別擔綱正反派角色。而留給後人最難忘的是電影的結局：兩人最後對決，伯特·蘭卡斯特（角色放蕩不羈）中槍倒地那一幕，他曲腿躺下，臉上是一燦而逝的笑，沒有生死仇恨，只是稍有錯愕。賈利·古柏迅速上前查看，發現對手的槍膛是空的一瞬間，一臉的懊悔不已和氣惱，於是成了經典畫面。

「我全沒印象了。」蔡頭說。不，是他心中早就不存在這部片子，自然想像不出哪個大男孩是「老查」的青少年版。

「那是你沒注意。」說實在，在那兩大明星的耀眼光芒下，查理斯·布朗遜的螢螢星火自然相形黯淡無光。

林德蹦出了老頑童的嘻哈嬉笑：「因為你不是電影人，我才是。」

蔡頭揮著手，「要上樓趕快上去——將軍之夜的帶子應該是在三樓靠前面窗戶的右邊架子上。」

事實上，林德也僅憑印象去強加追憶。或者他根本也無意去重看「龍虎干戈」。在過往逝者的墳冢裡，屍骨早已化為糞土了。寄予懷念，夠了。

那天晚上，臥在床上的林德冷不防心中飄過一個黑影，會是他？正如蔡頭所說的，那雙監視他的眼睛會是那個新搬來、穿黑風衣的人？然後他笑了，笑自己是老番顛了。

4

或許這就是我們想要的，我和蔡頭的共同點。老片重看，好比翻一本活動的相冊。是懷念。人生儘管是一連串重覆性質的內容，但不能重播、不能重新再來。只有回憶可以像電影擷取一點、一個畫面、一個事件而意義賦予罷了。電影、戲劇的話題就是生活的話題，否則就無法引起共鳴。

但我們不是爲了這個看電影。

自覺彷彿活在電影裡，其實也不賴。年過一甲子的人依然活在電影裡，能說不幸福嗎？未嘗不是一種奢侈。在人生的旅途中，電影傾全力所濃縮的這一兩個多小時，至少讓我們在這漫漫長路上能喘口氣、笑幾聲，就算掉幾滴眼淚也是快樂的。

《林德的筆記本》

以林德影評人的立場，片子只有好壞，沒有國內外之分；但蔡頭的偏執幾乎唯外國片是電影，而且是好萊塢出品。

「你們那一代人都這麼崇洋迷外？」女兒谷馨問過，但不是批評。女兒谷馨頗有看法，「現在國片的水平也不低啊。」

「沒錯，妳不也說了，現在是提高了。可是以前呢？在我們的時代，不要說電影，想聽個好歌都很少。」

林德不愛講大道理。「很簡單，」他說：「台灣早年物質缺乏，拿了人家教會配發的國外奶粉、奶油、衣服的同時，他們的流行歌、電影怎麼不會跟著進來。那是文化的潛移。」我們被同化了，也可以說是被人文化強姦了。

「西洋歌曲的旋律節奏曾讓年輕時的我們如癡如狂。」又說：「你們的眼光太嚴肅了。可，我們那時候就是太窮了。」

林德以為電影畢竟是西方的產物，我們是在依附著他們，在模仿、遷就他們的準則中成長。

「現在我們有自己的東西了，可是好萊塢依然強勢霸佔電影市場。妳知道好萊塢有什麼特質嗎？」

女兒谷馨搖頭，「不知道。」

林德說：「譬如，每次看完007都說或甚至發誓再不看了，但新的一集一推出，我們不又去排隊買票？」

5

對林德而言，十七巷九號這棟別墅並沒有構成「鬼屋」的條件。

瘋子蔡頭曾經歸納「見鬼」的三要素：溫度、光線，最後才是人的八字。

所以夜晚，尤其是半夜之後。碰巧又在某個傾圮廟宇、破敗古厝，或荒郊草叢，或野外密林……「都是這一類的地方。」他總能夠自創依據，使之言之成理來支持他的胡謅謬論。「你也知道在時間上，這種位置無不是溫度低、光線暗。」便提供了「鬼」出沒的舞台。鬼魂通常在幽暗深處解放自己。

林德是個好聽衆。蔡頭的住處，除了有好茶之外，身為威古堡酒莊的主人家更不缺好酒。

「當然酒也是個因素。我說過夜半喝酒會給人靈犀感通。我的不少古董裡面的奧秘都是在那時候浮現的。」蔡頭振振有詞，「所以酒後撞見鬼的機率也高。」

「是啊，見你的大頭鬼。」林德笑謔說。「我只知道有人喝了酒，鬼話連篇。」瘋子的話，林德向來當它是風拂過，一時有感覺，身上不停留。「再拿瓶酒倒是真的。」

「至於能不能見鬼，就關乎當事人的八字了。」蔡頭語帶專業，「那其實和水流、氣流是一個道理。」高壓向低壓流動。他認為鬼魂是無溫的、陰凝的，屬於低壓。假若一個人神旺氣盛，其位自然高勢，低處的陰魂則逆流不上。「八字重的人見不到鬼。」反之，他說：「八字輕，輕到甚至低於陰界的水平，便通聯了，人鬼便相見了。」鬼，不是人人得見。

「結論呢？」林德聽不下去了。「你認定九號屋子有鬼囉？」

「你誤會了，教授。」蔡頭一本正經。「我是希望有。」不然怎麼叫他瘋子。他表示，「起碼能曉得另外有一個世界，踏實多了。」人對死後世界充滿太多的妄猜臆度，結果是越探討越覺可怖。

「妳終於能理解妳蔡叔叔對史蒂芬·金驚悚電影的熱愛程度了吧。」林德在與女兒聊天時說過。也所以，不把十七巷九號房子當成鬼屋，將大大違背了蔡頭的「趣之所向」，好似大大的一把掃帚掃了他的興頭。

九號房子鬧鬼，對蔡頭來說是個祈願。

首先是人和故事背景略帶戲劇性。「這便註定了。」蔡頭說。蘇家老爺生前是從地主一躍而成大財主的。他有很多孩子，因為「有很多老婆。」在還沒搬來蘭苑十七巷前，他的傳聞便滿天飛。而最後跟隨他遷到蘭苑的卻只有兩個孩子，一女一男，女的是姐姐。老爺去世後，這個家全靠這個姐姐撐起。她聰慧、能幹、行事果決。「像男人。」巷子裡的主婦、女人們的竊竊私語：「人也漂亮，就是找不到夫家。」有窮極無聊的人查過姐姐蘇逸芬的命盤。算命仙說得有鼻有嘴：即使結了婚，也不是丈夫管得住的女人。

反觀她的弟弟，該是繼承蘇家的這個兒子，好比同一間工廠製造出來的不良產品或嚴重的瑕疵品，個性內向、懦弱不說，講話明顯中氣不足；竟日窩在電腦桌前，足不出戶。在個人筆電尚不普及的年代，他玩起電腦像鋼琴家彈鋼琴般輕快投入。那一刻，你會覺得「他並不像個沒天分的人。」他姐姐說，「他生性害羞而已。」

弟弟叫蘇逸生，有人說：「怎麼聽都像『輸一生』。」後來是何時，又如何被叫做「書生」就不得而知了。也許是因他的文弱外表像個書生。但至少順口，也好叫。

後來，「蘇家兒子是自殺死的。」這才是蔡頭眼中蘇家戲劇性的主題。

他死後，房子變成了鬼屋。蔡頭的怪誕邏輯是：這是果。而肇因？是否房子也有問題？則是他另一個見解。

「三年前。」蔡頭回憶著。「書生死後，他姐姐曾告訴社區總幹事吳伯虎說：『是那房子害人。』」

有一晚，林德在蔡頭家三樓半頂上的那間小閣樓喝酒。「今晚我要你再看一次我們十七巷的地形。」屋外正狂風呼吼。下方夜黑無邊的蘆陽平原，只亮著零星不定的路燈以及對面山腰人家的稀稀渺渺燈火。「從這個地勢看去。」蔡頭指著窗外，另一隻手拂開桌上一張，天啊，是蘭苑山居剛開始銷售時所印製的廣告平面圖。竟然保留到今天。「你看，一目了然。」蔡頭煞有其事地對林德說。那張圖是整個蘭苑山居的全覽。社區內部縱橫交錯有二十幾條巷子，因屈就高地本身的地形而呈現不規則分布。每條巷子約十七到二十戶，唯獨十六巷與十七巷被另外建在平台的邊地上。地縮了，巷子短了，每條巷子只有十戶住家。以一個倒「L」的形狀，十六巷的頭緊接著十七巷的尾。

「十六巷不孤獨。」蔡頭說。這條巷子南向連著社區房群主體，不像十七巷才真正是被推擠到這片高高台地的最邊緣。「看起來像是被迫的、被遺棄了。」蔡頭摸了摸下顎說。蘭苑山居的地勢走到這裡已經是盡頭了，也可說地氣已盡。「九號房子等於是蘭苑東北邊的最後一間。」他的指尖滑過桌上的平面圖停在一個點上。「這樣夠清楚了吧，教授。」

「不懂。」林德聳聳肩。「你要說什麼？」

「這麼淺顯的道理，還看不出來嗎？」蔡頭攤開手掌在平面圖上空比劃著。「你看這地形的走向是不是整個蘭苑把我們十七巷趕到社區的最偏一角。而我們十七巷的其他住戶又把九號的那棟房子趕到懸崖的最邊上，讓它孤立在那裡。」

「我看不出來。」林德實話實說。他認為，不錯，十七巷是完整社區規劃剩餘的一塊畸零地，有如一匹布被裁剪下的布邊。位置是偏了，但這裡的平均房價反而貴過社區其他大部分的房子。為什麼？蘭苑建的雖然都是別墅，但三分之二，特別在區內購物中心一帶全是雙拼式的。只有十六、十七巷是清一色獨立別墅。或許這就是建商善用「孤突」以成其所謂的格調來彌補位置荒僻的缺點。更由於別墅帶點歐式城堡的高聳外形，造價自然高了。

「你、我，十七巷的人當初是看上哪一點才買下這裡？」林德記得問過蔡頭。十七巷正因它的偏、孤高，於是凜凜然居高臨下，可俯瞰的大視野而成了它的賣點。三面無攔無擋，景觀十分壯麗。

蘭苑山居是出自建造業頗負盛名的永鉅工程公司的手筆，也是他們擁有的幾個社區裡最得意之作。他們的老闆蕭董，林德與他有幾面之緣。五十出頭，有一雙粗糙的手，想必是從底層工人做起的實幹型人物，也是個非常懂得抓點利優即大肆炒作的生意人。但光靠看準人追求突奇的心理是不夠的，若非十七巷地處之勢有它的得天獨厚，否則是難奏其功的。這條巷子因為崖下的蘆陽平原，稻田、綠野，一條還有水聲潺潺的溪流貫穿平原的中央，一派遼闊、心曠神怡的田園風光盡收眼底。或者應該這麼說，會被十七巷的房子吸引的人，多少是愛上這裡可以離群索居，愛這種僻靜不喧的休閒氣息？至少林德便是如此。女兒谷馨帶他來看了一次，他立刻喜歡上。雖然難免有受誇大廣告熒惑之虞，但整體是滿意的。

看過許多別的地方的蔡頭，最後一如林德，一眼便相中蘭苑山居。「你不是說你可能在這裡終老？」林德反問。「現在卻開始嫌棄了。」

「不是的。」蔡頭說：「這只針對九號的別墅。套句現在流行的話：因房子被邊緣化，連帶人也被邊緣化。」他引據了一個風水師的說法：「所居之地，太孤，過絕，不死也丁零。」

「蔡半仙。」哈！林德大聲一笑。「先停下你的鐵口。你不渴嗎？」他輕搖著空了的酒瓶。他們正喝著Macallan 12年威士忌。

三樓頂小閣樓緊閉的門窗正抵擋著高處猛吹的寒風。林德起身移步到窗前，隔著玻璃往下望著蘆陽平原的夜。黑夜的一張臉，誰看得透？它不時變化著。黑暗本身的深淺也在變。他想起菲爾·柯林斯的一首歌「The Colors of the Night」。在樓頂飲酒的確別有滋味。是心情。舉著杯子，真有把酒問天之概。三年前也是冬夜，同樣是三樓半，只不過是在九號的那半間小閣樓，蘇家兒子選擇在那懸樑自盡。那吊晃著的屍體，死的時候也孑然孤單。

蔡頭家和九號屋的後面是同一座向，以視角而言，也是同一平面。此刻都向著蘆陽平原的深夜，同樣的漆黑，謎一樣的黑。蘇逸生的自殺就如迄今所傳言，妻子半夜帶著尚在襁褓中的女兒跑了，不知所蹤，是名符其實的妻離子散。半個月後他自殺了。尋死的理由好似不需要多加推敲便確鑿了，好似書生的自我了結是應該的，緣於他卑微退縮的個性而必當如此。十七巷人聽到書生自殺的反應，宛若說著天氣般：「啊，昨夜突然下了一場暴雨。」大家點點頭。

或許可以用住在巷子頭一棟，一號別墅的杜醫師的話來概括：「是天性使然。」他說：「一個人想走的路，你是阻止不了的。」

然而這是書生第三次自殺，前兩次在他結婚前。不過大多認為那是他誤食安眠藥過量。

「此外，教授，你是搞電影的。」蔡頭說：「在螢幕上，一間平房與一棟別墅，尤其像我們蘭苑這種歐洲古堡型的，哪一個較容易營造出鬼屋的效果？你比我清楚吧。」

「這跟九號屋有什麼關係？跟書生的自殺更加沒有關係。」

「是的，我知道。」蔡頭神采輝現。「是沒有關係。但你想，書生、別墅、鬼屋在日常生活中要湊在一起的機率有多大？」

「得了吧，只有你會去算這個。」風鑽進小閣樓的窗隙。林德聆聽著從廬陽平原翻上的風打得玻璃窗砰響。風中似乎有人語聲。酒多人醉，蔡頭說的沒錯，彷佛在人身上另啓某種觸覺。這時他耳根旁好像有人低語，其實是他自己正要開口講的話。

「都說書生軟弱，但自殺是需要勇氣的。」

「那，教授的意思是，書生不是自殺？這就非比尋常了。」

「非比尋常的是你那顆怪頭怪腦。」林德不想再抬槓。蔡頭所持之為理的，恰恰是林德最想逐一駁斥的夸夸「奇譚」。

「自殺是肯定的。問題在，為什麼自殺？」

「你知道原因？」更令林德不解的是，「為何三年後的今天才講出來？」

「因為現在那房子才鬧鬼。」蔡頭豎著脖子，那樣子好似在說這多麼顯而易見，「你居然看不出來？那是想暗示我們什麼？三年了——」

「你是說他有冤屈？」書生在藉鬧鬼來申冤？林德覺得越說越離譜了。但蔡頭的興致正隨著酒氣攀升。

「他在告訴我們十七巷的人，所以十七巷的人應該最清楚。」

「你清楚嗎？」林德反問。

蔡頭邊搖頭邊下樓，「等等，我去拿酒。」在樓梯口，他說：「這正是最有趣的地方。」

關於書生家的鬼屋之說，林德的女兒谷馨聽了反而笑笑地說：「人不住，給鬼住住又何妨。」這豈不天下太平。谷馨總以為書生生前一個如此善良的人，斷不會死後變成厲鬼來嚇人。「他有哪個膽做鬼？」彷若善良也是他的錯。「不著邊際的話說多了，更成了笑話。爸又不是不知道蔡叔叔，有幾句話是正經的。」

社區人談起蘇家，言來辭往間，像是盡可能迴避自己的觀點。他們總是以「聽說……」或者「啊！有人說……」為開頭；也等於是，「如是我聞……」以下所言皆屬傳述。於是乎，大家表情冷漠了。林德則謂：「是貧血。」他說：「十七巷毫無血色。」

特別在冬日，那樣的蕭颯。

前些天谷馨回家下廚給父親做了一頓晚飯。「七號房子有人住了。」他們開了一瓶紅酒。谷馨問父親：「對面怎麼連個燈也不點，和隔壁的鬼屋有什麼兩樣。」

「經常是這樣，」林德說：「好像很少在家。」

「爸見過這個人嗎？」外面開始嘩啦下起雨來。谷馨想再給父親倒紅酒，林德用手掌覆著高腳杯口。「還是我的威士忌。」

女兒前去酒櫃拿酒。「聽說新搬來的人天天都是一身黑衣服。」她取來冰塊，調了杯酒給父親。

「是這麼說的。我一直沒碰到過這個人。」林德尚且懷疑是否真有其人。「妳蔡頭叔叔說他遇見好幾次了。」

「爸，別喝那麼急。」谷馨皺了皺眉看著父親吞了一大口威士忌。接著，她說：「感覺上，蔡頭叔叔知道不少，我是指我們十七巷的事情。蔡頭叔叔會不會有什麼隱瞞？」

「不會的。」林德堅決說：「我比他了解他自己。基本上他是一根腸子通屁股的人；一個直人，平時愛裝瘋賣傻而已。」

「裝瘋賣傻總比不聞不問得好。只是我在想，」谷馨說：「奇怪，十七巷的人表面上似乎已淡忘了書生的遭遇。但、但……」她努力在尋找恰當的比喻。其實蘇逸生和整個巷子是連同體的。它之於十七巷，猶如人體內的一塊腫瘤。其他住戶與鬼屋，不正是各個細胞與癌細胞的同血同肉？對它不理不睬，不思不顧，它依然存在。終有一天會做怪的。也許蔡叔叔就是這麼想的。

當它是毒瘤，本身就帶有歧視的眼光。那是不公的。然而由於有了九號屋的鬼影幢幢，十七巷的房價才無形中不知跌了幾成，也是事實。而毒瘤是不會自我成形的，必是來自整個巷子的病體所滋養的。是體質上的惡積沉蘊？谷馨笑著表示，她是想什麼講什麼，別當真。

「妳是說，」林德驚視著女兒。「書生今天會這樣是我們十七巷造成的？」

多顛覆的想法！

冥冥的感覺上。「我們低頭，」谷馨說：「我們視若無睹。彷彿是——」

「彷彿什麼？」林德端著酒杯到冰箱加冰塊。「你要說什麼？」

「我們不曉得我們做了什麼？」

「妳是說對書生？」林德放下酒杯。女兒的意思不就是十七巷的人都對書生做了什麼？

「我也不曉得。可是感覺既然能感而覺知，便有它的真實。」谷馨說。即便是飲了酒，這時在她身上有了些許撲朔迷離的作用，你敢說沒有這個可能嗎？林德不由得凝視著女兒。天啊，在她敏銳而深邃的眼裡，他依稀看到了年輕的自己，熟悉得令人困惑。

「今天晚上，妳怎麼會突然在乎這些？」畢竟是三年前的事，書生也已死了三年。俗話說：死人好過日。林德也覺得怪怪的，沉寂了三年，今天又活絡了起來。

窗外雨淅瀝瀝清晰可聞。事實上傍晚她到家時已經下著毛毛雨。那時「鬼屋」聳立在一片迷濛中，瞎無燈火的七號別墅像在陪伴鬼屋而默默並立著。是這景象重新在她心裡螢飛出九號屋的鬼火？以及不知來自何方的那個黑衣人，感覺他是專為了住到九號屋的隔壁而來。谷馨偏著頭像聽著雨。

同時，她正試圖以各種可能的想像去貼合那個黑衣人的面貌。

她輕喟說：「大概是我太久沒回來了。」這一晚的十七巷竟如此幽深。雨中的夜也黏稠許多，不管七號、九號。「房子看起來還是老樣子。」谷馨說。

「這正是蘭苑的建造品質。」也是蕭董的永鉅工程公司傲視群倫的地方。像這樣歷久不減其魅力的房子外觀，猶如一個駐顏有術的女人沒有明顯的衰老；所以林德始終認為九號屋沒有敗壞到成為鬼屋的程度，起碼外表不像。

「十七巷確實有某些不為人知的事。」林德不想再說這又是他的感覺。也許蔡頭的疑慮不是空穴來風。

「爸指的是什麼？」

林德只管搖頭。他乾脆回答：「跟妳一樣，不知道。」他說：「但有一點是可確定的——有一種腐敗的氣味。」

「爸是說蘭苑的地下排水溝？」

林德說：「這是其一。那是鼻子聞得到的。」說到地下排水道，它經常堵塞所散發的惡臭是十七巷衆人的夢魘。下水道的不完善工程是蘭苑最大的敗筆。這才是蘭苑看得見的瘤，而且大多集中在十七巷附近幾條巷子的水道。

蘭苑山居集一切好於一身，但不可能樣樣都好；固然瑕不掩瑜，瑜也能凸顯瑕。這顆璀璨寶珠的瑕疵罅隙，便是它下水道的施工因受制於生活廢水不能直接排入崗崙下蘆陽平原的農田，它的地下水道通盤的斜度在設計之初就沒抓夠，再加上從十四巷那一段經十六巷接轉到十七巷的排水主渠道太小。平時引納四處小水道的水量已經夠它「拖泥帶水」了，最怕的是瞬間傾盆大雨，或連日綿綿淫雨。雖不至於每雨則潦，但這時候自地下湧出的大量淤泥穢棄必定淖濘漫道，陣陣硫磺般的腐臭怎不叫人掩鼻避之而唯恐不及？還好這種情況不多，而且這裡的自然地勢高曠、四面受風，空氣堪稱清暢。

「我說的不是這種腐。」林德並不指望女兒能懂，但谷馨靜靜聽著，掀著唇角，微微頷首。也許她是懂的。她其實比自己更適合當個作家。

「我們可以談點別的嗎？」谷馨把紅酒杯湊著唇邊沉思。

林德看著窗外，在雙重的沉默中，谷馨眼睛一亮說：「蔡頭叔叔儘管有些瘋癲，他講的那些鬼鬼怪怪的，書生啦、鬼屋啦，還冒出個黑衣人。這些材料，爸，給您寫書不是正好嗎？」

林德臉上飛過一抹會心的笑。「黑衣人」這個叫名算是女兒谷馨在他心田上播下的第一顆種子——最後茁長成這人的代名詞和屬於他的一切。好像十七巷的人並不喜歡用他的真名來認知他——林德很想見見這個人。「不過我們忽略了一個人。」林德說。

「誰？」

「蘇家的那個女兒，書生的姐姐。要說有戲劇力的，該是她。她也是一個角色。」

妻兒漏夜逃走後約半個月，書生在家自裁，而蘇家姐姐則在書生死後一個月的一個黃昏悄然遠走了。有人見到她挎著一個像旅行袋的包出了自家門，以為只是單純外出，卻從此下落不明，那就是一個畫面。對林德而言，黃昏有道不盡的故事。

第一次來蘭苑看房子也是黃昏。黃昏的橘光讓他看到了同樣是橘光的黎明，象徵他也許會有一個重新的開始……而蘇家姐姐的黃昏是一個離去，不也是另一個開始？

電影裡，黃昏的背景多。

對於蘇家姐姐出走時在黃昏中踽踽獨行的樣子，谷馨能體會父親將之定型成一個場景的心情。那的確是一幅畫面。

「我知道爸在想什麼。」

「嗯，是嗎？」父女兩人此時心中有可能就共同著這一畫面而再度沉默。

林德啞然一笑。「書會寫的，但不是現在。別學妳蔡頭叔叔到處宣傳我要寫書。」

「難道不是嗎？」

「再給我倒杯酒。」林德支開話題。「叫偉成下個禮拜來我這裡一趟。」他知道他女婿最近忙著一套參考書的校稿。谷馨點頭，眼睛掃了下桌面。「爸，您菜都沒動，盡喝酒。」

「妳煮得太多了。」

「少喝點酒，爸。」谷馨起身時說：「聽說蓋我們蘭苑房子的蕭老闆有新社區要推出。」

「你說蕭董啊。是的，我聽說了，叫曦鄉什麼的。」

「是秀崗曦鄉。聽說比蘭苑山居還大，走的是鄉村休閒的路線。」

「妳問這個幹什麼？」

「十七巷不安寧。」谷馨說；「我怕爸一個人在這裡……」

「沒影子的事，什麼不安寧，全是心理作祟。可能的話，我倒想進九號屋子裡瞧瞧。」

林德笑說：「妳是想在秀崗曦鄉再買套房子？哪來那麼多錢，除非把蘭苑這棟賣掉。但我不會離開這裡，習慣了，蠻好的。」

林德望了望牆上的鐘。「妳晚上回台中嗎？」他問。谷馨點頭。他抿了口酒說：「下禮拜偉成要來，把靖兒也帶上。」阿公想孫子了。今天下午，谷馨才一腳踏進家門，父親眼珠子一旋。「靖兒呢？沒跟妳一道來啊。」語氣頗有責怪。

外公和外孫。一個老頑童，一個小調皮。

6

……末後，黑衣人是十七巷人心中的一塊烏雲。

《林德的筆記本》

蘭苑山居是中一保全在中部的重點轄區之一。監控、警報、辨識系統皆採用新進的器材、軟件。進出刷卡，社區的門禁算得上森嚴。

但十七巷巷尾盡頭的社區管理處裡面最早的擺設是可想而知的一切從簡：一張小小、只能剛好擺放兩個打開的卷宗的木桌、半套的舊沙發，和一排折疊式木椅；靠門的窗邊一個不大、有水沒有魚的養魚缸——是撿來的。樓上是住家。中一保全的大忙人袁總來看了一次，直搖著頭。

「樓上怎麼弄，我管不著，是你住的窩。可樓下是管理處，好歹也是公司的門面啊。」袁總於是自掏腰包，添置了些傢私，稍微改動了一下才有今天管理處的格局。

一個氣派的大辦公桌、一組整套的黑褐色人造皮沙發。養魚缸被扔了，換了一台二十一吋的彩色電視。牆上的裸窗全掛上淺綠色百葉窗簾。並且特地叫鎮街做廣告看板的小陳撤下小而不起眼的塑膠牌，全新懸吊上一塊豎的、大的「蘭苑山居社區管理處」藍白相間的招牌。

管理處門邊另釘上一塊拋光的銅板牌子，上面有個圓標，一個斜劈的Z形閃電倒插著一把劍。那是中一保全的標誌，是個象徵，對外宣示它所在之處就是中一的安全範圍。

這個改頭換面的管理處一眨眼也過了五個年頭。十一月初的某個下午，教授林德從十七巷六號住家走來，在冬日寒風中所望見的管理處忽然給人一種未老先衰的疲態。會是這裡天天進出的人多，人多是旺，旺也帶來過度氧化？他剛要上階梯，卻見總幹事吳伯虎正跨出門下來，他們碰在階梯中央。

「教授找我？」他一臉倦容。「有事？」

林德笑說，「沒事不能來嗎？」他瞅了眼總幹事背後管理處半開的門，「屋裡很熱鬧呀。」

「還不是她們那堆人。」總幹事說的她們，是社區的一群老女人、家庭主婦。林德做了鬼臉。總幹事吳伯虎行色匆匆，林德在台階上讓了讓。「你要出去？」看來很急。

吳伯虎點頭說：「等一下就回來。要不，進裡面先坐坐？」

「不了。」一想到裡面滿屋子聒噪的雞雞鴨鴨，像張牙舞爪的女妖獸，林德縮脖子卻步了。「你的事完了乾脆到我家，想找你幫個忙。」

那群女人是以住二號的鍾太太為首和附近一些家庭婦女，另外參進了外來的一個專屬十七巷的臨時清潔工阿桃。她們都是社區大小消息的傳送筒，一天到晚擠著老鼠眼、豎著貓耳朵，專注著截聽空氣中是否有走漏的風聲。即使沒有，她們也會無中生有編湊新聞，唯恐天下不亂。鍾太太與阿桃是出了名的「放送頭」，即廣播電台，清早發生的事可能不到中午便傳遍整個社區了。她們更擅長添醋加醬，也許只是小小的摩托車擦撞，也會被她們渲染成不得了的交通事故。有嘲諷她們，一個是中廣一台，一個是中廣二台。

林德信步走向對面「鬼屋」旁的空地。十七巷到了這形成一段大的風口，他很久不曾上這裡來了。因為是冬季，這塊空曠的高地，風勢勁猛，人是站不住的。今天的風似乎溫順多了，像被馴服的野馬。他往前逛去，手扶崖邊上的鐵欄杆，他俯視著下方的蘆陽平原。午後，收割過的田野在灰陰的天光下一片蒼茫。可怪的是，每回他到崖邊倚杆而立，便心生有種憑弔之情。那是空地與旁邊的鬼屋所構成的磁場干擾他？會說這話的，自然是蔡頭。瘋子的鬼話暫且擱下，林德就喜歡這地方的那份荒荒蕩蕩。

林德今天會來，應該是受了蔡頭所說的房子位置什麼太孤、太絕的風水地理論調所影響，才不知不覺竟走到這裡。果然從他現在所站的斜角望向九號屋，只它的側面便給人一種像人別過臉去，什麼都不必說的拒人於千里。屋後劈下的斷崖讓整座房子直直聳入雲空，能不孤獨？加上擅長蒼涼的風沙，特效了這棟別墅，不成為鬼屋也難。

鬼屋牽動了十七巷的人，礙了他們的視覺、起伏了他們的心情。下午的風雖像馴服了的野馬減弱不少，但終究還是匹野馬，它的悍勁依在，無遮擋吃風的空地並不適合人久待。

林德朝自家走。這時起霧了——是飛灰的塵土。他走過三棟人家，同上次一樣在快接近蔡頭屋前的圍牆，他感覺又來了——曾有過的背脊一陣涼颼的印象，一似刺來的冷風——他又被盯梢了。與先前不同的是，現在不光是監視的有感，後面還有實體的人。因對方的腳步聲，人已跟上來了，不像上回只是在猜疑的不明所以；也許只是個過路人，但他有強烈的要一見這個人的被迫暗示。他維持原來行進的速度。他頓時覺得自己的可笑，回頭不就得了。唯一不舒服的是進逼的腳步聲不無侵犯，他索性往前快步多走遠點到巷口，拉開距離後再轉身，這樣他便可以一睹來人的全貌。但有必要如此嗎？

有，可以肯定的是有，這個人就是他亟欲一見的，這個感覺至關關鍵——後來，林德在筆記本上記下這一段：

時間是下午四點半，冬日的十七巷總是鬧著情緒，溫度稍一變化就陰了。這天正好也是大陰天。這人走出薄薄的塵霧，我才看清他的人，他的臉。

映入眼簾的是一身黑，高大，個子絕不低於一百八。有一頭全部向後梳攏，略長而有點凌亂的黑髮……一襲黑風衣邋邋寒風中。隨著風，隨沙塵，起初只是朦朧而來的「傳說」中的黑衣人。待到跟前，他的黑的整體呈現，啊！完全吻合了，我們終於面對面了。

林德回到家發現門是虛掩的，一推進去，屋裡竟然有人翹著二郎腿坐在沙發上看報紙。聞聲放下報紙，露出一張憨憨的臉，是蔡頭。這瘋子。

「你怎麼進來的？」

「你家的門是開的啊。」蔡頭傻笑著。「不怪我，誰叫你不鎖門。」

「有必要嗎？」林德去廚房泡咖啡。「我這裡又沒有什麼動輒幾十萬、上百萬的寶物古董。我家最值錢的就是那個。」他指著酒櫃裡的一瓶威士忌，Highland Park。「不到一萬元，用什麼跟我們蔡大老闆比。」他派了咖啡坐下，「怎麼生意不顧跑來我這？」

威古堡酒莊今天下午幾乎沒有客人，他把店交給了女店員。「出來走走，悶死了。」蔡頭打了個哈欠；但一聽到林德說到剛剛碰到了黑衣人，他那兩只瘋狗眼爆亮，精神來了，好像老教授突遇某個大明星似的。

「那——」

「你講的一點也不假。」林德喝著咖啡說：「他有一雙又黑又利的眼睛。你可能沒注意到，他的右頰有一道直細紋。」這使他看起來冷酷。蔡頭確實沒注意到。

但他笑起來卻很親和，他們在巷子相遇時，他先向林德點頭微笑，讓人心裡全無陌生的疙瘩。而他確是一個陌生人。林德也回他一笑。兩人就這麼擦身而過，像兩個劍客沒有出招地閃身而過。

「是很吻合。」林德解釋道：「是這人完全合乎我的想像，而你應該要相信我被監視的事。」巧的是，跟上回一樣。「也是在你家門口附近。或許被你說中了，記得你說過，我是被一雙具有穿透力的眼睛所監視的。」不就是來自那個黑風衣人？「應該是他。」

「我是開玩笑的。」蔡頭說。他那無故端嚴的表情最令人氣憤，希望他配合想像的時候反而正經八百。他不苟言笑說：「問題是，他幹嘛要跟蹤你？」

然而前後兩次是那麼真確，而又如此相似的感覺，不能以巧合而一言以蔽之。而且前次與這次發生的時日相去不遠，正值記憶猶新。然而蔡頭說的話等於是在暗諷他，下午從空地回家的途中，感覺被人尾隨的那剎那，他已先入為主，存心要接受是黑衣人在跟蹤他而欣然使之成真，成為事實。

「是你自作多情。」

「呿，你以為我真是老番顛。」林德叱了聲笑說：「難道分不出真假？」

蔡頭冒了一句：「感覺是靠不住的，這不是你常說的嗎？」

林德移開了視線，不去接觸蔡頭訕笑的眼光。他緩緩地放下咖啡杯，問：「你見過黑衣人幾次？」不知看仔細了沒。「你再想想，黑風衣、髮型、走路的姿態。如果嘴角再含弄著半截雪茄，像吧？」

「再皺一下眉頭。哈！」蔡頭急促地叫說：「荒野大鏢客。」這一點他們的靈犀是通的。

「你說他像克林．伊斯威特（Clint Eastwood）？」蔡頭搖頭，「不太像。」又說：「不是他不好看。反之，他長得一點也不輸給克林，各有千秋。啊！這麼講吧，要說像，是有那麼點味道，這就是剛才你強調的吻合？」

林德不答，直視著蔡頭，好像在反問：「你說呢？」

「不過這才有意思？」蔡頭頗有揶揄的意味。「正合你的喜好。你大可發揮一番，寫進你的書。哈，你不就是為了這個？」

天啊，如今他寫書的事是給人看笑話。「我倒想寫寫你這個瘋子。」林德說。

瘋子蔡頭並不瘋，「但你不覺得怪怪？」又來了。

「這人來路不明，儘管管理處有他的證件資料，可他的名字怎麼看就是怪。」

「總不能因為怪，就表示人家有問題。」

「不是這樣。都曉得他姓傳。」蔡頭最近才得知黑衣人的名字。「叫東流。東邊的東，流水的流。合起來唸唸看。」

林德翕動著嘴唇：「傳東流。」口中唸著。他說：「你是不是想說，嗯，是的，有付諸東流的涵義。那又怎麼樣？」

「肯定不是他的真名。」

「何以見得？」

「感覺。」

感覺、感覺，林德沒有比此時此刻更冷感「感覺」這兩個字。「能不能用點新詞。」

這時，叮咚，有人按門鈴。準是總幹事吳伯虎。林德還沒起身上前去，門已經被推開了。

「哦，蔡老闆您也在這裡。」吳伯虎說。人尚未坐下便慌著問林德：「教授，您下午找我有事嗎？」並阻止林德去給他沖咖啡。他看起來很累，林德不好意思地說：「你那麼忙，還叫你來。先坐下。是網絡的問題，一個上午我都上不了網。」

蔡頭馬上附和道：「我家也是。」

「哦！這個。不只十七巷，全社區都這樣。早上網路的外線被挖斷了。」

原來如此。上個月開始大和路一帶是有地下埋管工程。「應該修好了，教授您打開電腦試試。」

「等一下吧。」林德更加過意不去。「讓你白跑了一趟。」

「沒事，來您家坐坐正好歇歇腿。」吳伯虎唔地呻吟一聲，伸伸懶腰。「不僅是網路。昨晚半夜，我們的報警主機也出了毛病。」此外，吳伯虎摸著心窩，「難受的是這裡。」食道逆流折騰了他一個晚上。

「是夠辛苦了。」林德去飲水機接了杯水。「喝點熱的。對了，下午那些女人跑去你們管理處做什麼？是不是又在談論鬼屋，或者貓叫？」

「愛說讓她們去說唄。最主要是來投訴巷口的垃圾，堆了好幾天了沒人處理。是來興師問罪的。」

「總幹事不也聽到九號屋子裡的怪聲？」

「是啊，越傳越不像樣。」繪聲繪影跟真的似的。吳伯虎認為：「可能是小偷。」

蔡頭否認，「小偷有這麼勤的嗎？這麼經常，說來就來？」

林德同意，「是的，不可能——貓叫又是怎麼回事？」社區不少人言之旦旦，又說那聲音有多可怕。吳伯虎一直當它是嬰兒的哭聲。

「基本上是一樣的。」吳伯虎說。

林德、蔡頭似乎都沒聽懂。「一樣？」

吳伯虎望著他們，「貓和鬼有兩樣嗎？」大家笑了。「找人容易，抓貓可難了。」他形容那是在捕風捉影。

林德更是會心一笑。因為「捕風捉影」是他的「電影人」雜誌裡頭一個屬於他的專欄。

「十七巷有貓嗎？」林德問。

總幹事說：「目前沒見到過。」

蔡頭卻插了話說：「倒是我們教授下午撞到黑衣人了。」

「撞倒了?!」吳伯虎一驚。林德揮了下手，「別聽他的，是遇見了。」

「你對他的看法？」

「看法？需要什麼看法？」林德說：「我們僅僅是擦身而過，相互打個招呼而已。」

「沒有講話？」

「沒有。不過，他不像你們說的。他不怪，不但不怪，反而蠻吸引人的。」

「哦——」吳伯虎搔搔鬢角，似乎印證不到自己所要的答案。

他自有他的觀感：「總之他來得讓人心裡毫無準備。」

林德忍不住笑了，「人家搬進我們的社區，還需要事先通告嗎？人家不也按程序辦了入住？資料都齊全。」

「這不是我說的。他的出現……」吳伯虎握起拳頭再五指彈開。「太突兀了。」感覺黑衣人的到來，彷若濕地裡突然蹦出的一株草菇。「他為什麼要選我們十七巷？」

「為什麼不能選我們十七巷？」多奇怪的問題。正如林德此刻的質問：「你為什麼是蘭苑山居的保全總幹事。」這是沒道理的。

「有哪條法律規定他不能住十七巷？是你或者你們莫須有的疑慮，在找問題自己套自己。」

「當然啦，我是個管理員，誰來住不都一樣。我不會和她們一般見識。我也勸她們別對人家指指點點。話又說回來，我有必要去勸解？其實我也很煩。那幫女人。」

「你是指鍾太太和阿桃她們？」

「不然還會有誰？你知道鍾太太講什麼？她說：『我一看到他那身黑風衣，一整天飯都吃不下。』」停頓片刻，吳伯虎說：「呃，女人家的嘴巴嘛。」

「但你在意她的，不是嗎？」

「不是這樣。」吳伯虎扭了下脖子。「只是有時候也得聽聽人家的嘛。」

住二號的鍾太太是個成天神經兮兮的女人，也是個邋遢的女人。難怪她老公把一間玩具廠遷到大陸，美其名是重尋商機，卻從此在對岸生根。不，是消失了，而棄他這個黃臉婆於十七巷不聞不問。有知情者說他們夫婦事實上已私下協議離婚了。

「說了不怕你笑，以我們保全的嗅覺，黑衣人不會沒事來這裡的。為的是什麼？不知道，但會有事發生的。」他噌噌鼻子表示他的鼻子靈。「說不出，就是怪。為什麼？」

林德明白了，癥結還在吳伯虎自己身上，是職業養成的先必有疑而後有防範。是以，不是黑衣人來了會幹出什麼，而是我們因黑衣人來了可能會發生什麼。那是莫名其妙的過度反應，也許，並非是完全沒道理。

看了看時間，林德說：「找個地方吃晚飯。」

「不了，我想洗個澡。今晚要早點睡。」吳伯虎說。

「吃頓飯很快的。陪我吧，陪陪我，老是一個人吃飯，一點都不香。」

7

黑衣人或黑風衣人，重點已經不在於他的面目了，而是他的表徵。人們在心中對他所反射的不過是一團黑朦朧，有認知而不實在。林德將他視同一片飄動的烏雲並非突發奇想。只因他的「過客感」太濃郁了。十七巷的人雖好奇，卻不一定將之放在心上。誰在意頭頂上多出一塊烏雲？

黑衣人總在一天將結束的黃昏時分現身巷道，有種終結一天的味道。他為何這個時候出門？人們心頭一勾，又是個「？」：他去哪裡？是夜間工作者？他白天做什麼？

黑風衣隨風而衣袂飄飄，便成了黑衣人的動態影隻。有人說：「他是飄著走的。」衣袂飄既是從風，也必有沙塵隨之——黑風衣、風、沙塵於是組合了住七號的租客——賦予這樣形象化的，十七巷除了林德和蔡頭，恐怕再找不出其他人有這樣閒情逸致的了。

傳東流——黑衣人的名字——就如同蔡頭說的：「太假了。」太意有所指了。

不過這一點，在晚上吳伯虎陪林德和蔡頭去鎮東夜市吃飯時大白了一些真相。

「他拿的是美國護照。」是美國一家公司派來進行特定項目工作。簽證、居留證等一切資料都是台灣這邊的公司替他辦妥的。傳東流這名字其實是根據他護照上英文名的譯音。英文是總幹事在學時成績最差的，他討厭那些蚯蚓扭曲的排排文字。

總幹事說，在看證件時，黑衣人問他，「洋名字讓你感覺彆扭？」他隨即拿起筆「傳東流」三個字便一揮而就，他說：「我的中文字還可以吧。」

「不看他的英文名字，很難說什麼。」林德表示。

「是T開頭。」吳伯虎笑了笑，「反正不好唸，他說他叫脫你哦。」是Tonio。這是後來林德在管理處無意間看到吳伯虎辦公桌上黑衣人的護照影本。發音和東流勉強沾得上邊。

「反正知道他姓傳就行啦。」吳伯虎說。

蔡頭喝了口酒，再一口飲料，打岔說：「會下意識寫出傳東流，可見他心中早有底了。所以，更加凸顯他有意圖。」

「什麼意圖？」林德覺得有點沒完沒了。他問總幹事：「他們在台灣的公司是做什麼的？」

吳伯虎撓著脖頸，「好像關於奶什麼米的。」又考倒他了。「公司在田心村過去一點。」

蔡頭笑說：「是奈米。不是奶米、豆漿。」

「我去過一次他的公司，他的辦公室很漂亮。帶我進去的人說，他是工程開發部的頭。」

田心靠近潭子確實有一棟很大的高科技半導體工廠。可真應了「不是猛龍不過江」，顯然黑衣人遠渡重洋是為了某些工作，自然身分也特殊了。從他所辦的證件來看，並沒有久居的打算。

吳伯虎不解地看著他們，「傳東流這名字有問題嗎？」

「沒說有問題。如果強要說什麼，它就有什麼。」林德瞧瞧蔡頭，「我們瘋子的高見是，傳東流，不就是付諸東流？」一邊搖著頭，又說：「我們瘋子要追究的，是要讓什麼付之東流。這——你看不出來？」

總幹事才茅塞頓開似地問，「意思是他來的目的？」瞬間又閉塞了回去。「他會有什麼目的？」他從來沒往名字這方面想。「這——誰曉得？」

蔡頭替他補充說：「是暫時不曉得。」

「何必知道？」林德認為未免太庸人自擾了。

兩杯紹興下肚，總幹事為之一暢，人也不累了。他舉杯：「別介意，教授，真的。」他先把酒喝了，「你不覺得他們兩個人有點像？」這話是問蔡頭。

蔡頭伸手打橫抓過一瓶飲料倒了些在杯子裡，「跟誰？」張嘴喝了一大口。

「教授跟那個黑衣人啊。」總幹事衝著他們笑，「不像嗎？」

蔡頭含著飲料唔了半天，「我怎麼沒注意到?!」是啊，眼睛一眨，「是像，教授老一點。」

林德坐直身子，露出一個無趣的笑容。「我是正版的，是他像我。」

「我有個想法，不如麻煩教授去拜訪一下黑衣人。」

「為什麼？」林德的頭一歪，「了解住戶是你社區總幹事的工作呀。」

「誰說我沒去找過。」他挑了各種不同時段去七號屋子按門鈴，始終無人應聲。「我懷疑他根本不住這裡。我想，傍晚之所以能見到他，只是他回來看看而已。」何況後來也不是每個傍晚都會見到他從十七巷出去或回來。「不與人打交道。你說這……」總幹事頗有看法。

「也許他住在公司。」

「那他幹嗎在蘭苑租房子？」

「誰搞得清楚？」總幹事忽然湊近說：「有件事你們可能沒聽說。來租七號房的不是黑衣人本人，是個女的。」

「哦。」林德聳聳肩，有意思。是個女的，又有戲了。

「是一個非常非常漂亮的女人。」總幹事岔了氣似的。「仲介的阿江說他打出娘胎沒見過像她這樣美到無可挑剔的女人，好美好美。」彷彿單一個「美」字是無以道盡其萬一。他一臉的陶醉宛如也曾親眼目睹，聲音飄在遐想的虛空。

「漂亮女人租房也不稀奇。」女人漂亮是應該的，是另碼事。

「不。而且，這女的一出手，就先付三個月的租金，是現金。」總幹事有點亂了本末先後，現在才是他的重點，「那女人指定要七號房子。」

哦，這麼說，當初並不是阿江昧著良心隱瞞實情而勉為推銷的。

蔡頭眉梢一揚，「我的判斷沒錯吧，人家一開始就有目的。」

林德也想起女兒谷馨來家裡給他做飯的那天晚上，她的有感而發，「他（黑衣人）是專為住到九號屋的隔壁而來。」此時徘徊在林德心裡的，那絕非只是感覺。

「很想再見見那個女人。不，」吳伯虎立即撇說：「是阿江想。但見不到了。阿江說那女人之後再沒出現過，他打了她留下的電話，已停機。」

「會不會是黑衣人的女朋友？」

「不知道，應該不——是。」

「總有個名字吧？」

「有，租約上有她的簽名。」

「既然是替黑衣人辦事，那很可能是他們公司的人；肯定是公司派她出來的，不會找不到。」

「完全正確。」總幹事點頭。「但阿江說找她做什麼？人家一不欠租，二沒少給錢。」沒錯。找這個女人純粹是為了再一親她的芳澤？「這麼冒然，有意思嗎？」

女人只有美，才會不斷被人一提再提。

「阿江做事太草率了，再怎麼樣也該跑一趟他們公司。」

「誰不會一見美女就昏頭。」蔡頭說。況且一大疊現金拋在你桌前，可能房東比阿江更急於把房子租出去，實在是七號的房子已空棄太久了。

「美女、美女，不過是一件漂亮的外衣。」蔡頭輕笑。

「你不喜歡這件外衣嗎？」林德反譏。

「儘管如此。」不過，「我還是覺得不太對。」事有蹊蹺？

恰當地說，林德對黑衣人所據守的印象，是稍後的。事實上在他們擦肩而過，林德曾二度回望。其間一陣強風驟然而起，他瞇張著眼，黑衣人在沙塵的霧茫中逐漸消隱。這印象是準確的，雖然它很模糊，卻模糊得更容易成為印象。模糊是愈加期盼而使之清晰。

即使，那適時的一陣強風也是安排好的。這一想，他並沒有比瘋子蔡頭正常多少。

對，林德至今依舊冷眼旁觀。他也冷血了。

但……黑衣人，他究竟是何方神聖？他也是冷眼的，那是他在伺機？總之他們的感覺與胡猜瞎疑混淆不清。最後，在鎮東夜市飲酒的那天晚上，蔡頭算是講了個較具體的：「不管黑衣人怎麼樣，想過沒？」他掃了在座的人一眼。「九號房子的鬼影、貓叫，不都是他——黑衣人來了之後才有的？」

我們在魔幻了一個默默無聲的外鄉人。

《林德的筆記本》

8

接連幾天淫雨，十七巷飽受排水道堵塞，地下污水氾濫之苦的峰岸高中裴校長怏怏不樂地坐在管理處的沙發上。裴校長住十七巷五號，緊鄰黑衣人的家。即使此刻他的眉間打結，講話仍是心平氣和。但一開口便直劈他的鄰居，七號的租客。

「自從這人遷進後，排水溝就經常不通了。」他強忍著氣惱，臉上仍掛著笑，「他家的那段水道不知積了什麼亂七八糟的東西。」

「據我所知，那人並沒有在家裡開伙煮食。」總幹事吳伯虎說。

「正是因為沒有才會這樣。」顯然裴校長的觀點是，「有煮飯才會清理。」

吳伯虎無言以對。心想，這黑衣人也夠倒霉了，水溝不通也扯上他。

「待會兒我過去看看。」總幹事不知該從何說起。面對強裝笑臉的裴校長，總幹事總不能一開口就推說，這是社區的老毛病。「必要時，我會多叫幾個工人。」

「不是必要時，」裴校長緩和了口氣說。「是馬上。」

裴校長是公認的新派人物。而這種人通常越是自我標榜，越是受縛於自我的期許。他自詡是教育的改革者、新思想的先驅，有新穎的頭腦，卻沒有寬厚的心，這也是眾所皆知的。

這人並不像他外表的平易近人。

想了想，總幹事說：「堵水的地段不一定是在黑衣人那裡。」

「黑衣人?!」裴校長詫異地瞪著他。「誰是黑衣人？」

「就是那個住七號的，天天穿著一件黑風衣。」吳伯虎說。

顯見地，裴校長只知有其人，而不知黑衣人其名。

「原來是他。」想必校長多少也聽聞一些。只是他向來把十七巷當成過道，這一點頗似黑衣人。他從學校回來便一腳不出二腿不邁地關在家裡，他全心全力投入他所謂的培育新生代的耕耘，他的心自然騰不出空餘給十七巷，他的眼膜映不進十七巷其他住戶的影子。

「要不是這裡離學校不遠，我是不會住這種地方的。」當著妻子面，他時不時提這事。「是妳堅持要的。」他妻子確實喜歡蘭苑。

吳伯虎把茶具的爐火切在保溫狀態，放任茶壺在上面呼呼一陣、嚕嚕一陣，無可奈何地喘著。他多想跟茶壺嘴一樣爽快吐吐氣，屋裡實在太憋悶了，漫漫的水煙或能將他們乾澀無味的對話滋潤滋潤點吧。

他沒有打算給裴校長泡茶。

「麻煩你了，快點處理好。」裴校長不太情願地站起來。「我不會再來第二次。」

你最好不要來，總幹事心咕噥著。

「我不是很了解你們管理處，但至少像什麼黑衣人之類的，就不該讓他住進我們社區。你懂我的意思嗎？」裴校長停在門口說。

這一來，黑衣人又成了牛鬼蛇神。

地下水道遇雨必然糾結又不是一天兩天的事，這始終是十七巷人的心絞痛。這是治不了的滯病，是建造工程留下的沉痾。他向管委會反應了無數次，提案老是無疾而終。原本這是社區管理委員會分內事。早期中一保全管理處僅負責社區的安全。可能是為了節省經費，管理委員會在蘭苑並無專職常駐人員與辦公室，所以管委會不過是形存一個有事湊人頭開會的功能而已。

也因此，實質上是借用中一的管理處作為收受意見、傳達信息的窗口。然而傳話代轉的人往往首當其衝要面對投訴者的憤怒和牢騷，管理處成了箭靶。既然如此，罵也罵了，工作還得照做。

一年前，經中一袁總的同意做了規劃，不如由管委會撥些款，公司將整個社區大大小小管理事務總攬下來，才有今天管理處的框架。

管理委員會已經名存實亡了。

中一保全的袁總年輕、有魄力，做事講時效。他是袁家獨苗。但和總幹事說起來是兄弟，是非常親的異姓兄弟，手足之情絕不比親生遜色。總幹事下面還有一個弟弟吳仲虎，兩兄弟自幼喪父失母，深受袁家上一輩的救濟，養育栽培之恩如同再造。因此吳家兄弟對袁家的事業能不賣命效力、盡心盡力以赴？袁總在三兄弟排行居中，是老二。他常說：「這公司不是袁家的，是我們大家的。」而吳伯虎和弟弟每與人談起時，一股醞熱即盈滿心頭，「要是沒有袁家老爹，我們早已成路邊的貓狗了。」

蘭苑山居的名字不是憑空拈來的。這座小山崗實際上是綿延自南勢丘陵地的一部分。過去這裡有好大一片的蘭花培植場，長久以來有蘭園的美譽。建商永鉅工程公司的蕭董便以蘭苑與蘭園的諧音而名之為蘭苑山居。如今這方圓起伏的山巒已經沒有蘭花搖曳的枝影了，取而代之是一棟棟宛如一塊塊象徵著峰西鎮開發里程碑的高樓和別墅群聳立在蘆陽平原周圍與南勢村接壤的高地的雲霧間。

昔日由於蘭花獨秀的妖嬈而名聞遐邇的峰西鎮，今日是以位高於全鎮之巔，嵬巍崛起的蘭苑山居而令人刮目。社區佔地縱深幅廣，這裡的居民形形色色，堪稱社會的小縮影。然而若要採集蘭苑山居住戶的殊異，那麼在社區的十七巷所取得的樣本應可齊全他們的代表性。即因他們組成的個體的各別性是那麼鮮明，自身色彩的濃厚，像某種共業的聚合，是社區其他巷所沒有的。

的確，蘭苑人——是這裡居民的自稱——有種區別排外的自傲，居民或多或少都是有身分的。尤其是十七巷。居住這裡的「諸爺們」不是高就是多。高，是住戶裡頭不乏高學歷，甚至有博士學位的；多，是指錢多多，萬貫家財或做大生意的，有企業家、事業家。一顆星比一顆星大。

人數不多的十七巷就臥藏了一位博士，那就是住五號的裴成章，峰岸高中的校長。而學士更加有好幾位，這尚不包括他們的子女，有卒業的，有正在攻讀的。林德和蔡頭也持有大學文憑。此外，住一號的杜醫師就是鼎鼎有名的台北醫學院出身。可謂人才濟濟。

說錢多、事業大，那麼蔡頭的洋酒事業算得上其一；再就是二號玩具公司的鍾董。鍾崑山在台灣、大陸都設有工廠。

第三類人是台灣人常戲稱的「田僑仔」。他們大多數繼承了祖代大筆土地。七十、八十年代以九號蘇家的故事形態在台灣各地頻繁上演。他們幾乎全是一覺醒來，一夕致富。這些人有一個共同點：他們擁有的土地在早年大概都是些無法耕種，也不在交通要衢上，或乏人問津而棄之荒廢的地段。後來，均受惠於城市的急速發展，他們的土地剛好招在都市的新興規劃線的必經路上，於是一躍龍門，地價鯉魚翻了身般，翻倍漲。不，是百倍、萬倍地漲。

蘇家原先空蕪在台中港路最末段，幾乎人跡罕至的那塊地也由於台中港的擴大增建，他們趕上這班突飛猛進的開發列車，讓他們一夜之間躋身億萬富翁之列。

老教授林德可沒有這種暴發的大富大貴命。早期他在南平路的公寓住家，因為女兒出嫁，之後又搬到了蘭苑，這套房便轉租出去。如果算上他在台中市進化路的出版社，在他的名下總共有兩棟三層的樓房（出版社也是三樓建築）、一套公寓房，說起來也是小有資產。他的富，當然不敵巷子裡面那些做老闆、開工廠的，賺錢也沒醫生迅速。但他稱得上是個聞人。在出版界，他的名字經常見諸報章雜誌，他是以嚴謹又玩世的兩極化筆刀來削理他的電影評介。他的著述、立論多有獨具而不侷限於電影的範疇，因而備受學術界的青睞。相對地，也屢屢遭敵對者不遺餘力的攻訐而毀譽參半。

在同行間，他是出了名的「劍俠」，執筆如劍，專砍專殺那些沽名釣譽，不學無術的阿諛之輩。

為此，得了個「影評界流氓」的罵名。他戲謔說：曾幾何時，他也成了黑道人物。他既是暴君也是頑童。也正是他的毫不苟且，在同一學識上，他有他自己的洞悉灼見而言之有物，因而時常受邀至各大院校做電影相關的專題演講。表面風光至極，實則他厭透了這一類的排場，總是「說者有心，聽者無意」，讓台上人浪費唇舌。

名人中，在十七巷還有兩個人。他們各有各的領域，自領自的風騷。一個是峰西鎮家喻戶曉的人物——住八號的黃秉鐘。他是鎮街頭那家新月亭餐廳的少老闆。遠近馳名的新月亭是有年代的老餐廳，且隨著歲月而彌久彌香。源於他父親黃大獅的廚藝，名聲隨著老人的台灣古早味料理的口碑甚至遠播外地他鄉，連當時的林縣長平常時也隔三差五叫下人跑一趟新月亭，買一碗肉羹麵回公館解解饞。

少老闆黃秉鐘的出名並不完全靠他們的餐廳招牌。他自有他優厚的條件——白淨俊美的外表，翩翩的風度，並不僅只在峰西鎮，也是其他地方少見的美男子。若從路上迤邐而來，就好似一個會行走的亮點，是路人目光的聚焦。特別是少女們，看他，不如說是仰而不敢正視，像對著太陽溜一眼即刻低頭避開；而成熟的女人，在她們渾慾的深眸裡，他是一顆能夠在舌尖上挑弄的可口軟糖。她們看他，是目迎目送外加回頭。他是峰西鎮的寵兒。有人說他長得像日本男星柏原崇。

另一個名人更不可能不為人所知，因為他是醫生。他是十七巷巷口第一棟房子的主人，門牌一號的杜熙岳，杜醫師；他是峰西鎮唯一一家耳鼻喉科雍安診所的所長、主治醫師。診所是他開的。醫生的姿態永遠只有人求於他，他不求人。他雖童叟皆知，卻該當是病人認識他，他不記得人。話說也是，他一天要應接多少患者。

有一回他開著醫生車——Volvo 240 方形車，那年代台灣的醫師大多偏愛這款車——不小心撞翻了路邊水果攤的一籃水梨，他急忙下車。「這籃梨子我買了。」他正有事要趕去台中。「麻煩妳把這些送到……」

「知道啦！」水果攤的歐巴桑抿嘴笑著說。「送到雍安，您是杜醫師。」

此外，掛牌在巷子四號的慶彰會計師事務所的王希君，是十七巷裡的一個異數。他既不高學歷，也不有錢。「我是最沒料的。」他喜歡以此自嘲而不以為忤。

但他是十七巷的活力，擁有勇往直前的衝勁和堅韌不拔的特質，這是探囊取物獲致財富的必備條件。他說他正在醞釀未來的身分，正在建造他的王國。他所仰賴的是給各大小公司企業做帳所積累的人脈資源。在這方面他小有名氣，也是個名人。

王希君外出回家，時會站在巷口久久望著自家門上那塊會計師事務所的招牌，或佇立凝思。事實上是兩相對視在相互訴說。因為他這幾年來小有成就，不可不歸功這塊白底黑字的牌子。但這一幾尺見方白色寒磣的PVC板終究有它的框限。而會計師的頭銜確切有似個箍束，不拆下它，他難有跳變，一展雄才之日。他需要更開闊的天地。

在一眾有頭有臉的人物當中，十七巷唯獨一人不在行列裡，他就是社區總幹事吳伯虎。他所在的十號社區管理處別墅是中一保全公司袁總買下的——實際上就是給他的，也可算是他的家了，公私兩便——但他自認消受不起。仍然單身的他，何須這麼大的房子。他能住在蘭苑這種高級住宅區完全是沾中一保全的光。「我的命才幾兩重，我不過是來這裡給有錢人家服務的。」

這就是十七巷。

吳伯虎經常從蘆陽平原的路邊往上眺望著崗頂上參天的樓房別墅。在他眼裡，蘭苑好高好遠，他始終沒有歸屬感。

第二部 新月亭

古早
無非歲月
味
說的是那個懷念
古早味
似乎不情願寫入菜譜

9

峰西鎮人口中的鎮街實際上是條路，叫秉陽路。路的一頭成T字橫接從車站而來的中正路。這一帶是繁華鬧區，白天車水馬龍，入夜人潮如織。新月亭餐廳的位置較為接近中正路這一頭，因而佔盡了地利。回憶起這個前後兩代人所跨踞的黃金路段，以新月亭起家的黃大獅說：「在古早，這裡到處是水田。」如今這個足具規模的餐廳，正確的名字叫新月亭大酒樓，它的前身是個囤菸草的「煙仔間」。他們一開始是在另外一條小巷子擺麵攤，但在做油湯有過人天賦的黃大獅，非是他想屈居於一塊小攤位上自己能做得了主的。就算他想，客人也不願意，是客人把他拱起來的。

「你不想做大，可是喜歡你手頭菜的人那麼多。」即常言所說的演戲的人想停，看戲的人不罷休。

在料理界，黃大獅也於此一躍成為黃大師，即黃大廚師。生意一擴大，他不得不在附近找個小店，加大了門面。吃的人越多，手藝也精湛了。當時還有妻子以及兩個未出嫁的女兒幫活，多了幾雙手腳。菜色也不斷出新。一經點嚐過的客人，無不有口皆碑。菜味菜香恆久飄散於空氣中，也因風吹送而無遠弗屆。東從東勢，西至沙鹿、梧棲；北上苗栗公館，南到霧峰、南投，慕名而來或聞香下馬的食客終年絡繹不絕。

黃大師執持著的理念是如何維繫自古以來台灣鄉土的日常小吃於不墜，諸如滷菜、滷麵、魷魚羹、肉羹、排骨飯、控肉飯、肉卷……。「這些粗菜看似人人會做，真要做出味來，豈止三年五冬。」不像大餐廳的大菜，那些佳饌名點不愁沒有稀貴的食材、華麗的拼飾來佐色映襯。古早味是鄉土的，土實質樸，以不施脂粉的面目示人。因此，黃大師的做工不苟，湯頭的鮮甜在在挑撥著人們思古幽情的味蕾。鄉土人的鄉土人情味，現今僅存的，全在黃大師那張笑起來皺紋滿面的褐色臉上。

黃大師不講廚作廚藝的大道理，他的鹹淡調味入菜全憑感覺。事實上那是歷經了多少歲月得來的彌足珍貴的不假思索。「阿爸，」讀了幾年書，大學歷史系畢業，一表人才的兒子黃秉鐘表示：「這是您這輩子在它們上面注入的感情。」說話優雅，頭頭是道。

「感情能注入菜裡啊！」父親瞠目以對。「怎麼注入？」老人以為兒子在「講漫畫」（早年台灣罵人的口頭禪，形容人盡說些古怪、荒誕的話）但古早菜是他的，他也是古早菜的。

難不成還有另外的感情在？

做父親哪懂。對於自己這個粗人竟能生出這般細緻俊俏的兒子而疑惑不解，這比烹調乾坤裡的變化尤為神奇。

七年前剛服完軍官役返鄉的兒子，大氣尚未喘定，即刻超大動作。首先把父親大半輩子省吃儉用所積蓄的家產變賣，買下煙仔間被剷平的空地，蓋起了一棟佔地六百多坪、高三層的大樓。外建內修，改弦更張。今日所見富麗堂皇依舊的大酒樓就是在那時候拔地而起的。他同時將那塊在小店時代懸掛了數十載油漬斑斑、黑呼黑呼的「新月亭食堂」的木匾卸下。煥然一新以一個巨型的彩艷色麗，走紅跑綠、燈光燦燦的大看板——新月亭大酒樓。這不能不說是一項創舉。

「新月亭三個字絕不能捨。」兒子字斟句酌說：「它是我們鎮民百姓無可替代的記憶。」

他認為父親是偉大的，但再權威也只是把傳統的味道封存罷了。封存意味著不再開展。在現實的社會，老人家的慢活細作是難以在時代的潮流中划行的。他才是個經營者。「我要使這些菜能端得上大筵席。」為了豐富他們的菜單品類，給他們的菜色增血，他不惜重金自香港延聘一位海鮮廚師，以壯大陣容。

「嗯，餐廳大是大了，可能更賺錢了，但古早味已蕩然無存。」會有這種感慨的，自然是教授林德。

新月亭已經不古不今了。他再也嚐不到炒米粉、雜菜湯這些能牽動他舊時的味道——那是個褐黃的年代。電影裡慣用的那種褐、黃或黑白，以之區隔眼前的現代——人難免追古溯往。林德比黃大師年輕一輪有多，也算得上是屬於那時代的末班車乘客。「現在連一碗最簡單，放韭菜的大腸豬血湯也吃不到正宗的了。」

一口扒著新月亭特有的便當（飯盒），你嚼著的飯粒背後是一個一生勤儉的人的習氣，比如說，年輕時為了省五毛錢，黃大師寧可從峰西走路到潭子。他是大廚師，餐餐卻以醬瓜醃菜湊合過。或許是油膩看多了，也或許是他節約成性吧，在他眼裡，浪費是人間大惡。他的便當也好，他的菜也好，他不做無謂的浪費。林德吃到的是一種踏實。

兒子黃秉鐘現今是新月亭的第二代主人，住在蘭苑山居的別墅過著舒舒服服的少爺日子。

他很少回圳尾的老家。那是一棟有三間房的破舊古厝。前廳會灌進風的竹泥牆上，糊的不是壁紙，而是舊報紙。家裡看的是連轉帶敲才能跳出畫面的十二吋老電視機。老人家黃大師卻不改其志，對老家不棄不捨。

「這才是我的家。」是他和已過世的老伴生活了大半輩子的家。他不習慣住別墅，他說他無福享受那種洋房子。要他搬到蘭苑，一句話，「等我死了再說。」

兒子黃秉鐘以無比無奈的嗟聲嘆說：「我勸不動父親。」老人家的固執出了名。出嫁多年的兩個女兒早已有各自的家庭，回來探望父親總是有時有日的。孤單老人隨時可能遭遇不測，怎能叫人放心。

> 台灣初期四處林立的「亭」字號食堂，如東芳亭、新樂亭、南豐亭……以及黃大師的新月亭等，稱得上是當時社會生活樣貌的代表性景觀之一。供應的料理內容均大同小異，風光一時。然而，在歷史的興衰更迭中被逐漸淘汰是正常現象，也是法則。那些曾經「亭亭林立」的老字號食堂自然抵不過歲月的摧殘而年老色衰，甚至凋亡。這不是對與錯、好與壞，是時間的不停步，是進化，也有說是蝕化。中肯言之，是一種不停的消長，舊的紛紛讓位給新的。

此中一個最決定性的是，一代人的口味不同於一代人。慢慢地，林德也發現他有部分味覺不再耽於一向他所熟悉的。不排除是後生代的女兒谷馨煮的菜把他餵出了改變。

像黃大師的新月亭幸虧早早改成酒樓，搭配生猛海鮮——能不說兒子黃秉鐘也有他的遠見——尚不至於在餐飲業日趨嚴峻的競賽跑道上苟延殘喘。威古堡酒莊的蔡頭說的沒錯，「總不能叫大師的兒子繼續下去賣肉羹、豬血湯吧。」真正令人扼腕的是，在黃大師退居圳尾老家後，兒子便將父親一生心血的古早味結晶悉數從新菜單上摘除。理由：這樣的菜，太繁複了，沒有經濟效益。

然而這些變化並不影響黃大師在峰西人心中的地位。這位一生勤勉的老人依舊受人敬重，鎮上人尊稱他「師ㄟ」，台語與他的名字「獅ㄟ」音同，並無冒犯，反多了一份親切。

至於黃秉鐘，這個新月亭的少東家，總是大師的兒子，人們待他禮遇有加。儘管是在父親的樹蔭下快活乘涼，他的行事為人雖說不上可圈可點，但酒樓在他的手中倒也敲響炒熱而紅紅火火好一陣子。他已然塑造了嶄新的形象，有它自我期許的格調訴求，再是由於他天生一副人見人愛，俊美得沒道理的容貌，傾倒多少女客人。有人說新月亭的興旺是靠女人蜂擁捧場所撐起的半片天，盡皆是一群如飛蠅嗡嗡揮之不去的女熟客。

現在，新月亭的風光已不再，特別在近幾年他們的生意每況愈下，這些死忠的女客人於是更形舉足輕重了。

「人來是客，總不能拒之門外吧。」黃秉鐘一臉無辜。即使不是餐廳的場合，女孩子的電話也整天沒斷過。似此這般而顯見的，「這樣下去無有了時，我們不能不想想。」有一晚在黃大師圳尾老家，他的妻舅建言，「早點給秉鐘討門媳婦吧。」

「討媳婦?!怎麼個討法？」老人的語氣裡有種厭惱。「他還需要我們替他找嗎？那麼多數不清的查某。」說著他的氣來了。「我都不敢上街吶。在街上隨便碰見一個查某，我都在想，這個女的是不是跟我兒子有過那個、那個——」老人家畢竟有些話說不出口的。「丟臉啊！」

「姐夫也清楚，那些雞鴨鵲鳥怎能做某。」妻舅說。

「都怪我那老伴，這孩子是他老娘慣壞的。也是被他氣死的。」

母親的身體不好，長年臥病床榻，是操心兒子的行為不檢所致？當然是氣話。但母親一去世，兒子在外拈花惹草反而變本加厲，卻是不爭的事實。說他拈花惹草，又冤了。

「我既不拈也不惹人家。」黃秉鐘叫屈，「是她們自己送上門的。」

這也是實情。

「『生兒只是好聽』，這話太對了。男孩子光會讓人有擔不完的心。」黃秉鐘上面的兩個姐姐一嫁出去，美不美滿，總是把事圓了，都已經是幾個孩子的母親了。女兒確實省心多了。

「那你有什麼好想法？」老人拿起紙扇拍蚊子。那是個夏夜。他用力拍著。

「我看難喔。」

「我知道很難。」妻舅揮走耳邊的蚊子，「但我們也不能不管不問不做。」稍停，他說：「我倒有個人選。秉鐘應該看得上才對。」

「是誰家的女兒？」

「炳昌的女兒。」

「是老大？老二？」

「是老二。」

老人一度暗渾的眼睛一亮。「邱家二女兒?!」炳昌姓邱，在鎮街上有間香鋪，專賣香燭箔紙，是峰西的老財主。「那小的是不錯，水噹噹的。」黃大師不在貪圖邱家的錢財。「要緊的是人，這女孩會是個能持家的。我見過。」

妻舅的意思是，若談成年底前就給邱家下定，明年娶過門。秉鐘今年實歲二十九，結婚是不太穩妥的。

老人閉起眼睛沉思著。這是個五月天，蚊子在他們面前、頭上咿咿哼哼吵了整個晚上。

妻舅，人稱二老，也在新月亭做事。他的話，老人好歹能聽進一些。早前他跟隨著黃大師廚房裡進進出出，長年的浸染多少心領神會了些姐夫的手藝。管的是後場廚房的所有作務，偶而客人多了也幫忙掌掌勺、炒炒鍋。

那天晚上，他們談了一宿。黃大師難得有心情想泡茶。

翌日，做舅舅的將這件婚事和想法告訴外甥。出乎意料的是，外甥黃秉鐘未多加深思便一口應允了。「邱家的二女兒?!舅舅沒尋我開心吧？人家可是清純的少女。」他甚至有點受寵若驚。「這樣的女人當老婆，誰不要！」

「你見過？」

「峰西鎮誰不曉得這個女孩。」

他這番話，兩個小時後透過圳尾老家那堵千瘡百孔破漏的竹泥牆飄進了黃大師的耳朵。老人家笑了，好久不曾有的呵呵笑，綻現了自從老伴病倒到過世以來鮮見的笑容。

這個笑，在年事已高（已經七十有四）缺乏彈性的老人臉上並沒有駐留多久。不過眨眼工夫，掂在心頭那顆將落未落的石子，卻反向砸回他的胸坎。

正打算去邱家拜訪談親的前一天晚上，圳尾家那扇老舊不堪的門外來了一位稀客。

老人一察覺到動靜，便看到外面站了一個人。

「哦，大尾龍?!」老人咿呀地推開單板門。「你站了多久了？進來吧。」

大尾龍這名字本身就很響亮，除了使人聯想到某個地方上的角頭之外，不會有別的。

而大尾龍的確也是，而且這條龍不是一般的龍，是一尾大條大條的，屬於「腳一跺，峰西地動」等級的在地一霸。

「我可是斯文人。」大尾龍形容自己。尤其在黃大師跟前，你會以為他是個說話輕聲擅笑的生意人。見了黃大師仍不忘立即躬身一禮。鎮上恐怕無人比他更尊重這位地方上的耆老。他也是新月亭的老主顧。

「大師好久沒見，身體還是那麼硬朗。」

「你不會沒事只是來問候我吧？」大師雖老，老眼尚能星閃著點猶有餘燼的睿智。他提了茶壺準備去泡茶，大尾龍立即起身攔擋下，「不，不忙。我說說話就走，哪敢勞駕您老人家。」

「說吧！」老人也乾脆。

兩人坐定。

「是我姐姐。」大尾龍搓額鎖眉地，狀似他今天來也是情非得已。「她的女兒，我的外甥女。」

「嗯。」老人馬上猜到了。

大尾龍的肩頭略為一聳。「她肚子大了。」這種人講這種事通常也很單刀直入。

老人心裡透亮，也就不那麼驚訝。「是我那個孽子的？」

大尾龍平視著老人，沒吭聲等於不否認。

該來的噩夢絕不會遲疑的，「我明白了。」老人的老臉頃刻間像失去水分般乾癟憔悴。

「還有別的事嗎？」

大尾龍不拖泥帶水，「娶她過門吧。」他說。「就這一事拜託了。」他欣賞老人處事的直接爽快，有長者的風範，不愧是峰西的一塊寶。「其實這也是一樁好事。」他起身告辭，「等候您的消息。」人已步出了門外。

這便是黃大師現在的媳婦，大尾龍的外甥女，新月亭大酒樓年輕的老闆娘由美。

這是四年前的事。

不消說，打媳婦一進黃家門，兩公媳幾乎沒正眼相看，日常對話也少，特別是媳婦早早鼓起的肚皮——農曆六月嫁進黃家，已經有四個月的身孕——簡直就是個罪證。這讓老人羞於見人、閉門不出，甚至不願跨越圳尾家前面的那條圳溝。也因此娶了媳婦後，他去新月亭大酒樓的次數越來越少了。

那條圳溝便成了他與兒子、媳婦之間的鴻溝。

媳婦由美長得並不差，然而老人家總覺得她輕佻。結婚那年她不滿十九，這是老人最無法想像的。那年黃秉鐘已經三十歲的老鳥了，老人既覺得兒子結婚過晚，又氣極了這種被逼迫的倉促成婚，更厭透有個這樣少不更事的媳婦在他的新月亭晃上晃下。

黃秉鐘曾怪父親當初太過輕率答應大尾龍的提婚。

「這話你說得出口。」黃大獅怒不可遏。「你不做這種事，我何至於在人家面前低聲下氣？何況，我們得罪得起大尾龍？」老人順了順胸堵的氣。「你還想不想在峰西開店？」

老人的腳印終於在新月亭大酒樓絕跡了。

「爸，這又何苦？」黃秉鐘幾次近於哀求也請不回父親。而一方面，卻因為父親的撒手不管，他樂得從此自我當家。「解放啦。」他無不雀躍地抱起妻子由美轉一圈，又一圈。

有一聽聞，早在大酒樓落成的那一天，黃大師已萌生退意了。他意識到他這一身沿襲古時唐山過台灣的漢衫與兒子餐廳的新裝潢已格格不入了。還能認出的，就僅剩「新月亭」三個字猶未被時間的風沙所湮滅。

黃秉鐘是在四年前結的婚。那年他三十，是虛歲，實際是二十九歲。這在台灣民間習俗是不太贊成男人成親的年齡。或許是迷信吧，熟知的人並不看好他們的婚姻。

黃大師自然清楚，「你有辦法嗎？」老人說：「媳婦帶著個肚子進門，我能不認？好壞是他們的命。」

那一年十七巷裡也有一個人結婚，那就是住九號，後來自殺的蘇逸生。他在年底，黃秉鐘在年中。他們兩人曾經是高中同學，所以同年。但他沒有黃秉鐘幸運，他婚結得快，離得也快。提早應驗了男子不適合二十九歲娶妻成家……

10

如果蘇逸生的自殺事件是蘭苑十七巷的一個大紀事，實則也是個時間上的好分野。

書生自殺時是三十二歲，三年後，二〇〇六年的年底，與他同齡的黃秉鐘應該是三十五過一大截了，真的是時光荏苒，似水流逝。十七巷裡的人的變化不能說沒有。然而黃秉鐘始終是那麼俊逸非凡，日子彷彿在他的臉上靜止了，依然我形我樣，歲月的洗禮只有使他更成熟，更具魅力。

十一月十日，一個星期五的上午十點，黃秉鐘剛踏進新月亭，大堂經理雪梅立即從裡面衝出來，一把拉住他的手，「快！」驚慌失措地叫說：「客人等你大半天啦。快！」

「什麼事這麼急？什麼客人？」黃秉鐘撥開她的手。

「找你一上午了。我打你手機不下十次。」

「我沒聽見手機響啊。」

「不說這些。人家等得不耐煩了……是來訂桌，大生意。」

「多大的生意？」也不至於急成這個樣子。黃秉鐘被拖著拉上二樓。「是什麼樣的客人，妳不能先跟他談談？」

「人家指名道姓只見你黃老闆。啊，你當然不知道。她，她是個女的。而且、而且……」

雪梅按著胸口，像一口氣上不來。「而且，看到她，你準會暈倒。」

「瞧妳的樣子，先昏倒的是妳。」黃秉鐘笑著反拽著她上樓。「這女人，她真有那麼可怕？」

「可怕?!哈，是嚇人，漂亮得嚇死人了。」雪梅停在樓梯口。「太過分了。」是什麼讓她如此方寸大亂？新月亭什麼會缺，就不缺大把進出的美女。什麼天仙般再漂亮的女人沒見過？

在二樓的松月房裡，那個客人背對著房門端坐著。當她離座轉身淺淺一笑，黃秉鐘的眼前也跟著一轉，結實地一驚。「確實太過分了。」竟有美得讓人喘不過氣的女人？是倏忽照耀的光——有若上回去桂林旅遊，人剛從陰暗的鐘乳洞出來，一時難以適應眼前豁然開朗的明媚風光——事實上他們是在互射光芒。由客人方才一見黃秉鐘時的那種愣訝表情，她似乎也受到了衝擊。這小鎮地方居然也有這樣標緻的男人——他們一下子是一對鮮明的發光體。

俊男美女不過如是。一旁的雪梅看傻了。

黃秉鐘才從木呆中綻啓燦爛的笑，「我以為我們餐廳突然來了一位明星。」這是誇讚，也是歡迎，更是事實。

他們自我介紹，交換名片。

淺綠色的名片，是UV滑面的紙質凸字印刷。背面是英文。她的英文名：CaroLine Ma。

「貴公司在文心路，好地段。」翻過名片，他看著地址。並試圖剔著舌尖唸了下……Lithrane的公司名稱，舌頭卻瞬即打了結。「馬小姐，麗然公司是——」

「啊！是做行銷的。」馬小姐在黃秉鐘臉上掃了一眼，彷彿瞧出了什麼。「我們不是什麼老鼠會。」她似笑非笑。

黃秉鐘連忙說：「我沒這麼想。」

「這麼想很正常。我們專門營銷一些保健品、營養品。」她眨閃著黑白分明的眼睛說：「我們自己有工廠。說不定哪天黃老闆也用得上我們的產品。」

「哈！是，是。」黃秉鐘做出一個請的手勢。「我們上三樓辦公室，上面有好茶。」

黃秉鐘邊走邊揉著眼睛，好似過於暴露在這個女客人的亮麗光中而無法調適。

辦公室在三樓靠後的角間。他叫雪梅燒開水，自己從牆櫃下拿出茶葉罐，是衫林溪的冬茶。

「馬小姐，怎麼稱呼妳呢？」

「馬凱莉啊。」

名片上沒有她的頭銜。黃秉鐘問的是，「您的職稱？」

馬小姐委婉一笑。「實際上我是區域的總執行經理，這也不過是個代號而已。」

「總執行經理、總執行經理，」黃秉鐘唸唸有詞，「那也等於是總經理囉！是不是？」

「怎麼叫都行。」

黃秉鐘頓了頓，「總之是總經理。馬總喝茶吧？」

「可以呀。」

辦公室不大，算得上乾淨，談不上豪華，至少舒適。然而馬凱莉的到來，似乎立刻敞亮不少，可見古人的「蓬蓽生輝」並非虛謬。

茶壺在爐子上呼啦呼啦響著，雪梅分別給他們上茶。黃秉鐘這才注意到馬凱莉的穿著——一件黑絲絨外套配上羽毛的胸花，裡面是工整的白襯衫，及膝的窄裙露出黑色網紗高腳襪。

簡單得體，是事業型女人的衣飾。黃秉鐘心想，搞不好還是個女強人呢。

一位女服務生抱來了兩大冊裝訂精美、厚得可以砸死人的彩色菜單本子，堆放在客人坐的沙發邊上。

「馬總，」黃秉鐘指著，「紅色的那本是新的，準備下個月正式推出。」

「嗯，是好茶。」馬總喝了口茶，說：「菜單就不用了。」

「那——」黃秉鐘不免一愣。「不看菜單?!」不解地瞅著眼前這個不同一般的女人。

「黃老闆，我不想浪費時間。應該講，是不想浪費您的時間。」馬凱莉說：「要找海鮮餐廳，台中市比比皆是，犯得著大老遠跑來峰西鎮嗎？」她淺笑中帶有幾分嫵媚。

「可是——」黃秉鐘此刻的迷惑或許是馬凱莉的笑讓他不知所措。

「我們這裡的海鮮是鹿港來的——」

馬凱莉硬是打斷他的話。「你忘了你們黃家的傳家寶？不會不曉得吧？」她眼睛泛起水漾的波光。再喝口茶，輕啓朱唇：「我們要的是你們家的古早味。」古早味三個字，一字一句從她晶瑩的貝齒間吐出，笑意在她深邃的眸色裡攪動。

古早味？不可能的。黃秉鐘看著馬凱莉的名片，將座椅向牆邊移退了些，再抬眼瞧瞧她，彷彿想藉這點距離來重新判別這個女人。但以她的年齡……「是的，我知道。嗯，馬總。」但還是不可能的。「妳知道我們的古早味？」他躊躇了下。「我不該這麼問。」他覺得自己唐突了。「不過，馬總的芳齡——」

「二十八。」馬總落落大方地笑說：「老女人了。」

「看不出來。」黃秉鐘並非恭維。然而這樣的年紀能了解多少古早味？黃秉鐘避開她直撲而來的笑。「馬總吃過我們的古早味？」

「沒有。」

「是聽人講的？」

「所以啊，是慕名而來的。」

「我們已經不做古早味了。」這無疑是在翻他們黃家的老黃歷。「很久了。」

「正是這樣，我們才想嚐嚐。否則，」馬總黛眉微掀。「我們何必專程來找黃老闆。」

「可是我們新月亭真的已經沒有人能做這種菜了。」

「是嗎？」馬總眼一勾，笑得很媚，有種挑釁的意味。「我知道，」她停了停。「我知道令尊黃大師洗手不做了，但是黃老闆，新月亭不是還有一個會做的？」

「誰?!」

「用得著我來提醒？黃老闆。」她抿著嘴等著。

「妳是說我舅舅。」黃秉鐘十分驚異地看著馬總。

「是呀，你們的二老，他不是能做嗎？」

她連舅舅是二老都知道。天啊！這女人，她，她……黃秉鐘艱澀地說：「他的手藝差遠了，怎能和我父親比呢？只是點皮毛而已。」

「總比沒有好。」馬總稍顯不耐地在沙發上挺了挺。「可外面不是這麼評價。」直到今天峰西鎮人仍各持不同的見解。有一部分為數不少的人另眼看待舅舅的料理潛能，假以時日未必不會超過黃大師。

「不是有人說現在二老的工夫，年輕時的黃大師也不過如此。」馬總投以一個意味深長的笑。「當然這是外頭傳的。」

她還有什麼不曉得的？黃秉鐘默默地望著眼前這個渾身上下一團迷霧的女人。她做了功課？不管怎麼說，人家是有備而來。

看著不作聲的黃秉鐘，馬凱莉說：「抱歉我有事得走了。」她拎起沙發邊上的黑白豹紋手提包。「黃老闆您考慮考慮吧，我知道這有難度。總之，沒有古早味，我就不來了。」

這樣就走了？黃秉鐘頓時慌了，心想著必須抓點什麼。

「馬總打算訂幾桌？」不過是隨口一問。

「四十幾桌，但最少三十桌。」

三十桌不算多，可也是個動人的數字。「請問日期呢？」

「會餐日期？嗯，這個月十九號，下個星期天。」

這麼快？「太急迫了。」黃秉鐘送她下樓。「即使有人做，時間也不夠啊。」

馬凱莉聳聳肩沒說什麼。餐廳門口一部黑色轎車等著她。

「下次來車子可以停在我們餐廳後面的停車場。」

「以後再說吧。」馬凱莉手掌一翻，那是Bye Bye。

黃秉鐘還她一笑，不覺悵然若失。

她帶來一陣美的幻影，走了徒留一室幽香。在辦公室時，他們一席話下來，黃秉鐘發現她聽不懂台語，說的國語又有點生硬，會過度咬文嚼字。絕不會是台灣的外省人。那她是哪裡人？或許她的工作需要到處跑，來來去去的，在國外的時間長？

這一晚他就寢時，腦子全是馬總，馬凱莉飄飄的人影。她的笑，她的聲音……窗外的夜空，她更恰似那一輪皓月。因而這世上或他以前的女人不過是周邊一群顫眨的星子而已。

11

「你瘋啦。」

二老舅舅靜靜聽完外甥黃秉鐘的口沫橫飛後，良久才冒了這句話。他瞪大兩只牛眼，「你要我做古早菜？」中午餐廳營業前，黃秉鐘將二老舅舅拉上三樓的辦公室。黃秉鐘自忖沒有足夠的理由能說動舅舅接這攤生意，因為他舅舅的內心可能至今尚有一道無法磨滅的傷痕。

的確，古早菜只會撩起老人一些不堪的往事，而他這個不知天高地厚的外甥竟又在此時重碰他的痛疤。

更令舅舅惱躁的是，他這個外甥當年甫一接手新月亭，一味地追求創新而毅然斬殺古早味的那種無情狠勁仍念茲在茲於懷，現在卻突然回頭了來求他，心裡到底打的是什麼主意？「我手生了。」舅舅咬著短菸桿說。事實上他沒把握，古早味畢竟是古早的東西了。

「但是，阿舅，這是我們一個好機會。」黃秉鐘說。

黃秉鐘不是隨便講講的。馬凱莉離開後，他仔細算了這筆帳，三十桌，他核過成本以及所有開銷，最重要的是有多少利頭。俗話說「料理賺對半」，對半不敢說，起碼百分之三十跑不了。在現今餐飲業普遍低迷的時候，能有這種送上門的生意，哪有與之輕易失之交臂的道理。

可是舅舅提出兩個問題：「哪裡去找古早菜的用料？即便有，能買到，也不會是以前的價格了。你的成本要重算。」舅舅好似有意潑他冷水。

此外，當晚黃秉鐘與馬凱莉通了話，他有必要了解。「貴公司有什麼慶典，或大宴會——」他要弄清楚宴會的性質。電話貼近耳朵，他似乎可以感覺到她的氣息和她身上淡淡的香水花香。馬凱莉的回答便彷彿湊著他耳邊細語。她和悅地說：「是慶祝。也是我們每年例行的聚會。」她的聲音輕揚著幾許歡快。「今年不同。」黃秉鐘聽到她微微的嬌喘。「今年我們擴大舉辦，除了我們的基本會員之外，還有其他國家的人參加。」她在給他灌輸一個不容忽視的訊息，那就是：「也是你們新月亭名聲享譽國際的時機。當然必須是你們的古早味做標榜。」馬總絕非言過其實，他信。她又有了嬌喘聲。

外國人一向重視一地區的文化特色，就如同馬總名片上寫的，

因有每個本土才有世界

說到底，本土才是代表一個國家的文化底蘊。這點，黃秉鐘還懂得。

「我就不用多講了。」馬總說。

黃秉鐘知道他舅舅不一定會採信。他將馬總的話原本照搬，舅舅立刻頂回，「誰稀罕國際不國際的。」再且，他說：「我不敢保證做得出來。」舅舅依然不鬆口。黃秉鐘想來想去唯有施予「最後一鍘」——他必定得試試是否還能抽動抽動他老人家那根至為柔軟的筋。那是非一般的，是至溺至愛從舅舅綿綿的心付諸的——親情。他們私有的。

小時候舅舅待他，就像母親形容的：你阿舅當你是一顆「甘仔糖」，恨不得永遠把你含在嘴裡，又怕不

小心融化了。孩提時代的黃秉鐘生得乖乖巧巧像個小女孩，特別討舅舅的歡心。未料長大的他有若毛毛蟲的蛻變，像搪膠工藝產出的一個人形玩具似的，在升高中才過一學期，一不留意，嘣的一聲，他已經是個挺拔俊秀的小夥子了。

舅舅以姐姐有這樣一個兒子而自豪。即便今天在新月亭，客人少有不稱讚黃老闆好年輕、好帥氣像明星，他也總不忘一番炫耀他是我的外甥，而於焉臉上有光。

過去，每當黃秉鐘大小聲頂撞母親、無禮乖張的時刻，母親總會數落舅舅的不是：「這孩子給你寵得像什麼樣。」及長，在有執拗的節骨眼，舅舅向來是讓步的，儘管外甥時常拂逆他掏心的美意。台灣人俗話說得好：外甥吃舅舅像吃豆腐，舅舅吃外甥像咬鐵釘。外甥一定是吃定舅舅，外甥凡有所求，舅舅幾乎百依百應。

他們舅甥的關係親似父子，更勝父子。

黃大師是慈父，也是嚴師，教子甚嚴。黃秉鐘小學時候的功課不怎麼樣，黃大師給孩子每一學科訂了標準分數，沒達到，輕則被罰站、禁足在家；重則，乃至體罰。小學六年當中，他被父親用細竹篾重重鞭過三次。因而，課堂作文題目：我最敬愛的親人，他寫的是舅舅而不是父親。內容有一段：「我好像不是我爸爸生的。」童言稚語。老師批完作文把他叫過去，「你不應該這樣說你父親。」

兒時的回憶，黃秉鐘點滴在心頭，現在他已準備好如何向舅舅開口。當天晚上，他去東環舅舅的家，要老人家深明外甥正面臨的困難，在懇求他。表面是成年人的方式在商談，骨子裡耍弄的是小時候求舅舅買玩具的那種非要不可的死纏爛纏。

這一晚舅甥的談話不多。但老人從外甥那對太熟悉的哀告眼光下撇開臉，低頭不語。而黃秉鐘似乎感受到舅舅神情的波動，趁勢說：「何況，阿舅，我們的生意已大不如前了。」這才是實情。鼎盛一時的新月亭自去年底開始，客人有逐步銳減的跡象。

「阿舅就算只重新出來做一次，也有可能是新月亭的轉機。三十桌的古早味就是錢，一個收入，說不定也是我們能否東山再起的關鍵。」他正唱著自己編的腳本。「我相信阿舅的手藝。此外，也是您曾說過的，如今有誰能分辨真正的古早味。」他的這一鍘其實也是賭，儘管馬總乍看起來對古早味了如指掌，黃秉鐘就不信那麼年輕的她，也沒嚐過新月亭早年的一口菜，能品出個中滋味的奧妙？根本是天方夜譚。

但舅舅不置可否，沉吟了半晌，最後他咬著菸桿表示，「那個女的像你說的那樣？我來跟她談談。」

「舅舅要找她談？」太好了，這就有轉圜的餘地了。這無疑有了希望。

馬總第二天有事。第三天上午他們約好了十點在新月亭三樓角間的辦公室。她今天穿著一件翻領的紅色外套，人更鮮艷欲滴。似一團火球般滾入，房間內立刻暖烘了起來。

「我們做生意沒有理由向客人提條件。」在簡短的寒暄後，舅舅首先開場。他在菸桿塞了支菸。「抽菸沒事吧？」他徵得馬總同意，瞇起眼邊輕呼著煙，盡量不去看對方那張艷光四射擾人心神的臉。「我外甥告訴我了。」他瞟一眼坐在茶几旁泡茶的黃秉鐘。「妳指定要我們的古早菜，能說說妳喜歡的是哪幾道菜？」這分明是出題考試，馬總如何看不出來。「我不妨直說，也不用搬菜單。」她嫣然一笑。「我訂的桌至少要有六道古早菜。」

「哪六道？」

「『鴛鴦雙划』、『富貴蹄花』、『五兩羹魚』、『二龍戲珠』、『春水浮雪』。再一道『八寶四貝』。」她如數家珍順口溜出。後面這道是前菜拼盤，這些菜品名全是黃秉鐘的傑作。在新月亭大酒樓仍未徹底創新棄舊前，他將古早味賦予可以上得了宴桌的菜譜，猶如給鄉下人披上時髦的外衣，附上照片。「現在是講究包裝的時代。」不無得意之情。

黃秉鐘泡好茶準備端上。舅舅說：「放著，你先出去一下。」不看外甥一眼。

「順便把門帶上。」

黃秉鐘下到一樓櫃檯，像個石人坐著，吞忍著被冷落的憤懣與焦悶。他拿出菸抽。

約莫一小時，樓梯聲響，馬總已笑盈盈地款步下樓。黃秉鐘起身繞出櫃檯，不待他開口，馬總攝人、含著笑的一眼瞟來，他感受到了落下的輕安。「我舅舅答應了？」

馬總僅僅點了個頭，黃秉鐘迷醉於她身上的香味。「妳是施展什麼魔力？我舅舅可是百毒不侵。」

馬總手指著自己的胸口。黃秉鐘不明所以，眼珠子一吊，「心！妳是說心？」

馬總搖頭，「問你舅舅吧。」

馬總一離開，黃秉鐘跟前跟後地追問著舅舅他老人家和馬總到底談了些什麼。

「慢慢再說給你聽。」不是他不願意告訴外甥，而是很多事情不是用言語，依邏輯能表達的。令人難以置信的是，舅舅停住腳步。「馬總對我們古早菜太了解了，也很清楚我們新月亭。」太可怕了。

實際上，他們是談了不少。舅舅感嘆的是，她居然能把「春水浮雪」的做法說得一處不差。

春水浮雪這道菜是黃大師古早味的代表作，形同利刃的尖峰，火苗之舌，是古早菜的精髓之巔。那是很費工夫、講求火候的菜。馬總一語道破，「不能摻一點水。」還有「獨門配料。」

這道菜本身所用的材料並不多，主要是耗時間。新鮮精肉和草魚，全靠手工將之細剁（也不能太細碎），和成獅子頭的蓋碗形狀。春水的「水」是整隻雞直接架在鍋子上蒸滴出的湯汁，所以不摻一點水。再把剁成泥狀的肉團放入湯中慢火燉熬。這往往需耗時半日以上。而「浮雪」是指冒出汁面的白淨肉團的圓頂，以及末後撒上的蔥白。

說實話，現成的肉菜不是問題。麻煩的是，說穿了是獨門配方，和豬肉魚肉一起剁的配料難尋。全給馬總一一說中。

舅舅也提了個假設，也是目前確實的情況——市面上已不再有古早的配料佐料，怎能做出古早味？它的主材精肉與草魚自然無所謂古早與現在，可是它們的肉身、肉質也不似從前了。

是養殖環境與飼料的本質改變了？

馬總覺得人的舌頭變得更快。她承認不同的材料做不出相同的味道，特別是針對像「春水浮雪」這種有特定品味講究的菜餚。但她說：「難道不能給古早菜新生命？」既然找不到材料。

兩人起先是在問答，接著成了討論，漸漸無形中一種默契在移化，不敢說是逢遇知音，但有些主意見上大致是融通了。

雖然如此，老人尚有疑慮，既然馬總從未嚐過這道菜，想必是有人詳盡傾授她此中的訣竅與微妙所在。這背後一定有高人指點。那會是什麼人？他原本也想藉此從她的口中套出這個人來，又不能太露骨。然而這女人非但美若天仙，而且絕頂聰明，反應也快。她嬌嗔說：「人家好意推薦，照顧您的生意，需要身家調查嗎？」撥個四兩一下子把千斤破了。

舅舅想來想去將這些講給外甥聽又有何用？他現在只是一味地想把馬總這攤訂桌攬下來而昏了頭。話說，面對這般綺麗佳人，誰不昏頭？

不過最後黃秉鐘回到三樓辦公室時，舅舅還是簡單地告訴外甥：「是馬總一句話提醒了我。」

「一句話？她說了什麼？」

「料理不是死的，新的材料有新的做法。」

「就這麼一句?!」如此便使一向老神在在的舅舅改變初衷，重操古早菜的鍋勺？奇乎玄乎。「這麼淺顯的道理，舅舅未必不懂吧？」

「你懂什麼！」舅舅將菸桿往桌上用力一敲。「我並沒有答應她。」

「沒答應？」黃秉鐘又犯懵了，可是剛剛從辦公室走出來的馬總是一臉喜上眉梢。她究竟在高興什麼？

「馬總好像吃了定心丸。」

舅舅看著外甥，暗暗嘆著氣：你哪是馬總的對手。

再說當時舅舅與馬總單獨在三樓辦公室時，馬總索性也跟著黃秉鐘叫老人舅舅。他初聞那聲叫，以及女人那滴切切而觸心的笑，他僵板的臉上細細漾起了有如皺紋的一小小抽搐，他內心似乎有什麼在動搖了。

黃秉鐘不在場，當然不知道。

老人突然發覺自己變得多愁善感，是馬總的話輕敲起他一些潛蟄的，或是他長久以來的壓伏慣了的。就像他吸菸桿，喜歡將煙在肺部多憋一會，再慢慢吐出。他甘於吞忍，或許是在姐夫黃大師的屋簷下低頭太久了。

他好像許久不曾攬鏡自照了——皆因馬總的出現，她的到來，還有她嫵媚的笑。促使他想看看自己。

媚有兩種，一是妖媚，一是嫵媚。她是後者多一點。她似乎不需要施粉遮瑕，就像一件白瓷，畫師只在上面勾勒眉眼，鼻唇……就美而天成了。

老人不需自馬總嫵媚的笑析出男女之情，而是喚醒他面對自我，她的笑有的是對他的期許。

這一顆女人心，頗似知曉一切事……她究竟是什麼人？

此外，馬總的話也撣起了二老舅舅內心積覆的不少塵灰——固然古早味是在黃秉鐘追求新潮的手中壽終正寢的。但其實他與黃大師兩人不為外人知的齟齬，已註定了這個古早的鄉土菜的提早式微。

只緣於縣長秘書一句無心的誇語：「二老你的手藝不比大師差啊。」

那是十幾年前有一次縣府單位中午在新月亭設宴，適逢前一晚黃大師突然發高燒臥病不起，二老臨危受命，一人扛起十幾桌的酒席。當天不僅縣長秘書，很多客人對二老有別於大師的做菜手法讚不絕口。這一對姐夫與妻舅間何時有了嫌隙不是很清楚，但這一事件應該是導火線。

黃大師曾對外宣稱，「沒有我黃某，就沒有古早菜。」事後他的解釋是，「這料理被淘汰是遲早的事。」然而在此後日常工作中，明外暗裡或多或少就有明顯地來自於大師的桎手桎腳，是不爭的事實。他總是將之認解為大師做事一貫嚴苛而習以為常。

可他終歸不是呆瓜。儘管姐夫黃大師不是那種心窄氣狹的老人，但手裡一定緊握著有古早菜的獨門關鍵秘方。不在烹調火候上，是用料配方。難怪他再怎麼用心，再怎麼力求追近，做出來的東西就是差了那麼一口氣。這個發現讓他恍然有所醒覺，他畢竟是黃家的外人，儘管他是大師的妻舅。

不過他們彼此間起碼的尊重依然是有的。只是舅子之後便長期躲在布滿油煙的廚房，很少走出餐廳的大堂。

納悶的是，他與大師之間朦朧的矛盾關係，這不當是正值花樣年華的馬總所能知其一二的，包括她對新月亭、古早菜這般的了若指掌？

總覺得有什麼不對。他更加確信馬總絕非單獨一個人。

他曾有過出來自立門戶的打算，然則他心底透亮，只要他稍一提，首先要面對的即是淚眼婆娑相向的大姐。「你怎能拋下你姐夫一個人不管？」再說姐夫於他也有恩。年輕時他與人合夥經營過一個養雞場而以失敗告終，欠下一屁股債是姐夫出面償還解決的。

大師兒子，他的外甥那雙手是泡不了油醬湯汁的，是不指望他能插手新月亭的廚作料理，因此他更不能離開，他的人生差不多就要這樣蹉跎過了。

然而可以眼見的，他的外甥已經不再是小時候那個乖巧可愛的孩子。人總是要長大，羽翼一豐滿便想飛了；心比天還高，他這把老骨頭哪有法子跟著年輕人去漫天翱翔。

同時他也意識到，其實不用旁觀側敲，現今少年郎做事是多麼無需顧忌，或存尊重。他目前是新月亭的大廚，而外甥快馬加鞭地在廚房培植二廚的舉動是那麼昭然若揭，甚且頗戳人心窩地堂而言之，「舅舅勞累半輩子了，該有人來分擔您的工作。」何等的孝心。

是的，孩提時代，那個他疼愛入骨、像含在口裡的那顆「甘仔糖」已融化得消無蹤影了。

至今二老舅舅依然是個「羅漢腳」，也就是光棍一條——結婚而必須成立一個家庭比管理餐廳尤加累人——有什麼好奢望盼想的？

沒錯，他是該做點什麼了，不是給人看的，而是為他自己。

馬總很積極，星期二一早她先來電，是跳過黃秉鐘而直接打給舅舅。

「我當然急啊！今天不算，離這個禮拜天僅剩四天時間。」馬總說：「我這就過去訂菜單，談酒桌錢。」

「我答應做古早菜了嗎？」舅舅確實說過需要考慮考慮。

「只能說是舅舅還沒正式答應。」這妖女算是招住了他的心筋。「您會拒絕嗎？」

聽得電話另一頭的舅舅大笑幾聲說：「妳過來吧。」

講完電話，他把黃秉鐘叫到一樓樓梯間他的休息室，「這是菜單。馬總待會來，你去跟她談談。」

「舅舅答應啦！」外甥差點沒跳起來摔畚斗（翻跟斗）。不迭地叫好。

「你高興了吧。」

「有錢賺誰不高興？」

「得了吧，你那花花腸子轉什麼，我不知道？」

「阿舅不出面？」

「讓你們兩人在一起，不好嗎？」

「又不是沒見過女人，再漂亮——」

「像馬總這種的，你就沒見過。」

舅舅拿支帶鉤的木棒在茶壺肚裡挖呀挖的，活似在挖空自己的腦袋；那些茶葉渣像一堆煩人的東西，他想藉著燒水泡茶理出頭緒。

事情一旦有女人攪和其中，就是一團亂麻。他這外甥又永遠陷在女人的枕凹裡。不是哪方主動的問題，正因通常都是女孩子主動才沒完沒了，斬不斷，理還亂。他注視著外甥：「看著我——別想打馬總的主意！聽到了沒？」舅舅用菸桿敲了下菸灰缸。

做事方面，雖然這個外甥時而會急躁不穩，但進展工作總是一馬當先，攻擊目標力度也夠，事情往往能達成，然而他還是不放心地叮嚀道：「凡事留點心眼，特別是在跟馬總談價錢的時候。」

「阿舅為什麼不出面？」

「自有我的想法。」舅舅喝口茶。「再怎麼說，對我們黃家、對新月亭了解得那麼透徹，又專程跑來峰西這種小鎮，鎖定我們新月亭。把這些連接起來，你會想到什麼？」

「不曉得。」黃秉鐘說。

「哼，你就只曉得女人。總之不單純，是有目的的。」舅舅晃著腦袋，想著想著，「還是不對。唉，人老了不中用，顧東顧西的。」

舅舅再搖頭，抽口煙，「還有，」老人似乎也發現了馬總說中文的特殊腔調。「她可能是從小就不住在台灣。」

「我有同感。」黃秉鐘點頭。「舅舅很留意她的一舉一動。」也處處防範著。為何突然答應要做古早菜？

「這，這——莫非舅舅也看上了馬總？」

舅舅提起菸桿直敲外甥搭在桌面的手背。

12

對於下午舅舅不參與談菜單，馬總只是一聳肩，也表示體諒。她說她早知道了，彷彿和舅舅之間早形成一種默契。「我能理解舅舅。他想反過來讓我考他。」

「考他?!」

「是啊，我出什麼菜，他接什麼菜。而且他答應了，一定會做。」

「你們在玩什麼遊戲？」

馬總臉色一整。「我們開菜單吧。舅舅應該有交代什麼？」

「你們兩人簡直是知音。是有的。」黃秉鐘嘴巴雖說佩服，心裡總不是滋味。「先請問貴公司打算一桌要幾道菜？」

「十二道，不含主食。」

「阿舅說了，不管多少，他只能提供七道古早菜。」

「我尊重舅舅的決定。但也請您轉達他老人家，不管七道菜的內容是什麼，其中必須要有『黑白昌旺』、『春水浮雪』這兩樣。」

黑白昌旺是白鯧、黑鯧魚先煎再上湯的一道名菜。

「這沒問題，我能做主。」黃秉鐘說話昂聲了。其實都沒超出舅舅之前所開出的菜單。馬總一個淺淺媚笑，「黃老闆本就是一店之主，你不做主，誰做主？」

黃秉鐘撇開眼睛，耳根有點熱。深吸了口氣，他說：「還有其他五道菜呢？」

「除了『富貴蹄花』、『五兩羹魚』、『二龍戲珠』，剩下兩道菜算是發揮題。請舅舅盡情自由發揮，但必須是古早菜。」

「或者，」下午她們也是在三樓辦公室討論。「我叫人把菜單拿上來。」

「不用了，黃老闆。恕我冒昧，我對貴餐廳的菜單一點興趣也沒有。」

好傷人，那畢竟曾經是他的心血交織的成果。

「能不能麻煩您轉告他老人家，說是我拜託他，古早味之外的菜，也請他費點神幫我發落一下。」

「行！這好辦。」

「那麼，黃老闆請您估算估算一桌多少錢？」

「幾桌呢？」

「先暫定三十五桌，馬來西亞那一線的名單未定。就三十五桌來算吧。」

「可以。估價單今晚給馬總。啊！對了，酒水呢？」

「酒水另外估。我不想含在一起影響菜的品質。稍後再告訴您。嗯……我放心了。」馬總摸摸胸口，那動作多撩人。「之前我很擔心，我就怕您舅舅不肯。現在OK啦！」這天下午她穿得很素：黑色連衣裙，套上一件白色針織小馬甲，敞開的左胸前別上一朵銀花胸針。簡簡單單，依然迷人。

真夠爽快，他暗嘆。跟這種女人談判是一種享受，沒想到事情的進展這麼順利，完全超乎他和舅舅的意料之外。可是，還有一點，那才是個問題。他說：「您想想，要在四、五天內備齊古早味的配料，可不是到菜市場走走就能到手的。」

「我了解。誰說現在的配料不能做古早菜？您舅舅會知道怎麼做的。」

黃秉鐘咀嚼著一嘴苦澀。他這麼快就忘了她與舅舅那天關在辦公室裡培養出的共識？他尚發著愣，馬總上前輕輕在桌上拍了拍。「走。」

「去哪裡？」

「喝咖啡啊，我請客。」

「現在？」

「是啊！不然什麼時候。」馬總心情很好。「舅舅在不在餐廳？」

「他在休息。」

「不急。找個時間我會來謝謝他。事情都解決了，我很開心。走吧！」

「晚餐前我必須回來招呼生意。」

「別一臉苦瓜，我們不該慶祝嗎？放心，絕不耽誤您的時間。」

黃秉鐘完全沒有心理準備，但馬總的聲音是那麼有召喚力。

「我坐您的車。」

「您今天沒開車來？」

「有，我把它停在你們的停車場，安不安全？」

「當然安全。」黃秉鐘不懂她的意思。「我們停車場有警衛。」

他們一下午都在三樓的辦公室，不曉得下面餐廳的員工正轟傳開來、互相走告。是警衛講出來的，說停車場停了一部超級靚車。門口一名男服務生看到黃秉鐘和馬總下樓，連忙哈著腰對馬總笑道：「您的車子好漂亮喔。」

「你在說什麼。」黃秉鐘詫異地瞪著縮到一旁去的服務生。

「他在說我的車。」馬總不自在地一笑，「沒什麼，走吧，去喝咖啡。」

他們不需前往停車場，黃秉鐘習慣把車子停在餐廳門口，方便想出門就出門。是一部豐田的皇冠車。

「我們去哪裡？」黃秉鐘發動車子。

聽馬總一說，黃秉鐘便曉得那個地方。

那是位在台中市東區的一家大飯店裡，稍遠離市囂，頗為清靜。黃秉鐘是有一次去那裡接客人，但沒下過地下室的咖啡廳。

這地方相當不錯。白天它室內幽明的自然光非常柔和，這應該得助於這間地下室上頭有一截窗高出地面所洩進的外光。裡面的配置簡單而講求對比，深褐、黑、灰，白，其中以桌椅的黑白最明顯。若非有抒情的音樂繚繞其間，它們的對比很有可能產生一種衝突。這家老闆不喜歡快節奏的曲調。

要說馬總有心，抑或是巧合，她今天也是一身黑白。

黃秉鐘坐下，一臉傻呼地東張西望。「馬總經常來這裡？」

「一兩次而已。黃老闆沒來過？」

「來過。只到上面，沒到下面。」他的眼睛仍然在四處打轉。「想不到有這種格調。」

「馬總今天衣服跟這裡很搭。」黃秉鐘回過臉來笑說。再注視著白色針織小馬甲掩不住她身上黑色連衣裙左胸前的銀花胸針。那其實是幾片柳葉狀的串珠。這樣的黑白相映，很活潑且有層次感。他又看傻了，這陣子他常有不自覺呆愣的瞬間。

馬總招來服務生。「黃老闆想喝什麼？」她將MENU倒過來推了過去，黃秉鐘看都沒看，「來杯咖啡吧。」

「您這人好像來咖啡廳就只喝咖啡。來，我自作主張，給您點個新奇的。」她跟女服務生嘰哩咕嚕說了些什麼，總之名字怪裡怪氣的。

「這裡……」黃秉鐘又望了望咖啡廳周遭。「裝修還很新。可，除了我們這一桌沒有其他客人。」

「是啊，不錯，算是有檔次。曲高和寡嘛。快關門啦！懂得欣賞的人不多。」

「馬總好清楚哦。我這糊塗鬼都還沒請問妳是哪裡人，是台中人？」如果不是也起碼是中部人。可是她生硬的中文都不屬於台灣的哪裡，而她對什麼好似都很熟悉。

「你們啊，黃老闆，你和你舅舅總有些死邏輯。不是這裡人便不該知道這裡？」

黃秉鐘為之語塞。但對於這類問話，馬總始終能用簡單而有效的反問對答。漸漸地讓人覺得繞不進話題核心。馬總擅長牽引推移談話的重心，用笑來支吾。笑是她防衛的盾。所以她常笑，而笑使她愈加迷人，也叫人不易抗拒。因此，笑也是她的矛。

「請不要見怪，」黃秉鐘期期艾艾地，「馬總，妳的口音和我們不太一樣——」

「這個啊，」馬總笑得坦然，像覺得很有趣，「我小時候在國外長大。回台灣後，我的工作您也知道，多半時間在國外跑來跑去，能講這樣的國語已經很不錯了。您說呢？」

正如舅舅所料。

「是是是，問問而已。」黃秉鐘不好意思地拿起濕毛巾擦擦臉，「妳知道我們酒樓的雪梅經理怎麼說妳嗎？」

「哦？」

「在馬總身邊一站，她們都不是女人了。」

她並沒有顯得特別高興，好像這是理所當然的。但黃秉鐘卻從中察覺到她神色間若有似無的不確定苦惱。

「不過，其實也沒什麼。」黃秉鐘說。

「對了，馬總名片裡只有手機號碼，沒有市內電話號碼。是小事——」這是雪梅指出來的。

「不，不是小事。有可能讓人覺得我們是一家空蕩蕩的一人公司。」馬總的話一刀子削掉他們甥舅心中的不少疑慮。她表明她的工作性質。「我一天到晚在外，客戶有事又是直接找我，留市話號碼有意義嗎？」她斜睨了黃秉鐘一眼，接著笑笑。「歡迎到我們公司來。竭誠恭候，奉茶。」

「我沒別的意思。」黃秉鐘反倒不好意思了。

「有沒有放一邊，事情總是要講開。」馬總的眸光清澈，那是種無雜無污染，「這樣……你們放心了吧？」馬總所說的你們，便是把黃秉鐘和他的舅舅點出來了。在這種豁朗的女人跟前，稍一扭捏，徒顯自己的氣量小。

馬總替黃秉鐘挑的飲料，其實是一種名叫卡魯哇(Kahlua)的墨西哥咖啡酒。「嚐嚐看。」她說，「據我所知，台中市目前只這家有。」

黃秉鐘喝了口這個叫什麼哇的，真的哇了一聲：「這哪是咖啡，是酒啊！」

馬總噗哧一笑：「是有酒。不過它稀釋了再稀釋，酒精成分沒有多少了。」她將一只小瓷罐推過去，「加點牛奶更配。」

黃秉鐘照做了，剛開始還不太能接受，多品幾口倒蠻順喉的。馬總靜靜端詳著他，一個男人竟然有一張連女人都會嫉妒的臉。也許過分美，反而在他身上好似缺了點了什麼，一時說不出來。

黃秉鐘勉強再喝了一口卡魯哇。「話說回來，」他支著下巴，「我仍舊弄不明白我阿舅居然會那麼乾脆答應妳做古早菜。」

「是表面的爽快，他內心必定交戰過。」

「哦——」

「是他個人的。」忽然斂容的馬總隱隱有絲羽憂鬱，甫一察覺，即已消失。「讓人高興的是，古早菜終於是你舅舅願意的，不全是為我。我哪有那麼大的魅力。」

「妳沒有，誰還能有？」馬總越是如此，越啓人疑竇。「有句不該問的話，不過，是否你們……妳和我阿舅之間談了什麼條件？」

「你怎麼會這樣想？」馬總並沒有生氣。「我有點吃驚。」不，是料得到，卻沒想到會這麼快。有些事是不足以全盤托出給眼前這個老人家的外甥的。

倏忽間，他們原本熱絡的談話冷卻了，變得索然無味。「我們該走了。」馬總說，「你還得趕回峰西。」餐廳晚餐的準備工作。

回到新月亭，他們直接開車進餐廳後面的停車場。「馬總，妳的車呢？」出了車外，黃秉鐘一張望，立即被角落裡停的一輛紅色流線型的雙門跑車所吸引。晚餐的客人大致上在傍晚五點半以後才會陸續湧入。現在還早，所以停車場幾乎是空的。那輛炫亮逼人的紅色跑車因而格外醒目，強烈地使人倒吸一口涼氣。「好靚的車！」難怪下午餐廳員工會那麼大驚小怪，議論紛紛。

「這是馬總的車？」黃秉鐘快步走上前去，老警衛也跑過來。「你們再不回來，我心都吊著。眼睛都不敢離開這車子，怕一有什麼閃失，腦袋砍了也賠不起。」警衛笑得很不自然。

黃秉鐘更是笑得僵硬。「妳不該隨隨便便把這種車子放在這裡，至少也通知我一聲。」是善意地責怪馬總。

「我總不能一來就特意告訴您我開什麼車。」

「前幾天的那輛黑色車子呢？」

「那是公司的車，有專用司機。今天開的是我自己的。」馬總聳肩笑笑，一副無所謂。

「我為什麼坐你的車去喝咖啡？現在你明白了吧。是，確實太顯眼了。」

車子顯眼不說，它尚且有一個很牛的車牌號，後面四個數字 8899。這是一部保時捷 Boxster2.7 雙門敞篷跑車，不過此刻它的折疊車頂已拉上。若說它的身價絕不少於五百萬。

「待會您大咧咧地像一團火球在街上飆就不顯眼？」黃秉鐘半玩笑地說，也語帶挖苦。

「沒事的，以後不開出來就是了。」她又聳聳肩。「可，這種車本來就是要給人看的，不是嗎？」難得見她咯咯笑了起來。

就像美女不就是給人看的？眼前這部紅艷艷的車確切乎是馬總的化身，如果她也一身紅裝打扮的話……

黃秉鐘的手機響了，他聽著聽著，眉頭一皺，收起手機。「我得趕緊走，不陪妳了。」

「什麼事這麼急？」

「我太太肚子痛，我要送她去醫院。」

「夫人懷孕了？」

「不，是吃壞肚子。可能食物中毒。」

馬總揮揮手，「那麼快去吧。」

黃秉鐘從醫院回來，酒樓的晚餐時間正將結束。

「醫生怎麼說？」舅舅問外甥妻子由美的情況。

「沒事了。」黃秉鐘說。但妻子的情緒不穩定，剛剛在醫院裡還鬧了一陣脾氣。

「你要多陪陪她。」舅舅說，「別老在外面花。」

餐廳打烊後，舅甥倆合力完成了核算古早味酒席的一桌價錢。黃秉鐘隨即電話給馬總。

「現在把估價單傳真給你，請給我號碼。」馬總的名片上沒有傳真號碼。

「明天吧，早上九點我去新月亭。」馬總說：「這麼晚了，我也不在公司。」

第二天，馬總原先說好上午到餐廳議價，結果改成下午。「沒辦法。」她一坐進三樓辦公室便劈哩啪啦說著，「各國的會員、行銷代表全擠在一個時間到。」大有分身乏術的疲奔。

今天她換上一件合身的黑窄裙、白色襯衫、黑外套，又是黑白。她不喜歡亮色或紅色的衣服？記得第二次她來新月亭時，穿的是一件紅外套，是那麼豔火灼人。即便如此，今日的黑白也不同於昨日黑白給人的感覺。反正不管怎樣，只要是在她身上的都很合適，很美。

馬總卻打量著一旁也參與談價錢的雪梅副理。「黃老闆有這樣漂亮又能做事的助手，是您的福氣。」

雪梅赧笑著說：「哪能跟馬總比。」

馬總來新月亭幾次，早注意到這女孩的不同凡人。成天樓層跑上跑下，招呼客人、指揮服務生、寫菜單，張羅上菜等一應工作有條不紊。能幹的女人，她最欣賞。

馬總拍了下手，「我們開始吧。」

「等等。」黃秉鐘關心一件事。「妳的車子停在哪裡？」他下午都在樓上，不曉得她是怎麼來的。

「放心。」馬總笑笑，「我搭計程車，免得有人說我招搖。」

雪梅不明就裡地說：「我們餐廳後面有停車場啊。」

「沒事，我們開玩笑。」馬總瞄了眼黃秉鐘給她的估價單，立即抬頭，「一桌兩萬一?!」

「因為是古早菜。」黃秉鐘振聲說。

「呵！黃老闆您是在賣古董還是賣料理？」

「古早菜也可說是古董級了。」

「你太會趁機做宣傳了。」馬總說：「別忘了，我們可是訂三十五桌。」

「正是三十五桌才優惠馬總這個價啊！古早菜實在太費工夫。哦！對了，馬總，妳打算一桌幾個人？」

「八個，不要桌子擠得滿滿的。」馬總說：「我們重菜質，不重菜量。」她四下溜溜瞅瞅。

「舅舅還在忙嗎？不見他的人。他在醞浪他的手藝？」馬總「醞釀」的音轉不過來。

「他是忙。他向來不對外，他總管廚房的事。」

「那麼價錢方面就找您黃老闆了。一桌兩萬一是貴了，含酒水還差不多。」

「那也要看什麼酒水。」

「這麼說，兩萬一也可以包酒水囉？通常這個價位，你們提供什麼酒？也有飲料吧？」

「有。」黃秉鐘看著雪梅，後者一直在本子上記記寫寫，這時停下筆說：「飲料是汽水或可樂半打。酒每桌一瓶，12年的黑牌約翰走路700毫升。」

「如果扣掉酒、飲料呢？」

「這——」黃秉鐘側頭問了雪梅一些價格，在計算機上打了打。「兩萬。一桌兩萬。」

「黃老闆真會算。餐廳的酒本身就比外面貴，我看這很難——」馬總又開始有點嬌喘。

她的氣嘘聲較之前手機貼耳聽來有親臨的觸動。黃秉鐘首先感覺耳朵的麻癢。因呼吸急促，馬總的眼睛微泛起淚光，看起來更加水汪汪了。在手機通話所看不到的那種嬌無力媚態，完全在這一刻呈現眼前，怎叫人受得了。

雪梅副理慌忙去倒杯開水。馬總按著胸口說聲謝謝。「老毛病，是過敏性氣喘。」她說不是哮喘。「沒事的，繼續吧。」

黃秉鐘輕輕對著筆頭吹了口氣。「不如——馬總說說妳的意願，妳想一桌多少錢？」

在沙發上稍歇了歇，馬總又滿面的笑容。「我想，一萬八絕對做得出古早菜。」殺價時，人們常會耍些小伎倆。在對方的高價與自己的低價取中間值，「但我不希望你開一萬九。」馬總說：「就一萬八，酒水除外。」

「我不會說一萬九。」黃秉鐘一臉為難，「一萬九千五怎麼樣？菜做好最要緊。」

「沒錯。」馬總在座位上腰一挺——這是她準備做決定的動作？——「這樣下去沒意思。是的，菜做好才要緊。」馬總美目顧盼生輝，是否又有了點子？只聽她說：「一萬九定了，包含你們例行的酒水。」

「這——」

「黃老闆不是說您可以拍板嗎？」馬總的笑不無揶揄。「爽快一點。不然，去問問您舅舅。」她拿起手提包，作勢要走的樣子。「否則算了。生意沒談成，我們還是朋友。」

「妳弄錯我的意思。」黃秉鐘鼓起胸膛，有似要一鼓作氣，深怕再一踟躕，他自己也將會改變主意。「行啦！不必問舅舅。一萬九就一萬九。」早把他舅舅吩咐的底限兩萬拋諸腦後。

「但酒水是——」

「包含。」黃秉鐘一把抓過估價單刪改了價錢，並註明了酒水內容讓馬總簽名。

「做生意的，誰不想多賺一點。」

「沒怪您。」馬總笑得像一朵花似地看著他。「酒一瓶哪夠，要多加些。也說不定會換酒，增加的費用另計。」

「沒問題。」黃秉鐘答得很清脆。

雪梅提醒他們說：「不過要麻煩您及早告訴我，有些酒不是馬上調就能有。」

「嗯，當然。」馬總看了看手錶的時間。「需要訂金嗎？」

「最好。」

「要多少？」

「正規情況，我們收30到50％不等。馬總特殊點，給個20％就行了。」關於這點，昨晚他和舅舅商量過了。

「那我是非正規了。哈，謝謝。算算20％是多少？」

黃秉鐘在計算機一陣猛敲，「總共十三萬三千，收您十三萬，一個整數。」

「好，謝謝。明天到我們公司拿錢，什麼時間我會電話通知您。」

「該謝謝的是我，不必非得現金，開票也可以。」

「知道。」馬總略伸伸坐累了的雙腳，窄裙下光滑的腿如白玉映光。她對黃秉鐘的笑依然在擴散。她的笑容確實是利器，是非比尋常的奇女子。

馬總收回腳，突然說：「能不能把舅舅請出來？」

「有什麼事？」

「謝謝他老人家呀！另外還有其他事，可以嗎？」請求融入她的笑容裡，誰不欣然就辦？

「我去看看。」

俄頃，舅舅咬著菸桿踱著步上到三樓辦公室。馬總立馬起身，「舅舅您好。」

老人只是臉皮抽抽權當是笑了。嚴格說來，他和馬總兩人的互動並不熱切，這是舅舅單方堅壁的個性使然？但不影響他們或一瞬目，或一語的心領神會。這也是最叫黃秉鐘看在眼裡，難過在心裡的，竟然有了醋意。

「你們價錢都談好了？」舅舅總是在說話前，會用菸桿先敲敲菸灰缸，黃秉鐘戲稱那是在敲山震虎。然而看了估價單和雪梅的備註，他臉色霎時一變，手抖著菸桿在菸灰缸敲得哐哐響。

再看估價單上馬總簽了名也確認了，吸了口煙，眉頭緊緊鎖著。

「舅舅，這估價單有問題嗎？」

「這——有夠便宜了。」舅舅牙齒恨恨地磨著菸桿。「簡直是做普通菜的價格。」

「舅舅是不是想再改價錢？」

舅舅眉心一鬆。「你們都談好了，名也簽了，還改什麼。」

「舅舅是講道理的人。」馬總對舅舅的笑是那麼純淨。「謝謝您。不過我還有個小小的要求。」

「我知道。我外甥說妳要找我，我就知道了。」這女人是時刻不忘給人驚奇。

「為什麼？」

「因為馬總不是講理的人。」舅舅老繃著的臉舒展了，笑了。馬總也跟著笑。

我的天啊，舅舅居然也學會跟女人開玩笑?!

「說吧。」

馬總開心的臉上散發著光彩。「謝謝舅舅。真的是小要求，就是——能不能在餐後加送個甜點。當然是算錢的。是你們藏私，有好東西也不推薦。」

「什麼甜點？」

馬總有若小孩子向大人要糖般撒嬌說：「芙蓉糕。」語畢，深怕人不給似地吐吐舌。

她俏皮的模樣，把舅舅給逗樂了。「這有什麼困難。」

黃秉鐘忍不住說：「是馬總除了古早菜，對我們的菜單都正眼不瞧。」他像一個球場上冷板凳的球員，老半天上不了場。「您早說，我們就會寫進您的菜單。」

「舅舅在幫我選菜的時候，為什麼用別的甜點？」

「呵！興師問罪了。」老人瞇著眼，嘴角掀起。「這個甜點不貴。但，是急不來的。」芙蓉糕不屬古早味，它的材料也簡單，主要是芋頭，優劣關鍵純粹在做工。是用芋泥捏成花狀蒸出來的甜品。

「秋天過了，好芋頭不多。」

「問題不在這裡。」馬總說：「芋頭更不是重點，是您願不願意。這可是舅舅最拿手的甜品。」實際上它的口碑不惡，是舅舅早年所獨創的，連姐夫黃大師每說起都會豎起拇指。

「只要是您親手做的，我都很期待。」

「灌迷湯了。」老人哈哈大笑。

這著實嚇著了黃秉鐘：有多久沒聽過舅舅這樣開懷大笑的笑聲？

「就這話，我做。免費奉送。」

雪梅把這一項記下，再給在座的人倒茶。

黃秉鐘起身說要上洗手間，拉上辦公室的門黯然走下一樓，在櫃檯抽屜裡翻出香菸，看了看又放回去。他的菸癮本不大，是看心情，最後還是甩出一根點上。

整個下午他是有夠窩囊了。他深深氣恨自己。

送走馬總後，只剩舅甥兩人站在櫃檯前。

「你真會辦事！」舅舅瞪了外甥一眼，「加酒水一桌一萬九就這麼輕易定了。」

黃秉鐘嚅嚅地分析了一下說：「我算了，還有賺頭。」

「賺你個頭！」舅舅從鼻孔哼出聲，鐵青著臉。「被套了，自己都不曉得。」

「一萬九是有賺嘛。」黃秉鐘仍硬著脖子。「舅舅可以改啊。下午馬總在場時，您又不表示。」

「我的老臉皮薄得很，不像你們年輕人那麼厚。」

「舅舅一直講著沒賺沒賺，可又免費奉送人家芙蓉糕。」

舅舅一聲也懶得吭，咬著菸桿朝裡頭走進廚房，黃秉鐘在背後嘀咕著：人老了倒花心了。

13

次日上午馬總來電要他下午四點去麗然公司拿宴席的訂金。「這麼晚啊？去了，你們不也下班了。」黃秉鐘說。

「我們在外面開會，我怕趕不及回去。」馬總說。

三點，馬總再次來電，「你還沒出門吧？哦，幸好，我可能要六點以後才能回到公司。我看八點較保險，或等你餐廳忙完了再過來也行。不管多晚，我都會在公司。」

「不如，乾脆改明天吧，不急在一晚。」

「不不不，」手機裡傳來馬總的笑聲似乎穿透了他的心。「我一定要你來一趟，你不擔心嗎？我講過的，假若我們是家空殼公司豈不糟糕。就今晚，因為明天起我更忙。今天已經是星期四了，您說離星期天的大會剩下幾天。當然我是真心歡迎您到我們公司。」

根本沒有讓黃秉鐘有說話的餘地。他只能趁空插上一句，「馬總想多了。」

馬總最後補充說道：「小心總是好的，不蝕本。現今這個社會騙子多著呢，不能不防。」

難得這女人這麼推心置腹。

馬總的名片上，麗然公司的地址在文心路。「我們公司在天暉大廈，不難找。」馬總電話裡說：「往南屯方向，過五權路第二個紅綠燈遠遠就看得到這棟大樓了。」大廈樓高二十一層，麗然公司在九樓。黃秉鐘準時在八點抵達。晚上這時候辦公大樓裡的公司行號十有八九都下班關門了，麗然公司所在的樓層也一樣，只留有走道幾盞燈照明。黃秉鐘踏出電梯便一眼望見右邊一頭的通道上，馬總正蹲在一間拉下鐵捲門的門前，手裡一串鑰匙在鑰匙孔裡轉來轉去。「哦！黃老闆你來啦。」馬總先出聲招呼。「妳也剛到？」黃秉鐘快步上前。「門打不開？」

「不，是要鎖門。」馬總在鑰匙孔旋了一下。「OK！鎖上了。」

她站起來朝他親切一笑。黃秉鐘往上瞄了眼，門號A913，**麗然國際公司**的招牌在夜間昏暗的走道裡猶自金光閃閃。下面一排字也是金色的，是他們的口號：**因有每個本土才有世界**。字體比公司名大，都是凸體字，牢牢嵌在一塊綠色板上，光燦奪目而不流俗麗。

一股花香先人而至，馬總已來到身旁，臉上倉皇不定，卻頗讚賞地看著黃秉鐘。「黃老闆很守時嘛。不錯，這是基本的敬業態度。」

「過獎了。」黃秉鐘側個身面對著在微弱陰影下更形迷魅的馬總——她今晚的身上幾乎全白。冬季兩件式洋裝，黑腰帶，細長脖子間垂繞著有白花點的黑絲巾。她在時裝表演？黑白配果然是她的偏愛——黃秉鐘吞吞口水說：「馬總要出去？」他才意識到眼前的情況。

「是啊，」那是種累乏了而無可奈何的聲音。「剛想打電話給你，正好你來了，再遲幾分鐘我就出門了。」馬凱莉帶著歉意。「是突發的。一個新加坡代表的護照掉了。」馬凱莉不勝其煩地搖著頭。「我不過早黃老闆十幾分鐘回公司，椅子沒坐暖，電話就來了。」他們邊走邊說，「不好意思讓你跑來跑去。我看這樣，找一天請你來我這喝喝印尼的咖啡，很不錯的。」

「沒事。」黃秉鐘說：「趕緊去處理，護照丟了很麻煩。」

伴隨馬總身上的花香，他們來到電梯口。「啊！差點忘了。」馬總自黑色提包——黑而帶有白邊。好似專為搭配今晚的衣服——取出一只厚厚的紙袋，在上面吻了一下交給黃秉鐘，「酒席的訂金，十三萬。」

「哦，謝謝。有簽條嗎？或者拿張紙我來簽收。」

「不嫌麻煩？反正我這幾天會去新月亭，到時候再簽也不遲。」

進了電梯的密閉空間，馬總近身的幽香更加沁人，黃秉鐘的心跟著電梯蕩下。

馬總一再表示，「很對不起，浪費你一晚上時間。」

「一點也不。」他打趣說：「有錢拿，不浪費，多跑幾趟也無所謂。」

馬總笑了笑。「你太太沒事吧？」

「出院啦。不過是吃了什麼不新鮮的東西。」

「黃老闆有開車來嗎？」馬總問。

黃秉鐘點頭，「停在大樓外面。妳去哪裡？要不要我送妳一程。」

「不用啦，我的車子在地下室。」

「是那輛紅色跑車？」

馬總笑著不答。到了一樓，電梯門開了。「明天給你電話。」馬總說著揮揮手。

大廈一樓不大的大廳，靠門斜對角一側，有一張警衛用的桌子。廳牆正面有一塊壓克力白底藍字的牌子。其上排列著這棟大樓所有的公司企業、行號。九樓那一框格子裡，由門號，乖乖，他發現麗然公司居然擁有三個門面 A912、A913、A914。他剛剛在上面所見的招牌是正中間的 A913。

黃秉鐘向打開大廳玻璃門帶著冷颼颼寒風走進來的警衛打聽。他告訴他：「麗然在這裡已經十年了，老闆姓馬——」警衛笑笑。是大多數男人不懷好意的那種笑。「是女的，啊！真水真水（真漂亮）。」

在與女人交鋒場上，黃秉鐘不曾這般被動；只有他發號，她們跟進。但打從她馬總，好一個馬凱莉出現後，他察悉到了他和她的蹺蹺板不再有上下，已僵持在勢均力敵而他略遜一籌的斜度上。

黃秉鐘回到蘭苑正好十點。樓上靜悄悄的，妻子兒子睡了。他在樓下的客廳，兩腿大字型岔開坐了一會才覺得肚子餓。晚上他根本沒吃什麼。他去廚房給自己燙了一壺紹興酒。打開冰箱在下層的保鮮格搜出了一包魚乾片，回到客廳沙發上邊喝邊無味地咀嚼著。

心一靜下，依然揮之不去昨天下午為了芙蓉糕，馬總與舅舅就忽然那麼融洽無間的情象。

一口紹興酒差點無法下嚥，酒竟然變得那麼酸苦。他自問，到底哪裡出了錯？她對我一點感覺都沒有嗎？他細想，除了訂酒桌、談古早菜，有過屬於他們較親密的話題嗎？——沒有！完全沒有。

實際上他不是不善言辭，是他不需要。他只如同雄獅傲然臥踞草原的土丘上，便足矣。一吼而四下百應，雌獅聞聲而群聚。或許馬總只是單一的特殊情況。但無論如何，在馬總面前，他居然不曉得什麼是適當的語言和應對。果然一物剋一物。於今，他明白了一個事實，他不能永遠是發球的人；馬總隨便甩手一投，他就接不住了。

而馬總反倒成了舅舅難逢的知音？

在往杯子裡添酒時，夜間設定為靜音的手機正無聲而有節奏地閃爍著。朝螢幕一看，霎時，他此刻吞的才是真的苦水。手機貼上耳朵，一個低沉的女聲，冷冷的。

「這幾天你忙什麼？連個電話也沒有。」

「是忙，我一直想打給妳。」他擠出笑聲。「妳也可以給我電話啊。真的是忙瘋了——新月亭最近接了一筆大生意。大訂桌。」

「有多大？」女人說。「大生意跟打電話有關係嗎？」

「這次不一樣。」

「不必說那麼多，說了我也聽不懂。」女人稍微不那麼冷。「明天金港。」

「明天不行。要下星期我才有時間。喂喂，湘媛，湘媛……」他壓低嗓子免得樓上的人聽到。「喂喂……」電話斷了。

金港是一家汽車旅館，是他和這個叫湘媛的女人經常私會的地方。雙方只要誰說「金港」便是暗號。時間上，除非特別言明，否則也都固定在下午三點——這是餐廳結束午餐後的空檔時段。他們不會約在晚上，黃秉鐘很少在外過夜。儘管這樣，妻子由美並未因此就疏於防範。女人的直覺是天生的，那是出於對安全警覺的天性。她很了解她這個丈夫。不錯，都曉得他不主動，但問題是，他無法拒絕女人。最後只能是眼不見為淨。

突地，黃秉鐘的心情一落千丈，湘媛的電話將他拉回現實。俗話說：妻不如妾，妾不如偷。他們偷來偷去，終是要現形的。曾經，湘媛是崖邊讓人垂涎欲滴的漿果，他鋌而走險去採摘，不過是出於越是危險，越有追求的刺激。

今年年初，不期然地，黃秉鐘在超市碰到了湘媛。說來，那是他們的重逢——第一次遇見是四年前，在前峰西警察局長老丈人的八十大壽宴會上，是戲劇性的那種驚鴻一瞥。若有情種之一物，他們於是各自埋下了——驚鴻一瞥在他身上也是個固定的模式——超市那一碰是死灰復燃，立即烈焰熾盛。湘媛愛他愛得要死欲活的，黃秉鐘或許就喜歡這種被焚燒的感覺。

以他過去的紀錄，被一個女人愛上恆是一開始一頭熱，但在一陣子之後便會不知不覺慢慢冷卻。而他不要一個女人也是自然而然，莫名其妙地說分手就分手了。不過有了湘媛之後，他倒是規矩多了——他規矩是因為她有惹不起的靠山。關於這一點他自譴是罪有應得——認識湘媛時，她的「身分」是前警察局廖局長的乾女兒。而四年後一見面，她便如飢似渴地表白：「我已經不再是廖局長的女兒了。」這本是有著各種意義的女兒。她說：「你大可放心。」

可以嗎？黃秉鐘心中有數，有些人，他不要的東西，你不見得可以方便撿。尤其像廖局長這種人。

他發現他採食了那顆崖果之後，一直都站在懸崖邊，須臾沒離開過。當初他那股謀求刺激的振奮，如今宛如高空走鋼繩的戰戰兢兢，任何下一步皆有摔落谷澗，粉身碎骨的可能。

湘媛這顆果子突然不再甜美，不能說和馬總的出現沒有關係，也並非黃秉鐘之前沒有逐漸消減他倆的這份熱度，只是馬總的到來加速了他的難再有感覺。簡單地說，即今的眼前，若將湘媛的影像疊上馬總的艷光裡，確如浮雪融於春水，了無痕跡。

馬總以一個女神之姿在他的心的平台閃亮登場，她給的不只是光，還給出一個辨識方向。過去多少女人和多少個夜晚，他耗蝕了多少心神精力在浮泛的遊戲中？他突然萌生了倦意，憎惡那一套逢場的作戲；現在他知道什麼是追求，而追求的是什麼。

他甚至嗟嘆自己無度虛擲光陰，不曾擁有過一個真正的女人。另一方面，也仗著自己的優勢，超然地自認能免於為愛所囿，為情所苦；也不會因得不到或失去而飽受身心摧殘——除了遙遠的曾經的初戀——他不再有興趣去戀愛。緣於他呼風喚雨慣了。而現今一切改觀了，他不知不覺想認真愛一個人，卻先嚐到類似失戀的滋味。

此時此刻他一門心思盯著的，只是另一個遙不可及的崖邊更為豐碩的鮮果——馬凱莉。

明天呢？金港去不去？暫時，他沒這個心情。管他的，明天的事明天再說。最近他忽然有了這種處事的態度。

紹興酒對著魚乾，燥得他喉嚨難受。

另外，黃秉鐘先前那種反觀自己成了旁觀者的感覺是越來越真確了。如果就因此認為舅舅真的找到了知音，倒也未必。他最了解舅舅了。馬總充其量不過是讓舅舅那柄封存已久、鏽了的老刀，有機會再次磨亮。而所謂知音，也僅僅是彷若在古早味的古曲裡碰巧有一兩個音韻使他們能有感同罷了。難道不也是相互利用？

星期五下午，一輛小貨車駛靠新月亭酒樓門口。兩個年輕搬運工從車上抬下一塊長約兩米、寬一米，裹覆著保護膠皮的大塊板子以及一捆捲紙。送貨單上的收件人是黃老闆。黃秉鐘簽了名，愣愣地盯著地上的大包小包，眼光無神。

當手機有所觸動般響起時，他身子一震。電話劈頭是，「黃老闆收到我們的東西沒？」

是馬總，她的聲音輕快得像隻小鳥。

「剛收到。馬總妳是不是在附近監視？怎麼東西一到，妳的電話就來。」

「這麼巧！」馬總笑了數聲後，即刻嚴肅了口氣。想必她在公司也是個對工作一絲不苟的主管。「黃老闆，」她不是命令，而是出自一種給下屬規定事情的切實，「那塊板是歡迎牌，就掛在餐廳入口對過去的那面牆。不能太高，當然也不能過低，它的中間腰線正好是你餐廳門的高度。明白了嗎？」她似乎不太放心。至於那捆捲紙，她說那是歡迎詞、激勵的標語之類的。「星期天要貼在每個樓層的。」新月亭總共有三樓。「不夠的話——哎算了，我明天過去一趟。也必要實地了解桌位，餐具擺設……對了，還有花。」

「花，我們會處理。妳要增加的酒呢？」

「哦是。先準備六箱綠牌約翰走路。一箱是六瓶吧？嗯，好。還有，花和酒錢請麻煩你先代墊，再一併記入酒席餘款，可以嗎？」

「小事一件。」黃秉鐘真是這麼覺得。馬總卻予以糾正，「請別什麼都當作小事，那畢竟是錢啊！」

「可，也不是什麼大事。」黃秉鐘乾笑著，「謝謝妳，受教了。」

「再一個，你確定三十五桌你們酒樓擺得下？」

「確定！四十桌也沒問題。」新月亭一樓是大通間，二、三樓的包廂是可裝卸的活動牆板。黃秉鐘想起了什麼，他問：「貴公司大會一向都是國際性的嗎？」

「不是，我講過的，今年是擴大舉辦。除了每一年固定的優秀行銷人員的表彰外，這次特別邀請國外的人士參加——」馬總頗興奮地說：「星期天你就能夠見到那種盛況了。對了，舅舅那邊現在怎麼樣？」

「早開始了，他比妳還緊張。古早菜的準備工作，誠如舅舅說的，事情多如牛毛。」千頭萬緒。已提前動員餐廳的人馬分擔各項工作。舉凡地下室倉庫乾貨的清點補充，佐料配料的準備與調製；單單古早菜的食材來源已縱跨了台灣頭到台灣尾。還有一些菜是要預先加工的……這些工作固然繁多紛雜，舅舅卻活力十足，一道菜的調理是一試再試，不臻於自我期許的滿意度，是絕不輕易擺手的——他不是投入，是迷入——黃秉鐘看在眼裡，也該是如此。設想，一個花甲之年的老人，能讓他的生命再起激浪的，恐怕也唯剩古早菜才能推波助瀾。藉著最後在古早菜的一割一烹的製作中，重拾他年輕時代未竟的夢想。並非像黃秉鐘玄乎的說法——能將生命注入某事某物；而是確實有人以傾其生命的熱忱貫注在他所從事的工作上。特別是古早一輩的人。

「總之都在進行了。馬總妳忙妳的，這方面的事，由我們來操心。」黃秉鐘說：「舅舅就是這脾氣，現在叫他停都停不了。星期天晚上準會叫那些外國人吃得神顛魂倒的。」

「神顛魂倒？」馬總重複著好像是這句成語有什麼不妥。馬上她接著說：「這點我不懷疑，而且你舅舅也是個藝術家。」

黃秉鐘不解，「怎麼說？」

「你們菜的雕飾是你舅舅做的吧？」她有一次到新月亭要離開時，正碰上他們的午餐時間。她看到客人桌上菜盤子裡那些胡蘿蔔、白蘿蔔、大白菜梗刻出花、鳥、蝴蝶的菜雕，無不栩栩如生。

「是的。馬總的眼睛真利，舅舅的雙手確實很巧。」

「不是我厲害，是我問了你們的服務生。舅舅真的是多才多藝。看嘛！內場有舅舅，外堂有個漂亮又能幹的雪梅副理，我愁什麼？」

黃秉鐘嘴巴雖是「對對對。」心下叫著，那我呢？

講完電話，他撕下歡迎牌外面那層保護膠皮，將它豎在櫃檯邊，退了幾步，瞧了瞧。

襯著紫色絨布的板子上貼的是黏有亮光的銀箔刻字，相當醒目：

歡迎蒞臨
二ＯＯ六年麗然公司國際精英晚會
因有每個本土才有世界
Welcome to
2006 Eithrane Annual Elites
Celebration Party

板和刻字的材質全是壓克力，做工精細，顏色簡單而素雅。想必是馬總選定的，不愧是國外打滾過的人的眼光。看手上的送貨單，是由台中市一家廣告公司承製。

黃秉鐘察覺到背後逼近的黑影，回頭一看是舅舅和雪梅剛從樓上下來。

「這牌子不錯吧，舅舅。看看人家的配色，一般人在這種場合肯定會是大紅大金。」

雪梅先湊過來，「您是說顏色嗎？我喜歡紫色，挺穩重的，不花俏。」

舅舅沉吟片刻，說：「不摻雜，是好看。可，說不出哪裡怪怪的。」

黃秉鐘聳著右肩，頭微偏左，雙手一攤，不作聲。

眼看著麗然公司的大盛事就迫在眉睫，星期六一整天馬總忙得快不行了，她自己在電話中是這麼說的。有開不完的會與一大堆籌備推行的工作，巡看新月亭宴席現場的事也只能安排在晚上了。

「這樣最好。」布置宴場要大動桌椅。黃秉鐘說：「餐廳的客人不走也做不來。」

「那大概在幾點？」

「十點以後吧。」

「那更好。」馬總說：「可以讓我有時間多處理些事。」她強調晚上再晚也得來。「明天，」她形容，所有準備都為了在這一天上台演出。她是導演，也是主角。「明天要看到我，也只能在晚宴的時刻了。好吧，晚上見。」

「能早則早，舅舅想給妳一個驚喜。」

「哦，是什麼？」

「告訴妳就不是驚喜了。」

馬總今晚流逸的人影現身在新月亭外面是晚上十點過五分。她是從計程車裡鑽出來，而老早就徘徊在餐廳門口的黃秉鐘上前說：「仍舊不敢開妳的跑車？」

「不。有些小問題，進廠啦。請他們檢查一下。」

「那麼名貴的車子也有問題？」

「你的意思，健康的人就不生病？」馬總輕聲哈哈笑著。「車子還是常開得好。」

馬總今天是上黑下白，一件蝴蝶領的黑外套，裡面則是胸前有滾花的白襯衫以及白長褲。

黃秉鐘忽然摸出馬總著裝的訣竅。她的衣服固然多，但基調是黑白的。她在全黑全白，上白下黑或上黑下白之間，再以黑白腰帶、鞋子、飾品交互著搭配出視覺效果。當然天生麗質使它們協調或突出，主導著最基本的關鍵。

所以晚上黃秉鐘直瞅著她說：「馬總每天有不同的漂亮。」並非逢迎之辭。

「嘴巴甜永遠管用。」馬總的欣喜更是由於一踏進餐廳映入眼簾的，釘在正對門的那面牆上的歡迎牌。

「哇，這麼快。」馬總像隻雀鳥跳前跳後，分別自幾個角度端詳他們公司的歡迎牌。

「是昨天傍晚掛上去的。」黃秉鐘在觀察馬總的反應。

他沒照她吩咐，「沒等妳來就擅自做了，抱歉。」

「不不不，這樣很好。」她手舉到空中從看板到門口畫一條線。「高度正好，比我想像的恰當。」她頻頻點頭，「這就是你要給我的驚喜？」

「不是，是舅舅——」

「那好，把驚喜留在最後。我們上樓去。」

真是個工作狂。

上面二樓、三樓的桌椅雜物一概清空了，只在松月廳提供一桌八個人的餐具、酒水的鋪置等權當樣板。雪白桌布，桌上玻璃圓盤下是金黃的綢緞墊布，餐巾也大膽採用同樣布料。玻璃圓盤上一個元寶形狀以紅、黃兩色花鬥豔的盆栽，在燈光投照下確有金碧輝煌，滿堂祥瑞之氣。

很中國味，超乎馬凱莉的預期。然後兩人再全面核實了一遍桌次的排列，桌上客人的名牌……這些工作都是雪梅經理一手包辦。馬總又一次嘖嘖稱讚不已這女孩子的過人能力。她大雪梅兩歲。

「如果這間房的擺設能通過妳的法眼鑒定。」在光彩耀人的氛圍中，黃秉鐘俊臉上也燦亮了，說話也飄然了。「其他樓層的房間，明天就照這個樣子進行。」

「時間上夠嗎？」

「除了貴公司，明天我們不對外營業。」

「嗯……」馬總遲疑了下。「行吧。」

接著，馬總指出花籃、花座在樓梯口、走道上她希望擺放的位置。並解開那捆標語的條紙——不外是些唸來會使人起雞皮疙瘩的格言式的自創宣導詞，像「世界雖大，熱誠可及」、「推銷是主動的幫助」、「不注意身邊人，奢談放眼全世界」皆有中英文——馬總將之攤開分類，哪些是貼在一樓，哪些是二樓、三樓。

二樓的松月廳是新月亭最大，也是裝修最豪華的房間，是明天的主廳，將全日敞開作為主桌位。「我們在這裡安了麥克風。」各樓層都有音箱。「馬總可以同時向各樓講話、致辭、敬酒。」

「嗯嗯，黃老闆想得周到。」馬總下樓前再度回望了二樓一圈，並投以好似是最後一瞥的目光。又是嗯嗯嗯幾聲，然後說：「去看你們要給的驚喜。」

他們在一樓找了一張未撤走的小桌椅，一個幫廚小弟端上一青花瓷淺盆，散發著食物經時燉煮的淡幽而綿綿的溫香。居中覆蓋的半弧形肉泥團，宛如高山的雪頂。周邊繞著的湯汁浮著細迴的油紋，清澈得一似初融的春水，幾許飄撒的蔥花是早春的綠意。光造型樣貌，已讓人深深受它的呼喚招引。會是你渴求的，卻不欲豪取。所以是品嚐的。

「這就是『春水浮雪』。舅舅試做的。」黃秉鐘說著，自己都覺得驕傲。

「最後一道工序，是等馬總妳來才完成的。」

這就是用心，暖人心的凝合。

不是吃，不宜嚼，只合含，而入口即化。馬總在青花瓷盆的雪頂上挑了一丸子肉泥一口含入，怔呆了。那表情，天啊！春雪是這樣在嘴裡消融的。再順喉而下時，她宛如才覺醒般，直呼：舅舅呢？舅舅呢？舅舅才慌慌張張奔出來。馬總上前一抱，在老人家面頰上一吻。老人驚紫了臉往後退。更驚的是黃秉鐘，他一下子頹坐椅上，帶著心碎。

「味道如何？」這時候，豈是「好吃！」用得上的。

大家屏息看著馬總，一時默然。

馬總氣喘著，「我放心了。」只一句一切盡在不言中。

黃秉鐘跟著嚐了一口，無法形容那鮮美滑潤的口感，齒頰絲絲留香的滋味。絞肉裡加了少許翠芹，恰到好處的爽冽。他無話可說，是怕講錯了而破壞當下整個氣氛。單此一道古早味便將現時新月亭的滿堂菜色硬生生地比了下去。除了感而嘆之，還是嘆而感之。任何有聲的均是多餘的。

馬總看著舅舅，水漾漾的眼睛，黃秉鐘明白那是她的激發之情，那裡頭是尊敬、佩服，竟還有深深的愧疚。她仰了仰臉，注視著老人。「謝謝您，舅舅。」她輕聲說。

現在只有咬著菸桿的舅舅是最篤定的，剛才馬總那一吻印下了他的信心。寶刀未老。

「您終於明瞭我為什麼堅持著一定要古早味？」馬總說，再望向二老舅舅。

「是要本土的，我知道。」黃秉鐘試圖緩和眼前不必要的嚴肅，故作幽默說：「沒有本土，哪有世界。」

馬總笑了，而且特別迷人。「黃老闆，你可以加入我們的行銷行列了，隨時歡迎。」緊跟著又積極起她做事的態度，再重述一遍重點待辦事項。「明天啊，就是麗然正式的大日子了。」

馬總吸了口氣，「好緊張喔。為我們加加油吧！」她揚起鼓舞人的笑容。

「妳放輕鬆吧，請相信我們。」黃秉鐘也鄭重地說，「不單是為麗然，我們也要感謝妳，讓我有幸躬逢這次國際的盛會。」

舅舅悄然走了。

黃秉鐘仍慷慨激昂，「能讓外國人了解台灣的古早餐點不光是報章雜誌介紹的那些——」他想他可以再多講一點。不過最後只說了，「古早菜唯一在我們黃家。」

馬總乏了，露出倦意，「我該回去了。」

「嗯，是不早了。」黃秉鐘意猶未盡，轉而問說：「馬總的車子什麼時候修好？明天有車子用嗎？」

「明天公司的車子多著呢，大台小台都有，謝謝。」

「還是準時晚上六點開席嗎？」

「是。」馬總說：「明天真的拜託你們了。」她再深深看他一眼。別過臉時，流露的是無盡的悵然。

這一夜的蘭苑，半夜蕭蕭風起。既疲憊不堪又興奮莫名的黃秉鐘在半眠狀態中，突然從床鋪驚坐而起，碰醒了妻子。

「你幹嗎？」她均勻的呼吸被打亂了，人猶在迷夢裡，「你不睡——像瘋鬼——」

「噓！聽！」他屏息說：「聽聽什麼聲音？」

「有小偷?!」妻子在床上翻個身，睜大眼睛。「聲音？沒有啊。」她豎起耳朵。那麼清楚。「再聽，哦！現在有了。」是比哭還難聽的叫聲，又像笑。他說：「是貓叫。」

「沒有啊。會不會是……」妻子由美恍恍惚惚的。「狗在叫?!」

「是貓！」丈夫大吼。

14

十一月十九日在天寒地凍的第一線曙光中終於來臨。

望著東方過早露出半張臉的太陽，舅舅說：「今天會變天。」所謂：「早日不成天。」而不久前，天邊才一翻白，新月亭大酒樓的廚房便沸騰起來，吆喝聲、鍋盆碰撞像打擊樂敲響了這個特殊重大日子的序曲。一些費工耗時、慢熬細燉的功夫菜，在昨天或今天上午，皆初步必須完成只要在上桌時，提前點火上爐便渾然天成的程度。剩下的當天需用的新鮮肉菜、魚蝦陸陸續續最遲在上午十點前由各路市場匯集到新月亭。

餐廳全體員工進入了戰戰兢兢的備戰狀態。他們幾經實務演練，各就自己的崗位。就在今夜跟隨著坐鎮後場的舅舅的指揮棒揮動，擔任好自己的分內角色。然後酒香菜艷，杯觥交錯將合譜一場隆重的饗宴交響。

舅舅依然瞇眼皺眉，但老神在在，胸有成竹。

早上八點，在新月亭只開了半邊的門前豎立一個牌子。

敬告　貴客嘉賓：

本餐廳今日因承辦筵席，暫停對外營業一天。

不周之處，尚請海涵，明日照常恭候大駕。

新月亭大酒樓　啓

馬總抓緊在開會前來了電話。她說她忘了確認一件事，就是晚上停車的情況。

「這倒是妳最不需要操心的。除了我們餐廳後面自己的停車場，另外有塊準備要蓋房子的空地，那就大了。就順著餐廳走不到五十公尺的地方，停幾十部車都沒問題，我已經跟空地主人打過招呼了。」

「但今天是星期天，你們那邊是鬧區，外出的人多，車也多，到處擁擠。」

「再多也沒有平時傍晚五點鐘以後突然湧入的下班車流，那才可怕。不過，秉陽路還算寬，問題不大。」

「沒問題就好。」馬總說：「因為年度大會要開始了，除非有重大突發的事，現在起直到下午四點我不會再打電話。」之後她再吩咐了一些瑣事，包括務必控制好時間，外國人很守時的，以及出菜的順序……黃秉鐘覺得，女強人再強，只要是女人，免不了囉囉嗦嗦。

掛掉電話前，馬總誠摯地邀請黃秉鐘，「能抽出空的話，歡迎你來我們會場感受一下難得一見的隆重國際大會。你來可是貴賓喲。」

「那是我的榮幸。不過——妳也曉得，我能丟下這邊的事嗎？」黃秉鐘聽見手機裡馬總的笑聲。他咂咂嘴說道：「倒是應該給你們會場送送花籃什麼的，壯壯場面。」

「那才真不用了，我們都快被花海淹沒了。」

黃秉鐘自不必去錦上添花。說實在，表彰大會才是他們麗然的重點大戲，在新月亭純粹是大會後聚餐交流之處。馬總另外在台中市立美術館附近租了一間大會堂，所有的儀式、會議、表彰典禮都在那邊進行，完了之後才「移師」新月亭。

麗然公司一早便是一連串緊鑼密鼓的排程。派車接賓客、會員，會前活動以及壓軸的表彰大會。馬總玩笑說：「我晚上不知還有沒有勁吃宴席。」又一聲嬌嘆，「真希望今天趕快過去。」

黃秉鐘附和著，他也有同感。

下午兩點過後，黃秉鐘突然不見了蹤影。雪梅接到馬總的電話，火速上三樓辦公室。

「對不起，馬總。難怪他沒接電話，他手機在桌上。嗯嗯，好好——好的好的，我會轉告我們黃老闆。」

快三點，黃秉鐘才出現在一樓的櫃檯。他從頭到腳煥然一新，棗紅色西裝上衣、黑褲子、白襯衫，一個差不多也是棗紅的蝴蝶領結。他不喜歡全套的西裝，嫌不夠活潑。頭髮顯然也刻意修剪過，短而平順；腳踏一雙黑皮鞋亮可鑑人。人在櫃檯邊一站，那瀟灑雋雅，的確儀表出衆。

「哇，帥死了，老闆。」雪梅老遠看到他，快步走向他。「原來您跑去美容化妝啊。準備給誰看？給馬總嗎？」她曖然一笑。「馬總在找您。」

她不是說好四點以後才會有電話？黃秉鐘心想。手上下摸著衣袋。

雪梅笑說：「手機？不用找了，我替您帶下來了。您把它忘在辦公室桌上。」

「馬總說了什麼？」

「他們有部分開會的議程拖了點時間，她擔心不能在六點準時開席，她會再通知您。」

「哦。」

下午麗然公司原定的排程是，表彰大會四點一結束就直接來新月亭。算進可能的交通堵塞，一個半小時的時間，那是最壞的情況。

下午四點馬總來了電話說：「我在會場。」不用她說也知道。因為那邊的掌聲與歡呼聲在電話中清晰無比如同臨場的特效。「你沒來真的太可惜了，今天這個場面，實在是——」人又嬌喘了。「太熱烈，太盛大——」她只是一個勁說：「太……」。她激動地宣稱，這是他們麗然遠東區展現成果備受矚目，享譽國際的一天。讓國外代表們刮目相看，是相當成功的。

「太高興了。」她說：「如果你這時在我身邊，我一定會抱住你，好好親一個——」

黃秉鐘幾乎要捏碎手上的手機。他居然也犯氣喘了。他摸摸臉頰，真他媽的該把自己給斃了，他後悔死了，自己為何那麼輕率拒絕她下午的好意邀請。「馬總愛說笑。」可，內心壓不住突突咚咚的，懊恨鑽痛他的胸口。

「你不在場，怎知我是說笑的？」馬總拉了一個很誘人的尾音。「是不是很多女孩子都對你這麼說？」她似乎依然在笑。笑聲不高，並未被現場紛嚷吵雜的背景聲所掩蓋。自有一股清新，有若濁世裡的淨音，「好啦，跟你鬧著玩的，言歸正傳。目前看這狀況，晚上你們那邊開席時間恐怕要延半個小時。」也就是六點半。「不好意思。」馬總說：「不講了，大會最後的壓軸表彰典禮馬上要開始了。五點左右我再給你電話。」

不管馬總是否開玩笑，他收起手機，心裡依舊無法平息，想著被她那柔軟的嘴唇所覆上……

想著想著正一腳踏上樓梯，雪梅經理後面追上說：「老闆，這些音箱放哪裡？」那是兩個音響的擴音箱。他走回櫃檯。一個餐廳的電工手臂盤著一卷電線在旁候著。

「主機呢？」黃秉鐘問。

電工回說：「已經安上了，在櫃檯後面，接上線就行了。」

「嗯，音箱擺在歡迎牌下的兩邊。」他告訴雪梅。

這樣，這兩個音箱於是正對著餐廳大門入口。很好，昨天他靈機一動，從蘭苑家中搬來一組音響，打算客人一入場，便播放一段輕快的樂曲以示歡迎。這稱不上什麼創意，圖個熱鬧，給馬凱莉一個驚喜。有時不起眼的一個小點子，會有預想不到的效果。

舅舅

在黃秉鐘小學的作文中，舅舅是孩子小小心靈的一尊神——求無不應。這些時日，特別是今天一整天，黃秉鐘在廚房進進出出幾回，舅舅始終背對著他，全心全意在料理台上忙乎不輟。驀然的一刻，他深切感覺到舅舅佝僂著的鞠躬盡瘁的背影——黃家是虧待了眼前的這位老人——現在，他老人家又為了滿足他這個外甥正汗流浹背。

在抑制不住有生之年必該孝敬孝敬這個疼他有如含「甘仔糖」的舅舅的同時，也不免心生遺憾在圳尾老家孤寂的父親沒能親眼目睹今晚難得一遇的盛況。這是兒子的驕傲啊！

越是到宴會的時刻，他越百感交集。

然而，誠如舅舅說的：設使你阿爸今天還在新月亭，想接這攤古早菜，門都沒有。也是事實。

從小根深蒂固的父親印象是座大山，非但沒有包容，反而恆常嚴肅其表，不形於色，是一座不可親近的高山。

五點，舅舅總算走出廚房透透氣。一身油汗，咬著菸桿，鼻孔噴吐著煙。一眼望見外甥不黑不紅的衣褲，棗紅的領結，他習慣性地皺皺眉，「你準備上台表演魔術？」

五點十分，馬總按自己說的時間來了電話，「已確定五點二十分大會結束。」

黃秉鐘上樓到各層房間逐一串巡一遍，做最後檢視，也查查抽風的情況。放眼一片金光閃閃，讓人眼花繚亂；接著一晃，一陣心神不寧。他告訴自己，「要冷靜。」

五點四十分，像一記號角般，「我們出發了。」馬總在手機上興奮又緊張地宣告。「六點半應該到得了新月亭。注意你那邊，千萬別有什麼差錯。因為有——」

「知道了。因為有不少外國客人，對吧？就請放一百個心。」黃秉鐘正了正衣領間的蝴蝶結。「快到前十分鐘，請馬總再給我電話。」

重新換了裝的雪梅朝他走來。「一切就緒。老闆，還有什麼吩咐？」

「目前沒有。」黃秉鐘說著，直盯著人家看。雪梅好生不自在地低下頭。她上了點妝，合身的中西式禮服凸顯了她健美的身材，懷裡揣著一本資料夾的幹練姿態，別有一番韻致。原來她竟是如此迷人。是該怪他沒有認真細瞧過她？只因他經常在衆多美女的圍繞中而忽略了她？總歸一句，是他從來沒有太在意她。由於任勞任怨是她應該的，是以斂住了她的光芒。他暗責自己的有眼若盲。傾刻間，混雜著感激與歉疚之情油然而生。今晚整個宴會的井然有序，以及隨後酒席進行的大小事都要全靠她了。

雪梅自身寧願是個女能人，而不欲是個女強人。

「趁客人未到之前，妳稍微歇歇吧。」黃秉鐘情不自禁地憐惜著。

「這怎麼行。」雪梅斷斷不敢。她一聲吆呼，一群身穿紅白相間制服的女服務生開始往門口列隊，等候客人蒞臨。她們全是由餐廳的女服務生中精挑細選。一經打扮，無一不是靚靚麗麗的。雪梅看了黃秉鐘一眼，意思是工作才開始呢。她重新排練著女服務生如何隨著音樂一起彎腰行禮，向進來的客人熱烈地齊口同聲：

「歡迎光臨」。

六點十分黃秉鐘叫人打開樓上所有的燈，他要預先感受即將而來的高朋滿座，國內外人士的濟濟一堂，談笑風生……一登上二樓，他的兩眼發花了。桌排間，廳角落以及走道上相挨並列著的花籃、花盆的炫異爭奇。特別是餐具和玻璃杯在餐廳的燈光下，鑽石般晶亮奪目所交錯出的各種色彩和光芒的夢幻，剔透得那麼不真實。華麗而虛緲……突然一哆嗦，手機響了。六點二十分，馬總急切的聲音，「臨時要去接一位客人，我可能晚幾分鐘，其他人會先到。宴會時間不變。」馬總連聲抱歉。

六點半。手機聲一響，黃秉鐘立馬接起。馬總像氣喘不過地問道：「我們的人到了沒有？」

「沒有。」黃秉鐘反而為她著急，「還沒見著你們的人。」

「我想，快了，再五分鐘吧。」她說：「我會慢點到，但不超過七點。」

看看時間差不多了，黃秉鐘用無線對講機通知櫃檯。「交代下去，可以打開音響。門口歡迎人員趕緊就位。」他從二樓走到了一樓。雪梅堵在樓梯口，一臉焦急。「人什麼時候到呢？」

「別慌。」

六點五十分，黃秉鐘按開手機撥打，馬總在電話中。

雪梅臂彎緊抱著的資料夾是今晚「上演」的人、事、物的所有「涵蓋」。她做事條條理理、樣樣到位。黃秉鐘像中了邪似的，自今天傍晚開始，一見到她，就無法從眼前更顯得落落大方的她的身上移開視線。

他們走出酒樓，到了路邊，黃秉鐘向秉陽路兩頭張望。星期天晚上出來吃飯的雖有相當的人車，卻不見有大車陣突然流入的洶湧。因為三十五桌，一桌八個人，加總兩百八十的人數，以四十五人座的大巴，至少也得六輛。一時間湧入，是不可能不出現打結的紊亂交通。

七點五分，馬總的電話通了。一接電話她劈啪地說：「我們的人還沒到嗎？不可能的。等等——我快到新月亭了。」

他匆匆回到餐廳的櫃檯。依照事先的演練，只要在外面的雪梅手一揮，裡面便立即按下音響主機的播放鍵。音樂一出，兩排的服務人員立即恭候著準備歡迎客人的到來。

七點十五分馬總重回忙線中。

不覺間天黑了下來。冬日幾乎沒有黃昏，天說黑就黑。酒樓門廊的燈光將外面的綠磚地反射出一片柔和的光簾。不時來回其間走動的雪梅像是一隻美麗的精靈——感覺她隨時會消失在風中——在降下的夜幕裡。

雪梅突然攏攏頭髮，那動作讓黃秉鐘以為是給他的信號，正喊聲準備要放音樂，卻看到她慌忙地朝他搖頭，再揮一個不是的手勢。她臂間斜摟著那本資料夾像不勝負擔。她做個深呼吸往路的這頭看看、那頭望望，又抬頭宛如問天。她再次轉身向他時，黃秉鐘已意識到他等不到她的手勢了。

因為這一晃，時間早過了七點半。再打馬總的手機，又是該死的忙線中。以國際公司自居，口口聲聲須嚴守時間。而時間是她的兒戲，根本上是個騙局。此刻，氣也好，怒也好，說什麼也無濟於事了。從七點半開始，他不停打電話，直到八點，手機那邊已經不是「忙線中」，而是「對不起，您撥打的電話已關機……」

「別白費工夫了。」雪梅回進餐廳裡。「現在，怎麼辦？」

黃秉鐘身上的襯衣早已透濕貼黏，比工作流的汗多。他腦門一轟，說不出話來。他踢了一腳歡迎牌下的一只音箱，然後轉身衝出酒樓，雪梅沒攔他。外面馬路出奇的靜。

舅舅大跨步走出廚房扯下圍兜，將菸桿往手掌上敲下半截菸，拋了話說：「菜全上桌，給員工吃。」

「這麼多的菜怎吃得完。」雪梅經理難過地說。舅舅走了幾步折返，「不會叫員工打包嗎？難道拿去祭天啊。」這是她聽到二老舅舅說的最後一句話。而他在薄夜的燈火中被吞噬的背影，也是他留給大家的最後回憶。

黃秉鐘躲入了黑夜，正確地說是躲去湘媛的家，投入她的懷抱。他喝了一夜酒，湘媛勸不住他。半夜翻床吐了一地。酒醒後，進浴室將蓮蓬頭開到最大，如大雨滂沱徹底瀑沖自己。早上九點出門，湘媛照樣留不住他。「晚上你還會再過來嗎？」她吶吶問著，給他套上那件暗紅的西裝上衣。黃秉鐘面無表情地開門出去。

15

馬凱莉

大約上午十點多。黃秉鐘拖著蹣跚的步履，帶著一身未散盡的酒氣直搗天暉大廈九樓的麗然公司。他咬牙攥拳狀似一心要端掉這個狐狸窩，揪出這隻狐狸。「總該現形了吧」。現在支撐他的，是這腔怒火。一路上翻江倒海內心揣著的是，你這馬總、馬凱莉將以何種面目見他？又會是怎麼樣的一個場面？除非她關了公司，逃之夭夭。

然而 A913 有著綠牌金字的公司門是大敞著。公司不但在，裡面還異常忙碌，每個人全神貫注在自己桌上的工作，頭都不抬，因此沒人發現他推開玻璃門進來。當他出聲說要找馬總，立刻有個穿戴整潔的年輕女孩走上前招呼，問明了來意，便客氣地說：「先生，請問有跟我們總經理約好嗎？」

黃秉鐘表示沒有。接待的小姐說：「沒關係，請稍候。」讓黃秉鐘在旁邊的椅子坐下。她推開隔壁間應該是 A912 的玻璃門進去。沒多久她出來比了個請的手勢，黃秉鐘給自己一個深呼吸，穩著步伐走進去。

麗然公司的三間辦公室全部採用玻璃牆分隔，四下透明光亮，感覺十分清爽、有活力。由他們牆壁所吊掛的各個國家的實地照片，佈告欄上貼示的商品行情、區域分布和業績表等等，即能一目了然，這是個行之有年的正派國際公司。櫥窗裡的產品和介紹也確實是他們公司的系列保健營養品。

馬總的總經理室也是簡單的現代辦公桌椅，也以玻璃材料為主。黃秉鐘繞過門右側一塊屏風，一個打扮入時而不奢張的女人低著頭在桌上忙著。等黃秉鐘到了跟前，她才放下手上的工作仰起臉。兩人同時一愣，而大大驚詫的是黃秉鐘。「我想找馬總……」

對方睜大漂亮的眼睛，「我就是。」

「不，」黃秉鐘慌無頭緒，「我要找的是馬凱莉總經理。」

「我就是馬凱莉。」女人很有風度地起身請他一起坐到辦公桌前的沙發，並叫人送茶水。

黃秉鐘懵懵懂懂地面對著這位帶著親切笑容而絕不是他心中那個馬總的馬總，心亂如麻。

兩人俱是美女，一樣美艷動人，眼前的馬總顯然年紀大些，不但魅力猶在，且多了一份成熟。難怪上回來天暉大廈，樓下的警衛一提起麗然公司的女老闆，便豎拇指誇稱很水、很水。

「可是，」在黃秉鐘混亂不堪的腦子裡，有一個他不願去接受，像忽然亮起燈的事實。「明明……」那已然是八九不離十的，如假包換的一齣冒名頂替的戲。

事實上，這個老總也是一臉錯愕。但她的笑容並未消失。「我就是馬凱莉。」她正式自我介紹，拿出了名片。黃秉鐘一接過手，幾天前所發生的事霎時傾覆而來。因為是這麼熟悉。

就是這張名片——

因有每個本土才有世界
麗然國際公司 Lithrane glohal company
遠東區總代表
馬凱莉
地址：台中市文心路 ×××××
手機：0911-××××××

無論紙質、字體、印刷式樣、正反的內容，完完全全跟他皮夾裡那張之前的「馬總」所給的名片一模一樣，無一絲毫差異，連紙張顏色也一致。他呆然地盯著名片。

「這位先生——」眼前的馬總似乎也察知個中有異，「您不舒服嗎？」

黃秉鐘如夢方醒，「您確實是馬總？」

「這能假嗎？」她在剛才黃秉鐘朝她桌前一站時，已注意到這個兩眼布滿血絲，好似幾天沒睡覺，一身酒臭，在愁憂中仍叫人著迷的一張俊臉，可以想見平時的他是何等拔萃的美男子。

「這位先生，請喝茶吧。您找我有何指教？」

黃秉鐘這才從皮夾取出自己的名片。

「新月亭大酒樓。」眼前的馬總說。「是黃老闆。」

「馬總知道我們新月亭嗎？」

眼前的馬總看著名片上的地址，「在峰西鎮……那地方我不熟。」也就是說她壓根沒去過峰西鎮，更違論什麼是古早菜了。「年底啦，」她講話也沒有那種硬腔，很順，不像之前的「馬總」，「是餐廳生意最旺的時候。你們餐廳是以海鮮為主？」她以為黃秉鐘是來拉生意的。

而黃秉鐘只顧著在皮夾裡找東西，最後翻出之前的「馬總」的那張名片。

「這是您的名片吧！」黃秉鐘瞅著對方。現在的馬總皺了皺眉，只瞟一眼即脫口說：「不是我們公司的。」何以見得？黃秉鐘收回名片，將之前的和現在的放一起比對，「我看不出差別在哪裡。」

「這不怪您。」馬總說：「乍看是一樣的。但顏色，我指的是紙張的顏色。沒錯，都是綠的。我們的綠是有意義的，是代表綠色食品和環保的綠。」她說他們使用的綠是有遍通卡（Pantone Cards）的依據。具體是哪年版的，她忘了，不過公司有留檔。

「您剛給我看的那張，顏色很相近，意思差多了，絕不是我們公司的。」

經這麼一說，果然同樣是綠，確實是綠中有別。

「綠色系在遍通卡裡有一長列表。」這個馬總補充道。

她畢竟在商場翻滾已久，一下子便反應了過來：「哦，難道有人假冒？」

「是有人來我們酒樓訂酒席，拿的就是這張名片。」黃秉鐘順帶一問：「貴公司今年底有舉辦什麼大型或國際性的大會嗎？」

「沒有啊，即使有也只是年終的尾牙，是公司內部的——發生了什麼事？」

「這人訂了桌，」黃秉鐘揚揚手中的名片。「結果沒有半個人來，是昨晚的事。」

這位馬總算是弄清今天這個年輕老闆為何而來，和他抑不住的苦惱。她莫名其妙地替他難過。

或許是男人那份鬱鬱寡歡的樣子使她心波一蕩。頓時覺得不可思議——是為她自己蕩漾的心感到羞愧——一個同情竟因附著多種情愫。她好像要搖醒自己似的，猛甩了下頭。

一支筆輕輕不停地敲著她的掌心。

「訂了幾桌？不會沒有訂金吧？」

「訂金倒是分文不少。可，訂的是三十五桌——」

「什麼?!訂了三十五桌！幸好收了訂金，否則就虧大了。」

她挑了挑眉，「顯然是有人以我們公司做幌子在外面招搖撞騙。」

「馬總是否有這個人的印象或線索，我會這麼說是因為這個自稱是馬總的女人太了解貴公司了。說不定是你們的下線或什麼的，我不懂。而且她長得非常非常漂亮，漂亮得太過分了。」黃秉鐘學著雪梅的語氣。「見上一次，永遠記住。」

「呵，有您說得那麼漂亮？」現在的馬總不以為然。是女人天生對這種事的特別敏銳？

「是，當然您絕不輸給她。」這也是由衷之言。「而且，」黃秉鐘接著說：「這女人講話有股怪腔，就是在國外長大的台灣人講話的那種調調，所以並不難找。」

馬總沉思時，嘟起的嘴那誘人的唇形像等著人的親吻。黃秉鐘不自覺地舔舔自己的嘴唇，乾咳一聲說：「從貴公司的人事資料來查，或許快些。」

「黃老闆您不了解我們。」馬總放下手裡耍玩的筆，傾了傾身。「我們行銷公司無時無刻不在擴大吸收銷售下線，也是我們產品的使用者。」這些人的連線有如樹的拓枝，分布大而錯綜。「老實說，有大半的人我根本沒見過。」這話不假。「我可以這樣告訴您，黃老闆。至少我的身邊，目前沒有您所說的那樣超級美女，也沒有那種講話的腔調。」

「基本上，」她表示她的看法：「對方是有備而來。恕我直言，人家是針對您。」她再看他一眼，心想，像這般瑩潤的男人，是遠離不了女人的劫難。

「會是誰？」

眼前的馬總又挑動她的細眉，彷彿在說，天曉得，你問我，我問誰？「不過，謝謝您給我這個消息。我們都是受害者。要不然，我們公司的牌子被人拿著在外面招晃，早晚會出大事的。」

「我也會找人查查。」馬總表情審慎。「不好意思，沒幫上忙。」

也意味著多留無益。黃秉鐘道了謝。起身時，頭是暈的。

現在的馬總正研究著他的名片。「也許……嗯，我想，我們公司今年的尾牙可以在您的酒樓辦。如果訂桌——」

一聽到訂桌，猶如談虎色變。黃秉鐘一個激靈，身子像觸了電，臉上的肌肉抽搐了一下。黃秉鐘連聲說謝謝。但願這種爛戲不要重演。

出了天暉大廈，走在路上，黃秉鐘舉步維艱。他的四肢僵遲，眼直無神，行屍走肉一般。

乘了計程車回到家，差點連自家門前的小台階也跨不上。十七巷的天空也灰著臉給他看，冷風尖刺砭骨，似乎在對他這些時日的所作所為進行無情地鞭笞——人來訂桌，誰知是騙子——他沒力氣辯解。「但，我錯在哪裡？」全身唯剩舌頭是硬挺的。這事本身也沒什麼好辯解的。

他才一上台階，家裡的防盜鐵門便鬧然打開了，好似妻子一直候在門邊等他回來。看到他，妻子由美的神情不用說，是既驚又怒；繼之而來的是憂喜參半，喜有那麼一點點。在她那缺血色又蠟黃的臉上，說明了和他一樣，一夜沒睡好或根本沒睡。

「你再不回來，我真要報警了。」想必妻子已經知道昨天晚上的事了。無風也能起浪的峰西鎮，在爆出有著歷史金招牌的新月亭大酒樓發生了那種前所未聞的大糗事，整個鎮上怕不早已巨浪翻天了。「一個晚上不曉得人跑到哪裡去，也不說一聲，急死人了。」妻子哭了。

過後黃秉鐘才知道，昨晚事發後，鎮街上瘋傳的是：新月亭的二老和年輕老闆雙雙失蹤，怎麼不叫人驚慌無著呢？

妻子抽泣著說：「人回來就好。」是至親人的語切。黃秉鐘喉嚨哽著說不出話。

然而在情緒稍事綏定，卻不免悲從中來。「以後我們怎麼見人啊。」

今天一上午，妻子的耳朵捂不住鎮上漫天飛的流言蜚語。黃家被人擺道了，被坑了……事情發生的始末不一定重要，但肇因於少東家黃秉鐘是被一個很漂亮的女人給耍了。被玩得團團轉，才是最為人所津津樂道的。「自命風流瀟灑的人，也會有這一天？」玩女人終歸被女人玩。台灣話說得好：蟲吃菜，菜下死。

妻子越想越傷痛欲絕。不是為新月亭的損失，而是丈夫和一個漂亮的妖女攪和不清，「死性不改。」才有今日。她由啜泣變成哭鬧。

下午黃秉鐘索性再度出門。家他是待不下了。他出了大路，攔了一部計程車。途中，湘媛發來短信：「來吧，讓我抱抱你。」

他冷笑並狠狠關了手機，叫司機直接送他去一個朋友開的餐廳。晚上喝得爛醉如泥，半夜跌跌撞撞地倒進家門，險些爬不上三樓臥房。他澡也不洗，便鑽入暖烘的被窩，熏人的酒氣，讓妻子捏鼻掩嘴，轉身背對他說：「我以為你晚上又不回來。」妻子躺在床上沒睡。

「外面不是有更好的女人陪你？」

黃秉鐘對妻子的話充耳不聞，藉著酒醉裝死到底。事實上也真是醉了，卻又難以入睡。一顆心被酒精催得怦怦響而泛醒著。他瞪著天花板。想想自己昨天下午五點半上二樓做最後巡場時那突然的感覺，現在回過頭想來，那種光影的空飄虛蕩，似已提早預示了鏡花水月的結局。

這個盛大的宴會還沒開始就結束了，實則是，沒有開始，哪來的結束。耳邊兀自響起「馬凱莉」在開會前——狗屁的什麼大會——打來的電話中說的，她真切盼著今天趕快過去。而他不也表示自己同樣這麼希望？全都一語成讖。

他蒙在被子裡無聲地嘶喊，此刻他最想殺的就是自己。但他不會自殺。

一晚上他幾乎在床上翻來覆去的淺浮睡夢中，他屢屢驚聲怪叫，害得妻子也無法入睡。猝然間，他瞪著雙眼一骨碌由床上坐起，「吵死了。」

他對妻子大聲呼叱：「把外面的貓趕走。叫叫叫，吵死人了。」

「哪有貓叫啊！是你自己鬼叫了整個晚上。」妻子也惱了。「你自己出去聽聽有沒有貓叫。」

他發狂似地掀開被子，縱身直跳窗台，險些撞破玻璃。

外面，十七巷寒風咻咻的夜是那麼透明，什麼都藏不住、哪有貓仔……

之後，黃秉鐘病了三天，新月亭也歇業三天。

「不，不是病！」他對妻子相當有意見。「只是人虛脫。」實際上，他的心正處於一片「萬劫不復」的焦土上。妻子由美也很較真，硬強迫他去看醫生。他煩躁之困地說：「我沒病。」他怕醫生把他沒病搞成病。「休息幾天，沒事沒事。」

他手機也關了三天。第四天打開，便又一連串鈴聲響不停。在他打算關機之前看了一下來電，就是沒有馬總或馬凱莉的——你果然有病，怎麼可能會有？——這時短信進來的聲音也不斷。他點了幾封看看，裡頭湘媛有三條信息，兩條在關機前，另一條是今天的：「下午金港。」過去他們約會的信號。

是真的過去了的，金港的種種好像上世紀的事了。

第三天下午，雪梅經理來到蘭苑十七巷家裡，看著不久前還是英挺煥發的少東家，才幾天時間，已然憔悴得不成人樣，不禁也黯然了。她是來請示：「準備明天開店營業，可以嗎？」

黃秉鐘不反對，但……

「廚師呢？」

「阿勇可以。」雪梅說。事到如今也只能這樣了。然而阿勇也確實是個不錯的青年，才三十七、八歲，正值當壯之年，是黃秉鐘當初廚子培植計畫下的一員。他是舅舅手下第一把好手，舅舅成了大廚後，在餐廳人心中，他是理所當然的二廚。

養軍千日，用兵一時。正是時候了，雪梅已經跟阿勇談妥了。員工、服務生也悉數通知了；菜販那邊只需電話聯絡，不成問題。都做到這程度了，還有什麼話可講。

黃秉鐘點頭。「辛苦了，妳做得很好。」黃秉鐘胸口一陣熱，低下頭。新月亭要是沒了雪梅將怎麼辦？她為他們黃家已竭盡股肱之力了。他再次深感這些年來對她的疏於照顧，少了那麼點關愛，吝於幾句呵護……把她當成和其他領薪的員工一樣，都只是工作上的定位。像一個盤子、一個杯子的功能，也像按規寫一份菜單那般的格式化。這就是她的存在價值？然而十九日傍晚那一幕，在餐廳門口，她在光影中飛舞（其實只是來回走動），突然不似人間之物，那種虛幻註定會消失的感覺越甚，讓他越恍惚不安。

黃秉鐘又乾澀地說聲謝謝，望著她靜靜離去。

舅舅從事發當晚直至天明全無他的音息，也沒返回他東環的家。黃大師在被告知這件事後，亦急亦氣，是氣急敗壞。「吃到七老八老還玩小孩子的遊戲。」隨即召集餐廳員工、親戚朋友大肆搜尋妻舅的下落。有沒有他可能會去的地方，或他會去找的人？也不排除二老平日接觸的菜販、肉攤，酒友，甚至熟悉的客人，一一查詢，不使有一遺漏。

幾天下來，衆人皆異口同聲回答「不知道」，以及一致的動作：搖頭。

當然也報了警。

單身漢的妻舅決心想消隱於茫茫的人海，何難之有。不管了，黃大師為自己的晚景堪憐，最後宣布放棄。「他不想出來，再找也沒用。」黃大師是個容易慪自己氣的老人，「都怪我把新月亭交給你們。」他對兒子說。早已形槁心灰的老人，至此再煽不起悲憤的火燼了。雖沒力氣捶胸，卻相當感慨。

「一個年輕的傻子不夠，」說的是自己的兒子。「還賠一個老的瘋子湊數。」指的是他的小舅子。他垂頭喪氣，「新月亭的時日不多了。」他說這話時，只是舌頭在嘴裡攪動。

那之後，老人家將自己完全封閉在圳尾的老古厝。

黃秉鐘揪著心惦念著舅舅，酒樓重新營業的當晚，他和新接任大廚的阿勇談了一宿。他是最接近舅舅的，幾乎朝暮相處。

「二老失蹤，有幾個晚上我都睡不著。」阿勇仍然習慣稱舅舅二老。但瞧他紅光滿面，並不像個失眠的人。黃秉鐘的重點在，這段時間舅舅在言語行為上是否有什麼異樣反常。

「反常？怎麼說呢，在我看，二老是有點怪怪，但，是好的。啊！這樣講吧，我跟二老好些年了，沒見過他那麼快樂過，居然會唱歌。」

「唱歌?!」

「我偷偷注意了幾次，他是邊做菜邊哼著歌。當然是在接手古早菜之後。大家也不忍心驚擾他老人家將近一星期的完全快樂……」阿勇想了想，接著說：「而且最近他常說一句話：『你要學我的手藝，就趁現在。用心點，否則以後就沒機會了。』二老私下還對雪梅經理說：『我想都沒想到，一個已經棺材踏進大半的人，竟然有機會做古早菜。』這是雪梅親口告訴我的。」可見能親自為古早菜操刀執鼎，對舅舅而言，有人生足矣，死而無憾之慨。

「那天晚上，我們兩人在喝酒。」阿勇繼續說，「一整晚二老直呼：『爽！痛快！』我不曉得他爽什麼，痛快什麼？問了，他也只是搖頭笑笑。我不明白當時二老怎麼有膽子接古早菜的訂桌？他的回答是，『難道等我死了才來做？』」

有幾分遲疑，阿勇說：「有件事，不知該不該講。」

「講吧。」

「就那天，十九日大宴會的中午，吃過中飯後，二老在一樓大廳一直盯著餐廳正牆上麗然公司的那塊歡迎牌發呆。看到我，招手叫我過去，指著那塊板子問我的感覺。我哪懂。他說他怎麼瞧都不對勁，現在才發現——」阿勇支吾著說不出口的樣子。

「舅舅發現了什麼？」黃秉鐘催促著。

「……二老說的是歡迎牌顏色。他說紫色，銀色什麼什麼的。最後他說，不，是問我，『像不像靈堂的布置』。」

不說不覺得，經這麼一提，舅舅那種似真非真的附會，再牽強也總是芥蒂人心。黃秉鐘喉頭發緊，努力嚥著口水。如果舅舅的感覺就是「馬總」的本意，那是她的心思？黃秉鐘一個觳觫。

那歡迎牌便是個詛咒？另外，舅舅既有所感，是他已明知了？卻為何不對他親外甥吐露丁點？

從阿勇所言，黃秉鐘得出一個必然。姑且不論新月亭有無發生被人設計這件不名譽的事，舅舅終歸要走。

選擇在掌理完這一席古早味的酒桌後，是對自己的交待，完成他未竟之願，讓他能心無掛念地離開生活大半輩子的新月亭。這是他最後的宴席，恐怕也是他人生的。

他終究要離開黃家，也已經離開了。

十二月初，雪梅遞出了辭呈，黃秉鐘沒批，他無可表示，是他自覺無此資格。

幾天後的一個上午，雪梅經理上三樓辦公室見黃秉鐘，他馬上理會了。彷彿做最後的掙扎，他問，「真的是回老家？」雪梅點頭。她辭職單上填寫的理由，只有簡單兩個字：返鄉。她是花蓮人。

她淡淡笑說：「天下沒有不散的筵席。」話說餐廳哪天不上演著聚聚散散的筵席。當然因人、因情況而異。

黃秉鐘知道留不住她，確切地說他能用哪張臉不讓人走？

「以後有什麼打算？」

「尚未決定。」道別這天，她素妝，很超凡。

「我是說回家之後。」

「不知道。」

又將是和舅舅一樣，成了不知何時才能再見面，而他會永遠懷念的人。

16

貓叫聲，本質上便帶有淒寂、悲涼和詭異，夜闌人靜時聽來尤為驚心動魄。貓屬黑暗，貓有靈能召喚。黃秉鐘連續幾個晚上飽受著夜半貓隻撕心哀叫的蹂躪。情況是一入夢，喵喵喵的尖厲，悠悠長長的彷彿來自天際；一醒則蕩然無聲無息，徒留一顆心慌慌突突在十七巷的空寂裡。於是，他睡也不是，不睡也不是；然後怔忡著一對瘋狗眼，待到雞鳴破曉。

一晚，穿行濃稠深夜的貓叫，刺耳聲中充滿著譏諷。黃秉鐘踢開棉被坐到床邊，細一思量，可不是嗎？整個新月亭事件徹頭徹尾就是個天大笑話。不是貓聲諷刺，是他午夜夢迴譏笑自己。彷彿上演一場鬧劇，而他是被人嘲弄的主角；偌大峰西鎮的觀眾正看著他的笑話，成了人們茶餘飯後的甜點，這比當眾摑他一掌更令他難堪、無地自容。

他恨死那些貓。明日一定要去管理處，揪住吳總幹事，死活要他把十七巷的貓仔統統殺光。總幹事不殺，他來殺。

馬總或馬凱莉皆非之前的馬總的真身，但終歸是他叫慣了的「馬總」。

在失眠的焦灼中，「馬總」的話反而清清楚楚記在黃秉鐘的心，響在他的耳。人家並沒有騙他，且事事有言在先。她說過，請別什麼都當它是小事；她說過，這社會到處是騙子。您不來我們麗然走走，不擔心我是空殼一人公司？她還說：今天一天有開不完的會，我不會再與您聯絡。等我的電話……

「馬總」的心思玲瓏而周密。那天，黃秉鐘依約前去天暉大廈，到麗然公司收酒席訂金。那個幾乎家家公司皆下班的時刻，大樓，除了他黃秉鐘這個傻瓜之外，大概也沒有別人了。如今回想，他該唾罵的是自己。

當電梯上達九樓，「叮」的一聲便如同信號，有足夠的時間讓等候在麗然公司門前的「馬總」蹲下來做鎖門狀——他以為「馬總」正趕回來開門——其實人家的鐵門原本就拉下鎖著的。天曉得當時她手持的又是哪裡的鑰匙。

她急匆匆地，說臨時有急事要出去——編造一個新加坡客戶掉了護照——這是刻不容緩的事，能不即時處理？一切都言之成理。她的表現也是那般自然維妙維肖。她倉促著要走，他也跟著人家的屁股後一起心慌地乘電梯往樓下跑。

「沒有什麼不對勁的地方啊。」事到如今，他還是死鴨子硬嘴巴。

「換是別人也難不信以為真。」不只有他才會受騙。

麗然的表彰大會，她是吃準他不會參加。越是邀請，他越是不想。是心理的遊戲。這種伎倆不見得屢試不爽，然而人家有恃無恐。不，是吃定你，唯你是一隻迷糊蟲。

至於表彰大會會場這一環節，要虛擬這種身歷其境的音響比什麼都容易。市立美術館周邊出租的會議場所就有多少，找個有發表會、講座或介紹會的地方，從手機傳送臨場演講人講話、聽眾的掌聲又有何難；甚至大可在家裡邊播放預先錄好的會場實況，邊講電話也行。

市立美術館的人證實麗然公司確曾租了他們一間大廳，也付了些訂金，但卻未見有人來布置會場。十九日上午倒有卡車送來不少慶祝用的花籃、花禮（以防備萬一他想去會場看看？），卻一直沒有人來開會。他們打電話給聯絡人，不是不接，就是電話中。最後，第二天他們還得另請人去清理會場門前台階上的大籃小籃的花花枝葉。

再說「馬總」開的那部紅色騷包跑車，那應該是較為具體，更有跡可追查的——車的款式、車牌。

他特地在一個中午酒樓營業結束後，去北屯見一位懂車的朋友。他概略描述了下情況，朋友說：「這不難找。」僅憑醒目的紅色，車牌後四個數字 8899，又是保時捷。「就等於是一張實物照片了。」

朋友信心十足地說。

朋友進一步分析，「是雙門的吧，判斷沒錯的話應該是保時捷 Boxster2.7 的車型。」朋友在警局交通隊有幾個熟識門路。「很快會有消息的。」他說。

三天後，他在新月亭三樓辦公室接到朋友的電話，「雖然車牌前面的字或英文代碼不知道，但保時捷紅色跑車目前沒有 8899 這組號碼，所以車牌顯然是假的。現在假車牌滿街是。」雖然如此，正因保時捷車在台灣不甚普遍，而且又是紅色，範圍大大縮小了。

「不過，他們查到一件盜車案——或許這與你的情形很接近。」

朋友說，十一月十二日，應該是十三日清晨，警方據報，台北陽明山一家別墅住宅不見了一台紅色保時捷跑車。當地派出所立案後，搜索結果只有線民所提供的，十四日或十五日那部車在中部一帶出現過，沒看清車牌。再沒其他消息。可，「奇怪的是，」朋友說：「這輛車除了門鎖和警報系統被破壞之外，整部車幾乎毫髮無損地在十七日回到陽明山車主的家門口。而且更搞笑的是，還回的車子油箱是滿的。你說，好笑不好笑。」車主聲稱車子被開了三百多，近四百公里。

警方也是一頭霧水。偷了又送還，而且加了油，這算哪門子的竊案？如同小偷偷了錢，又退回錢不說，更補上利息。此外，聽說車子裡外也整理得乾乾淨淨，還打了蠟。朋友認為那是在消滅指紋證據。

黃秉鐘抽絲剝繭。是在十四日，對，就是那天，這輛車在他眼前出現過一次而已。「馬總」將它開到新月亭，並停在酒樓後的停車場——或許也經過台中——後來，「馬總」以採納他的建議，避免過度招搖為由，不再開這部惹眼的紅色跑車出門。星期六，十一月十八日，「馬總」到新月亭巡檢宴會現場的布置時，曾表示車子「有些毛病送廠修理了」來回答黃秉鐘的不經意一問。

車子不是送修，而是十七日已物歸原主。

時間點上可以說是完全吻合。

朋友推測，「如果這是你說的那部跑車。」他表示：「這事自始至終有人在接應，是個行家。」從台北到台中如何躲開搜查的耳目，是個挑戰。尤其像這麼一部大紅大亮的車。那位你黃秉鐘讚口不絕，美如天上宮闕的仙女，「純粹只是在你跟前充當誘餌，作作秀罷了。」

黃秉鐘並不覺得，「只是這樣?!」「馬總」只是顆棋子？不免大材小用。可是她所扮演的角色的確發揮得淋漓盡致。

「儘管如此。那有必要冒險去偷一部車嗎？」

「我說了，只是推測有絕大可能是這樣，而不是一定。」朋友說：「設使她開一輛一般般的車來見你，你會怎麼想？不夠分量吧。會引得起你的重視？」

「我不會用這個來評斷看人——」

「是啊，我差點忘了。既然那女人如你說的，美得無法形容，她便不需再靠旁的東西來引人注目。」朋友在電話裡清了清喉嚨。「不過，那些看是不必要的小動作，並非多餘。『作案人』總是多一項構思，就多一份信服力，多一點保障。」

朋友最後說：「當然啦，你是不屑注意這些。有哪個女人在你面前不軟趴的？這方面，你永遠是贏家。」

然而這次，他輸得一塌塗地。

美女就像是一道強光直射你的眼睛，使人看不見周遭。「馬總」的笑、她的媚、她的嬌，甚至她的喘，最主要是在她艷光的四射下，他一時眼盲了。正如自小父親黃大師老愛罵他，「眼睛盯著粿，腳底踩著火。」說他是「目珠經常糊上一層屎」……

電話中謝過朋友之後，他在酒樓三樓的辦公室，眼睛直瞪著牆。

「馬總」究竟何許來歷？她背後的主使者又是誰？這麼做是為了什麼？黃秉鐘想一頭撞開對面的牆。

而「馬總」，現在，她人在哪裡？

事件後一個週末早上，在十七巷住處的二樓，黃秉鐘躺在床上。剛醒的他覺得四肢酸疼，精疲力竭。他把自己埋在厚被子裡，有如陷進軟綿的敗絮中，深深被困入，只伸出個兩眼茫然的頭。

昨晚睡前，他朝浴室洗手台上的鏡子裡一瞧，鏡中人那張憔悴的臉的垮態，真夠叫人觸目驚心。他快認不得自己了。那些稜角分明的俊美線條一下子跑到哪去了？才多久已經削鈍垂墜了不少。竟多出了幾叉亂紋在眼角、在兩側嘴頰間。他不敢再照鏡子了。

平躺床上是他現階段最好的平衡，是如今在他所處的境況裡最穩固的姿勢。

最近他疲憊萬分，想略為休憩都辦不到。他很想睡，可一閉眼，人就醒。他怕貓叫。

妻子由美牽著兒子上樓，小孩一上來聲聲嚷嚷要找爸爸，盡想鑽進被窩往黃秉鐘身上蹭。妻子半哄半吼，把孩子硬拖一邊去。「爸爸在休息，別吵！」妻子去拉開窗簾，然後將一個白色信封放到床頭櫃上。「有你的信。」

「信?!」是誰？他竟立刻想起「馬總」，他暗罵自己賤，還不死了這條心？仍不捨那一絲渺茫的希望？

「哪裡寄來的？」

妻子強抱起孩子。「不曉得。」信是被塞在樓下信箱口，露出半截。「沒貼郵票，會不會是管理處的通知？」妻子放下孩子，準備下樓：「你下午去餐廳吧？」

「嗯。」

方今凡事聯絡都靠手機，居然有他的信。他乍覺是一塊白影閃閃的，仔細瞧是只白信封，白得傷眼。或許是這信封除了右下角貼著一張黑字列印「**黃老闆 親啓**」的小紙條外，不但沒郵票，也不見有寄信人，給人一個突然大面積的空白。

信封的紙質很好，不會是管理處的，吳伯虎總幹事哪捨得花這種錢。他沒有急著要打開它，正猶豫著，湘媛來了封簡訊。最近他不大接她的電話，她只好頻發信息。按開：「出來吧，求你啦，有急事。」有什麼急事?!現在的湘媛猶如插放在他名片簿裡最後一頁的一張名片。然而，女人是無法像名片簿那樣分門別類。女人的心、情感，不管哪方面莫不是錯綜複雜。

不能A是A，B歸B的。她們沒有條理、只有交纏的性情。

曾經湘媛和「馬總」在他心裡糾結一起，然而纏來纏去，終究是一張女人的臉罷了。女人就是女人。既然如此，他為何硬是跳不出這個窠臼？他的心並未能因此釋然，反而把所有的女人都以「馬總」的容樣統合了。現在，「馬總」是遠去了，他還徒留個什麼心思？

說實在，當前此時叫他重投湘媛的懷抱，他有說不出的倦累。那無疑是走了一段很長很長的路，強逼著他回頭的那種百般不願。他心煩意亂。他已抬不起腳再走回頭路了。

問題是，他能放手嗎？他能躲多久？

他起床將窗子拉開些來抽菸。出了一會神，窗玻璃晃晃反照著一道白光，那是床頭櫃上剛才妻子擱在那裡的白信封。在臥室柔和的光線下，居然也能閃放如此耀眼的光芒。

是它的非常的白？是死白。或者說它白得不容你忽視。

抽完菸他回過頭來盯著床頭櫃上的實物——那只信封的白便沒有窗玻璃裡所映現的那樣詭異了。

但白依舊白。說它是純白，不如說是很素很素的白，帶著某種程度的蒼白。幾近什麼都沒有的信封，唯右下方一行：**黃老闆 親啓**。電腦微軟正黑的字體，是先打在一張紙上再剪下黏上去的。一個一個黑字像雪地般白的信封上的足跡。僅此代表寄信人的存在。而信封的白其實在某些程度上，因這幾個黑字的反襯而使之更加的白。並非他在一個不尋常的白裡關注過久，而是考慮要不要拆開這封信。他覺得不舒服。

他坐回床鋪，輕輕拿起它，觸感很好。信封實際上不是平白的紙張，上頭還有細細的壓花，紙的質地堅韌。他想一把撕開它，卻有些不忍，且面對如是的白淨，也不願弄髒它。他進隔壁房，從書桌上摸來小剪刀，不剪開它，而是在桌角邊用剪刀尖沿著黏合線小心翼翼地剔開。裡面，只有一張信紙，也是電腦打字，不消說，信紙也是潔白的，雖然只是一般的電腦紙，但磅數高。

他展開信紙，是A4大的紙。內容以楷體打字：

尊敬的新月亭大酒樓　黃老闆：

我是敬重您的，畢竟您是一家大酒樓之主。也冒昧了。

十一月十九日那天，您不好過，我也不好受。您在金錢方面是有損失，籌備三十五桌的花費，不算小數，但以你們黃家，要填補也不難。或許在某些精神層面上，會受點傷害吧，尤其是您。

當年，您該不會忘記吧？也是十一月十九日，同樣是三十五桌。想想，那個喜宴，您是如何在臨近結婚前夕退掉人家的訂席。這麼一說，您該記得吧？

有印象嗎？一定有吧。我最痛恨缺記性的人，希望您不是。

如何？被人耍弄的滋味，您也嚐了。我敢說不是滋味。

另外，不得不提，當事人曾一度自殺未遂之事，能與您無關嗎？

在此，給您一個善意的忠告。

這事到此爲止，別想去查或者繼續追究，也別聲張；否則，您和「廖局」女人的事……

你們正如魚得水，心想著沒有人知道？如果您這麼以爲而敢輕舉妄動，信不信，很快這鎭上您的新聞就滿天飛了。

對，還有一點。大概在您接到這封信時，Caroline已經返回到她國外的居住地了。

看得出黃老闆您是多情的。您喜歡她，她對您的印象其實也不錯。當然，被人玩騙又是另一個更不好受的滋味。你會想她，但您這種人是不可能失戀的。Caroline的走，對您不算懲罰，只是讓您在乎點別人的感受。

至少你也已見過了眞正的Caroline，眞正的馬凱莉。她也是個大美女。您還有幸能跟她講過話，我們卻沒有這種機會。她，是我們從網上找到的最佳人選。

也許您心中此刻亟欲想知道的是，這究竟是怎麼回事？而整個事件，您應當能從中想起什麼。但願。

此外，若問我還知道您多少？唯簡單一句：眞令馬凱莉與林青萍當前，您選擇誰？其他就不說了。

您是聰明人，這封信現在除了有您和尊夫人的指紋之外，您想會有別人的嗎？請別枉費心機。若想報警，請便。

恕我囉嗦，不要把這事怪罪別人。

還有，Caroline這次玩得很開心。她心地善良，早勸告過您，現今社會的騙子多得很。

您壓根沒聽進去，怪誰？

喝，她心地善良?!黃秉鐘打從鼻孔無力地哼了一聲。

工整打字的信，整齊而冷酷，句句話皆似一根根針刺著他的心。

信末沒有落款，沒有寄信人的名字，只有一條像是剛躍出海面的藍色鯊魚。那上衝之勢，活靈活現，攻擊性十足。應該是刻成膠章蓋上的。

讀完信，他腦子就有如信封一樣的空白，這到底演的是哪齣戲？是警告、恐嚇或兼而有之？多可笑啊！但又不能等閒視之。

「當年，您該不會忘記吧？也是十一月十九日，同樣是三十五桌。想想，那個喜宴，您是如何在臨近結婚前夕退掉人家的訂席。這麼一說，您該記得吧？有印象嗎？……」

當然有印象。信中的當年是四年前，也是十一月的相同一天，就是十九日，桌數正是三十五桌。在「馬總」跟他提出十一月十九日這個日期和三十五桌的數字時，他卻未能從中得到任何啓示或聯想。是自己該死。

他是退掉了人家的結婚酒席訂桌，這點他不推諉卸責。但實情並非如外界所認定的。而喜慶酒宴的主人翁更不是別人，正是他的高中同學，後來也住在蘭苑十七巷九號的蘇逸生，書生。

四年來，他不當它是一回事——蘇逸生在他心目中的重量本就微乎其微——而那年在他們新月亭訂桌鬧雙胞的事件，最後雖不盡人意，倒堪稱圓滿解決。

然而長久以來，他嗤之以鼻，置若耳邊風的一個說法：蘇逸生當年的自殺（未果）竟致與婚宴的訂席被退有關——一個人自殺，因素很多。有主因、有輔因，就像音樂。黃秉鐘自認不是主調，不完全是他的責任。

問題是，這寄信人是何方神聖？居然為了這種過眼煙雲都承不起的灰霉塵事，為了蘇逸生那個沒有一絲男子氣概的人出面討公道？他是不解。而可怕的是這神秘兮兮，姑且稱之為神秘人的人，到底對他們有多少了解？信中更把湘媛，甚至最不可能的林青萍也被拉扯了進來，能不令他心驚膽寒？

方才讀信時，他一度感到憤怒，當下想將手中的信紙撕個粉碎。這些天來猶如一鍋沉鬱的油的心，突來的一點火，正欲沸騰。也就是說，數日所蓄積的能量，如果這時爆發，他可以殺死一個人。但，信越往下讀，他的熱騰逐漸消降了，又回復了冷凝的原初。

當信紙滑落地上時，他腦中也重回先前的白，那是鬱塞的，不如說是一腦殼白絮。信，盡說些小題大做的事。明明報復的意味濃濃，卻又如同兒戲。而重點，這究竟是為了什麼？為什麼要這麼做？又究竟是什麼人？八成是瘋子。荒唐，無聊，只應電視劇、電影的劇情才有。他在一種不現實中，連掉落地板上的信紙也模糊了。

他重返床上。

信上說：「籌備三十五桌的花費，不算小數，但以你們黃家，要填補也不難。或許在某些精神層面上，會受點傷害吧，尤其是您。」豈止受點傷害，都快毀了他了。現在他走在鎮街上，抬得起頭來見人嗎？

他跌躺床邊。內心是重挫的。一腿伸著，一腿彎曲；一隻手臂勾繞頭頂，另一隻手癱垂在床沿。那樣子有如從高樓摔落將自己「自棄」於地面。他想抽菸。手機又傳出簡訊的聲音，他把手機扔進被褥裡。肯定是湘媛。他快抓狂了。可是又想告訴她，因為這齣荒唐劇裡，也有她的戲份……

17

四年前的十月底，十七巷九號的蘇家人來到新月亭和少老闆黃秉鐘洽談辦喜宴的事，出面的是蘇家大姐。那時作風強勢的蘇家老爺早已在一年前過世了。此後一家的擔子便落到蘇家姐姐，蘇逸芬的肩頭上。她大弟弟兩歲，有著男子的剛性、耿直的脾氣，舉止頗有乃父之風。弟弟蘇逸生小黃秉鐘幾個月，同一個年齡，兩人是高中同班同學。從來黃秉鐘也都叫蘇逸芬姐姐。

「是我那小老弟要娶老婆。」黃秉鐘說：「恭喜啊，蘇姐，替他高興啊。」他親切巴拉地說。「真有緣。我們是同學，又在同一年結婚。」他早在半年前結了婚。妻子帶著身孕，且即將臨盆。

蘇家姐姐沒多看他一眼，漫不經心地徑自研究著菜單。弟弟和他雖是同學，他們甚少交往。都說新月亭少老闆是難得一遇的美男子，唯一不買帳的就是蘇家這個姐姐。她曾說過：「再漂亮的蛋糕終是要化的。」

日期敲定了，在十一月十九日。菜，是古早菜。或許是蘇家姐姐見不得黃秉鐘，也連帶看不上他一手促成的新菜式。所以她指定，「就是要古早味。」那時黃大師已漸漸不過問酒樓的事了，也是老人和挺著滾瓜溜圓肚子嫁進門的媳婦之間開始僵化的時候。儘管如此，鄉土古早味仍是筵桌上的主角，雖然不能跟早前的風光相提並論，然而想要訂古早菜包席不提前個把月，你是甭想排得上號的。

蘇家老爺在世那時期，二老舅舅和他們家走動很勤。他喜歡蘇家的大姐，他常拿外甥黃秉鐘與她對比。「你看人家的底氣，就你，」舅舅有時不太顧及顏面地數落外甥，「連蘇家女兒的一半也抵不上。」自然惹怨了黃秉鐘。久之，他對蘇家姐姐盡可能避而遠之。

相見兩相厭。

蘇家姐姐表示，「若非是我弟弟堅持婚宴必須是古早菜，否則我不一定會選擇你們新月亭。」她講話一向直切。

「那當然。」黃秉鐘不便反駁。蘇家老爺生前，甚至還未搬到蘭苑前，便已經是新月亭的常客了，可以說是老主顧。蘇家姐弟小時候，也時常跟著他們父親進進出出新月亭。「我那小老弟愛古早菜是正常的。」蘇逸生從小的味覺開發便建立在古早味的唯一美味上。黃秉鐘就不信蘇姐姐不喜歡，她不過是嘴硬。「我會把婚宴酒席辦好。叫逸生，我那小老弟放心。」他問道：「對象是哪家媳婦？有那麼好福氣。」

「林家的姑娘。」

「哪裡的林家？」

「到時候黃老闆會收到帖子。」蘇家姐姐素來一句話能明瞭的，絕不說第二句。

古早菜，哪道菜好，哪道不好，蘇姐姐比自家餐桌上的菜還清楚。她與黃秉鐘很快寫好結婚那天的菜單。暫定三十五桌。

「那麼多桌啊。」黃秉鐘輕聲叫說。

「黃老闆怕人訂多？怎麼啦——我就只這一個弟弟。」

黃秉鐘笑笑不作聲，反正蘇家有的是錢。

第二天立刻預付了十萬訂金。四年前物價沒那麼高，這金額不小。她是乾脆的女人。

遵循舊制的二老對於黃秉鐘把人家大尾龍外甥女肚子搞大了才不得不結婚一事，一直耿耿於懷。他以為蘇家弟弟犯不著學他外甥，搶在這個時候娶某。

「令弟今年足歲是二十九了吧。」他委婉提醒，「我看，拖到明年較好些。」

蘇家姐姐立馬會意，「您是說男人二十九歲結婚不好？」她認為這是個可參考而不能全信的老習俗。姐姐矜持笑著，她是敬重二老的。她說：「難得我弟弟看上了，對方也願意。很不容易呀！也可以了卻我一樁心事。」

她明白她那畏畏縮縮的弟弟能不能結婚，良機一縱即逝。弟弟可沒有弄大人家肚子的本事。舅舅不過是說說，既然當事人不介意，他就此打住，也樂得有一攤酒席生意。

「蘇林府喜宴」於是記入新月亭的訂桌排程表裡，一切妥定，就等著婚慶那天。

然而，十一月初的一個上午，廖局一通電話，一下子打亂了新月亭的步調。

廖局是退休了的前峰西警察局長。電話中的聲音鏗鏘有力，口氣鐵硬依舊，頤指氣使的習性未改，跟當職在任時沒兩樣，說一不二。但人並不壞，也是出了名的孝子。

「我丈人，」廖局直截了當，像下達命令。黃秉鐘聽慣了，聳聳肩暗笑。沒得到回應的廖局，大起聲音來了。「喂，聽到了沒有？……我丈人八十大壽。」

「聽到了，廖局長。」

「我丈人八十做壽要在你們那裡辦。」

「好啊，謝謝廖局長的照顧，準備幾桌？」

「嗯……二十五桌左右。」

「那日期呢？」以廖局過去的宦海生涯，人面自然深廣；毋庸置疑的，又將是一個大排場的生意。「定了吧？」

「當然啊！」廖局的聲音緩和多了。「就這月中。日期、嗯、日期是十九號。」

這時黃秉鐘就彷彿一大早當頭被敲下一記響雷，震得他昏頭轉向。「哪、哪、哪個月的十九號？」

「你大白天還在酒醉啊！當然是這個月啊。」

「這……這……」黃秉鐘慌了。

「怎麼啦？有問題？」廖局長夾著昔日的官威，餘勢未減。

「是、啊是，是有點問題。很不巧，十一月十九號這天，我們酒樓被包走了。」

廖局提高音量。「誰？誰包走了？」

「是蘇家，」黃秉鐘拉拉渣渣地想說明情況。不，是尋求諒解，但口齒不清，「是蘇家娶媳婦。」他說，「廖局不曉得嗎？」

「笑話！人家娶媳婦，就一定得向我報告？聽著！」後面這一聲像一顆石頭砸在鐵板上。

「你替我想想，有幾個老人能過八十大壽，那天就是他老人家的生日。你說說，誰敢保證……」

廖局話說了一半，黃秉鐘懂得，也的確有誰敢保證一個八十歲的老人會不會有下一個生日。高齡老人是風中的殘燭，燭蕊幾個搖晃說熄就熄了。這是實情。但他們的決定也太突兀了。「能不能改期？生日是不能延後，但可以提前啊。」黃秉鐘說。

「十九號是老人的生日。幾十年來從沒有過提早做生日，你要在他八十大壽改變？你頭殼進水啦？」廖局吼著。

黃秉鐘的耳朵尚嗡嗡作痛，才一愣的工夫，廖局不耐煩了。

「想清楚了再給我電話。」電話掛了。

黃秉鐘的心仍噗通響著。心臟是嘔不出來的，會出來的是胃酸。這真是天殺我也。心神甫定，接下來是他的頭痛開始。這時他想起他的阿舅，「舅舅」永遠是他的「救救」。他不知道下一步怎麼走，通通擠在十九日這一天。

廖局丈人的大壽固然不能改，可蘇家是新人結縭，男女合了八字更誤不得，況且人家訂了席在先。隨後經舅舅打探，原先廖局的家人打算在台中一家精緻的素食餐廳辦壽宴。詎料，老丈人幾天前突然從疏漏的齒縫冒出了一句：「真久無呷古早菜，當時可再呷？」（好久沒吃古早味了，何時能再吃到？）

「我那個獅仔弟……」這叫得親暱，透發著老人對黃大師的想念。

生性孝順的廖局是老人家的大女婿，他將之解讀為是時日不多的老丈人的最後願望。

「可是，這些年黃大師已經很少親自動手啦，菜都是下面的人做的。」廖局說。

「是嗎？」在紅木交椅上平穩端坐的老丈人不急不徐地說：「提我的名字，獅仔弟會親手做的。」

還能說什麼？「好的，我知道。」廖局說。

這能理解，為難的是，「蘇家人怎麼交代？」況且也收了人家的訂金了。黃秉鐘求助於他舅舅。「如果這樣平白無故拒絕人家，我實在說不出口。在生意場上，不能言而無信。」

舅舅咬著菸桿皺眉，也是一籌莫展，最後只好請示黃大師去。

「現在是你們當家了，你們怎麼決定，我怎麼做。蘇家或是廖局長，不管是誰，都是客人。」老人回答得輕巧。「切記，信用最要緊，也不要得罪人。錢可以不賺，不能日後讓人在背面指指戳戳。」

姐夫在說啥？聽得舅舅的眉頭更加緊皺，牙齒磨著菸桿吱吱響。

倘若蘇家咬死不讓呢？「他們畢竟早一步訂了桌。」黃秉鐘這點信守尚能堅持。再往前推推，幾十年來蘇家人也沒少照顧新月亭的生意。蘇老爺生前在吃的方面，跟其他老饕一樣，就好那一口黃大師的古早菜。

「我何嘗不曉得。」舅舅搖著頭：「但廖局我們就得罪得起？」

這無非提醒著廖局在峰西仍具有足夠的影響力，與斬不斷的官場人脈。即使今天，上自新任警察局長下至管區，以及消防單位……有半數以上不是廖局的舊部，便是他親手提拔的人。單以消防最平常的例子，你餐廳的樓梯稍陡過窄，都可以隨時給你開一張有安全隱患的告發單。這道理誰都明白，但是，「該怎麼辦？」能兩家訂桌全接多好，但為數六十桌，新月亭也容納不下。舅舅快咬破菸桿，也咬不出一個主意來。這的確棘手，舅舅終歸老謀多智，大大吸口菸、眼一瞇，再睜開時，心中有了。

「兵分兩路。」

「我不懂。」

舅舅呼著煙，「讓你阿爸去廖局長家辦桌，新月亭酒樓這邊由我來應對蘇家。」

「他們要的是我阿爸的古早味。」舅舅的古早味蘇家會接受嗎？

舅舅不動聲色，點著頭，「總得試試吧。」說著自己也不禁惘然，心想，古早味有那麼好嗎？多少人衝著它來。

黃秉鐘正打算次日便去找蘇家姐姐，與她商量舅舅的建議。只是當天晚上，他在家裡收到一個陌生電話傳來的簡訊：

明天下午兩點，藍寶石見。急事。想不想？

藍寶石有若一個關鍵詞瞬間開啓了黃秉鐘的回憶匣子。他先是一驚，繼而像中了邪似地呆坐在客廳沙發上，眼神好茫遠。

是她?!

一遍一遍看著簡訊，他的心早已不在這一刻的時空。怯虛地，他想按對方的手機號碼回撥過去；手指懸著，然後慢慢縮了回來。

是她！會約在藍寶石的，唯有是她，那是從前他們共同的地方。他們——他和青萍——天啊，竟是她！幾年了？有四年？不只，或許近五年了，她的音訊全無。

藍寶石在台中市自由路，是一家音樂咖啡西餐廳——那裡有他們的往日，那是他最純真的時光。還有他們的歡樂，有他們的傷酸。而傷酸的後醞總是甘甜的。

那是他的初戀。

青萍、藍寶石和他譜出了一個夏日組曲。

那年夏天——一九九八年——黃秉鐘二十六歲。

在苗栗通宵的海邊，強亮的陽光下遠遠閃耀著一片飄白。似雲。近前，是個女孩。白白的膚色，白短褲，白色長袖薄衫半敞。女孩提著涼鞋踢著沙子在淺灘上漫步，海風吹亂她的髮、她的衫，超逸灑脫，比穿泳裝還令人心神蕩漾。

女孩經過他們，她的黑縷髮絲飛揚上天際，彷若她的人也要飛上天去。因而成為時至今日黃秉鐘仍未能磨滅的印象——她是被海風吹送到他們跟前的。

那天下午，黃秉鐘陪朋友來通霄找人，之後他們順道逛了下乏人問津的海水浴場。他們穿著皮鞋、長褲，海水都沒沾上一滴。在那一片荒僻的海灘上，夏日將盡，遊客或許就只他們三個人。

浪潮似乎就是呼喊聲。那女孩望向他們這邊，黃秉鐘也正看著她。「嗨！」黃秉鐘率先揮手，女孩大方地笑笑，他們就這樣認識了。他身旁的朋友看得搖頭喪氣：「人還是長得好看吃香。」

這女孩就是青萍。那一年她剛從宜寧高中畢業，正逢暑假，於是到通霄親戚家玩幾天。她身材中等略高偏瘦，面貌姣好，好在氣質；仍未蓄長的頭髮，是尚未褪去學生氣的清純稚青。他們的邂逅，是青春愛情的校園版本，雖然他們都已經離開學校。當時的黃秉鐘，剛服完預官役回來的第二年。一切是那麼單純、年輕、美麗無瑕而含無雜質。那年夏天的回憶是無盡的海洋，是黃秉鐘難得的一段「潔淨」時光，一如那時青萍的神清氣純。

那美好時光儘管匆匆不過半年，卻密密實實地交織了他們盡情歡暢的繽紛。他們的笑聲、足跡，隨意剪裁便是一幀一幀貼在心扉相簿裡的留影。

如今是斑駁了，然而在連疊的記憶裡，那些留影已被濃縮為一個圖像，一個可以在日後叫出許多相關資料的代表符號——初戀。誰說他沒有戀愛過。假定愛情是酒，那麼黃秉鐘滿飲過青萍斟給他的「瓊漿」，他曾經沉浸在她的純醇裡醉得很深。

時間也是淡忘劑。實際上，是他不再需要。隨著年歲增長，在情愛（已經不是愛情）上，他的口味變重了，那些「純」、「真」，曾幾何時竟索然了，而搔不到癢處了。

不是逝去的，是追不回的，主要是他再無此閒情。但那個夏天猶似他的童年，不是你說忘就能忘的。藍寶石，他一定去。那畢竟是屬於他們共築過的小天地，摻合著他們的笑和淚，悲歡和時間的刻痕。他再去藍寶石，不是企圖藉此來攔截什麼過往的回憶，而是只要能重見昔日的人，足矣。簡訊上說有急事。她說有事，必然有事，這就是他的青萍。

藍寶石在二樓。樓下是一家麵包店，由旁邊一個樓梯上去便能將咖啡廳一覽無遺。

下午沒有其他客人，僅有一頭波浪長髮的女人坐在鏡牆邊——他們過去的老位子——正低頭看著手機。黃秉鐘上樓的腳步驚動了她抬起頭。果然是她，青萍，她成熟了。一時間百感交集，黃秉鐘竟張口無言。青萍也是。然後，他們相視一笑，權當招呼了。黃秉鐘拉開椅子坐下。青萍闊別後的第一句話：「哇！你都沒變。」她輕聲說著。黃秉鐘雙手握了她放桌上的一隻手。

「都好嗎？」確實是他最想知道的，一切盡在其中。他們仍有一條看不見的線牽著。

「我老了。」青萍吁聲說。

「不，是更迷人了。」

沒錯，青萍的皮膚異常的光潤，一份嫻靜的甜美替代了當年純潔的羞澀。女人的成熟有各種質貌，但有一點共通，是誘人的香。

黃秉鐘整體上的確沒多大變化。然而，他舊日小生般的臉在歲月的洗練下多了幾分冷漠的老練。在某些瞥閃的角度看，是無情。

都四個多年頭了，藍寶石老得變不了了，眼看也沒有再「新」起來的打算，還是如故捨不得丟棄那些年代的老聲音：「木匠兄妹樂團」、「空中補給合唱團」一首又一首的經典。而咖啡廳內也一切依舊。硬要說變化，是它更老了。老闆也換了人，是矮個的中年人。空氣中彌散著苟延殘喘的氣息。

「妳的頭髮很有型。」波浪長髮略向後攏，一改黃秉鐘印象中的清湯掛麵。他喝了口青萍幫他點的氣泡番茄汁，那曾是他最愛的飲料。他瞟著窗外，然後收回視線。「妳為什麼不告而別？」

青萍放下杯子，她知道他指的是四年前的夏天。感覺是那麼久遠了。雖然常言心如止水，實際上有誰能夠不興點漣漪？「你為什麼不接我電話？」

「電話？沒接到。什麼時候？」

「我打了好幾通。」

「沒有就是沒有。」黃秉鐘揉揉皺緊的眉頭。「我去過妳家，妳家裡沒人。」

「什麼時候？誰知道。」時隔多年，這種事哪說得清楚。

青萍頭一搖晃，「都過去了。我們談談眼前的事。」

「妳說有急事？」

「我要結婚了。」青萍說得彷彿事不關己。

「哦，是應當結婚了。」她今年該有二十三了吧，這點黃秉鐘倒是沒忘記。女人像果實，一旦成熟，便難以保鮮。「恭喜啊！」

「別恭喜太早。」青萍用食指按著黃秉鐘的嘴唇。「你知道我跟誰結婚嗎？」

「是誰那麼幸運？」

「你認識的。」青萍注視著他許久，看他沒有反應，頭一低，說：「是你的高中同學。」

黃秉鐘似乎才有所警覺。青萍即開口說道，「是——蘇逸生。」

「這是活似未來得及哀嚎一聲便中箭下馬，黃秉鐘險些從椅子上跌落，不停交迭說著「怎麼會這樣？」「這是為什麼？」天啊，這不啻晴天霹靂。「你要嫁給蘇逸生?!」有似這是一件可笑又可怕的事，他咳嗆出近乎歇斯底里的笑。打死他，都無法將兩人聯想在一塊。真如一蓬枯草敗葉隨意糟蹋一個精美的玻璃鋼花盆的令人扼嘆，也氣憤不過。接著他的呢喃，「怎麼可能，怎麼可能……」是受傷的呻吟。

重逢的喜悅消亡殆盡。

在蘇家姐姐提起未來弟媳是林家人時，黃秉鐘萬萬沒想到會是青萍。她的全名就是林青萍。又一陣咳嗽，他打翻了番茄汁，滿桌流溢著鮮紅汁液，像心淌出的血。老闆急奔而來擦拭清理桌面，問要不要再補上一杯。黃秉鐘搖手。他努力控制咳嗽，艱難地對青萍說：「嫁誰都行，偏偏找個半廢的人。」

「你把你的同學看成半廢的人。」

「是——」他是說氣話。

「我很失望。」青萍臉撇一邊，不去看曾經讓她愛戀過的往日情人。那張俊臉此刻扭曲得有多醜陋啊！對於她即將嫁為人婦，她看不出他有丁點的惜玉之情，這男人只因自己的女人即將嫁給一個他看不起的人，而一時氣急敗壞的一副洩怒嘴臉。

他更忿然地說：「我絕不能讓你們在我的酒樓辦宴桌。」叫他如何忍受他以前的女人，在新月亭酒樓大堂廣衆下，和自己同學挽著手穿梭於筵席間。

「先別衝動。我跟你一樣，也不想在我的婚宴上見到你。但你阻止得了嗎？你收人家的訂金了。」

黃秉鐘突然沉靜下來，像剛剛還嘩啦嘩啦流瀉的水龍頭突然擰止，靜得使咖啡廳裡迴繞的細絲般音樂聲變得清晰盈耳。半晌，他出聲，「一定有原因，是吧？」他終於回到現前，眼裡依稀含著怨氣。

「要什麼原因呢？」青萍不太想講。

她頭一偏，說：「我姐姐和蘇逸生的姐姐很好，是多年朋友。」

「蘇家是有錢人。」

「你不用拐彎抹角，你想說我是為了錢嫁人，對吧？」青萍惱惱地說：「沒錯，我們家是需要錢。」

「所以這是交易。」

「你愛怎麼說，就怎麼說。」青萍吐了口氣，「想聽嗎？」她略揚起聲調，「好。告訴你吧！我母親在床上躺了三年。醫藥費從哪裡來？夠明白了吧！」沒有蘇家的資助能撐到今天？

「總之是為了報答蘇家。」

「隨你怎麼講。」青萍說：「實際上是他們主動向我母親提親的。」

蘇家姐姐與青萍一見如故，宛如親妹妹，非常喜歡她，「做我家的媳婦怎麼樣？」

「我母親哪有不答應的。」青萍說。母親是台中人，和當時還在中港路的蘇家老爺是鄰居。最主要的是，蘇家的弟弟，蘇逸生，一眼瞧了第一次來他家的林青萍，便頭低低丟了魂似地躲上樓去。之後，姐姐問他，「那個女孩你滿不滿意？」

「與林青霞只差一個字的那個？」弟弟蘇逸生迷濛的眼睛一亮。「當然！除了她，我不要。」

黃秉鐘靜靜聽著，他可以想見那樣的情景。「這種婚姻能幸福嗎？是條件交換。何苦？」

「新月亭的大老闆，你能告訴我什麼是報答？什麼是條件交換？我的大老爺，你是舒服日子過慣的人，坐著的人哪知站的辛苦！」青萍反詰道。「何況，幸福?!你跟我談幸福！你能給我幸福嗎？」她悻悻地說。

黃秉鐘垂下頭，然後他問：「妳的急事就這個？」

「我今天是來跟你說，想辦法退掉蘇家的訂桌。」

「我怎麼回絕呢？」黃秉鐘彷徨地看看青萍，又看看牆鏡裡的自己。「我做不到。」

「是做不出來。我也不敢保證那天宴會上，我能把持得住不失態。」

那只是暫時的。婚禮僅僅是一天，易躲。往後呢？他和她的過去，紙可以包得住火嗎？

蘭苑十七巷沒有隔日的秘密。「已經不是接不接酒席的問題了。」然而黃秉鐘並不怕，他和青萍的戀情畢竟早於蘇家這門婚事。誰能預料會有今天這種發展？

兩人無言以對。青萍心知事情的難度。是急，也不能操之過急，最後唯剩感慨。

「一晃四年了。」

「是四年多了。」

再次相見竟是這樣的場面。一如藍寶石的老去，他們往昔的種種也隨之老去了。

他們不再提蘇逸生，好像這個名字是病毒，一張口就會感染不祥什麼的。

黃秉鐘端詳青萍，「這幾年妳都去了哪裡？」今天好似這一刻他才認真看她。

「北部。」她懶慵地笑笑，「在台北。」

「在台北做什麼？」

「讀書、做事。」

「妳後來上了大學？那所學校？」

青萍點頭。

「那所學校？」

青萍閉上眼睛，表明了她不願多講。

青萍始終不明白，現在也是。四年前那一天，她從一家電影院出來，走過傍晚的一個露天咖啡店，突然，她不想再見他了。第二天她離開台中。

18

二老舅舅所打的如意算盤，結果兩頭盡皆落空。

他專程到廖局長在圓環西的家拜訪，特為其老丈人的八十大壽轉達黃大師的熱忱祝壽，十分樂意外辦——實則，他尚未徵得黃大師的首肯——屆時，「到您府上親手料理古早菜。」

「勞動黃大師出門，這哪承擔得起啊。」廖局說他沒意見。

可是廖夫人有想法，「在家裡辦桌煮菜?!」那些湯湯水水、油炒煙炸，油油膩膩的，想來多噁心。「那油煙味沒幾個月是消不去的。」無奈廖夫人有潔癖，婦唱夫隨，廖局在菸灰缸熄了煙頭說：「我看，還是在新月亭比較好。」再則，他們家的庭院擺不擺得下二十五桌，也是個問題。

黃秉鐘這邊也碰了壁。

十七巷蘇家的九號別墅，正好在八號他家的斜對面。這天晚上他自新月亭回來多走了幾步路，抬頭便到了蘇家。蘇家姐姐在客廳看電視。黃秉鐘老是那副梗著心事撐不開似的死樣子。不坦言前來商量事情，卻說成順道過來看看姐姐。

「您明說吧。」蘇家姐姐最不耐煩磨磨唧唧，眼睛盯著電視，聽黃秉鐘講完話，即刻拉回正題，「您的意思是，十九號那天做菜的是您阿舅?我可以馬上告訴您，不是您父親和您阿舅哪個手藝好的問題。那是心願，是我弟第一生的大事，是種期待。而且他從小習慣了黃大師的鹹淡。」

她又接著道，「拜託您一件事，」正眼不瞧一下黃秉鐘，「以後請別叫我姐姐。」

舅甥倆再度坐困愁城。

可是，隨著日期迫近，廖局也跟著逼急了，怎麼辦?

秉性強硬的蘇家姐姐卻對青萍另眼有加。還未過門，逢人一提到，便媳婦長媳婦短地掛在嘴邊。對她也言聽計從，但獨獨這一事上，姐姐很堅持。

青萍順著機會表示既然兩家的喜事撞在同一天，沒必要雙方交惡，「我們不妨退一步。」青萍說：「逸生如果除了黃大師的古早味其他的不要，我們的日期可以延。」

「你們是合了八字的，擇日看時的。怎能說延就延。」

「我不是這個意思。」青萍說：「婚期不變，是把宴請客人的日期錯開。」

「我不贊成！」蘇家姐姐斬釘截鐵說道。「我知道妳明理、有肚量，但憑什麼非得要我們讓步？」她怒不可遏，「明明是我們訂桌在先，且付了訂金啊。憑什麼？憑什麼？看我們好欺負？我倒要試試他敢退我的桌不。」她進去房間拿出訂金收據，「這可是白紙黑字。」

弟弟則努努嘴說：「想吃個古早菜這麼難。」想起在學校時，黃秉鐘老愛沒事譏笑他、作弄他。他低下頭。「算了，古早菜我不吃了。」

「不行！」姐姐厲聲道。

事情就這樣僵持著。

就在婚宴前五天，半夜十一點多，青萍從汪子社家中打電話給蘇姐姐。她說十幾分鐘前蘇逸生在和她的電話裡說了些奇怪的話。她越想越不對，再打過去便關機了。

「姐，您上樓看看，我怕會出什麼事。」

蘇家姐姐立即飛奔三樓，敲弟弟臥室的門，沒動靜。她急忙下一樓自己房間取出備用鑰匙上去開門。弟弟看起來像睡著了，卻叫不醒他。真的是出事了——人處於昏迷狀態。她直接打 119，再找出峰西醫院的急救電話。

醫生診斷弟弟是服用安眠藥過量。不會是自殺吧？「不是。」脫離險境醒來的弟弟氣若游絲地說：「是睡不著，多吃了幾顆安眠藥。」其實是鎮靜劑。

蘇家姐姐將信將疑。不過，弟弟當真那麼看重古早味？

「就聽你的，」還是照青萍之前的建議，「把請客的酒席往後延吧。」

青萍也來到了醫院，她說：「或者你還有別的想法？」

「不了。」蘇逸生居然笑了。「我想通了，日期不改，也不要在新月亭，餐廳我們另外找——」

蘇家姐姐與青萍面面相覷。姐姐冒了一句，「弟弟有主見了。」臉上卻無絲毫欣慰之情。自小到大，弟弟的一言一笑、一舉一動，哪能逃過她的眼底，他的想通是氣餒之辭罷了。

「算了。」出到醫院門口，蘇家姐姐悄聲對青萍說：「依他講的做吧。」並囑咐道，「這幾天我們要多留意。」她擔心弟弟只是暫時的平靜，並敦切青萍，「去新月亭拿回酒桌訂金。」她壓根兒不想再見到黃秉鐘。

此外，事情到了這種地步，即使強要對方接受，喜事辦起來也不會有好氣氛。「他以為全台中、峰西就只他們新月亭一家餐廳。」可笑至極。

「就算他，黃老闆，把錢堆得跟我一樣高，我們也不會上他們的酒樓。」蘇家姐姐憤慨地說。

這便是黃秉鐘退掉蘇家結婚酒席的始末。

廖局則如願以償，老丈人的壽宴擠掉了蘇家的婚席——峰西鎮上是這麼傳的——在新月亭風光十足地辦了一個歡喜圓滿的老人八十慶壽大宴——也是那天晚上，在酒席上，湘媛第一次走進黃秉鐘的視線。尚是小女孩模樣的她，年輕嬌嫩、娉娉裊裊讓他驚為天人。那時他並不曉得這女孩是廖局的乾女兒。在席間敬酒自我簡單介紹時，他們深深對視久久，久到可以印在彼此心上，註定了日後的許多事。

廖局丈人壽宴的次日中午，黃秉鐘妻子由美給黃家生了個漂亮健康的男孩。他們是這年六月結婚。嫁過來時，已有四個月的身孕了，十一月分娩不算早產。從嬰兒五官的胚模，不難看出將來也會跟他父親一樣是個帥小子。

在這心煩意亂之際，喜獲麟兒正大好藉此沖散這陣子的晦氣。以第一胎而言，生產情況是順利的。

在前些時日，怪罪丈夫只顧生意，對默默承受懷胎之苦的妻子沒有半點關懷，以及在她最辛苦的時候，「你都去了哪裡？」對丈夫常不在身旁的所有憤懣，皆在護士抱來孩子，看到他們血脈的未來的那一刻而冰消雪融。

她虛弱地綻開了疲倦而滿足的笑容，對著站在產床邊的丈夫說：「是我們的兒子。」

而來自圳尾老厝，公公黃大師的遙問，無非是關心生男生女。「是男孩，就好。」就那麼一句。

黃家的冷，冷如冰宮。做生意的人家，特別是開餐廳的，冰冷是不招財的。妻子由美似乎在靜觀著往後新月亭的日子。

青萍

然而，事情並未就此結束。

蘇逸生和青萍的婚姻維持不到四個月便結束了。蘭苑社區，或大到峰西鎮的人，彷彿有著互聯網，竟然有人爆出青萍是黃秉鐘的初戀舊愛，甚至有人繪聲繪影說是親眼目睹過。

有人卻說：「那是吹牛。」應當是黃秉鐘心情鬱卒，與朋友酒後，醉言醉語溜了嘴。而黃秉鐘自己表示，「最近根本沒和人喝過酒。」獨飲自酌倒是經常。

蘇逸生，這書生，「那種軟鳥居然娶了個美麗的老婆。」「真是暴殄天物。」這些對他的飛短流長更是肆無忌憚。你無法堵住衆人的口。不管是真是假，一旦經由人的唾沫，便如流感般散播。

即使，黃秉鐘和林青萍不是一對，也成了應該在一起才是天經地義。其中最令人想當然爾的，是他們的外貌，「要說他們是舊情人，絕對有可能。」也許這就是邏輯。更有人猛然驚覺似地拍案說：「我懂了。難怪新月亭不接辦蘇家的酒桌。誰受得了自己的女人和別的男人穿著禮服親密地在眼前晃來晃去。尤其跟那種人——」話點到為止，而傳言儘管紛飛，大抵上還是掩掩藏藏地有若蘭苑下水道在暗渠裡塞塞流流。

青萍與蘇逸生是在那年十一月中結婚的，而翻過年的三月中便告離異。一夜間，所有可能與不可能的事情都可以自動拼湊組合，添加附會而言之確鑿。連婚前蘇逸生的自殺未遂也被歸入是黃秉鐘和青萍的舊戀情的事先曝光所導致。就在這節骨眼，書生又重演了吞食過量安眠藥的鬧劇。理由是：依舊睡不著；結果一樣是自殺不成而身受洗胃灌腸之苦。天生就不強健的體魄，由是越發單薄虛弱。

「簡直不成人形。」蘇家姐姐痛心地說。

這回自殺也給十七巷投擲了一顆不小的震撼彈。因為情況比上一次嚴重，也比較有明確具體的原因——離婚。為離婚而想不開。當然，蘇家人還是否認。

青萍走了。他深愛她。「因愛她才讓她走。」像是俗媚言情小說裡的遣詞。「可，這是真心話。」蘇家姐姐說：「我當然傷心，但錯不在我那弟媳。」到了這份光景，仍挺護著她。頗有一朝是媳婦，永遠是媳婦之概。「絕對不能怪她，太難為她了。」

有好事者一語道破：「怎忍心讓一朵鮮花在孤室裡枯萎。」於是又有一說，書生那「東西」不行了。或者根本就是不爭的事實。有人懷疑，結婚至今他們是否圓過房？

一個更關鍵的疑問必然會在這一攪和下浮出水面。那就是，在這多少給人感覺有種條件交換的婚姻背後，青萍究竟得到了什麼好處？蘇家是財主，沒別的，就是有錢。她從進蘇家到跨出蘇家門檻，不會一身空嗖嗖不帶一針一線地走吧？

「沒有，確實沒有。」蘇家姐姐矢口不移。那凜然，可以看出對一個人無條件的護愛。「我家媳婦不是那種人。我想給，可人家不要。」

那青萍不就是到蘇家乾走了一回？說好聽，果真是瀟灑走一回？

而且，都什麼時候了，還在開口閉口我家媳婦。

其實黃秉鐘不覺得自己比蘇逸生這文弱書生強多少，都是挫敗者。儘管一直以來，在他的秤桿上照樣找不到一只最小的秤錘，來秤平他這位高中同學的份量。是那麼眇乎小哉。

黃秉鐘認為種種謠言之所以能那麼快速散佈，罪魁禍首就是十七巷的長舌婦——他痛恨住二號的鍾太太、臨時清潔工阿桃那幫人——像巷子裡刮不停的風沙，搞得塵煙蔽天。

不能說青萍不是這樣被逼走的。

她這一走，一如雲間遠逝的孤雁，不知去向何方。而何日復返，其將遙無絕期了。

飛吧！飛得遠遠的。十七巷只會將妳的白羽染污。妳本就不該回來的。

黃秉鐘望著頭上的穹蒼出神。那是二〇〇二年十一月退蘇家婚席的風波。幾轉塵煙，四個年頭過去了。

四年後的今天突然平地蹦出一個人，神秘兮兮地來替他的同學蘇逸生申冤。他百思不解。

他的所作所為就是專為了蘇逸生而擎起復仇之劍？也未免過度借題發揮，太莫名其妙了。這等小事有必要如此搞大動作？小仇大報。究其實，退人家訂席能構成什麼仇？竟至煞費苦心，還空降一名美女，又編導，勞師動眾。他，自命是個執法者？可笑。不如說他是個變態。

他到底圖什麼？所求為何？又究竟是什麼人？他和蘇逸生又是什麼關係？宛若一捆繩子找不到線頭。

他是誰？

黃秉鐘自認遇到了瘋子。

更氣人的是，信上說：

還有，「馬凱莉」這次玩得很開心。

她玩得開心，我們活該遭殃？

您和「廖局」的女人的事，你們正如魚得水，沒有人知道？如果您這麼以爲而敢輕舉妄動，信不信，很快這鎮上便有您的新聞滿天飛了。

他信。

「人家不要的東西，不見得你就能方便撿。」他也是一直以此告誡自己。

如今他不敢心存僥倖，再密的雞蛋殼也會有縫。湘媛雖已表明她現在不是廖局的乾女兒了，但這哪說得清。他們的事，廖局有可能知道，也有可能不知道，誰又說得準？

自己不也是一樣？光想到不再屬於他的青萍與書生相偕出現在他的酒樓便已受不了，更不談別的。將心比心。

湘媛對現時的他來說，如同背後拖著的一條爛尾巴，他必須當機立「斷」。

神秘人的險惡就像他信末那隻藍色鯊魚的戳印。鯊魚的藍，第一眼只覺得它藍得霸道、藍得詭異；多看幾眼，它那躍起彷彿活了。隨時將有動作，他必須有所防備。

「不要把這事怪給別人。」神秘人的信上說。

此外，您是聰明人，這封信現在除了有您和尊夫人的指紋之外，您想會有別人的嗎？請別枉費心機。

他不是聰明人，但起碼他不會去報警，他不至於連自己當前是什麼情況都搞不清楚。

而情場一番馳騁，最後竟然回到原點，他的初戀、他的摯愛——青萍——無可替代。

一九九八那年夏天海邊的一朵飄雲，畢竟太縹緲了。

但，「馬總」，不，「馬凱莉」，不管她叫什麼名字，她的影子已潛底他的深心。不想也難。

而真的，她，現在人在哪裡……

什麼時候夜裡不再有貓叫聲了？他沒留意到。

然而，有一個奇怪的感覺——這不過是十七巷的災難開始。

有一晚，他獨自到蘭苑十七巷空地的崖邊朝下方的蘆陽平原大吼：

「幹他媽的，無聊透頂！」

19

教授林德老覺得，蘇家搬來蘭苑，是給十七巷拋扔了一湖波瀾。他們帶來了故事，也頗有情節，且角色鮮明——爽直而氣勢強盛的父親蘇老爺，有男子剛決個性的蘇家姐姐蘇逸芬，以及軟若糍粑的弟弟蘇逸生——是林德最感興趣寫入小說的一家人。

姜桂之性的蘇老爺是蘇家的代表人物，他至為痛恨內心彎彎曲曲的人，他有話直說。「父親不懂講好聽話，是常言的刀子嘴，豆腐心。」蘇逸芬回憶說：「他不相信世間有仁義道德。」這點倒和林德是一個鼻孔出的氣。過去他們算是談得來。

「他嫉惡如仇。」瘋子蔡頭就領教過。若是看不慣的，不對的事，會直言不諱、不假顏色。社區裡多的是怕他的人，對他敬而遠之。而遇見他有如見到老虎似的，莫過於住二號的鍾太太。很早以前，蘇老爺就曾當著她丈夫鍾崑山的面訓斥她，「再愛黑白講話，小心我割妳的舌頭。」也因此他得罪了不少人。

這樣無所畏懼的人竟在剛滿六十歲時就撒手走了。留給十七巷的印象是，有如動輒便貫通巷子的大強風，呼轟來了，呼轟去了。

沒有它，那才真叫空無所有。

如此強勢的父親居然會生出像蘇逸生這樣羸弱、優柔、縮頭縮尾的兒子。也只能說是奇蹟了。

「那是報應。」蘇老爺在世時經常這般自我調侃。是強弱互補的調整？一代強一代弱。

蘇老爺結過三次婚，不是離婚再結婚，而是三任妻子在生完該生的孩子後便相繼病逝。最後一個是分娩難產——也即是蘇逸芬、蘇逸生姐弟倆的親生母親。生下蘇逸生時，嚴重血崩，終告不治。

「我剋妻，沒辦法。」蘇老爺說。彷如他的女人們來蘇家是為了完成生孩子的任務。身後留下七個孩子，三男四女，或說五女二男。有較親近蘇家的人則拍胸脯斷言：「頂多五個。」衆說紛紜。

蘇老爺也懶得釐清，「你管我有幾個孩子。」

姐姐蘇逸芬的血液裡，父親的基因非常明顯，是公認的。虎父虎女，行事作風迅烈直切。人說不上漂亮，但五官清朗，有個性美。不過再怎麼強，腰桿有多硬，終究是女流之輩。憶起弟弟四年前那場婚宴的鬧劇，心裡仍有驅之不去的屈辱。「要是父親在，誰有膽子這樣對我們？」

蘇老爺有個弟弟，蘇家姐弟的叔叔，無奈也不長壽，比他們父親更早離開世間。蘇家由一個三十出頭的女子來撐扛，也是劇本上常有的。從林德的寫作角度來看，這故事可以發揮，但不必渲染。三次婚姻，蘇老爺到底有幾個孩子？這反而有故事的張力。而且，蘇家姐姐曾表示，「有幾個並不重要，要中用。我有一個很棒很棒的哥哥！」說時，透發出一種十分景仰的表情。

「唔，哥哥？」有人問：「他人在哪裡？」

「現在不在。」她的眼光飄得老遠老遠，聲音也清越悠揚了，「總之不在台灣。」

「是妳前媽的兒子？」蘇家姐姐搖頭。

這也是林德感興趣的。

蘇家拜都市重劃之賜，從此家財萬貫，也活該多妻多子在分家產的紛爭中把一個家族鬥得分崩離析。他們刮取了「該得」的部分，個個擁有巨額的財產。從此往外發展的，是越跑越遠，有幾個已經移居國外了；留在台灣的，也新建起各自的大家園。因爭財奪產而撕破臉的三個老婆的孩子間，絕非表面上的不和睦而已。越發疏離不說，更是早已形同陌路。

奇怪的是，以他們的父親蘇老爺的強硬竟然壓不住這群狗兒子，兔崽子。對老來的蘇老爺，此情此景當何以堪。莫不是一面破碎的鏡。落得最後帶著第三太太的兩個孩子遷居蘭苑十七巷，相依為命。

「錢多有什麼用！」蘇老爺感慨萬千，不勝唏噓。有人說，到了蘭苑的蘇家，家業已大不如前，不復往日的雄厚。老人心頭的痛只得痛下去，痛到兩腿一伸，哪有可能瞑目。

有言：「命中無財庫，消受不了突來的巨富。」中港路的重劃帶給蘇老爺龐大的意外之財，「也許並非好事。」

可是，蘇家再怎麼衰落，瘦死的駱駝還是比馬大，在十七巷仍然是大財主。蘇家的事跡雖然屢見不鮮，總是個酵母，可以釀培有朝一日林德動筆寫小說的孢子。

蘇逸生四年前的終身大事，成了人們的笑柄。這個「終」不是終其一生，而是終了——很快的結束——蘇逸生和青萍的這段姻緣確乎有如露水的幾番朝夕而已。講難聽點，真的是陽曆年前結的婚，過完農曆年後便告仳離。牆上的舊月曆撕了兩張，新月曆第三張還掛著，他們的婚姻便走到底了。

令人跌破眼鏡的是，離婚後不到兩個月，一個濕悶的午後，雨將下不下，昏沉的十七巷悄悄傳開一個消息，到了晚上便成了各家各戶餐桌上嘰喳閒聊的話題：「蘇家那個書生又要結婚了。」把爆料當成下飯菜，邊嚼邊講：「聽說女孩子很年輕。」、「書生行嗎？」、「而且這麼快，說結就結。」

「好像就是這幾天。」

「顯然又是一個不被看好的婚姻。」這真不是傳言。那女孩確實太年輕了，嬌嬌小小的，有一雙不安分黑裡閃白的眸子，活脫脫是一隻小妖精。

「沒辦法，他愛上了，拉也拉不回。」蘇家姐姐說她弟弟像被下了蠱。一經人介紹，沒眨幾眼，立刻看上了，說死說活非娶人家不可。跟上回見了青萍是一個樣，魂便立刻被勾走了。

會有什麼結果？還用說嗎，不過再次造孽罷了。

書生和青萍是在三月中離婚，小妖精娶進蘇家是五月初，六月下旬便凸顯肚子了——情況不論是成婚月份、胎兒的月數，幾乎與黃秉鐘的妻子由美如出一轍，至多差一個月。不愧是同學。

「這次書生可真行吶。」

「是行，買一送一。」蘭苑的消息權威鍾太太不遑多讓地加註。

到了十一月，日期與月份再度讓十七巷的女人們在起早寢晚間喋喋不休。「五月結婚，十一月底生孩子！」很顯然是早產——新月亭黃秉鐘的妻子在去年十一月下旬產子，書生他們晚了一年，也在十一月份。又是一個不約而同——生產日期不過前後相去十天。只是一個生男的，一個生女的。

老一代人的說法：「七生八死。」意思是胎兒八個月出生要比七個月危險，存活率低。

姑且不論月份準不準，但蘇家新媳婦倒生了個人見人愛的女娃，有如她母親一般漂亮的五官，母女均安。

「所以不一定是早產。」有人不以為然。「天曉得這女人是什麼時候懷孕的。」

小妖精的美早就是十七巷的焦點。美是美，些嫌佻姣。悲劇就圍繞在這份妖美身上。都說：「書生有了孩子後變了。」他開始會踏出家門，臉上喜滋滋的。人們也對他持肯定的態度。然而那不過是他人生最後的快樂。女兒的彌月酒尚未來得及擺，十二月底，一個月黑風高的夜晚——這是林德的想當然耳——小妖精便帶著女兒漏夜偷跑了，原因自不必追探。

然後又過了一個多月，蘇逸生在自家三樓頂投繯自盡。把自己吊成「子」然一個「！」。

在林德想，也許書生臨別世間的那一刻，他是解放了。誰知道？這其實已不重要了。有些事情任其成謎，無乃更恰當些。

弟弟既然解脫了，姐姐就能相對自由了？她的內心世界——林德依舊寧可用他自己構想的畫面去描繪他的感受。蘇家姐姐在書生自殺一個月後的一個黃昏一人出走。那應該是淒美的夕陽西下，隻身孤影拖得長長的。身上只一個黑色旅包，踽踽獨行。再沒見她回來。自那天起，蘇家沒人點燈，也不再有人進出。

從此這棟九號屋就這樣被時間查封了，無光無影，無白天無夜晚，也不需要日月了……

書生這個卑微，註定容易犧牲的角色所形成的低勢，必將是十七巷眾多暫時不明的、有如分歧的水流最後匯注的終結所在——提供故事的導向。這是林德寫小說所要探討的。

他與黃秉鐘有同感——十七巷不可能平靜了。

第三部 杜熙岳

他有另類的白色恐怖
白 是無色 或也是一種色
也可以是所有色的最基本

難道他的恐懼是那麼原始

20

波士頓牛排西餐廳 十一月二十一日 星期二 陰雨天

這一天，台中市篤信街上的波士頓西餐廳的門被服務生拉開，林德收起雨傘在門口甩甩水、跺跺腳，說聲謝謝便跨了進去。這波冷風細雨已經三天了，看著老天爺並沒有破涕為笑的心情，那張灰天灰地愁眉不展的苦臉可能還會繼續下去。林德朝右手邊櫃檯的女收銀員點點頭，她是這家餐廳老闆的媳婦，林德跟她公公何老闆是老朋友，熟得就像何老闆自己形容的，超過牛排的八分熟。

午餐時間已經過了大半。這個時間點，又是星期二，裡面三分之一座位坐滿了客人算是不錯了。被玻璃牆擋住的另一邊，最底端算起，靠窗的第二張雙人小桌恐怕也被人佔用了。那是他的老位子。

過時的餐廳格局，笨重的桌椅，波士頓是那麼老邁臃腫。在門外時，沒關緊的門縫早已流瀉出他耳熟能詳的音樂聲。何老闆喜歡老歌，他手中有幾張碟屈指可數。

「換點新的吧。」林德偶而想到就會跟何老闆提提。

不過現在餐廳裡繞樑的是低吟般的「Fascination（魅惑）」。這曲子他卻百聽不厭，迴腸蕩氣。你無法否認老歌的存在價值。他曾經半譏諷地誇過何老闆，「粗人也有細路。真想不到，你手上竟然有這張碟。」是Max Jaffa的小提琴演奏經典，是一曲多麼如傾如訴的旋律。然而，在隨時嘈雜的餐廳裡，永遠都不合時宜。誰有那麼尖的耳朵、有那份悠閒的心情放下刀叉去聆聽欣賞？他問過。

何老闆搖頭，「是沒人會去注意什麼音樂的。」眼一翻，「他們是來全神貫注享受我的牛排。」他笑容可掬地說：「像你這種老來無聊的人不多，或者基本上沒有了。」他是為了不使餐廳冷場才播放音樂的。

「Fascination」這首小提琴獨奏曲，如果他沒記錯的話，應該是一九八三年後來再錄製的。他也不清楚了。

雨絲打著餐廳的窗櫺，滴流在玻璃上。人老了最經不起這種天氣。

「今日雨何異昔日雨？」他在一篇短評寫過這樣的句子。雨的構成因子本身就是脆弱的，所以容易傷感。這麼說吧，「都已日薄西山的人了，除了往事還有什麼？」這話是好友，酒莊老闆蔡頭說的。

「Fascination」的樂聲輕揚婉轉。當年是這樣貫穿著電影「Love in Afternoon（黃昏之戀）」整部片子的，也多少給年紀尚輕時候的他一份對唯美的憧憬。如今電影與音樂是一體了。林德真捨不得這曲子脫離電影而落單。再者，沒有劇中男女主角，賈利．古柏（Gary Cooper）和奧黛麗．赫本（Audrey Hepburn）的演釋，能「魅惑」得起來嗎？

想起了女兒谷馨，他不覺笑了。女兒曾調皮地問過他：「老爸會不會也來個黃昏之戀？」

「沒想過。」

「這不代表以後不想。」女兒說：「但我希望。」

這部電影是一九五七年拍攝的。那時林德才幾歲？他是升了高中才知道看這部片子。現在這兩個主角早已作古了，尚留片尾那感人的一幕在人間。電影是黑白的，重看時他也想過：假使它是彩色的呢？是會增色，抑或減損？以現代的科技翻製一部舊片，由黑白變彩色不是什麼難事。但蔡頭卻說：「黑白才不顯賈利．古柏的一臉皺紋。」

冷雨的冬日，餐廳裡陣陣的煎肉香真暖人心胃。是牛肉牛油渾然天成的一室濃郁生香。林德來這裡時間長了，聽得也多，如今已然是半個牛排美食家了。經驗當然是吃出來的。

「牛肉沒有飽滿的『汁』味，那你是在吃肉渣。」這可不是林德說的，是何老闆的講究。他是個精益求精的人，有著藝術家的怪癖，追求自己理念所至的高點，並不太在意無謂的批評爭論。何老闆的牛排美食就徘徊在藝術的門口，只待再推一把。

「你的味蕾被炸開又同時含存那種餘韻。」這是美食家在電視專欄的天花亂墜。

「真厲害哦，味蕾能炸開又含存餘韻。」何老闆吐吐舌頭。

切下一塊上桌時冒著油花滋滋響的牛排，沾點玫瑰鹽叉送入口，吸著肉汁嚼著，嗯，也許那瞬間擴散的就是炸開的滋味吧。肉品挑選是決定牛排成敗的頭一關，那是最基本的。何老闆堅持的，當然是他獨步的。如何從肉解凍、切肉到煎肉的過程中保留牛肉組織裡的汁液不流失，是至關緊要的。看似平常，實則是微妙所在，重在「知察」。何老闆的牛肉是「照顧」出來的。

到波士頓來，林德十有九次點的都是莎朗牛排。「要帶點肥的牛肉才香甜。」

「我兩個女兒是吃何老闆牛排長大的。」說得一點也不誇張，特別剛上國小的二女兒谷馨。當時的波士頓不在篤信街，是在聯美戲院隔壁，主打的是鐵板牛排，生意「強強滾」紅火得不得了，用餐時間天天大排長龍；進鈔似泉湧，收銀機終日叮噹響不停，不需多久，一間他夢寐以求的麵包廠於是擇地建起。此外還有分店。

岩燒，那時期這名字還很陌生，現在卻是林德的獨鍾最愛。

「那是過去的事了。」撫今憶往，何老闆總是搖晃著灰白的蒼髮，感嘆萬千。「我這張老破網，現在能網住的，能有多少魚？不過是以前的幾個老顧客而已。」他固守著的是最後一道防線——捍衛牛排原本的、該有的，也將失傳的純正美味。

他的哀嘆——後繼無人。

「Fascination」的音樂不長，林德留戀著它的最後一個音符。他避開人多的正廳，向右方的玻璃牆走去。

「林伯伯！」一個年輕人的聲音。是何老闆的兒子，剛給客人上完飲料，一眼瞧見了他，腋下夾著托盤走上前來。

林德歲數大過何老闆。他喜歡老何這個兒子，文質彬彬、懂事，就是不肯學做牛排，紹繼這個傳家的手藝，是老何捫心的長痛。

「我爸說您今天會過來。」年輕人禮貌地說。

「是啊。」早上林德給何老闆打了電話。「你爸人呢？」

「在廚房裡。」

「讓他忙吧。你也是，去忙你的。」林德說。「我想我的老位子有人坐了吧。」

「嗯，是的。今天客人不少。」年輕人說。「坐您位子的，好像——是林伯伯您的鄰居。」

「哦，是嗎？」林德有點意外。他移了幾步直往玻璃牆的一邊伸長脖子，有一桌客人擋住他的視線，一時無法知道是誰。「去做你的事，別管我。」他說。

「中午還是一樣？」年輕人微微點了個頭。

「老樣子。」莎朗牛排，岩燒。「我坐最裡面那桌。」那是四人的座位，和他的老位子平行，挨著玻璃牆，中間是走道。坐在他老位子上的，林德看到對方側面那雙層下巴，便笑著喊了聲，「杜醫師！」是住蘭苑十七巷一號的杜熙岳。峰西鎮街上那間雍安診所就是面前這個胖胖的人開的。杜醫師被那一聲嚇著猛一抬頭，表情像學生考試作弊給老師逮到的一臉驚惶。

恍惚間，他啊了一聲，「是林教授！」弄清了來人，急忙催說：「坐坐坐——」彷彿遇見了救星似的。「坐到我這桌來。」

「桌上全是紙，怎麼坐啊？」林德笑笑。

「哦，是哦。沒關係。」杜醫師迫切的眼神盯著林德不放。「教授剛剛進餐廳是幾點幾分？」

「我沒注意。」林德一頭霧水。「有什麼——」

「拜託！拜託！想想。」杜醫師雙掌合十祈求著。

「不是很準——」林德困惑地苦思了一下。「大概一點半左右吧。」

「一點？好！」杜醫師記下，又抬頭問，「幾分？」

「要那麼詳細？」話到一半，林德明白了，哈，這老傢伙不外乎在探明牌呢。杜醫師狂迷六合彩，在蘭苑十七巷是人盡皆知的。「是一點三十幾分吧。」林德以手上的表來推算，但不確定。管他的，「是三十二分。」他隨便說了個數字。

杜醫師在滿桌子報紙、幾張填了號碼的表，以及空白紙堆裡摸出一本小冊子，翻了一頁在寫了幾排數字下面唸唸有詞地加上01、32、13。

今天星期二，是六合彩開獎日。他不可能簽這一期，應該是下一期後天的。01、32是來自他林德一點三十二分進到波士頓的時間，還說得通。

「可13呢？」林德的興致也來了。

「看不出來嗎？」杜醫師操著篤定的口吻。「下午一點，不也是十三點？」他煞有其事地說：「13出現過好幾次了。知無？」

知無是閩南語，意即知道嗎？懂嗎？是杜醫師習慣這樣問病人的口頭禪。

杜醫師發覺到林德的眼光落在桌子對面另一張椅子上折疊的報紙。他推開用過的餐盤，那壓了一張紙，上面有之前寫的12、23兩個號。杜醫師主動說明：「你看。」他攤開報紙，指頭點著大版面上的報導，一幅彩色的大圖片將一棟造型新穎的超市凸顯得美輪美奐；以及一條醒目的標題：「百匯大型綜合超市十二月二十三日隆重開幕」，似乎有意搶在聖誕節前。

下方一行小一號的字則是：中台灣首次推出現代化購物新概念商場……杜醫師振振有詞。

「這是我們台中的大事，所以12、23絕對是好數字。」不是憑無實據的。

林德啼笑皆非。

在六合彩跟前，一個台北醫專高學歷的社會上層人士和販夫走卒的眼神——望眼欲穿，竟是如此一致。六合彩的魅力令林德懾服不已。這一影響巨大，遍布既深且廣，影響長遠得足以將一棵文化大樹搖晃得稀嘩響的民間博彩，包括大家樂、媽媽樂，若不添一筆在台灣的史冊，確實有失公允。

「杜醫師中過大獎？」

一句話就讓方才神采奕奕的杜醫師頓時灰頭土臉。「小額的有幾回。」他的聲音小了。企圖要重整的是臉皮。小額是多小？區區兩口飯怎抵得了拉肚子。小贏幾次哪經得起一次大賠？他累積挫敗的神態，宛如身上一件不常洗的衣服不時飄出凝重的陳味，往往是星期二輸掉的錢還未湊到手，星期四又槓龜了。「總不是有輸有贏。」

烤熱的火山岩板和沙朗牛肉送來了，林德要服務生放在左手邊「乾淨」的桌上。

「教授吃得這麼油膩啊。像您這個年齡，還保持這款好身材，有口福。」

「瘦肉柴柴澀澀的，沒甜味。」林德說。

「誰不曉得。但要能消受啊，真羨慕您。」他欣賞著一旁的林德正用刀叉處理牛肉，那樣悠哉，也帶了種神聖，是享受。如今這與他已經無緣了。他總是無心正經用餐，心中是糾葛不清的數字，絲團廝纏。他少有飢餓感，吃東西只不過是生活規律上到時間的行事而已，但通常不準時。

杜醫師拂了把臉，正了正身子問道，「新月亭上星期天發生的事……教授，依您看？」

林德正叉著一塊肉送入口。「嗯——」現在全峰西鎮正議論紛紛。「說不清楚。」

「新月亭的老闆娘說她先生被狐狸精迷住了，真搞笑。據說那女人超級美。」

「是這麼講的。」

「他們是遇上了詐騙集團？」

「可是，對方也給了不少訂金啊。」林德放下刀具，用餐巾抹了抹嘴，喝一口水。「詐騙？要騙什麼？錢財？騙色？對方是女的。她啥也沒得到，還平白虧了一筆訂金，不是嗎？」

「這——正是叫人想不通的地方啊。居然會有這種事。」

「是嗎？」林德說，今早在社區巷道碰見了社區總幹事吳伯虎，他們撐著傘聊了一會兒。總幹事也認為這於理不合。「這算什麼被人設計？」吳伯虎說。「而且為什麼人家要陷害黃秉鐘，而不是別人？」其來必有自。總幹事有伏筆。

「事出必有因。」林德在炙熱石板上的牛肉撒了些玫瑰鹽。「很顯然的。」

稍停，杜醫師問林德。「新月亭出事那天是十一月十九號，星期日。幾點？」

林德再抹抹嘴，笑著。「幾點？你可把我難倒了。」本來嘛，這人不會無緣無故說起新月亭的事。「怎麼，又想套明牌？」

「不，不是。」一個老賭徒居然還有靦腆之色。「只是確認，問問而已。」

「對了，教授。最近，特別是三更半夜，貓仔叫不停，像叫春似的，吵死人啦！是哪家養的？缺德……唉，您沒聽到貓叫嗎？」

林德搖頭說：「沒有。」貓叫聲有那麼討厭嗎？「你是不是又想問貓有幾隻？叫幾聲？」

杜醫師自我解嘲地哈哈大笑。「不過您要是知道，告訴我也無妨。」

「我可沒有你的天才。」

何老闆的兒子提著玻璃壺過來加水。林德問：「你爸還在廚房忙？」

年輕人點頭。「我爸說，請林伯伯再坐一會。」

「我有的是時間。」

林德看著在桌上整理紙條、紙片的杜醫師，「你就那麼相信我說的數字？」

「不是，」杜醫師舉起食指在頭上畫著圈圈。他說他滿腦子數字，「是請教授幫我下決心。知無？」把他從數字的迷宮裡救出。

21

雍安診所是峰西鎮唯一一家耳鼻喉科病院。近幾年空氣品質的急速惡化以及生活環境污染的越趨嚴重，感官性疾病的病患在倍增成長，每天求診的病患一排排坐候著診所進門口的走廊。

杜醫師弓著腰一個一個看病人，妻子低頭忙著一張一張勾劃掛號單（那一張一張便是錢）。醫生的錢，是人家來求他賺的。妻子越是笑不攏嘴，丈夫越是眉頭不展。日子就這樣一天一天在機械般不自主中度過。醫生這行業是重複又刻板的工作，杜醫師的神經經年累月在病人的病痛與症候裡緊繃穿梭，自己都快成了病人了。除了禮拜天，他時常記不得今天是星期幾。

他累了，他也病了，病在心，身體只是連帶受累。真想哪天他能把醫生的白大褂從身上脫掉，結束這種美其名懸壺濟世的生涯。

是二〇〇二年初吧，他開始玩六合彩，迄今賭齡也已四年有多了。剛開始他錢大把大把地猛砸，妄想簽中一個大的，一次性撈個夠，然後從此不當醫生。他說這樣他才能多活幾年。

「癡人說夢。」妻子的尖酸冷語總是澆他一頭冷水。「再賭，哼，你的命都賭沒啦。」

不過現在他的下賭簽注已經沒有以往的豪勁了，診所大半的工作也一步步移交給外聘的一位年輕醫生。

「我賣了半輩子的命了，該休息了。」他對妻子決然表態。

妻子只是冷笑，「好放手一搏六合彩？」幾年來在賭彩昏天暗地的廝拼場上，他早已遍體鱗傷，入不敷出。妻子伸出了鐵爪開始抓管錢，她逼丈夫就範，夫婦兩人合議定下診所每日收入的分配，將百分之二十歸他。「才這麼點錢。」他的抗議聲不小，都傳到了山上雲嶺小區老岳父的耳朵裡。老人家很想秉公處理，「是少了。」但他說：「錢越多，不是輸得更多嗎？」

什麼話，好像是他每賭必輸？「我不同意！」杜醫師拍桌子。

「別兇。反正就那麼多，」妻子說：「這些是你的賭本，愛拿不拿隨你。」

「那我把診所關了。」

「關啊！」妻子嗓門也不比他低。「你當賭博有理啊？還好意思吼人。」

杜醫師在四十五歲以後，腰圍稍粗肥了些，生就白淨無鬚一副醫生的派頭。而朝朝暮暮生活在同一屋簷下，身上沒有幾兩肉越發乾癟的妻子，單只外表他們就不是一家人的格格不入，使他對她的厭倦和她的體態變化與日俱增。她簡直是個刻薄的巫婆。

或許這是他會一頭鑽進六合彩的原因吧。他這個台階下得也太陡了，理不直氣不壯。

「放明白點，我的大醫生。」妻子嗤笑說：「是你嗜賭在先。」

他於是閃躲著她過日子。似乎人一旦「潦」下水愛賭，路便少了，只剩一條路——繼續賭。他不是沒有省思過。多少個槓龜的夜晚，不變的一念：這一期是最後一次，簽了，他就不再賭了。但每次都有他的最後一次。

經常他在面對一片凌亂的紙堆中，自己的日子也一片凌亂了。

閃光 快閃

閃光「啪嚓」一聲，對杜醫師而言，這爆響的炸亮太熟悉了。相機閃光燈刺眼的強光已刻蝕入他的記憶骨子裡。是因為曾幾何時他也是這樣操作過。

設若人的記憶體是一塊板，那一度有如閃電般的劈光早已在上面留下一道深度燒灼的焦黑凹痕。是傷，是記憶，是罪證。這次和幾年前的某次區別在——以前他是拿相機的人，現在他是被拍照的人。

此刻杜醫師正躺在一張軟床上，「這是哪裡？」

「旅館。」一個男人的聲音。一個彪形的黑衣大漢站在床尾近房門邊一個有利取角的位子上。他是拍照的人，手持銀黑相間的照相機，頭上一頂黑色毛線的鐘形罩帽，將帽子的捲邊拉下差不多快遮去面部三分之二，又戴著墨鏡，只剩下一顆酷挺的鼻頭和略尖而有力的下巴可供辨識。雖然就這麼些，仍能想見得出帽子所覆蓋的不會是一張難看的臉。

大漢子不徐不疾、動作優雅地將照相機有螢幕的一面轉過來給杜醫師看，彷彿在展示他的攝影技術讓對方評賞。好像在說：你看，拍得不錯吧。

三年前迫於必要，杜醫師也研究過照相機，這方面他略懂些。眼前大漢所使用的相機顯然高檔多了。閃光不直接照射對象物，而是打在不高的天花板上再折返的氛圍光，明亮而柔和。這一來，拍攝的效果便更為自然清晰了。

相機小框的螢幕裡是無可挑剔的絕佳畫面。他們——他和綰著高髻的女人裸著上身相擁床上。他們胸部以下遮在被子裡（可以想像是全裸的）。但凌亂的床單是有激情過後的註解（其實他才剛醒來）。他睡得很死。而他們的擁抱（啊，依稀有印象，大概是床邊的女人搖搖他，猛然環肩摟住他，這一用力才使他真正清醒）硬是一個熱情洋溢的狂吻和兩人的臉幾乎呈正面，如如實實地對準了鏡頭。是攝影者在按快門的一剎那——也有可能是攝影者數著一、二、三「去死」——好讓床上的他們擺正Pose。

相中的女人容貌姣好，化了妝的（上床還化妝？為的是拍攝的需要，像拍戲？）；而他自己的臉是他從未見過的慌張倉皇，是驚嚇所致（那是他事跡敗露的證據表情）。

總之，這是個好作品，畫質高清，人物的輪廓纖悉，影像無比清晰，特顯女人的性感，男人狼狽中居然還有的雄動。

黑衣男子儼然以導演或攝影師的姿態，露出對自己工作成果的滿意笑容。一切均照他的意思進行，按他設定的步驟，零失誤地順利完成。他收起照相機，打了個響指，Ok！他竟然還道聲謝謝。說話不高不低、不大不小，以盡可能的鼻氣聲，讓人聽不出他真實的音調。

「你知道她是誰嗎？」男子指著已躲到床一邊的女人問杜醫師。

「她是——」

漢子制止他說下去，「你不必知道。」接著從地上拎起黑色手提袋放進相機。

「等我們的消息。」說著他轉向床上那個半裸的女人，「穿上衣服跟我走。快！」他背過臉去，等著女人穿好衣服（很難想像還有這樣紳士的敲詐者？）沒多久，他打開房門，女人順從地隨後跟著。他們的步伐一致，前後腳跨門而出，像演完戲的演員收了工回家，對身後房間裡杜醫師的喂喂喂、等等……沙啞的喊叫充耳不聞。

外面是漆桶般扎實讓人窒息的黑。室內牆上圓鐘的時針指在4和5之間，應該是凌晨四點多。

他是不知道這女人是誰，但他完全明白這是怎麼回事。他腦海裡所殘留的印象是和一個自稱是龍蕙的女人喝酒……

他只記得最後他是和龍蕙在一個叫「Alamos」什麼的該死酒吧，他醉了。不，是醉死了。然後「醒了」的他便在這家旅館的房間——後來才知道這是台中市郊外的一間民宿——「現場」的床上，他身邊躺著抱著的女人，他真不曉得是誰。總之不是龍蕙。

幾天前的星期二，他還在波士頓西餐廳和教授林德談起新月亭的事件，他不敢相信會有這樣怪異的事發生。才過多久，竟然也給自己碰上了。這絕不是巧合，他能肯定。這裡頭必然隱藏著像一股渦流在等著把人旋進去。在事情不盡相同的面貌下，有一個難以言喻的相似「氣息」。他能感覺得到，但不知道，他心亂如麻。

觀賞電影時，螢幕上屢見的會突然出現一道閃光，是在告知觀眾，正循線進行的劇情將有所轉變。而通常是主角或劇中人物對某個特定事件的往事追憶，作為現時與過去的區隔。

在台中市西郊那家民宿的晚上，那閃光燈一閃的一道刺眼白光，是在強迫杜醫師回看，在他繼續演下去的人生路上插播一段過去的回顧。在他眾多不光彩的事跡裡，在那些不堪回首的陳年舊事裡又套進其他回憶——如果一個導演功力不夠的話，這種連環回憶會讓觀眾看得霧煞煞——幸好觀眾不是別人，是杜醫師他自己。不用旁白說明，這所有的情節，是他的，屬於他的人生的剪輯。

片中的——他永遠在想逃離——主角的個性。也是主題。

「我怕藥味。」醫生會怕藥味？這簡直是新聞。就好比海鮮店的廚師討厭魚腥。

藥味之於他，事實上是種觸發，觸動著一環扣一環連鎖的相互反應。情性上是離不開心理的因素，所以就複雜了。它們有童年的、學生時代的、青年期的、累積現在的種種交錯的隱伏。

此外，他還有個「病」——對白色的反感。這更麻煩了。醫生、護士的白衣袍，病床的白被單，藥粉、藥顆粒的白，甚至日光燈的白光、不銹鋼配藥台、移動式送藥車的白亮閃閃……都令他暈眩不適。最早診所內的白壁白牆也一度使他惶惶不可終日，他一股腦將診斷室漆成乳黃色。

白色和藥味就像一杯熱牛奶的顏色和氣味，其實是一體相附；對杜醫師而言也許是死亡的色和死亡的味。他活在另一種白色恐怖裡。然而生活中無處不白，房子，甚至天上的白雲……

「不是，那是有特定性的。」他的醫師朋友似乎看穿了。朋友表示，譬如同樣的白色系在白天與晚上，在醫院與飯店，杜醫師所感受的衝擊就有著天壤之別。

「笑掉人的大牙。」

朋友奚落道：「有一種白他一定不拒絕——女人的白。」此外，六合彩寫號碼的紙不大多是白的嗎？托藉一堆，歸根究底是他畏懼醫院。

小時候杜醫師怕吃藥，藥味讓他想到醫院，而醫院裡他最怕的是醫生。然而升了高中後，他讀書的唯一目標被訂定在考醫科。這是父親對他的要求。台灣早期那個年代，老社會的價值觀：不管是讀書或從事的工作，你的選擇，絕大多數是依著父母家人的期望準則。在當時社會，醫生永遠是高人一等的，是最能賺錢的職業。醫生是框金的頭銜。杜家的境況並不寬裕，父親靠借貸一心把兒子送上了台北醫學院。他終不負父親所望，畢業後順利通過國考並取得醫師資格。

「我實現了父親的願望了。」卻使得他自己的人生沒有了寄託，宛如划著船抵達指定的目的地，上了岸反而不知何去何從，因為那地方沒有他喜歡的景觀。

然後是婚姻，依然是在父親的規劃裡。

峰西鎮一位頗負盛名的縣議員，曾當過一任議長，姓卓，是世家，為人圓滑。但有個眼高於頂，一直找不到夫家的女兒，後經人介紹，有若迫不及待似的，一眼便看上了杜醫師。這女兒相貌平平不打緊，更且骨瘦如柴。

父親不由分說極力贊同，並挾以父威。「是我們家前世積的德。誰能有這種好運？」

「為什麼？」年輕時的杜醫師只能瞠目以對。

「為什麼?!」這是三歲小孩的問題。他奇怪地看著兒子，「我們還苦不夠嗎？這幾十年你是怎麼過來的？這是我們家翻身的機會呀。」

杜醫師奉命結婚了。原來這所有，包括找人製造男女雙方見面的機會等等，都是父親暗中找人關說，一手安排的。

有錢人買房子有如一般人所形容的，像上市場買一把青菜，挑一挑就買了。婚後岳父說著說著在鎮街上秉陽路相中了一棟三層樓透天的房子，不到一星期便簽約訂了下來，而且談定全數以現金交易。「這是為了我的女兒。」也即要女婿清楚認識自己的擺位。這房子是作為開設診所用的。事後方知，是女兒阿鸞硬吵著父親買下的。父親剛開始並不同意這門親事。「我不曉得妳為什麼喜歡他。」他是個窮光蛋。

「他至少是醫生啊。」女兒阿鸞說，而且長相也不差。「總不可能把我養在家裡吧。」是這話才重點。家中最不可留的，莫過於嫁不出去的女兒。

一天下午，杜醫師在路邊望著對面正裝修中的診所。門面重新鋪貼瓷磚所搭起的框架，忽而望去活似個鳥籠。那樣子，心裡突了一下，他要被關進去了。他在給自己造一座監獄？

也許他一顆逃避蠢動的心是那一刻恍惚伊始的。那是七年前了——他將它拍了照保留至今；保留的是觀感，他擅長以取角度來體現主題。

（學生時代他迷上攝影，他用相機快門的補捉景物來忘我、排遣煩悶；他是在逃避不可逃避的）。

尤其深知逃離了醫院，他什麼也沒有了。若果他不是醫生，他什麼也不是了。此外，或者，他更想的，甚或唯一可行的——逃離他的妻子。一個愛財如命，身上沒幾兩肉的女人，企圖靠懷擁金錢把自己填補豐滿的吸血鬼，已搖身一變成為先生娘（醫生妻子的俗稱）了。戴著一副沒度數的眼鏡倒也有模有樣。

誰說瘦子就無財庫？診所開張才兩年，擋不住滾滾而來的鈔票。存銀行不如投資房產，於是他們在蘭苑山居買了十七巷一號的那棟別墅，是第一批入住者；同時也在台中市頂下一間二手店面，賺錢如水。妻子把他當機器使，幾年來，不讓丈夫片刻離開她的視線。

丈夫一天不出現在診所診斷室那張旋轉椅上，就等於一天沒有叮噹的錢聲響。除去錢，似乎沒有她熱衷的。錢越多，她變得越冷酷。

杜醫師懷疑妻子的冰冷是由來於她天生體質的冷感，是生理導致心理的性趣缺缺——他能確證無疑，他是醫生。在結婚不久的甜蜜期，她的冷，被誤認是女人天性羞怯與含蓄而被忽略了。晚上在床上，她像一條被子，你不拉她，她不過來；拉了過來，卻又那麼單薄。特別是嚴冬寒夜，蓋也蓋不暖，怎能擦出情慾的火花？

再就是心態上。應該是隨著妻子帶來的嫁妝——一間診所。他擺脫不了靠妻子成家的這個事實；這個用鈔票疊起來的高度，就確立了他們夫妻便很難平起平坐了。他們的婚姻是建立在需求上，而無對等可言。婚姻形成了公式，各算各的，都為了只能是自己的答案，雙方在演算自己的數值。

「孩子呢？沒個影子消息。」結婚後半年，岳母忍不住發話了。怎麼女兒的肚子沒分毫變化，依舊平癟如初。杜醫師想說妳的阿鸞那種瘦香薄板的身體能裝得了孩子嗎？但他說：「會有的。」敷衍了過去。

可是又過了半年，女兒的腰身仍然纖細。

「到底誰有問題？」輪到岳父著急了。

「不是我。」女婿能隨時提出他醫院的證明，「我檢查過了，我沒問題。」

「你有備而來。」岳父一臉不快。

「不是的，爸，」杜熙岳說：「是阿鸞不肯去檢查。」

心裡好笑。像妻子那塊乾田旱地，能含什麼種？能育出什麼果實來？以女人生兒育女是唯一天職的她的最根本缺憾，有什麼好趾高氣揚的。杜醫師竟有些幸災樂禍。

後來岳父對外人說，我那女婿的城府之深，深如蘆陽平原的蓄水井。

杜醫師不愁無子嗣無後，他常說：「有好原料材料，不怕找不到工廠。」他的料好不好，不曉得，但至少管用。

他們夫妻早已分床各擁被自眠多年了。似乎有一個默契在岳父、妻子之間形成——他可以「向外發展」而心照不宣。所以從二〇〇〇年初到二〇〇一秋天將近兩年間，是他飆發男子氣概最輝煌的時光。他很快成為台中市蒂夜俱樂部的金卡貴賓，可標記為他的「蒂夜俱樂部」時期。他也喜歡以此來自我定位。

蒂夜俱樂部，一個夜的地下王國。在夜色統御的世界裡，總沉潛著一股龐大得有如地下電纜的勁勢不停在催動著另一種生息。一種原始需求以商業的包裝改頭換面地提供服務，以不合法而情理化的行為在亂中有序地進行著。慾，每天在地球黑暗的這一面是蓬勃強盛的；滿溢得像下水道的暗渠、曲折橫流。這裡是色慾交易的市場，日落後的人肉超市。

蒂夜俱樂部是這地下版圖的後起之秀，卻無疑是此中的佼佼者。它改寫了這行業的里程碑，更符合這方面日新月異的訴求。蒂夜的卓越不群除了必備的多彩之外，已儼然是企業化的型態了。

蒂夜俱樂部，這個名字象徵身分；神秘色彩濃厚，沒有中間人引介，根本不得其門而入。他們擁有的服務女郎陣容，是百裡挑一的「公主」——她們個個相貌姿色出眾，水平也相當均勻。難能可貴的是不強行推銷，也不會向客人胡亂索求。因為它本身的「定價」即非一般。如果外面其他的是銅價，他們則是金價。你能出入這扇門，就表示你有這份消費實力。為什麼視它是一種身分便不言而喻了。

杜醫師是經由一位醫生朋友介紹進去的。

蒂夜俱樂部之所以大受社會上流階層人士的另眼投注，說來也不足為奇。他們只是奉守以客人為尊，以安全為首要而認真執行。他們著重保護客人的隱私，這一點至為彌足珍貴。因為消費的客人不乏一些企業大亨、政界名人、政府官員，當然少不了醫生。一經加入成為會員後，他們同時給你一個密碼。這個密碼又必須與介紹人的密碼其中兩個數字合用始能通過辨識。這樣的構思，於當時的中部地區是絕無僅有的。不敢說絕後，卻是空前的。他們專為滿足既想要又怕被人知道的那些有頭有臉的大人物而脫穎。

蒂夜的外觀是家高級飯店，堂皇而正派。附設的酒吧是提供飲酒與「調酒」的地方——調酒就是選公主。居中接觸的窗口是通稱「少爺」的酒吧經理。整個蒂夜只有三位經理，一律男的，人人一身黑西裝、黑領帶，親切有禮，全然正經八百的飯店經理人。蒂夜的公主不接受電話應召，要「調酒」就必須來俱樂部，由少爺安排在一個表面看似酒吧間的房裡與公主見面，不滿意可以「退貨」。但在杜醫師過往的經驗中，甚少有看不上而「拒收」的。這倒是實情。

可是，蒂夜的夜再怎麼金錢銅臭，總有輕揚的浪漫，公主與客人日久生情之事又當如何？

「一旦情投意合跳過俱樂部的少爺而暗通款曲，這種事一定會有吧。」有客人問過這問題。

「這是防不勝防的。」少爺說。他們自然有一套管理公主的辦法。依俱樂部的立場私下交易是絕對禁止的，然而他們並不為此擔心，因為客人反而比公主更不希望發生這種事。那些個大老大爺除了自身家庭的考量，就怕「突然有一天，他們的照片登上新聞版面。」即使在他們的生意場或生活圈爆點料，是絕有可能毀了他們。當然也有意外的。

「有錢人大多不堪一擊。」少爺說。

「誰會這麼做？」客人問，「是你們？」

「您說呢？誰都不願意發生這種事。」

杜醫師就這樣在蒂夜地下的密渠暗道裡「悠遊」自如而流連忘返。早些年妻子的冷感「冰封」了他，漸漸地致令他頻臨垂痿不振的恐慌。他憂懼身上的某個功能在急速衰退，宛如公雞的頭昂立不起。

然而，在蒂夜他尋回了感覺。

要上戰場，叱吒風雲，堅刀利劍是不可少的。在蒂夜俱樂部那種金粉世界，在「君臨」稱得上幾宮幾院的三千粉黛國度裡，除了需要厚實的財力，男人不夠強，不夠勇，能行嗎？只有「雄勇」，只有「夠力」才是男人。錢多猶如一把劍的握柄，而要降服女人、征服女人還得靠劍身、劍尖，那才是制勝的依恃。所以男人的雄徵不顯，男人不行，怎麼服帖家「地下宮」的公主？是男人，這就是無可動搖的鐵律。

醫生便有這點好處，能馬上從中探究因應之道。是那時候，杜醫師「研發」了他的「勇藥」，用過的朋友無不讚譽有加。他常竊笑那些砸大錢買「春藥」的一堆憨呆子。

配這些激情藥是雕蟲小技，不論哪種類型，它的成分不外乎銀狐腺、淫羊草、硬脂酸鎂、達米阿那、撒爾沙、虎杖、INVERMA原粉、天茄花、枯礬、川椒、杏仁、牡蠣……。其實這是一般常識，全是老掉牙的方子，網上隨搜隨有，俯首皆是。他並不仰賴這些藥材。

杜醫師以為在製作上首重抓對訣竅，加工的時候需要非常特別的方法，程序很重要。懂的人甚至可以在家配製。因此工藝上的竅門和特殊的工序，是他緊捏不放的。他又多加了一味藥材，自然是他的秘方，能夠使玉柱通宵達旦持久而不輕易頹倒。

由是，有了這個利器，他在蒂夜更形如虎添翼。他沾沾自喜。這藥，他倒是有個原則，只給自己要好的朋友，而且只送不賣。他再不濟，也不致淪落為賣春藥的行當。

杜醫師的特效藥固然助長他燎原的烈焰，攻無不克，飛揚跋扈而春風得意。時常一個月當中，幾天幾夜放蕩自己浸淫在軟香溫玉間。然而人畢竟非銅鑄鐵打的，旦旦而伐之下，縱是鐵杵也會銷損。他透支了，他漸漸氣竭力衰；他被刮乾了的不只是金錢，是他的身體。

一夜，在一個女人身邊，猝忽間，他「性趣」全無了。不是藥力不濟，是他再也興奮不起來。

「勤逛夜市，也要有肚子。」再利的刀子終有變鈍的一天。何況輟時不輟日地荒淫無度，哪有不油盡燈枯的？他以醫生的專業宣布似地說：「男人會在突然間說不行就不行了。」有如臨床報告。

於是，他轉而迷上六合彩。是一種說法。實際上，蒂夜跟六合彩有著同時前後腳交踏的過渡期。此外，耽於酒色是日夜顛倒；而賭彩則是不分晝夜，時刻心與精神上倍受煎熬。兩者孰重孰輕？

若說婚姻讓杜醫師失去感覺，那麼在蒂夜扎扎實實的一年多讓他拾回感覺，卻又耗盡了感覺。

蒂夜究其實是男人尋歡的速食店，也或是有多樣可選擇的夜市食攤，只不過高級一點而已。

但有人樂意為杜醫師而使之成為正規「正餐」。

大約就在二〇〇二年七月，有人突然表示情願洗盡鉛華給他洗衣煮飯照顧三餐。

「你不累嗎？」那是蒂夜的一位公主。

她自己回答，「我累了。」在俱樂部末後幾個月的「調酒」品飲中，杜醫師漸漸只獨鍾這一味。弱水三千只取一瓢飲。他鎖定了這位公主——葉珊琦，一個體貼、善解人意的女人。既然去蒂夜只為了珊琦，而她也越多時間與他私下約會，竟至租房在外，蒂夜於他，就不再是必要了。他不是沒提醒過自己，那種長廝守勢將會演變成一個家的需要的可能。而，那是他能棲身安住的家嗎？在這點上，他很清醒。

很快，他又選擇逃離了。

沒有了蒂夜似乎少了什麼。有時他以為二〇〇二年年中以降，他之所以轉向簽六合彩另闢天地，與他不再涉足蒂夜有絕大的關係。總之他所尋覓的不外乎感覺。六合彩儘管讓他勞神傷財，但至少他知道自己在做什麼。就是這個感覺。

無論去蒂夜、簽賭六合彩，本質上是逃離。逃離他正常的生活。不，是逃離他現實的家。確切地說，是遠離他那鼻子尖，下巴如錐有若巫婆的刻薄妻子。

22

事情是這樣的，與林德在波士頓牛排西餐廳不期而遇的三天後一個上午，雍安診所來了一位奪眾人眼目、明艷照人的女人。令走廊上候診區所有病人，以及診所的人員無不個個目瞪口呆，震懾於那種耀芒而緩不過氣來。首當其衝的，是在掛號窗口將筆桿咬在嘴裡的先生娘。

「請問妳看哪一科？」居然女人美到這麼不可思議？全診所在一片無聲的嘩然中，人人都病了。

「我鼻子不靈。」美女說。

「那不是病——」先生娘皺了下眉，頭偏了偏說道：「給你掛鼻科吧。」她無法在如此極致之美的逼視下暴露自己太久。

今天是杜醫師看診的排班。輪到美女進門診室這一刻，他無緣故地緊張了起來。他透過玻璃門目睹了這女人從剛才出現到現在，診所裡的所有變化，和飛掠隔間門窗的美幻的影子。

他突然覺得門診室的燈光不夠亮，她身上旋起的粉香壓覆了室內的刺鼻藥味。

「于小姐，妳的鼻子有什麼問題？」他看著手中病歷表，姓名欄填寫的是于龍蕙，年齡25歲。本人看起來較為年輕，額頭飽滿光潔，五官生動分明，美得咄咄逼人。

「您能不能請護士迴避一下。」

「哦——」看病的人有她的隱私要求。杜醫師比了比手，讓護士出去。「有什麼不便開口的？」

「不。我沒病，我是來找杜醫師。」叫龍蕙的女人說。她的聲音有著女性溫婉的特質。

「找我？」

「是啊，我是龍蕙。我以為您看到我的病歷表會想起來。真不記得了？」

「龍蕙？不——記得。我們見過嗎？」杜醫師苦思著。不過像她這樣的突出相貌，他不可能沒有印象的。即使只有一面之緣，想忘也忘不了。除非——是整容過。「真不記得了。」

龍蕙忽然放低聲音說：「蒂夜。是在蒂夜俱樂部呀！您再想想。」蒂夜兩個字一出口，杜醫師像觸了電，立刻四下溜溜望望，唯恐被人聽見。雖然門診室的門是關著的，但他們的表情舉止從外面是一覽無遺。杜醫師努力保持著醫生與患者問詢答的自然姿態。

在蒂夜？

「能告訴我是什麼時候？」

「這嘛——五年前。」

年份上是對的。「五年前的什麼時候？」

「是那年的年底吧。」

又好像沒錯。可話說回來，蒂夜俱樂部的女人多如過江之鯽，與他杜醫師「共枕眠」的豈在少數，況且多的只是一夕同床，他能記下多少人？他實在拼不起一張可以和眼前對照的臉，更甭說對龍蕙這名字——是那麼得陌生。杜醫師摸著下巴，搖著頭。而既然這是她在蒂夜的花名，自然不是她身分證上的名字。

「要不，換個方式，」龍蕙提示，「我的號碼 AE37 總能讓您想起吧？」

這號碼雖似曾相識，也等於不知道。蒂夜公主的代碼，為首的英文字母是公主的年齡層別：分A、B、C三級。A，代表十八到二十一歲；B是二十二到二十五歲；C在二十六到二十八歲之間。C級算是老女人了。超過二十八歲，蒂夜原則上不再留用。要不然就是這女人姿色過人，美貌不衰，長袖善舞，擁有堅實的客群後盾。

第二個英文字母代表進蒂夜的梯次，也是A、B、C、D依序下排。

龍蕙說她是AE37，那是早期的號碼了。A表示她那時正值青春少女，而E說明她在蒂夜的梯次，也算是資深了。據說現在他們的第二個英文字母已經擴展到K了。37是她在進E那個梯次裡的順位。蒂夜崛起不過數載，從公主們號碼推進的速度，可見其開疆拓土的迅猛，真不愧是夜的地下王國。

「你還在蒂夜嗎？」

「沒有。」龍蕙說。「離開幾年了，都老太婆了。」沒錯，她的病歷表上是二十五歲，的確不是年輕的一級了。

但，是個好年齡，反而另有種熟韻。

如果將 AE37 這組代號用來抓六合彩的明牌，他還可以有聯想，但將它連上龍蕙？

他搖頭，「抱歉，我還是想不起來。」他投降了。

他不能再繼續這樣猜謎下去。龍蕙是衆人目光的焦點，四面八方盡是投射的好奇眼光。說不定妻子阿鸞正由對窗的掛號處向這邊監視著呢。

「妳說妳是來找我？」杜醫師裝著在診斷表上寫字。「有什麼事？」

「是有人託我來告訴您，」龍蕙停頓了下，「她想見您。」

「是誰？男的女的？」

「當然是女的。」

「她為什麼不親自來？」

「她要能來，何必麻煩我？」龍蕙頗似覺得好笑。

「是誰？」

「暫時不能告訴你，是她交代的。」

「不知道是誰，我怎麼去見人家？」

「我話只傳達到這兒。」龍蕙聳肩一笑。「見不見由您，慢慢考慮吧，不急。我會給您電話。」

「妳有我的電話？」

「是啊！這有什麼困難。」龍蕙神秘笑著。「隨便開個藥給我吧，杜醫師。反正我不會吃。」

空氣中一陣飄香，龍蕙輕搖款擺出了門診室，任杜醫師在旋椅上空愣著。

是誰？想見我？究竟是誰？

會是她嗎？

先生娘，他的妻子推門進來。「那女人跟你說了些什麼？」她推了推鼻樑上的平光眼鏡，「你的魂都被勾沒了。她是什麼人？」

「病人。」杜醫師說。

除了龍蕙的 AE37，今天是十一月二十四，11、24，又是一組號碼……

又起風了。

夜，在蘭苑十七巷的巷道，漆黑，黑如隧道。而此時簡直是一條風管，冷風灌得杜醫師直打哆嗦。

家，像個冰櫃。半夜回家猶似把自己即將過完一天所剩的菜塞入冷藏室。

杜醫師藉著手機的燈光開自己的房門。他用不著躡手躡腳，這是相互漠不關心的好處。二樓妻子房間的門縫透著光，她還沒睡。他直接上三樓臥室。他們夫妻倆形同一棟出租樓裡的兩個房客，甚至更不如，差不多快成兩相不認識的人了。躺到床上，是十一點半。下午結束門診離開醫院，他順道去威古堡酒莊挑了兩瓶葡萄酒。酒莊和雍安診所都在鎮街上的同一邊，他走路過去。之後，他與蔡頭在老三元吃了晚餐，再回威古堡泡茶聊天。

「目前為止，蔡老闆，你有沒有見過你認為最漂亮的女人。」杜醫師仍揮之不去心中縈繞著的龍蕙身上絕美的香氛。

蔡頭一本正經地說：「美是無止境的。」這傢伙越是正經越是瘋癲，不過，也有他的道理。杜醫師心想。

蔡頭接著說：「永遠有更美的女人。」

總之，杜醫師不是在反駁，「那是喜新厭舊。」他頗懷疑自今爾後，他能否再遇見超越龍蕙的女人。

不知不覺十一點了。

「我也要回去，坐我的車，省得你走回診所開你的棺材車。」蔡頭說。

杜醫師的車子停在診所的地下室。蔡頭說的棺材車，就是他那輛車形四四方方的 Volvo 240，所謂的醫生車。

進了家裡冰冷的臥房，杜醫師才頓時覺得自己的孤單。他到浴室放滿一浴缸熱水，把自己淹在水裡，露出一顆思緒起伏的腦袋。約三十八度的水溫起碼驅得走他內心的寂涼。

泡完澡後，他想他該喝杯紅酒，多喝一點也無妨。他喜歡紅葡萄酒的酒色。

明天他不用去診所。他和外聘醫師的排班是錯開的。每星期他負責一、四、五。明天是星期六。

在浴缸裡泡出了汗，滿腦子仍舊是龍蕙動人的言笑。「有人想見您？」從他心裡浮出浴缸水面的，只有是她。如果是她，他不想去見；如果不是她，更沒有必要去見。

所以索性按兵不動。

然而，第二天上午他躺在床上，手機在他枕邊直響著，他懶得去接。響響停停，第三次他不得不接，螢幕亮著的是陌生的號碼。一聽，立刻認出了聲音，是龍蕙。

「杜醫師今天休息吧。」她的笑聲輕快悅耳。

這鬼靈精這麼了解他的作息時間？杜醫師在考慮如何虛應她，對方似乎猜知他的心思。「也許太突然，您還拿不定主意。沒關係，您是大忙人。她，想見您的人說，她可以到診所找您。」

最後那句話無疑是一刀捅過來。到診所找他?!開什麼玩笑！不，雖然尚不清楚她是什麼人，總不是好事。

「我、我會給妳電話。」杜醫師強作鎮靜。「我確實很忙。」

「是啊，我不是在逼您。但是這——」龍蕙有些為難似地停了停，說：「這個星期六要是見不著就沒機會了。」她的語氣婉轉，卻有著軟威脅。

星期六不就是今天了！

「沒機會？什麼意思？」

「不曉得，她是這麼說的。」龍蕙在電話裡嗤嗤地笑，「請您去見美女，又不是上刀山。再說，人家想見您，您不要？我看，乾脆——」她呼了一聲說：「今天我請客，讓你們碰個面。行吧，杜醫師？」

既然說到這份上，再猶豫不決倒顯得他一個大男人也忒龜縮了，何況他面對的是一位頂級美女，誰不想多看幾次。

「到時候告訴我時間、地點。」是啊，他自己想多了。

中午龍蕙馬上發來了簡訊，他們約在一家名字洋里怪氣的餐廳，叫什麼波奈爾的。

時間是晚上六點，隨後並一通電話特別交代，「您最好不要自己開車。」她說餐廳的位置不太容易找，停車也不方便。「搭計程車，給司機地址，好過你開著車瞎摸瞎轉。」

為什麼選那種地方？為求隱蔽？或別有目的？他既聯想紛飛，又有說不出的期待。龍蕙誘人的笑是目前他心中的唯一。

龍蕙說的不假。計程車司機看了地址馬上表示說，那一帶有如迷宮。至少他知道概略的位置，「在中港路。」但基本上已遠離了中港路三段的大道，朝西方向過去。

「是不是很偏？」

「不，那是個新區。」司機說。那地方街道縱橫錯綜，是夜市、餐飲、商店麇集的一大塊區域，如今越來越繁榮了。據計程車司機所言，特別在晚上，早轉了一個路口或多走一條巷子，準定讓你迷失在那一片眼花繚亂的燈海裡。

龍蕙找的餐廳又更往裡頭走，有一個社區公園，因而隔開了前面的熙來攘往、喧吵的鬧市。車子一繞入，瞬息的靜彷如前後兩個世界。令他驚訝不已的是台中市居然有這樣豐蘊著異國風情的一隅。這小方圓裡寥寥幾條還算寬而長的街，裡面竟然臥虎藏龍，有餐廳、夜店、Club、酒吧。它們的霓虹燈閃，華而不炫的光色宛若美少婦含蓄的迎笑。這裡就是一個靜——是一切都在這裡不聲張地運行，大概是這街區裡有不少秘店的緣故吧。他發現台中市洋名字的餐廳何其多哉。各式各樣的創意看板莫不是在求勝取悅路過的客人。計程車開進第二條街，他瞥見了其中一家店門有著黑白對稱的大板塊，上面掛著一頂牛仔帽。感覺上似乎別有訴求……

「先生到了。」計程車司機的聲音將心神飄空的杜醫師拉回地面。他的眼睛兀自四下游離著，「是這裡。」司機指著餐廳上面燈光燦燦的招牌。

波奈爾餐廳幾個淡藍晶閃的字彷如由背後的深紅招牌裡孵化而出。「來自法國 Toulouse」幾個小字在右下角以白光宣示它的出身，有如國籍。

波奈爾是兩層樓的瘦高建築，門牆貼著古樸的石片。正面有著歐洲中世紀的尖端式樣和一個拱頂，是極其簡化了的哥德式的風格。然而窗子與其他嵌飾都是現代的造型配上明亮的色彩。若說它還能算是哥德式，也只剩上頭淺淺的浮雕尖塔聊表些許那點古意。它奇怪的外形讓杜醫師在門外原地站著。「是什麼鬼餐廳？」他倒覺得它像座教堂。但眼睛卻移不開餐廳細緻的門廓。他不在研究建築，只能是困惑多於欣賞。其實，他佇足不前，不至於是畏怯，而是在想他來這裡做什麼？

這是家高檔的餐廳。

「先生，」一個淡咖啡色西裝上衣、黑長褲的男子在門口探出幾步招呼他。「請進。先生在等人嗎？請裡面先坐。」

「先生，請問有訂位嗎？」

「藍廳8號桌。」桌號是剛剛搭計程車來的路上，龍蕙發簡訊告訴他的。

只有兩層樓的波奈爾，藍廳在二樓，底下是紅廳。餐廳裡沒有房間或包廂，樓上樓下全是大廳式的。座位應該說是卡位，在餐廳兩邊排列，有四人座、六人座，最大是八個人的長桌。每個卡位自成一個區間，以約五、六十公分高，白色烤漆鏤花的木欄杆隔開。角落都有一棵景觀樹，很是清雅。卡位略高出樓面的走道，形成一個坎。

杜醫師頭重腳輕地才上二樓，馬上映入眼簾的是餐廳內一片藍白光影中浮動的紅。那個紅就是龍蕙。只她一個人！

不是還有個要見我的人？

藍廳，顧名思義偌大的大廳，除了桌布桌椅、餐巾，餐具、四周的框飾、邊條是白色之外，整個內部的牆壁、地板、一部分天花板幾乎披被在大面積而有層次的淺藍色調中。所以龍蕙是有意的。她以兩件式珊瑚紅的冬季洋裝讓自己悖逆於周圍的藍，使她抵對的紅盡情跳躍其間，十分醒目。她的美於是更加失控了。這女人如非是擅於心機，就是懂得巧思應用。總之是要受人矚目，也或是她的性格。

餐廳的藍、她的紅交纏著杜醫師不安的神經。

她這一刻有若藍天邊上一抹彩霞。

她是氛圍美。比起那天，她第一次來診所，杜醫師發現她有另種蕩漾的美。

「啊，杜醫師，您好！」龍蕙已然起身招手，「請過來這邊，別光站著。」

杜醫師晃會兒神後，說：「哦，好。」自己竟然還在樓梯口呆立著。再走動，他頓覺自己必然像隻跛腳鴨。他笨拙地來到位子上。在他吸口氣之際，眼前站著的龍蕙似乎顯得是那麼高不可攀，不僅是她的身高（較之前她來診所時看起來高），應該仍然是「美」高於頂的壓迫所致，是種貴氣。她回座，儘管他們隔著一張近一米寬的餐桌，她的氣息，如清風的芳香盡在杜醫師的鼻觸咫尺間。

他此時癡癡的眼神給人感覺是那麼疲憊不堪。

「杜醫師好像有心事？」

「不，最近很忙。」他答非所問。他失態了，枉費他浸淫蒂夜多年，一個老漁夫居然也暈船了。他啞然笑笑，「想見我的人沒來？」

「會的，稍等等。」龍蕙說，「我們先點餐吧。」龍蕙打開不大而精美的MENU，雙手托著懸在他們之間。杜醫師將它推了回去。

「還是妳來吧，這家餐廳我不熟。」

「這裡做的是法國菜。不好意思，沒詢問您就擅作主張來這家餐廳。法國菜，杜醫師沒問題吧？」

現在說這不嫌遲嗎？「沒問題。」杜醫師說。

「醫生多少是美食主義者。」

「那可不一定。」杜醫師打哈哈說。「法國菜也不一定全是美食。」老實說，有些法國菜他不太能拿得準它們的菜名和內容。正規一點的法國餐，出菜的順序是有講究的。然而現今，除了前菜之外，很少會有人遵守這種規矩；而餐廳業者也不斷力求簡化、大眾化。畢竟餐廳是方便客人消費，而不是考試消費者的。

龍蕙毫不謙讓地收回 MENU，邊翻著邊吟酌般呢喃著，「我看就這樣吧……」

她尊重地請示：「杜醫師，您看好不好。點一個薩瓦奶酪火鍋，天氣冷嘛。還有牛肉您吃吧？嗯……好，一個紅酒燴牛肉。點了有蔬菜的火鍋了，要不要嚐嚐他們的菜肉濃湯，是法國最普遍的餐桌菜，份量不大，要嗎？」她看他只顧著點頭，繼續說：「再一個，啊，這道菜，一定得叫——扁豆燉鴨砂鍋，是圖盧茲的名菜。您進門不是看到他們的招牌了？」

她一副輕舟過江，順水無阻地翻閱點菜。「我們只有兩個人，我看夠了。」

「是夠了。」他盯著她。他的神情從玩味轉成疑惑。「妳經常來這裡？」

「這是第二次。」她說。纖手半舉，手指動了動，一個西裝革履，穿著嚴整而不失帥氣的男服務生疾步過來寫菜單。這家餐廳的服務生，清一色是男的，都很年輕。龍蕙說，他們是學法國的。不過上菜全是女的。那些女服務生杜醫師剛進餐廳就看見了，她們打扮得像女羅賓漢，暗褐而緊窄的七分褲，白襯衫外面套著咖啡色小馬甲，頭戴的小帽也是咖啡色的。帽緣一邊折起，如果再插上一根羽毛，不就是羅賓漢了。但羅賓漢不是法國人。

龍蕙出其不意地朝他一笑。「我說了，今天我請客。」

「沒的事。」杜醫師搖頭，「首次見面，理當我做東。」瞧著龍蕙待開口，他手一揮，「不爭了，就這麼定了。」這時他的醫生架勢出來了。龍蕙的明眸一閃，那是讚賞。

杜醫師似乎放鬆了不少。「我們是不是該來點紅酒？」

「還用講嗎？」龍蕙也高興起來了。「來法國餐廳哪有不喝紅酒的。」

轉眼間氣氛融洽了。服務生重述了一遍點了的菜單後，另外取來一本紅酒 MENU。「所有紅酒是我們餐廳直接進口的。」服務生說著列舉了些酒品，指著其中一頁的一款「Cotes de Provence」說：「這瓶酒不錯，很多人點。」

波奈爾選的葡萄酒都不差，龍蕙說。在同一頁也看到到另一個好品牌：「Chateau Latour。」

自然標價都不低。葡萄酒，杜醫師平日也喝些，能略知一二。龍蕙看著杜醫師，一邊對服務生說。

「有一種氣泡酒，有蜜桃味的，叫什麼酒？」

「Croustere。」服務生回說。

龍蕙輕快地說：「就是它。」

杜醫師瞄了瞄本子上面的價格。難道她想替他省錢不成？喝什麼氣泡酒。一方面杜醫師也在猜龍蕙是否懂法文。正當服務生轉身走了幾步，他叫住他，要回MENU。「給我來一瓶——」翻了幾頁，指頭點著上面說：「這個。」是一支「Cru Bourgeois」的紅酒。這名字不好唸。「氣泡酒不要了。」他說。

這支酒自然也不便宜。區區一瓶紅酒抵得上一次六合彩的槓龜？賭徒就這德行，口袋再窮噹噹響，這點虛張聲勢仍是有的。

服務生走後，龍蕙說：「杜醫師是紅酒的行家。」

杜醫師連忙推說：「這牌子碰巧我喝過。」況且，讓一個他心儀的女人喝氣泡酒，叫他臉往哪擱。

龍蕙微笑著的優美唇形像是對眼前的發展頗為滿意。「您覺得這餐廳怎麼樣？」

她看人有股奪人的氣勢在。杜醫師低頭喝著餐廳特製的沱茶。「很不錯啊，很清幽。」消費也一定不低啊。心裡咕嘰歸咕嘰，仍和顏悅色地說：「多謝妳找了個好地方，我不曉得台中市有這麼好的環境的餐廳。」

他沒撒謊。

他表現出「長者」的風範，他至少大她二十好幾。龍蕙順著他的話，說：「最適合像你們這樣的人來，這裡的客人很多是醫生。吃飯，要緊的是環境氣氛，您說是不是？像你們這種身分——」她想藉以撩開他依舊自我封閉的心情。嚴肅小心是醫生人的職業通病？

「說什麼身分，我也是打工的。」杜醫師哈聲笑說。

龍蕙也笑說：「給自己開的診所打工，這種工我也願意打。」

此刻杜醫師雖然心定了些，卻依然一頭雲霧。一個如此只應天上有的花容月貌，選餐廳的眼光，點法國菜的熟稔——是整體潛發的素質。這般稀有的尤物會落到他杜熙岳的身上？見鬼了！宛如突然有人給你報一組號碼，說是這一期六合彩必中的明牌，你信嗎？

現今的他是強披著一件醫生的外衣，裡面是捉襟見肘的賭徒內衫底褲。但長久以來的醫生頭銜，不求人的職業脾氣，多少還保留點面皮，尚不至於讓他坐在椅子上的腰太過於彎曲。

他克制自己。避免多看這女人幾眼，於斯於時，多看多想只會令人越空乏。

「杜醫師一點都不顯老。」

言下之意再次強調他們以前見過？杜醫師心下仍舊是否定的。在蒂夜，他敢大膽地說沒有這種氣質的公主。雖然如此，聽了龍蕙這句話，他在位子上挺了挺，縮了縮肚子。不過心中冷笑著，妳想玩，我們就來玩玩。

「能不能告訴我妳是哪裡人？」

「是蒂夜的人啊。」她咯咯笑著，另有一番野性的美。「不，開玩笑的。您的意思是我住哪裡？」

杜醫師搖頭。他問的是，「妳老家哪裡？」

「哇，戶口調查？」龍蕙接著說：「我是宜蘭人。」

哦……杜醫師無法從中得到可資參考的。

「要見我的人呢？」

「不急嘛。」龍蕙的笑是撒嬌的。「先填飽肚子。別操心，是她想見您。」

一細綹髮絲飛落在她飽滿潔亮的額前，彷彿等著隨時飄來的一息風，等著再次搖曳。

她的美是動態的。她眨乜的雙眸，泛亮的額光，無不敘說著她的智慧，以及冷不防的機靈。

服務生過來將兩支高腳杯斟了酒，她舉杯：「來，我敬您。杜醫師。」他們碰了杯，龍蕙豎起耳朵。「啊，下雨了。」

她望著窗外。入夜變冷了，餐廳有點冷清，目前為止，包括他們，只有三桌客人。

「妳穿這樣夠嗎？」杜醫師瞟了一眼她身上有點薄的衣服。

「我有外套。」龍蕙嫣然一笑。「在衣帽間。」她指著他搭在椅背上的厚夾克，「您要不要也叫服務生把它拿去掛著？衣帽間在後面，免得衣服熏了菜味……」

「我沒那麼講究。」杜醫師說。「……也許我比較沉不住氣，那女人到底是誰？找我有什麼事？」

「這——只有等她來再問了。」龍蕙嘆了口氣。「我一向不愛做這種吃力不討好的事，我只是傳話。」

她從送來的頭盤菜中挑出一塊凍雞要他沾點小碟子裡一坨淺土色的泥狀物。

「嚐嚐。」

「這是什麼？」杜醫師瞅著黏呼呼像泥巴的東西，皺著眉聞了聞。「有股酸味。」

「他們叫它松露。」龍蕙說：「好像是一種菇露醬。」她看他用舌尖舔了舔，鼻子皺縮。

「如果不喜歡，就別勉強……待會他們會上一份醃酸菜，也是這裡的特色小菜。」

隨後上的紅酒燴牛肉，和菜肉濃湯相當對味。但最有特色的是扁豆燉鴨砂鍋，豆香肉嫩，不愧是圖盧茲的名菜。

他們舉杯。龍蕙臉色稍稍整了整。「既然杜醫師提了……我不知道怎麼回答。不是我不跟您講，是她堅持只當面告訴您。」

杜醫師把剛拿起的酒杯放下。「不能透露點？她的名字，至少她的姓。」

「抱歉！受人之託，忠人之事。。」龍蕙笑中帶著頑執。「不就馬上有分曉了。」

他們沒有碰杯，各喝各的。杜醫師一口氣乾掉了杯裡的紅酒，勉強笑笑，雙掌扣在圓凸的肚皮上。看著手錶。「都快八點了，還不見人影。」最後一道蔬菜火鍋也上桌了，只剩芝士餅乾的甜點和咖啡。

龍蕙自火鍋裡給杜醫師舀了碗湯。「天冷喝點熱的。」

杜醫師突然問：「她也是蒂夜的人嗎？」

「我是不會說的。」

「一定是她。」杜醫師更確定了。

「您知道了——」

這時龍蕙手提包裡的手機響了，她連包帶手機走下樓去。約莫十分鐘後再上來的龍蕙，臉色不太好看，不知所措地木然站著。

「誰打來的？」

「是她。」

「說什麼？」

「她說她不敢在這裡見您。」龍蕙歉容滿面。「她說餐廳大，太公開了，她要隱密點的地方。」

「有說去哪裡嗎？」

「她要我們找，好了再告訴她。」

杜醫師有些反彈了，「這不是在耍我嗎？」

「那——」

「找吧。」杜醫師不悅地叫服務生買單。

「不過，我有個條件，老實告訴我，否則我不去。」他對龍蕙說。

「請講。」

「要見我的人是不是珊琦？」多年了，重提這名字好像敲響心房的某扇門。

龍蕙大吃一驚，「原來您知道啦。」

「是不是？」杜醫師目光如炬，表情似乎在說，別演戲了。

「……是。」

「她姓什麼妳知道吧。」

「姓葉。」龍蕙只得認了。

「好，既然是她，我不去了。」

「我實話說了，您——」龍蕙反而笑了。

她的笑真是可以融化一切，杜醫師在椅子上軟化了。

龍蕙並不慌，她徐徐地說：「您不想，總不能綁著您去，不過請別後悔喔！」少來了。「哈，後悔？」杜醫師不以為意地冷笑著。「我倒想聽聽。」

「其實沒什麼。」龍蕙若無其事，或是故作的。她說：「是您兒子的事。」

「我兒子?!」

龍蕙無法形容頃刻間杜醫師那驚嚇茫然的神情。

23

外面的雨歇小了，尚有些毛毛飄絲。杜醫師和龍蕙徒步沿著波奈爾法國餐廳前的街道往回走，一路上他們找不到有什麼比較隱密的場所。若有咖啡廳是最理想的。可是他們走了將近十分鐘，沒見著有咖啡廳的招牌。PUB、酒吧倒是三步一間，五步一家挨著。他們行經那個掛著有西部牛仔帽的店面，杜醫師停下好奇地望著。龍蕙推了他，「別看了，您想進牛郎店啊？」

原來如此，很是契合傍晚搭計程車路過這家店時的瞬間感覺。「妳好清楚喔。」杜醫師嘟囔著。

龍蕙沒搭理。她指著前方在雨光朦朧中一個閃著 Alamos 黃燈字的霓虹燈箱。「我看，我們只能繼續喝酒了。」

「這是酒吧嗎？」到了店門口，杜醫師眼珠子上下掃視著仿石的阿茲特克（Aztec）古文明的頭像、面具雕飾。

「很墨西哥，不是嗎？」龍蕙投以一個無拘的笑。「進去吧。」

「就這裡？妳來過？」

「沒有。但總比那家牛郎店好吧。」

「那麼肯定？」

「我也不曉得。」

女人的膽汁有時確實比男人旺盛，杜醫師不禁懷疑龍蕙是做什麼的。

他們在門前晃了幾晃，門自動開了，活像替他們下了決心。龍蕙一馬當先，一個箭步往裡頭鑽。

忽然是一個昏暗的世界。昏暗本身就有幾分隱密，不正好？裡面不大，卻有個很長的吧檯，果然是酒吧。除了一個蓄著長髮的中年男子坐角落抽著煙，正在桌上排著撲克牌之外，座位全是空著的，吧檯也不見有人。沒有預想中可能會有的漫霧著雪茄煙味和狂放的音樂，完全沒有它門外雕刻所想當然的粗獷。酒吧的昏暗空蕩深化了陌生，而陌生是種迷失方向的情緒。杜醫師有幾次退縮了腳步。

反觀龍蕙，多麼神色自若，在幽幽的燈光裡她的目光是何等的燦亮。杜醫師還在舉足不定是否離開，一聲低喚：「請進。」有若劃破了混沌，一盞小燈邊現出吧檯後躲著的半張清臞的臉和一隻黑白分明的眼睛眨呀眨的，像幽魂般顯形，再漾開一個頗似配合說「請進」的笑。待那人站起身面對，卻是個十分「有味」的男人。身上一件小黃牛皮背心，唇上兩撇墨西哥人的鬍髭，想必是為了這家店的性質而蓄的。以醫生的推測，這人不過三十出頭。

在暗中的幽魂一看清眼前的絕世美女，彷如發光的靈體，隨著仔細聽才有的拉丁吉他樂曲而飄動了起來。

「你們是第一次來？」

廢話。杜醫師心想。龍蕙一點也不怯生，首先開口直問，「您是老闆吧。」

「是的。」年輕人點頭。「叫我小陸，陸地的陸。」老闆的頭微微向側一甩示意他們往靠近吧檯最末端的一張桌子。然後走出吧檯，「想喝點什麼？」給他們一張折疊的酒單，眼睛仍盯著龍蕙。

龍蕙一看全部是墨西哥系列的酒，主角當然是各種品牌的Tequila，也有墨西哥葡萄酒。

「沒其他的酒？」

老闆小陸說：「有啤酒，Corona啤酒。」也是墨西哥的。

龍蕙嘟起嘴看著杜醫師，那意思是，我們要不要換個地方？

「就這裡算了。」可能杜醫師認為去哪裡不都一樣。他也沒心情，主要是只想立刻見人，喝不喝酒倒其次。

「趕緊聯絡珊琦。」

龍蕙向老闆要這裡的地址，在手機上幾下來回點點，發送出簡訊。

「她到這要多少時間？」

「最多半小時。不過這塊區域不好找。有地址，計程車司機應該沒問題。」

「珊琦現在住哪裡？」

「杜醫師您是知道我不會講的，請別為難我了。我明白您的心情。唉！好吧，看您這樣子，我只能告訴您，珊琦早已經不在台中了。這些天她暫住朋友家。」龍蕙剎那間的凝眉斂目有股不可侵犯的怨惱，但隨即又像潛出烏雲的月光，笑了。「我們點酒吧。」她看著剛離開再回到他們座位的小陸。「你能給我們推薦嗎？」

「就龍舌蘭。這是我們這家最主打的。」

「是嗎？我看，也別無選擇了。」她用眼光詢問著杜醫師，後者肩一聳表示沒意見。她從中挑了相對不貴的，瓶身上貼有白金武士標籤的Conquistador。

「您們是單杯點？」小陸問。接著改口建議說：「叫一支比較划算。」

「行吧。」杜醫師極度不耐煩地揮揮手。

很快，小陸在他們桌上放了一瓶酒、兩個小碟，有檸檬片、有鹽巴。「你們要不要第一滴血？」

「什麼意思？」杜醫師臉色微變。這年輕人在講什麼？小陸及時做了解釋，「那是一種紅色的飲料，可以和Tequila一起喝的。」那是用鮮榨的橙汁、檸檬汁、糖漿與辣醬調製而成的飲料。原名Sangrita。

「盡是些亂七八糟的名字。」杜醫師一副無可奈何。「試試吧。」然後他問龍蕙，「妳現在何處高就？」

「杜醫師，您又不老，怎麼也學會咬文嚼字。您不如直接問我是幹什麼的？」龍蕙給自己和杜醫師各倒了一吞杯的龍舌蘭。「我不能永遠待在蒂夜。只配做點小生意，進出口一些東西。」他們舔了舔虎口上的鹽，一口乾了。杜醫師說：「做貿易的？」他捏著檸檬片吸著。龍蕙喝著Sangrita的紅色飲料，說：「一間小公司。不提啦！」

邊上那個留長髮玩撲克牌的客人走了。小陸去清理了桌子，走近時，龍蕙好奇地問，「您店名Alamos，有特別意思嗎？」

今晚，波奈爾到Alamos，他們像是從巴黎直飛美國西部的邊城。

「Alamos是個小鎮。」小陸說。不是在美國的Alamo。「它位於墨西哥的Sonora州。我在那裡住了兩年。一個很美的地方。」最吸引人的，是它殖民時期的建築，充滿歷史。一似網上介紹，鵝卵石街道、拱橋，一不留神就會通向過去的時光。露台和室內花園也是居家的一個景觀。「如果有機會我很想再回去。」小陸說。其實那也是個適合養老的地方。

酒吧裡只剩下他們一桌。

杜醫師卻如坐針氈，才不過半小時便顯得心浮氣躁了。他討厭如血般的一滴血飲料，而一口一杯龍舌蘭。他頻頻看錶，也看牆壁上的時鐘。默不作聲是他無言的抗議，不發脾氣是萬幸了。

小陸來到他們桌前撕開一包墨西哥雞味卷零嘴。是免費送的。「給你們下酒。」

「老闆您也坐下吧。」龍蕙拉開旁邊一張椅子。「反正沒有客人。」

小陸正求之不得，一晚上他一直想盡辦法接近他們。「像妳這麼漂亮的女人是，是——」他支吾著想講點什麼，結果是，「……會讓人害怕。」

「讓人害怕?!」龍蕙噗哧笑了，可能是她今晚最開心的一刻。

杜醫師哼了一聲，「為什麼？」

「我不會講。」小陸說。

龍蕙叫他再拿個杯子來。「跟我們一起喝吧。」

小陸搖著手，「這哪行，是你們叫的酒。」桌上的一瓶酒已消下大半。他有點擔心杜醫師一喝就是連續幾杯的喝法。他在椅子上動了動說：「我去拿我的酒。」

「坐下坐下。」杜醫師那張茫花花的臉，猜不出是醉是生氣。「酒不夠再叫，我付得起。」然後望著牆上的鐘，快十點了。「她來是不來？」

「這個死珊琦。」龍蕙也罵著。人站了起來。

「給她打電話。」杜醫師開始狂躁不安，又吞了一杯酒。龍蕙說再等等吧。

到了十點十五，他再按耐不住了。「打電話給她。」他瞪著龍蕙。「妳不打，我來打。」

龍蕙將手機舉到他眼前，「您不怕把事情搞砸，請儘管打。」

杜醫師不吭聲了。龍蕙收回手機，然後撥打。手機才一提上耳朵立馬放下。「您想打也沒機會了。」人往椅子上重重坐下。「珊琦關機了。」

「妳們，不！是妳在演戲。」杜醫師雖然怒火中燒，聲調依然低平自制。「從頭到尾，都是妳在自編自導。妳——是妳在玩我。」

龍蕙並未因此懾退。她笑容的魅力絲毫不減。「只能講我和您是一樣的。說玩就難聽了，我也是被騙了。」

「現在怎麼證明葉珊琦跟妳在一起？妳所知道的這些，我懷疑妳不知從哪聽來的。」珊琦與他失聯多年，不會無緣無故透過一個陌生女人找上門來。這便牽涉著或有不為人知的企圖，甚至是陰謀。「她為什麼不親自來？」杜醫師越說越憤慨，接著兩吞杯的龍舌蘭下肚，也不沾鹽。老闆小陸眼看勢頭不對偷偷閃開了。

杜醫師緊盯著龍蕙，「妳能說出珊琦為什麼要見我？」

「為您的兒子。」

「得了吧，光是這個就可以叫我相信？當我是三歲小孩？」

「我不需要您的相信，我只說事實。」

龍蕙一派鎮定讓在吧檯一邊的小陸暗讚不已，他不曾見過有這般冷靜從容的女人。

「您的兒子，可憐啊！直到母親帶著他離開，那個不負責任的父親居然還沒給他取個名字。」

「誰說我不負責任！」杜醫師才脫口一出便急忙收嘴，自知洩了底現了形。但他的震驚已超乎他所能把持的，不，是酒氣上衝才使他方寸大亂。但他猶迷迷糊糊握著酒瓶。

是他還來不及給孩子取名，就被珊琦帶走了。問題是，這事除了他與珊琦，有誰會知道？不可能、不可能的。

擅於察言觀色的龍蕙更懂得趁勢在對方游移不定之際將其空間縮死。

「所以嘛，是珊琦親口告訴我的。」

「這——也無法說明什麼。」杜醫師覺得漏洞百出。他認為時隔多年珊琦再來找他，必然還有別的。突然，他靈光一閃，「妳開口閉口珊琦，妳知道她真正的名字嗎？」

「她本名叫純慧。」龍蕙見招拆招，「這樣，您信了吧？」

杜醫師像面對一個美麗又危險的怪物般，直盯盯看著她，她到底是什麼人？

杜醫師嘆了口氣，說：「如果聯絡得上珊琦，叫她直接找我。」雖然心中仍有存疑。

「我可以肯定地說，今晚她不來，必然是臨時改變的。她是不想，也是不敢，因為她沒有臉來見您。」

「怎麼說？」

「是您兒子。或許她晚上來就是要告訴您這個，她是這麼對我說的。但現在她突然關機了，我想來想去，不跟您講，總是良心過不去。」龍蕙怯怯囁囁地，「那就是您兒子……嗯……」她先喝了一口酒，咳了咳聲，

「您兒子……他已不在人間了。」她避免用「死了」過度刺激人的字眼。

「不在人間？妳是說我兒子死了。」

杜醫師感覺到一聲爆炸，接著彷彿天外倏地破空射來一顆子彈貫穿他的心臟。也像大量失血的傷患萎頓在椅子上。同時，他霎時的沉默有若下沉的海面，而隨之的爆發便如驟起的滔天巨浪。「騙人！」一聲大吼，他雙目圓睜，額上青筋暴露，緊跟著又馬上趨於平靜，好似掀高的浪頭一下子跌落。他艱澀地說：「為什麼要騙我？」突然伸手掃掉桌上的杯子，獨握著還有三分之一的酒瓶對著嘴灌兩口。「為什麼要騙我，說我的兒子死了？」

「不能這樣喝呀。」龍蕙奮力去奪杜醫師手上的酒瓶。他連忙將它塞入自己的外套裡掖著。

「我哪敢騙您。」龍蕙很清楚在這緊要時刻她該做什麼。她輕輕摟住正抽顫著的杜醫師在他耳邊柔聲說，「酒就別喝了。」她撫拍著他的背，「騙您我有什麼好處？」

杜醫師在龍蕙懷中登時像隻馴服的綿羊。然後幽幽地說，「他——是怎麼死的？是真的嗎？」

「生病，好像是腦膜炎。」龍蕙說：「我去給您拿熱毛巾。」她趁這時候小心地推開杜醫師……這樣抱著他，多噁心。她起身尚未走到櫃檯，聽得背後咕嚕咕嚕響，回頭看，杜醫師已將剛剛外套裡揣著的酒瓶倒插在仰起臉的口中。龍蕙大驚，但為時已晚，搶到手的僅剩一支空瓶子。杜醫師就這樣趴在桌上。

杜醫師，杜醫師……有人在搖他肩膀，在叫他。這是他最後的印象。

24

再有人搖他，抱他，等他張開眼醒來，已經不是Alamos酒吧了，而是在一家民宿的床上。旁邊的女人也不是龍蕙，是一個從未見過的妙齡女郎。由她身上散發的香水味，是什麼行業的，鼻子便能告訴自己。但這並不重要了。

回憶不一定是按班就序的，不像電影。但它重現的常是在迫切的部分。

在民宿旅館刺眼欲盲的閃光，使杜醫師的頭殼內連日來仍然隱隱作疼，是視覺受損所引發的暫時症狀？此時此刻談不上回憶，他有似眼翳病人在探摸著那天晚上拍照的強光狀若閃電般一劈而下，他的心底的那片焦土，那是短期間難以復原的，也有可能從此草木不生。在當時，當場是驚嚇的，事後則是恐懼莫名——後續會是什麼？他有預感，這次他是插翅難飛，無路可逃了。

民宿房裡的一幕自然是精心設計的。事情的發生是突然而不突兀，如果都是在設計中，那麼全是劇情的需要安排，如此追溯起來就很脈清絡明了。龍蕙一開始即以高度的艷光照射，已置他於被動的不利之地。他想起同巷子，也就是新月亭酒樓少老闆黃秉鐘不移的至理之言：當面對強光，你無法再看清周遭事物。那是前車之鑑。龍蕙的一言一舉讓他迷惑其中，他不信以為真，卻照單全收。

他這種人（他並不自知）對事總是起疑在先，以為自我豎起了防盾，卻不攻自破。顯見是對方早已洞悉他內心的虧虛，稍一挑一撥就能撩到他的痛處。他最無可救藥的是，他起頭不信，叮嚀自己這是不可能的，然後一個更強烈的狐疑淹覆而來，萬一真的有可能？

波奈爾餐廳、Alamos 酒吧，唯一的目的是要麻痺他，要他醉，越醉越好行事。於是，他現在清醒得足夠可以懷疑，他兒子的死不是真的，是龍蕙捏造。可是，可是她何以對他兒子未取名、珊琦的本名，不該知道的都知之甚詳？而不論真假，他已然丟盔卸甲了。

此外，龍蕙在蒂夜的公主號碼 AE37，他也未能從它的諧音聯想到葉珊琦。AE 是葉，37 是珊琦。他不是給女人迷懵了，就是不當它一回事。這種雕蟲小技竟沒能識破。

「案發現場」的民宿旅館是一間間連接的平房。那天凌晨被拍照後，杜醫師帶著一身酒臭和布滿血絲的一雙紅眼，扶著牆壁跌跌撞撞來到前面的櫃檯。一個中年人在小轉椅上轉都沒轉就說：「房間錢有人付了。」也沒正眼看他。

「不。能告訴我這是哪裡？」

中年人不情不願地從櫃檯上的匣子抽出一張名片給他（給人感覺這人也是共謀的一分子）。

原來此刻他所在的位置是台中市的郊區，名片上地址這條路可以通往西屯。辨明了方向，出了旅館，他並不急著回家。他在路邊招了一部計程車直接去了蒂夜。到了俱樂部門口快五點半了，是星期日的清晨。

蒂夜這時間是白天的工作人員尚未上班，而夜間大部分的公主已「外出服務」的空檔。所幸裡面的執勤人員、服務生當中還有幾位老面孔。杜醫師要了樓上一間房，到了門口早已站地不穩，他倒衝而入，立馬扯掉衣服，摔進浴室裡。迷迷糊糊地上下刷刷身子，泡入浴缸時，人已呈半彌留狀態。他要找的少爺仍在蒂夜上班，下午六點才會來。他把自己徹頭徹尾清洗一番後，午飯也不吃了，一覺睡到傍晚。直到那個少爺來敲房門才叫醒他。

「我看，您是掉進了酒缸。」杜醫師仍是一身酒氣未消。少爺不懷好意地朝他瞇笑，那是久違的親切。「說真的，杜醫師好長時間沒見您這尊財神爺了，電話也聯繫不上。都沒想到來關照關照一下。」

「我老打不通你的電話。」他以前的確試過幾次。

他們坐下。「我換了手機號碼。」少爺說著把帶來的兩瓶冰凍綠茶放在茶几上。杜醫師抓起來便大口大口地狂喝猛灌，宛如剛從沙漠回來。

「慢點喝。」

「現在幾點？」杜醫師抹著嘴。

少爺笑說：「來了蒂夜就不問時間。」一句蒂夜的名言頓時勾起杜醫師過去綿綿暖暖的回憶。

「六點半了。」少爺看了手機說。

「天啊，我睡了有十二個小時？」杜醫師雙掌拍拍臉。

「您今晚在這裡過夜？」少爺說：「給你叫個公主——」

「不，我等下就走。房錢照付。」

「不是這個意思。」少爺聳肩一笑說：「隨便您想待多久。」

「我要找一個人。」

「誰？啊，我記起來了。」又是那個不懷好意的笑。「珊琦？您找她？我可沒她半點消息，自從和您——」

「不，不是問她。」杜醫師將龍蕙的情況大致說了。

少爺一臉茫惑的表情。「至少，」他說：「不管英文哪個字頭的公主，我可以跟您保證沒龍蕙這個名字。以她的年齡推算，是很早期了，是您那個時候的。這女人說的 AE37 是編的。不過是——如您剛講的，是為了相近葉珊琦的發音。」

「AE37 固然是假的，你不覺得年份上很符合？我倒真想知道 AE37 是誰。」

「杜醫師，您還是不死心。」少爺笑了笑。「待會兒我到辦公室查一查。」

「能不能現在就去？」對於自己過度急迫，杜醫師歉然笑說：「拜託你了。」

「這麼急！」房裡有點悶熱，少爺起身調了下空調，然後出去。

杜醫師喝完了第二瓶綠茶，打了嗝，重新躺回床上。他從床頭櫃摸出手機——三個未接來電，一個是診所打來的，兩個是六合彩組頭的。按開未讀信息，除了一些誑人弄假的報明牌之外，全是廣告訊息。當然不會再有那個「魔女」龍蕙的音訊，她現在是逃之唯恐不及了。不用說，她的SIM卡也必然扔了。

他覺得「魔女」這個稱號很恰當。

但事情不會就此結束，可以十分確定的是，「他們」會主動找他。他們，自然是龍蕙的同夥。這非是臆度，而是絕對的。有多少人他不曉得，但至少那拍照的男子是其中一個。

而且，在 Alamos 酒吧他那麼爛醉如泥，單靠龍蕙一人是無法把他「搬移」到民宿的床上。這兩地相去何止十幾公里，大有可能是拍照的男子過來載走他的，或許酒吧兩撇鬍子的老闆小陸也幫了忙。然而他與這事是無關的。

如今急也沒用，有人比他更急。

少爺從辦公室回來，拿了一張複印件。「這就是 AE37 的照片和資料。」雖是黑白影印，很明顯地跟龍蕙不是一類型的；身分證上的姓也不對，不姓于。是另有其人。

「這種檔案，在蒂夜是不對外公開的。」少爺說。「是杜醫師您，我才給看。」

人事登記上，她是二〇〇〇年，千禧年底進蒂夜的，正是杜醫師他開始混跡蒂夜的前後。可他也沒見過這女人。女人的照片有時和本人判若兩人，但再怎麼差異變化，相片中的人是成不了龍蕙的。

「您這該相信了吧！」少爺收回資料。

畢竟是不再踏足蒂夜許久了。杜醫師寂然回到床上，這一天太不尋常了，一定有它的涵義。他應該把今天的日期，特殊的時間段，甚至資料上那女人的出生年月日記到他六合彩的小冊子。少頃，他仰臥而起，看著少爺，「這些年混得不錯嘛！你長胖了……」

「不年輕了。」

杜醫師轉了下脖子，「真的都沒有珊琦的消息？」

「一直沒有。」少爺說。「您好好休息，我待會再過來。」

杜醫師躺回床上，想著要是他那巫婆妻子知道今晨發生在他身上的事，會怎麼樣？一絲邪惡的冷笑爬上他的臉——要毀掉一個家其實很簡單。

屬於珊琦的永遠是那張秀麗略瘦的臉，以及不變的哀怨眼神。

幾年前的一個晚上，珊琦告訴他：「我有了。」臉上馬上就有了那種哀怨。似乎說到這種事女人必定會有的神情。「應該是個男孩，熙岳。」當然是他的。他有後了，他當然高興，但他的高興像燒開的茶壺蓋一衝上便旋即掉下。他已記不清當時是怎麼樣的心情。

杜醫師給珊琦在外租房子是二〇〇二年底，而二〇〇三年農曆年前她便懷孕了，也真快。他有一個自我的嚴定——非不得已，不在珊琦的住處過夜。他們相聚溫存總是週末、週日，最高的紀錄是一星期兩次。當在一起只流於責任的形式，他去的次數正如珊琦後來埋怨的，「我們初一十五才得見上一面。」幸虧還沒落到牛郎織女那樣一年一會的地步。

末了，珊琦那哀怨如訴的表情，唯夢中去尋了。而夢像溜煙說消失就消失了，一如她的不告而別。

今晚杜醫師又夢見了珊琦。她不似往日的模糊，她清晰而欲言又止。夢一旦有了空隙，另個夢便乘虛而入。於此之際與珊琦的夢交穿的，是鬼魂般的影子，和聽到的笑聲——竟是毛骨悚然的淒楚貓叫，聲聲接連，而同時，他看見了他——蘇逸生。已不再有憂，也不再有懼的書生……

他瞿然驚醒，或者他根本沒睡，他只朦朧昏沉。

他其實並非在夢中。是他在想。

他更知道自己正伸著脖子待斬，而且為時不遠了。

只是，這一天比他想像的來得快速。

雖然在蒂夜他飽飽地睡足了一天一夜，他依舊疲憊不堪，人是虛的，是所謂的越睡越睏乏，主要是咬噬著他的那份莫名的沮喪。星期一他勉強在診所堅持著看完最後一個病人，然後拖著像泡滿酸液而濕重的身子回家。星期二照例是他的休息日，他賴在臥房直到中午。下樓時，正在廚房忙著的女傭走了出來喊聲早。

「都中午了，還早?!」杜醫師勉強說著。

女傭指著茶几說：「有您的信。」

是一只白信封。好白喔。不過才望了一眼，他立刻像被一道閃電的白光擊中似地一陣眩暈——那不是別的，是民宿那晚照相機的一閃，它現在具體而實在地來了。他很認命不能不接受，他哆嗦著，他知道自此爾後他潛在於對白的恐懼又加增了一道白光。而白光是透亮的，尤為不易捉摸。信封先是讓他警覺它的白，緊跟著是不明的疑懼，最終被喚醒的，是白的全作用——徹底恐怖，和有說不出的憎惡。他塌靠沙發上，一度升起叫女傭快快把這只白信封丟掉的衝動，然而他做不到。

信封有如待斬首的死刑犯背後插著的白色牌子，上面寫著他的名字；更接近法院寄給他的判決書。是啊，要死也得知道自己是怎麼死的。

怪異的是，這白信封固然使人害怕生厭，卻自有一種魔魅的誘力。咬住你的視線，你無法忍住不看。

杜醫師 親啓

電腦微軟正黑的字打在一張小紙條再貼上信封。黏接處幾無貼痕，堪稱天衣無縫；餘則空白，無郵票，無寄信人，也無其他。空白的完美一體，原來白才是真正的絕色。

驀然間，他的名字彷若孤島般在信封一片白色的死亡之海上浮沉。

「信是誰給妳的？」醫師問女傭。既沒郵票，也沒收信人地址，當然不是經郵局寄送的。女傭說：「不知道。」她早上來上班，這封信就塞在門外信箱的投入口。

「我怕它被弄丟了，所以拿進來。」

整個信封有點沉。杜醫師在茶几上坐挺拆開信封，手微微顫著，胸口有點窒悶。信封裡有封信，略一抖，掉落一小紙袋，只有信封三分之二大小，他捏捏紙袋，不看也能知道裡面是什麼——別人在他身上創造的傑作——一沓照片有五、六張，以及必要的說明。那是內容不滿一張A4紙的信，信也是電腦打的，是楷體字。困擾著他的謎團終將在這一張紙上解開。總算來了，他反而平靜。

尊敬的杜醫師：

用這種方式，實在是冒犯了。抱歉。

信中所附之紙袋裡的照片想必您看到了吧！這樣，您我全都明白了，可以省下不少筆墨。

快三年了，也等於三年，時間不長不短，幸好大家還記憶猶新。

現在您心裡想，這不就是一樁「敲詐」？沒錯，單憑這些照片就構成了。

正如同當年您的手法，不也如出一轍？

回想回想，您當年就掐著幾張照片誆騙「那個人」拿出四百五十萬，所以無需我多言。

今天角色互換，您的照片在我手中，如何處置？當然，這四百五十萬的數字您是永遠不會忘的。

照片全是您的特寫，不用我提醒您摟女人的姿態有多逼真，有多精彩。的確拍下不少，算是一組系列。在此，僅篩選六張代表性的。似曾相識吧？對您應該很熟悉。我想，鎮上的人從沒見過體面的杜醫師不穿衣服的模樣。給你們床上男女主角拍攝的人確實專業。這些照片拍得意想不到的成功，而且清晰得讓人無從抵賴。

看了相片，有個建議，您該減肥了，杜醫師。

沒別的要求，把您從「那個人」身上扒的，請如數歸還。記住，完完整整，自然是那四百五十萬，一分都不能少（事隔三年，沒加您一點利息）。在這個星期六中午前，如果您沒拿出這筆錢，對不起，您等著看您放大的特寫照片高掛在雍安診所的正門。

至於怎麼給錢，請聽候通知。

在旅館與您同床的那個女人是臨時找的，但也是我們用心挑選過的，否則如何配得上您的身分。她很不錯吧？細皮嫩肉的，不過事不關她，她純粹是靠陪客人賺過夜費的。就當她是個臨時演員。

這封信上面，除了您或您家裡人之外，不可能有其他人的指紋。想報警，悉聽尊便。

讀完信，首先一個反應上心頭的是，他哪裡拿得出這四百五十萬。而這個再熟悉不過的數目，便是最切實際的問題所在。

最搞怪的是，信末只有一隻騰躍的藍色鯊魚戳印，也無名無姓，無日期。自然是故弄玄虛，換是杜醫師自己也會這樣做。不讓人知道，神秘是必要的。所以別白費心思去猜想是誰寫這封信。然而放下信箋時，杜醫師還是掃不去內心的疑朶，這人究竟會是誰？

給你們床上男女主角拍攝的人確實專業，這些照片拍得意想不到的成功……由此判斷，顯然寫信的人肯定不是精通攝影的那個戴罩帽男子——他充其量不過是個掌鏡的。

信的主人似乎在宣示「我才是導演」。信，也如一片磁卡導入，起著起承轉合的作用，把整個事件和盤托出了。

他更確信他們有個團夥。*在旅館與您同床的那個女人是臨時找的，但也是我們用心挑選過的……*信上說的是「我們」。

杜醫師上樓關進書房，從小紙袋匆匆抽出其中一張照片，瞧了一眼便將它重塞入袋，鎖到書桌最底層的抽屜裡。照片固定了他的醜態畢露，並複製了一段他無可磨滅的人生。自己赤條條地被剝光上架——果然是專業技術，如同剪接本人的貼印——彷如不再有他可隱藏的了，只差腸子沒被剖腹揪出。一想起那個拿相機的男子，那股殺氣，他心中就有顆跳動的球，不停地砸著。他盜著虛汗，手指冰涼，額頭發燙。

他知道這不是感冒。

信裡輕描淡寫的「那個人」才是主題。「那個人」毫無疑問地，即便杜醫師死後也會把他的名字帶進棺材的人，一個如影隨身跟在杜醫師身上的名字——蘇逸生。書生那張自戕前的年輕面容，無比蒼白的臉，此刻似乎以同質的白，如浮水印隱沒在信紙裡正透視著他。

書生終歸是陰間鬼魂了。杜醫師對望著信，猶似對望其人。他不禁一個冷顫，他暈頭漲腦，且目眩心噁。一部分應該是上週末晚上，他又是紅酒，又是龍舌蘭。而龍舌蘭幾乎一整瓶都是他喝的。他此時的昏沉無非是那天晚上酒醉的延續。日子也天昏地暗了。還有那尤其惱人的是，不曉得何時開始終夜不肯稍歇的淒厲貓叫，更是在抽彈他一根根不安的神經。他多想逃開十七巷。而最好是，能夠逃離自己。

但他自知時間不多了。今天是星期二，距寫信人所定的最後期限，根本沒幾天。老天爺啊！這麼短時間，四百五十萬叫他去哪裡籌湊？這可不是個小數目。

書生的這個緣由，必因有這筆四百五十萬方成一個不可寬恕的罪行。神秘人在信上說，*您就掐著幾張照片誆騙「那個人」拿出四百五十萬。*說拿四百五十萬，是給他留顏面。事實上那是百分百敲詐。

那是他自己走下的足跡，人家只是踩著他的腳印，重蹈他的舊轍尋蹤而至。他能怪誰？假若有人存心盯住你，就難有一個安身處。自己的罪業自己扛。

他有萬千的不得已，但最不得已莫過於娶了個單薄如乾柴的女人做老婆。代價是活得徒有其表。如今倨立在鎮街上的雍安診所，是必需的基業，但眼下這基業完全受控於妻子的統轄。他的醫生事業半塌不倒。他行走的步履於斯歪斜曲扭……他有好多好多的無可奈何，誠如他愛拍拍圓凸的肚皮說：「很多事非是我所願的。」

遇事總是先怪別人，本性上便是動輒推託，不敢承擔。

三年前，他不得已走上敲詐的路，也是由於他身陷絕境的情勢所逼。或者就是因為葉珊琦。

不能說他對珊琦沒動過真情。在蒂夜的後期，他著實也厭倦了。而那時的珊琦，清新可人又體貼，願意為他全心付出，少有男人不愛的？當他決定在台中市租房包養她時，同業的醫師，也是蒂夜的同好說：「你不會是玩真的吧？點餐吃吃，非得家裡聘一個廚師不可？」

「你們都有孩子了吧。」他回嗆過去，「我有嗎？不管男孩女孩。」他實在想要個白白胖胖的兒子，想得快瘋了。那絕不是他那個乾癟癟的妻子的肚子所能容納生養的。

珊琦被他帶走，對蒂夜而言，多少是有所損失的。「您偷走我們的公主。」蒂夜少爺有職責說這話。「我是正大光明地上下請示過你們。」包括他們的經理，「哪算是偷。」

記得那時整個夜場裡都在興說，到底是客人拐走我們的公主，抑或是我們的公主帶走了客人？

「全是豬頭呆鵝。」少爺曾為此說了一句。「他們是一起的。」多麼笨的問題。

「您真要這麼做？」少爺當時全身上下打量了他一番。「我的大情聖，不後悔？」

「不後悔。」杜醫師胸滿氣足地說。

珊琦的確將他照顧得無微不至，噓寒問暖有多，無度的索求則少。的確有那麼點「相見恨晚」。曾經，她是那麼純摯，「沒圖您什麼，只盼多些時間來陪我。」

引君入甕的布局一成不變，也屢試不爽。男人沒有不懂的，卻鮮有不心甘情願地把自己的頭伸進人家張開的布袋，也是千古不變的。珊琦暖了他的心，也正適逢其時在後來暖了他膝下多年無子的虛涼。

珊琦果真是塊好田地。二〇〇三年年初，過年前的某天晚上，在他給她租的公寓樓裡，他們躺在床上，她指著肚子說她有了，一種恩澤的感知，「是你的。」耳鬢廝磨地細吐，鼻息在他的頸頰間搔起一陣怪異的疙瘩。他推開她，審視著，不知是驚是喜，而完全出乎意外。然後，他不自然地笑了。

「你不想?!」她眼神的哀怨是從那時候開始？

他拂弄她額前的髮絲，「男的女的？」

「現在怎麼能曉得。你不喜歡？」

「笑話，高興都來不及。」也許才起的那陣疙瘩，是正要欣喜若狂的先行起慄？他也想向全世界大聲疾呼他有後了！更願意趾高氣昂地發送這個喜訊告知他的巫婆、他的岳父。明知那是自己的天真。

他沒時間去思慮接下來的事。但珊琦似乎察覺到了，她在床上一翻壓在他身上，面對面，「真的高興？」

「難道有假？」杜醫師被壓得快喘不過氣。珊琦冷靜地看了他一會，嘆了聲氣，躺回床上。「希望你清楚就好。」

杜醫師並不清楚珊琦所指的清楚。他樂昏頭了。

懷孕期的珊琦備受呵護，那是她人生最幸福的一段時光。杜醫師於是有了兩個家。那時候他在六合彩上，還不敢太大投大砸，輸贏也有來有去，手頭上尚有些積蓄，在應對珊琦的房租、生活費與胎中孩子的營養品等等開銷用度，他暫且游刃有餘。他不亦樂乎於兩個家之間的悠哉自得。

就同年秋天，珊琦果然不負所望給杜醫師生下一個圓嘟嘟的胖小子。年近半百得出貴子，能不喜出望外？甚至用兒子的生辰年月日簽了六合彩，居然小有斬獲。高興歸高興，再怎麼講，終不是浮得上檯面的，更不可能敲鑼打鼓四處報喜。私下幾個醫生朋友來電祝賀他，那陣子他確確實實滿面春風，臉上的笑容長掛不下。

孩子的彌月酒就在珊琦住的七樓公寓家裡低調地擺了兩桌，邀請的不外乎些基本的醫師好友。蒂夜的少爺也提早來了，他帶上珊琦在蒂夜的四個要好的姐妹幫忙料理廚房的事。那晚的氣氛鬧中有序，蒂夜的人個個好酒量，划拳鬥遊戲罰酒幾無冷場。

之間他們去了隔壁小房間看他的兒子，算鐘點的保姆抱著孩子在衆人面前搖啊晃的。

「好可愛哦。」姐妹們七嘴八舌，「像誰？」有說像母親，有說像父親。幸好沒人說都不像。一個出身風月場中的女人，生了個兒子誰都不像，那可是滿天疑雲了。

女人們的嘴巴一湊，就沒他杜醫師講話的餘地了。最後還是識場面懂時機的蒂夜少爺下了結論：「鼻子是杜醫師的，其他全像媽媽。」尤其是眼睛，珊琦最動人的便是那雙盼兮的美目。

「將來怎麼打算？」一個醫師朋友頗表關切。

他們出到外面陽台透透氣。在深秋的涼意裡，杜醫師一個酒湧的寒噤打上來。黑濛濛的夜空下他的影子是那麼模糊。

「再看吧。」杜醫師說。實在是他也無從打算，那時在六合彩的泥淖裡他正開始越陷越深。

那一晚，主客酩酊盡歡，直喝到月醉星落。晨日帶著紅臉上升，客人才在一地秋霜裡碎著腳印踏上返家的歸途。杜醫師在送走客人後，彷彿也送走了喜氣和他的好運。

杜醫師特地在珊琦的寓所過了一夜。彌月酒安排在週六，不過是心想第二天星期日能夠好好地休息。可是這一天過了中午，他酒醒後，珊琦和他吵了一架，是孩子取名字的事。

兒子剛出生，為了冠誰的姓，他們一度有過爭執。珊琦堅持用她的姓，杜醫生說兒子是我的，當然得姓杜。

「難道孩子不是我的？」

這只是才顯露的小小不快，在孩子呱呱落地的強大喜悅聲中被沖淡了。

「我再想想。」杜醫師說。

這一想，彌月酒也喝了，仍然還叫孩子「小寶貝」。是該攤明了。下午坐在客廳的珊琦，態度一反過去的溫柔，神色酷嚴；她生氣地瞅著仍在裝傻裝醉的杜醫師，再看一眼身旁嬰兒床裡熟睡的兒子。保姆回去了。小孩不算，家裡就他們兩個人

「我實在不懂，」杜醫師說：「姓杜，做杜家人不好嗎？」

「我也希望，我也想，我能進你杜家門嗎？」

杜醫師活似脖子被掐著，「呃——」他不是沒想過這問題，他是在自我沉信於珊琦對他依賴的愛而無事不可商量，即使在絕地也理應有所轉圜。現在，他無語了。

「怎麼樣？講啊！」珊琦催促著說：「所以我為什麼要孩子姓我的姓。」不像她以往的語調，似乎她早看透了。

「孩子不姓杜，那我杜家——」

「這是你們男人的自私、霸道、無知、老古板……」劈哩啪啦地，但聲音不高。「不跟你姓就不是你的兒子？」這更不像她以前的個性。

「姓我的姓怕什麼？兒子妳帶著的，都在妳身邊。」

「我說嘛，你看你有多自私，你想兩全其美。我問你，你準備把我放在哪裡？」

杜醫師猝然一聲笑，「我明白啦，妳是要名分？」

「錯了。」珊琦大起嗓門。嬰兒床裡的孩子被驚醒哇哇地哭了起來，好像給母親助威似地越哭越大聲。

「我才不要什麼名分。」她抱起孩子直接往坐在沙發上，胸門大開的杜醫師懷裡送。

「這是幹嘛？」杜醫師手忙腳亂地接住棉袍掉落哭啼不停的小兒子。「孩子會著涼。」

「給你，兒子讓給你，你養。要姓杜，要姓胃隨你。」

「這——」杜醫師一臉窮拙。抱回去？我來撫養。養在那裡？這等於把一個私生子帶回家去。他腦中馬上浮現妻子那張刻薄的臉，會是怎麼樣的結果，不想也知。

「你著急了。取名字簡單，用你的姓也可以，我們結婚。」

孩子在杜醫師臂間掙扎，更使勁大哭著。

25

然後，有三、四天珊琦都不接他的電話。週末他打算去台中市看她，剛發動車子要出門，便收到珊琦的簡訊：「我到姐姐家住幾天。」珊琦有姐姐？住哪裡？他從沒聽說過。

簡訊還附加一句：「孩子我帶著。」

這什麼意思？他趁著她才發完簡訊，立刻回撥電話。不過幾個秒差，她已關機了。

恍惚間，那個溫順，關懷體貼的珊琦竟是如此冰冷。

有時靜想，也是，一個女人的青春才多長？無名無分地這麼跟著他，珊琦的要求算過分嗎？

到了後來，一星期兩次，有時一個月三次，杜醫師這種三不五時，柳枝點水似的「臨幸」，珊琦會是什麼感受？那無疑是一朵正盛開的花兒可憐地沾潤幾滴珠露而已。杜醫師總是來去匆匆，不是時間長短，而是活像例行作業，草草了事。走時，提著褲頭往床上或茶几一扔兩千、三千不等的幾張飄零鈔票。這與「過夜費」何異之有？有時，珊琦不免會有種自己尚未完全擺脫昔日不光彩的應召生涯的錯覺。

她曾半嗔半笑地酸他：「就這點錢。」她說，「你知道蒂夜目前的行情？都漲啦！你給的還不夠人家的一半呢。」跟著他只不過是有了一個較固定的尋芳恩客罷了，以及逢年過節掂酌情況多加個五千、八千聊表像對「這個家」的盡心。但也並非次次如此。

「我並無非分之想。」珊琦說，「但我們不能老這樣躲躲藏藏一輩子。」

總是這種永遠不改的台詞。

偶而，他認為該自我檢討的是他自己。那也不過是曇花一現。

有一回，在珊琦公寓房的晚餐桌上，她放下切好的水果盤，凝視著他。「不為我，也想想我們的孩子吧。」

孩子正在床邊的搖床裡無辜地熟睡著，那毛被裹實的形狀，如今怎麼看都是個包袱。他嗯了聲。孩子是個絕對的決定性。好日子也過得差不多了，他嘆了口氣。越往後，他必須要擔負的，與其說是責任，不如說是代價。住十七巷的老教授林德說過：「世間上，不變的一男一女，不變的故事，就有演不完的爛戲和連續劇……」

珊琦主動聯絡他時，已經是那年的十一月底了。她表示要見面，很急。在她的住處，是晚飯後的時間。

「你應明白，」珊琦直接切入主題，「我們無名無分，但名分是虛假的。」是她已覺悟這是一條走不通的死胡同？她拿出一本折疊小冊子。

「這是——」杜醫師展開它。

「我們兒子的名字。」她說她找了台中東興市場一位很神準的算命師取的名字。「裡面有很多選擇，你慢慢挑。放心，是用你的姓去合的。」

「妳是說——」

「孩子我養，你給生活費。」

「是啊，本該是這樣。」杜醫師心中稍落下一塊石頭。是生活費，就好辦得多。「一個月給多少？」

「不，是一次性給。」

杜醫師臉色驟變。「一次全部？」他的眼光如錐。「是多少？」

「二千萬。」

杜醫師頓時面如死灰，不，是怒火填膺。「妳以為妳是誰？妳說什麼就什麼。」這是他第一次對珊琦說重話。

「你不想想，孩子養到十八歲成人，生活費、醫藥、教育費……另外，我呢？我也要吃飯，這一千萬算多嗎？」

「我會承認這孩子。」多麼一句蒼白而無力的話。

「這有用嗎？」珊琦冷笑。還當她是個情竇初開的少女？

「不能按月給嗎？」杜醫師越是怒，心裡越虛。

「像現在這樣？」珊琦不屑一笑。「高興了就多給一點，不高興就少一點。」

「總說一句，妳根本不信任我。」

「信任是把自己的安危交給別人。反過來，你不也一樣。你相信我嗎？你怕我拿了一千萬之後會怎麼樣。你是不想，因為你也不相信我，對吧？簡單說，我要有保障。」她哪有不明白的，男人一旦有了孩子，孩子的媽就成了次要的道理。

「一千萬放在身上就有保障?!」

「起碼是。」珊琦望了望桌邊搖床裡的兒子。「照顧一個小孩子有多不容易啊！十八年多漫長。你願意看你兒子將來生活在一個不確定中？」

「不是的！也沒那麼嚴重。只是一時半刻我哪來那麼多錢？」

「我能理解。但憑你的關係，要湊並不難呀！堂堂的杜大醫師，峰西雍安診所的老闆。」

「給我時間。」什麼大醫生，什麼狗屁老闆，句句是刺耳的尖音。

「要多久？」此刻坐直的珊琦身上看不出有半點柔軟的妥協。「總有個期限。」

杜醫師真想朝自己的腦袋狠狠捶一拳。當初，珊琦何等的溫婉依人——「只要能跟你在一起，其他別無所求。」是多麼真情實意的招喚。「什麼都不要，只要你。」如今呢？

他是既惱又恨又悔，「我說給我時間，並不代表我答應妳的要求。」

「杜熙岳，」珊琦直呼他的名字。「你是無從選擇。若你說不出時間，那我來定。」她稍停頓，吸吸氣。「最慢下個月，也就是十二月十五號前，準備好這筆錢。要不然——」

「要不然怎麼樣？」杜醫師也火了。

「能怎麼樣？我把孩子送給你老婆。」珊琦百般無奈地說：「我實在養不起。」眼眶盈著淚光。

杜醫師強硬不起來了。

頂不過壓力時，杜醫師寧可不要這孩子。有了兒子，日後有人捧斗，繼承香火，人拼了一輩子不就是為了這個？說不要，是氣頭上。此外，這孩子確實漂亮，白胖可愛，又如何捨得呢？不管列祖列宗在上面有沒有盯著他看，他非要這個孩子不可。

珊琦會不會真的把孩子送到他家來？不曉得，但有誰敢說不會？

可是，錢呢？一千萬在哪裡？

他用不著清算也知道在六合彩場上衝殺之餘，他自己所剩的份量——六十幾萬。明日那一期不簽的話……這個可憐的數字與一千萬的差距，何止一個在台北，一個在高雄？

珊琦在那天談判之後，來電直接表明：「十二月十五日前不再見面，有事電話聯絡。」

她是玩真的了，這個感覺很不好。原先嫻順的她一下子變得如此面目可憎；從躲到姐姐家回來的她，儼然成了另種人，顯然背後有人在指點慫恿。

籌錢是她所想的那麼信手拈來？他的人際關係在他埋入六合彩的墳家後，曩昔大半有來往的親友幾乎已自動敬他而遠之。一方面，主要也是他仍有著醫師的這張臉皮，令他拉不下臉去跟一般的親戚、朋友借錢。幸虧他還有幾個蒂夜的醫師同好。

他試著拋出了訊息球：「如果我急需用錢，能不能幫忙調個頭寸？」

五個醫師的「問卷」回覆，他一合算，勉強能湊足一百八十萬。加上他本身的六十萬，總共不過兩百四十萬。雖與他的期望數字相去甚遠，但這些醫師朋友已經很夠意思了。

尚欠七百六十萬的缺口怎麼補？這期間他打過兩次電話給珊琦，討價還價。

「你以為是商品買賣好殺價？」珊琦冷言冷語，「弄清楚，這錢是我和孩子往後過日子用的，不是買賣東西。」她是那麼強硬。

在接著的一次電話中，他放低身段。「能不能一半？」

「你是說五百萬？你讓我們以後吃半飽嗎？」

其實五百萬他也拿不出來。「妳變得好多，完全不是以前——」

「你後悔了？」珊琦突然來一句，「哪比得上你的又硬又冷像棺材板的老太婆。」

「妳說什麼?!」杜醫師勃然大怒。「她再硬再冷也是一條金子——」

「我懂了。」珊琦也大聲了。「我再怎麼樣也是個破銅爛鐵，我懂了。」她關掉手機。

連續兩天，珊琦手機一直關機。他也想豁出去不理了，但十二月十五的期限日是一顆有非常高機率引爆的炸彈，他不敢以髮試火。他不得不往珊琦家走一趟，管她在不在家。

「為什麼不說一聲就跑來？」珊琦在他按鈴後打開門，並無不高興的樣子。

「妳的手機關機了。」他堆起笑容說：「我能不能看看兒子。」便徑自進了隔壁房間。

的確是個漂亮的小東西，現在會朝他笑了。長大後一定比他好看。「嘰嘰嘰，小寶貝。」他逗他。「笑笑，笑笑……」不覺地內心湧起了絲許慚愧，為了冠誰的姓，居然忍心讓這麼可愛的孩子長時間無名無姓。他是個大混蛋。

回到客廳，他們兩人面對面，誰都沒有先開口，都靜觀著對方的意思。最終珊琦嘆口氣，「不是五百萬、一千萬的問題。你自己算吧，再少實在無法過活了。」

「真的不能每個月支付？我會按時的。」

「不怕你生氣。我說過，以後十幾年的日子，誰知有什麼變數。」

「以往，我有什麼說到沒做到的？」他企圖動之以情。「我現在確實有困難，看在過去……」他們至少眠枕與共，肌膚相親數不清的日夜，不至於不通融吧。「難道一點情分都沒有？」

「有，否則我要求的將不只這些錢而已。」

一千萬還少啊？「算我求妳了。」他終於卸下尊嚴。「我有心意，但也要有能力。」

良久，珊琦不發一語。再度嘆口氣，她說：「八百萬，總該有這個數吧。」

「我……」

「坦白講，孩子還給你，我倒省心。是真的，我現在就這麼想。」

對他而言，八百萬也是個遙不可及的數目。

杜醫師有過異想天開地來個孤注一擲，六合彩下注一個大的念頭，興許能博個幾百上千萬的頭彩，卻忌憚著僅存不多的六十萬的血本無歸。小投嘛，即便幸運中彩也不痛不癢，於事無補。他犯兩難。

離開珊琦的公寓後，駕著車，他漫無目的。

十天半月叫他上哪裡籌錢去？搶銀行也要有縝密的謀劃和本事。車行駛著，他倦了。隨便找個路邊停了車，熄火。這是哪裡？管他的。他往後調整駕駛座位躺下。想著，方始明白為什麼有人會在緊閉門窗的車內接上排煙管，讓自己在昏冥中跟世事說掰掰，一了百了……

不知過了多久，有人敲他的車窗玻璃。是身穿制服的人，「先生，這裡不能停車。」

原來他睡著了。他啓動車子，要去哪裡？這才認出他所在的地方，巧得很，前方不遠的巷子左轉就是「芝蘭休閒中心」的那家理容院。他在那裡有過一次全套按摩。乾脆，早晚是死，不如就去給自己的人鬆鬆筋骨，也圖個黃泉路好走。

這之後，他幾經徘徊於要不要向醫生以外的朋友求助。結果他發現，平日比較有來往的一些人，竟突然銷聲匿跡了；而有幾個電話是打通了，卻聽夠了那些人的深表同情而愛莫能助的一派哼哈閃爍。

可能是他到處借錢的消息傳開了。

他滿嘴發苦，睡眠糟透了。窮途末路的時刻，人是麻鈍的。這或許是上天不使人過度承受壓力，恩賜人體自動保護的機制吧。杜醫師現在全身好似一大塊酸疼的肌肉。那是種厭壓倦怠，不想動彈。家，他不願待；在診所他是拖著空軀殼給病人看病，這多危險，形同兒戲。

「我要休息幾天。」他才一開口，妻子便一聲吼回：「休息?!死死去算了，最近你老叫石醫師替你的班，夠閒了吧。」石醫師即是那位外聘醫師。

有人提醒他，「你老岳父什麼不愁，愁的是錢多得不知往哪兒放。」

「我不是沒想過。」他說，「求他不如求我家的牆壁還有個回音。」

「總得一試。」

於是杜醫師試了。

一個薄暮時分，他開車上了半山雲嶺小區的別墅。岳父正在飯廳吃著晚餐，他坐到餐桌的對面。「先吃飯再說。」岳父倒了杯白蘭地。「你喝嗎？」

「今晚喝一杯也好。」杜醫師有幾分忐忑。

岳父清楚女婿的酒量。「酒少喝點是好的。你看起來很累？」

「沒什麼。」杜醫師往餐廳門口瞧了瞧。「媽媽呢？」他沒見著岳母。

女傭給他們盛了湯後出去，岳父叫她把餐廳門關上。

「你媽吃喜酒去了。」他喝口湯，說：「阿岳，沒什麼事你是不會來找我的。先吃飯，吃飯。」

杜醫師悶悶地扒著飯。岳父幾口酒一口菜。「吃菜，別顧著吃飯。」他看著杜醫師，哼了聲笑，就著酒杯的嘴型是輕蔑的。長久以來他們翁婿間幾乎無話可說，更耆談見面喝酒。他這個女婿啊，除了是個醫師，沒有一樣是順他的眼的。

最耿介於懷的莫過於女婿那顆令人看不透的心，而這正是老人看得最透的一點。

「你是來借錢？」

咦！杜醫師訝然地看著岳父。消息真靈通。其實也不奇怪，以他當過兩屆縣議員的人際關係，鎮上的事少有他不知道的。儘管人常年在山上。

更糟糕的是，岳父說，「阿鸞也知道了。」他喝了口酒，「昨天晚上，我女兒來找我。」他不說你妻子。

「全世界都曉得你要借錢。」岳父說：「為什麼？六合彩槓龜，輸光了？」又哼了一聲。

「不是。」

「不會告訴我你要投資做事業吧？」

「不是。」

「除了給人看病，諒你也沒這個能耐。要不——你外面有女人。」

「沒、沒有。」他這一驚非同小可。

「熙岳，坦白點你還有救。」

杜醫師低下頭，邊小口小口啜著酒。抬頭，說：「有。」他永遠在面前這隻老狐狸的掌心中。嘆口氣，他將珊琦的事跟岳父像吐露胸中的積鬱般一瀉千里。

「明知有今日。現在怎麼辦？」

「所以我來找爸。」

「真有出息。」老人在女婿空了的杯子傾點酒。「她開口多少？那女人。」

「八百萬。本來是一千萬。」

「好大的胃口，她以為自己是鑲金灌銀的？」老人雙手捧著酒杯。「你說我可能給她，不，給你八百萬？」

「那能給多少？」

「是我，一分錢也別想叫我拿出來。」兩人之後幾乎都沒動筷子。「憑什麼你的丟臉事，要我來擦屁股？」

「爸，您想，不管出了什麼事，即使把我掃地出門，對雍安診所總是不好。」

「你算是破釜沉舟了。不曉得怎麼講你。說你明理，還是在恐嚇？你應該放明白點，如今的雍安，有你沒有你，照常開門接病人。外聘的石醫師在外面的風評相當不錯，這你也是知道的。」

「再怎麼說，不會沒影響的。」杜醫師喉嚨發緊。他暫且不提珊琦會帶孩子來診所吵鬧之事。「至少我是您的女婿啊！這個家，我和阿鸞的家，我也是有貢獻的。」

「若非看在這份上，我們早就沒得談了。」

「事情到這地步，唉，都是我造成的。真的，我無路可走了。爸，這次無論如何要拉我一把。」

「後悔了？我看未必。」老人目光如電穿透他。「你先回去吧。把那點酒喝了。」他朝廚房喊了女傭進來將一鍋湯端去熱一熱。回頭對女婿說：「明天早上給我電話。」停了一會，忽然，他問，「你和那女人有孩子嗎？」

「有。」

「男孩女孩？」

「男的。」

杜醫師當前能凌越岳父的，就唯一這點——他生得出男的。老人臉上閃現的表情是複雜的，其中有著賞識的浮掠。

他對岳父壓根不抱任何希望，要他老人家的錢無疑是割他肉。但既然交代了，翌日上午，他打電話給岳父。

出乎意料地，岳父答應了，雖然只肯給出一百萬，而且是有條件的。

「你在外面有女人，我不想過問，只怪自己女兒的肚子不爭氣。但你先回答我，什麼時候不賭六合彩？如果我滿意，明天一百萬就到你手上。嗯？說呀！」

玩六合彩，「你是在騎一匹瘋馬。」岳父接著說。

杜醫師內心在取捨交戰。其實他顧不上自問是否能戒賭。他心知肚明，這一百萬一拿了，往後岳父這方的最後財源也斷了。但人得識時務，有錢哪有不先拿到手的。他說：「現在十二月了，明年一月一日開始戒賭。元旦也正好象徵一個新的轉變。」他說得義正辭嚴。

「這可是你親口說的。」

我正對著手機和您講話，當然是我說的。杜醫師在心裡冷笑。

第二天中午他收到岳父託人送來的三天後到期的一百萬支票。他回電話向岳父道謝。

「要遵守你的承諾。」老人說：「你能不再簽六合彩，這筆錢你就不必還。」突然他出口說：「你那孩子漂亮吧。」

「非常漂亮。」不是蓋的。

岳父沉吟了下，拋給女婿一個提議並附帶著叫人驚愕，不，是震撼而難以置信的條件。「想不想讓孩子過我們卓家？」卓是岳父的姓，是客家人。

「我可以再給你七百萬，湊足八百萬。」

杜醫師何嘗不了解岳父的心情，他就一個女兒。應該說是隻不會生蛋的母雞，卓家真要在他這一代絕了。人為了傳宗接代，往往無所不用其極。

「我考慮看看。」杜醫師知道不能馬上推拒。

這多麼誘人啊！

然而，他想都不想。即使只要他一點頭，八百萬便輕易落袋。但他明白，除非招死珊琦，否則，她那一關拼死命也過不了。

一百萬雖杯水車薪，但聊勝於無。現在尚欠七百萬，吊在空中無著無落。

一天中午在診所午休時間，他沒有回蘭苑。護士幫他帶了一份快餐，他在三樓的一間小休息室邊吃邊看著電視上已經炒作了好幾天的新聞——知名女明星的不雅艷照曝光的報導。這女星目前如同受到全台民衆無數雙眼光的檢視。這種感覺，他現在深能體會。

可不是嗎？說不定峰西鎮的人已經在他的背後指指點點了，「備受敬重的杜醫師到處借錢？怎麼可能？」「又聽說他包養一個應召站的女人。」「而且還生了一個兒子。」諸如這類令人生厭又畏怖的流言。

女星的艷照事件？他發覺自己好久沒玩相機了。突地，他擰起一個許久未出現的邪惡笑容。

次日，杜醫師在家休息，近中午時他從書房置物櫃裡翻出遺忘已久的相機，是 Canon EOS 650 款型。他將它擦拭整理一番，下午上街買底片。傍晚，他驅車去田心的莊子繞了一圈。拿起相機拍拍附近的山色、田野、雲朵下的農舍。重溫相機的熟悉感，檢視影像的效果。看著路過的行人在他的鏡頭裡，不異於獵物在他的框框裡。

趁著黃昏一抹餘暉，踏上一個小坡，一條路蜿蜒於山腰穿過樹林彷彿一路直達山巔，一片雲彩壓在前方，多動人的景色。他一下子被吸入畫中。一個簡單的美景竟能撼動他那顆粗荒的心。他遠離這個大自然有多久了？不，他在感覺自己有多髒。

幾天後一個下午在客廳的沙發上，杜醫師像一具木乃伊般躺著，眼睛瞪著天花板。珊琦給的期限十二月十五日正一步步逼近，他好比一個等候執行的囚犯。如果能一直這樣躺下去該有多好，讓時間靜止。他瞇著眼睛好像欲藉此將他所要面對的現實弄朦朧些。

就在那一陣頹靡中，門鈴響了——真可謂之為救命的鈴聲——門外站著的是住九號的蘇逸生。怯生生的書生，有若一條迷失的幽魂。

「啊，書生！」杜醫師直瞅著對方。「我的小財主。」

蘇逸生仍站在門口，又想躲開似的，有若一隻驚惶不安的兔子。

「進來進來。」杜醫師催說。

蘇逸生舔了舔嘴唇，躡手躡腳在客廳角落一張鋪墊的藤椅坐下。杜醫師沖了杯立頓茶出來。

「不要坐那裡，到這邊沙發來。」

「杜醫師，您找我？」杜醫師昨晚打了電話要他今天下午來。

「咦，不是你想找我？」他仰起一臉熱切的笑容。「我聽人講，說是你想買我的那種藥？」

「沒有啊！您說的是哪種藥？」

「就是我特製的那種勇藥。」杜醫師說著將食指翹了起來。「別害羞，我知道你太太剛生產完坐月子。

從你太太懷孕到現在，你怎麼解決你的問題？」

「我的問題？什麼問題？」蘇逸生仍舊是茫然無措的表情。

「行房啊。」跟這種人講話真累。「做愛，不懂嗎？」杜醫師手掌拍著拳頭做出啵啵的聲音。

「哦……」蘇逸生低下頭。「我沒問題。」

「那是我聽錯了。」

「不過……」

「不過什麼？」

蘇逸生吞吞吐吐著，「您不是告訴我不能亂服藥？」全然是底氣不足的說話，沒有丁點年輕人的硬桿子氣。那是過去的事，是去年吧，書生來診所看過病，他的體質，在用藥方面，杜醫師確實曾經有所忌憚。

「那是以前。」杜醫師說。「看你結婚後的情況，比我想像得好，只需稍改點配方。」

再說他的藥也不是激素，對書生先天性哮喘不會有影響的。據知，他也沒有心血管、心絞痛這方面的疾病，自然不會服用含有像硝酸酯類成分的藥物。那是嚴禁的。

「您——要賣藥給我？」瞧書生那副迫不及待的模樣，真叫人啼笑不得。

「你不是不要嗎？嘿，現在想了。」杜醫師語帶蠱惑。年輕人又不吭聲了，那德性，無恙也病懨懨的，好不讓人生氣喔！「你到底要不要？」

蘇逸生有被強制的慌張，屁股在椅子上移來移去，好像找不到平坦的位子。

「那好……多少錢？」

「我的藥至今就只送不賣。」

「不付錢，我不要。」

台灣人的說法，不花錢的藥吃了無效。

「我自己也不知道多少錢。」杜醫師搖頭，「以後再說吧。」在書生薄弱的外表下，總算見到犟驢的一面。

他和顏悅色地說：「你不能再到我這來。明天我在診所，你掛個號進來找我。」

「我沒病啊。」

「你不會隨便寫個喉嚨痛！」真是的，杜醫師吁了口氣，比看真的病患還累人。

「杜醫師，」書生像個無辜的小孩。「剛剛……您說……有人知道我要買藥？」

杜醫師起身笑笑，「明天別忘了到雍安找我。知無？」

26

杜醫師譽稱自己的「勇藥」是神藥。「一次只能吃一顆。」在雍安診所門診室，他悄聲教蘇逸生怎麼用藥。「要做那事之前一小時服用。能提前四小時的話，效果最好。」藥是膠囊包裝的。「我先給你十顆。」杜醫師囑咐道：「不能當成平常藥使用。切記用量，知無？」

「知道了。」書生點頭，卻困惑地盯著手中的黃色膠囊。

杜醫師看著時間，問：「有問題嗎？」

書生怯縮地說：「沒想到真有這種藥。」現在才看到他笑了。

書生剛一離座，杜醫師按下他的肩膀。晃著手中的壓舌片叫書生張開嘴啊一聲，做做樣子在舌根按了按，然後拿個小塑料杯讓他漱漱口。

「你太太坐月子不能行房，曉得嗎？」

「曉得。」

「你有了子彈準備打誰？」

「我沒有要打人啊！」

是啊！跟這種人太拐彎抹角，徒使自己很狼狽。杜醫師忍不住笑著。

「那你吃了這藥怎麼消解，你外面有女人？」

「沒有。」

「你要這個藥做什麼？」

「想試試。」

「有對象嗎？你不會是想到外面那種所在找女人吧？」

又不答話了，這是怎樣的一個男人？問一句，答一句，不問就不答。言語舉止是那種膽小吞吐的節奏。

杜醫師心想，這樣的男人如何駕馭女人？能有孩子嗎？都外傳書生是個無籽西瓜，可人家太太最近才生了個女兒，儘管疑雲漫天。

杜醫師大搖其頭。但這事不關己。

他暗自竊喜，一切都不出他的預期。「想不想……不，是為了安全，我可以給你介紹地方。」他必須主動引導。「但得先聲明，我不是做牽鉤（掮客）的，純粹安全考量。怕不怕？」

「可以啊。」居然是一聲清響的回答，倒把杜醫師格愣了一下，旋而聳肩一笑。「那好，我來安排。嗯，你可以走了。」

「那錢呢？藥的錢……」

「拿著吧，用了有效再說。」杜醫生揮揮手。「只要付今天看病的藥錢——」

當晚杜醫師帶了一瓶綠牌約翰走路，直接去了蒂夜俱樂部。

珊琦離開後的蒂夜沒多大改變，裡面部分增添了些裝修，一樓右側的迴廊前多挖了一個小水池養著幾尾錦鯉魚。

少爺等在前檯後的休息室，一見著杜醫師，臉都笑歪了。

「大駕光臨，小的在此恭候。」耍寶似地一面哈腰，一面甩手。

「去，少來。」杜醫師笑著在少爺肩上捶了一拳。

「好久不見。」

「瞎說，上個月才吃了我兒子的彌月酒。」

「是想您了唄！」

少爺與杜醫師進了酒吧間的一張圓桌。「您想喝點什麼？」

杜醫師搖頭說謝了，隨手把一個塑膠手提袋交到少爺手中。

「哦，是綠牌約翰走路。」少爺瞧了眼袋子裡的東西。「您太客氣了。」嘴上疊聲謝著，並說：「您今天來是——聽您電話裡講的，好像有急事？」

「沒什麼，只不過想請你幫個忙。對了，你們經理是不是換人了？」

「是換了，杜醫師消息真靈通。但一切規矩照舊，請吩咐吧，您要我做什麼？」

「沒別的，啊，只是盡快幫我物色一位公主。年齡稍大點無妨，當然不可以太老，要溫柔體貼，主要是懂得撒嬌。千萬不能粗暴，那會嚇走我的客人，知無？」

「杜醫師您說我們蒂夜的公主有粗暴的嗎？這些要求都是最基本的，包在我的身上。就這點小事？其實您打個電話來說一聲就行啦！何需勞煩您專程跑一趟。」

「想見見你不行嗎？」

「行行行，珊琦好嗎？」

「當然好啊！」杜醫師暗中咬著牙。辦了彌月酒後的珊琦已經不是你們以前的珊琦了，她現在跟魔鬼有啥兩樣。

「看來這個人是你很重要的客人。」

「不是重要，是這人非常膽小。」

「公主——您大概什麼時候要？」

「最好明天就要。」

「這麼急？」少爺說：「好吧，還有什麼別的吩咐？」

「……沒有了。哦！有件事麻煩你，他每次來你們蒂夜的情況，請即時告訴我。」

「緊迫盯人？」

「說哪兒去了，我擔心的是他的安全。」此外，杜醫師說：「明天下午，我把人帶過來。按你們的規定，我充當介紹人，你能給他發一張臨時會員卡嗎？」

「沒問題。」

海邊，巨浪席捲而至的澎拜，那壓倒性令人窒息的壯大聲勢，小時候在海線梧棲長大的書生再清楚不過那種震撼下自己的渺小。同樣地，一步入蒂夜才到前廳，他已經被它的寬敞與奢華的燈海完全淹沒。微不足道的無助感毫不留情地襲來，隨著緊張堵起的哮喘牽動著他渾身顫抖。

杜醫師握住他冰冷的手。「跟我來，別怕。」

賓館式的建築內部，總共三層，二樓以上全是套房，實際上與正規的飯店無異。執照登記的是蒂夜大飯店，蒂夜俱樂部的名稱只見於名片、會員卡上。樓下後面另外那間酒吧，便是有名的專提供給客人物色公主的「調酒」房；通常客人到了俱樂部，先進這間酒吧叫杯酒或飲料，然後會有公主過來陪你聊聊，看上就可以帶走。就是所謂的調酒。

而公主帶出場，只能到外面蒂夜所指定的飯店。

不過今晚杜醫師已事先替書生找好了公主。他有先見之明，書生是無法在酒吧與公主調酒的。

「我們上二樓。」杜醫師看著嘴唇微微發黑的書生，緊張成這樣子。他半哄半勸著，「等一下怎麼見小姐？」

來時少爺電話告訴他訂的房間號是二〇七號。到了門口醫生捏了捏書生的手指，定定他的心神。「深呼吸。」並附在他的耳邊悄聲說：「想想你身上有我的勇藥。」然後敲門推開進去。

房內只亮著一盞壁燈，後面跟上的少爺立刻打開大燈。書生才一踏入，兩腳像被塗有強力膠的地板牢牢黏住不肯再往裡走。醫生拽他一把，這時床沿上一個女人起身，隨著幾聲嬌滴輕笑，她主動伸出手，看著杜醫師說，「這位就是蘇先生？」蒂夜公主都訓練有素，也擅於鑒貌辨色。瞧著書生手掌在褲子上不停搓磨，沒有握手的意思，便上前呵護般地挽住書生的手臂讓他坐到床邊的單人沙發椅上，倒了杯水。「來，先休息下。我叫小咪。」

「蘇先生很斯文喔。」手在他臉上拂了拂，並回過頭對杜醫師和少爺說：「沒你們的事了。」

杜醫師走去拍拍書生的肩膀。「放輕鬆，有事給我電話。」再衝著小咪笑笑。「交給妳啦！好好服侍服侍。」

「等一下他們去的飯店跟以前一樣？」下了樓，他問少爺。

「一樣，還是五洲飯店。我們有簽約，安全的。」

第二天杜醫師好不容易捱到下午，蒂夜少爺才來了電話。

「昨晚怎麼樣？」杜醫師問得沒頭沒尾的。

「您沒直接問您的客人？」

一棒子打不出一個聲音來的書生，能從他口中掏出什麼？

「我想聽你的。」杜醫師說。

少爺未講先笑了。「說了您大概也不信。他不是您講的那麼軟不拉耷的人。公主小咪說他簡直像隻小猛虎。」剛開始書生的確畏畏縮縮、笨手笨腳的。但一小時後，不知為何，彷彿通了電的馬達，驟然間便砰磅來勁了。小咪說一晚上被整得半死半活的。

「我在想，是用了您的藥了吧。」少爺說。

杜醫師不對此作答，只說了聲，「那我就放心了。」

「您好像很關心他。」

「怕他出事而已。反正隨時告訴我，如果他有去你們那兒。」杜醫師有必要時時掌握情況。「我有責任，畢竟人是我帶去你們蒂夜的。知無？」

接連三天，書生找了小咪兩次，少爺一五一十「匯報」給杜醫師。

「他出手好大方。」少爺說。「人也蠻可愛的，又不挑剔，是好客人。你們叫他書生倒蠻貼切的。」

「他本來就是我們蘭苑的小財主。」杜醫師說：「可別亂敲人家竹槓。」

「哦。您把我們蒂夜看成什麼？您放心。」少爺請示他，「接下來呢？」

「盯著。」

可是，第四天上午十點，在診所看診的杜醫師一接起手機，就差點被對方爆衝的聲音刺破耳膜。

「杜醫師，出事啦！您的客人和小咪被捉姦了。」聽筒傳來的是少爺氣急敗壞的喘促。

「尋歡客招妓，捉什麼姦？你慢慢講，別急。」

「我哪是急，是您的電話不通。」少爺多少也是老江湖了。「我從一早打您電話，始終關機。」

「手機沒電了。」杜醫師說：「我也才剛發現。不扯這些，到底怎麼回事？」

「大約是……凌晨三點、三點多。有人闖進小咪跟您的客人在五洲飯店的房間，而且拍了照片。小咪嚇得都不敢回家了。」此刻她把自己緊緊關在蒂夜的房間裡。

「我的客人書生呢？」

「也在這裡，不同房間。」平日有禮的少爺這時也鳴發了怨聲。「我們經理很不高興。」

「眼前急也沒用，我會去見你們經理。」杜醫師安撫他說。「……稍晚點，我會過去蒂夜。」

只是，碰巧今天看病的人又特別多，杜醫師到蒂夜時天色已經暗了。公主小咪，少爺稍前叫了車送她回家。

「您現在才來。」少爺陪杜醫師上樓。

杜醫師說：「今天診所忙不過來。」一時也聯絡不上外聘醫師來接他的手。「而且，外面正塞車。」然後問著走在他前面的少爺：「搞不明白，誰會知道他們在五洲飯店？有人告密？莆夜有內奸不成。」

「不可能的。至於透早的真實情況，您問您的客人好了。」少爺臉上明顯寫著投降了，他哪曉得書生是一只煮不開的水壺。

書生正在二樓的一間房裡看電視。那張天生面無血色的臉，也著實判別不出他是否受了驚嚇？

杜醫師雖然問了，但所得的結果並不比少爺多多少，書生原本就口拙，無法詳述細節。他的表述缺乏秩序，還好，沒太偏重點。

他說：「在床上，我們身上還有些衣服，那個人叫我們全部脫光。」這還無所謂，他說最令他難以忍受的是相機的拍攝強光，「豪光閃閃。」與其說害怕，不如說很不舒服。那時他想吐。

書生並且用動作來解說那個人強迫他們做這個、做那個的姿勢供他拍照，以補充他言語的鬆散。

「那你看到那人的長相沒有？」杜醫師示意他暫停。

書生說，那人無聲無息，如同一團黑影進入房間，事完後離開也是一團黑影。「而且照相機的閃光燈不停地閃著，我根本看不到什麼？」書生說。

「總不會像一塊黑炭，從頭黑到腳吧！」杜醫師沒好氣地瞪了他一眼，「不至於連個不太黑、不太白，可區分的地方都沒有？」

「啊！想起了，那人整張臉都套在一個黑色毛線頭罩裡。」只剪開三個洞露出眼睛和鼻孔透氣——恐怖分子的模樣，這是他的印象。對方身上穿著一件翻領大衣，釦子扣得嚴嚴實實的。書生說就像電影裡德國軍官穿的那種既厚又長的軍大衣，所以看不出體型。

「就這些了，因為拍完相片，人就走了。」

書生說著打量了杜醫師。「他比您高一點，壯一點。」

「為什麼要拿我來比？」杜醫師再次瞪了眼。

「對不起。」書生不自在地在椅子上扭著。「哦，對了。那人走時說會給我電話。奇怪，他怎麼知道我的電話？」

「全世界就你傻。」杜醫師說。「那人講話的聲音？」

「很粗，很沙啞。」

「那是裝出來的。」少爺說。顯而易見地，是咳擦著喉嚨發出的聲音。在蒂夜這種行業打滾的少爺對這種事並不陌生，甚至也有經驗，但誰也不願意惹上這種麻煩。他一直在一旁皺著眉頭，他不想繼續在這裡磨蹭。事態再明白不過，他說：「等吧，只能等。」

杜醫師自然懂得，「是啊，就等對方通知吧。」卻若有所思。

開車的路上，杜醫師的心是沉甸甸的，不僅僅是書生剛發生的事，更大的是來自珊琦的那塊重壓。離十二月十五日只剩三天。他自知無能如珊琦所願，何如現在就懇求她寬限幾天；在到期當天才說有困難，不等於是撕破了臉？他只得厚顏陪笑給珊琦打了電話。

「再多給我幾天。」杜醫師以夫妻親密的口吻企圖敲開珊琦冰封的冰塊。

珊琦則不冷不熱地回應，「你看著辦吧。」

看著辦是什麼意思？是行，是不行？

星期六，杜醫師關了手機難得一覺到中午近十二點。醒來，人依舊累乏不堪。是心情。下了廚房，他把開機後的手機放在冰箱上面。牛奶沖雞蛋才喝了一半，手機的鈴聲帶著設置震動的嗚嗚嗚響了。

一看，是書生，手機還沒貼上耳朵，便傳出書生火急地叫著杜醫師、杜醫師……

「什麼事？」

「照片寄到了。」

「從哪裡寄來的？」

「是塞在門縫下。」書生說昨天晚上他聽到樓下有人按電鈴，下去打開門就看見地上一只航空信封袋。

「幸好我姐姐出去了。不然，給她看到就慘了。」蘇姐姐固定每週二、五晚上八點在鎮街的一家健身中心練瑜伽。

「這哪是寄的。」分明是有人直接送到他家。杜醫師說：「會選在昨天晚上，表示這人很清楚你們家的情況。」

「我——不懂。」

「不想想，為什麼要趁你姐姐不在家的時候把照片送去？」白癡就是白癡。

「所以囉，」杜醫師說：「這人太了解你們蘇家了。只是一個開始，這也就是說，接下來你得照他的話做，否則，照片下次不是給你，是給你姐姐了，知無？」

手機那頭，書生突然沒有聲音，想必已經嚇白了一張臉。杜醫師，不，全十七巷沒有人不曉得，書生最懼怕的就是他姐姐。那個如同已逝父親化身的姐姐。若是被她察知什麼，定然是天崩地裂了。

「那怎麼辦？」書生像是又起了哮喘。

「等。」

「又等，等什麼？」

「開價。人家要的是錢。」杜醫師說：「晚上把照片帶出來。」

杜醫師不想他和書生在一起被人看到。他先把書生叫到自己地下室的停車庫門前，然後坐他的車去台中市。他們在一家有小包廂的咖啡廳裡看書生被拍的照片，有十來張。

「您不知道有多可怕。」顯然書生現在才感到惶恐，餘悸猶存地鼓著小兔般驚慌的眼珠子說：「嚇死人了。」半夜裡突然衝進一個人，「起先我以為是警察。」而後閃光一個接一個，小咪驚叫不已，「我好像有暈過去的樣子。」

真是一個後知後覺的笨蛋，杜醫師心下嗤笑著。

坦白講，在咖啡廳昏暗的燈光下，書生那些照片反形成更加詭異的震撼效果，甚至散發種美感。將光溜溜的書生與小咪該呈現的重點部位一一裸露，一覽無遺。除了小咪那一身細白、飽富彈性的圓凸身材令人血脈僨張之外，尤讓人吃驚的是，外表瘦弱的書生，下面那玩意竟是如此巨碩。照說生具這樣尺寸的肉棒子通常會是一根軟橡皮管。若非他杜醫師的勇藥，閒吊在書生這種人身上的確是暴殄天物。問題是，他的勇藥雖不能全然以春藥視之，難不成還有克服性功能障礙的功效？

杜醫師盯著照片，竟閃動著欣賞的眼光。

裡頭有一張，就是書生緊緊摟著小咪的那張。他的表情、手腳動作靜止的畫面俱給人僵化、很不自然的感覺，應該是被迫而強作的姿態。怪異的是書生的一雙眼睛有著奇特的光，好似隱隱帶著期待。再仔細看，那種感覺又消失了，莫非是自己最近精神狀態欠佳的暈花？那目光，他不能確定是什麼。

「你自己的照片看了有什麼感覺？」杜醫師其實問得有點變態。

「很冷。」書生呆愣了會兒說。

杜醫師看了看他，搖搖頭，聳了下肩，把照片還給他。「很冷?!」

「很會挑時間。」

「什麼意思？」

「沒有。」書生說：「不、不是。沒有啦，我是說接下來呢？」

「等，只有等。急不來的，對方必然會有進一步的指示。」杜醫師喝了口咖啡。「假設，對方要你給錢贖回相片，你能拿出多少？」

「我沒有啊，要拿錢——」

「聽著，你要對我坦白，否則我幫不了忙，知無。誰不曉得你們蘇家有錢。」

「我知道，但我的錢大部分都是我姐姐管的。」

「你沒有私房錢？」

「一點點而已。」

「一點點是多少？」

「大概只有五百多萬吧。」

吁——五百多萬竟然說是一點點。杜醫師暗自咕噥，也竊喜著。

「如果人家提出的價碼超過五百萬，怎麼辦？當然也只是假設。」

「我，我……我就沒辦法了。」

「要是對方拿照片直接去找你姐姐？」

「我，我死定了。」書生面如死槁。但他說了一句實話，「我姐姐一定不會給錢。」

沒錯，十七巷無人不知的，這女人的脾氣個性絕不亞於其父蘇老爺，弄不好還會將事情鬧得更大，搞得天翻地覆不可收拾。

杜醫師咳了咳，含糊地說：「我明白，等吧。」

其實並沒有多等。正如杜醫師說的，通常敲詐者比被敲詐的還急不可待。當天晚上，寂靜的臥室裡——書生在太太生了孩子後，他們就分房了，他倒落得輕鬆自己搬上三樓獨住——手機鈴聲突然大作，人從床上一驚而起。

那個人，終於來電了。

聽完電話，書生馬上打給杜醫師，「對方開價了！」停了下，喘口氣說：「我能見您嗎？」

「都幾點了，明天吧。」杜醫師接著問道，「他要多少錢？」

「一、一千萬。他說……」

好似一千萬是最適合起跳的數字。

「明天再說吧。」杜醫師打斷他的話。「明天星期日，我有空。」

「明天早上。」

「不，明天下午。」

「不能早一點？」

「不差那半天。」

第二天下午他們仍舊在台中市那家有小包廂的咖啡廳見面。

「你知道嗎？嚇死人了，他說要一千萬，」書生垂著苦瓜臉。「那沙嘎人說給我三天時間。」

「誰是沙嘎人？」

「就那個嘛，講話粗粗、聲音沙沙嘎嘎的人。」

「好吧，沙嘎人就沙嘎人。他還說了什麼？有沒有告訴你怎麼給錢？」

「有，他說會另外通知。」書生六神無主地看著杜醫師，「可我沒那麼多錢，不然的話，他要把照片——」

「公開，對吧？要你用一千萬來贖回底片，是不是？」

「杜醫師全知道了。」

「廢話！說實在的，你全部的錢才人家開出的一半。我也愛莫能助。怎麼辦？」

「我根本沒辦法。」

「你真的不能去求你姐姐？」

「用什麼理由？」

「比如說，你想投資做事業。」

「不要。」一聽到投資，書生頭搖得像撥浪鼓似的。

「你不敢——」杜醫師才猛覺自己說錯了話。蘇家確曾以書生的名義做過投資，最後有如泥牛入海，拿出去的錢連個聲響也沒有，蘇家人自此對投資避而遠之。而那次投資，會計師王希君也是受害者之一。

「不是。」難得書生這麼堅決。「反正不行。不，不可以連累姐姐。那是我自己做出的事。」更看不出他竟是個有擔當的人。

「你很怕你姐姐。」

「不是。」書生急了，「沒有姐姐，就沒有今天的我。」

「好啦好啦，不說這些。」杜醫師改個方式，「還是假設。倘若他們用你姐姐來做威脅呢？」

「我聽不懂。」

「譬如說，拿你來威脅你姐姐，或者用強的，逼你姐姐吐錢。」

「他敢！」書生怒目相向，近乎瞋目裂眥。一貫懦弱的他，突如飆發的氣勢，多少有來自蘇家老爺遺傳基因的痕跡，大有一拼到底的雄赳。卻聽他憤慨地說：「我先死給他看。」

這可使不得，杜醫師嚇著了，緣於書生確有自殺傾向的前科。

他連忙笑說：「我說了，不過是假設，知無？」

杜醫師甚且覺察到，凡此皆因涉及姐姐，書生才有如此激烈的反應。是姐姐管顧弟弟過嚴，過度？或是弟弟對姐姐既敬愛又畏懼所擠壓出的性格？

「我照沙嘎人打來的號碼試著打回去，沒有人接聽。」書生把手機上的號碼給杜醫師看。

「那，啊！可能是在某個公用電話亭裡打的。」

「啊，差點忘了。沙嘎人說，如果我敢報警察，那——那些照片馬上就會到我姐姐手上。」

自然，用他姐姐來威脅比什麼都管用。最後又回到怎麼辦的問題上。

另一方面，最要命的是，後天就是十二月十五日了，能不能推延，珊琦並未明確表態。她倒沉得住氣，至今沒有一通電話或信息。她越是沉默，杜醫師越是惴惴不安，一顆心早已提到了喉頭。

是沙嘎人對於杜醫師與書生的談話內容一清二楚，抑或是沙嘎人的想法皆不出杜醫師所料？他說他之所以能掌控全局，是他以為，「敲詐不都是這樣。」書生於是對他俯首帖耳，百依百順。但錢的事，沙嘎人開出的數目大到令他們不知如何是好，壓根沒有解決之道。

「你到底有多少錢？」杜醫師懊惱地大聲問著。

然而書生卻有如擰過的毛巾，再擰不出水來了。依然是，「五百多萬。」

但又說：「我只能給他四百五十萬。」

「為什麼？」

「留些自己用。」

「你不要命了？萬一沙嘎人真的去找你姐姐？」

「反正夠不到一千萬，五百萬、四百萬還不都一樣，都是死路一條。沒有錢，保住一條命有什麼用？」

不曾見過書生這麼滔滔不絕。而態度上，他是豁出去了？真不要命了？照理說看開了的人是不會輕易尋短的。他甚至還希望手頭留點錢用，那表示他對這世間尚有些許依戀。

然而杜醫師總有不祥的預感。

四百五十萬，由書生深灼的眼神，是其意已決。雖然他怯懦，事事擔驚受怕，但切忌逼急。否則有可能嚇跑他而前功盡棄。

這……該怎麼辦？杜醫師隱聲一嘆，接著不得不撂下重話，「你搞清楚，我是在幫你忙。知無？想給多少，你自己跟那個沙——沙嘎人講去。」

杜醫師心中有說不出的煩亂。

27

終於到了十二月十五日。上午杜醫師硬著頭皮給珊琦打了三次電話，最後一通她才接起。

「目前還沒湊夠錢，可能要遲個一兩星期。」這是他預抓的。

「等湊夠了，再說。」珊琦說著掛掉電話。

無情、無義，妳這婆娘的……杜醫師會罵髒話了。話說回來，珊琦沒有因此翻臉，使事態僵化，已經是讓步了。他不能再心存僥倖。時間不多了。

他看著手機螢幕上貼載的珊琦青春歡笑的臉……

隔了一天，上午書生來電嚷著要見面。他說沙嘎人答應了四百五十萬，語調居然帶著驚喜。

「而且時間可以延。」他說。

「延到什麼時候？」

「他說他會告訴我。」

「我們不去台中市，我知道在大雅有一家咖啡廳。」杜醫師說。他沒心情在診所繼續坐下去，打電話叫外聘醫師接他的班。然後，沒來由地嘆聲道：「天底下還有這種可以通融的敲詐者？」

大雅離峰西鎮不是很遠。咖啡廳叫南風，在街市中心，但不屬鬧區，相對也僻靜些。

「沒想到沙嘎人那麼爽快就答應了。」書生猶在為此慶幸著，彷彿是人家給他無上的恩賜。

杜醫師懊惱地在黑咖啡裡多加了一匙糖。「等不及啦！」他有著一夜未眠的倦容。

「如您所講，他比我還急。」

「這種事能拖嗎？」

「沙嘎人每次打來的電話號碼都不一樣。」

杜醫師懶得理他，轉而問著，「怎麼拿錢？他有說嗎？」

「時間、地點等候通知，他特別交代要現金，必須都是一千塊鈔票，而且不能連號。」

「嗯，知道啦。那你就準備錢。沙、沙嘎，哎呀，」杜醫師一副不勝其擾，「對方可是隨時要錢的。」

室內燈光的關係吧，書生的臉在陰影中，那表情像是還有什麼問題。「我正要請教您，杜醫師。」

他解釋說他有三本不同銀行的存摺，而且都是定存。每家銀行不是經理，就是襄理跟姐姐都很熟；像這種大動作取款，銀行裡的人勢將知會姐姐一聲，這一來豈不穿幫？

「何況，一下子領那麼多錢……不能開支票嗎？」

「歹徒有收支票的嗎？」真受不了，杜醫師搖頭。

「如果沙嘎人是杜醫師多好。」

「你說什麼？」杜醫師一驚，怒目以對。

「至少有得商量啊！」

杜醫師一臉死白，「你先回去吧，我來想辦法。」

然而他也自知，他能有什麼高招計策？最後，只不過是把現時三家銀行的存款陸續轉移到幾家他姐姐不熟悉，從沒往來的銀行，並且教書生一旦被他姐姐查到了要如何解釋應答。書生照辦了。

確如所料，兩家比較巨額存款的銀行先後來電告知蘇家姐姐，其中一位副理更為此登門拜訪。

「您是我們多年的客戶了，不來向您通報一聲，實在於理不合。令弟突然轉走那麼多錢，您是否知道？」

誰不曉得書生不過是在姐姐羽翼下虛糊度日。有事誰願意跟這麼個軟瑯璫打交道。

「我不知道。」蘇家姐姐訝異地看著銀行副理交給她的轉款資料複本：金額是兩百四十萬，是轉到匯邦銀行，「這家銀行有問題嗎？」

「銀行是沒問題。」銀行副理說：「只是來了解您知不知情。不談客戶關係，我們還是老朋友，令弟太老實了，怕是有人在替他出什麼主意。」

「謝謝您。」蘇家姐姐給客人倒了茶。儘管這部分的錢歸弟弟自理，但她也不能放手不管。「是該弄清楚。」

這一晚姐姐在客廳裡專候著書生回來。直到將近十一點才聽見鑰匙在鑰匙孔旋著開門的聲音。書生一推開門，扣亮燈，乍見臉色嚴凝的姐姐端坐在沙發上，不覺地縮回了剛邁進來的腳步。

「現在幾點了？」固然姐姐從來就不喜歡弟弟成天窩在家裡玩電腦，不時鼓勵，甚至強迫他出去走走。然而最近似乎也太過分了，白天經常外出，竟還有夜不歸宿的。

「天天不在家，這麼晚了，你去哪裡了？」

「來，坐到這裡來。」姐姐指著對面。「你到底在忙些什麼？」

「哪有天天……」書生垂首努著嘴。上星期他確實有幾個晚上和蒂夜的公主小咪在一起，可自從被拍了照之後，他再也不敢了。不否認這幾天為了照片敲詐的事，他不少去找杜醫師；今晚也是，卻講不出口。「我又沒做壞事。」他說。

「你能做什麼壞事？」姐姐偏著臉。「先不說這。我問你，為什麼把錢轉到別家銀行？」

弟弟說：「那邊的利息高。」這是杜醫師教的。

「你是呆頭，還是笨腦，你所有的存款全都是定存，別家銀行的利息再高，抵得上定存中途解約的利息損失嗎？是誰要你這麼做的？」

「沒有人啊……」弟弟繼而陷入可怕的沉默。忽然他的臉上飄浮了奇怪的表情，直視著姐姐，一反往常總是動不動避開眼睛與人講話，他語氣懇切中又有著某種堅志的支撐。

「我能不能做我自己的事？」

「我聽不懂你說的。」

「我是說，我可不可以自己做主。」

姐姐有點明白了。「你指的是存款的事？」她稍鬆緩了態度。「重點不在你把錢存哪裡，是姐擔心你。」

姑且不去在意利息的損失，弟弟僅僅是將錢從A銀行轉到B銀行，本金絲毫不動。

「姐的出發點，你是知道的，我只有你這一個弟弟……」說著說著心中不免酸楚。

對蘇姐姐而言，何嘗不希望蘇家他們這一房的獨苗早日堅強起來。他急著要做自己的主，自然是好事。但姐姐亦喜亦憂，憂多於喜。

「去睡覺吧。」姐姐嘆聲說。

看著削肩縮著背上樓的弟弟，的確比影子還單薄。

這個家，自從媳婦亦紅進門，似乎煩事多了多。而且近來更添了一樁煩心事，產後的弟媳除了吃飯，或孩子生病，否則她是不下樓的，甚至後來竟越來越把自己和孩子關在二樓房裡，丈夫也被摒拒門外。三餐由書生親自送上去，成了他僅剩的任務，也是他作為丈夫的唯一功能。

姐姐與弟媳的接觸，除了三不五時端上熬煮的補湯敲門一見之外，幾無交談。

姐姐有兩個晚上沒瞇過眼，因為樓上孩子徹夜哭鬧不停……

杜醫師正幫著書生列出銀行取款的金額與方式。「這種事也由我來替你操心。」他不無念叨，書生則只會在旁邊傻傻笑著。他們的做法是，將原先三家的存款分開轉至新找的五家銀行，每家銀行均不超出一百萬，然後一家一家每天分別取出三十到五十萬不等，如此兩、三天便可以湊齊四百五十萬。杜醫師很小心，雖說取的是書生自己的錢，但也不能有閃失。

書生卻憨頭憨腦地重提了前些時日的疑問，「沙嘎人答應四百五十萬，好快哦！為什麼？」他聽杜醫師說過一般勒索沒那麼好商量的。

杜醫師白了他一眼，「不然，你給他一千萬好了。」

書生存摺裡所有的錢，零頭不計，加總有五百二十五萬，扣掉沙嘎人要的四百五十萬。

「剩下的七十五萬你打算怎麼用？」這反倒是杜醫師想問的。

「以後——是以後，我不能再跟姐姐要錢了。」

「我是擔心沙嘎人知道你銀行裡還有錢，不會放過你。」

「他那麼厲害啊！如果是這樣，我就先把這七十五萬存到我姐姐的戶頭。」

杜醫師重重地甩了個頭，嘆口氣。稍後，他說：「沙嘎人沒通知你之前，先不要提款，知無？」

「為什麼？」

這是真呆假呆。杜醫師惱了，「那麼大包錢往哪放？」

「哦——」

接下來的一天，白天裡基本上很平靜，直到晚上九點沙嘎人終於沉不住氣來了電話。書生馬上原話轉報給杜醫師。「他要我大後天準備好錢。」書生說，「交錢地點那天會告訴我。沙嘎人好神喔！連銀行領錢的時間都算好了。」前後正好三天。

「少廢話。」杜醫師沒好氣說，「明天開始照我的方法……」電話裡，他停頓了下，「你沒車子，不方便去銀行取錢……」鈔票是一大捆一大捆的，沒車怎行。

「沒事的，我們家有熟悉的計程車行，找他們就是了。」

「計程車？開什麼玩笑！你想過沒有，取出來的錢放什麼地方？總不能拿回你家去吧？」

「這——」

「這樣吧，明後天星期二、星期三，正好我休息。我開車帶你去銀行，兩個人一起也有個照應，不是嗎？至於錢……」他又頓了頓說：「那麼多現金你也不好拿，乾脆我來暫時保管。信得過我嗎？」

「當然啊！太好了。」書生的語氣好似求之不得，且再度欽佩不已地說：「沙嘎人真會定時間，挑您兩天的休息日。」

杜醫師早已不在線上了。

杜醫師的書桌上依舊是滿滿的紙張、紙條與數字。這陣子他所經歷的事，比比皆能結合上數字、號碼。碰不碰得出六合彩色球的組合？就是簽選人的慧眼跟運氣了。

可是最近一連三期他全都槓龜了，又平白被吞了十幾萬；他不死心，仍然日夜做著一期得中，從此翻身的春秋大夢。

十二月十九日的天空就像他的心情一樣陰鬱，頗似一年將盡，老天爺的臉色。

杜醫師累得在診所午休的門診室裡打鼾，直到妻子來敲門，「你的手機響了老半天。」他才驚醒。

他摸著口袋掏出手機，竟然是珊琦！「等一下回妳電話。」他小聲說。掛了電話，手機立刻傳出幾個音符，是簡訊。

「你再拖下去，很快就見不到我了。」

杜醫師考慮要不要回簡訊，邊想著，他下到診所地下停車場，按開了後車廂，裡面兩個鼓鼓的黃色手提包，合起來一分不多不少，正好是四百五十萬，全是千元大鈔。是前兩天他和書生開著車去一家一家銀行領出來一直放在這裡的。

但是，要見珊琦，還得再等等。

上午在診所剛看完第二個病人，書生打來電話說，「沙嘎人要我今晚八點去峰岸高中附近的木材場。」他說是昨晚半夜接到的電話，「我不敢打擾您，所以現在才告訴您。」

晚上八點去那地方交錢？真是去見魔神（就是鬼）了。那是個廢棄已久的木材場，在峰岸高中後門過去大約三百公尺的一塊低坡地上，四周都是茂盛的白背芒草，人跡罕至。那麼晚去那裡，說是去見鬼，一點也不誇張。

診所的排表一般是白班不輪夜，晚上看診照例是外聘醫師。下午五點，杜醫師走出門診室正要去地下室開車，在樓梯口碰到妻子。

「你去哪裡？」妻子板著棺材臉，「我在家等你吃晚飯。」

他本想說他有事，但妻子哪管他，徑自去掛號室收拾東西。

他們蘭苑家裡請了女傭負責他們夫妻的三餐，兼顧清潔衛生工作。雍安診所到十七巷開車只需十分鐘。妻子幾乎是餐餐在家裡吃，杜醫師則一星期難得幾次規規矩矩坐在自家的飯廳裡用晚餐。即使在診所，中午他也寧可叫外送快餐。

吃飯需要好心情，以及在什麼地方吃，跟誰吃。總之在家裡，他沒胃口。

妻子說今晚等他吃飯，那意味著必然有事，當然不會是好事。

餐桌上差不多就固定的那幾樣菜，都是妻子愛吃的。杜醫師舀了湯喝幾口，「有事嗎？」

「爸在問他給你的一百萬，你怎麼處理？」

「既然給了錢，還過問？」

「他不想聽到你在外面到處借錢。」

「有嗎？你們有聽到嗎？」根本沒有。他已打定主意除了向那幾個同是蒂夜俱樂部會員的醫師朋友商借之外，不再隨便跟任何人開口了。而這些交往多年的醫師是不會聲揚出去的，他有把握。日前他們曾親口答應的借款也陸陸續續匯入他的銀行帳戶。

「就這事？」

「還有。」妻子說。「爸叫我轉告你，也是你自己承諾的，明年一月一日開始，你就得收手，戒六合彩。不然，一百萬他隨時會討回來。」

「還有嗎？」杜醫師再喝口湯，推開椅子。「我出去了。」

妻子從不問他去哪裡。他的事，妻子到底知多少？管他的，夫妻倆樂得裝聾作啞。

杜醫師慢慢開車去了鎮街的威古堡酒莊和蔡頭坐了一會。中途他出去打了通電話，回店裡剛坐下，教授林德也來了。蔡頭笑說：「走，去新月亭，好久沒在那裡吃飯了。」

「去新月亭？」杜醫師支吾著。

林德拍拍他的肩膀，「去吧！我們本來就約了今晚去那裡吃飯。」

然後，定定看著他。「你好像很累。醫生比病人累，怎麼行，去喝兩杯！」

蔡頭跟女店員交代些事，他們出了威古堡的店門，「坐我的車。」蔡頭說。

這時，杜醫師的手機響了，七點二十分：書生打來的。他走到一邊去聽。

「晚上八點不用去木材場了。」書生喘著氣說：「沙嘎人明天會再告訴我們地點。」

書生說他很難受。

「你病了？」

「不是，是沙嘎人講話的聲音。」那粗嗓有如一把銼刀在他耳朵裡刬來刮去。「我的耳朵都是痲的。」

「神經病。」杜醫師罵著。

「在生誰的氣？」教授林德問。

「沒什麼。」杜醫師先自坐進車裡。「我們走吧。」

在新月亭吃飯時，意外地，蒂夜的少爺來了電話。

「那個書生——那個小白臉的事怎麼樣了？」

「不會牽連到你們。」

「他不再來蒂夜了？」

「我看，不可能了。他嚇壞了。」

「可惜啊！我們少了一位好客人。」忽然少爺冒了一句：「多希望您老盡快恢復蒂夜會員。」

「我也想一切重來。」

「是啊，來啊！」

杜醫師知道少爺不可能了解他所指的一切重來。

第二天上午十點，書生迷濛中覺得周遭空氣有所波動，他的手機響了。

「你好好聽著，我只說一遍。四百五十萬分兩個手提包裝，一袋二十捆，另一袋二十五捆。記住！袋子裡除了錢不可以有其他東西……時間、地點，等我通知。」

又是那種像石輪碾過水泥地的壓吱聲。

書生和杜醫師通了電話。

「等。」杜醫師說。四百五十萬仍在杜醫師的後車箱裡。

他說，「我會照沙嘎人說的裝好。」今天是星期二，他不需要看診。車子此刻正停在自家的地下室。而星期二也是每週蘇家姐姐到鎮街健身中心練瑜伽的固定時間之一。

上午十點直到下午七點全沒沙嘎人的聲音，不曉得是否繃著神經等待太久而緊張，書生又感覺眩暈欲嘔。「沙嘎人忘了嗎？」這之間他給杜醫師打了好幾次電話。

姐姐的瑜伽課是晚上八點，她通常七點半出門，今晚也一樣。她離開不到二十分鐘，書生便接到沙嘎人的通知。

「現在，馬上把兩袋錢放到你家的後門。就現在，快。後門附近不能有其他人在，也不能躲在門後偷看。記住！否則我不敢保證會發生什麼事。」

書生在打給杜醫師的電話中慌得語無倫次。「杜醫師，哇！杜醫師，我要那些錢……」然後勉強將沙嘎人的指示說清楚。

「那兩袋錢，我去您家拿，或、或請您——」

「我送過去。」杜醫師當即說。他們兩家雖在巷子的一頭一尾，中間不過隔個四戶人家，幾步路而已。「但我現在不在家。這麼晚了，我以為沙嘎人不會再打電話來。我剛出去買點東西，嗯……十分鐘內到你家門口。」

書生在九號家前面的鐵欄杆圍牆外來回踱步，像熱鍋上的螞蟻。須臾，由巷口轉上兩束車燈，燈光一滅，車已經到了跟前。「杜醫師！」書生衝了過去。

「別急。」杜醫師從容不迫地跨出車門，打開後車箱，拎出兩個黃色旅行包。「交給你啦！」他發現書生的手在發抖。「沙嘎人怎麼說你就怎麼做。不用怕！我回去了。」

「讓我一個人……」書生咬了咬嘴唇。

「沙嘎人不是警告了，不可以有旁人在場？」

「這——」

「快去！不然來不及了。」

兩個旅行包在書生手中好似有千斤重。他上了小庭院台階，拖著它們進屋子，到了後門已經手腳攤軟了。他將它們朝門外地上一扔，立即關上防盜鐵門。他大喘吁吁，臉色發白。

他往客廳走了兩步又回頭，蹲下來從鐵門下的欄杆空隙往外望，他很想瞧瞧沙嘎人長什麼樣子。兩個黃色包包仍在門口的地上，感覺像兩袋子炸藥。

吱吱吱，這時客廳前門小鳥叫的鈴聲嚇得他趕緊起身去開門。台階上、小庭院、鐵欄杆圍牆外，連個人影也沒有。他出到巷道，除了杜醫師的車子停在他家的邊上，此時是空巷一條。

他折回，火速進自己家裡，然後做賊似地躡手躡腳往後門走去。他總算明白過來了，是聲東擊西，再蹲下看，果然兩個黃色旅行包不見了，錢拿走了。是他？當然是沙嘎人。

他推開後鐵門走了出去，兩手撐著崖邊的護欄，看著下面夜色沉沉的蘆陽平原。今夜風不大，猶有咻咻低吟。他呆立，感覺夜的吸呼，忽然一身輕舒。前前後後的糾糾纏纏，都在方才暈頭轉向的短短一刻間結束了。蘆陽平原的夜也薄透了。遠方一盞燈，或者是一顆星正對著他眨眼。

書生關機了。

這時候關機？尤其在今晚剛給了人家幾百萬之後，以他的個性，是不會連跟他匯報個情況也沒有。空氣中有不對的氣息。那會是什麼事？杜醫師不能不有所猜想，也有些擔憂。他打算過去蘇家按鈴找人，但想了想作罷。因為書生的姐姐隨時有可能從鎮街練完瑜伽回來。但他不是怕她，而是晚上這個時間不對，再說，做了那麼久的鄰居，他實在沒有任何事或理由與她弟弟有往來的可能。儘管她弟弟先天體弱多病，卻非屬他的醫科。

他是不安的。他的車子已停回家裡的地下室，他打開後車廂，看了看，吸口氣，再蓋上。旁邊是妻子白色的寶馬車。她幾時回來的？居然沒點聲響。

叮叮噹，叮叮噹，鈴聲多響亮……這些天來，才在這個時候讓他注意到聖誕樂聲正響徹整個鎮街，不少商店裝點著聖誕飾物。平安夜是哪天？這是跟他最不相干的節日。

也許明天書生會開手機，他想。半夜，他悄悄地又下了一次地下室……

翌日，在家休息的他，想出去又不敢離開。一早到天黑，書生的手機仍舊不通。他的一顆心總是浮浮懸懸的。在樓上憋了一天，最終他還是決定去峰西唯一一家由日本人開的羽屋日本料理店，好好吃上一頓晚餐，「犒賞犒賞」自己。

出門前他先電話給珊琦，穩住她，不為別的，是在預防她失去耐性而有所妄動。一想到她的冰冷，一股寒意即網罩了他整顆心。

同樣地，在羽屋吃晚餐時，他也憂心起書生。昨晚之後到現在將近二十四小時，匿跡倒未必，銷聲卻是真的。出了什麼事？會嗎？他反覆自問著。在他的眼裡，書生是一只隨時隨地會不小心摔破的瓷娃。

難不成蘇家姐姐已經有所察覺？

在羽屋，為了能一眼看見停在外頭的車子，他找了個靠窗的座位。他邊用餐，邊不時注意他的車子；也邊望著手機，邊想著。

沙嘎人的勒索敲詐竟是那麼輕易得手，應歸之於對象是書生的緣故吧——一個在現實生活中鮮少磕碰的人。因欠缺社會經驗而無從自我判別境況，在恫嚇下唯有照單全收了。此外，給了人家錢，也不懂贖回那些照片、底片。也許對他什麼都無所謂了。

他越常會不自覺地邪笑，但這一刻變得相當茫然。

近午夜，峰西雖是鎮級的城市，在幾條大的街道上，很明顯地有了三五成群的耶誕歡慶的人流。餐廳的小妹特意過來添茶水，告訴他今晚是聖誕夜，他有點反應不過來。平安夜早已不平安了。

在羽屋燙了幾壺清酒，獨酌慢飲直到九點。出了料理店，人車一體的他，彷如孤舟徜徉在夜無垠的海面上不知何去何從。

方向盤一轉他去了鎮街威古堡酒莊，蔡頭在。他拿了幾瓶紅酒後打算回家。

「聖誕夜你沒節目？」

「為什麼要有節目？」他奇怪地看著蔡頭。無聊。

「這麼早你睡得著嗎？」

回到家躺在床上，他確實沒能立即入睡。好不容易熟睡了卻被手機音樂鈴聲驚醒。他以為終於有書生的電話了。兩眼尚是惺忪昏花，耳朵反倒十分清晰地聽出是蒂夜少爺的聲音。

「今晚聖誕夜——」

怎麼滿世界人盡在講廢話。「我知道是聖誕夜。」

「不，杜醫師，請讓我說完。今晚，我們蒂夜生意特別好，也許是因為聖誕夜的——」

「講重點。」

「想不到來了一個客人。您猜是誰？」

「不猜，直說。」

「是您那個小白臉客人，書生呀！」

「哦！」是有點意外，但也不失是個好消息，至少能獲知書生沒事。

「他現在在哪裡？在你身邊嗎？」

「杜醫師，您老晚上好像有點急，還是請您聽我報告。」少爺的語氣恭敬有加。「書生一進門就要找他的小咪。我說小咪已經被客人點走了，他還以為我們騙他，便一根柱子似地死守在我們酒吧間，直盯著陸續接連來調酒的公主。最後他終於相信了，答應重新挑選。可是前前後後給他引見了不下十位公主，沒有一個是他滿意的。真搞不過他。怪的是，也有趣的是，一個新來的公主竟自稱是小咪介紹的，您的寶貝書生想都沒想，馬上將那女孩子帶走了。您說是不是很有意思？」

杜醫師不置可否。「還是一樣，幫我多留意他，有什麼狀況麻煩你通個聲。」

「沒問題。」

杜醫師現在反而不想跟書生有所聯繫。即使打電話，也會嚇壞他。這隻驚魂未定小兔子是再也經不起任何響動。

講完電話後，杜醫師了無睡意，披衣起床，放輕腳步去了一趟地下室，打開後車廂看看。然後上樓進書房，從書桌抽屜拿出小冊子、紙張，開始回憶這幾天盤旋在他腦子裡尚未落定的數字。這幾天有太多太多的特殊事，也因此有太多太多似乎散發著明牌味的號碼有待他理清配組。而且，他深信，不眠的三更半夜，人的神識最為敏妙，也最能靈動感通。

只是，他卻趴在桌上睡著了。

答應借錢給他的幾個醫師朋友，還差一位，但已說定明日匯款過來。一旦收到一百八十萬便全數大功告成了。他一定記得打電話給珊琦……

這是他朦朦入睡前，提醒自己的。

連續三天中午，杜醫師都接到蒂夜少爺關於書生前一晚行蹤的電話總結。他們，一個講著，一個聽著，在電話中，他們越來越不知道該如何是好？

「那簡直不要命了。」第四天中午少爺在報告時，聲音明顯有些變調。

「昨天晚上他叫了兩個公主。」

「小咪呢？」

「小咪是主角，另一個是配角。」

杜醫師於是憂慮了，得想個辦法。

與此同時，杜醫師與珊琦通了電話，他說他很想很想見她。

「可以，但不是現在。」珊琦語氣不再那麼冰。因為杜醫師在電話開頭就丟出一顆定心丸。「八百萬怎麼給妳？」

「用匯的啊！你又不是不知道我的帳號。」

「不能開票直接給妳嗎？」

「別麻煩了。」

「我什麼時候去找妳？」杜醫師仍心存希望。但他一直不敢貿闖珊琦的公寓樓，因為她警告過，你要是這樣做，馬上就看不到我了。「妳真不想見我？」

「我沒這麼說，我會通知你。」珊琦接著問，「你哪時候匯錢？」

「明天。」

28

年底最後一天，也就是十二月三十一日，書生終於偃旗息鼓，不出兵蒂夜，在家調養生息。

二〇〇四年東方早早的曦光驅散了昨夜最後一層雲翳，元旦一早嬌艷的陽光一掃歲暮長日來的陰冷低霾。但卻照不進九號蘇家灰蒙的角落。新年第一聲雞啼給他們一家人的非是什麼報喜，而是驚人的悲劇。「書生的太太跑啦。」由社區總幹事吳伯虎職之所在發聲，布告了十七巷，也等於周知了全蘭苑。

「帶著女兒一起，跑啦！」

「什麼時候？」

「昨天晚上。」據研判應該是元旦零時左右。

杜醫師初聞這個消息，表情比誰都震驚。「怎麼跑了？」他喃喃著再說不上話。但回頭一想，書生的妻子不偷跑才怪。他能想像已夠孱懦的書生橫遭變故，轉眼無妻無子，應是何等淒慘。似鐵石心腸的人也難以不心生惻隱。他所擔心的，書生會不會因此一蹶不振，甚至衍生更可怕的後果。

元旦當天的晴空麗日只是聊表點情意，像露了個臉又躲入紗帳的美人。一現曇花。

第二天過午，天更陰了，變冷了，蘇家夜裡的燈火也昏暗了。

蘇家姐姐咬緊牙根以緘默應對著周遭人的無邊猜測。她不需要外來無關痛癢、虛表同情的慰問。只是弟弟比她愈加沉默的那種落寞，令她憂心忡忡，整個家籠罩在匿斂的低壓中。

又過了一天，姐姐乾脆把客廳的音響開得大大的，全不理旁人如何異樣的眼光。

「他們家是怎麼回事？」巷子裡的人議論著，「莫非在慶祝媳婦離開？」

弟媳朱亦紅出走前一星期，弟弟越發經常不在家，要是碰巧做姐姐的也外出，便沒人送飯去二樓她的房間，她那一餐也就這麼空過不吃。愁人的是，這樣下去，她能待在這個家多久？姐姐不是沒有想過。

事實證明，她待不下去了。

元旦之後，白天，書生一如往昔，乖乖在家玩電腦。可是一到晚上，情形有變了。

姐姐十點就寢是持之以恆的習慣。等到她發現十點以後弟弟臥室的燈雖亮著的——他不敢關燈睡覺——人卻不在裡面時，一月上旬都已經快過完了。書生怕黑，大白天也經常是開著燈的，所以姐姐不疑有他。不過，這次姐姐發怒了。一天吃中飯前，把弟弟從樓上叫到客廳。

「你現在膽子大了，晚上也不回家了。」

書生低著頭撫挲著膝蓋，不答話。姐姐氣了，「你不講沒關係，你也可以不認我這個姐姐。」這是殺手鐧。

書生慌了，「我沒去哪裡，只是出去玩玩……」

「玩到三更半夜？是去找女人？你老老實實跟我講。」

「是，只是偶而。」

「你怎麼會變成這個樣子？」姐姐像突然間被抽空了的布娃娃，身子整個癟塌在沙發上，但眼睛直勾勾盯著弟弟——他究竟是變壞了，還是長大了。

姐姐那可怕的神情，讓書生驚惶失措。咚地他跪在沙發前。「我知道我自己在做什麼。姐妳看，我不是好好的嗎？再給我幾天時間，妳就明白了。」

「聽你的口氣，好像在進行什麼大事？」

「不是的，但我不會拖累姐姐。」

「我還怕你拖累什麼！」

「我求妳，姐。」

瞅著弟弟那種無助的哀乞，蘇姐姐的心比紙張浸水軟得還快。且一想，妻女才剛剛跑掉，她再也不忍心苛責下去，徒自將淚往肚裡吞，氣朝外面嘆。

其實姐姐有所不知，原以為會因妻女的離去而消沉的書生，新一年的帷幕開啓才不過十天，書生已經在蒂夜俱樂部指定的飯店裡就銷魂快哉地度過了七個良宵。少爺「爆」給杜醫師的消息無疑是駭人聽聞的。不僅是以書生的體弱氣虛而言是絕對不行，就是身強力壯的人也屬超標了。

「您知道嗎？」少爺說：「小白臉書生現在每次來都會換新的公主，有時一個晚上招兩、三位。」他像在「進擊」蒂夜，「掃蕩」他們的公主。蒂夜花榜上的花魁有幾位也在短短數日裡被他攻克了。少爺頗為激動。

「小咪還跟他嗎？」

「嘿！她呀，早出局啦。」少爺略調整聲息，放慢語速再加強調。「你那書生一個晚上最高紀錄，同時叫四個女人。」一隻小兔子一夕間蛻變成一隻小猛虎，這還不打緊。「花錢如流水，簡直像撒錢，是打算一口氣散盡所有家產似的。」

少爺感慨的是，他在蒂夜多年，像書生那樣對公主尊重體貼，還有出手大方的豪氣，真個把他們以往的貴客，那些有頭有臉的大爺們狠狠比了下去。「對不起，杜醫師，說句不是，啊，不是很中聽的話，沒有誰比他更是個男子漢了……」

蒂夜讓書生成長了？

「哈，是啊！是啊！」杜醫師勉強乾笑說：「不過你們的眼睛永遠只盯著錢，以錢來衡量。」

「也不完全是。」少爺坦承道，「但他絕非您口中的文弱書生。」不禁有著期待的口吻，「很想見識您的勇藥。」

「哈，終於破功了，想試試？沒問題！是你，想多少有多少。」

突然一個疑問，他總共才給書生十顆勇藥，能夠得他用？莫非他的藥已然可以更進一步證實在那方面有著意想不到的療效？

杜醫師雖打哈哈笑著，臉上的憂色卻越發重了。

一月十日是標會日，每個月固定十號這一天，會頭是社區總幹事吳伯虎，下面的會腳大部分是十七巷的，當然也有蘭苑社區其他巷的住戶。一次標會所得不過二十來萬，蘇家哪在乎這種說多不多說少不少的錢，純粹是在幫襯總幹事的號召。會腳名單上仍是弟弟的名字。

晚上八點，管理處辦公室裡投標的人差不多到齊了。書生、教授林德也在其中。書生彷如急需錢用，寫在投單上的金額大大高出其他人許多，是勢在必得。當總幹事即將宣布書生得標時，一個冒失鬼砰然地幾乎是踹門而入——是個年輕人。他臉上紅撲撲嚷著要標會，隨手在總幹事辦公桌上撕下一塊小紙條，向旁邊的人借了隻筆草草寫幾個數字。總幹事一看，眉頭一皺，那表情有如突然來了一個小丑耍寶——竟然出那麼低的標金，而且蠻橫地定要書生退標讓給他。扯著嗓子叫說，他也是會腳一員。

「這次也該輪到我了。」說完便大咧咧坐上總幹事辦公桌後的椅子。

總幹事鐵青著臉。「胡鬧！」接而厲聲道，「你給我下來，紅猴，這位子是你坐的？」上前從椅子上拖下這個瘋猴子似的紅臉年輕人。紅猴人如其名，瘦瘦健健的，天生一張紅臉，更何況今晚喝了酒。他是總幹事弟弟吳仲虎在鎮街上開的武道館的學生，是一顆不點火也會自我燃爆的炸彈，無事也會生非。老實說，弟弟道館的那些什麼學生、徒弟的，沒有一個是總幹事看得上眼的。

「這不是輪誰不輪誰。」總幹事擴張著鼻翼。「你喝了多少尿？」氣不過地又一把拽開紅猴。「你真要，就提高金額，能蓋過蘇逸生，就是你的。」

「我拿什麼跟人家比，人家是蘇家的少爺。」紅猴湊近書生，朝他臉上吹了口酒氣。「你說是不是？蘇家少爺。」

「住嘴。出去、出去。」總幹事再趨前推搡著紅猴直往管理處辦公室的門口走。屋裡站著坐著的一干會腳嘩然地紛紛退避邊上。紅猴更肆無忌憚地嘯起刺耳聲笑，「我這小老弟很可愛。沒事沒事，來。」他撥開總幹事緊握的手回身入內，張開手臂環住書生的肩膀。「小老弟你會缺錢？天大笑話，你們蘇家用得著標會的錢？可能嗎？哈，大笑話。」又湊上人家的臉使勁吹氣，這動作使他酒醉的醜態盡現。

「我們打個商量。」紅猴說，「不如這次的會讓給我標，下個月給你？」

在這混亂倉猝的當兒，書生只一味地嗯嗯嗯或搖頭，就不會點頭。

「你搖頭是什麼意思？」紅猴紅著眼睛看著打不出一個屁來的書生，不禁竄上一股無名火了。「你是啞巴?!」他鬆開扣搭書生肩上的手。書生不曉得說了聲什麼，沒人聽清楚，總幹事待發聲阻止，紅猴一耳光已扎實響亮地甩在書生的左頰，使得書生原地轉了個圈，跌入會場聚集的人堆裡，連帶壓倒幾個人。

書生被眾人架起來，恍恍惚惚間，他摸著熱辣辣的臉頰，驀地一個聲音單薄卻氣力十足的尖叫，「憑什麼讓你！」居然是打從他平時遇事噤若寒蟬、吞吐嚥沫的口中發出。

眾人皆訝然，紅猴一時也愣住了。那一聲活像使盡畢生的殘力，鼓起男人的胸氣。

「不錯嘛，丹田蠻有力的。」紅猴的醉眼正不懷好意地一眨一閃的。

稍裡面上二樓的梯口站著的教授林德已瞄出了不大對頭，立刻向前準備拉走書生到辦公室的後間去。但紅猴到底年輕，速度快，先教授一步，抓小雞般將書生提起摔向門邊，再趕上補了一腳。別看紅猴乾瘦卻力大無比，門隨之被撞開，書生滾落台階。紅猴一縱而下，抬腿又重重地一腳踹出。這時總幹事也跳下小庭院，仗著自己壯實的身軀，曲起大腿側擋了紅猴這一踢。冷不防地，紅猴忽地翻手一拳朝總幹事的面門直擊而下。總幹事頭一偏將將躲過。然而他終究不諳拳腳功夫，無預警下，不知從何處而來，紅猴又是一腳，總幹事但覺下腹一陣痛徹入裡，他彎腰捧著小腹把自己縮到花圃角落，額頭冷汗涔涔。

「幹，半男不女的，還嘴硬。」紅猴兩眼環睜，然後跨騎在趴地的書生背上，接連一陣拳掌兼施，書生居然半聲哀饒也沒有。

「會打死人的。」驚叫來自教授。聲到人到，用肩頭頂開紅猴，「住手住手！停停停……」

他抱起書生，紅猴回過來反把氣撒在教授身上，輕輕推撞，教授已然倒地，紅猴跟著毫不留情地繼續拳打腳踢。算教授反應快，還記得拱起背縮成一團；即便如此，再這般下去，林德的那副老骨頭也恐將散架。正危急中，一個身影從鐵杆圍牆外一躍而入，身手矯捷，真可謂天降神兵。人群裡有喊道，「啊，師父來啦！」幸虧是總幹事的弟弟吳仲虎這一晚公司不值班，也由於好長時間沒回峰西了，忽然想回來看看哥哥。不料卻遇上這等事。他見狀，不過是一跳已近庭院的台階前，側身抬腿一掃，紅猴便像被踢中的足球，斜飛出去，再重重地栽倒在圍牆的另一頭。

吳仲虎火速扶起林德。哪知，紅猴竟那麼耐打，猝不及防，又返身撲向尚未站穩的教授，出其不意的是一個勾拳。好生歹毒。吳仲虎見狀立馬將教授拽一邊去，掀肘架開紅猴襲來的拳頭，阻住了攻勢，也順帶旋起掌刀砍在紅猴的脖頸下——他不敢切在要害上，也未使全力——直把紅猴打得翻轉，從哪裡來，打回哪裡去。紅猴跌坐地上，吁喘起伏。

「喝滾水裝醉！」吳仲虎怒不可遏。「再裝啊！再裝啊！」邊說邊上前用指頭戳著紅猴的頂額。紅猴這下子清醒了。然而遭殃的是老教授林德，原來方才吳仲虎那一拽，硬把老人家徑往鑄鐵圍牆上叉出的尖枝送去，他的後腦勺便被那尖端劃出幾公分長的口子，登時血流如注。吳仲虎趕緊攙起教授進管理處略施簡單的傷口包紮處理。同時間，躺在地上的書生有若剛睡了一覺，撐坐著，然後緩緩站起，他幾無外傷，卻痛苦地按揉著胸腹的地方。

總幹事吳伯虎雖然小腹仍隱隱作痛，但能站直身軀。他走到弟弟身邊，「好好管教你下面那些人。怎麼會教出一隻瘋狗？對手無縛雞之力的人，也下那麼重的手。」

「回道館，我會修理他。」吳仲虎說。但他恥笑不解的是，「剛剛管理處一屋子的人都幹嘛的？看熱鬧？全都袖手旁觀。我若是來遲了，教授不早沒命了。」

「這就是我們的十七巷。」

弟弟吳仲虎抓緊時間開車送教授和書生去醫院。他今晚是開中一保全的公務車回蘭苑的。教授在醫院縫了幾針，無甚大礙；書生挨了紅猴一頓拳腳，雖有幾處瘀痕，卻無明顯的皮肉傷，怕是傷了內部，需留院觀察。

教授是弟弟吳仲虎由衷自心最景仰的長者。「我不覺得他是老人。」他們的互動和年輕人沒兩樣。對這次這個意外失手，他甚至為此抱憾終身。

教授卻不以為意，「怎能怪你，那是出於保護。」他因此蓄了長髮。「要不是這塊疤，哪會發現長髮這麼適合我，多好看。」他哈哈大笑。

這是日後的笑談，也是林德長髮下傷疤的故事。

「這是蘭苑十七巷給我的紋身。」教授說時，總是綻露老頑童的笑。

那塊疤，不也標記著十七巷的另一面——荒唐。

標會那天，蘇家姐姐下午去了台中和幾個要好的姐妹淘聚會，接到電話得知弟弟被人打傷送醫，便心急火燎地坐著朋友的車一路按著喇叭奔回峰西。

在急診室外，醫師說：「左邊由下算起第二根肋骨有點點裂痕，一點點。」醫師強調。

「沒斷就好。」姐姐鬆了口氣。

「沒有。」醫生將書生的X光胸片放上燈箱。「問題——是痛，嚴重倒不是。」

他們已經給書生注射了止痛劑與鎮靜劑，弟弟的精神卻好過平時。

「你急著標會做什麼？」蘇姐姐在到醫院之前的路上，從社區總幹事那裡大致了解了情況。

「你缺錢嗎？」姐姐越想越不對。「你的錢用到哪裡去了？」她記起前些天弟弟定期存款轉到別家銀行的事。

弟弟還是那麼瑟瑟縮縮的模樣，不敢正眼看人，這叫做姐姐的怎生大聲叱責，尤其這時候人正躺在急診室的床上。「我不曉得最近你吃了什麼迷魂顛藥，你得坦白告訴我。」

「會的，姐，再給我幾天時間。」

「為什麼？」

「不為什麼？」弟弟抬頭說：「給我幾天做我自己。」

「難道你現在做的是別人嗎？」蘇姐姐全然不懂，而弟弟本來就不善言辭。

總之，書生又哀求了，「過幾天姐姐就明白了。」眼眶裡居然閃著淚光，讓做姐姐的怎麼聽都有不祥的預感。總之，她也說了：「這幾天你給我好好待在醫院裡。」

然而，弟弟卻偷偷地從醫院跑了，是在一月十三日下午，院方通知蘇家。

這死孩子會去哪裡？姐姐趕緊掩閉嘴巴。她不該說自己的弟弟是死孩子，她怎能說出「死」這個字？

姐姐急得團團轉，活似跌進火堆裡，直跳腳。在她的腦海、心裡，一點也沒有向來幾乎足不出戶，甚少在外遊蕩的弟弟可能的去處。她求助無門，最後找上管理處。

總幹事吳伯虎站在門口台階上說：「我正覺得奇怪。」他說，「妳弟弟不是在醫院嗎？怎麼會跑到我這裡來。」

「我弟弟來過?!」

「一小時前。」

「他來做什麼？」

「他先打電話問我標會的錢收齊了沒有？」

「我說差不多了，只剩兩個會腳沒送錢來。妳弟弟說沒關係，有多少先拿多少，他說他等一下就到，叫我準備好會錢。」總幹事說她弟弟取了錢就走了。

「後來去哪？」

「不知道，他沒說。」總幹事在台階上讓了讓，「要不要進來坐坐？」

蘇家姐姐掉頭匆匆走了。

世界都亂了。而書生卻安然舒適地躺在一位蒂夜公主的懷抱裡。這次他們不在五洲飯店，而是一家新簽約的飯店。第一個知道消息的是杜醫師，當然是少爺告訴他的。

他出院啦？「他剛受傷。」杜醫師也覺得不可思議。

「您說他被人打了。」少爺聽了笑說，「那麼，他是帶傷上陣?!夠勇猛！」

十七巷沒加入吳伯虎起的會的，就是杜醫師和住五號的裴校長。標會那天晚上發生打人的事驚動了全社區。杜醫師也感到突兀惶惑。

可是書生為什麼要關機？或者他換了手機號碼？他吩咐過蒂夜少爺要書生給他電話，卻沒下文。顯然書生是有意在躲他。

杜醫師總感覺不對勁。

也確實是。就在一月十六日當晚，幾近深夜，一個陌生電話夜闌人靜時分幽幽飄飄而來，一接聽，是書生的聲音──果真是換了號碼，是那麼遙遠而清晰。書生的語調平穩持續，宛如播放錄音帶，不讓人有插言置語的空隙。

「杜醫師，我好開心喔！上天對我不薄，這些天是從未有過的快活日子。謝謝您，杜醫師……」莫名其妙地，杜醫師起了一陣雞皮疙瘩。他看了下手機，再貼回耳邊。時間是半夜十一點二十分。

「其實沒有那些照片，我也會把錢給您的。杜醫師，不，沙嘎人，再見。知無？」

最後那句「知無？」令杜醫師的世界霎時冰封，緊接著崩裂瓦解。他用力甩脫手機，有若突遭蛇咬蜂螫。「知無？」是書生並且極力在模仿沙嘎人的粗嘎沙啞。天殺的──不管聲音粗細，都是他該死的招牌口頭禪──他太不小心了。他跌蹶至床上埋入被裡，彷彿猛然被人一棒敲進自己掘的墓穴。

一月十七日星期三，杜醫師在家，他那顆七上八下不安的心，一想起書生是何時發現他就是沙嘎人便不寒而慄。記得書生說過，「如果杜醫師是沙嘎人該多好。」莫非就在那時候？現在看來，他自己才是真正的傻瓜無知。此時他眼裡的書生已不再是軟趴無骨、縮頭縮腦的人。蒂夜的一切更顛覆了昔日他文弱書生的形象。杜醫師陷在自我憤抑的羞慚裡。

上午九點多，空氣中流動著一股似有若無的悲痛哀戚，是來自蘇家，這使得十七巷猶如籠罩在另一種風沙──淒風慘霧中。社區總幹事先趕去蘇家。再出來時，他青慌凝重的臉色在冷風中張口便是一個駭人的消息──書生自殺了。

蘇姐姐的房間在住家一樓後側。今天一早姐姐在廚房忙著沒留意，七點半做好早餐後到客廳準備打掃整理，老覺得有陣陣冷風從樓上下來。是樓頂上的門沒關好？她於是上樓，經過房門緊鎖的二樓臥室──弟媳走後，這房間形同禁地，沒有誰願意進去──她停下，看了看緊閉的門。接著往上爬，但覺得腳步格外沉重，有種百般不願上樓的畏怯。

弟弟三樓臥室的門卻是虛掩的，姐姐心頭一個咯噔，弟弟經常是非到中午不起床的。

她推開門，只見床鋪被子枕頭疊放得整整齊齊，顯示昨晚沒人睡過。這下子她一顆心更是落入了谷底。她奪門而出，在轉角的樓梯口，已感受到冷風由上直灌而下的勁勢。果然通往樓頂的鐵門是開著的。蘭苑別墅統一是三樓半的建築，樓頂的露天平台此刻狂風肆虐著，她很難睜開眼睛。她將外套的拉鏈拉至下巴，勉力走去三樓半的那個半間房。她感覺屋裡有人。

然而門被反鎖，從外面打不開。她雙掌兜著臉的兩側湊近玻璃窗努力朝裡面深望。由於樓高且天光大白地映射下，對比著屋內更顯黑漆。眼前是一片光的迷亂，朦朧中一條人影在屋子中央。稍為適應後，定睛一看，是晃動著。啊！是懸吊著。而一道淺黃色身影在幽晦裡鮮明地叫人震慟得當場悲垮。那是一套淺黃的休閒服，是蘇姐姐幾天前剛買給弟弟的，此時此刻，衣服連同人就吊在那裡。詭譎的光影下多了一份悸怖。

姐姐傾圮，也許是風大刮倒她。她是爬滾下樓。甫定，慌忙打電話給社區總幹事吳伯虎。

書生的自殺雖在杜醫師的意料之中，卻在他心裡毫無準備之時。不覺地從他腦子裡的潛底乍閃一片白色的死光，就在他聽到這消息的瞬間。

他震驚，呆慌，也解脫，卻反而加深了憂慮。

人走了，死無對證，但不可以就此認定他解脫了。想著書生十六日晚上那通戳破他就是沙嘎人的電話，便使他的心頭咚跳不已。如果那不是電話，而是簡訊，手機留下的就是證據。不僅如此，最近他們之間頻繁的來往通話紀錄，能單純以他和病人的關係——書生曾到雍安診所掛過號看病，也僅僅是最近為了拿勇藥那麼一次——來信服人？若是以鄰居間的敦睦，他們更沒有充分的理由。

手機是一個完整的紀錄器，決定他的安危，或甚至是生死，因此他現在是時刻處於不知何時會東窗事發的憂懼中。

勇藥之事，他相信除了書生、蒂夜的少爺之外，沒有人知道。

十七日下午他開著車從十七巷急衝出去。這次他不是逃離，是直奔蒂夜。

「小白臉死啦！」少爺的驚嚇不小於杜醫師。「我們少了一個好客人。」言下不住惋惜。

「這時候你還想著這個。」

「您的意思？」

杜醫師是來跟少爺推敲各種情況的應變。「蒂夜裡可能留下多少書生的痕跡？」

「什麼痕跡？」

「哎呀，就是有什麼登記資料或東西，萬一人追查到這裡——」

「安啦。」少爺說：「我們又沒殺人，他是自殺的。」

「說你缺根筋，又不服氣。書生來這裡找女人會牽出什麼，你能想得到嗎？」

「我們蒂夜做的雖非什麼正大生意，可也是照規矩審批的特種行業。是有牌的。客人來我們店裡消費，只不過是找女人，也不犯法呀！何況——」少爺一本正經地表示，「我們倒是做了功德，讓一個生命將盡的人歡歡喜喜地度過他所剩無幾的時光，您說不是嗎？」說的理歪又缺德。

「跟你這種人是講不清的，我是怕我——」

「哈，我明白了，杜醫師。我們不會把您扯進去的。書生在蒂夜登記資料中介紹人一欄一直是空著的，所以沒人知道您是他的介紹人，您放心。」

「公主方面？也得想辦法讓她們嘴巴嚴一點。」

「杜醫師，您想得太多了。女人啊！不告訴她們還好，叫她們不說，反而傳得更快。」

杜醫師也曉得扯說這些根本起不了什麼作用，他不過是乾著急。「小心總是不蝕本，知……」他差一點就脫而出「知無」，這個害死人的口頭禪。他立馬一口痰將之啐地。「書生的資料還是趁早毀了算了。」

出到外面路邊，望著蒂夜大飯店的大樓，他當著它的招牌立誓此生再不言說「知無」二字。

一天晚上杜醫師去地下室的雜物堆挖出一只帆布袋，裡面塞著的是使他穿起來可以顯得更高更壯的軍大衣與高筒鞋，也就是那天晚上五洲飯店房間裡那個闖入者的一身扮相。稍後，他開車去了鎮公所附近，將那只帆布袋投入慈濟的舊衣物回收箱裡。

29

十七日的十七巷天陰陰的，悲情般地泫然欲泣。蘇家姐姐卻已泣不成聲，她不痛哭哀嚎。當她慌急間找不到三樓半那間房的鑰匙，叫來社區總幹事幫忙破門而入時，裡面的景象一呈現，屬於姐姐的「所有情」便在那衝擊的剎那全都封閉束死了。泣，是為了透氣。

法醫的檢驗報告，書生確實是自縊窒息而死，死亡時間判定在一月十六日午夜十一點到凌晨一點之間。一張紙定讞。

昨夜到今晨，一個人就從生到死。轉眼間書生已垂吊於世間的有生命之外，他孑然一身，生前如是，死後亦然，孑然一身是描述他一生的成語。蘇姐姐突遭弟弟尋短的打擊從而的自我封閉，也霎時潰口了，在認識事實後，她的悲傷從身心的千瘡百孔汩汩傾瀉，不澎湃，卻源源不絕。十七日是陰天無雨，蘇姐姐悲鳴雖微弱，也足夠綿綿傳遍十七巷。也足於感風招雨。

十七巷從十八日午夜之後，受了一陣淒風苦雨。

書生這次自殺是遂願了。

姐姐除了悲，最主要是恨。整理弟弟的遺物無疑對姐姐是一種凌遲，一物一事莫不是一刀一刀在剮她的心，割她的肉。他的衣物用具、桌上牆上的照片、他的書（有，很少），倒是影碟、錄音帶整整一大櫃子……睹物傷情。

她在弟弟的書房，將書桌抽屜一個一個抽出倒在鋪有地毯的地板上，真是琳瑯滿目，大部分是些縮小版的刀槍武器：瑞士刀、日本武士刀、西洋劍和科幻槍械樣本。除了尺寸，和真刀真槍沒什麼兩樣。這是弟弟柔弱外表下的充強寄託？

在地上一堆東西中，有一厚厚本子，好像是有關電腦程式設計的筆記——其實弟弟是有這方面天賦的。她翻了幾頁，看不懂，但鼻子一酸，眼淚又撲簌簌而下了。

末後，蘇姐姐的眼光停在一個紙袋上，才輕輕一提，袋子裡的一沓照片便迫不及待地掉落一地。照片裡都是同一對袒裼裸裎的男女在床上交纏的醜行惡相。相片中的男主角正是自己的弟弟，這是他留給她最後永遠的印象？（是的，是赤裸裸地去了）。但不應以這種方式啊！從相片中不難看出，弟弟和那個女人的表情都是驚嚇的，而且他們的姿勢太「適得其位」而顯得僵硬不自然。用肚臍眼想也知道，這些照片是被作為某種目的的必需證據。

照片裡還夾著一張卡片，名片大小，沒有人名、地址，只有中央一排黑體字：蒂夜俱樂部，以及左下角的三碼數字。她將它放入外衣口袋收好。

「原來如此。」她自言自語，「傻呀！孩子。」

從第三個抽屜清出來的是弟弟的銀行存摺，全部是九本，包括他新開的五家銀行存摺。姐姐概略算算，存摺裡的錢總共剩不到十萬。她很清楚弟弟銀行存款的數額。也就是說，在他把五百多萬轉出去後，加上其他四本摺子，弟弟至少取走了六百多萬。

這麼大筆錢用去哪裡了？姐姐馬上聯想到那間蒂夜俱樂部，那是個吃人不吐骨頭的錢坑。可是，自從她發現弟弟行蹤有異迄今絕不會超過十天，如此短的時間內，居然能花掉那麼多錢？不大可能的。然而，錢就這樣沒了？若將之與弟弟那個紙袋裡的穢褻照片一綴合，唯有是：

敲詐！

除了存摺，還找出一捆現金。橡皮筋綁著，大概有七萬多。姐姐猜想應該是那天標會所得沒用完的。錢就這樣無聲無息消失了。

瞅著一本本幾乎罄空的存摺。姐姐心中一緊隨之嘆口氣，錢該是他的，就是他的，勝過帶進棺材，這一想好多了。這就是弟弟前些天所言的要做自己？

看到弟弟承當的是以自我了結做抗議。特別是最後幾天，也許是放縱自己，就像是要把生命燒盡，說是自尋毀滅也罷。最後儘管不漂亮，甚至醜陋，但至少過上了自己的日子。

比他自己生命更重要的嬌妻幼女都沒了，他還有什麼可留戀的？

姐姐憤憤難平的是，為什麼是我們家？為何要加害在一個如此善良的她的弟弟身上？弟弟就這樣被人性的污濁給毀了。

她又不禁悲從中來，「可憐的孩子！」她現在的心情宛如十七巷的天空，說陰就陰。

滴滴，她口袋裡的手機響起簡訊聲。

對啊，這時她才猛然想起——弟弟的手機呢？

她試著撥打弟弟的兩支手機，全都無反應。她立刻從地板上起來，先後在弟弟的書房、臥室、各層樓其他房間，接著下去餐廳、客廳、地下室……不論明處暗裡，翻箱倒櫃，只差沒有拆牆掘地，她甚至沒有放過不小心遺落在外面小庭院的可能。

自然也沒漏掉弟媳走後，門窗緊閉的那間空房。一打開就一股霉味撲鼻——近乎死亡的味道——她屏著息也一併匆匆搜過，沒有就是沒有。

最後唯剩一個是她極其不願再上去的——樓頂的那半間房。除了門殘窗破風滿樓填補一屋子空淒，和地上摔落的一截剪斷的吊索之外，不該是手機會在的地方。

下樓時，心裡又跳突一事，還有電腦呢？在她剛剛為了找手機，整個家上上下下、裡裡外外遍尋個透頂徹底，印象中好像沒有弟弟那部電腦的影子。電腦不比手機，它體積大，照理不可能逃過她的視線。除非……

弟弟和電腦可說是相依為命。他是電腦遊戲高手，一天至少有八、九個小時伴著他晨昏亂序，閉門不出、倘佯其間。一整天可以不吃不喝，就是不能不跟電腦打交道；電腦之於弟弟，猶如一位至親摯友。是以，姐姐時或不無感慨，「我都沒它親。」

說來也怨不得弟媳。弟弟寧可看電腦，也不想多瞧她一眼；終日顧著電腦，也不願花點時間陪陪妻女，有這麼個老公，老婆如何不離家出走？

弟弟的電腦固定放在床頭櫃與窗台之間的小几上。弟弟向來只在臥室上網、玩遊戲，或守著螢幕看電影。所以電腦形同臥室裡的家具之一。姐姐這才發現，那空了的小几上幾時被換了一個裡面是一幀弟媳抱著嬰兒的有花邊照片的相框。她先前竟沒注意到……

她繞到床頭櫃邊上，在先前放電腦的小几下，還留有一條電腦的電源線。她頓時臉色煞白，記起弟弟一次玩笑說的話，「哪天我死了就只帶電腦走，電線就不用了。」那時他笑得很無邪，說是：「那邊不需要插電。」

蘇姐姐想著想著胸口一陣急劇起伏，是悲戚而非害怕——電腦果真和弟弟一起走了？但願他在另一個世界能夠不寂寞。

可是，毫無道理。姐姐百思不解，弟弟的手機、電腦就這樣從人間蒸發了。

蘇姐姐由弟弟那疊不堪入目的相片中所掉下的卡片，只查到有蒂夜大飯店而沒有蒂夜俱樂部。儘管如此，她還是重新上網搜尋飯店的地址。

蘇姐姐到蒂夜大約是中午，大廳出奇得靜。一位穿制服的小姐在櫃檯後抬頭。

「您好，請問您是住房……」蒂夜本身對外公開營業的就是飯店。

蘇家姐姐搖頭，她表態是來找人的，但不知道該找誰合適，「誰是這裡的負責人？」這話問得像是朝空中射發子彈，不著邊際，還不如找現時段當值的，或者至少某個能解答她問題的高階管理人員。

蘇姐姐的眼睛四周瞟瞟，「你們這裡是俱樂部嗎？」

「不。」櫃檯小姐搪塞說：「是飯店。」

「妳知道蒂夜俱樂部在什麼地方？」

櫃檯小姐再度搖頭，「不知道——」

這時正好走來一位頭髮梳得油光華亮的年輕男子。

櫃檯叫了聲：「少爺。」

「少爺？」蘇家姐姐眼睛一亮，不明就裡，「他是你們老闆的兒子？」

「不。」櫃檯小姐笑著說，「不是那種少爺。」

年輕男子走近櫃檯，「這位小姐，有事？」

在這個時間突然有個年輕女人來到蒂夜，本身就很不尋常。

「先生怎麼稱呼？你是這裡的經理？」蘇姐姐胡亂扣頂帽子。

年輕人並無意搭訕。「您找哪位？」他也是少爺，沒錯。不過此少爺非彼——那個與杜醫師有如哥們的少爺。擴大後的蒂夜，現今的少爺不下五人。

蘇姐姐拿出出門時裝進袋子裡的弟弟的一張大頭照，對方沒接。「這人來過你們這裡嗎？」她只好把照片放在櫃檯上。

少爺稍微掃了眼相片，「小姐，這可難了。」雖不友善，但說話還挺客氣的，「我們這裡一天有多少人進出，我們能記得住每個人的臉孔？您確定這個人住過我們飯店？」

「如果他是常客呢？」姐姐說了弟弟的名字。

「名字更記不得。」少爺眼睛看著櫃檯上的照片，「我沒見過這個人。」誰看不出這是在敷衍。姐姐也知道這樣問下去不會有什麼結果。一個女人來到這種地方，先天氣勢就弱了大半。適才她一步邁入蒂夜，立刻嗅出這是怎麼樣的一種店。堂而皇之其外，男盜女娼其中。

姐姐拿出那張卡片，「這個你該知道吧？」

「是我們蒂夜的卡。」少爺沒有必要否認。他看了卡片左下角的三個數字，便一目了然這個持卡人是屬於俱樂部裡的哪個少爺，但並不一定清楚是哪個會員。

他向蘇家姐姐說：「這是我們內部使用的。」

「那——這代表什麼？」蘇家姐姐的手指點著卡片上的號碼。

「沒有特別意義。」少爺謊稱，「每個客人來，我們都會給一張。是當天區別用的。」顯得有些牽強。

他認為不需多加解釋。事實上，就算知道號碼有何用，沒有配對上少爺的密碼，形同廢卡。

至此，少爺有幾分明白了，眼前這女人要不是最近轟動整個蒂夜，那個既勇猛又出手大方的小白臉的老婆，就是親人。明擺著是來追查或找人的，他更不願拉扯，多言多誤。

蘇家姐姐仍揚著手中的卡片，「他來過這裡，」她又一次環視著蒂夜的大廳和上方的樓層。「你們這裡是飯店，住宿總要登記吧。」

「沒錯，小姐。但我們沒有義務對外公開這些住客資料，除非……」他意思是，除非涉及案件的需要。即使如此，也須得透過警方才能調查。但他們並不害怕。他們的尋歡客，僅僅是來這裡調酒選公主，出場全在外面的飯店，他們早已將之撇得一乾二淨，這也是他們蒂夜創建之始的先見之明。

「抱歉，小姐。我忙著呢，幫不了您什麼。」

蘇家姐姐撫著額角，突然說：「我可以看看你們的房間嗎？」

「唔！」少爺愣了愣。「看房間?!」

「怎麼？現在我就是客人，不能投宿你們飯店？」

這個剛剛還是個謙柔的女子，才一晃，即如炸撐的陽傘聲張了起來。她直盯著少爺。

「可、可以。」少爺低頭，按下室內對講機叫客房部領班帶著蘇家姐姐上樓看房間。他怏怏地瞧著她的背影，嘴唇嚅動著。

沒多久，他們下來了。蘇家姐姐只點點頭，說聲打擾了，人便垂肩疾步走了。她似乎感覺得到背後年輕男子如箭射來的銳利眼光。

「她上樓看了什麼？」少爺轉頭問客房部領班。

「不過看了三間房，二樓兩間，三樓一間。」

「就這樣？」

「是啊。哦！對了，她問我們飯店的房間都是這種裝潢嗎？我說是。」

客房部領班看著不作聲的少爺，「她不是來住宿的？」

「不是。」

很顯然地，弟弟那些噁心的照片是在某個飯店的房間裡被拍攝的，而不是在蒂夜——那家飯店裝潢，無論床頭櫃、燈、床頭板、後面的壁紙、壁飾等和蒂夜迥然不同。前者是飯店常見的豪華房擺設，而後者則偏重休閒及情趣的追求。單由相片就想找出是哪家飯店的房間，何異於大海撈針？

只可惜她不知道那是台中市小有名氣的一家飯店——五洲飯店的房間，距蒂夜不甚遠，咫尺而千里。

弟弟留下的東西實在太少了，少得有點故意，彷彿是不欲多留下什麼，但卻沒銷毀那些照片——銷毀他的醜陋。他想告知姐姐什麼？或壓根什麼也不想說。

留不留，醜陋都存在著，是無從銷毀的；醜陋的不是弟弟，是大衆的，是這個社會的。

如同杜醫師所發現的，姐姐也注意到那堆照片裡的其中一張，弟弟緊緊摟著身邊女人的表情，雖然畫面給人僵化感，但怪異的是，弟弟的一雙眼睛有種奇特的光彩，透著期待——終於是這樣的某種實現。是最終以此來圓滿自己是男人的表現？

然而，唯一可以等同是記錄弟弟生前的絲跡的那個與他如影隨形的電腦，也因他的自我了結而隨十七巷的風消失了。永遠離開十七巷。

一個月後的某個黃昏，老教授林德一廂情願認定的場景——姐姐背著一個旅行袋走向落日。

她也走了。

有別於蘇家姐姐，對杜醫師而言，書生死後餘存的東西無疑是越少也好，也即越沒有指證他的隱憂遺下。他完全不知道書生的手機與電腦已然人亡物亡。他在不明的狀態。他不安，只能忐忑等待。在家中、診所，他時時若有所思地不停踱步，或者呆坐茫然無措。不過，曾經由蒂夜少爺口中轉述幾位公主「出場」回來的報告，書生帶她們去五洲或外邊宵夜，消費完後總是當衆撕毀發票、單據，此舉令人不解而印象深刻。

「他在消滅自己的證據？」少爺反當它是件趣事。「他不也蠻有個性的！」

「不，是怕被人知道吧？」他們探討過。

少爺想了想，「他不會是要保護某個人吧？」

「也許，但絕對不會是我。」杜醫師自嘲地笑著。當然不會。

恍然間，少爺感到，書生有種要斬斷所有牽連而近乎誓死的決心，不願連累別人，表現出一個真男人的氣宇。而在他此刻的眼裡，這位岸然的杜醫師的笑是他未曾見過的厚顏無恥。

杜醫師不斷催眠似地告訴自己不會有事。也或者，滿不在乎就是一種麻痺，另一種逃離。

他終究不忘將書生的死期及其相關的數字一一記入他的小冊子裡。

葬禮

在書生骨灰罈送往秀壇鄉公立靈骨塔的路上，突然遭逢大雨。「誰選的這種天？」有人說話，是女的。另一個男聲回答，「冬天這種雨勢少見。」

「送行」的親友寥寥可數，司機除外，總共六個人。老教授林德居然夾在其間而呆呆坐著，好比拍片現場來了一個尚來不及換裝的臨時演員，格格不入而憨態可掬。

一部十二人座的廂型車顯得很空。蘇家姐姐低著頭，膝上抱著弟弟的骨灰罈，一動不動。

車外滂沱大雨好像正在沖洗著天地萬物。

「他是一月十六號過世，還是十七號？」一位年紀較長的婦人問，「農曆是哪天？」

沒有人回答。車子一路蹣跚地穿行雨層，偶爾搭配車子哐啷哐啷聲響，聲音也彷彿泡了水，悶悶的、濁濁的，衆人也為之昏昏沉沉。而林德眼珠子仍閃亮著，無比精神。

過了一個短短的簡陋石橋，轉個彎，車子沒入一座樹林。出了林子，雨驟然停了。瞬間判若兩個世界，眼前豁然開朗，靈骨塔的高樓聳入灰濛濛的天，斑斕的紅漆拱廊兩臂延伸。烏雲淡些了，風有一點。靈骨塔正面兩段的階梯下是大大的水泥坪。落葉遍地，還有雨水帶來的淤泥。

除了他們這部廂型車，不見有其他。這原本就是平日少人氣的地方。

「我們下車。」先前那個男的說。

抱著骨灰罈的蘇家姐姐似乎睡著了。

「你也參加書生的葬禮？」之後，威古堡酒莊的蔡頭像看著一個怪物似的，「您不會是——」

「總是鄰居嘛。」林德說：「他蒐集了我每一期的「電影人」，算是我的讀者。」

30

一切都是為了珊琦

事情都因她而起。若非她索命似地要八百萬，他何至於鋌而走險？他也會檢討，努力探索是什麼原因所造成。但他永遠是迫於無奈，如同他最後不時掛嘴邊的「我不得不」、「我是不得已」。

總之，過不在己。

珊琦要的八百萬，他是這樣拼湊的。

岳父施捨他的一百萬，三個蒂夜同好醫師朋友借給他一百八十萬，向書生敲詐所得四百五十萬，再加上自己手頭僅有的六十萬不到，勉強夠整七百九十萬。於是他「不得不」背著妻子找診所外聘醫師暫調十萬，才完整了八百萬。除了書生那筆錢，各方的錢在上個月，即去年十二月底前都到齊了。由於元旦銀行放假，過了節日，他一刻不敢怠慢，迅速將錢匯進珊琦的帳戶，並給她電話。因為珊琦的耐性已頻臨臨界點了。他從她過於安靜（不主動與他聯絡），以及最近一次通話中異常客氣（不正常）的語氣而瞧出了端倪。他太了解珊琦的脾氣了。

「謝謝。」在查知金額到帳後，珊琦給杜醫師的電話只有這兩個字。

就這樣而已？「妳沒話跟我講嗎？」

「啊！真的謝謝你。」

「孩子可以用我的姓了吧。」杜醫師已想好了幾個名字。

是珊琦想通了，抑或是無所謂，她淡淡地說：「隨便你愛取什麼。」

整體是一條冰棍，她還是那麼冷。

「嗯。」杜醫師接著道，「那——以後呢？我是說我們往後呢？喂喂，喂喂……」電話那頭突然沒了聲音，杜醫師以為電話斷了，正準備切掉重撥，卻聽到珊琦說：「我不知道。」

「我的意思是，我們什麼時候見面？好久了。」

「快了。」珊琦說，「我——會給你電話。」

這一天是一月五日。

杜醫師又是唯有等。

他的日子並不安穩，魂不守舍地。雖然四百五十萬輕易到手，但敲詐畢竟不是他的專業。他是個臨時起意的生手；他是門外漢，他蹩腳，是隻跛腳鴨，一路行來破綻百出。他的心能不波動？哪能平靜。

杜醫師一邊等著珊琦的電話，一邊關注著書生家的動靜。等待是斷斷續續的疲勞轟炸。他等不到珊琦，倒是先等到書生自殺的噩耗。在突發事變餘悸猶存之際，他有個強烈的不祥預感，他決定直闖珊琦公寓七樓的家。

結果，是空，人去樓空。

裡面除了空床、空衣櫃和角落的一張桌子外再沒別的。房東在杜醫師打去電話後遲遲才慢悠悠趕來，他彷彿不太理解，「你不知道你太太搬走了？」

「什麼時候？」

房東表示，「就這個月的十五號。」竟在書生自殺的前一天。猶如報應般，一夕間，他的女人、他的兒子比書生更早一步銷聲匿跡，差別不過是，一個生離、一個死別。

對女人來說，哀莫大於心死，那是種毅然拋棄一個人的心境。

杜醫師便從此失去了珊琦，以及還沒有名字的兒子。

那是二〇〇四年一月十五日，他永遠忘不了的一天。不告而別的珊琦宛若一刀將杜醫師的人生剖成兩半，後半段的他除了六合彩還可以給他的心有一份掛念之外，實質上他已如同行屍走肉般在遊蕩。

眼看著他的生活像渾濁的池子愈加淤滯下去的時候，好似呼應著當年珊琦的離去，在二〇〇六年十一月底，突然有人代她而來，一個莫測高深的女人——龍蕙。她帶給他的消息好比雲霧繚繞的山巔吭隆一聲雷暴——您的兒子死了。

可憐那個不知道名字的孩子，即使想遙祭也不知道叫什麼。曾經令杜醫師懷疑這孩子是否來過這世間。他與自己的骨肉竟如此生分。是珊琦，總之是她，她霸占了兒子，不如說是以兒子作為押賭，才致使他們父子相距一個在天，一個在地。

龍蕙仍像一塊烏雲。如果烏雲罩心頭，不論走到哪都是陰。她來得神秘？不，是她的背後藏著一個寫信的人，尤為雲深不知處。十一月二十八日的那封以藍色鯊魚圖標作為署名的信件，那種傷眼的白活似隆隆雷聲中劈下的閃電；也像閻王破空拋擲而至的死令牌，是神秘人的索命令。他心底雪亮，他再沒能力償還三年前向書生訛詐的那四百五十萬。他沒有來源，他錢路幾乎斷光了。

拿不出錢，不就死路一條？

書生在二〇〇四年一月十六日自殺，現在是二〇〇六年年底，離二〇〇七年一月剩不到一個半月，即將屆滿三年。所謂君子報仇，三年不晚；快三年了，的確不晚。

上星期六，或應該說是星期日凌晨，在民宿的房裡，那照相機的閃光喀擦一照，不是電影手法的淡出或淡入，是直接呈現一個場景——他和女人在床上差不多赤身裸體，暴露的尺度稍超越了新聞局的分級要求。不同的是以相片的形式特寫——相片，也就是要命的證據。

他在等待判決。

這一晚，杜醫師在自家房裡喝了點酒暖身，然後上床縮進被子裡，那樣子像是胎兒回到母親的子宮的曲姿，企圖隔絕自己與外界。是躲，當然就是逃避。

在過往的雲煙和現在的愁霧裡，他發覺穿梭其間的自己永遠孤伶伶一人。此時此刻他像正懸吊於不上不下的崖間，天地一片冰冷。窮途末路的溫度，是什麼都沒有了的冷，害怕也沒用了。

然而，神秘人可不比他杜醫師所扮演的沙嗄人，能給足你時間和商量的餘地。如信上所寫的，已然有一把狗頭鍘架在他的脖子上

——在這個星期六中午前，如果您沒拿出這筆錢，對不起，您等著看放大的特寫照片高掛在雍安診所的正門。

這星期六，也就是十二月二日。在他既愁且煩的怔忡間，現在已經是十一月三十日晚上，這一天算是過完了。全無有減斤扣兩的餘裕，實實在在只剩兩天。

問題是，錢從哪裡來？

今非昔比，現在的他幾近求告無門的地步了。三年前來自三個醫師朋友的一百八十萬借款，他還得稀稀拉拉的，目前為止尚有幾十萬殘留尾巴；外聘醫師的十萬倒是給清了；岳父的一百萬，老人當時說了可以不要還，但取決條件在於他必須戒六合彩。

他答應了，錢拿了，承諾也忘了，他依舊在六合彩的惡水裡浮沉。

「他太讓我失望了，無藥可救。」從妻子口中聽出岳父對他這個女婿的厭棄。他笑了笑，好像已有心理準備。「我不會再去求妳父親了。」

「我父親不是你父親嗎？」妻子反唇相譏。

於今想來，是自己把話說早，說絕了。而眼前急如救火，他不求岳父，還能求誰呢？

杜醫師不是完全沒有其他朋友，但由於六合彩的入不敷出，朋友間的金錢調度總是青黃不接，於是東借借，西拿拿，一旦連續槓龜，就是惡性連鎖，到底欠人家多少，還了多少早是一灘比爛泥更爛的帳。

簡單來說，他已經信用破產了。

今天是星期四了，後天就是神秘人給他的最後期限。他可以預先判定自己的死刑了。

因為如今要他再去張羅四百五十萬不啻難如登天。老天不可能老是眷顧他，再給他遇見像書生這種任他予取予求的軟柿子。

如何給錢？……聽候通知……，信件上這麼說的。不過是通知死期。

星期六這一天，從一早開始他提著心吊著膽，他不想待在家，他去鎮街後面巷子找了家新開的咖啡廳，在裡面枯守著通知，中午也沒有吃飯的欲念。之後，他離開咖啡廳，漫無目的駕著車四處逛蕩。他前往圳尾，在河邊停車，將自己鎖在車裡宛如監禁。天全黑時，他才不得不回家。這之間，手機鈴聲每響一聲，便是一個驚心動魄，就這樣熬到深夜仍沒有神秘人的通知。

反而更加深他的不安。

尤其第二天，星期日是個悶無動靜的一天。悶，是杜醫師心裡的壓力；無動靜，是神秘人仍舊無聲無息。是他忘了？不，絕不可能。當然這一整天還有其他聲音，是不相干的幾通電話，只是徒增他心神不寧而已。

然而次日清晨，星期一的破曉，他已經癱倒在床上起不來了。妻子九點到了診所發現丈夫不在門診室。

「你這是幹什麼?!」妻子的怒吼炸開了他的手機。

「我快死了。」杜醫師喘著氣說。

「要死也得提早說，好讓人有安排。」妻子急忙打電話給外聘醫師。

他對於去診所是越來越排斥、畏懼，他懷疑現在是否能正常給人看病。

才沒多久，不到九點半，神秘人的通知這一刻便如破空似的穿響。神秘人手機裡的講話顯然經過聲音處理器，是那種不男不女有如小孩子的詭異而噁心的娘腔怪調。

現在馬上帶著錢去彰豐銀行，然後聽我的指示。

杜醫師先在床上霍然坐起，接著躺下一動也不動了。非是他膽敢抗拒，也非豁開了，而是壓根沒錢，去了銀行又有什麼用？死就死嘛，一副視死如歸。他拉上棉被蒙緊頭，天地絕音。他希望這被窩現在就是個墳墓多好。唉……

下午三點左右，手機響了他才驚醒。

「幸好您接了，杜醫師。不然您真的成了峰西鎮的大名人了。」又是那種詭異的不男不女的聲音。「聽著，現在請您以最快的速度趕去峰西火車站，在剪票口旁邊的柱子上貼有您的頭部剪切的放大照片。您去得越晚，看的人越多。快去！這只是給您的一個樣本。」

照片被貼出來啦！天啊！他踢開棉被，人從一早的病懨懨中完全清醒。他是跳著下了地下室開車。出了路面，踩足油門急衝峰西火車站。

從診所到火車站，不塞車的話至少要二十分鐘。他恨不得像科幻片按個按鈕，甲地一下子轉換成乙地。他是死命地奔馳，喇叭如機關槍掃射般叭叭叭，一路催鳴到火車站。

他把車子隨便停在站前廣場，人便朝前快步跑去。有人自後面拉住他：「先生這裡不能停車！」他甩開手，大伐大步登上了二樓候車大廳。剪票口有一排乘客待剪票，而右手邊真有不少人正圍觀貼在水泥柱上的一張彩照。他們指指點點議論著，依稀有人叫說：「這不是雍安的杜醫生嗎?!」這一叫讓他頭皮發麻，胃部一陣痙攣。他一個箭步擠進人群，排開前面的人牆，奮力扒下柱子上的照片。然後頭不抬，就像百米賽跑的爆衝噔噔噔下樓。車站的入口處彷彿有人叫他，他充耳不聞，低頭疾行，直鑽入車子，並將撕下的紙張往副駕駛座一扔，立刻駕車飆飛而去。

到了靠近蘭苑山居路口處，他便找了個地方停車，隨即趴在方向盤平息自己胸中的波濤起伏。稍歇，他拿起旁邊座位上的那張紙，是一張電腦直式列印約A4大小的彩色圖，當然是那天在民宿被強拍的其中一張放大剪下頭臉的部分。瞅著相片中那副他自己也覺得討厭的表情——惺忪、惶惶、蒼白，且有說不出的卑劣，胸口是一陣翻嘔。由於攝影的效果使他的五官比真人清晰。在剛剛倉皇中，照片並沒有完全從剪票口旁的柱子上撕下，幸虧臉的重要部位都在他手裡。現在他看著揉皺的自己，感覺身心正被擠壓著，手猶自抖著不停。

再瞧一眼彩照。此刻他看起來肯定比相片裡的自己更糟。這時，手機毫不猶豫地像奪魂似的響聲刺擊。他知道不能不接，還有他不能不聽的陰陽怪調的講話聲音。

「杜醫師，您看到樣本了吧！感覺如何？我可是言出必行的。當然，您也可以把我的話當耳邊風。不過，您拖延一天，照片就會往下暴露一點。車站裡什麼沒有，就是人多。我是仁慈的，多給你明天一天時間，後天等我通知。如果再像今天這樣，那麼對不起，你的其他照片將會如法炮製地出現在您診所門前。您若想報警，只會加速您照片上報。那些如飢似渴的記者正缺少驚人的爆料。信不信由您。」

明天……明天……乾脆把他殺了。原本他擺著「人肉鹹鹹，要命一條」的死賴皮。沒錢，你待怎樣？但實際情況遠比他想像得兇險。不僅是神秘人對他日常的行止瞭若指掌，更恐怖的是這人出手的快、狠、準。

事到如今，唯有硬著頭皮去求他的岳丈大人了，即使因此被掃地出門，也得去。當晚他飯沒吃就直奔山上雲嶺小區。岳母在客廳看電視，一見到女婿，便向飯廳努了努嘴，表示岳父在裡面。老人家一個人在飯桌上就著幾碟小菜小酌。他捏著酒杯驀然發現女婿站在飯廳門口，眉頭一皺，「你是什麼時候來的？」一副很不以為然的表情乜視著一張像失去水分的苦瓜臉的女婿。

「吃過飯了嗎？」

杜醫師隨便點個頭，自己找了一把椅子坐下。

這個時候，他這女婿如喪考妣的衰相上山來準沒好事。老人家故不作聲，使得杜醫師更坐立難安。唉！罷了，這不是辦法。「有事說吧！」老人家全無酒興了，將碟子筷子推到一邊。

杜醫師在開口前，先將神秘人的信給岳父看，然後說：「上面沒有寫信人的指紋。」

「這要你說嗎？」老人哼了聲。只是待他看完信，頓時兩眼怒睜叫著，「哇哇哇，我的女婿居然會敲詐人！你這不上道的東西。」驚駭之餘，不由得重新審視眼前這個人。他竟是自己的女婿？好可怕啊。

「敲詐勒索的罪不輕，你不懂？四百五十萬尤其會被判定為『數額較大』或『數額巨大』。監獄裡有得你蹲了。」老人的話並非危言聳聽。多年來，他們家竟窩藏著一個罪犯，雖然尚未案發。這叫他如何寢食能安？難保哪天不東窗事發。

「爸放心。三年了，蘇家也沒人了，證據早不存在。」

「存不存在是你說了算？三年算長嗎？時隔幾十年都有無意間浮出證據的例子。」老人越說越覺得事態嚴重。「這人既然能寫這樣的信給你，沒有些實據在手，他敢嗎？有腦沒腦！」這女婿哪像讀過書的，虧他還是醫學名校的高材生，一點法律常識都沒有？不，應該是人的基本素質。

「其實，說是敲詐也不完全對。事實是蘇逸生『心甘情願』配合的。」否則像他那樣粗糙的敲詐手法，連小孩都騙不了。

「天大笑話，心甘情願？」老人冷笑，「這話你跟警方說去。」如同喝酒，被逼或自願，喝了就是喝了，是結果論。

「而且很顯然這人是不想走法律途徑。」是徇私一報還一報而來，「你去找他講道理？」復仇的子彈不會為此打住或打偏一點。

杜醫師自知說不過岳父。「但事情的經過是——」

「不聽了。」老人大手一揮，氣急敗壞地說，「你還指望我？弄不好，我自身也脫不了干係。」然後又說：「早知道你死性不改，三年前你拿了我一百萬時，就應該跟你一刀兩斷。」大有悔之莫及的疾首。

岳父看事情的角度，不能說他反應過度。杜醫師呶呶嘴說：「我哪敢奢求。可是，那個人什麼事做不出來？」

「不過就是貼幾張照片。」比起敲詐的行為構成犯罪事實，這些照片算什麼。

「沒錯，但是爸，不管怎麼說診所被貼上那種照片總是不好。我的顏面事小，對診所的往後可是殺傷力很大。」

「你不用跟我講這些。我卓某某，不要說在峰西，就是台中市，我怕過誰？」

「正因爸的背景才更不能為此壞了您的聲望。」

「你走吧，我累了。」老人煩透了。

杜醫師垂頭喪氣驅著車下山。他認為岳父不是怕事，是不肯，是藉故摒拒。成心把事情說得極為嚴重，好讓他知難而退。

一路上，杜醫師虛握著方向盤，車子歪歪拐拐地下山，竟連前面的路也是黑暗的，才發現沒開車燈。人魂不守舍，在坡道轉彎時還差點撞上路邊的樹——不如這麼一頭撞上倒好，一了百了，就不需面對明天。

回到自家的臥房躺下，內衣汗濕了，心怦怦跳。

杜醫師幾乎一夜未眠，但他也不願離開床鋪。

星期二是他的輪休。樓下的響動分別告訴他，女傭是幾點來的，妻子去診所是幾點。躺在床上的他滿腦子想的，是他會面臨怎麼樣的世界？他如何面對峰西鎮的人？或者峰西鎮是如何看他這個鼎鼎大名的杜醫師？有什麼能使他瞬間消失的藥或機器？

沒有。

若有，只剩下死。

據說有一種叫苯二氮平類的，在事情發生幾個鐘頭內使用它，可以永遠抹去當時那些記憶。若真如此，現在也為時已晚了。

上午約莫十點，岳父的一通電話讓杜醫師從床上驚跳起來。

「馬上到我這兒來。」岳父的聲音像被壓扁了。「帶上你收到的所有照片。」

三十分鐘後他抵達雲嶺小區。一進別墅的大廳，人一下子駭住不前。意外地，妻子也在場，坐在背向門的沙發上。在位子上的岳父、岳母和妻子宛若三尊雕像，冷硬表情固化在憤怒後的茫然。再看茶几，是六、七張他醜態畢露的列印照片，都是全幅的，不像貼在車站柱子上的那張，只是頭臉的局部放大。

杜醫師霎時面如死灰地站著，坐都不敢坐。

「還是坐下吧。」岳母看女婿的眼神尚有一絲憐憫。

而岳父這尊雕像這時活化了，他咳了聲。「你自己說，這成何體統？」

「這是從哪裡來的？」杜醫師低著頭。

「貼在後院門上。」岳母說。正確來說是貼在後門板內側。杜醫師在茶几上的紙堆裡抽出一張小紙條，電腦楷體字，當然是來自神秘人。

下次就貼在貴宅的正門。

岳父家的別墅後院有一個小游泳池。岳父有晨泳的習慣，一年四季幾無間斷。今早下水時，他瞥見對著池子不遠的後門貼滿了紙張，過去一看，就是茶几上的這些東西。敢情是昨夜翻牆進來貼的。竟然全無半點聲響。

岳父的眼光此刻可以殺死人，「你說呢？你教我怎麼做？」

「我——不、不曉得。」

「一句不曉得就了啦？那我也不曉得。」

「我……」杜醫師說：「我們大家來想想辦法。」

「你做的爛事讓大夥兒來替你想辦法？你有好辦法嗎？」

杜醫師再度低下頭。沒有四百五十萬不就等於沒辦法？不過眼看著神秘人把這些照片貼在岳父家後門，那不正暗示著，是在逼岳父拿出錢來解決。他不禁又打從心底對神秘人行事的快、狠、準欽畏不已，也更有所懼憚。可，顛覆人的是，人家是在幫助他。他算是看到了一線曙光。

他不妨靜觀其變。

「你一點都不覺得慚愧？」岳父的話是從鼻孔出來的。

「他早就沒有臉了。」客廳三人中，要數妻子最想置身事外。「你照片帶來了嗎？給我。」

夫妻做到這步田地，她心已冷，有沒有這個丈夫不都一樣。剛見到茶几上那些丈夫的列印照片時，還有點羞憤。及至父親打開丈夫交給他的一個紙袋時，她搶了過來，從裡面抽出兩張真正的照片，瞄了幾眼後，便鐵青著臉說不出一句話，隨之有如撒冥紙般將袋子裡的所有照片拋飛一地。

一張醜陋是醜陋，無數張醜陋也不會再更加醜陋了。總而言之，這個醜陋的人是她的枕邊人！她沒有氣力生氣；不，是不值得生氣了。這個家還需要維持下去嗎？

杜醫師彎身收拾地板上的照片。

「不用撿了，待會叫阿姨把它們掃掉。也好讓人瞧瞧你的德性。」父親的臉色不比女兒好到哪去，或者說這是他對女婿永遠的臉色。

「他敢寫信，不怕留證據？」妻子也有父親的那股拗勁兒。

「而且電話號碼可以查出來，不是嗎？」

「呿！少天真了，省省力吧。」岳父說，「妳傻，人家不傻。」

「爸，我們可以報警啊！」以父親的背景、地方勢力，平常警局上下多少也禮讓他三分。「四百五十萬就這樣丟入水裡，爸，是四百五十萬啊！」

「對方就想要我們報警。」老人知道女兒聽不懂。「走一趟警局容易，但一立案，全世界都知道了！」

現在還不是考慮這事的時候。

「妳就是這麼憨直才會被妳尪騙得死死的。」

她憨直？笑掉人的大牙。杜醫師偷偷瞟了過去，妻子正瞪著他。而下一秒，她使勁將跟前的茶杯掃到地上，口齒間迸出一聲「死人！」說完站起身像一陣旋風上二樓去。終於還是爆發了。

一旁的杜醫師縮脖低頭，彷如被火山噴出了的灰煙罩得灰頭土臉。

囁囁地，他說：「我沒想到會這樣，我不想牽連爸——」

「你啊，你屁股幾根毛人家清清楚楚。」他的女婿除了一條命，什麼都沒有了。岳父說話依然那麼不慍不躁，是政壇上訓練出來的吧。「不是牽連，是找我，是人家知道你身上沒幾個銅板。我有你這樣的女婿真是三世修來的。」

「不再說這些了。」岳母也是瘦柴的體型，倒有一顆比女兒較為寬厚的心。「事情總要解決，你看吧……

不要為了這個嘛，怎麼說呢？啓明要出來——」

岳父立馬阻止岳母說下去。「我自己知道怎麼做。」

岳母所說的啓明，是王啓明縣議員，是岳父在縣議會提拔的後輩，準備明年再度出來競選連任的議員，老人家已表態要出馬幫他輔選。岳母的意思不希望女婿的事壞了選舉的全盤。在選民的眼裡，政界人物的形象是揉不進一點污垢的沙粒。

老人家活了這把年紀何曾受過這種氣，這樣任人擺佈——這神秘人究竟何許人也？

老人想的是該及時撇清，事關女婿的敲詐，非同小可。

杜醫師並不十分了解這方面的事。其實他根本也沒時間和心思去注意這些，此時的他說什麼全屬多餘，事情已不是他能插手的。他是隻待宰羔羊，百口莫辯，唯等著挨刀。

三人無言無語，一籌莫展了；岳父閉眼，岳母與女婿默默相望。

「你們還都坐在這裡幹嗎？」岳父睜開眼說。

杜醫師回到蘭苑差不多下午一點，廚房裡留了菜，是給妻子的。他開了瓶紅酒上樓，吃了幾塊巧克力。人在想睡時，常睡不著，卻常在渾然不覺中把自己睡死了——那是持續疲憊的恆壓狀態——等到他醒來一看手錶，已經四點五十了。

「去哪裡？」彷彿成了他近來常猛然問自己的問題，也似乎天下之大沒有他容身之處。他怕孤單，又不願意和別人在一起。這一刻他的心境是這般空無著落，活似風中一杈枯枝蕩得慌。

最後，他開車就近在峰西省道邊上找了一家有小房間的海鮮店，叫了些菜，喝點花雕酒。他感覺餓了，早上到現在他粒米未進。沒喝多少，酒氣便上來了；他確實是累了，要是能不回家，就這樣漂流下去他也甘願……

家不能不回。當車子上了蘭苑的坡路，他感覺出波動，不是風罐子似的巷道的風動，夜裡也無沙塵，或許是酒後心臟的跳動。似有非有。

他很晚才上床。他夢見自己全身赤裸在鎮街上躲躲閃閃，後面有一群人追著笑著，潮浪般的笑就如同他所感受的那種波動。那一波一波鑽進他的棉被裡，陣陣的，事實上是貓的叫聲。而他接著在突然的貓聲大作中，自己也一聲驚喊而醒。

忘了拉上窗簾的窗台外一片深靜，何來的貓叫之有？

而窗外朦朧的夜空，待那天邊一透亮，又是新的一天……

不過，最近的太陽好似很少眷顧他們家的門窗，星期三就在晦暗的大陰天中開啓。這一天，杜醫師在家。會充分利用他的休息日來進行操作，無疑是神祕人另一個令人不寒而慄的地方。

早上，妻子出門前上樓交代他：「爸要你上山找他。」

「什麼時候？他錢準備好了？」

「你自己問他。」

今日的希望全在岳父的身上了。

「昨天晚上你有聽到貓叫嗎？」他問妻子。

「沒有。」

杜醫師不打電話，直接就去雲嶺小區。車子剛到巷口有個女人背對他站在路中央。瞧那魔鬼的身材，還會有誰。他按了喇叭，女人立即閃開一邊，回頭，「啊！杜醫師，不好意思。」

女人俯下豐滿而緊實的上身，向打開車窗的杜醫師說：「杜醫師要出去？」

「是啊。」杜醫師不禁多看了她幾眼，多迷人的女人。他竟然還有這種心思。

杜醫師踩了油門又放開。「對了，昨晚妳有聽到貓叫嗎？很大聲的。」

「沒有。」

女人的丈夫在峰西也是個人物，就是公司設在十七巷四號的慶彰會計師事務所的老闆王希君。他是個會計師，自詡「帳（掌）管天下」，特別是在蘭苑山居的推出時期，在建商的部分帳、房子過戶等方面的事務能順暢無礙，他居功闕偉。

他的妻子秀琴是名副其實的「美名在外」。她的美、撩人的姿態在這一帶，除非他不是男人，否則無不如蟻附羶，就算沒事也會找事到會計師事務所走走。有說，到慶彰，一半是真業務關係，一半是來看他家的美嬌娘。

但此時，杜醫師連忙把他的視線從她身上移開。女人太可怕了。

31

就在他上山的半路上，那陰陽怪氣的電話又來了，同樣的催急：

快，帶上錢，十點前在秉陽路郵局等著，聽我指示。

那聲調就是那麼讓人起雞皮疙瘩。現在已經九點半了，他如喪家之犬疾駛上山。岳父一人泰然自若地安坐客廳，斜睇著慌慌張張的女婿。「你不能走慢點？」

「那人來電話了，十點前必須趕到郵局。」

「哪個郵局？」

「當然是秉陽路的郵局。」杜醫師急得快跳腳了，心裡叫著峰西鎮有其他郵局嗎？「時間不夠了……」

這一磨蹭，已經快九點四十五了。

「冷靜點。」岳父說，「這裡到郵局至少也要三十分鐘，十點前用飛的也來不及。」

「怎麼辦？」

「這正是叫你來要告訴你的。」岳父瞇上眼再睜開。「我不想就這麼給錢。」

「不想給?!」那豈不要置他於死地。

「是的，我不想我的頭被人提著走。」

「那——我——」杜醫師彷若預見了他昨夜的夢的實現。在鎮街上，他的赤裸，他的無處遮掩和峰西人的笑聲。「郵局那邊，我沒去，對方肯定採取行動。」

「我不吃這一套。」岳父手一攤。「就這麼簡單。」

便是為了表明這個叫他上山？瘋老頭！

「爸，真要這麼做？不管我的死活？」如同困獸最後的哀鳴。

「不會死的，你照樣會活得好好的，那個什麼神秘人，如你所擔心的，馬上就有動作了。」

果然，十一點左右，神秘人來了簡訊，也換了手機號。

> 很好，杜醫師你行。現在，您岳父別墅外面的門上、縣議會門邊的大理石花台上有好東西。您快回去吧，您家的門外也有。快！

翁婿兩人同時看著手機，好東西無非就是杜醫師的照片。

岳母下樓來到他們跟前，「這種神經病就會到處亂撒。」她說著快速走出客廳到圍牆門外瞧看。

「他要我回去，難道他知道我在爸這裡？」杜醫師嘟囔著像個無知的小孩。

老人家疾言厲色，「你廢話說夠了嗎？」立刻給女婿下達指令，「先去縣議會撕下花台上的照片，再回你家。越快越好。」

杜醫師差點與走回客廳的岳母撞個正著，他瞅了瞅岳母手上的「好東西」——他擁抱那個女郎的列印的照片確實愈加暴露完整了。

「這個人真的將這些鬼東西貼在我們家鐵門外，非常顯眼。好像剛黏上不久，有些膠水還沒有乾。」岳母說，「不敢想，要真給鄰居瞧見了，不知道又會傳成什麼樣子來。更何況……唉，阿岳怎會做出這種事呢？」她望著女婿匆匆離去的背影，他的肩更矮縮了許多，這陣子他是瘦了。

「剛才妳去外面，有見著什麼人？」

「沒有，連個路人也沒有。」

停了半晌，老夫人突然問，「你真要這樣做嗎？」

「能有選擇嗎？」老人又瞇起眼睛。

「也是。」老夫人嘆了聲氣。她看著老伴，「既然你已有最壞的打算，為什麼還要跟那個瘋子鬥呢？你不是不知道，越拖，女婿的照片就被貼得到處是。」

老人不否認。「我是想試試，只是我有點低估了對方。」

「怎麼講？」

「縣議會。」老人說：「明天上午那邊有個臨時專案小組的會議，他今天會在縣議會正門的花台上貼照片，是在警告，是不照辦的後果，弄不好可真的會褲底破洞了。」神秘人掌握了一切。

「他到底是什麼人？」

近中午，杜醫師回到山上，手中攥著從蘭苑家和縣議會撕下的照片，少說有五、六張。岳父關心的是縣議會那邊的情況。大理石花台就在縣議會正門右側牆的下方。杜醫師說：「貼了三張。」張張將他肉肉的內在坦露於公眾之眼。誰不曉得他就是過去老議長的「乘龍快婿」。

照片貼得很巧，就剛好被前面茂密的花叢遮去三分之二，只露出杜醫師和女人的兩顆頭。

「不注意是看不到的。」杜醫師深感慶幸地說：「還好我去得快。」

老人家瞪著這個無可救藥的女婿，想生氣也沒勁了。「人家是給我們留了餘地。」

「給我？不可能。」

「是給我！你那張臉值多少錢？」老人家再無法忍了。「白癡。」

「接下來怎麼辦？」

「你光會問怎麼辦，怎麼辦。」老人是一動怒，反而不多話。最後他有氣無力地說：「等他電話。」搓搓額頭，他看了看牆上的時鐘。「吃了中飯沒？」

「吃不下。」

老人家起身說他上樓去躺一下，他有午睡的習慣。客廳只剩杜醫師一個人，他靠著沙發閉上眼睛，突然感覺自己在人世間是多麼多餘，闃寂的客廳突然間淒冷了。

腳步聲帶來了岳母的聲音，「好歹吃點東西。」一陣菜飯香，茶几上多了一個托盤。

杜醫師才喝了幾口湯，手機響了，是神秘人！他能感知到某種「終於」的先兆。

現在是兩點，兩點四十在鎮公所門前等著。準備好現金。當然是四百五十萬。聽著，這是您最後一次機會。對了，保險起見記得帶上身分證。

杜醫師關上手機，像是麻痺了的而無動於衷，抑或已絕望，一副反正就這樣。在這節骨眼還不知錢在哪裡。岳母則望著樓梯口，不知何時，岳父已經站在那上頭。岳母看上去的眼神一如早上那般，似乎說著「你真要這樣做嗎？」

老人家在二樓樓梯口向女婿招手，「到我房間來。」

岳父二樓的書房很大，牆壁上掛滿橫幅、直幅的古畫。杜醫師一進去，首先映入眼簾的是花梨木地板上放著的兩個黃色大手提袋，立即嚇得魂不附體，險些暈厥在地。在窗光下，那黃黃閃閃像個不散的陰魂——

不就是三年前他給書生裝錢的那兩個黃色旅行包？

「你人不舒服？」岳父在書桌旁的椅子上詫異地看著他。

適應了室內的燈光後，杜醫師定神再看。啊！是像，像極了而已。眼前袋子的形狀較肥圓，顏色也淺了點。他鬆了口氣，原來岳父暗地裡把錢準備好了。

「這是——」是明知故問。

「四百五十萬。」岳父的語氣冷冷的。「但是——」老人從書桌抽屜裡取出兩張紙，上面打好了字，在手中揮了揮遞給女婿。「一式兩份。」

杜醫師湊近桌邊的檯燈一翻看，心是急速冷縮，額上竟是細汗。是一紙離婚協議書。

他不是沒有想過會有這麼一天。也曾疑惑自問：「岳父會把我掃地出門嗎？」可，來得也太快了，太突然了。卻也是必然而然的。

「你沒時間了，你的那個神秘人不是來電話了？」岳父此刻的聲音越發冰冷。

「你簽了這個，兩袋子錢就是你的。不然，接下來的事，你自己應付。」

從踏入房間到現在，杜醫師仍站著，這時他將兩手支撐在前面一張椅子的椅背上。只聽岳父說：「我不催你，但遲了，四百五十萬也沒用了。你的神秘人絕不是說著玩的。」

那口氣彷彿就是神秘人的。

是的，這是他最後的機會。神秘人電話中的警告仍言猶在耳。杜醫師的頭是脹的。岳父的臉上被陰影一遮，岳母來到他身後，「沒事的，阿岳。你爸說了，離婚的事不會讓外人知道的，你仍然可以留在診所——」

老人小聲斥責：「要妳多嘴。」

時間很急迫。眼看著協議書上妻子阿鸞已經簽了名，蓋了手印，即使再抗拒或求情，唯有徒招羞辱而於事無補。不，現在已無暇思考了。杜醫師草草簽了名，拇指在桌上紅色印泥盒裡按了按，壓在自己的名字上，再抽起旁邊的紙巾擦擦手指——十幾個年頭的婚姻至此抹拭？

他連忙一手一個拎起兩只手提袋，迅速下樓。

「阿岳，小心。」

是岳母的喊叫。

出了門才發覺兩個袋子不輕，相當沉重——是他身心提不起的重量。袋子裡給人感覺不是錢，好似承載某種罪孽的負重。

雲嶺小區與鎮公所之間的路程，神秘人自然也已經替他估算好了，四十分鐘不多也不少。到了鎮公所門前，看看時間他遲到了十分鐘，因為中途他回蘭苑取身分證。杜醫師將車子暫停在鎮公所對面的一家商店前，舉目四望，馬路上人來人往，公所大門更是人進人出。很難想像人群中有哪個人是神秘人。他腦筋尚在轉著，手機響了。

您遲到了十一分鐘，我以為您不來了。很好，現在給你十五分鐘時間，快去秉陽路的郵局。

一會兒這，一會兒那，杜醫師儘管有被耍猴子似地一股惱怒油然而生，又能如何？想必他的一舉一動盡皆在人家的監視裡。神秘人究竟躲在哪裡？

到了郵局，杜醫師已滿頭大汗，手中的袋子委實也太有分量了。他前一步剛跨上郵局的門，手機的簡訊聲也跟著到了，是匯款的資料。一看，他呆住了，不敢相信，神秘人的指示居然是這樣。

郵局裡面的人不少，不乏認識他的人，他約略地點點頭和人咿啊說幾句招呼著。他的樣子一定很彆扭古怪。杜醫師在椅子上坐著等叫號，兩隻手仍抓緊著黃色大提袋的把手。

等輪到他去窗口，受理的小姐親切地朝他微笑：「杜醫師，您好。」他則是一臉的尷尬。當他說明要匯款的數目，她一個低聲驚呼，「這麼多現金！」立刻，由四面八方投來驚異的眼光，他尤加無地自容。

窗口太小，總不能將手提袋裡的錢一捆一捆塞進去，雖是千元大鈔，一百張一捆，要一一拿出遞送，不僅費事，也顯眼。一個好像到過他診所、主管模樣的中年人打開窗子櫃檯邊的門，「杜醫師，來來，我幫你提進來。」隔著窗口，當著他的面，拉開手提包，取出錢，一捆一捆就著點鈔機點數。

的確，有熟人好辦事。他卻戰戰兢兢，像小偷似的，很不自在。

「需要身分證嗎？」

「不用。」窗口小姐說。

看了杜醫師的綠色匯款單資料，中年主管和小姐兩人的臉上是不約而同的詫訝並糅合著欽敬的表情。特別是那個窗口承辦的小姐，小圓臉上閃著光輝。「杜醫師要匯入這帳號？」那是個善款專戶。「哇，大善人。」洋溢著無比的感動之情。「是啊。」中年主管頻頻點頭。「有錢，也要有那顆心。不容易啊！」

這一對話，以及大堆鈔票嘩啦嘩啦飛速過點鈔機的聲音，早已是郵局在場所有人的矚目焦點，和此起彼落的竊竊私語。

杜醫師活似鼻子被擰了下又不便哀喊，只管哼哼哈哈地跟著點頭。他看著自己的鼻子，鼻子雖觀不了心，但他那俯首的樣子已經夠低眉順目了，給人一種謙卑。他唯一的祈求是快快完事，早點走人。

下午三點半回到雲嶺山上的杜醫師感覺像剛由游泳池出來沒擦乾，渾身濕漬漬的，許是他一路來回奔波的汗涔。在岳父家客廳一躺靠上沙發，人便虛脫了，那其實是長時日來的壓力一下子的卸除。岳父下樓來坐到他對面時，他的眼皮有如鉛塊般沉重。

「你睡會兒吧。」老人無奈地拿起女婿扔在茶几上的匯款收據聯。一看單子上的受款人竟是——

蘭心育幼院

老人一下子陷落沙發裡比女婿更為癱軟，他知道沒戲了。本想藉由神秘人的匯款對象尋點蛛絲馬跡，現在連這一點的希望也泡湯了。

岳父曉得這家育幼院。它屬於某個佛教財團法人慈善基金會的機構。在台中縣西部海線風景優美的海邊，以新穎遊樂園式的建築外觀聞名遐邇。去查，去追回這筆錢？滑天下之大稽，錢入慈善機構，一似登錄了寺廟的功德簿，豈有去向人索回的道理。再說錢是你女婿親自去匯的，並且有郵局的工作人員參與作業，這也是最有力的佐證。

岳父靜靜看著昏睡中的女婿是那麼衰瘁。

其實女婿的情況有些地方跟他年輕的時候很相像，他們都是靠一個有家財的老婆攀升上來的。他高中時的成績優異，然後考上台大法律系。在那個時代能讀台灣大學是非常了不得的，是出類拔萃的。於是藉著縣議長丈人的一路扶植，畢業後也朝政界發展。他沒有辜負他丈人的苦心，相繼當選兩屆縣議員，一任議長。

女婿杜熙岳和他一樣會讀書，也一樣娶了一個有錢，乾瘦如柴的妻子。女兒阿鸞與老夫人是一個模子鑄造出來的，但不如老夫人。阿鸞是一隻蟑螂也生不出來，丈夫自然而然會外面找女人，原是無可厚非，他能理解、體諒甚至寬容，可是女婿千不該萬不該迷上了六合彩，一經沾染上就無有回頭岸了。

他長年在雲嶺山上俯視著鎮上女兒和女婿一家，他一向睜隻眼閉隻眼的。無事嘛將就且過，人生總不是這樣。然則，還是出了問題。他不能再高高在上了。

次日，杜醫師是個大慈善家的消息不脛而走。昨天下午郵局裡面的人何其多，每一張嘴就是一具傳聲筒。何況杜醫師的善舉，是好事，有何不可宣揚的。於是這天中午不到，幾乎整個峰西鎮無不津津樂道這件事。

而翁婿兩人宛如肚子挨了人家一拳頭，只能悶受。

「沒想到您女婿做善事不落人後，還大手筆呢。」「過去我們都錯看他了。」「用六合彩贏的錢做善事，真有他的。」有打電話，也有直接登門拜訪的……句句不癢反痛的恭維，無不帶刺般地挑擾老人的心。他索性叫司機開車送他去谷關溫泉度假村休息幾天。

兩天後，杜醫師收到了一個長筒形的包裹，是正正規規經由郵局寄來的。裡頭是一封感謝函和一紙感謝狀——是蘭心育幼院謹代表全體孩童對他慷慨捐款的崇高致謝，其中一行：

社會正缺少像您這種悲憫眾生的大德，熖苦人間的一滴清涼……

一天，拗不過蘭心育幼院的一再來電，杜醫師在蘭苑家客廳接見了院長秘書與總務課長，兩人都五十歲開外，很紳士。

他們先在門外繞了一圈。「峰西這地方竟然有這麼漂亮的房子。」一進屋子又不停地四下張望著，然後掏出名片。

「我們是特地上門來表達謝意的。」講話客氣、慈眉善目的，正是院長秘書。

除了道謝，他們此行的主要目的是詢請是否可以將杜醫師的善行刊登報紙，發揚善心讓社會大眾周知。不料，被杜醫師不假顏色拒絕了，致使育幼院的秘書錯愕當場。

事後他逢人便說：「杜醫師是少有的行善不為人知的人。想上報表彰他的事跡，竟然引起他大發雷霆，可見他是個正氣的人。」

又一天，也不曉得施展什麼樣的神通，一個信封乖乖地躺在他家三樓的書桌上。

一切像按著定格，一樣的信封，一樣的白，一樣的電腦打字，一樣的一隻趾高氣揚的藍色鯊魚和幾個字：

謝謝。您功德無量，消災了。

一樣的幸災樂禍，一字一擊他的心。這個神秘人大可用電話，也大可一走了之，何必多此一舉，是作總結？是讓人重舔傷口？或是獵人玩弄獵物的樂趣？

也許，這正是那人執意要完成的某種儀式。

一夜開車的路上，突然他一心想去 Alamos 那家墨西哥酒吧——龍蕙令他傷心的地方，他仍無法撫平。但一直一直他都不怪龍蕙，起碼她帶給他珊琦的消息，不管是真是假。不管他對珊琦是結束，是另一個開啓：龍蕙搖身成了珊琦，甚至超越珊琦。他忘不了她。

重尋在 Tequila 龍舌蘭酒的醇烈中迷失時間的恍惚飄然，他愈加心繫龍蕙。酒吧裡，杜醫師也彷如沒有明天似地與年輕有著兩撇鬍子的老闆小陸你死我活地猛拼酒。

「莫非今晚要把您這一世的酒全喝完？」小陸雙手環著胸說。「上，嗝！上斷頭台也不至於這樣。」

「你知道我要上斷頭台？厲害。來，喝！」杜醫師舉杯。「喂喂，我乾了。」他看著小陸頭一晃，一小杯龍舌蘭滾動著喉結咕嚕而下。「聽說你們這一帶有很多牛郎店？」

小陸聳肩笑笑。「是誇大。不過我這裡也來過幾個像同志的，都是男的。你能不讓人家來嗎？」

「是的，是的。不能，身不由己，人活著本就身不由己。」

「對了，上次來的那個女人沒和您一起？她太正點了，沒見過這麼美的，很脫俗。叫什麼名字？」

「龍蕙。豈止脫俗，是太脫俗了。」所以不是人間物，是他無法奢及的，他的心猶隱隱作痛。

「她消失了，從地球上——」

「死啦！」小陸一驚。

「不不不，你想到哪裡去了。」實則跟死有何差別，在杜醫師的心中她已然死了。

這一晚，最後是小陸趕他走的。

「您不能再喝了。您——開車沒問題吧？」

「你看，我有問題嗎？」杜醫師站起來攤開雙手，轉了一圈。

事實上出了店後，車子行駛了約五百公尺，便在路邊停下。他頭一歪，睡著了；醒來再開車回到蘭苑已經是第二天的凌晨兩點。一上床才剛睡去，貓仔恣狂的喵喵聲叫立即傳自他家的防火巷進入他的耳朵，有似來自地獄的厲鬼淒號。

他卻狀似逆來順受般地諦聽，他冷笑著，或許這將是他最後聽到的貓哭。百分百是哭聲，難道不也是在為自己哭泣？

神秘人再怎麼神秘，此後又能奈我何？

他打開了藥瓶，多服了幾顆。

他自殺了——有說他這半個月來老睡不好，昨晚他喝醉了，誤食過量安眠藥。彷若現世報，差不多三年了，他也步隨書生的後塵自我了結。

然而，他比書生悲慘。

自殺了，而……未遂。

32

古樹屋咖啡館

是木屋，感覺有如教授林德的老而彌堅。

古樹屋位於台中市一條叫明中街的老街後段。它儼然是一個過時的紳士，以門前右邊拔地而起的一株又老又大的榕樹維持它的尊嚴。老榕樹枝葉參天、盤根錯節，就憑這身茂盛的堅挺而不與時間妥協，它的咖啡也因此固執了。

「是口味的講究。」林德的女兒谷馨說。

「其實古樹屋老而不老。」就像它的主人歐老闆的五十近六十的年齡感覺。

歐老闆據說當過船員。時常一件格子衫，一條黑吊帶褲，口含一支未點火的雪茄成了他的特徵，也是咖啡館的活動標誌。

其實古樹屋之所以老少咸宜是來自於它本身的矛盾。

一進門，它古典的褐和新潮的線條先交錯你的視覺，隨後在你的視網膜後交融。對林德而言，好似兩種不同格調在努力相互適應。調和是靠眼睛攪動的。

此外，林德強調音樂的重要性。如果咖啡香是咖啡館的氣，那麼播放的音樂則是咖啡館的流動。以古樹屋為例，它的諸多矛盾正巧被咖啡館內不斷流淌的音樂聲有意無意地給糅合了。就拿他聽了千遍也不厭倦的的一首「The shadow of the wind」，至今不但在別的咖啡廳聽不到，街坊也買不到。

為此，他特地請歐老闆幫他複製一張。

古樹屋音樂是恆時圍繞的，通常是你一想就有。

不管是什麼，依林德的性格，過多的鋪飾總是不當的累贅。咖啡館亦然。

你若問他：「你喜歡古樹屋哪一點？」那是在為難他，就像他無法抽離出單以眼睛或鼻子來喜歡瑪麗蓮．夢露。

「我確實喜歡在那裡坐坐。」林德歪著頭說：「有時候也不覺得它的咖啡有多好。」偶爾在那裡用點簡餐，他說：「一份簡簡單單的火腿蛋炒飯卻超棒。」

總之林德心肺的吸息早已熟悉了這裡咖啡的香氣。

他和歐老闆，他們的友誼自然得一如咖啡沖泡的直接、單純、就這樣……

這一天，十二月上旬的一個星期一下午。古樹屋咖啡館正對門的最裡面，在靠牆的一桌，一個青年男子獨自喝著咖啡邊講手機。古樹屋是一間長方形的日式舊平房改修的，不寬敞，正因不大而讓人親切；但也不小，所以你不會覺得它侷促。這又是古樹屋另一個與其說是矛盾，不如說是湊巧得剛剛好。

男子側面突出的鼻樑和堅實的下巴給人極富攻擊性，沒想到轉過來的正面是那麼俊秀，白淨無暇。他托著腮幫，很悠閒。才講完電話不久，鈴聲又響，他看看手機，起身走出咖啡館在榕樹下接聽。他將手機夾在脖子間。如果有人在旁也只能聽見他單方壓低嗓子的說話聲。他們似乎在討價還價，顯然是一個想給，一個不收，說的當然是錢，但對話氣氛相當輕鬆。

只要把你交代的事情辦妥。錢就不講了。

……………

沒錯，是你許諾的。老同學了，還談這些。

……………

是的，我知道，盯梢、跟蹤人是辛苦，但你給的也太多了。跟蹤那個醫師（聲音放得更低，幾乎耳語）並不難，他一點防備心也沒有，像隻無頭蒼蠅。哈！哎呀，你是說他們？他們是我的馬仔，差遣他們辦點事，我還罩得住吧……

……………

不不，三天給三萬，太多了、太多了，我真不要。老同學幾年不見了——嘿，你什麼時候回美國？你是在斯克朗頓？還是洛杉磯？嗯，不，我的意思是走之前告訴我一聲，再聚一次，我帶你去一個好地方。

……………

我說了，不談錢……好好好，我拿，我拿，就給個兩千塊吧。真是的，這麼多年你的死脾氣仍舊沒改。不不不，再多我不要，兩千就兩千。

……………

不用謝啦。拍拍照是我日常少不了的工作。可是這次——民宿捉姦，我還是頭一遭。說眞的，還蠻刺激的。不過，我還眞佩服你的膽識，我手中可沒有那醫師敲詐書生的確實證據（他又壓低聲音）。你說你有，你唬住他了。是存心跟他賭，對吧？他哪敢，做賊心虛嘛。

不過，哈，把錢匯給育幼院這一著棋，跌破人眼鏡，虧你想得出來。

……………

呵呵……你說我怕？我怕誰？我是吃什麼飯的，你知道的，哪種場面我沒見過？怕事就別當記者……是啊、是啊，要不是記者這層關係，我怎麼挖得出蒂夜那些亂七八糟的事。蒂夜俱樂部我熟得很……想不想，哪天帶你去撈撈。好了，開玩笑的，不談這個。怎麼樣？要不要我來召集一下老同學，大家碰碰面？你的處境……我懂，那看你了。但至少你回美國前，我們兩個一定得再聚聚……

男子講完電話後，回咖啡館結了帳出來，在門口正好碰到要進咖啡館的教授林德。在這幾乎對撞的近距離，兩人俱都一愣，短暫互視，反應也一致，很自然地點點頭。林德投以一笑，各自邁步走了。

在古樹屋總是會不期而遇上令你多看幾眼或甚至賞識的客人。今日那冷峻的男子就是一個，而且異常突出，少見的一張精雕的臉和瘦健的身材。方才那人稍走遠時，帶著飄越山頭的冷意，清俊容貌的眉宇間隱沒著霜結，一股冷煞。如果他不笑，不折不扣是電影裡的冷面殺手。

那男子出了古樹屋大榕樹的濃蔭，蹙了蹙眉，佇立片刻，翹首望了望天空的臉閃過一抹稍縱即逝的鄙夷之色，彷彿對這世間的不屑一顧，深深的眼眸裡蕩著笑，然後騎上停放咖啡館右側的一部黑亮重型機車。在戴上像X戰警似的頭盔前，先在頭上套著黑色罩帽，那是拉下來可以罩住臉的那種毛織帽，再拿出皮手套。一切穿戴齊整，咚隆一聲巨響，踩動機車。忽地，車子貼地噴射而去，秒眨間，已消失在路口轉角。

谷馨說父親一到古樹屋人便夢幻了。「居然有人能讓我老爸稱讚！」女兒噗哧笑說。「有多好看？不可能的。」林德也自覺好笑，更感到不可思議，以他即將不踰矩的歲數。

「但，確實長得不錯，當明星綽綽有餘。」

「說不定——」女兒的笑聲愈加脫灑。「那男人也覺得他今天碰見了一個古怪的老人，你不是說他也在盯著您。」這二女兒永遠最討父親的歡心，長得一點也不像她已故的母親，但完全繼承了勤儉、細心、善解人意的美德。反之，大女兒是母親的翻版，只是人在地球另一方的國度，去了美國就很少回來了。可她的個性也不像他啊！林德有時會陷入這種疑思。她究竟像誰？他還是忍不住會想念她，總是親骨肉嘛。「有沒有谷蘭的消息？」

「如果有，她也只聯絡爸。爸若想她了，不如去美國看看她。」

「美國不是我的家。」

「是要爸爸去看她，又不是要你住在那裡。」

「不去。」

谷馨有一次單刀直入問，「老爸不是挺能體會美國社會那種生活氣息，為何不想去？」

「這一碼歸一碼。」父親說。「要去也不是現在。」這句話也不知說了幾年了。

「等七十歲才去？」

「七十歲有何不可。」父親展顏，是稚子般的笑。在電話那一頭的女兒自然看不到。女兒記得父親有次在大學的一場有關現代台灣電影何去何從研討會上，一位年輕的講師有意當著滿堂學生的面給父親難堪，批評父親諸多電影的論述是無據無憑的。

「您在美國待多久？」

「我沒去過美國。」

「也就是說，您並不十分了解美國，比如他們的日常情狀、社會現象……那您是以什麼來評介他們的電影？」

「電影。」父親說。

這對話後來居然一字不漏地被刊登在一家大報紙的副刊，有評論說他為學不切實際。

想到這件事，女兒無端地嘆了口氣。再提起父親寫書的事，有如在提醒他未完的責任。

「快了，我有預感。」父親說。

「這事也能預感啊！老爸。」女兒又是噗哧一聲。突然她話一轉，說：「爸有沒有聽到我們鎮上的風聲？說……啊！是雍安診所，好像有什麼不對勁。」

「沒有啊。」林德捏了捏耳邊的手機。「發生什麼事？在蘭苑，我們那條巷子，有的是天天刮風，哪天沒有風聲。」老人玩笑說：「不過人家杜醫師現在可是轟動我們峰西鎮的大紅人，一個大慈善家啊！」

「我也不清楚。我一個朋友的妹妹在雍安當護士，她說杜醫師這些天魂不守舍，很狼狽的樣子。不知出了什麼大事。」

「我不去診所，我不知道。」

只是，沒幾天便從十七巷颳送出杜醫師自殺的驚人消息。

第四部 慶彰會計師事務所

Jaguar 在他腦海裡的拼譜
永遠是
行如雲　　也疾如風
心繫好車　　也如追求美女
時而焦灼，時而虛無著落

33

十七巷另一位林德感興趣的人物——慶彰會計師事務所的王希君。

如果說蘇逸生是一個不願把頭抬起、將腰堅挺，任自己往下墜落直至自裁身亡而後已的悲劇人物；那麼，住四號的王希君則是一個直向前衝，不停鞭策自己，無梯也要朝上爬的人。

王希君學商，三年制的商專是他的最高學歷，只是他自己對外宣稱是某大學夜間部會計系畢業的。是或不是，沒人去追根究底。林德並不重學歷，參考則可。像王希君這種人，學歷是履歷表上不得不填寫的一欄而已。

「慶彰會計師事務所」這塊招牌跟學歷對不對口無關，它自有其舉足輕重的分量。

王希君住四號，是林德僅一條防火巷之隔的鄰居，而且還是個熱鬧的鄰居。會計師事務所設在自家，晝夜人來人往，後腳接前踵。白天是客人和事務所人員的聲音，晚上是主人翁王希君與朋友茶聊酒敘的談笑風生，以及外出與夜歸的車聲、腳步聲，偶爾還客串點茫醉後的嘔吐聲。

他年輕、活躍、體力充沛。

久而久之，如若在夜晚少了隔壁這戶人家的聲響，林德就好像會缺了個特定的程序而難以銜接他的入眠。林德並不怕孤寂，但人屆晚年，入夜後四周有點動靜也聊勝於無，表示有人氣，表示天地間非他單單一個人。但不知為何那種夜的「盛況」卻突然間不復往日了。

或者也可說，王希君的存在，帶給他的是某種樂趣。

他從旁觀察，好似影片中市井小民總是有那麼點狗屎運而成功的範本。就如同觀眾所期待的劇情發展，劇本彷彿專為他們這類人寫的。這也是最容易博取觀眾共鳴的電影題材之一。

這種人通常進取、無畏，有著毫無道理的自信。王希君一旦是這種角色，那麼高比例上，他的語彙裡隨時會穿插點連珠帶串的三字經，也就不足為奇。反而更顯得生動些。

他是個粗俗與鄉土分不清的人。以為爽快的三字經是親近土地的不假修飾的直接聲音。說實在的，罵三字經何需分析，罵就罵唄。一如好萊塢的「fuck」、「shit」等等的到處順口成「髒」。

眼看著一個粗俗有力的人如何在他一廂情願而總能成就其理想的道路上奔跑，讓林德樂趣無窮，如今又遞傳著王希君有正式進軍房地產的打算。

「這年輕人不簡單。」大夥兒說。

「早看出他非池中之物。」

他怎麼可能長期屈身於會計師錙銖必較的帳簿歲月裡？跳出那塊框框束限的會計師招牌是遲早的事。

此外，這種人的身邊通常不缺美女。

有一回在北屯路雅爾曼（Airman）西餐廳，教授林德「突遇」了王希君的女人。

那時是下午六點多了，他和一位報社娛樂版記者一起吃飯。中途林德上洗手間。雅爾曼的洗手間在二樓。上了樓梯盡頭，他手扶著欄杆，方待舉步，右後方的一桌，正面對他的，是一張蓄斂卻五官細緻，散發著嫻靜的女人臉孔。很難形容她的美。說她嬌柔秀麗，有。但不僅此。而她的豔嘛，彷如隔了一層面紗，是素豔、淒豔那種。

這樣若隱若現的美，說她非屬凡物，是俗了。但的確如此。

她的眼，迷離；她的美，綿綿。

她正淺淺笑著。

林德不自覺駐足多看幾眼。美，本身就是一種饗宴。在衆多熠熠女明星的檔案中，他將她歸類為法國女星凱薩琳・丹妮芙這一型。

然而令人氣結的是，背對著他和這女人講話的男人，那寬肩、結實的後背，理個大平頭，還有身上那件咖啡色、兩袖有白邊的毛線衣的人，是那麼熟悉。呼之而出的，不就是會計師王希君！

好傢伙，不知走了什麼猛旺的桃花運。真是何德何能？這種艷遇不是人人能有的。

兩人的座位在二樓遠離窗台的邊邊，取其隱秘。林德在進洗手間前，再瞧了瞧那女人，女人也望著他；林德笑笑，女人也回他一笑。這時王希君跟隨那女人的視線轉過身來。

「啊！教授。」王希君推開椅子站起一半。

「你坐吧，不打擾你們。」

「沒事。」王希君說，「和客戶談點事情。」

「真是漂亮的客戶。」

「是是！」王希君不免有些窘亂。「教授現在……」

「上洗手間。」林德聳了下肩。

女人頗為大方，「您是教授？」

她的微笑，即使是老頭子家也無法不動於衷。要命的是她一直盯著他。

「我是黑牌的教授。」林德反倒不自在了。

「黑牌?!」女人不懂。王希君表示，「他是搞電影的……」

「哦，導演？」

「不，是辦電影雜誌。」林德尿急了。「你們坐吧。」

女人自我介紹，說她叫李綺瑜。林德收回剛跨出的腳步，「幸會。」

李綺瑜興致勃勃，「教授，有時間我可不可以去請教您？」

「只要是電影方面的，沒問題。」林德說了聲不好意思，匆匆往洗手間走去。

出來時，王希君問，「您一個人嗎？」

「不，我有個朋友在樓下。」林德揮下手，「改天再聊。」並朝那位叫李綺瑜的美女笑笑。

下樓時，林德心中總有說不出的怪。這是怎樣的一個組合？憑良心講，王希君也算得上人模人樣，不醜，更不失大氣。可是和那清逸的女子一配，再怎麼看，終是鈸鑔之於小提琴，能同調協奏？他們真是業務關係嗎？未必然。瞧他們在咖啡廳的角落裡，他們的親密乎，是純談事嗎？

當然，這不關他的事。

——那是雍安診所杜醫師自殺前幾天的事。

34

「蕭董下午一點半到。」

妻子秀琴發來的短信是這麼寫的。蕭董就會直接聯絡她。王希君嘀咕著，幹在心裡。他拿起手機給蕭董打電話，第三次才接通。

「蕭董！喂！蕭董，您到了嗎？」訊號不好，王希君換了個方位。他此刻在一家餐廳的包廂裡和幾個客戶吃飯。

「聽到了嗎？蕭董？嗯，好。我是希君。蕭董，不是約好今天下午三點？」

「沒錯，但今天晚上有其他的事。突然決定的，所以提前。」蕭董嘹嚓著粗破的嗓音說，「你不在事務所嗎？」

「在外面，我這就趕回去。」

「不不不，慢慢來。是我臨時改時間的……」蕭董是從台北下來的。「我也正在路上，還要點時間……」

「那好，不好意思，如果您先到了，就請您稍等等。」

回到餐桌上，他不得不草草結束飯局。「我得走了。」他向在座的客戶一一舉杯道歉。「有個案子要談，時間挪前了。」

「王老闆事業做大了。」有個人說。

「見笑了，哪能跟各位比。」王希君臉上堆起自己都覺得噁心的笑。

不過他倒希望如他們所說的做大事業。關鍵是，今天如果能把蕭董這案子定下來，他這隻鯉魚便強健起來了，只待有一天凌空一躍而翻越龍門。

上了崇德路，他加快車速，腳分段踩著油門，趕時間而提不起速的那種鈍感，快把人逼瘋，是該換車了。他變了檔速，準備超車，瞄了一眼右後視鏡，忽然一條白影飛駛到了他的身側，接著風馳電掣般闖入他的車道前頭。是一輛白色轎車。他差點剎車不及撞上它的屁股。

他驚吼了一聲，正想罵，卻隨著口水嚥下了。因為他正全神貫注在前面那部揚長而去的車子。那流順的尾部，以及，他媽的，再白痴也能辨識的，一隻豹躍撲的標誌。Jaguar！他喉頭一下子哽住。不罵了。幹！（還是罵了）。

他放慢速度，注視著前方那輛跟他保持若即若離的車子。事實上已遙遙領先他而成了個白點，像在車流上漂著的一泡浮漚，忽隱忽現、如夢似幻。

也像在嘲弄：來呀，追啊！

他抓了抓後頸，涼涼的，是剛剛被嚇出的汗水。如果沒有看錯，在它切入車道的剎那間，他所瞥見的，應該是 XFR-S 旅行版的款式。這一款 Jaguar 車在路上出現率不高。是好車。

Jaguar 捷豹在他腦子裡的拼譜，永遠是縱、飆、滑、順，行如雲，也疾如風。本本當當是隻奔騰的豹子。或者純屬是他個人的偏好。好車何其多，他就固執這隻豹；猶如美女如雲，你就愛你無可替代的那一個。心繫一部好車也如同追求一個女人，你會時而焦灼，時而虛無著落。為的只是何時能據為己有。

現在他開的車子不是不好，起碼也是名牌的 Lexus。儘管是二手的，但裡外依舊嶄新如初。

誰不是身邊有漂亮的女人，還瞅著別的女人？但他絕非出於這種心態，他是對捷豹一根筋地情有獨鍾，縱使市面上好車百百種，高級名款不勝枚舉，就獨缺那股野性。他愛捷豹，就愛這個。那是攻擊性，是動力，也是目標。擁有它，一如和他的事業綁樁從而形成他所嚮往的成就的象徵。

所以捷豹已經不只是一台車而已。

他一手扶著方向，點了支菸，按下車窗。遠遠的白點在加速模糊，而不管多模糊也是一種存在；是事物的逐漸模糊，而心裡的愈加清晰。

車子上了蘭苑十七巷的坡道，「慶彰會計師事務所」那塊白底黑字，在寒風中哆嗦著，代表著必須謹小慎微地工作的招牌下，一個大驚嘆號——那個不久前在崇德路上消失的白點，此時竟在他家的小庭院前，完全裸露的白——居然是它！差點被他追尾的白色豹子。

他心中「幹」了一聲。這次不是罵，是感嘆。

車子是新的，司機是舊的。正在車旁用布擦拭車門把手。看到司機，就知道這部傲氣的車子的主人是誰。

王希君在管理處邊上的空地停好車走回來。「啊，王老闆。」司機朝他咧嘴笑著。「我們蕭董在裡面。剛到不久。」司機揉著手中布團。

「這我知道。」王希君笑笑地衝著司機做個鬼臉。「開起來很過癮吧？」

「是，那當然——」

「我是說，你開車像開飛機。」王希君不等他講完。

他看著仍傻呼呼笑著的司機說道：「你剛剛是在飆車，在崇德路。要不是我急剎車，說不定就在新車的屁股開了個花。」

「哦，是嗎？我只輕輕踩油門——」

王希君前前後後將車子瞧了個遍。「這才是車。」他暫停呼吸，或許懾於它的矜貴，他的讚嘆帶著像受了內傷的岔氣。

車子遠看著亮白，近前其實是略為月光灰的白。王希君繞到車前用手掌貼了貼車蓋，餘溫猶在，如人的體溫彷彿有生命。與捷豹常見的深藍、墨綠等暗色居多的車身不同，眼下這部在自然光下會時灰時白地幻生一層霧，感覺好似它也有情緒。如霧，是輕柔的。

他微閉上眼，手指彈弄琴鍵般滑過有若女人瑩潤肌膚的車頂，再由擋風玻璃的窗緣撫摸而下，手停在前車燈的護罩，嵌陷裡頭的車燈宛如眼角向上斜挑的眼睛。從車子正前看去，如同一雙眼，這不是一雙豹眼是什麼？

對一個車癡而言，雖然在不久前的路上他尚無力追上它，但至少此刻觸摸到它了。一縷輕夢似的，像犯了酒癮淺嘗一口也聊勝於無地聊藉自己而微酣了。他佇立了半晌。

「我們董事長在等您。」司機提醒他。

王希君臉上是迷迷惘惘的笑。「我不會弄髒車子。」

慶彰會計師事務所的樓下是事務所的會客室，二樓辦公。他家人口簡單，就夫妻倆和一個今年秋天剛上國小三年級的兒子，一家人寬寬裕裕地住在三樓。三樓半的透天別墅，是蘭苑山居的標準房型。他們的門牌四號，在十七巷的另一頭入口，與社區管理處同一邊。

工作室與住家合一的模式在蘭苑山居比比皆是。說來是利用較為寬敞的住家來設立公司，但囿於空間的侷限性，也僅能充作像貿易公司，律師或會計師事務所這一性質的辦公室。

慶彰事務所的三樓頂被闢成有著玻璃瓦的半間小屋。屋前是擺滿盆栽，點綴著假山奇石，以及流水潺潺的一座空中花園。是王希君一天事多勞煩之後的休憩角落。他在那裡構築他的夢想也罷，或只是純粹的「空中樓閣」，起碼他能在其中怡然自得。但他卻很少上去。

他本想邀請蕭董上三樓頂。「上面清靜。」一進門，王希君便對著早已在會客室沙發上，翹起二郎腿抽菸的蕭董說，並看了一眼坐在他旁邊的一個瘦削黝黑的中年男子。

「不用了，這裡很好啊。」蕭董笑著手一比。「來來，我跟你介紹一下。」
那個中年男子挺著在冬日看來格外寒薄的身軀站起來，掏出名片。「我姓秦。」這人不僅瘦，個子也不高。
蕭董說：「秦先生是我公司的財務副總。」
「哦，秦副總，你好！」
他們握了握手。王希君遞上自己的名片。「我姓王。」
秦副總看著名片咬著嘴唇，像在咀嚼著對方的名字。
蕭董回過來介紹說：「這是王老闆，王希君，慶彰會計師事務所的老闆。我跟你提過的。我們合作多年了。」又加了一句，「是很好的工作伙伴」。
秦副總收起名片坐下，頭沒抬。
王希君客套一番。「見笑了，別老叫我老闆，小公司一間。」勉強擠出一個僵硬的笑容，然後朝樓梯口對妻子說：「秀琴，泡茶！」
「她已經在廚房準備了。」蕭董說，「不催她。」
「哦，對不起讓你們久等了。」
「我們也才剛到。」蕭董說。
「蕭董什麼時候換車的？」王希君的臉浮上一層油光。「是捷豹 XFR 吧？」
「內行！」蕭董是典型的破嗓，講話像敲一面裂了口的銅鑼。「剛交車不久，上個月買的。」
「之前的 Volvo 呢？」
「我兒子在開。」
「感覺如何？」王希君雙手懸空做著操握方向盤的動作。「開起來很爽吧？」
他拿出菸給蕭董和自己點著。秦副總不抽菸。
「是，有勁。不過都司機在開。」

王希君不便提在崇德路上車子差點衝撞的事。「不知道什麼時候能追上您？」他頗有感而發。

蕭董詫異地望著他。「要追上我的車?!」

「哦，不。不過，也是一回事。何時能追上您的車，不也是，多久才能有您的成就。不是嗎？」

「你就是這張嘴會哄人。阿君。」蕭董呵呵笑著。

他們相視而笑。唯一不笑的是坐邊上的秦副總。

「你還年輕，機會多著呢。」

「不年輕了，都快三十五了。」王希君虛應一下，又瞟了一眼秦副總。

不說話也就算了，臉上更無表情。心想，這人今天來做什麼？對於蕭董所言的機會，王希君毫不含糊地立即接口道：「機會也要有人給啊！」意思已經夠婉轉清楚了。

說起來，他們是長期的利益共同體。這一點也是蕭董自己常掛嘴邊的。

「蕭董，那麼……」王希君想趁機引入正題，但妻子秀琴這時端上了咖啡，他馬上眉頭一緊。

「不是叫妳泡茶嗎？怎麼是咖啡。」

「是我要的，」蕭董連忙笑說，「秀琴告訴我有朋友送她越南咖啡，我想嚐一嚐。」

聞著滿室溫厚焦焙的咖啡香，王希君的額間稍稍舒展了些。秀琴將一杯杯咖啡放到客人桌前。

「好香的咖啡。」蕭董呷了一口說。

看來今天咖啡好似對上了眼前的氣氛。

「好吧，現在……」王希君吸口氣正待開口，秀琴又插了嘴進來，她收起托盤說：「好漂亮哦。」

她眼珠子滴溜溜地往窗外翹望。

蕭董瞪大了眼睛。秀琴笑了笑：「我是說蕭董您的車。我先生晚上準會做夢。保證！」

王希君揮著手，「去去去！」他趕著妻子進廚房。可是在廚房的妻子再度飄來了話。

「真的很漂亮啊。蕭董！」

「我不漂亮，是車子漂亮。」蕭董開懷死了。

那刺人耳膜的破鑼笑聲刮死人了，比哭還難聽。

王希君追蹤著蕭董的視線。

他竭力恢復瞬間氣白了的臉，回穩講話的聲調。然而或者是他已聞出了某種不確定性。

他必須得先搞清內心那塊突然襲來的陰影——宛如一隻蝙蝠踞伏在裡面隨時振翅而出。它來自於他家的一個角落的投射，是那個蕭董帶來的秦副總。陰暗其實是他那張黑臉，他的一語不發，依舊面無表情的深沉，構成了一種籠罩的暗。是心理的。

王希君的解讀是，會不會是蕭董想借這個人來拋出什麼訊息？

王希君不動聲色試探著，「這位秦副總——」他瞧了一眼桌子上的名片。「抱歉，是蕭董新請來的？」以前好像沒見過。

「是新也是舊，你要這麼問的話。」蕭董喝了一口咖啡，又點支菸。

「秦副總一直在喬漢。」他說。

蕭董所說的喬漢，就是喬漢建設，是蕭董的另一家公司。王希君想起來了，他去過喬漢一兩次，就是不曾見過這號人物。

他們目前住的蘭苑山居是蕭董本公司——永鉅工程建造的。王希君與蕭董就是在蘭苑別墅群推出之初認識的。實際上，是因為蕭董經人介紹讓王希君來做他們公司的帳，才開始了他們頻繁的接觸。具體參與永鉅的事務，是蘭苑山居動工半途他才加入。他也因此對房地產萌生興趣，特別在銷售這一塊。而真正起心動念是在蘭苑交屋的階段。

「不妨試試。」蕭董看他年輕，欣賞他幹勁十足。「做做看。房地產是很有意思的。」

最後誘使他的是，「投對了，一夜翻身。」

早期的房地產確實是這種形態。當年蕭董有意無意的一席話像顆胚種已深植王希君的心。

「哦，原來秦副總是喬漢的人。是我失敬了。秦副總看起來四十多歲吧？」

蕭董似笑非笑地說：「他已經五十好幾啦！小我三歲。」

蕭董今年五十八。不能比，蕭董顯得老多了。

王希君恭維地說：「秦副總真會保養。」這麼一來，他恍然明白了。秦副總既是喬漢的人，眼下這人就跟他有切身關係了。因為明年「秀崗曦鄉」這個超級社區新案便是隸屬喬漢建設的大計畫，而蕭董要秦副總陪同，自是針對他們今日約見要談的主題——秀崗曦鄉的銷售。

稍前他的疑慮並非無中生有。所以今天這個黑面姓秦的副總來了，便像原本晴朗的心情突然漂來一片烏雲。如果這案子談妥，從今爾後，有他的「好日子」過了——他勢必要頂著那塊烏雲趴趴走。除非他放棄。

王希君仍在跟蹤蕭董的視線。

在談入正題時，蕭董單刀直入。「阿君，你想成立公司抓秀崗曦鄉的銷售，這個思路是正確的。但恐怕你吃不下，因為這案子太大了。」不像黑面秦，蕭董講話時，臉是清澈的。

「過去你幫了我不少忙。」

這話可以不必提，我幫過你，你回幫我，怎麼幫而已，何需拐彎抹角，王希君心想。甫初提出秀崗曦鄉的售屋意願，是他毛遂自薦。蕭董不置可否地笑笑表示，「行啊！年輕人總該有大志向啊。」他當這話是應允了。他滿懷希望。於今，顯然事非如此。

「正因這樣。阿君你說，我會害你嗎？」蕭董由秦副總手中接過一個黃色大信封袋。

接著說，「況且，你也知道我們集團有自己的銷售公司。」

不錯，這他知道。他是自不量力了。

蕭董似乎在釋出誠意。

「請相信，我是站在你的立場為你著想。」他將那只黃色大信封擺正在茶几上。「有時間看看裡面的資料。是個建議案，參考參考。當然，你不一定要照我說的做。」

他和秦副總雙雙起身，他拍拍王希君的肩膀。「真的，那些資料對你絕對有好處。」然後表現得相當過意不去地說：「今天有點匆忙，又沒事先跟你說好。之所以提早來你這裡，是臨時突發狀況，我們不得不馬上走。」

蕭董到了門邊，回了兩次頭，諄諄叮囑，「信封裡的東西，好好讀讀。別操之過急。」而那個黑面秦僅僅點了頭便轉身。一隻不叫的狗，不出聲就是不出聲。

蕭董他們下午有如十七巷的風匆匆來，匆匆去，去比來更快速。屁股都沒坐暖呢。早知道是這樣，他們何必來呢？這就是蕭董口口聲聲說要報答他過去的幫助？如果他蕭董認為我王希君非得攀附他那根龍柱才能高升的話，那他可就大錯特錯了。然而現在尚不是能與之抗衡的時機，而且更要表現得服順與親近。蕭董畢竟是創造蘭苑奇蹟的前輩。

黑臉秦的不吭不響，不也是一種聲音——拒絕。

是蕭董藉由他來暗示？或是自己多心了？

客廳的響動，讓妻子秀琴聞聲急忙從廚房出來送客。

「蕭董要走啦。」一臉阿諛的笑。

王希君惡狠狠地瞪了她一眼即別過臉去。聽妻子挽留說：「多坐一會嘛！晚上留下吃個便飯。」她熱情洋溢，蕭董客氣地婉謝。他的破鑼嗓一輕柔便發不了聲音。「下次吧。」他只能放慢說：「下次來，我請客。」說著眼睛離不開秀琴身上。王希君一旁玩味著蕭董的眼神。

他與妻子送客人直至門外。在巷道上他望著那魔幻般泛著銀霧光芒的車影在巷口一閃而逝。那一刻他的視覺仍暫留著捷豹的標誌。然後也意識到有某種東西正由他的內心流失了。

妻子依然癡癡望著巷口，那眼神與剛離去的蕭董有著相同的雲霧迷濛，隱藏著不清的似風似月。

王希君以視線追蹤了蕭董一下午。

蕭董來事務所，就喜歡坐在正對著樓梯方向的位子。說話時，他眼睛的餘光總會三瞟兩瞟地朝上方在二樓的樓梯口游移著。今天下午也是一樣。秀琴泡完咖啡後上樓去了一次，蕭董就那麼不安地候著。樓梯一有腳步聲，他立刻能辨音識人，是二樓的會計員或是秀琴。蕭董眼光眨閃的頻律，顯然是配合著秀琴的木底鞋踩踏樓梯的節奏。

秀琴今天是一身緊身打扮，白色毛線衣、黑窄裙以及黑長襪勻貼著她的凹凸曲線，將一個三十歲女人裹襯得玲瓏有致。該圓渾的地方有似熟透了的果實，隨著行動散發著誘香。即連王希君自己也陷入了不能自拔的迷覺中，更何況蕭董。這無疑是她知道蕭董今天要來才這精心打扮的。

王希君最不能忍受的，是蕭董目不轉睛盯著秀琴圓實臀部的那份饑渴。男人不安分的眼睛在女人身上冒犯的尺度是無節制的。可惱的是，他們兩人眉來眼去竟可以迎合得如此天衣無縫。蕭董時常故作坦蕩地說：「我愛秀琴。我一直當她是女兒。」以公然消止猜疑。其用心的鄙劣著實令人髮指。一口窩囊氣無法下嚥。

認真來說，該怪他自己，是他久久冷落了秀琴。在她生了孩子之後，逐漸地，猶似一雙他曾愛之欲狂的鞋子，幾年間便已形同敝履。若非蕭董乘虛而入，他早已忽略了家中還有塊外人垂涎的美玉。秀琴昔日的美貌和動人的身姿，他似乎已視若無睹了。然而再怎麼樣，也輪不到你蕭董啊。他是有想重拾對她的熱情，但他的心已經是一口再難生起火的冷灶。

另外，今天最後蕭董準備離去時，他們兩人在客廳門口說說笑笑。令人驚訝的是，黑面秦也笑了。儘管只是皮肉的擰動——王希君與他們之間宛如有一面透明牆，只見他們嘴唇的翕動，和諧的笑容，卻聽不見他們的聲音。是他自閉了？抑或被他們隔絕了？

35

王希君並未把蕭董的話當一回事。那個黃色大信封就被他丟在茶几上，懶得再瞧一眼，更不願去碰它。一想到秦副總，那個黑面秦的嘴臉，冷僵得活似結凍的池面。氣溫也變了。

送走客人後，他連家門都不想進，沒跟妻子說一聲便去管理處邊的空地開他的車。他先到銀行取錢，接著去台中市稅務局替客戶送些文件。辦完事，他找了家咖啡廳歇歇。

只要不看妻子的臉，去哪裡都行。尤其是今晚，而今晚他也不打算回家。黃昏將盡，他出了咖啡廳，他駕著車直接前往老爺酒吧。

那裡的燈光正點亮了夜，夜也使燈光柔和。有時候夜與老爺酒吧在他醉眼裡是不分的，一如他身上的衣服和他，就是一個人。少了酒的夜是奇怪的，是一片死海。荒漠。

他來早了，酒吧裡沒有客人。現場鋼琴演奏要八點才開始。室內也沒有環繞細如蚊吟的音樂聲。他坐到吧檯前的高腳圓凳上。他有寄放酒在這家店。

酒侍從內間出來。「啊！王老闆。好些時間沒見到您啦。」

酒侍眼明手快，立刻拿出他的存酒斟上。「您一個人來。」

「你的意思是——」

「不，我是說您女朋友沒來？」

不錯，王希君來老爺酒吧，偶而會帶上不同的女人，這並不代表就是女朋友。不過最近也少了。

「我的名聲都給你搞壞了。」他們熟得可以隨便瘋幾句。

「王老闆今天來得這麼早，沒吃晚飯吧？」

「有規定不吃晚飯就不能來這裡喝酒嗎？」

「唉！我是好心。誰惹了您？要不要我叫人送份晚餐過來？」

「謝了，我沒胃口。」胸口依然因著下午的事而不暢氣。他是氣憤，並不悲憤；他不但不是個輕易被削奪意志的人，相反地，他越挫越勇。現在只是一時心中不爽而已。

他和酒侍聊著聊著，喝到第三杯氣才舒口了，這時手機響了。

「喂？喂？」

他聽出來了，是經營建材的陳老闆。

「什麼事？」他有點煩躁。

「你在哪裡？吃飯了嗎？」陳老闆問。

「我在老爺酒吧。」

「天還沒透黑就喝起酒了。我看你是喝了汽油，怪怪的。來啦來啦！我等你。在海星。」

海星是一家海鮮餐廳，在大雅路上。菜一般般，然而他們自釀的玉米酒是一絕，遠近馳名。而陳老闆是海星的「死忠」主顧。不是因為玉米酒，而是他心中自有一道菜。是一個人，當然是女的，為了她，陳老闆可以不辭辛苦，用盡藉口找機會只為來海星一睹芳顏，說上幾句話便酒足飯飽了。

這人是海星的招牌花，是多數癡漢憨客趨之若鶩來餐廳用餐的至終目的，她是餐廳的女經理——丁欣。海星假使不靠她和玉米酒，大概就乏善可陳了。

「他們的菜淡而無味。」這是陳老闆自己說的。

丁欣無庸置疑是標準的大衆情人，這也是陳老闆的最大苦悶。

丁欣的大名一似她濺起水花般的銀鈴笑聲而廣傳餐飲界。在餐廳大廳或包廂裡，往往人未到笑聲先到，有若身繫鈴噹滿場叮噹叮噹走響。於是有人乾脆叫她「叮叮噹」或「叮噹小姐」。

她的艷，是濃妝艷抹。她深信「門面不嫌多添飾」，她就是要足夠迷人。雖然身材微胖，五官也不是很突出，但你不會說她醜。特別是她那對水汪汪能勾人的眼睛。

「人只要一個地方美就夠了。」陳老闆說。

她的眉眼一拋一笑就是一個撩人的渦流，你不曉得何時會被它捲入。

「見她笑，人就酥了。」對著她把盞，陳老闆常常不能自已。喝多是必然的，然後就快快醉了。丁欣說話不是嗲聲嗲氣的那種，可不經意的「呢」一聲也準叫人全身軟歪歪。

她不是王希君的菜，她太油膩了，讓人吃不消。

陳老闆則挖苦道：「那是你不行。」說他胃虛腸弱。

王希君考慮著去不去海星，又不知不覺多喝了兩杯。陳老闆再來電話時，他也只回個再看看。他說：「我不一定會去。你有你的叮叮噹，我沒興趣。」這是心裡話。

但最後他還是迷迷糊糊去了海星。他怪自己不該喝那麼多。

或許此時此刻他更需要靠人多熱鬧來忘掉自己。

「你老以為我來這裡就只是找丁經理？」王希君才跨入餐廳的包廂，陳老闆先慌著撇清。

他有著同蕭董一樣的粗嗓，不過沒有那麼破。

「你不問我今晚叫你來是為什麼？」

「問你?!免了吧，有屁快放。」王希君抽著菸並丟了一支給陳老闆。

「是為了你。」

「為我？」

「不為你，我來幹嗎？」陳老闆咧著血盆大嘴笑著。「今晚特地給你介紹一個人。」

「誰？」王希君並不急著要答案。

陳老闆喝著早已送來的玉米酒，「到時候你就知道了。」酒液在他舌下竄著，感覺他的喉嚨更破了。

正說著，「您的客人我帶上來了。」敲門的是丁欣經理。她的話音方落，人已出現在房間門口了。她身後跟著一個「小夥子」。眾人眼前一亮，實在是這個少年郎太過於白淨，正和包廂內的吊燈爭相輝映。

王希君不禁想著，怎麼來了個小孩子？

陳老闆連忙笑著起身。「來來，這邊坐。」

少年郎的家教看似不錯。他先禮貌地自報姓名，雙手遞出的名片上印的是劉志浩。

「叫我小浩。」少年郎說。

王希君一邊看看陳老闆，又看看少年郎，強制自己不笑。只是陳老闆的大圓盤鍋黑底的臉和這個白白的、細皮嫩肉的小浩，簡直是廚房裡的黑鍋與白米。他還是忍不住笑了。

陳老闆瞪著他。「笑什麼！」

「你見過棋盤上的黑子與白子吧？」

陳老闆正經八百做著介紹，一聽這話愣頭愣腦地瞧著王希君。「你在說什麼？」

丁欣經理似乎立時會意過來，一旁笑得合不攏嘴。陳老闆竟惱羞成怒了。

「你們笑什麼，給個面子吧！」他最不能忍受在丁欣面前出糗。

但丁經理理都不理，一雙深凝含慾的眼睛正咬著小浩那秀氣還羞的臉上不放，恨不得一口吃了他似的。

「你不會是奶油做的吧。」

丁經理幾波蕩浪的笑聲讓陳老闆毛孔直豎，很不是滋味，也看不下去了。

「我們可以上菜啦。」陳老闆沒好氣地喊了聲，他一來就點好菜。接著陪笑說：「我的叮噹經理可以坐下來跟我們喝幾杯？」

「您自己看看，這時候行嗎？」丁經理指著房門外幾乎滿座的大廳。「等一下我一定過來。」說著，眼睛卻仍目不轉睛地盯著小浩，微微笑著。她的笑正腐蝕著陳老闆那厚鐵鍋，紫漲著一層鏽斑的臉龐，幾下痛苦的抽搐，表情很是受傷。

「少年仔你幾歲？」丁經理問出王希君心裡所想的。她實在太喜歡逗弄這小夥子了。

「你當過兵了嗎？」

「都快二十五了，妳以為他還是小孩啊？」陳老闆大嗓子一扯，有如打翻的鍋盆。

「誰說不是小孩子，那麼嫩，一塊小鮮肉。」丁經理的笑聲再度如潮似浪掀起。

「你看，他臉紅了，好可愛喲！還是處男嗎？」

「走走走！」陳老闆真怒了，揮手趕人。「騷！」

「唷！陳老闆吃醋啦！」丁經理走後依然留下不絕於耳的餘音，好似撒落一地的玻璃珠。是陳老闆一時拾掇不盡的悵然若失。

但王希君可不這樣看，小浩的臉紅不是害臊，而是強抑隱忍，這小子絕非他外表的那般軟柔而經不起一碰的蛋糕。王希君坐在對面靜靜地觀察。

小浩可比想像的能喝。幾巡酒過後，他面不改色；陳老闆亦然，連續多杯玉米酒下肚，精神來了，臉又黑光綻亮了，他的笑更豪放了。這才是他的本色。與其說他是做建材的，不慣太秀氣的東西，不如說他生來就如同他的體軀，粗枝大葉。令王希君不解的是，他與小浩是怎麼湊到一塊？

「其實他和我也算是同行。」

陳老闆說小浩是經營高級進口瓷磚，公司在大雅路。

「你應該認識他的叔叔。劉辰光劉總，你肯定曉得。」

豈止曉得，也有過往來，但非直接接觸。會計師事務所的客戶在辦理銀行融資時，所提出的財務狀況是少不了會計師簽證的。劉辰光是鼎信銀行的總經理，自然耳熟能詳。不過，他的名氣再大，也比不上他的親哥哥，人人都叫他……想到這裡，王希君啊了一聲直瞅著小浩，再看看陳老闆。

「他父親不會是牛頭吧？」

「正是。」

「你怎麼不早說？」

「小浩不讓講。」

也確實是。鼎信銀行劉總經理的哥哥，人稱「牛頭」的劉辰星可是聲名赫赫，不，應較屬惡名昭彰這一面。難怪小浩低調。王希君也為自己當面冒失直呼人家父親的外號而舉杯向小浩說聲不是。

「沒什麼。」小浩先乾了酒。

小浩父親的名字知道的人也許不多，但提起「牛頭」兩個字在台中市幾乎無人不知，沒人不曉，特別是對那些手頭缺錢缺得緊，隔三岔五需要調頭寸的人，這個名字無疑是及時雨。當然，同時也是吸血鬼。因為「牛頭」這個綽號就是商標，代表著一座地下的大錢莊，而且是中部最大。人們諷刺他們兄弟是黑白通吃。在上面弟弟的銀行貸不到款，那麼就轉往地下找哥哥的錢莊借。王希君領悟似地頷首點著，抬頭正迎著陳老闆不無得意的眼神，像在告訴他，你終於明白我今晚為何帶小浩來的用意吧。

他和陳老闆雖非莫逆，但也能交交心，無所不談。

「做大事要大筆資金。」他們在一起，王希君多少會談及自己的一些抱負。「沒有金主背後撐腰，寸步難行啊。」陳老闆也有同感，並且說：「要嘛不做，要做就幹它一個大的；不大不小，搞得人要死不活的，有啥意思？」

或許小浩的出現正是時機。他的作用，自然不是方便到地下錢莊借錢，那種高利貸再怎麼低息總是有限，更何況他們吃肉不吐骨頭。是的，若想找銀行貸款，像鼎信，要打通個中的重重環節，小浩的確是個可借力的扶手。雖然銀行向來是所能放貸的額度與期待值有著一截差距。

而既然劉總經理是小浩的親叔叔，那就是個緊要關頭的一個啓鈕。

陳老闆正準備拿酒，小浩搶過酒瓶給大家一一添上。這時女服務生端上一淺盆精緻的菜。

陳老闆瞪起眼嚷著：「我沒點這道菜啊。」女服務生回說；「是我們丁經理下的單。」這是海星的一出招牌菜——銀露蝦羹。女服務生說是我們經理點給她小弟弟的。

「這裡哪來她的弟弟？」陳老闆故作姿態地眼珠子掃一圈。

女服務生朝小浩看直了眼。「是這位先生吧。經理說她的小弟弟很白很白……」

「幹！就我的小弟弟是黑的不成。」陳老闆裂喉一聲把女服務生嚇到了門邊。

王希君適時說：「別為難人家，她只是上菜的。」

「開玩笑的。」陳老闆緊繃的黑臉豁然鬆緩了，「好呀！我們沾了小浩的光。」然後苦笑著，「人家沒要的菜，有人幫他點；我愛吃的，就是沒人理。大小眼差那麼多。幹！到時候結帳，看我給不給錢。」

王希君有趣地看了看，笑笑；小浩悶著頭喝酒一臉尷尬；陳老闆抹把臉，一手菸、一手酒杯，抽著喝著，嘆口氣，「人醜老天也不眷顧。」他重舉杯子要大家將一壺玉米酒的剩底喝完，「來呀，喝啊。」然後，他言歸正傳。「我和小浩也有一事拜託。」

「哦？」王希君放下杯子。

「是關於秀崗曦鄉，你跟蕭董究竟談到什麼程度了？」

「進行中。」

「什麼叫進行中？」

「就是八字尚缺一撇。」王希君不想說好聽話，「確實還在談。」

「有幾成勝算？」

蕭董給王希君的那只黃色大信封，那葫蘆裡到底賣的是什麼藥，他根本還不曉得，但……

「房子讓我來銷售的可能性是有的。不過正如你說的能有幾成把握。」

「多少還是有吧？」陳老闆說：「你想，秀崗曦鄉應該是近期中部最大的房地產新案。不說多，只要其中一兩樣採用我和小浩的建材，這三、五年我們就不需要再接別的生意了。憑你跟蕭董的交情，一句話而已。」

或許這才是他們兩人今晚找他出來的目的，王希君思忖著。

說到他與蕭董交情，如今像一艘迷航的船隻，正待摸清方向。

「我會盡量。」王希君並非推諉。他突然看著小浩笑說：「你有必要做得那麼辛苦？你父親順手切一塊，這輩子你都用不完。」有一個那麼有錢有勢的老爸，何須愁。

「父親是父親，我是我。」小浩的態度堅定。

陳老闆舀了一匙銀露蝦羹，接了小浩的話說：「小浩想靠自己。所以，秀崗曦鄉的事能成，便是他最好的起步。」

「是，少年郎就應該這樣。」王希君說。

「以前我拜託過你的……」

王希君說他沒忘。陳老闆一直託他引見蕭董。

然而，這當今，有多少建商正覬覦著秀崗曦鄉這塊大餅？誰不急著想見蕭董呢？不只是你，難度無疑更高了，王希君心想。

「蕭董不是不想見，只是他太忙了，我再約約看。」王希君說。

「無論如何，秀崗曦鄉方面就看你了。也給年輕人一個機會。」陳老闆把眼光投向小浩，然後他起身說，「我們走吧。」

「——」王希君愕然看著他，「你不等叮叮噹過來陪你喝酒？」而且桌上剩了大半的菜。

「她在大廳脫得開身嗎？被纏得死死的？不勉強。來了也只會欺負小浩，再說也沒酒了。」

「人家哪是欺負他，你看不出那是太喜歡了，愛不釋手。」王希君有意地略為縱聲笑了。

「吃醋就吃醋，還不承認。」望著陳老闆的臉又倏忽黑了，才道：「好啦，我們去哪裡？」

「伊芙娜。」

「好傢伙，你都安排好了，真會暗槓。」

「哪是，是麗可要見你。」

「少來。」

「我沒騙你，發誓。真的，她有事找你。」

能有什麼事？

他們出了餐廳。在停車場，王希君站靠著車尾，點了根菸。陳老闆坐上小浩的車先走了。今晚不算太冷，天空也露了幾顆星星。王希君吸著菸想著，所謂八字還沒有一撇，其實那一撇才是攸關成敗。或許那一撇就有若此刻他揚手彈出的菸蒂，成一道小小的流星沒入停車邊黑暗的水溝裡那麼細微。

由今日下午的情況來看，是變了。他嗅出了他和蕭董之間的空氣變化。而且突然出現了一個黑面秦，更是個不定數。他的腦海閃過那只黃色大信封。眼下蕭董的城府深處，一如那只黃色信封等著他去撕開。

伊芙娜

是一家變相的KTV。是媽媽桑麗可從別人的手中頂過來後，做了全面的整修改裝。她早期是在日本客人經常光顧的一間Club上班，後來自立門戶，當起了老闆。她認識王希君早在伊芙娜之前。

她是個十足的女漢子，但她有一副很適合安撫男人煩躁不安與寂寞的心的低沉的嗓子，出奇的柔和，是名副其實的「聲」名遠播。不少客人專程來這裡不過是為了沐浴於她的聲音，洗滌一天的疲憊。事實上，疲憊與煩惱有時沒有兩樣，且經常是一樣。

伊芙娜藏身在漢口街的鬧區中；所謂「大隱，隱於市」指的就是這種身態。因為它把自己巧妙地藏身在一棟白天是巍然高聳的商業大樓之中。而拉下夜幕後，頂樓的一隅便在靜悄不起眼的鐵門後面，從八點開始了另一個對外隔音的世界——是鶯聲燕語的歡場。夜，浸在那裡的酒透杯瑩間，被催化得愈加迷醉了。儘管它的外表是純然的住家。

這就是伊芙娜夜坊，是不夜店。

它不需要門面，就在大樓的樓梯側邊開了一個隱蔽的門——唯識途老馬，才懂得芝麻開門。進了屋裡有堵窄牆，上面簡單地釘著幾個不注意不被發現的草寫體英文字「Elynor」。

店名是一個日本客人幫忙取的。麗可解釋說，「英文我只認得ABC。」

牆後面就一個櫃檯和擺放兩張長條沙發的小廳，其餘的部分就是打通兩套商業樓的辦公房所隔成的六間包廂。小投小經營。

麗可說：「大格局我們做不起。」事實上伊芙娜的生意不惡。

陳老闆來伊芙娜都是固定一個老相好，叫鍾琪。他們一進包廂就摟來抱去好不肉麻，像久旱甘霖；然而鍾琪卻偷偷瞧著坐最裡頭的小浩。

「他是您的朋友？」

「是啊。」

「比女人還漂亮，不像男的。」

「所以你要的就是我這種真男人。」陳老闆一個強吻封住她的嘴，再滑下吸著她的脖子。鍾琪猛力推開他。此時，男服務生送來了酒水、水果盤。鍾琪立馬倒了兩杯，一杯給小浩。

「來，我敬你，少年仔。」

「幹，也不會給我倒一杯。」陳老闆奪過鍾琪手中的酒杯，一口喝了。

媽媽桑麗可正好來到房門口，全看見了，「你們在吵什麼？」然後拍拍手，從外面走道魚貫而入三、四個女人。同時麗可也跟那些剛進來的女人們一樣，不約而同地將眼光投向小浩。聽有人叫說哇塞，多俊的小弟弟，以及哧哧喳喳笑聲。小弟弟三個字又讓陳老闆憋鬱了，怎麼盡是跟海星的丁欣一路貨色。

他用手肘撞了一下鍾琪，「女人都是一個騷樣。」

鍾琪渾然不覺地重又加入衆多姐妹們的目光流向。

如果說海星餐廳的丁經理把小浩當作蛋糕，恨不得朝他身上狠狠地挖一口吃了；那麼，眼前伊芙娜這群如狼似虎的女人，簡直是要將他活剝生吞了。

「攏總是今天才從尼姑庵出來的餓鬼。」陳老闆皺歪了臉。

在坐對面的王希君看來是陳老闆的心在絞痛。其實他與小浩根本不應該在一起的，首先兩個人的顏色就不對。但陳老闆絕非度量狹小的人，是一時自慨不如罷了。

人所在乎的各有不同。陳老闆只希望有女人能多看他一眼，多給予關心。這點鍾琪算是做到了，所以才能相好到今天。

只是今晚的鍾琪卻表示：「不吃，難道還不能看嗎？」

在騷亂中，麗可出聲了。她拍拍手，「瘋女人，行了行了，別把人嚇跑了。來——」

她坐在小浩身旁，「小靚哥呀，有沒有您看上的小妹。」她的下巴對著門邊成一排的女人們抬了抬。

「都可以當他姐姐了，還叫小妹。」陳老闆又有話說了。

結果跌破大家的眼鏡，小浩毫不猶豫地指著一位年紀稍大，體型豐滿的女人。

「有眼光。」麗可起身笑說：「少年仔口味重。」說完，她這才過來拉著王希君的手。

「你不挑一個？」

「好啊，妳來幫我選。要是有的話。」王希君移開她的手說，「有嗎？」

王希君來伊芙娜幾乎不叫小姐。只除了麗可，他說沒一個能讓他的眼睛舒服的。「伊芙娜沒有妳真不曉得誰還會來。」

麗可大王希君一歲，是個成熟不失風度的女人。濃郁的女人味，是寂寞男人的伴侶。

不知是否僅僅是玩笑，她對他說過幾次：「你要，我給你。」

當王希君不得不陪客戶來，應付地勉強叫個小姐坐檯時，也只是一味地與客戶一杯一杯對飲，不顧邊上枯坐的女人。麗可都看在眼裡。王希君不是不愛女人，但不亂來，有他的格調。麗可就欣賞他這一點，而且越來越迷惑不已。她看他的眼神，那源源的寄意，卻無奈好比絲縷萬千的楚雨沒入江水。王希君對麗可，可說是有情但無意。他們是有緣而無分。

沿著伊芙娜側門外的逃生梯再上兩層的樓頂是王希君來這裡喜歡躲去的地方。他常乘隙鑽空上去透透氣，抽根菸，俯臨下方莫測的人間燈火。今晚也是，當陳老闆與鍾琪仍無休止地逗情罵俏、小浩靜靜地擁抱在胖女人的大胸懷時，王希君悄悄地登上頂樓。麗可有若一直跟隨在後，也來到了上面。

風有點大，不是很冷。晚上這時間伊芙娜估計也沒有其他客人。

「我們都被你那個年輕朋友的外表騙了，他那雙手多不老實。」麗可乾淨的臉微笑著。她接過王希君給的菸，吸了一口。

「男人嘛……」王希君依著樓頂的圍牆。在海星吃飯時，他早已覺察小浩絕不是一隻軟蝦米。

「老陳說妳在找我？」王希君搓搓腮幫子，又搓搓手。

「你冷嗎？」麗可問。

王希君搖頭。「妳不是要找我嗎？」

「是，也沒什麼大事。」麗可唇角揭著神秘的微笑。「是報好康的給你。」

「有好事妳才不會找我。」

「這次是真的。」麗可走向牆邊和王希君並肩眺著台中市區的繁華燈海。

「給你介紹一個漂亮的女人。」

「妳沒吃錯藥吧？怎麼忽然想介紹女人給我？」

「你不老說我們伊芙娜沒有一個能看的女人嗎？現在有了。」她轉頭看他。「不要嗎？不要拉倒。我話說在前頭，那是一個非常非常漂亮的女人，我親眼所見。不要？你會後悔一輩子的。」

「別吊我胃口。不稀罕。」

「好呀，我就把她介紹給江董。」

王希君朝樓下吐了一口口水，一臉厭惡。在他心目中，江董是全世界最「沒品」的人。他們是競爭敵手。

江董也開了一家會計師事務所，時不時找機會挖他的客戶。在伊芙娜，凡是坐過江董的檯的女人，王希君一概不碰。江董人很刁，在伊芙娜找小姐總是挑來選去。和王希君一樣，每回來，少不了怨言一兩句。「你們店的小姐就這麼幾個？怎麼沒一個像妳媽咪的。」

「我可沒那麼多小姐讓您這個要，那個不要的，江董。」麗可儘管臉上堆著笑。但該講的，還是得講。她私下常說，「這種客人，我們寧願不要。」江董人又矮又醜，真是矮子矮一肚子拐。除了大言不慚，沒旁的本事。

「我沒有說不要，也別用他來激我。」王希君說。「我是被妳踩住了尾巴。我最見不得女人給那種渣碎糟蹋。」那是凌辱。「我是說真的。」

「得了吧，男人有幾句話是真的？重點還是漂亮女人讓你心動了。冠冕堂皇的話誰不會講？」

「既然要介紹，又囉里八嗦。隨便妳。」王希君啐著嘴上黏著的菸絲。

「哦呵，生氣啦！」

一個清亮的樂聲在空中飄起，麗可的手機響了。她點頭說：「我馬上下去。」

她掃了眼正在點菸的王希君。「樓下有客人找我。什麼時間，我會聯絡你。」

「聯絡我？」

「是啊，見那個我說的女人。真的很棒，連我們女人也想多看一眼……」麗可不說了，眼神瞬間暗淡了。再凝視王希君時，眸子深得能夠吞噬人。這裡頭含藏著多少王希君知道卻不願去撩撥的，猶似不敢去碰的弦。

她轉身下樓，在黑暗的梯道，她臉上禁不住悲涼了起來。

樓外呼呼的夜風，誰聽得見一聲女人的嘆息。

36

蕭董與秦副總來去像陣風，臨走丟下那只黃信封已時隔多日了，王希君壓根兒沒有想要去打開它的意願。王希君心下反復嘀咕著，「我不需要建議。」他要的是「明確的承諾與實際行動。」眼看著二〇〇七新的一年腳步近了，即便有什麼偉大的計畫，他也不寄以厚望。黃色大信封現在孤伶伶地躺在三樓小房間的書桌上。應該是妻子替他從客廳茶几上收起來放到那裡的。

這一天，忙了一整天客戶查帳的繁瑣工作，他上了樓，在小房間裡剛想坐下休息一會，手機卻總在不是時候叫響。是麗可。

「明天中午有空嗎？我人已經約好了……少裝迷糊了，就是我要跟你介紹的那個美女啊。」

「那麼急?!在星期天？」

「人家平常日不是沒事。」

「在哪裡見面？」

「鶴門，中午十二點半。」麗可說，「要準時喔！記得修飾修飾，你最近很邋遢。」

「又不是去相親。」

鶴門是一家日本人開的日本料理店。那一帶不太好停車，明天又逢假日。

沒隔幾分鐘，陳老闆也來湊熱鬧，來電說：「小浩今晚想請我們去伊芙娜。」

這小子食髓知味了？

「我們前幾天才去過，改天吧。我有客戶正在查帳，很多事，真的沒空。」王希君提不起一點勁。

「晚上就出來一會時間。」陳老闆不依不饒，「有件事我得告訴你，你要好好抓住小浩。鼎信銀行的劉總只有兩個女兒，沒有兒子。因此對哥哥的兒子異常疼愛，就像自己親生的，小浩的一句話勝過你託三央四，上下找人撞破頭。」這倒是個好消息。

「嗯嗯——」

「就出來陪一下。半個晚上，可以吧？不會影響你的工作。」

陳老闆說起了氣話，「太不夠意思了。」

「你就夠意思嗎？我才不想再讓人放鴿子。」王希君一想起就一肚子火。那天晚上他從伊芙娜頂樓下來回到包廂，發現裡面空無一人。原來陳老闆與小浩全都走人了。查問下，才知道，「你們都帶著女人開房，自己爽死去了。你們這是太夠朋友了。」他又更深了一層認識小浩。

「跟他說，找個時間我請客。」

星期日這天好似配合著王希君的心情，中午太陽赤焰焰的，哪像個冬天。

因為怕難停車，王希君搭乘計程車在十二點二十分到了鶴門日本料理店，比約定的時間提早十分鐘。今天假日，午餐時間客人不少。麗可事先訂了房。身穿和服的女服務生出來招呼著，另一個女服務生尾隨而至，拉開餐廳後面一間房的紙格門。王希君脫了鞋子坐進鋪著榻榻米的小房間裡。不久服務生取來毛巾、熱茶，輕輕關上房門。裡面有點熱，王希君一刻不緩地扒去大外套，大字型躺在榻榻米上，全身放鬆。最近不知何故，總有說不出的累。他睡著了。

直到紙格門再次嘩啦地打開，他才從榻榻米上撐坐而起，猶自不知身在何處。門口突然一亮，有兩道光芒——是兩個「亮女」，而不僅是「靚女」——一個不用說是麗可。旁邊另一個，他懷疑是否是他才醒來的眼花，因為太剔透了，那是大熱天裡的一顆水晶，晶瑩得不宜過度暴露於此間人進人出的矚雜場所。她的幽實不定已經不是言語與王希君窒礙的呼吸所能撲捉的。他屏息以視，倉惶自己的形拙。剛進房間他脫下的外套有如一堆抹布棄置在兩腿仍然大字平伸的跟前。雙腳上有點污黃的一雙白襪子像倒八字叉開。他慌慌急急地縮腿準備站起。

「來不及啦！臭男人就是臭男人。」麗可噗哧大聲笑著。

兩個女人脫了鞋，王希君感覺到唯有「她」飄然上了榻榻米，彷似清風拂面，滿室生香。王希君的眼睛眨都不眨。

王希君剎時的茫失全印入麗可的心裡去。

「還看不夠嗎？等一下有大把時間。」麗可的手掌在王希君眼前揮著。

王希君疊好外套，盤足招手請她們坐下。

「像在哪裡見過。」王希君偏著頭，依然直盯著。

「很多人都這麼說。是在電影裡吧。」麗可哈哈笑。

是像明星，可明星不一定好看過她。然而麗可有必要笑得那麼開心嗎？王希君皺縮著鼻子。

「行啦，我來介紹。」麗可一手輕搭著「她」擱桌上的手背。

「李綺瑜，是她的名字，都叫她小瑜。」麗可說。

名字不是很特別，人卻那麼殊特超異。王希君每多看她一眼，內心便多了一起幽慌。他想起麗可那晚在伊芙娜頂樓上說的，「不要？你會後悔一輩子的。」他差點把麗可的話當耳邊風。以及「修飾修飾，你最近很邋遢。」此刻更證實他自己的確有夠腌臢了。

王希君閱女無數，可不比花店的花少。但像小瑜這樣卓爾不群的，委實稀有，可遇的機率微乎其微。他多少有些拘束、不自在了。

在介紹王希君時，麗可用了很奇怪的字眼，「他是隨時隨地的大老闆。」

「隨時隨地?!」小瑜的眼波流轉著困惑。

「是快了的意思。當然他現在也是老闆。我說的是大企業家。」

「他不是會計師嗎？」

「是！但那只是……怎麼說呢？啊！就像一個人的出生地而已。」

麗可何時變得如此能說善道，天花亂墜？王希君比小瑜更聽得迷裡糊外。

「妳在瞎說什麼？我們點菜吧。李小姐有什麼特別想吃的？或者，嗯，有什麼不吃的？李小姐？」

「叫小瑜就行啦。」麗可馬上糾正。

「反正炸的、太油膩的菜不要……」

「我又沒問妳。」王希君笑罵著。

麗可也嗔怨道，「才沒多久，就喜新厭舊了。」

「王老闆，菜您點吧。我吃得不多。」小瑜說話輕柔，聲如其人。

「這怎麼行，好吧，我來點。不怕的，日本料理本身就少油。李小姐，不，小瑜，酒呢？喝嗎？」

小瑜搖頭。

王希君做了個鬼臉，「天啊，妳已經快不食人間煙火了。別介意，我是開玩笑的。妳要是愛油葷，我反而覺得奇怪。」

嘴巴雖說要多點些清淡的，但菜單上一寫就是烤魚、烤肉、炸蝦之類的，然後劃掉炸蝦，改成水果沙拉，再加一份日式水煮菜。酒就不要了。另外，王希君招來女服務生撤走菸灰缸。中午他打定主意不菸不酒，也要求麗可跟他一樣。

麗可輕輕拍手，「太偉大了。」她深嘆了聲說：「一個菸槍酒鬼，為了妳，今天菸不抽酒不喝。」

王希君知道麗可在癮頭上，酒大過菸。

「小瑜不喝酒，光我們兩個喝，這算什麼待客之道？」王希君振振有詞。

這麼體貼備至，這是平時的王希君嗎？麗可心裡儘管咕噥著，還是將小瑜的纖手牽入自己的掌中握著。「妳看，我和他是幾年的老朋友，竟敵不過你們認識不到十分鐘，什麼事都為妳著想。哎呀，女人還是年輕漂亮好。」

「妳也真是的，終歸是第一次見面。酒就不說了。我們抽菸——妳好意思讓人家吸二手煙？」那不啻燒著黑煙熏一隻象牙。小瑜的膚，白過象牙。

「好啦，說不過你。」麗可眼裡閃過一絲失落低下頭，再抬起依然是一臉歡愉。

「妳今天能來，我很高興。要不要喝點什麼飲料？」她問小瑜。

「茶就行了，要點什麼、喝什麼你們請便。不要因為我掃了大家的興。」小瑜尷尬地說，還帶點心慌和一抹飛逝的慍色。王希君都覺察到了。

「是是是，吃飯就是要輕輕鬆鬆。來，我以茶代酒敬妳們。」

餐桌上無酒，果真像菜中少了調味，講話熱切不起來，如同激不起水花的一灘死水。幸虧有麗可適時找話，她的低音沉嗓遊梭於不時的冷落間，方不致聽任場面冷清下去。小瑜不但食量小，話更不多。有問起她的事，不是點頭就是搖頭作為肯定或否定的答覆。

她是默劇演員，麗可充當她的旁白註解。

「小瑜是留學喝過洋墨水的，拿的是國外博士學位。這次打算回來台灣待一段時間。」麗可說。

「台灣這邊還有親人嗎？」王希君問。

回答的還是麗可，「只有一個姨媽，小瑜目前就暫時住那裡。」

「姨媽家在台中？」

「是，在美僑街。」這次是小瑜開口。她的國語有點生硬。

「哦，是不是在獅墩口。」

「對。姨媽家離石獅子不到二十公尺。」小瑜說。

獅墩口即因街口有座獅子的石雕而叫慣了的。美僑街是一條不寬的街道，兩邊排立著同一種型式的兩層樓洋房。四十幾年前是專供給駐留清泉崗的美軍租住的。市政府後來乾脆以美僑街打樁豎立街牌。

小瑜的笑有些冷，但配以她細巧的容貌，正符合她獨有的氣質。

「王老闆對那裡很熟？」

麗可皺著眉插話說：「別開口閉口王老闆的。」

「那稱呼什麼?」小瑜竟是驚呆了。

是啊，叫他什麼?王希君心想。總不能叫希君、阿君吧。他覺得好笑。

「那叫我什麼?」他反問麗可。

「隨便，無論叫什麼都比王老闆強。」麗可說。

小瑜不是很正確的發音，加上嘴巴像漏了風，反倒有種撒嬌的俏皮。王希君注意到了一點，「妳不會講台灣話吧?」他問。

「不太會。」

「在美國幾年了?」

「剛上國小，我們全家就搬去美國了。」

「有二十年了吧。」

「差不多。」

麗可的接腔是在取得小瑜的同意讓其告訴王希君：「她今年二十六了。」

小瑜個子不高不矮，五官纖秀。「看不出來。」王希君打量著小瑜。

「妳幾時回美國?」

「還不知道。」

王希君嗯嗯點頭，再找不到話題。少間，他說：「有沒考慮在台灣工作?」

小瑜搖頭。不說，也等於無話可講了。麗可就這點好，馬上揪準缺口補洞。

「小瑜在台灣人生地不熟，王老闆正可以做個嚮導帶妳四處走走。」

「那沒問題。」王希君欣然接口道。

小瑜看似沒有反對，但只顧默默笑者。笑得大家莫名其妙。

「妳笑什麼?」麗可用肘碰了她一下。

「妳剛剛不也叫他王老闆。」

麗可大聲笑說，「妳還真會抓人辮子。」

王希君欣賞細心聰明的女人。

「咦？前幾天在電話裡，妳不是說小瑜在上班嗎？」王希君看著麗可。

「是臨時的。幫一家外銷廠商整理國外訂單、信件。是她姨媽的朋友介紹的，不到一星期工作就結束了。這不正好，以後你們就可以時常見面了。」麗可說。

「也得看人家願不願意。」

「你為什麼不自己問她。」麗可笑說。

「我不敢。」王希君喝了口茶。

麗可也端起茶喝了一口，說：「也有你王老闆不敢的事？」

小瑜低頭淺笑不語。

王希君呼了口氣。他不願太逼人家。「吃菜吧。」他說。小瑜幾乎沒吃什麼，只叉了幾口水果沙拉，兩杯茶。他數了的。「李小姐想再——」

「能幫我叫杯咖啡嗎？」小瑜不好意思地說。

王希君只得搖頭拍掌叫來服務生。

他瞄了瞄併坐一塊的兩個女人。馨香馥郁的麗可是一朵紅艷欲滴的玫瑰；小瑜感覺上宛如花束裡冷不防杈出的一株水仙，無比清新淡雅。是花中花、女人中的女人。王希君呆呆地看著她們。

「你看什麼？」

「沒有啊。」王希君咂咂嘴吞了口口水。更加覺得吃飯沒酒，確實無滋無味。他如坐針氈，美女當前，反而更使他無所適從。難道真的是無酒就無膽？

小瑜低頭比看他的時候多啊！人家是靜靜的。那是他自己在壓迫自己。美，除了賞心悅目，很少人注意到其實也會帶給人壓力。

好不容易麗可說，「小瑜要回去了。」

小瑜的姨媽下午要帶她去南投縣魚池老家。

王希君再度呼了呼氣；而麗可要他們交換手機號碼。

「有事儘管找我，不要客氣。」王希君說。

麗可兩手在桌上一攤。「以後看你們嘍。」彷彿完成任務交了差，她也開聲吐口氣。

奇怪的是，小瑜略抬頭笑笑，沒有特別反應，好像她已接受某種工作的安排。

一下午滴酒未沾，人是乾乏的。回蘭苑前，王希君叫了計程車去老爺酒吧喝幾杯。喝著酒，邊想著小瑜。這是多麼難以捉摸的女人。不可否認她是塊質純的瑰玉。王希君打從心裡直覺認定自己配不上她，絕無可能平白無故地天賜給他這麼豐厚的寶物。仍是那話，這機遇不在多大，而簡直是渺小。

晚上在蘭苑地下室停好車，他就在車子裡給麗可打電話，免得妻子聽到。

他和麗可講了差不多二十分鐘電話。總歸是繞著「我不覺得她會看上我。」的這種沒有把握的話題上打轉。像在一塊鬆軟的土地上硬要把它踏實。

麗可以為，「那要看你的本事了，我們的情場聖手。王大老闆也有謙虛的一天？」

「不，她太不是我們生活中之物。」

「你說她是天仙？」

「不是嗎？本來就是天仙。而且講話也跟我們不太一樣。」王希君不知怎麼表達。

「她會打電話給我嗎？」

「應該是你要打給她呀。」麗可說。

「妳是怎麼認識她的？是不是想讓她到伊芙娜上班？」

「你昏頭啦！既然說她是天仙，像這樣氣質的女人會『落』入我們伊芙娜?!」

「是啊，我也想過。可是，妳的客人、朋友……像小瑜這樣的女人，不太可能是妳身邊會接觸的……」

「你這話太傷人了。我就不能有這樣的朋友？我們是垃圾，便活該和垃圾一起？」麗可毫不留情地批駁了一頓。

「妳也知道我不是這個意思，我只是想弄清楚她的來歷。」

「最好的辦法。」麗可的語氣轉為生硬，「當我沒介紹，你也不用為此操心，不就好了？」

「好啦！沒來由地生了那麼大的氣。妳們是在哪裡認識的？就只這一點，妳能告訴我嗎？之前全沒聽妳說過。」

「剛開始我是有想告訴你，但現在我不想說了。總有我自己的隱私吧！」

強調個人隱私是對人的尊重，而人與人之間也因此不容易坦誠了，也是一種避而不談的遁詞。

「好，不講，不逼妳。」王希君嘆了口氣。「為什麼介紹給我？」

「好笑！像是我強迫你似的。以前老纏著要我幫你物色漂亮的女人；如今有了，而且還是超級的，反倒讓你怕了，退縮了，甚至疑神疑鬼。說真的，要不要隨你。小瑜的事到此結束，我不再過問。」

或許是他的職業習性作祟吧。不平衡的帳，總叫人的心一頭高，一頭低。

上樓去臥室經過門開著的小房間時，書桌上蕭董的那只大信封映著走廊的小燈跳著黃光，正挑逗他的眼。他遲滯了下。早晚總要看，不如就現在，縱然他心中的拒斥依舊，反正一時也睡不著。他走進房裡，按亮檯燈，坐到書桌前拆開那只黃色大信封，他就不信蕭董的袋子裡能有多大的乾坤。他點了支菸。

「建議案」有三頁紙，電腦列印，文字不多，言簡意賅；分析的數據占了大半，還做了些評比。

「根本用不著比。」看似洋洋灑灑，其實只需在計算機上按幾個數字鍵即可全部了然。

王希君邊看，心裡早有數。他再往下研究著試算細節，結論不是他得出的，而是他早該有自知之明——與其在投資上，為需要大量的資金而奔命冒險，不如量力而為，買幾棟是幾棟，賺幾棟是幾棟——這便是永鉅工程公司蕭董在通篇鬼話裡的中心理路。既是這樣，用得著煞費周章引據分析做資料？

蕭董娓娓動聽的：「我絕對是以實際上與你最有利的方向去著手，我不認為你有設立一家公司的必要。」去他媽的，到頭來是由衷建議他買房子。

他不願去回想說這些話時，蕭董眼裡不含一絲陰翳的笑意，所透露的是多麼一片真誠。真是狗屎。很顯然這份東西應該是出自那顆「啞彈」黑面秦的傑作。王希君太了解蕭董的能耐了。在抓大方向，建築實務方面他是一把罩；但在紙筆上，要他握筆桿誠然比叫他拿鋤頭吃力多了。

這是蕭董的建議又或純粹是秦副總的計畫？不然……是兩個人的。一個唱黑臉，一個扮白臉的小詭計？他再點了一支菸，多坐了一會。氣頭過後，在怪怨的同時，冷靜一想，不得不承認自己的量小視短。更不否認蕭董的建議案是用了心。資料中最後一頁提到，他讓王希君有認購房子的優先權。一年的時間給他銷售，一年內沒賣完的，便過戶到他的名下。簽認購書，當然少不了須付部分房款，有如訂金或房子按揭的頭期款。蕭董的設想是，秀崗曦鄉的房子一推出，房價勢將飆漲是可預期的，這前後的差額自然是他王希君應得的回報。蕭董反復致意，這絕對是個利大的投資。而且進可攻，退可守。雖沒有銷售公司之名，卻有銷售之實。所以不能說蕭董不替他著想。也不能說不周到。獨一有違他本意的，是他就得準備一筆資金，而非是代理銷售，從中抽取佣金的如意算盤。

他也可以不理會蕭董而另闢途徑，或自立山頭。然而不管做什麼，皆需資金後援。與其這樣，不如先按蕭董畫的思路走，倒省事。也是個借力，說難聽是利用。只是黑面秦那狗眼看人低的嘴臉，這口惡氣就堵著下不去。

進了臥房，正熟睡著的妻子翻過身來，呢噥著，「我等你好久了。」隨後又擁入被窩裡。

「等妳的客兄。」王希君沒好氣。（客兄俗稱姘頭）

37

秀崗曦鄉位於秀崗舊社的五張犁，建案名來自於地名。五張犁大部分是山坡，地形難免有起有伏。然而往河邊一帶卻是一大片大幅開闊，堪稱平整的一塊理想的建築用地，總面積超過六十甲地；就算六十甲，大約十七萬多坪。若非是山區邊地，在現時的台灣哪能有如此空曠的土地閒置著？所以確實是塊寶地，是業界盯注的一塊肥肉。

五年前蕭董買下這塊地像市場掃菜一樣，用喊價的；而今，它的地價是以坪或平米計價，有如按斤稱兩。無疑地，蕭董的身家也隨著地皮而增值，他萬貫纏繞的腰圍不知加粗了幾多倍。

王希君概略閱覽了喬漢建設的建築圖。秀崗曦鄉單單在公設、綠化，包括一個高爾夫球練習場所預留的用地，差不多是三分之一個蘭苑山居。

「這次我不只在蓋房子。可以看出，那是以休閒度假為主題。」蕭董躊躇滿志地對外宣稱。

由於蕭董醉心歐洲的建築風格，因此秀崗曦鄉的房子統一唯一獨棟的花園別墅而已，均為兩層樓，最高不超過三層的類城堡造型。依建房面積的大小、裝修精緻度的要求，以及所處的景觀位置而制定了三個等級，分別是：闕宇、豪廷、雲雅。當中以闕宇的戶型最為華麗氣派，建地最大，確如宮闕。

蕭董在台北市松江路辦公室有一個樣本間。王希君曾經在那裡看過台子上一座未來秀崗曦鄉的巨大模型，的確氣勢磅薄，攝人心魄。

多宏偉啊！美輪美奐，立刻刺痛王希君那顆雄心萬丈的心。一想到需要多少投資，他的心就開始惶惶不安了。及至今晚，由那只黃色大信封裡的紙張表面所漂浮的數字，以及被淹沒在數字下所透露的。沒錯，他的胳膊沒那麼粗、資力也沒那麼雄厚，量力而為實在是最穩扎而有勝算的。

「這樣我能吞下多少？」是他新增的焦慮。

這是其來有自的，全是他那無時無刻不急欲擴張的那顆心的怦怦驅動；即如妻子批評他的，「你的心大過天。」說他處事躁進慌急，無非在揠苗助長。

王希君並不是沒算過這筆帳。根據蕭董的資料，隨便一算便叫人咋舌。喬漢建設旗下的天禧銷售公司非正式的「構想價」是平均每坪二十萬的預估，一平米將近六萬。秀崗曦鄉三個等級的房型以雲雅的建坪最小也有兩百平米。一平米六萬，也就是一棟別墅至少一千兩百萬。

蕭董的建議案是只需付房子總價的百分之二十（一般對外是百分之三十），其餘房款，當房子經由王希君手中賣出，才開始比照對外發售散戶的方式分期付款。也就是分期的部分轉嫁給購屋者。這確實是有夠優待。但這是有期限的，時間就是一年；也就是一年後，房子沒脫手，對不起，就必須全數過戶到他的名下。這就有風險了。所以不能投多。

然而以他的交遊廣泛的人脈面，王希君自問，一年內賣不掉房子也太遜了。可也難說，因此這也是一種賭注。討厭的是，蕭董再三強調他並沒有得到什麼好處，純粹是幫忙。

王希君在床上輾轉反側。下床再把蕭董的資料拿過來看，邊琢磨，這麼做他和其他散戶的差別僅僅在於，他與蕭董的交情可以拿到較好的房價而已。當然，蕭董也談到一項，買十棟以上另有折扣，可是優惠多少未定。簽購得越多，自然賺利越多；但房子越多，要全部售空的難度也越大，一不小心就會被套牢。所謂「量力而為」的「量力」是到什麼程度？五千萬、八千萬？還是一億？那是天方夜譚。依他的現狀，三、五千萬的重擔，他是扛得起來，但也走不了多遠。

這不是投資，是賣命。

他原想，蕭董如若有心，給他意思意思投點錢，日後分點小利，足矣。但這條路顯然行不通。自己那點小錢，在人家眼裡不過是滄海一粟。喬漢的股東還嫌它多餘呢。

話說回來，小投小賺，年終分紅也不合乎他的遠大志向，與其這樣，不如認購，買幾棟賣幾棟，起碼自己能做主。至於當初他一意要成立銷售公司，非是他自不量力，而是他一廂情願地希望能拉蕭董來投資。現在，他幡然醒覺，是他異想天開了。人家蕭董過的橋也勝過自己走的路。他的落空錯在太篤信往昔對蕭董的襄助之恩。

儘管如此，他尚不至於退縮。蕭董也不是個傻子，秀崗曦鄉這般大案子自非一次性即刻投下大錢，它分三期進行，所以初期所需的資金應不會那麼龐大。他還是有機會的。

這些年來，王希君見不得光的私房錢逐步累積，小有金庫了。

由於他的客戶或輕或重多少有著逃漏稅問題，他不時須周旋於客戶和國稅局之間，甚至有一次還坐上法院證人席給客戶作證。這並不是他必定該提供的服務。不錯，有的是，有的不是。但有客戶直言道，若非看重他有這份能耐，不然何必找他記帳。這是他在這行業裡的核心價值。

話說，在這上面他的確撈了不少明的、暗的錢，外加關說打點只有多，沒有少的辛苦豐厚酬金。他閒錢變多了，身上的油水與日俱增。唯其與大股投入房地產的目標尚有段大距離。

「事業要做大，哪有不貸款。」

事業家的夢未嘗不可圓。他想到了小浩。

蕭董仍舊是他上升的一步台階。

十七巷的蘭苑人，數來數去他是最沒有料的。在傾全力買下這棟別墅後，他像是被剝光只剩一條內褲的人。要不是蕭董適時出現讓他代辦房產買賣的所有業務，部分銷售的酬佣以及打通政府機關的犒勞（這方面的錢向來為數可觀），他才能夠重新穿回脫盡的衣服，得以人模人樣地昂首闊步於十七巷的巷道。

妻子常說：「蕭董是我們的恩人。」

這一點是無從抹煞的。然而妻子再三強調，像是「不要辜負人家蕭董的一片真心。」或者「他是無條件幫我們。」怎麼幫？用嘴巴幫？蕭董的真心是對她還是對我王希君？妻子句句話在他耳裡聽來無非是處處在誇顯蕭董的恩德，迎合蕭董。

覆罩在妻子與蕭董兩人頭上的那朵疑情迷霧越濃，他內心的妒恨便越深。

有一天晚上，妻子對蕭董的細心和寬宏的為人讚不絕口，難怪會成就大事業。王希君氣不過脫口道，「乾脆認蕭董做老公。」此話一出無疑天都塌下來了。

「我就知道你心裡都這麼認為。」

妻子哭鬧一夜，淚濕枕套一片不打緊，還上演著要從三樓陽台往外跳的鬧劇。

全是你這蕭董！總有一天吧，看我王希君怎麼拆你的台。

他不再像從前以臣服的姿態對蕭董的心存感恩。人與人互動靠的是利益的維繫，商場本就是現實的。當前他是有求於蕭董，而蕭董需要他的只不過是秀崗曦鄉的會計記帳工作將來仍舊由他來做。但這行業務不是獨門獨市，隨時可以被取代，台中的會計師事務所之多，可不比路邊的牛肉麵攤少。

一個小人物的崛起，是電影塑造出來的。天不怕地不怕、不顧榮辱是他們的特質；有自己的目標（而通常目標也並非很明確）。末後藉著某種狗屎運（戲劇性的）峰迴路轉成了英雄人物，是電影經常在創造的奇蹟，也是固定的模式之一。今天你藐視我，無所謂，明日一旦我翻身而達貴，看你不跪下來舔我的鞋尖？這裡頭不無復仇的快感。這正是它的趣味。

很少有不愛電影的，但不會自覺融在劇中。喜歡電影是常態，或者說電影不過是其中一個形式而已，主要是支撐這個形式的故事本身……其實人活著就是故事，所以有了共鳴。

《林德的筆記本》

王希君觸滅床頭燈，收起蕭董那份資料。黑暗中紙張上的數字好似糖果紙上爬滿的螞蟻，在他腦子裡湧動。他睏極了。被子裡妻子朝向他的背就像是掩上的門扉。

蕭董有沒有碰過這身體？

這一想，他的睡意全消。他起床抽根菸，又喝了杯酒，才躺回床上。幾個緩息在自己的呼嚕聲中睡去。

但他的臉上有著似有似無的笑容。他的手醒著。他的掌、他的指尖慣性地隨著起伏撫摸順了的熟悉的曲線而下……更細滑了，啊！那麼有彈性……是灰白的，兩只豹眼向他眨巴著……啊，是捷豹！是車的車燈突然朝他爆射。他一嚇，他張開眼……

他醒了。他的一隻手正扣在被窩裡妻子睡衣下腰身的滑坡處，在挨著隆起的溫暖的丘臀後，再往下便是柔邃的凹陷……他的手擱淺得很無力。

他完全醒了，以及殘留的恍惚聽到的貓叫，不過已遙遠了。這是他第一次聽到巷子裡傳說中的貓叫。

秀崗曦鄉所在地的五張犁並不屬於峰西鎮，它更接近台中市。蘭苑和秀崗之間相距五十多公里。這意味著蕭董進軍台中市房地產的目標又推前了五十公里。

在案子敲定不久，王希君詢求過蕭董，是否比照他們過去蘭苑山居時的配合方式？

「那當然！」蕭董不假思索地說。

除了秀崗曦鄉的帳交給他之外，地方上的事務還須得仰仗他。蕭董畢竟是北部人。

蘭苑山居他們成功的合作經驗讓蕭董至今仍津津樂道。

蘭苑山居在剛起建時，公司遠在台北的蕭董，就近在中部地區找一家能替他做些零散、短期會計帳的事務所成了他迫切的需要。王希君正是人選，難得的是碰巧他也是當時下訂金簽購蘭苑房子的第一批人。他們是透過人介紹而一拍即合。由於業務量不大，蕭董乾脆把部分文件、書類的瑣碎事，以及跑跑政府部門，走走機關單位的工作也交給他，特別在後期的交屋階段，舉凡房子過戶手續、代書作業，他幾乎全攬了。

蕭董曾笑說：「除了我私人的帳戶外，你差不多全管了。」

日後更是事無鉅靡地託付給他。而他的備受器重是因幾樁突發事端而展現了他的過人能力。

王希君是土生土長的在地人，世居峰西鎮。由於地緣的關係，有他的人脈；再加上多年來給各行各業，大公司小企業做帳所累積的活暢人際關係，奠定了他立足社會最穩固的基礎。

他為人四海，人面廣闊。他秉持一個信念：今日的小弟難保不是明日的大哥。所以雖輕小的，他不忽視；老大級的，他敬重但不逢迎。三教九流無不是朋友，吃遍四方。

在蕭董面前，他的啼聲初試，是有一回工地上工人群集鬥毆，地方的黑道也介入了，外地人的蕭董只能跺腳光著急，全然束手無策。王希君不聲不響地及時站了出來，找了鎮上的幾位有頭有臉的兄弟，喝了幾杯酒，三下兩撥便毫不含糊地擺平了這場風波，著實令蕭董大吃一驚，欽讚不已。

他從頭到腳打量著王希君。「好小子。」

沒多久他又解決了附近居民抗議工程中排放污水的糾紛。他不辭辛勞地奔走於政府環保單位、警察局和憤怒的民眾間；幾個晝夜打通了各個糾結，使得蕭董在這事件上的賠償與罰款降至六位數以下。

「所以我沒看走眼。」蕭董在誇人也自褒。

「年輕人當要有你這種氣勢。」蕭董看準他是可造之材。

「以後，有什麼事儘管開口。只要我能力所及。」這是他最早對王希君的許諾。

也在那時候，有一晚他們在慶彰會計師事務所的客廳小酌，突然蕭董沒頭沒腦地說了句：「你有一個漂亮的老婆。」然後他似覺得語焉不詳，不，是曖昧，立馬更正說：「一個成功的男人背後都有一個賢內助。」

是嗎？王希君偏著頭，不疑有他。

這已經是五、六年前的事了，或許那個晚上蕭董的心中便有了秀琴。

凡事當得循序漸進，以待水到渠成。王希君不認為自己是癡心妄想或操之過急。由一個小小的記帳公司，藉著攀附建築界龍頭的機緣，轉而向房地產發展是順理成章的跨移而已。蕭董不是說了嗎？他從來不認定自己只合一個會計師事務所的小格局。塞到嘴邊的蘋果，他是不會吐掉的，王希君籌思著的，是將如何應用過去蘭苑這個成功的平台來實現自己的夢想。

他不以今天的蘭苑山居能平順地高高屹立於蘆陽平原之上而自命居功闕偉。他學會低調。不過他該得到應有的回報也是天經地義的。

蕭董之前說的是否是真心話？今天起他不得不重新衡量。

當年蘭苑山居的推出一炮而紅，壓倒其他社區，銷售量大獲全勝的亮麗成績讓蕭董起了得隴望蜀之心。於是才有了今天秀崗曦鄉的誕生。眼看又將是個來勢洶洶可預期的房產大案，象徵著即將而來的另一波財富與聲望。蕭董眉飛色舞地給秀崗曦鄉的未來拓一張美景。談起它時，他說：「蘭苑充其量只算是『半別墅』，類似而已。」

「是假別墅?!原來以前我們都被騙了。」幾年後聽到這話的王希君，難免錯愕。那時有多少人是被當時架在樣品屋上，寫著「一朵雲間的蘭花」的廣告牌所吸引，那是個橫幅的抽象山水為綠底，鑲上一排粉淡的夕陽紅字的招牌，給人一種清新超逸的追求。

「是不同風格。憑良心講，蘭苑不好嗎？」蕭董語畢。他們相視會心一笑，這種溫馨的情誼恐怕將成為絕響了。

多想無益，現在當務之急莫過於自己手頭上多少總得要握點東西；也即目前雖沒有幾千萬，但要如何變出幾千萬。

在事務所的辦公桌上，他架著手用指尖揉著太陽穴，首先想到的是在邱厝埔的那塊地。那是將近四年前買的地，有三千多坪。如今地價到處狂飆瘋漲，以那塊地的所在位置，現時的價值豈止幾千萬而已，早該上億了。但他不急著賣，那地段太好了，應該動腦筋的是怎麼去用這塊地來生錢。所以小浩來得正是時候，做建材的陳老闆老粗歸老粗，偶而總能帶給他意想不到的驚喜。

邱厝埔這塊地，妻子秀琴只知道是丈夫買的，也只問了一句哪來那麼多錢？就不再過問，好似賺錢購地是丈夫的分內事。但王希君不這麼想。在妻子眼裡，丈夫的這點錢和這點地，怎能跟蕭董相提並論。如果她丈夫連這點身家都沒有，還怎麼出人頭地。不，都不是。是她的心從沒放在他身上，哪管他死活。

所幸當初有買下邱厝埔那塊地。否則今天面對秀崗曦鄉的案子，怕是唯有瞠乎其後，望洋興嘆了。

但那塊地……

他深吸了一口氣。

手機響了——是的，手機聲已成了現代人生活中隨時的聲響，也時常可以打破寂靜……

38

寂寞、冷、空氣，是天地間的自然空蕩。你聽狼隻蹲踞山頭對月長嚎，是來自遠古歲月就有的無盡淒寂，是最原始以來的無明情緒——評，電影「野性的呼喚」

《林德的筆記本》

寂靜會讓人感覺寂寞，沒有人比王希君這一刻的體會更深。今晚慶彰會計師事務所的家是空寂的。妻子週末帶兒子回娘家住兩天，電視沒有好節目，他沖了杯濃茶，吸著煙。寂寞之於夜，正如茶多酚之於茶，無影無形，卻泛在其中。濃茶變涼變苦了，他加了點滾燙的熱水。

他看著兒子留在茶几上的一盒果凍。天寒地凍的夜，他與一顆水果凍又有何差別？在深夜自家樓下客廳，他經常一個人，牆邊小燈如豆，對著自己的影子，此時此景倍感自己的人生永遠是在孤軍奮鬥。小人物的身影。才猛然想起，多久了再沒朋友晚上來家裡喝喝聊聊？而夜，是他寧可在老爺酒吧也不願窩在家？

他放下茶杯，正不知如何安置自己，突然像警鈴般，是麗可的電話。

「想不想出來喝一杯？」她開門見山的低沉嗓音永遠是那麼暄暖，瞬間溫熱了他冰涼的心。

「都幾點了，還出去喝酒。」

「才十一點多，晚嗎？」

王希君的無聲是默允。

「去妳店裡？」

「去老爺。」麗可喜歡那裡的酒有多樣選擇。

從峰西到老爺酒吧，就算晚上車少，也得四十分鐘。

王希君說：「妳打算累死我啊。」

這一天是星期六，晚上夜店的生意應該很好才是。

「妳不守著伊芙娜，跑出來找我喝酒。有病啊！」

「不找您我才會生病。」她說。「今晚客人不多。」

麗可不在，伊芙娜自然有人打理，是一位叫方婕的女人，比麗可年輕點。是合夥人之一。方婕有一副健美的身材，也曾經坐過王希君的檯，是個有手腕，很會招呼客人，有兩把刷子的女人。

王希君到了老爺酒吧時，麗可已經在鋼琴演奏台右邊角落的位子上點滿了一桌子零嘴小吃。

「盡吃些只會長肥的垃圾。」王希君皺皺眉說著，拉開椅子坐下。麗可往後挪動了些。

「不讓我吃點東西，叫我乾等啊！我都等你快半個小時了。」

「可以喝酒。」

「少說廢話，你喝什麼？還是琴酒加東尼水？」麗可喝的是威士忌。

王希君撓了撓頭。「跟你一樣。」麗可叫的是三角瓶的「飛得累」（Ferrderich）。

「怎麼突然想出來喝酒？」

老爺酒吧越晚氣氛越 high。鋼琴演奏的時間早過了，正是酒客無天無地的時刻。

麗可旋轉著酒杯，冰塊在裡頭喀啦喀啦響，好似沒聽見王希君說話。

「妳在想什麼？」

王希君和她碰了杯。麗可咬著唇，嘴角隱含著淡淡的笑。她移了個身，附在王希君的耳畔說：「再過幾天你就見不到我了。」

「為什麼？」王希君甚表驚訝。「妳不做了？伊芙娜怎麼辦？」

「不，是我有事，要離開一陣子。方婕會暫替我看管。」麗可喝了口酒。

「妳去哪裡？這麼快？」這突如其來的告知，王希君一時仍無法回應過來。

「不走，待著能幹嘛，反正沒人要我。」又開玩笑似地說：「你要我嗎？」說完盡情地笑。

王希君看在眼裡，她不過是在試圖掩飾臉上的戚然和不明的茫惑。這點王希君懂，卻也不想懂。

「今晚叫我出來喝酒就為了告訴我這個？」

麗可搖頭。「不，只是想喝喝酒，不然我會瘋掉。」她的手掌在胸口不停地做著翻掏，彷若有什麼塞住了。

王希君認為，那就是困；困於某事，困於某種情。是人，總難免。他知道她很愛他，但男女之間的事不是劃一個等號就等於什麼。他不是不喜歡她，且一點也不歧視她所從事的行業，只是往往在他們即將在同一頻率的節骨眼上，不知為何又突然岔開了。

如果真有一條愛河，他始終到了河邊便止步了，還是台灣人的那句話——有緣無分。有首台語歌的歌詞：「有一種無奈叫做命。」是命，就唯有如此了？

「真的只是想喝點酒，別想多了。」麗可說。

他們又碰了杯，王希君把酒乾了。「為什麼？為什麼要走？」

「有一天你會知道的。也許你會恨死我。」

「為什麼要恨妳？」

麗可攏了攏頭髮，揚起一個有若馬上便煙消霧散般那麼淡薄的笑。

「不說這個了。在走之前，我總算履行我的承諾了。雖然不是很樂意。」

「什麼承諾？」

「給你介紹女朋友啊！」

「其實我是說著玩的……是妳太認真了。」王希君支吾著，把到口的酒杯放下。

「少來，永遠口是心非。好啦，說正經的，你有打電話給小瑜嗎？」麗可在他的杯子裡放入冰塊。

「沒有，她也沒打電話給我。」

「不知你是怎麼想的。你就不能主動點嗎？」

「我不確定她會看上我。」王希君的外表雖非俊美，倒也是有點像男星丹尼爾．克雷格充滿著男性魅力的那種。

麗可咯咯笑了出聲，「很少看見我們王老闆這麼沒自信，這表示你動真格了。」

「你不喜歡她嗎？」

「我不曉得。」王希君的心頭老盤繞著，「妳們是怎麼認識的？」

「不急，我會告訴你的，現在還不到時機。你會知道的，到時候別恨我。我也說過，不勉強你們一定得交往，選擇權在你。」

「恨妳?!為什麼老講這個？」

「你會明白的，不要逼我。如果你害怕，乾脆算了，是我沒事找事。你有這樣的懷疑，也很正常，也足見你有多在乎。」麗可黯然低頭看著酒杯，接著她拿過酒瓶說，「不管那些了，我們喝酒。」

王希君不情願地舉杯。「妳什麼時候走？」

「這幾天。」

「還會回來嗎？」

「會。」

「什麼時候？」

「不知道。唉！這重要嗎？很快你就會把我忘了。」

王希君默然。麗可在兩人的杯子裡倒酒。

「放心，你就算不找小瑜，她也會找你。」

「為什麼？」

麗可搖著頭，一口將酒乾了。

當一個女人美到超越一定程度，美不再是品頭論足了，只能欣賞；之餘，還是欣賞。

小瑜，就像一隻羽色如織、毛澤似錦的小鳥，忽而降下枝頭在你左右蹦跳，卻又靠近不得；深怕一小動靜便能驚走它、嚇飛它。光這樣想著，他頓時覺得氣餒，不敢輕舉妄動。

有似在捷豹的跑車之外，他又多了一個錐心的追求。再平添了一分難過。而想起捷豹車，不曉得哪一天車門邊站的就是小瑜這樣絕色的美女——俗媚的廣告畫面，永遠吸睛，永遠百看不厭。他嘆了口氣。然而小瑜不應是捷豹的伴者。她少了那點野性。

這就是她。她是不需任何隨伴的，她是獨特的。

可是小瑜並沒有像麗可說的會主動找他。王希君思慮再三，他不是一個缺膽的人，卻為何面對小瑜時居然猶豫不決，患得患失？

「我怕過什麼？我怕過誰？」

在還沒退縮之前，他勇猛地抓起手機就打，純粹是碰碰運氣。出乎意料地，小瑜倒像專等著他的電話似的，響了兩聲就接聽。而且對他的首次邀請，回答得有如電視節目裡的搶答遊戲一樣快速。

「好呀，我們去哪裡？」這倒是難住他了。

哪種地方比較適合她呢？他琢思著。

麗可給他的資訊。其實也見識過了——小瑜吃食簡單，不飲酒，喝點咖啡，幾乎茹素。像王希君這種歷來葷腥酒肉過慣的人，豈有不知道的好餐廳。只是此刻他的腦海裡沒有一個地方是適合小瑜的，沒有一個可供他參考拿定的清境地。

最後他乾脆找了一家相當高級的素食餐廳吃午餐。對此，小瑜頗為不安。

「王老闆大可不必為我來這種地方。照您平常的，喜歡吃什麼，就點什麼。我又吃不多，叫多了反而浪費。」

那天，頭一次他們單獨兩人一起吃飯。是王希君從沒有過的言匱語窮，幾度談話中斷。主要是小瑜的話少得只有是一問一答，有時問了三句，才回一句。但他畢竟也是個老江湖了，懂得扯扯些逗趣的事，看她笑，也是一種享受；而無邊際隨便問問，也能多了解她一些。

吃過飯後，小瑜請王希君開車送她去中友百貨。她說她和姨媽下午打算去走走逛逛。

第二次的約會是在晚上，王希君聰明了，他選在雅爾曼西餐廳。那裡供應的是一客一客的西式簡餐，各點各的，葷素由人，互不相干。再者，雅爾曼的環境尚稱得上清幽。他的話也多了，開始天南地北地在談話間營造點氣氛。也就是那天晚上，王希君的餘光無意中瞟取到一個風骨神采獨一無二，異常熟悉的身影上了二樓，是老教授林德上來準備去洗手間。他立刻低頭一撇，裝著沒看到，卻是老教授從背後認出他。

當時小瑜立刻對老教授的行業感興趣。

老人上完洗手間下樓。小瑜依然盯著他微飄的長髮、瘦臞的背影。

「好有味道的老人。」小瑜說。

「是老人味。」王希君笑說。並隨口問問，「妳剛說要請教他問題，是什麼問題？」

「當然是關於電影啊！您不是說他是出版電影雜誌的？」

「是，妳也喜歡看電影？」

「非常喜歡。有機會可不可以帶我去他家？」

小瑜臉上初現熱切的表情，以及和他在一起時未曾有過的興奮。

他嘴巴說可以，卻感覺很無趣，心裡面也突著疙瘩。雖然他並不怕和小瑜在一起的事曝光——妻子秀琴也奈何不了他——但帶她去見教授，犯得著自找苦吃嗎？

「再看吧。」他說。

小瑜有個怪癖，是後來她無意中說出的。除了安安穩穩坐進電影院的椅子裡，她是不會在電視、電腦，或手機上看電影的。

老教授下樓，似乎也帶走王希君和小瑜之間的話題，他們竟找不出話說；而小瑜是一臉索然無味地喝著咖啡，王希君點的雞排飯，雞肉涼了變硬了，也形同嚼蠟。

他放下刀叉，說：「想喝點什麼嗎？」

小瑜搖頭，「我不正喝著咖啡。」緊跟著說：「我該走了。」

「這麼快？時間還早，接下來妳想去哪裡？」

「不了。」

「有事？」

「九點前我必須回到家。」

王希君純粹是說笑，「誰規定的？」

「我姨媽。」小瑜靦腆而嚴肅地看著王希君。

「現在才七點，離九點還有兩個小時……」

「下次吧。」小瑜說她姨媽不放心她晚上在外面太久。

這能理解，特別像小瑜這種文靜、楚楚可人的小女人，夜晚單獨一人在外的確不安全。

「我送妳回去。」

小瑜躊躇著，然後說：「可以，但只能送到路口。」也就是美僑街的獅墩口。

「擔心妳姨媽看見？」

小瑜點頭。

沒幾天，一個突發事件搗亂了蘭苑的平靜。白天一切如常，夜裡三更，峰西的名人杜醫師自殺了。半個月前鎮上尚到處傳揚著杜醫師濟助孤兒的善舉，是新出爐的大慈善家。王希君當時甫聞這個消息的第一個反應是，「是不是病人接觸多了，醫師的頭磕壞掉了？」這才多久，一口新爐還未燒旺，便熄火了。是活得不耐煩了？

「他不僅頭殼壞掉，人也瘋了！」王希君很是震驚。

王希君咀嚼著不明所以，就像嚼齧一截草根。

他想起新月亭餐廳老闆黃秉鐘說過：「蘭苑十七巷的好戲還在後頭呢。」

39

王希君打電話要建材商陳老闆約小浩吃飯。對於上回推絕小浩請他去伊芙娜一事，他耿耿於懷。因為小浩的重要性越來越凸顯了。他不能掉以輕心。

「晚上在海星餐廳。」王希君說。

陳老闆叫了一聲，「哎！不去那裡。」他的破嗓使得手機也為之一震。

「為什麼？不去看你的叮叮噹？」

「她今晚不上班，有事請假了。」

「呵，好清楚喔。那你說，我們去哪裡？」

文心路有家不錯的羊肉爐，陳老闆本想在那邊隨便吃吃算了。可是通了電話後，小浩還是喜歡海星。「他們的玉米酒實在好，呵呵。嗯……我只是說說，前輩們決定就好。」這小子就是這麼有禮有數，或者說是不折不扣的小滑頭。

少了丁經理滿場翩飛的叮噹笑聲和艷麗綽影的海星餐廳確實頓失聲色。而一晚上陳老闆也彷如喪失了某種依撐地坍在椅子上，食無味，酒不暢，嘴巴碎碎唸，「晚上的菜沒叫好。」他怪王希君。

「不過是缺了一道菜。」王希君拿根筷子敲敲酒杯。叮叮噹、叮叮噹。「就是聽不到這聲音。」

他硬在陳老闆的心頭添股氣，「丁經理哪是請什麼假，人家是去會男朋友了。」

「我管不著。」陳老闆黑著臉擎著酒杯。半晌他說：「乾了吧，我們去伊芙娜。」

王希君心知伊芙娜才是小浩今晚的最終目的。這小子在伊芙娜混熟了，也會自己一個人偷偷跑去。據陳老闆說仍然是那個胖女人。有些消息是來自麗可。

「麗可不是走了嗎？」王希君前幾天打過電話，麗可手機關了。因而他猜想，「她已經不在伊芙娜了。」

「是離開嗎？不做啦？我怎麼不知道？」陳老闆瞪大了眼。

「應該就這幾天的事。她有告訴我，但沒有明確時間。」

王希君問小浩，「你知道這事嗎？」

「不清楚，我也有好些天沒去伊芙娜了。」

顯然伊芙娜的小姐們都還不知情，或者是麗可有意要掩蓋。但能封鎖多久？更顯然的一點，麗可給王希君介紹小瑜的事，從現前的情況看來，大概也沒有人知道。

「麗可太不夠朋友了。」陳老闆又碎碎唸著，又怪罪到王希君頭上，「知道這樣的事也不通個氣，她為什麼不做了？」

「誰曉得？」

「沒告訴你？」

「為什麼要告訴我？」

「她捨得離開你嗎？」

王希君聳了肩不想搭理。小浩的眼睛一直停在他身上。

「王老闆，麗可不在了，我們還去不去伊芙娜？」

「去，還有方婕在。」

王希君笑著推了一下小浩。在這資金窘困的時刻，小浩是他一把打開金庫的鑰匙。

沒有了麗可的伊芙娜會是什麼樣子？就如同沒有丁經理的海星。

晚上方婕在。問及麗可，只是虛應了下，「她回老家幾天。」

方婕和他們不比麗可生疏，也了解他們的消費習慣。她拍拍手兩聲吆喝，客人的需求便搞定了。

但王希君依然有著進到一家陌生店的感覺。在伊芙娜準備要喝第二瓶酒的時候，王希君藉著透透氣把小浩叫出包廂，帶上樓頂。

「哇！風好大，不過很舒服。」小浩伸展了一下胸膛。

「晚上你還有特別的事嗎？」

「沒有。」小浩不解地瞧著走向樓頂矮圍牆邊的王希君，也跟了過去。

小浩不抽菸，王希君點了菸猛吸一口呼出。他望著在空中隨風飄散的煙茫，那即是所謂的瞬息幻滅吧。

他捏緊夾著菸的手好像要把握住什麼。

「你那個小姐。嗯——就現在坐你檯的那個，肉材很好，你很有眼光。你們出過場，不是嗎？」王希君看著小浩點頭。接著笑說：「應該很不錯吧，那種彈性，在她身上的感覺。」他哈哈笑著，小浩也出聲笑起來。

「晚上的單我已經買了，你可以帶她出去。」王希君若無其事地抽著菸。

小浩驚訝地轉過頭看他，急聲道：「這怎麼可以，請東請西，哪有請那東西。」

這是台灣人在歡場上不成文的規矩。

王希君笑得更大聲了。「這什麼老祖宗的規定？都什麼年代了，我的小老弟。」

小浩還愣著，王希君立馬切入話題，「我這人直來直往，我也有事拜託你。」

「請講。」

「我有塊地，三千多坪，打算向銀行抵押借款。」

「地在哪裡？」

「邱厝埔。」

「那是好地段。」

「沒錯。所以嘛，我找你。」

「我懂了。」小浩雖然稚氣，腦筋倒使得快。「您是想向鼎信銀行貸款，要找我叔叔說去？」

「你叔叔是總經理，一言九鼎。」

「這……不是很困難，只要地有那個價值，不難。就是王老闆想貸多少的問題。」

王希君說：「以目前這塊地所在位置的市價，一坪至少三萬。三千多坪將近一億了。」

「也許吧。但王老闆，您也知道銀行不可能給全額，他們大多以五成、六成評估。再上去真的要看情況了。」

簡單說就是要套交情了。

「所以，你叔叔那方面就有勞你幫忙講講。」

「那塊地現在是值錢了，這是您的優勢。」小浩也實在講。「麻煩王老闆把土地的資料給我，讓他們先估估看。」

小浩一個出身富裕家庭，沒有生活上的銼磨，白淨得好似不曾被碰髒染污，總帶著一股清新，給人希望，卻又讓人感覺沒那麼牢靠。

樓頂樓梯有腳步聲，一個黑影在門口出現，破著嗓子叫著：「原來你們躲在這裡，鬼鬼祟祟的。」

麗可走了，並沒有在王希君的心中留下讓他想起她的空間。說起來也沒有時間，因為小瑜完全充滿了進來。

和小瑜第二次在雅爾曼見面後，他一門心思皆在對小瑜的各種猜測臆度，其實是更多的幻想。他也警告自己這或許是陷阱，以之來降溫心頭的火熱。然而一個人間罕見的尤物自己送上門來，有誰會摒棄而視若無睹；理智告訴他天下沒有白吃的午餐，可是他體內的好多部位像走上街頭的群衆，在抗議那顆身為主宰的頭殼是多麼秀逗。

小瑜是隨時會驚飛的小鳥，也似一隻靜靜一旁獨自招展，見人便縮夾起翠羽彩翼的孔雀。她不主動找他，但這兩次他約她，她毫不拒絕，這樣若即若離的確把他窩憋得很苦。晚上躺在床上，很清楚自己沒有這種福分，更甭奢能和她長此交往。再看床榻旁熟睡的妻子早如一具木乃伊，他有考慮過分房的可能。

然而天一亮，立刻急著想給小瑜打電話，就算不見面，講上幾句話也好，他愛聽她那純淨的聲音。

聖誕節前他們才可憐地準備要見第三次面。主要是王希君忙著配合各家公司陸續而來的年底盤點的作業；小瑜那頭連個聲響也無，多沉得住氣啊。

可，總是每打電話給她，她便一口答應，就等候著他的召喚。如此這般接下來，王希君又為要去哪裡而犯愁。今晚亦然。雅爾曼西餐廳，自從在那碰見教授林德後，他是打死不會再去了。最終還是回到鶴門，日本料理相對來說比較清淡。小瑜點了一份涼麵及一盤蔬菜沙拉。王希君瞅著直搖頭，盡是些刮腸刮肚的。他給自己要了一份烤肉拼盤和一小份生魚片、一盒鰻魚飯。

「王老闆真會吃，晚餐這樣不會過量嗎？」

「吃是體力。」王希君笑著再度懇求，「能不能不叫王老闆？」

「那叫您什麼？」

想想，「算了，隨妳。」王希君沒轍，苦笑著，他用熱毛巾擦了擦臉。

「不好意思，我想喝點酒。」

「請便。」小瑜反倒覺得過意不去。「您儘管點您的、喝您的，別管我。」

總之是自己在彆扭，王希君搖頭。他拍拍手，穿和服的女服務生在外面應聲拉開紙格門。

「給我一瓶黑霧島燒ちゅう。」王希君中日文半生不熟夾雜著。

「明天是聖誕夜，妳有安排嗎？」

「沒有。」

恆是那麼簡短而不帶感情，她就不能多講幾個字嗎？另外，王希君有點不理解。在外國長大的人居然會沒留意到明天是聖誕節，不可能吧?!「這在美國是大節日，相當於我們的過年。」

「是啊，我知道。我以為台灣這裡不重視。」

王希君還是笑著問，「我來安排？」

「好呀。」小瑜俏皮地噘著嘴。

「想在哪裡過？」

「王老闆您決定。」

幹！王希君心中暗罵著。所有的興致全給澆冷了；他像課堂上的老師問學生，真累人。

他一杯一杯日本燒酒斟著喝著。真是有時濃烈有時薄，像一首歌詞。於他，本就蒼白的語素如何組構得出風花雪月的酸詞？

王希君突發奇想，小瑜不愛講話，那會唱歌吧？

「我想，妳唱歌應該很好聽。」

「還可以。」

「明天晚上我們去唱歌？」

「好呀！」

忽然是一隻撲翅的鳥兒。王希君彷彿看到一隻被囚禁籠中的小鳥剎那間被釋放的歡愉。

「只要九點鐘前能回家，沒問題。」

「九點?!」妳娘的！又是她那姨媽的什麼規矩。幹！是大姨媽，是老姨媽。王希君哦一聲，人軟了半截。晚上九點鐘回家，那還有什麼搞頭。

「對不起。」小瑜適時伸出手輕按著王希君的手背，那柔軟的觸感硬將王希君的浮躁化解成一聲微弱的嘆息。「請你體諒我是寄人籬下。」她居然能用點成語。

王希君也翻了手掌握住她的手，「是啊！早點回家我也放心。」他表現出風度，體貼地說：「明天給妳電話。」

小瑜剛垂下的眼簾立刻開啓了燦爛無邪的笑容。

莫道不曾爲情苦，
只緣未謀心意人。

有可相思的人而苦，總比心無縈繫得好，至少心有所動。

小瑜越像飄飛的風箏，王希君越想拉緊手中的那根細長的線。這是暫時的，他很清楚自己一旦有了決心，常常化不可能為可能。

哪怕小瑜果真是天上的仙女，他照樣把她捆綁下來。現在才是他要追求的開始，他是認真的。

王希君不想驚飛面前這隻小鳥，先順著她是第一要件；所以晚上九點必須回去的這個他媽狗屎規定，他一定得遵守。

聖誕夜，他也沒心思去唱歌了，他在頂樓有旋轉廳的新海天餐廳訂了桌。

小瑜很喜歡餐廳高空中緩緩移動邊俯視著台中市夜景，邊吃飯的另一種樂趣；今晚的菜也是素的為主，再加了一些海鮮。

「這是我到台灣來最開心的一晚。」她的視線從大片窗戶收回，看著王希君，「謝謝您，王老闆。」

又是王老闆。不過，她今晚能高興就好。

餐後送上甜點時已經快八點半了。王希君從上衣口袋裡取出包裝好的一只小盒子。

「聖誕快樂。」

「這是什麼？」小瑜拿在手上，掩不住驚喜。

「打開看看吧。」

「啊！是香水。」她拆著包裝紙說著，「你知道我愛什麼香味？」

王希君指指自己的鼻子說，「它告訴我的——從妳身上。」他狡黠一笑。

「王老闆不老實。」

小瑜皺著鼻笑笑，那樣子俏皮可愛。王希君就喜歡她這樣，表示她與他的界線突破了一小口。

然後，按耐著百般的不情願說。

「快九點了，我送妳回家吧。到美僑街可能要九點半了，沒關係吧？」

「偶而，沒事。」

回到蘭苑，好好的一個聖誕夜，他只能獨自一人在萬籟俱寂的家中過一個寧靜夜（Silent night）。

今天下午出門時，妻子秀琴攔住他說，「兒子小腿上長了東西，你能帶他去看醫生嗎？」

「我馬上要去見客戶，妳去吧。」

王希君到了門口返身，「長在小腿的哪裡？什麼時候的事？」

「我看，我們兒子變成什麼樣子，你也不會在乎。」

「我知道妳辛苦了。」王希君轉顏說。

「行了，行了，去忙你的吧。」

接著問，「晚上會很晚回來嗎？」

「有什麼事？」

「我要回古坑。」妻子的娘家在雲林古坑。

「媽人不舒服。」

「兒子也一起去嗎？」

妻子只說了句，「晚上少喝點酒。」她其實還是關心他的，以及這個家。

而現在家裡就他一個人。冬夜漫漫，又是剩下空寂和寂寞交錯地籠上了他。

他靠在客廳的沙發上，一閉眼瞬間渺渺然的是一張孤冷的臉——竟是麗可——和一雙清怨的眼。此刻她在哪裡？以風塵中人而言，麗可是個好女人，有一顆善良的心。

似乎有些事必得是人不在了才會珍惜。

啊！小瑜。王希君閉上的眼睛一睜開，想的是她。而晚上九點鐘必須回家的她……他認命了。

此後的寒夜將更加漫長了。

40

過了聖誕節幾天後的一個晚上，妻子秀琴竟然比王希君還晚回到家。王希君問了，妻子答說與朋友聊天忘了時間。然而第二天中午，建材商陳老闆破裂喉來了電話。

「昨天你和蕭董談了吧？我拜託你的事。」

「昨天？我不明白你意思？」

「咦？你沒跟蕭董一起？昨天傍晚在羽屋料理店門口，我看到他坐進一部白色的高級車走了。他沒找你？」

「沒有呀……」王希君此時的胃抽了一下。「你不會看錯吧？」

「絕不會。」

「蕭董來台中居然沒找你?!」這是陳老闆關掉電話前的疑問，也是王希君的滿腹疑思。

他下樓，望著妻子秀琴在廚房忙著午餐。誘人的背影，尤其是不大而飽滿的臀部。這是他的人嗎？至少昨夜是別人的。

她的晚歸和蕭董悄悄來到峰西。不疑，亦惑，猶如烏雲罩山頭，不雨，也陰。

好巧不巧，這時又是一個粗嗓，蕭董來了電話，「下午我到你事務所去。」

「從台北下來？」王希君裝作不知道。

「不，我在峰西，昨天就到了。」

「昨天?!」王希君故作驚訝，「來了也不通知一聲。」

「我有其他事要處理一下。」

其他事要處理?!你娘的！和我老婆吧！

「下午恐怕無法見您。」王希君夾著手機上三樓書房。他謊稱，「半個小時後，我要去國稅局。蕭董，晚上我們一起在台中吃飯。」自己也不明白，何以就這一刻他是多麼不想讓蕭董來他的家。

「不了。今晚我一定得趕回台北，下次吧。」

「我可以上台北。您要是忙的話，我去找您。」王希君不過脫口一說。

豈知，蕭董沉吟下，「也好，那你明天就上來吧。」

「這麼急?!」

「阿君啊，秀崗曦鄉決定明年二月底，也就是農曆年後動工，你說急不急？所以，你的認購部分能不快點決定？我們明天先談談。」而且，他說：「我們也砸了一大筆錢做廣告。」

「我怎沒看到？」

「明年元旦開始。」

天啊，都逼到跟前了！超乎了他的心理準備。主要是資金，現在還是只有影子而不見實體。

為今之計，唯有抓緊小浩這隻，這隻——忽然間，王希君覺得他像隻雪白的博美犬。

臨出門時，妻子問他在不在家吃中飯。

他搖頭，然後說：「下午三點有個姓劉的小夥子會到我們事務所，我回來晚的話，替我招呼一下。」

早先，王希君給小浩打了電話。更早之前，他也已經將邱厝埔那塊地的權狀，用電腦掃描發到小浩的電子信箱。

「人家可是小鮮肉。」王希君又意味深長地看著妻子說：「今晚不會再聊天到半夜了吧？」

「你這是什麼意思？」妻子走出廚房，手在身上的圍裙擦拭著。

可以想見小浩第一次出現在王希君的事務所會是什麼樣的情狀，那真是堪用吹皺一池春水來形容。他人一上二樓辦公室便有似帶著微微的薰風，將七個記帳、做帳的會計小姐吹迷得東倒西歪，神魂顛倒。掩臉癡癡笑著也就算了，竟然有人在細聲啜泣，是剛從學校畢業的小妹。

幹！全瘋了。王希君心中罵著，死查某鬼，沒見過男人?!

小浩登門帶來的消息，有好有壞。好的是他叔叔，鼎信銀行的總經理，基本上答應他提出貸款的事。王希君緊著眉頭，可以就可以，不可以就不可以，什麼叫基本上?這哪是什麼好消息！而壞的則是更壞。

「您那塊邱厝埔的地是值錢，不過沒有您說的一坪三萬，大概兩萬多一點。所以初步估算最多能借到六千萬。」

六千萬?!不是錢少，而是不餓不飽的，就別提他的目標了。這樣的貸款有何意義?

「差距太大了。」和他所預期的。

「我說了，是初步預估嘛。」小浩解釋道，「王老闆您給的資料才幾天。這算是快了。」

「那可是邱厝埔的地。」

「是啊，是邱厝埔的地才有這個價啊。」

明天拿什麼來跟蕭董談?然而正如小浩說的，是初步估算，還有待商議。哪能輕言放棄。

第二天，他上台北。

秀崗曦鄉的三大房型：闕宇、豪廷、雲雅當中，王希君相較看好雲雅。以現實考量，它是這三者當中坪數最小、價位最低的標準房。一般而言，超豪華或太大的房子並不好賣，也不易轉手。

雲雅的外觀輕逸如流雲，給人清爽不負重的居家感。一般人接受得了，數量也最多，有六十三戶。最小的面積是三十五坪，最大六十坪。雖然王希君有優先選購權，他也得摸摸自己口袋的深淺。就以喬漢建設所屬的天禧公司最初的概估，每坪二十萬（約六萬多一平米），以及蕭董的善意，他僅須預付房價的百分之二十，有別於對外的百分之三十。那麼，假設以雲雅戶型最小的三十五坪來計算。每棟房子的首期將是：

NT$200,000. x 35 坪 x 20% = NT$1,400,000.

倘若王希君可以從鼎信銀行貸出六千萬，將之全部投入，他起碼能吞下四十棟以上的雲雅，為數相當可觀。這一算，他又有信心了。但他絕不會把所有雞蛋放在一個籃子裡。他籌集資金非單只是一種用途。人的野心不能只有一個出處。

蕭老闆的辦公室不在喬漢建設，還是在台北市松江路的永鉅工程。

王希君是在下午兩點和他碰面的。

巨型的秀崗曦鄉的模型盤被搬去了喬漢建設，會議室整個變空了。人和長桌在裡面顯得很小。黑面秦早到了，坐在會議桌面對著門偏左的位子。依舊不動，不笑，沒表情，活似一尊黑面神，他們連招呼也省了。

在王希君之後，蕭董才笑哈哈地走進來。

「讓你專程跑一趟，辛苦了？」未就座，先遞菸。

王希君幹在心裡，笑面虎！

「你開車上來？」

「不，我搭統聯巴士，開車累人。」

蕭董叫黑面秦在會議桌上攤開一大張秀崗曦鄉房子的分布圖。

「阿君，這張圖你見過吧？」

「嗯。」

「你已經想好了你要的房子？」

王希君點頭，拿起筆準備在圖紙上畫記號，蕭董截住他的手說，「只能在這些部分勾。」

那是分別好幾塊事先用黃色熒光筆框下的區域。戶型小不說，光所在的位置不是過偏而太近邊緣，就是建在很不方正的區塊上。感覺很凌亂。

「蕭董，您不是說我有優先選購權？」

「不假。但阿君你想，所有好房子都給你訂了，我們還賣啥？」

倒也是，王希君再看了看幾處黃色框內的房型。

「大多是雲雅型——」

「你不喜歡雲雅？」

「不是。」以他的能力，雲雅自然是最理想的。但他恨任人擺佈。

黑面秦開口了，「王老闆，如果你對闕宇、豪廷的房子有興趣，可以優先讓你挑選。」

言下之意無非是他買不起這兩種房型？這分明很是瞧不起人，且語氣是那麼尖酸。

「是呀，我沒錢。有限制不能買雲雅嗎？」王希君火了，拿出菸抽。

蕭董從旁低喊了一聲，「老秦。」

黑面秦合緊了正張開到一半的嘴，又忍不住吐了話，「好，就算雲雅，王老闆能簽幾棟？」

「要聽嗎？聽好。」王希君雙掌扣著在桌上傾身，心想乾脆就來玩個大的。

「不多，最少三十棟。」

「三十棟?!」首先大表吃驚的是蕭董。雖然雲雅格局較小，價低，可是一口氣三十棟也是大手筆啊。「氣歸氣，阿君不要開玩笑。」他大口吸著菸。

黑面秦瞬間臉更黑了。

「我像在開玩笑嗎？」王希君揉揉眼睛往後靠著椅背，一副悠然自得的樣子。

「世界上多的是狗眼看人低的人。」誰都聽得出他在暗指誰。「但是蕭董，我還是覺得價格過高。」王希君有底氣了。

蕭董毫不遲疑地說：「因為我們的房子是道道地地的別墅，品級無可比。」

王希君所擔憂的正是一味地標榜優質檔次，勢將「曲高和寡」。而蕭董認為他們要賺的，正是現今社會上占「寡」的那部分人的錢。而那些「寡的」通常是坐擁社會大半以上財富的人。蕭董又恢復了躊躇滿志。

「看樣子，阿君，認購房子的事，今天你是可以定了？」

「蕭董，還是讓我再考慮吧。」王希君把心裡的氣平下來。

「時間很緊迫了。要是下個月五號之前，你那邊還不能確定的話，我也掌握不住了。」

下月五日就是明年的一月五日，現在已經是十二月底了。

蕭董更強調，「我們已經和銷售公司簽約了。」

「是天禧？」

「除了天禧，我們另外還找了一家公司。是旭東星。」

旭東星，是家股票上市的大不動產公司，不僅是經紀、仲介、代銷房地產，也插足建築業，資金雄厚。

蕭董的意思是，一旦旭東星接手，他們就不便過問了。王希君以為，既然沒有享受到房子的優先選擇權，不如，他說：「那我直接找旭東星簽約不更好？」一次性認購三十棟房子畢竟是個誘人的數字。

「不。」蕭董嚴正地說：「找旭東星，第一，就不是我給你的房價；第二，頭期款是總價的百分之三十，而不是百分之二十。這點你必須認識清楚。」

接著，蕭董又說：「實話跟你講，與旭東星簽約時，我們保留了大概有百分之十給天禧銷售。」也就是說，這部分蕭董做得了主。為此，還差點和旭東星談不攏。他們那邊自然有異議。「好處盡是你們的。好房，好地段你們占了，價錢又賣得低，我們還有什麼優勢？」旭東星的老總也姓王。一開始，對於不能拿下秀崗曦鄉的完整銷售，有很大意見。

蕭董則攤開表明，保留的部分未必像王總說得那麼好。不錯，蕭董承認有些確實是他個人答應人家的。但最主要是留給天禧。天禧是自己的公司，雖然銷售能力絕對比不上旭東星，但總得要養啊。區區一艘天禧的小船撼得動旭東星的大艦？而且明年一月起，房價便跟旭東星一樣了。

「所以，天禧部分中的一部分是留給你的。還說我不為你著想？」蕭董直起身子，看著王希君。

「阿君，再問你一次。你要三十套雲雅，是真的？」

「不說假話。」王希君也挺起腰幹。

「那麼最好今天就拍板。我說過，明年一月一日開始就是新價錢。」

「新價錢是多少？」

「平均高百分之十八。和我預計的差不多，所以要趕緊。」蕭董說。

「蕭董，您剛不是說能給我到一月五號的時間？」

「那是最大最大的寬限。因為我也有錯，事情弄得太倉促了。」

蕭董補充說：「阿君，你懂嗎？意思是我們可以在一月五號簽約，但合約書上的日期必須填十二月底。」

今天是十二月二十八日。照理，今天是該簽了。

「今天是不可能了。哪天可以答覆我？」

王希君實在不願意在蕭董，尤其是那個黑面秦的面前遽下決定。

「後天吧。」王希君想了想，「付款呢？」

「簽約款是總價百分之二十的百分之五。如果今天我們能簽合約，就是今天付。當然我說了，時間太倉促了，一月五號也不遲。」

「百分之二十的餘額？」

「可以分三期。大約每個月一期，具體的時間，購屋合約書上會寫清楚。」蕭董眼神飄了一下。「我們不是一天的朋友了，也共同打拼過。我該替你想的，都想了。你是不是還懷疑著？我常覺得，我相信你的遠過於你相信我。你不認為？」倏忽間，他語重心長了起來，粗嗓也柔了。

王希君正抽著菸，垂下頭不看蕭董。內心多少被觸動了。

他是該感激的。想著妻子不時近乎耳提面命地強調：蕭董無不處處替我們設想，事事為我們好……但——設使沒有秀琴，蕭董還會這樣對我嗎？王希君藉著呼出香菸嘆了口氣。

突然發覺他們只顧講話，竟然把黑面秦冷落了。他消聲多長時間了？不，是不知何時他已悄悄地移到會議桌最邊的位子上。人坐著不動，無聲，更加是一尊黑面石像，動都不動。

「好快喔，都四點多了。」蕭董看了看錶。「晚上留下來吃飯？」

「不了。這樣回去太晚了，明天一大早有事。」王希君說著，心裡想的是小瑜，這時候她在做什麼？

「後天，記得給我消息，阿君……」蕭董停頓了很久。然後說：「你真的要認購三十棟雲雅？」

41

剛從台北回到峰西鎮，王希君的耳根子就不得安寧，陳老闆的破嗓吵了他一夜。手機裡，他喘息著，講話的舌頭好似彈不動。

「你喝醉了？」王希君感覺得出來，也聽到有人在唱歌。

「你在伊芙娜？」王希君一猜便著。

「是、是……」陳老闆只管慌著把自己想說的話講完。「蕭董那邊有沒有反應？」他知道王希君今天上了台北。

「喂喂喂，你到底有沒有跟蕭董談起我們的事？」

「什麼事？」王希君笑著。

「幹，你笑什麼？」陳老闆既怒又急，「別消遣我啊！還什麼事？就是秀崗曦鄉用我們建材的事啊……」

「聽我說，」王希君受不了陳老闆酒後刮死人的講話聲音，「蕭董的公司，永鉅也好，喬漢也一樣，都有自己配合的建材商，甚至直接到工廠拿貨，是大宗進材料。你也知道你和小浩的東西，比如瓷磚，就得看設計師了，他們可能視需要而有些改動。這部分可能就有零散採購……」

「我都懂。零散是零散，並不表示量不大。」陳老闆很不耐煩：「你今天到底和蕭董講了沒有？」

「沒有。」王希君坦承。

「今天我們有更重要的事要談。不過我可以保證，我會讓蕭董採購一些你們的材料，量多量少而已。」至少看在即將簽下三十棟雲雅購屋的份上，以及蕭董一再強調的，他們非一般的情誼上。

「哇，三十棟！不愁蕭董以後不賣帳。」陳老闆的破喉穿孔了。「那黑面秦呢？」就怕這人從中作梗。

王希君跟陳老闆、小浩提到過黑面秦這個人。大夥的觀感俱都是蕭董怎麼會用這種人來主導這個大案？秀崗曦鄉說不定會被這個人搞砸了。

王希君說起今天下午在永鉅公司樓上，藉著購買房子的數量，當著蕭董的面，狠狠地洗了黑面秦一頭臉。給他點顏色看的事。

陳老闆聽了叫好，「那時他是什麼表情？」

「是……不就是那一張黑臉。」

「幹！」陳老闆似意猶未盡，「那你沒在他臉上捶一拳？」

「捶他？我還嫌手沾黑了呢。」

「管他是黑面白面，事情真的不能再拖了，我這人不貪，秀崗的工程十分，我能有一分就心滿意足了。」陳老闆乾笑了幾聲噎住了。緩了緩氣，他說：「有件事你曉不曉得？」

準又有小道消息。

「喂，喂，你在聽嗎？」他清了清嗓子，「竟然沒人告訴你，伊芙娜已經全部讓給方婕了。」也就是說麗可不再是合夥人。這事在伊芙娜總算是公開了。而他和小瑜的事呢？是否也跟著曝光了？

王希君一顆心沉下來了。麗可這樣做，是打定主意要徹底離開這個圈子？抑或輾轉別處？陳老闆的話敲出王希君內心的，不是驚訝，而是懊悔和絲絲的悵惘。他嚥了嚥口水，點了支菸，兩眉接近一線。

「喂，你過不過來？小浩也在。」陳老闆人還在線上。

去伊芙娜?!

麗可……她是不會再回來了。

「不去了，今天跑了一趟台北，挺累人的。把手機給小浩，我和他講下話。」

接手機，小博美犬畢恭畢敬地就是一聲，「王老闆。」

「小浩，明天能不能安排拜訪一下你叔叔？」王希君打起精神說，「貸款的事要加把勁了。」

午夜、酒茫、香菸裊繞和周邊盡是些講話粗聲嘎氣的朋友，原是過去王希君頹靡的時光，現在竟成了他思念麗可的截圖。

麗可講話的低沉嗓音無疑是女人特有的柔情，是屬於夜的聲音，如今唯能夢中去追憶了。

王希君苦笑，他已意識到將永遠失去麗可了。才幾天，事情竟有那麼多的變化。

此時能填補王希君內在空虛的自然只有小瑜了，但她太撲朔迷離了。他有股衝動，立刻就要打電話給她，但想到她應該睡了吧，便打消念頭，明天吧。

二樓樓梯口有了聲響。

「阿君！」妻子叫他。「阿君！你回來啦？阿君！是你嗎？」

「是我！」王希君回喊了一聲。「不是小偷。」

第二天早上，妻子去市場買菜。他在書房給小瑜打了幾通電話，手機光響著沒人接。而突然來了的電話不是小瑜，是小浩。

「我叔叔說他今天有台北來的客人，星期一又碰上元旦假日，問你能否改成下星期二見面？」

「可以啊，時間呢？」

「上午十點。」

小瑜是在中午回的電話，她說手機放在樓上沒聽見。

「您在台北嗎？」

「我早回峰西了。」這個迷糊蛋，王希君好氣也好笑。

「昨天一天妳連個電話都沒有。」

「您在辦事啊，我不敢打擾。」

說得好聽，但她那少有的俏皮國語使他萬般不順的心也順了。

他問，「妳在哪裡？」

「家裡呀。」

「晚上能出來嗎？」

「好呀！」回答總是那麼爽快。

「想去哪裡？」

「只要不去鶴門。」小瑜話一出口馬上解釋道，「那裡不是不好，是東西太貴了，我又吃不多。」

難得她還能替人著想，王希君頗為感動，「貴不貴是一回事，只要是妳喜歡的，我全樂意。」

小瑜一聲謝謝便無下文。沒別的話講了嗎？隨即是每次都頭疼的問題。

「晚上想去哪裡？」

而不變的答案是王老闆做主。

王希君忽然問了句，「妳想我嗎？」

至今，他從未對小瑜有過些微逾越或放肆的言詞；不虞，小瑜卻嗤嗤笑個不停。

「妳笑什麼？」

小瑜止住笑，嬌柔地說：「腦筋不就是用來想的嗎？」

幹，這算什麼回答。

就目前的情況看來，他和小瑜的事，他身邊的人、朋友，尚無人知曉。而麗可就真的是這樣，人走也把秘密帶走？

不，他心頭一直壓著個說不出的陰影——麗可這麼「輕而易舉」，或過於「輕描淡寫」地給他介紹了一位女朋友。有那麼單純？稍有閱歷的人，不難從中警覺出必然有什麼不為人知的。

若說有企圖，大可這麼試問，小瑜和他在一起，誰會得到好處？又是什麼好處？而他王希君會因此有什麼損失？甚至將有什麼危險？

都沒有。不，是想不出有，也不至於有。再者，他王某身上有什麼可供人家圖謀的？更是沒有。煩人也可笑的是，既然不至於有殺身之禍，他在憂懼什麼？

小瑜給人的，是不求不應，百求百應，彷彿在履行某種差事。後者這種一而再的感覺卻強烈得不容他忽視。

男人並非不知女人所求為何。然而，他們是甘願的。而且他們有一個不可救藥的共同點——她對我是特別的、不一樣的，是另眼看待的。

可是，縱有千百疑情，小瑜，她的笑、她的聲音一出現，便宛如雲開見月，天下一片清平。

王希君笑了笑，世間本無事，庸人自擾之。還是先解決眼前的急迫問題，今天晚上去哪裡吃飯？他突然記起曾經有個客戶跟他提過在台中市的明中街上有家咖啡廳相當有格調，也供應輕食，叫什麼古樹屋來的。不妨去走走，試試。

古樹屋地點並不難找，因為他有個客戶就住在這家咖啡館的附近，是隔壁巷。

小瑜一進入店內，情似如魚得水。確實，這地方和她的人是一個氣息。但不知是否是錯覺，小瑜像對這裡很熟。

「妳來過這？」

小瑜矢口否認，「我回台灣才多久。」

這家咖啡館清雅的環境是沒話講。但王希君卻不習慣它有若畫展廳內的那種斂靜；這倒其次，最令他意外的是，他怎麼也想不到會在他們剛點完餐飲後，看見推開店門走進來的人。

那輕飄的身影正朝他們的方向笑著走來。這麼近的距離，誰都不能佯作無睹。王希君不得不離座打招呼。

「林教授您也來啊。真巧。」

「不巧，我一個禮拜至少來這裡三次。」老人呵呵笑著。

「從峰西鎮？」

「不然會從哪裡？反正人老了，閒也閒著。」林德瞇著眼盯著王希君對面的小瑜。

「李小姐，妳好。比起上次，又漂亮了。」

上次是在雅爾曼咖啡廳。那時王希君裝作沒看見，也還是被看見了。這下可好，他吞肚嘀咕著。

小瑜也起身，欠身一笑。「沒想到教授還記得我的姓。」

「我又不老人癡呆。」林德黠笑著，「醫學上說，多看美女是治療癡呆的良方。」

有此一說嗎？這老伙仔（台語）可真是陰魂不散；避開了雅爾曼，卻還是躲不過古樹屋。王希君臉上略有糾結，林德看出了。

「好好陪你的女朋友。」林德笑著走向另一張桌子。

「不，不是，她是——」

「哎！女朋友就女朋友，男人帶女人沒什麼不好意思的。」十七巷無人不知這老頑童講話白來白去的，有時難免令人尷尬。

「不，不，您別走。」小瑜不理會王希君，從桌邊硬拉出一張椅子請老人坐。她的一雙明眸是那麼澄澈，始終笑著。

年輕女人的笑真確是青春的綻放，讓人的心也陽光起來了。這是好久沒有的感覺。窗光透射而入，整個咖啡館也為之敞然了許多。

近瞧的小瑜，在林德視覺的鏡頭裡被放大了，多了一份實在的美。小瑜，名中帶瑜，其底質，自是一塊醇厚瑰潤的玉。反觀王希君，面對如此奇秀超逸得沒有雜質的女人，絲毫看不出他有任何必要屈尊的妄自菲薄。這是他天生的逞強之氣——一種林德常說的小人物也能成就大業的條件——儘管他和小瑜非是同一平台的對站而孰優孰劣。

然而即如此時他們的同在一桌，至今仍舊給人某種沒道理的浪費。身為電影人的林德，極盡不能忍受的，無甚於一個畫面的破壞。

小瑜卻是主動與林德攀談，好似她有千言萬語就等這一刻，像久別重逢的朋友。他們打開的話匣所釋放的不過是一籮筐電影的雜雜碎碎。小瑜似乎對電影懂得不少，是她的興趣吧。

一老一少語投意合，言談間時或穿插些電影專用語，直把王希君一頭霧水地晾在一邊。令他悔之莫及，幾至捶胸頓足。

那天他不應告訴小瑜林德是電影雜誌人，望著小瑜那種洋溢著的激越，他的胸口酸灼難當。和小瑜在一起，他何曾享有過這份來自她的熱情。

半途，他們點的餐食與茶飲上來了。

「教授您叫的東西？」王希君在暗示林德到底有完沒完。

林德這才想起似的，靦然一笑。「我還沒點呢。忘啦！」

「那剛好。」小瑜就深怕林德走了。「教授您乾脆點了菜叫服務生送到我們這桌。」

幹！王希君暗暗叫苦，卻強顏笑著，「是啊，湊一桌嘛。」

「不不，不能打擾你們的甜蜜約會。我不能不識相。」林德對他們擠了擠眼。

你這遭老頭早就很不知趣了，王希君心裡狠狠罵著；然而看著小瑜難得如此的盡興，又於心不忍。他像傻子，一句話也摻和不進去。他雖然愛看電影，但不一定就懂電影。看人家點頭，他點頭；人家笑，他也跟著笑。終於，林德站起來了，他也鬆了口氣。

「王老闆，我有幾本書和近期的電影人雜誌，改天你幫我帶給李小姐。」

林德起身繞步到咖啡廳靠窗子的一側，隨意挑了一個位子坐下。

王希君突然再度有被抛下的感覺。林德這一離開，才發現他和小瑜之間又失去了交流的觸媒。他們的空間，與其說是空乏，不如說是狹窄；他們吃著自己眼前的套餐，嘴裡嚼滿食物，大可不必忙著找話說。餐桌上只有刀叉在盤子上不規則而各有節奏的單調碰撞。咖啡館客人多了，人聲也吵雜了些。大部分的時候他和小瑜都很安靜，偶而低聲細語著，但實際沒說上幾句話。然後他看見林德拿著手機到外面講電話，王希君只覺得一陣倦意襲來。突然身子不是自己的。

小瑜自盤子裡叉了幾口菜，雙手捧起熱茶飲著。她算是吃飽了，也同時恢復了一向的矜持、話少，必要時才回應幾個笑容，實在很難想像才幾分鐘前她和教授林德的滔滔不絕。他委實該掂掂自己的斤兩了。

禁不住地，他的疑心又被喚醒。

「妳是怎麼認識麗可的？」

「王老闆問第二次了。」小瑜並無厭煩，「我們有共同的朋友。」

「妳也說過了。但能告訴我這人是誰嗎？」

「您不認識，說了有用嗎？」小瑜皺著細小的眉結。

「說說，也許我認識。」

「不可能的，是我這邊的人。」小瑜面上掠過一抹慍色，搖著頭，「不可能，王老闆不相信我？」

「不，不是……」王希君知道再問下去，唯有提早將眼前這隻小鳥趕飛到另一個枝頭。

小瑜若有所思地瞅著他，「您擔好大的心喔，王老闆。」她輕笑著。

「真是這樣，那明天起我們就不再見面了，好讓您不那麼難過。可以嗎？」

王希君出其不意地縱聲笑了。「我完全不是這個意思。」

在小瑜跟前他畢竟是老大哥級了，再這麼提心吊膽的，也顯得太龜縮了。在一眾客人皆自我克制地低聲用餐時，他的大笑聲有如輕緩的潮音裡突起的嘩浪。

小瑜趕緊低下頭。

王希君，他不怕狼不怕虎，卻經不起一隻驚慌小鳥的拍拍翅？

他啜口咖啡，望著窗邊的座位，是空的。老教授走了嗎？或者還在外面講電話？現今社會像這樣依然能被人敬重的老人實在不多了，也為適才氣不過他攪亂他們的約會而感到慚愧。

他居然是嫉妒的。

古樹屋，他是不可能再來第二次了。他看著小瑜，在心裡告訴自己。

42

星期二，在台中市鼎信銀行的三樓，王希君和劉總經理，也即小浩的叔叔正式見面。

劉總是個不到六十，白胖的紳士——他們劉家的家族確有白皮膚的基因。雖不像小浩，但相貌堂堂，不愧是銀行界的名流。當得知王希君是侄子小浩的朋友，對他格外親切。

「王老闆那塊地初步評估了，大致上應該沒有什麼問題。」劉總早上問過承辦業務的廖襄理。

「我聽我那侄子說，你打算轉投資房地產？」

劉總對秀崗曦鄉多少進行了些了解。「廣告做得很大。」

確實，蕭董是特地選在昨天元旦這一天打響，而今天早上王希君在報紙上也看到了大版面的秀崗曦鄉廣告，圖文並茂；晚間也上了電視。

「看起來蠻高檔。」劉總說。

「您認識蕭董嗎？」

「你是說秀崗曦鄉的老闆？聽過名字，沒見過人。」

「是很有眼光的人，他推出的幾個建案都很不錯，尤其是我們現在住的蘭苑山居。」

王希君的生意腦筋一轉，「劉總對秀崗曦鄉有興趣？需要的話，我手上有優惠價。」

劉總一點都不驚奇。「我曉得。你這次申請的貸款便是投在那裡。」

呵，小浩這傢伙究竟透漏了他多少底？不過這樣也好，起碼貸款是用來正大用途。

王希君趁勢說：「像我們這種小公司，銀行放款快一點，額度高一點就是給我們莫大的幫助。拜託您了。」

「行，知道了。手續上，你直接找廖襄理。」劉總的時間寶貴。

王希君的本業不是代書，但在蘭苑山居銷售那時期，他經手不少這方面工作。因而申請貸款所需的土地權狀謄本、財力證明，包括薪轉、扣繳，和往來存摺等等資料的準備，他是信手拈來，無一不備。

他的貸款是以一般抵押周轉的名義。他的土地靠近馬路，目前是空的，沒有地上物，這些都關係著能否貸款和額度。

廖襄理在鼎信銀行二樓的放款科，是個戴著深度眼鏡，瘦小勤快的人。

之前王希君託小浩拿給他叔叔的部分文件，在預行土地評估時已轉到廖襄理手上，因此土地的證明書類沒多大問題。

「王老闆，什麼時候可以提供您的收入證明？」

「明天。」

廖襄理露出滿意的笑容。王希君與他是初次接觸，但他們是行家對行家，欠什麼、需要什麼，一點就通。對方一張口，似乎就知道接下來要什麼。

「一月十號能有著落嗎？廖襄理。」

「我盡快。」廖襄理整理著資料。

「王老闆在我們銀行開戶了沒有？」

「開了。」是元旦前小浩幫他辦的。

「多存點錢。」廖襄理說，多點帳戶往來的紀錄。

見鼎信劉總的前一天，也就是二〇〇七新年的第一天，原計畫他想和小瑜去梧棲海線繞繞，嚐點當地小吃。無奈，從去年底十二月三十日的星期六開始到元旦有三天連續假期。

妻子秀琴前一晚在飯桌上看著兒子的臉，宣布說：「爸爸明天帶你去玩。」上國小三年級的兒子，眼睛才一亮，隨即黯然了。「爸爸帶的地方都不好玩。」

「你不是最喜歡劍湖山？」

「劍湖山，好耶！」兒子又高興了。

「媽也去，太好了。能去外婆家，有好吃的東西。」能見到外婆這才是兒子的真正目的。

劍湖山遊樂區在雲林古坑鄉，秀琴是那地方的人。

孩子雀躍不已，丟下碗筷。母親板起臉，「把剩下的飯吃了，不然明天你一個人就留在家裡。」

飯後，妻子瞧著丈夫一臉陰沉，「你說，你多久沒陪小孩子了，有你這樣做父親的。」她收拾著餐桌，邊說：「孩子現在幾歲了，你都不一定知道。」

於是，一個難得的元旦節假成了他們古坑娘家的全家福之旅。

他們是自己開車去的。

而假日最後一天，怕塞車，所以他們在秀琴娘家吃過中飯後便離開。可一上斗六交流道立刻堵在高速公路上，車子寸步難行。

王希君抱怨一路，「傻瓜才會選大節日出遊。」

等他們返抵家門已經過了晚飯時間，開車的累，比不上心情的鬱卒。

然而第二天，也即他與劉總約見面的星期二那天，他照樣生龍活虎地出現在鼎信銀行的門口，這正是年輕的他，身為事業人的本錢。

和劉總見面算很順利，應該是得助於小浩的這層關係。

下午，他去客戶的公司送會計資料，聊了些事情，出來已近黃昏。這一天從早到晚，他心中直掛著的，當然除了小瑜，就是小瑜。也尋思再三，晚上要不要和她一起吃飯？

儘管明知她不會主動打電話來，他仍盼著，也已成了習慣時不時注意著手機有沒有她的簡訊。當然不可能有。

突然，他決定今晚不見小瑜。想著每回他們相處，就他一個人唱獨角戲的情景，一點勁都沒有。

車在路上一個大拐彎，他一個人躲去了老爺酒吧。

他不敢打電話給陳老闆，怕一說上話便被死糾活纏。想來，心也惶愧，他並沒有完全說實話。蕭董是不會用陳老闆或小浩的建材的，不是以他們公司大小來權衡，是和大整體配不上套。而像這種大案的採購通常有一張牽密的網，不是誰能隨便插指進去的。

此外，是最近他看清了蕭董的另一面。蕭董既然敢把秀崗曦鄉的特案交給喬漢建設，又推舉出一個有如黑無常的秦副總來主掌，就已經拋明了，秀崗曦鄉的事往後不要找他蕭董。換個角度，這正是蕭董的高招，黑面秦確實是個恰當的人選。這種人最能有效地斬斷攀扯不清的人情世故，讓公司可以無葛藤地運作。

今晚在老爺，他趕上八點的鋼琴演奏時間。他當然不是為了聽音樂而來，他總以為鋼琴不過是叮咚的連串敲打而已。他想到小瑜——不見並非不想。這些鋼琴啦、小提琴啦理當是適合她的，毋怪乎，她和他不能協音一致。他們根本不同調。他也想到過帶小瑜來老爺。不知為何，老感覺不妥。或許因為這裡的客人良莠不齊。

小瑜是顆美麗高貴的翠玉，是經不起點點傷損的。另一方面，她的身上又仿若箍了一圈護罩，隨時準備彈退侵近她的人。小瑜也許身教好，人婉約，知進退，就是太完美而不真了。她和藹，並不可親。但也不拒人。他們兩相有著必要的距離，比行星的運轉更不脫軌；他們之間的磁力是吸拒的，在確保如同月球繞地球般的不即不離，運行無誤，絕不致失控對撞；他們的關係是圍繞的，王希君在圈外繞得好生無趣。他們最近身的接觸只是拉過她的手。她的手掌柔若無骨，是冰冷的，所以冰晶的。粗魯不得，不可冒犯，不忍心去玷污一塊玉潔靈石；也會自然自制，不輕易造次，這就是如今王希君的心情距離，是他鬱悶的空間。幹他媽的，他王某人現在是在吃葷邊素不成。

王希君盯著酒杯，金黃的酒液是如此的純貴，那是酒的氣質。而一旦成為氣質，就很虛緲了。像小瑜，她近於神聖的漂亮的臉，宛若茫茫海上的遠星，有方向，卻是到達不了的目標。

小瑜給他的，是過多美的幻滅。

他又深深地想著她。

關於秀崗曦鄉房子的認購，王希君照他在年底答應蕭董的日期給了電話。

「一月五號我會上台北和您簽約。但數量有些更改，也不全都是雲雅的房型。」

「好啊！阿君，可不可以先把內容傳真給我看？還有準備簽約金。」

王希君並不一定會按蕭董所定的百分之幾繳足簽約金。他打算先給個十萬塊權做訂金，蕭董斷沒有不接受的道理。

然而一月四日下午他的一個客戶跑來事務所，請他大力協助。這家客戶的公司是做醫療用橡膠手套，在泰國曼谷也設了一個廠。泰國是橡膠的主要產地之一。

客戶傷透腦筋的是，他們在泰國工廠的會計帳一塌糊塗，「和我去曼谷，幫我看看帳，指導指導。」

「你們泰國廠有幾個會計？」

「三個。主管是台灣人，都是女的。」客戶表示今年三月當地稅局可能會來查帳，急壞了他。

「王老闆陪我去一趟，費用……」

「不是費用的問題。」王希君想到的是明天跟蕭董在台北的簽約。

「您決定什麼時候去？」

「我們七號去，七號是禮拜天，十號回來。」

王希君盤思了一下，他知道怎麼做了。

「好，我跟您去。」他讓客戶吃了一顆定心丸。

當晚，王希君打電話給蕭董。

「明天我去不成了，我想改期。」他告訴蕭董他必須趕去泰國，但沒說具體時間。

「事關我一個客戶泰國廠的查帳問題。」

「這樣不好吧?!」蕭董停頓片刻。「你想延到哪一天？」

「十二號。」王希君不想一月十日一回來就馬不停蹄北上，總得休息一天。

「你到底幾號去泰國？」蕭董的腦子從來是清楚的。「還那麼多天，明天上來簽約不會耽誤你吧。」

「是。但出國前，我的客戶還有很多帳的細節要跟我討論。」這是捏造的。

「畢竟這才是我養家糊口的來源啊！」

王希君其實早有心推遲簽約。重點在房子連一塊磚都沒堆起，就要他拿出那麼大一筆錢，他是相當不情願。

「蕭董怕我變卦？」

「這話是你說的。」蕭董不自然地笑了聲。

實則，這個拖延的關鍵是在他尚不敢確定鼎信銀行何時能放款下來。

晚飯後，他打了電話給小浩。該死的，這隻小博美犬又泡在伊芙娜了。

「我希望一月十號銀行的貸款能到手。」基本上申貸的資料該補都補了，應該齊全了。

「麻煩你，請你叔叔關照一下。」

「嗯，知道，王老闆放心。」小浩說。「對了，方婕說你好久不來伊芙娜，是嫌棄她這個新媽咪？」

「她多心了。你不是不清楚我最近很忙，告訴她，我會抽空過去的。」

「不如現在就過來？陳老闆也在。」

「不了。」

去泰國前一晚他還是硬著頭皮又把小瑜帶去鶴門。

「不能去古樹屋？」

「太遠了，這裡近多了。」王希君打死也不願再去古樹屋，那裡有教授林德不散的陰魂。

「鶴門東西是貴了點，但環境好，我也比較熟。」

點菜時，小瑜已擺明今晚不太想吃，但王希君還是替她叫了一盤水果沙拉。

「您說您十號回來？」

她不會是真的盼他早回吧？

「是啊！就三、四天。不是去玩，是幫客戶看帳。」

「妳要我帶什麼回來？」泰國有很多不錯的東西。「機場免稅店也很便宜，種類又多。特別是化妝品。」

小瑜只管笑著搖頭，她什麼都不要。這種不索不求，很能相應她恬淡的個性。到目前為止，除了上餐廳吃飯，在她身上根本沒花到他什麼錢。

王希君提議，「要不等一下去百貨公司逛逛？看看有什麼喜歡的，選幾件衣服也行。」

「我沒什麼想買的。」小瑜一概回絕。

她的冷淡，不，是冷漠，是她最實在的感情？

這個晚上，王希君只點了一小份生魚片拼盤，蔬菜天婦羅，獨自喝著酒，氣氛不暢。他有在注意時間。八點剛過，他結完帳。

「我送妳回去。」

出了鶴門，小瑜止步重申：「以後我們不來鶴門，好嗎？對不起。」

王希君聳了肩，「沒事。」然後他轉身走向停車位。

他媽的。古樹屋之外，天曉得台中市還有什麼地方是她喜歡的，以後乾脆去吃路邊攤算了，他在心裡唸叨著。

小瑜姨媽家的門牌是美僑街21號。王希君沒進過這條街。送她回去也有規矩，她必須在離獅墩口五十公尺外的轉角下車，再走段路，免得被剛好出來的姨媽看見她坐男人開的車回家。處處小心著。

幹，他比計程車司機更不如。

回到峰西鎮，他將車子停靠路邊吃了碗牛肉麵。一晚上他幾乎沒吃什麼，與女朋友約會竟是這樣的最後以一碗麵結束。

第二天下午一點多，王希君搭乘計程車直接停到美僑街小瑜姨媽家門口。他提著黑色的小公文包跳出車門直上前按了門鈴，沒有動靜；他又按了一次，然後有腳步聲，開門的是小瑜。

「啊，王老闆您怎麼這時候跑來了？」小瑜一臉慘白。「也不先通知一聲……我、我不能請您進來。」她手按著胸口。甫定，她放低聲音指指樓上，將食指豎在嘴唇上。站在門口的她隨意一條牛仔褲，上身一件高領羊絨衫便別有一種瀟脫。「咦？您坐計程車來啊！您不是今天去泰國？」

「是，沒有時間了，我馬上要走。」

王希君的行李在計程車裡。他要先到客戶家會合，然後坐客戶公司的車去機場。

小瑜一臉一臉慌慌不自在，「什麼事那麼急？」頻頻回頭看看是否有姨媽的動靜。

「若不是真的有事請妳幫忙，我不會這麼冒失亂闖的。」

他翻了翻皮夾包，從裡面抽出一張支票。「請妳下星期一幫我存進銀行。」

「您該找您家的會計小姐啊！」

「但我沒時間再調頭回峰西了。」王希君是晚上八點零五分泰航的班機。

其實這張支票放在他身上有幾天了，剛剛計程車下了中港交流道，他才想起來。

「下星期二公司需要這筆錢，可我人還在泰國。」

小瑜一看票面是三十萬，她退了一步。「不不，我怕處理不好。」

竟然有些花容失色，也許是身居國外沒辦過這種事。「手續很簡單，填好存款單給櫃檯就行了。如果不懂也可以請教櫃台的窗口小姐。」

這是張台中華東銀行的支票。王希君在峰西的華東分行也開有帳戶。

「只有這樣？」

「是啊，也不用存摺。」

「不會有事的，幫我個忙。」王希君說。

「我真的沒時間了。」他央求著，只差沒下跪。

「萬一掉了，被偷了……」

「如果真是那樣，我也認了。不怪妳，可以吧。」

王希君強將那張支票塞入小瑜的手裡。趁小瑜還沒改變主意前，快速鑽進計程車後座，拍拍司機肩膀。

「走，開車。」不敢回頭看。

方才小瑜開門時，王希君往她身後應該是客廳半掩著門的裡面窺了下，沒有特別之處。是一般的居家家具，款式舊了點，但大體上窗明几淨，擺設整齊。由房子的裝潢看主人，簡單、樣樣定位、嚴肅不苟而古板、規規矩矩的，這理當是小瑜姨媽的寫照，物如其人。雖然他們未曾謀面。

43

王希君從泰國回來的那天，才下飛機打開手機，小浩的電話就跟著到了。

「王老闆，您電話終於通了。您現在哪裡？」

「我在機場，剛下飛機。」

「王老闆去了泰國幾天？」

「前後四天。你怎麼知道我去泰國？」

「我一直聯絡不上您，只好和陳老闆到您家事務所找人。問了尊夫人，才知道的。」什麼尊夫人、賤夫人的，王希君就不慣這個。

「您找我是銀行貸款的事？有消息了嗎？」

「是這樣的，他們只能貸給您六千五百萬，這是最高的額度了。行的話，一月十五號錢就可以下來。」

王希君沒有馬上回答，他說：「快輪到我通關了，回到家再給你電話。」

邱厝埔那塊地現值一億是有行情的，一貫的做法，抓個六成的六千萬是正常的。所以鼎信能批下六千五百萬算是高了。當然低於他所期盼的八千萬。不過，他也立即有所認知。設使換了別家銀行，可不見得能有這個數。不能說小浩與他叔叔在這事上沒有舉足輕重的作用。

第二天上午，他先用電話向小浩道謝。

「六千五百萬就六千五百萬。」便這樣定了。貸款償還年限、利率也和外面一般銀行差不多。

「再跟你叔叔約個時間，我請他吃飯。」

「我叔叔很少應酬。」

「不然，送點什麼？」

「其實沒必要。」小浩想了想，「要不，挑瓶好酒給他。夠了。」

接下來，是如何支配這筆錢的規劃。不去揣捏蕭董的處心，也不必理會黑面秦那狗眼看人低的嘴臉，他本來就沒打算把所有認購全放在雲雅的單一種房型上。秀崗曦鄉最傲人的無非是巍然奇偉的闕宇、豪廷兩大頂級巨宅。不簽它幾套，總是缺憾；簽了，也可壯大他的格局。

王希君打開電腦，叫出秀崗曦鄉房子分布圖、價格表。在屏幕上點滑了半天，他相中了未來社區靠山坡一棟九十三坪的闕宇，以及面臨公園的一棟七十八坪的豪廷。分別是它們所屬房型中面積最小的。但造價不低。闕宇一坪三十二萬，豪廷一坪二十四萬。單這兩棟首期認購的百分之二十，已經是九百六十九萬了。將近一千萬之譜。

如此一來，雲雅便不能像他上月底在永鉅公司誇下海口那般地簽下三十棟，頂多只能二十棟；加上闕宇、豪廷各一棟，起碼就三千七百六十九萬了，已去了他向鼎信銀行貸來的款項的泰半。這才知道現在錢有多薄，太不夠用了。

在桌前，望著電腦上的數字，他沒緣由地吸口氣，再呼噓而出，親似他所做的就是為了這口氣。他解開上衣的第一個釦子，如同蕭董問他那樣地，他問自己。

「我真要這樣投進去？」

還未到中午，王希君迫不及待地約了小瑜吃飯。

「又要吃飯?!好像我們見面就只為了吃飯。」小瑜在電話裡說。

王希君笑了，「好呀！告訴我，妳還想做什麼？」誰聽不出他笑裡的輕狎。

「我不去了。」小瑜頭一次生氣了。

「啊！是妳誤會了。」王希君好說歹說。「出來嘛，有要緊事。」

「是什麼？」

「電話說不清，出來嘛！」

「除非……」小瑜停頓了一下。「中午我們去古樹屋，否則……不去。」

那地方王希君也不是真的那麼排斥，不外乎是他不想在那碰到教授林德。他只得說可以，可以。而事實上也沒什麼。更確切地說，他的誓言哪抵得過小瑜的要求。況且，老教授也不可能天天都會出現在古樹屋。

不管去哪裡，鶴門也好，古樹屋也好，王希君依然堅決不在小瑜跟前抽菸，這是他最痛苦的。雖說小瑜並不要求他這麼做。他會找空檔到餐廳外，或利用上洗手間時順便吸幾口菸。

車子駛出地下室，他立即將所有車窗按下。四天沒開的車，裡面的空氣比起KTV的包廂好不到哪裡去。那沉積的煙味，他自己都受不了。

他必須先去獅墩口接小瑜。

古樹屋的中午向來四、五成客人而已，大多是來用餐的。他們的生意在晚上，而且越晚越好。

謝天謝地，今天午間的幾桌客人當中，還好，不見有教授林德那嶙峋的仙風道骨。

王希君稍微摟著小瑜的腰往前走，她沒拒絕。找了個位置一坐下，小瑜便東張西望。

王希君笑說：「我的老鄰居林教授沒來。」

小瑜也無意掩飾她的失望。「他要您到他家拿幾本書和雜誌給我，您去了沒有？」

「等這陣子忙完了，我一定去。」

點完了素得像尼姑吃的餐，小瑜問，「您說您有要緊事找我？」

「是東西，不是事。」

王希君邊說邊從他的黑色公文包裡摸出一只藍色珠寶盒，讓小瑜打開它。她看著盒子兜不住溢滿燦閃的東西，果然正如王希君所期待的，小瑜表露了錯愕的驚喜。只不過喜和驚是一個樣。

那是一條女人的寶石項鏈。

小瑜用指尖輕輕挑起白金鏈子以及垂墜的黃寶石，晃在她粉白柔荑的指間交映出一層華光。王希君看呆了。突然嘩啦地項鏈滑落小盒子裡，小瑜竟避開目光，將盒子蓋上。

「我不能收。」

馬上死脾性又犯了，而這次更形拗扭不已。

因為牽涉到——「我不想我們的來往有錢，有錢的……」也許她不曉得用「介入」一詞。

王希君很是受挫，出國回來帶個伴手禮，也屬人之常情。如果連這個也較真，未免太不近情理了。

「這是禮物，不是錢。」要是她知道這條黃寶石項鏈是在泰國的寶石館花了他八萬多塊，恐怕更加拒之千里了。

「禮物也是用錢買的。」

「當然是。但那是一份心意。」勸也不是，哄也不是，最後王希君心也橫了，「如果妳不收，就是妳根本沒當我是朋友。老實說，跟我在一起是不是很委屈？」

「不不。不是，不是。這不一樣。」

「不如明說，妳根本看不起我。」王希君竟給出了臉色。

「不，那……我暫時保管吧。」她怯怯地說。

今天他們都有些情緒上的波動，反倒好似打破他們之間一層看不見的藩籬。王希君深有此感。

「謝謝。這項鏈妳戴起來一定很好看。」王希君又說，「還要再感謝妳。」

「咦？」

「出國前，妳幫我去華東銀行存支票，不記得啦？」

「舉手之勞。」小瑜一副不以為然。「不過，請王老闆不要再叫我做這種事。不是我不肯，而是關於錢的事，誰知哪天會出什麼紕漏。」

方才在情急下，小瑜的國語反而難得的流暢，字正腔圓。

王希君笑說：「妳多慮了。而且，以後要妳幫忙的還有很多呢。妳想，我們公司在峰西，鼎信在台中，有些事託妳辦，不正好方便？」

小瑜臉色很難看，王希君輕拍她的手背，「我會酌量輕重的。就像妳說的，不過是舉手之勞跑跑銀行而已。」

他還真不會讓小瑜太常幫忙跑銀行。免得她那張突出的臉走到哪裡，驚天動地到哪裡。只要有個風吹草動，難保小浩、陳老闆不聞風而至。然後，什麼金屋藏嬌，什麼暗藏美女……非把他掃得體無完膚不可。

聽小浩說，陳老闆對於他一聲不吭飛去泰國一事，很不諒解。看來不擺一桌，找他喝幾杯，是消不了他的心頭氣。

一天下午，小浩為了想親眼目睹那越傳越神奇的所謂風水寶地的秀崗曦鄉所在，死勁地把王希君從他的事務所拉出來。王希君坐上小浩的車，在旁邊引導著路。一小時後，他們在一個斜坡下停車。

「先從裡看上去。」王希君指著不遠一座小山前拓開的一片整好的台地。

山不雄偉，也不秀奇。但綠蘊蔥鬱，升騰著頗能孕育萬物的紫貴之氣。

「蕭董真是有眼光。」小浩讚嘆道。

「等一下我們從左邊的一條臨時小路開車上去。走路太辛苦了。」王希君說。

這整個面積少說也有幾個運動場大。地雖平，但畢竟是粗形而已。斜下放眼望去，霧遠而參差著高樓大廈的地方，就是台中市。也因位處高地，坡下一條小河豁然呈現眼底。秀崗曦鄉便是這樣一個後有山依著，下有一帶水傍著；前面是台中盆地開闊出的一個無障蔽的視野。不勞駕地理師勘驗，也看得出是塊寶地。

「是有投資價值。」在午後的高崗上，小浩迎著風站立，確有著玉樹臨風的瀟逸。他在展望似的，「最起碼買一棟自己住。我父親就喜歡這種環境，有山有水。」

小河潺潺以如今少見的豐沛的流水聲飄了上來，活力無窮、生生不息，就是滾滾的財源。秀崗曦鄉假以時日，它如虹的氣勢定然超越六年前的蘭苑山居，必將在中部房產界再度投下一顆震撼彈。這是王希君所看好的，是他最不能割捨的。

離開寶地，車子下到公路，小浩說：「我帶你去看樣東西。」

「什麼東西？」

「看了就知道。」小浩神祕一笑，「是你喜歡的。」

王希君咄了一聲，「少來了。」

車子一駛入大雅路不久，便望見兩百公尺前方的巨型廣告牌，一隻撲躍斜向天空的金色豹子。

幹！王希君爆出一笑，「看車就看車，有必要這麼神祕兮兮的？」

小浩說：「這樣才有衝擊感。」

那是一家捷豹 Jaguar 的中部總代理。小浩認識那間店的女經理，小浩叫王希君看的是一部XK白色雙門跑車。

「是今年三月才推出的新款跑車。」店裡的經理介紹著，「最適合長途駕駛。」

她拿出型錄，上面標示著引擎形式：4196cc. V型8缸。0–100Km/h 加速：6.2秒，極速：250Km/h 電子限速。小浩詢問了價格是四百八十三萬。

另外，它旁邊有一款二〇〇六年型號 S-Type 3000cc. 寶藍色四門車，售價是三百一十二萬。

王希君不喜歡它的車燈。

女經理自始至終表現得並不是很熱衷。是否會做成買賣，以她犀利的生意法眼，打從客人一進門，就了然於胸了；經驗告訴她，下午小浩帶來的人只不過是來逛逛而已。

小浩也坦然說：「我朋友是個 Jaguar 迷，今天先過來看看。」

離開 Jaguar 的總代理店。在車上，小浩突然說：「依您現在的情況，少認購兩棟雲雅的首期款就可以買一部了。」

沒錯，馬上能圓他的好車夢。但，「知道自己有能力，我反而不急了。」王希君尚有理智，先成就事業再說。現在車子對他，有如經上特有的表達方式：Jaguar 不是 Jaguar，是 Jaguar；或是 Jaguar 是 Jaguar，而不是 Jaguar 了。

「但就像您王老闆說的，好車如美女，一旦愛上，得不到手，有多苦悶。」

坐在小浩的副駕駛座，王希君不知所以然地心頭的確是悶悶的。

車子正漫無目的地前行。

「接下來我們去哪裡？」

「水車，我好久沒去了。」水車餐廳最早是台中最大的日本料理店，在民族路上。後來改成專做定食和便當。那裡的餐點精簡，又有多樣選擇。王希君有想過帶小瑜去水車，就嫌它的生意好，吵雜了點。

王希君在車子裡坐挺，現在他必須昂起志氣，不能再像過去有如一張紙糊在牆壁般，死貼著蕭董。尤為迫切自己的，是必須靠自身之力做給他們看。

他們？是蕭董，是黑面秦，抑或是妻子秀琴？

黑面秦的黑臉是難變成白臉的。

「我也好久沒去水車了。」王希君說。

44

一月十二日，是王希君和蕭董說定的簽約日子，時間排在下午一點。今天他自己開車。

上台北前，他又匆匆忙忙地把小瑜叫到美僑街隔兩個路口的一家早餐咖啡店。

「才早上八點，跑到這裡來，好大的膽子。」

「不怕，這地方離妳姨媽家遠著呢。」

店內人滿了，他們只好坐在外面一桌。小瑜身著簡便的家居服，清新的氣息有若晨早的陽光，路過的人無不不約而同，紛紛地，猶似向日葵般朝她張望。

「王老闆又有什麼急事？」

他自黑色公文包拿出一張現金支票與一張匯款單。

「這是什麼？」小瑜的表情和前幾天王希君送給她黃寶石項鏈是一個模樣——嚇慌了。

王希君告訴她，支票麻煩她先軋進華東銀行，再用匯款單將這筆錢匯去鼎信銀行。

「我都填好了，也蓋了印章。」

本來直接存入鼎信就可以了。繞了一圈，無非是他壓根兒不想這麼做。目前他仍不願意讓小瑜過早出現在鼎信。從小瑜的言行舉止來看，她應該是細心的，王希君身邊正缺這樣的幫手打理。但，唉……她就是這麼個不宜隨便曝光的女人。

「我們有過約定。」小瑜的臉色比上回去泰國前替他存支票時還要白，「錢的方面……」

「這不是錢，幾張紙而已。」王希君故作輕鬆，開著玩笑。

「比錢更可怕。」支票的面額是五十七萬。

「你們事務所的小姐難道只管做帳？」同樣的牢騷。

「要是有時間何需麻煩妳。」王希君無奈地笑著，「也是不得已的啊！」

「您就不能事先準備？老是那麼急。」

「我的天仙小姐，誰不想早點準備好？但錢的事，不是妳想有或什麼時候要就有。我也才剛拿到這張支票。」

「不能明天辦嗎？」

「明天是禮拜六。」

「您是存心出這種狀況。」。

「存心?!若說我存心，也是想見妳。」王希君油腔滑調地笑著說。

小瑜並不領情，更顯一臉戒懼。王希君看在眼裡，既好笑也疼惜。

「又不是什麼天塌下來的事，就幫我點忙。下不為例。」

「您有幾個下不為例？」

「這次是真的，這月十五號錢一撥入我在鼎信銀行的帳戶，便不再麻煩妳了。」

「聽您的口氣，好像很大一筆錢。」

「是不小。」語氣中不乏得意。王希君不提這是他的土地抵押貸款。

昨天他已經拿到鼎信銀行的支票本了，算很快了。當然靠的還是有小浩叔叔的大筆一揮。

從去年底在鼎信開戶以來，他的活期存款一直有往來進出。他之所以強人所難要小瑜今天就匯錢去鼎信，原因之一，是有想讓他的存款成績多幾筆是幾筆。

「這是最後一次？」

「是。」王希君舉起手保證。「回來再犒賞妳。有客戶告訴我，中港路新開了一家泰國素食餐廳。」

「不要，泰國菜又酸又臭。」

簽約並不在蕭董的永鉅公司進行，而是在信義路四段一棟大樓的十五樓上的天禧房屋仲介公司。王希君一掃過去的一身晦氣，穿著也光鮮，白外套裡面一件紅色V領毛線衣。蕭董已經在會客室，笑容可掬地迎著。

「你是來相親嗎？」

「秦副總呢？」不見他的人。王希君問蕭董。

「馬上就到了。」

「不會不來吧？」

「你那麼急著找他？」蕭董不解地看著王希君，臉上的笑消失了。

「不，是特別想看他。」

今天的簽約若缺了那張黑臉，勢將很無趣。

黑面秦足足晚了二十分鐘。人員到齊後，由天禧的張總經理親自主持。王希君偷瞧了黑面秦一眼，那張死黑臉仍然擺著一副等著有好戲看的快哉。下午整個會談過程堪稱順利，關鍵在他及時自公文包取出一張昨晚用電腦打的清單，將它平放在桌上，再附上蕭董給他的秀崗曦鄉最新的房型配置圖，結果是一份漂亮的認購書。總共是：闕宇一棟、豪廷一棟、雲雅二十棟。

因這個數字，在房屋所在的位置與坪數的選定上，天禧的張總做了些讓步，盡可能給予王希君優先權。雙方對實際房子的坪數以及地段有了交集後，王希君認購的數量不變，但百分之二十的頭期款總額不再是他自己算的三千七百六十九萬，早已超出三千九百萬了。議價時是三人，蕭董也參與，而黑面秦則旁觀，在一番折價和幾萬塊零頭的砍殺下，最終以三千八百五十萬成交。

合約書須得重擬了。

「請稍等。」王希君說。

由於簽約時需付房子頭期款的百分之五，也即是一百九十六萬作為訂金，這是約定。所以今天王希君帶來了支票，不過開的金額只有五十萬。

天禧張總看了看手中的支票。「您這是——」

王希君有恃無恐，「在內容沒有完全確定前，我怎麼知道訂金多少？」

但若他們不見到一毛錢，今天的合約簽得成嗎？王希君心想。何況五十萬不是錢嗎？他豈會平白讓他們沒收？「如果你們不同意，我改天再上來。」

天禧張總和蕭董有似兩個高踞山頭的人幾個眼色交換，最終蕭董點頭，張總展眉一笑。

「剩餘的訂金什麼時候給？」

「一個禮拜內。」王希君說得像石子落鐵板，鏗然有聲；心底卻籌思著在一月十六日以後支付，因為十五日鼎信的貸款才到帳。

「沒問題的話，我們接下來談談頭期款怎麼付？」王希君反客為主，掌握主導權。本來嘛，出錢的才是老闆。王希君說著順便瞟了眼黑面秦，自從他現出了他的房子認購數量，黑鬼已經像隻夾著尾巴的黑狗，屈伏一邊，連個氣都沒有喘一聲。王希君不認為是自己的心理作用。

這一天，王希君下午四點多才離開天禧，他推辭了張總的晚餐邀請。回台中的高速公路上，蕭董來電，「你不是要找秦副總？今天你們怎麼連句話也沒有？」

「其實是想看看他而已。」

「看他？看他什麼？」

「他的臉。」王希君在高速行駛的車內哈哈大笑。

蕭董沉默片刻後說，「你瘋了，不但瘋，而且狂妄。」他的破嗓變得格外刺耳。

不曉得是否是緊閉的車窗玻璃外呼嘯的風，他聽到了嘆息聲。

車子將下未下峰西交流道，小浩的來電鈴聲微弱得差點聽不見，說話的聲音也似隨著車速而飄忽著：「您的電話好難打喔！要不就是電話中。」

「找我？有什麼大事？」從天禧出來後，他是一身輕飄、志得意滿。

今天他打了個勝仗，這是他許久沒有的快意稱心。可是小浩的電話讓他大為震驚，險些在近交流道時開過頭。

「你再講一遍。」王希君慌亂地提高了聲調，「有個李小姐去了鼎信銀行？」

但小浩的重點不在此，他一股勁地嘟囔著，帶點埋怨，反覆說著那個女人有多漂亮，有多超美。「是王老闆的女朋友？您最近老是那麼神秘。抱歉，這話是陳老闆說的。怕我們搶了您的女朋友？」

漂亮，超級美，姓李，又是替我去銀行辦事，只除了是小瑜。她一個人跑去鼎信？到底怎麼回事？問小浩，他也不甚清楚，他光會大聲嚷嚷，誇張地形容上午的鼎信簡直是大地震。她像陣旋風把鼎信銀行的每個人，包括客人，吹颳得人人如風偃草，在一片驚艷聲中，個個目瞪口呆。

「你也在場？」

「沒有。」小浩遲遲才說道，「是聽人講的。」

「您知道嗎？我叔叔竟然也下樓來看。是您的女朋友吧？別不承認。」小浩再激動地說。

「是客戶的秘書。」王希君想一語帶過。

「我想，應該——沒有人相信。」

下了高速公路，王希君隨即在路邊停了車，連忙給小瑜打電話，得來的又是那惱人的轉接語音信箱，看看時間快七點半了，她在吃晚飯，手機放在樓上？王希君發了短信給她。

到了晚上十點，小瑜仍不接也不回信息。王希君有幾次想直奔美僑街她姨媽家，最終還是作罷。內心儘管翻騰，還是等明天吧。

結果是，小瑜生病了，感冒發高燒。

他們好不容易見面，已經是星期天。順著她的意，他們在古樹屋喝著咖啡。她清瘦了不少，蒼白、無精打采。中午，也沒有人開口要點餐，彷彿世界也重感冒了。

「妳一直不接電話，讓人急死了。」王希君直直看著她，無限憐愛。

小瑜默然無語，楚楚可憐，即便這樣，也是病美人。

對於一月十二日她自作主張直接去了鼎信銀行的事，他怎麼忍心苛責。她的解釋是，和他在早餐店分手後，大約九點，她叫了計程車前往銀行，在路上便開始覺得人不舒服。她知道自己感冒了，額頭開始發燙，人是昏的。

鼎信銀行在五權路，而華東銀行在北屯。從姨媽家出發，會先到鼎信。她自知再撐不到一小時，所以乾脆到鼎信碰碰運氣。

王希君打斷她的話，「你可以打電話給我呀。」

「急忙中，我忘了帶手機。」

王希君嘆了口氣，這是小瑜常犯的毛病。

「鼎信的人很幫忙。」小瑜一臉感激地說。

她說那天拿著那張華東銀行的支票到鼎信的櫃檯表示要存入王希君的帳戶時，感覺自己是多麼愚蠢、無知。銀行的事務她一竅不通。窗口的小姐問她有沒有王先生的帳號？她都傻眼了，她哪知道，那時她人都快站不穩了。幸虧王老闆的人面廣，另一個窗口的承辦人好像頗知道王希君是劉總的朋友。

只聽她和另一個女的說了些話，立刻有人上樓通報，然後來了一位姓廖的襄理，人小小的、戴眼鏡，很親切，即刻叫個人來扶她在大廳的沙發椅坐下，並端來一杯溫開水。

小瑜說：「他接過支票，所有的事全都他一手包辦。」

「想起來，真丟人。」她蒼白的臉上飛上一抹紅暈。

「一點也不，為難妳了。」

小瑜仰起殷切的眼神，「沒把您交代的事給搞砸吧？」

「沒有。」

「若不是那位襄理幫我，哪做得來。」

面對像這樣的大美女，誰會放棄自我表現？只有會爭先恐後，王希君在心裡頹嘆著。

45

和小瑜的事是全然曝光了，此後不必再掩掩藏藏，王希君反倒鬆了口氣，突然間無比輕鬆。然而，建材商陳老闆打破砂鍋問到底的破嗓有如戲台上陣陣鑼鼓敲響的緊催。

「你們是怎麼認識的？她不會無緣無故自天上掉下來吧。」

「正是。」王希君總是嘻哈以對。「她是仙女。」

麗可既然能守著秘密離去，那麼她介紹小瑜的事，自然就任它沉底了；再扯進她，那太沒道義了。

「別嚷了，我請你吃飯，菜隨你叫。」有次電話中，他不耐煩地回道。

他又想起麗可。是無盡的。

有一晚，飯後，王希君夫妻在客廳。妻子秀琴似有備而來，她首先發難，對丈夫興師問罪。

「你投了那麼多錢在秀崗曦鄉，這筆錢哪來的？」

「哦，不能說妳不曉得吧。是用土地借貸啊！明知故問。」

「有必要一下子全投進去？」

「哪有全部，妳別管這些。」

「蕭董擔心你出手過大……」

「哈，妳竟然對妳蕭董的新社區沒信心。」

「蕭董就蕭董，不要說什麼你的我的。」秀琴不悅。「蕭董是為你好。」

「妳也別開口蕭董，閉口蕭董。」王希君更不爽，越說越氣。

「如果他當真為我好，只需將秀崗曦鄉一部分銷售劃給我，不就得了。我又何需拿土地去借。」

「咦？」他一頓，忽然瞳孔一縮，「妳怎麼知道我投了多少錢？是妳的蕭董告訴妳的？以後有什麼事，妳直接問他好了。」

秀琴一臉陰鬱看向漆黑的窗外，不作聲，是談話結束了。

王希君冷笑，「當初也是蕭董叫我這麼做的，現在他擔心什麼？」

他起身上樓。「是不是蕭董又來台中……」他發覺樓梯上有人影，定睛一看，是他國小三年級的兒子，正托著下巴坐在樓梯口看著他們。

王希君上樓沒多久又下樓，到地下室開著車出門。此時此刻他誰也不見，心頭抑壓著。他的車子頗似能自動導航，懂得他的心情，循著慣性的軌道一停下熄火，就在老爺酒吧的停車場。

酒吧的暖和燈光始終振奮他，還有氣味。

他重新開一瓶酒。

「您一個人？」是酒侍不變的招呼用語。

今晚又同樣一句，「您看起來很累。」

酒吧裡沒幾個客人，騰出了他的心的空間。酒在杯子裡旋著，夜，也跟著漂浮。他愛死這種感覺。

其實妻子秀琴的囉嗦，不是沒道理，並不能怪她。說起來在投資秀崗曦鄉這件事上，他確實有些魯莽，太欠缺慎思了。總帶著做給人看的自我迫使。

「阿君，年輕人要有志向，但心也不要太大。」蕭董的話音於今仍繞耳不去。和妻子幾乎是一個聲調，似她最常愛嘮叨他的，「心往前跑，腳步沒跟上。」

很對。然而他聽了或一想到，不過是一笑置之。

「No venture no treasure」這一個說法，是他從網上抄下的。這幾個英文字他大致懂，不就是「馬不吃險草不肥」？他不能平凡、庸庸碌碌過一生，哪怕慘跌不起，也心甘情願。做了，就可交代自己曾經擁有過。

擁有過？就如同這時他一口酒液經喉嚨下肚而有過，醉過，而醒來了無痕？

他擁有過小瑜嗎？未免言之過早。他才將她給的杯爵湊近唇，含都沒含上一口子，便醺然醉了。

或者，所謂擁有，是自我感覺有，足矣。

苦惱的是她的清心寡慾，不食人間煙火，讓他全無一個著手落腳處。（目前為止）完美如斯而近乎沒有人性；她不是個有體溫活生生的人，完美得令人絕望，也令人起疑。

令他心痛，

他束手無策。

他還是希望信任她，因這樣的她，在這人世間已瀕臨絕種了。

王希君的銀行帳戶管理，二〇〇七年元月開始，他把公的私的切成兩大塊。大抵上，慶彰會計師事務所的正規營業的往來帳仍舊留在華東銀行；而平日裡，客戶的公司或工廠，他們常有收取未到期支票而急需轉現使用的時候，除了去銀行貼現，也有客戶喜歡找王希君，給些利息，直接拿現金，快速多了。這一部分以及他的特殊業務佣金所得，算是個人私房錢，以前是在華東銀行的另一戶頭，如今他將之全部轉至鼎信銀行。為配合秀崗曦鄉的貸款所開的帳戶，也視同是他私人財產。

本來嘛，邱厝埔那塊地就是他私有財產，它的來由，妻子秀琴略知其然而不知所以然。因當初買的便宜，誰也沒放在心上。

秀琴還說過，「你哪兒偷來的錢？放著不用是可惜。」不是這句話，他也不會去買邱厝埔那塊地。其實秀琴並不知道他花了多少錢買，誰也料不到今日那田莊地居然翻身而變成黃金地段。

無論如何，到了一月中，王希君已經是鼎信銀行的不小客戶了。而既然小瑜那張不輸明星的臉像上了電視而散播開來，每去一次銀行，必定造成一次轟動，已成了種定律，又何妨多幾次轟動？

鼎信銀行裡，只要是男的，沒有一個不竭盡所能自願替她辦事而唯恐不及。王希君因此也樂得把存錢、匯款、存支票的事交給她。

小瑜出入鼎信銀行於是頻繁了。有一回在古樹屋咖啡館，她跟王希君開著玩笑。

「我們見面的次數都比不上我在鼎信見廖襄理得多。」

廖襄理簡直奉她為女神。對她，他表面無比虔敬，而內心是激熱的，他如沐春風於她的一顰一笑中在銀行裡跑上跑下。「李小姐，今天來辦什麼？讓我來吧。」然後安排她在二樓他的辦公隔間休息，吩咐雜役小妹送上茶水。「妳稍坐坐。等辦好了，會有人送上來。」

王希君上台北除了自己開車，偶而也會在峰西火車站搭自強號。今年，一個多星期前的一月五日台灣高速鐵路正式開通，王希君也試過改乘這種既快捷又舒適的交通工具，只是它只停靠大站，峰西人要搭高鐵就只能跑到台中市烏日區了。雖快，但很不方便。

王希君還是寧可開他的凌志二手車，先去台中，在高速公路中港交流道下。因為小瑜姨媽家離這方向不是很遠。他於是在中港路附近找了一家算得上有檔次的西式早餐廳，早上七點就開門營業，是針對這一帶辦公大樓的白領人士的需求應運而生的。

這種餐廳的氣氛，小瑜不會不喜歡。這裡的客人相對上也較屬於上流階層，舉止談吐有一定的風度與修養。一看到小瑜的突兀驚視，自是難免；有的向她點點頭，有的笑笑，有些老外乾脆豎起拇指直誇她漂亮。少了一般常有的那種騷嘩。

但也不盡然，當然也碰到過用貪婪色瞇瞇的目光盯著小瑜的客人。通常這時候，王希君會故意大聲咳嗽，或朝那人晃晃手中的果汁杯。

上台北前必須見上小瑜一面是從哪一次開始的？總之不這麼做，就像沒吃早餐的腹空心慌。然而不管是自己開車或乘坐鐵路快線，車動的那一刻，卻立刻讓他有種小瑜在他眼前逐漸遙遠的茫然若失。

心繫一個人是這樣虛懸無助？老是深怕一回來，小瑜就此不見了。她給他一種隨時會消失的憂忡。

特別是一個人駕著車在高速公路上，他深感自己是孤鳥單飛。他會一路上給小瑜電話。「這樣很危險。」小瑜很反對他邊開車邊講電話。

今天王希君又上了台北。事關秀崗曦鄉認購前期款的部分細節的必須定案。他與天禧的張總約好了。早上八點他才進到這家早餐西餐廳，而小瑜來遲了，不好意思著低頭笑笑。

「沒事沒事。」王希君說著不禁搖搖頭，他有多久沒對自己的妻子這般體貼？他扭下脖子說：「今天我們可以慢慢來，下午三點前趕到天禧就行了。」

但小瑜為他叫屈，「他們不能來台中談嗎？總是你大老遠上去，我們是買家呀，沒道理。」難得一睹她義憤填膺的樣子。

「初期他們那邊有些忙亂。他們何嘗不想下來，只是暫時安排不了。下個月天禧在台中就會有辦事處，有專人常駐，我就不用南北跑了。」

「只是不想看您這樣。」小瑜的眼眸深邃而真誠，「而且，每次去台北，您還要多開一段路來這跟我見面。真沒有這個必要，您不覺得累嗎？」

「恰恰相反，沒見到妳我才更累。」見她一面，是支撐他三百多公里往返的力勁。

「我希望事情快快結束。」小瑜雙掌合十像在祈禱。

「你說的是銀行的事？永遠結束不了。」王希君笑道。

「我是說您交給我辦的事，我好怕哪天出了錯。」

「不會的。只要照我說的做，就不會的。」而且小瑜去銀行只是個形式，實際的工作哪一次不是廖襄理全替她頭尾一手理定。

小瑜在一片餅乾上抹果醬，眼睛看著王希君的黑色公文包。「那上面沾了什麼？」包包上有小小一塊黃黃的油漬。

「我也不曉得。」王希君說：「該換了，這個包跟我許多年了。」

小瑜打趣說，「王老闆包不離身，睡覺也帶著它？」

王希君也回個玩笑，「差不多，抱著它總比抱老婆好。如果這包是妳，更……」

小瑜咬了一口餅乾，看了看王希君，笑笑。

這是最聰明的，無言的，不置可否的回答，王希君心想。

「這是我的移動辦公室。」他拉了下公文包的拉鏈。

「裡面一應俱全。」他從大包裡再抓出一個看來價值不菲的鱷魚皮夾。

「有了這個，便通行無阻。」裡面是印章、支票、三本存摺。

「都放一起，掉了不是統統沒了嗎？」小瑜支頤著說。

「妳說的完全正確。」王希君承認。但最近他取款、匯錢、開票很頻繁，說是為了方便隨時要用就有，其實是懶。另外是他得時常上台北，而即使在峰西，他也很少在事務所。他打開鱷魚皮看了看，拿出一本存摺放到小瑜手中。

「我差點忘了。」他說。

小瑜看著，「這……做什麼？」

「把它交給鼎信的廖襄理。摺子裡有幾筆款項登錄有問題，廖襄理要幫我查查。」

他用濕紙巾擦了擦手，起身，兩根手指比在嘴唇。

小瑜瞇眼一笑，「出去抽菸！」

九點多，車行高速公路上，王希君接到建材商陳老闆的電話。

「是，我正在路上。你是神算？嗯，我是去天禧，今天不一定碰得到蕭董。你是說後天你和小浩要去拜訪他？嗯，我會轉達。」

「碰不到蕭董，也給他打個電話。」陳老闆又開始數落王希君，「等你這個大忙人陪我們去見他，恐怕秀崗曦鄉早已完工了。」

接著他口氣放軟，「嘿嘿，什麼時候把你的那個大美女帶出來給我們瞧瞧？」

人太漂亮未必是好事。

王希君搖下車窗彈出煙蒂。「帶出來給你看?!」

到樹下涼快去！

46

鼎信銀行最高當家劉總，內心很是不舒稱，自從第一次見了小瑜之後。

他回想小瑜出現在鼎信的那天上午，他是被樓下眾人的一片明驚暗嘆聲中引出三樓總經理室。他假裝碰巧路過二樓廖襄理辦公的小隔間。襄理慌忙起身給他們介紹。劉總雖是暗自大大一驚，但依然老神在在，轉而呵呵笑說，「我們鼎信要發了。俗語說，美女就是財。」如今有多少層出不窮的創新俗語？

廖襄理脖子歪偏了，想著。又聽劉總笑著怪罪他說：「你這是待客之道？王老闆是我侄子的好友；李小姐是王老闆的——的人，所以李小姐也是我們的客戶，好好招待人家。」說著眼睛掃了掃桌上。廖襄理這才發現劉總荒腔走板扯了老半天了，原來是李小姐跟前的杯子空了。他趕緊叫人來倒水。

小瑜細聲地表示，「不用了。」那天突然感冒發燒的她，勉強上了二樓，人還是虛的。

「不不不。」劉總直搖頭，「換杯咖啡。」兩隻眼睛依然移不開跟前這個有種罕見的頹靡美的女人。廖襄理這才說出小瑜生病了。

劉總一驚，「哦，是嗎？那襄理，抓緊辦好，別讓客人等久了。」說著卻又問人家，「抱歉，李小姐結婚了嗎？」害羞的女人，讓男人的底氣更足了，不覺問語氣飄浮些也是情理中。

「沒有。」她靦腆地笑著。劉總越是客氣，她越是不自在。

「是啊。」劉總拍拍自己的額頭。「是我多此一問。你們說，誰能有這福氣？」

劉總畢竟見過世面，懂得點到即止。

小瑜沒有名片，剛剛在介紹時，廖襄理從一份文件中抽出她的美國護照影本（是王希君提供的）——Jenifer Lee。

「李綺瑜是小時候在台灣的名字。」小瑜說。

「請問妳以前住在台灣哪裡？」

「在台北，聽母親說是大安區。母親是南投人，我全沒印象。前些天才陪姨媽回娘家一趟。」

「李小姐幾歲去美國的？」

「五歲。」

「全家移民？」

「嗯。」突然，她嫣然笑道：「劉總，我的個人資料合格嗎？」

「哈，當然。」劉總卻自認這是應當的，「銀行向來很重視客戶的身家背景，想多了解而已。」

「李小姐是王老闆的秘書？」

不料適才虛弱羞怯有如鏡花的女人回了一句，「通常女秘書指的是暗地裡的女朋友，您是這個意思？」害得劉總不知如何答是好，他說：「也對，也不對。」又呵呵笑著，是種掩飾。然後話語一變，成了關心起廖襄理在處理王希君這種特別客戶的業務情況。

「好了，不妨礙你們辦事。」劉總走前再度朝小瑜投以「親膩」的笑。心中縱有百般依依不捨，仍得昂首闊步回身上樓，一副若無其事的樣子。

劉總在心中醞釀了數日後，才給他的侄子小浩打了電話，劈頭便說：「你那個朋友大有問題。」

「哪個朋友？」

「那個會計師啊。」

「他怎麼了？」

「他不應該有這麼漂亮的女人。」

「他怎麼就不能有漂亮的女人？」小浩一頭霧水。

「不是他不能有，而是不該。不該是這樣的。一時難跟你說清楚，總之就是不對，絕對有問題。」

他的補充說明，是越說愈不明。

「一個人有他先天的格局，那是他的含量；超出這個承擔，並非是福。你朋友的相沒有這種格。因為那女人是超格的。」

「叔叔、叔叔……」小浩想再弄明白，老人已掛斷電話了。

問題是，小浩與那造成轟動的王希君的女人至今都無緣一見，他不能理解叔叔的不知所云的格啊，超格啊，更體會不出何以老人家有那麼大的感受。那麼較真。

小浩在莫名其妙中結束電話，一刻不蹉跎地打了手機給王希君。

「到底什麼時候讓我們見見您的女朋友？」

「那不是我的女朋友。」

「這——」小浩仍然是拘謹而有禮貌。

「啊，近來王老闆有意在躲著我們？」又把他的懷疑推給別人，「陳老闆說——」

「你是在講哪一國語言？」王希君半玩笑說。「躲你們？有必要嗎？你們難道不清楚我正忙著秀崗曦鄉的事？行啦！也快忙完了。我會安排時間大家碰個面。」

「也帶上您的女朋友。」

「當然。但她不是我的女朋友。」事實上也沒錯。小瑜會承認他是她的男朋友？

王希君知道自己在虛應故事。

誰都可以見小瑜，就是小浩不能。想想，他們兩人一對站，會是什麼畫面？絕然是現成的一對金童玉女。他的預感致使他無法忍受小瑜看到小浩時可能會有的必然眼神，難免擦撞出的火花。這只會造成令他有追悔莫及的抱憾，這個險無論如何不能冒。

接下來的幾天，煩事不斷。

眼看秀崗曦鄉的起造在即，特地上台北商求蕭董採用他們的瓷磚和其他建材的陳老闆與小浩，碰了一鼻子灰。陳老闆一路幹天幹地、罵爹罵娘地回到峰西鎮，當夜立馬要王希君出來喝杯酒消消氣。

「別再說你沒時間。我們多久沒一起了？是朋友就出來。」陳老闆罵罵咧咧的。

他們去了鎮東夜市吃烤魷魚，叫了生啤酒。陳老闆溜著眼往王希君身後張望。

「你的女朋友沒來啊？」

「拜託，現在都幾點了！人家早睡啦。」王希君一坐下就先跟他們碰杯。

「大冷天，啤酒也喝了，哪來那麼大的火氣？」他再次碰了陳老闆的杯子。

看著陳老闆繃著一張像柚子皮的臉，王希君嘲謔他說道：「你臉上塗了黑柏油？」

陳老闆黑著臉狠狠地說，「總比汽油好。」

小浩補充說：「陳老闆氣炸了，上午他被那個黑面秦削了臉。我們的黑臉黑不過人家。」

「只是不想，」陳老闆仍憋著火，「像那種屁塞子，隨便呼口氣就可以把他吹下大樓外。」破嗓更破了。

「不過，永鉅會議桌面上的玻璃倒是裂了一大塊。」小浩描述著陳老闆當時砰地重重一拳擊在會議桌上的情景，著實叫人捏了把冷汗。「幸好沒出手打人。」

他們兩人雖認識蕭董，但不太熟。今天是以慶彰會計師事務所王老闆推薦的名義，直接去永鉅公司的。

但才坐下一會，和蕭董話都沒上正題，黑面秦就不聲不響地來了。

「那是他們設計好的，一個唱黑的，一個唱白的。」王希君說。

小浩附和道，「你看今天蕭董，一打過招呼說了幾句，溜人比溜冰還快。」

「我跟你們講過多少遍了，蕭董不是以前的蕭董了。」

「你也不是以前的王希君了。」陳老闆直衝著他，把這一天的一肚子怨怨全傾瀉到王希君頭上。「你是這樣照顧朋友的。」

「我盡力了，該說的都說了。」王希君實話實說。「我對黑面秦也沒輒。他究竟做了什麼，讓你們生那麼大的氣？」

「他不需要做什麼，光講話就可以叫人去撞牆。」一向溫和的小浩似乎也按耐不住。今天下午，他們很認真地把帶來的建材型錄、樣本排在會議桌上。

「王老闆，您猜那個黑面鬼怎麼講？他說，這能算是建材嗎？還說我們根本沒搞清楚他們蓋的是什麼房子。最氣人的是，我們放桌上的東西，瞧都沒瞧上一眼。」

「你娘的！別說了。」陳老闆咕嚕幾下，一大杯子生啤酒光了。

「你和這樣的人打交道，靠譜嗎？」他看著王希君。

王希君喝口酒，呼口氣，不作聲。

片晌，他說：「這陣子忙完，我在新月亭擺一桌。」

他是誠心誠意的，現今能一起坐下講講話的有幾個？

「可以。」陳老闆咧著說：「沒帶上你女朋友，就免談。」

一次機會，王希君在台北和天禧張總辦完事閒聊時，張總突然問，「王老闆我一直想請教您，一次買那麼多房子，自然是要賣的，萬一賣不出去怎麼辦？我是銷售房屋的，是不該講這種話。當然啦，秀崗曦鄉的行情是看好的，這方面倒不擔心。可，這麼大手筆，畢竟還是有風險的——你不會是賣樓花的吧。」就是在快速轉手間賺差價的。「您不像是會這樣做的。抱歉我不該這麼問。」

他說的是。

「沒事。」王希君說：「要賺那點錢，何必那麼辛苦。」

但經張總這一說，又喚醒了他的疑慮。他這一大步是否真的朝著自己遠大的目標邁出？或者苦心積慮的只不過想博取事業家之名的勢急心切。簡言之，是因事業的成就而有其名，抑或單為了追求那個名才從事事業？

眼前最期盼的是，秀崗曦鄉能快快動工。

「對了，張總。」王希君心中忽地罩下一條黑影，「您和喬漢的秦副總很熟吧？」

張總笑容不見了，「當然熟啊，而且現在是我們的頂頭公司。」

王希君說：「我覺得這人很怪。我不在批評人，只是跟他講不上兩句話……」

「是有點怪。但他在建築這一塊是個厲害角色，尤其是整盤的規劃，從開始的計畫到最後完工的變異差數都在可以允收的範圍。我們不必講得太專業，但無論什麼事業都離不開錢，預算和實支能在控制中，是最起碼的吧。蕭董借重的就是他這一方面的才幹。像這種人難免趾高氣昂，其實就是嘴巴不好……」

豈止不好，王希君心裡想說的是惡毒。

看來要寄望秀崗曦鄉會採用陳老闆與小浩的建材是很難指望了。

感覺無比累人，該出去走走了。或者，對，帶小瑜到國外度個假，這是個好主意。就在秀崗曦鄉房子的認購完善之後。

回到家，王希君在床上伸個懶腰，剛剛掀開棉被，妻子穿著睡衣的身材依然是那麼好。突然間一個念頭先讓他沉醉於遐思，繼之一震，倏忽杳然了。

只是，何時身邊躺的是小瑜？對他來說，不是沒有可能，也許……也許只要她肯答應陪他出國旅遊，不怕她不就範。

47

事實上，小瑜在鼎信銀行替王希君辦理的是一些他們玩笑所稱的「黑錢」，是王希君私人不能見光的存款。大多是替客戶排難解困的問題錢，以及一些小理小辦的外快之類的。這一部分由小瑜來經手是再隱密又恰當不過了。別小看這些錢，進多出少，聚沙成塔，一直是他心中暗自竊喜的小金庫。

至於秀崗曦鄉這方面，目前唯有匯款、開支票。

有時王希君不免升起有種也許是不太光明磊落的念頭。話說，小瑜真要弄走他的錢又談何容易，不管是支票，或相關匯款單都是他蓋好了章才交給小瑜去銀行辦理。實際上，她只是過過手。那顆印章幾乎時刻不離身就在他的鱷魚皮夾裡。還有，目前為止他也未曾叫她領過現金。存錢，也是存支票而已。

小瑜老憂心她會壞了他交辦的事，這時候他總是安慰她，叫她不要想太多，其實聽起來也像在對自己說一樣，反而是自己多慮了。

一月底的某個星期日上午，王希君開車出門。在十七巷巷口，他看見社區總幹事吳伯虎在路邊向他招手，他停車搖下車窗，總幹事湊近說：「王老闆忙吧？有空嗎？」

「有事嗎？」

「可以的話到管理處喝個茶，想請教您些事情。」

「嗯……十分鐘內講得完吧?!」王希君看看儀錶板上的時間，「我正趕去接人。」他是要去接小瑜。

「王老闆禮拜天也這麼忙，那等您回來再說吧。」

「要不就在這裡說說也行。」王希君走出車子。

總幹事兩隻手插進褲袋裡搓著，「不好意思，是這樣……聽說您正投資秀崗曦鄉。」

傳得真快啊！王希君苦笑，絲毫高興不起來。雖然房地產界慢慢開始有人在注意他這個人。

總幹事一開口說：「中一保全……」王希君聽了頭，便知道尾。

「是關於秀崗曦鄉未來的保全吧？」

「對對對。」總幹事猛點頭，「蕭董有沒有考慮給我們中一承包？」

「現在談這個，你不覺得太早了點？」王希君說：「你該直接去找蕭董啊。」

「我知道。問題是，很難找到他的人。」當年蘭苑山居採用中一保全是蕭董的決策。

「他現在連電話也不接，人家事業做大了，關卡重重。」

「不會吧，是不是號碼弄錯了？他有別支手機。」王希君打開手機找出蕭董的號碼給總幹事。

「打打看，你的可能是舊的。」

「王老闆什麼時候能碰見蕭董？」

「目前……不曉得。」王希君確實不曉得。現在的情況已今非昔比，太寄予厚望，只怕總幹事也將步入陳老闆與小浩的後塵，一場空。

「我幫你留意一下。」心想，你尚未見識過有像黑面秦的那種鬼人呢。

王希君進入車裡，將頭伸出車窗外。「哦對，」昨日他一整天陪著一位客戶四處看土地，又一起吃了晚飯，回到家裡已經九點了。兒子在門口等著他，激動地拉著他的手，「今天下午我們巷子好熱鬧喔，有人決鬥，是真的決鬥，沒騙你。」

秀琴在旁邊說：「還不是吳總幹事那個愛鬧事的弟弟弄出來的。」

整個比鬥，兒子是興奮地全程飽覽。

王希君這時想起來問總幹事，「昨天你弟弟到底怎麼回事？聽我兒子說是和人決鬥，是打架吧。」

「不，是實實在在的比武。」總幹事臉上一個難堪的笑。「就在我們管理處邊上的空地。」

「比武?!我原以為是我兒子連續劇看多了。比武？有意思。跟什麼人比？」

「哪曉得，我也管不了。」總幹事說。在峰西鎮街開武道館的弟弟平時也甚少回家。「人還能活著就阿彌陀佛了。」

「你是說打鬥很激烈？」

「是。」總幹事點頭。「但受傷不嚴重。我弟弟有點小傷，不礙事。」

什麼時代了，還興這玩意？賺錢都來不及了，幹，居然有時間搞這種窮極無聊的事，王希君心裡嘀咕著。人笑笑，打了車檔。

總幹事揮了手說：「蕭董那邊，拜託您啦。」

王希君踩了油門下了坡道，「哈！決鬥?!幹！」車屁股噗著一管青煙駛出社區。

中午，王希君和小瑜在古樹屋吃飯，王希君突然覺得好笑地說：「妳信不信這個時代還有約鬥比武的事？」他把昨天蘭苑十七巷空地上發生的事說了說，是隨便一聊。這倒好，小瑜竟聽得十分入神。

「像電影？一定很刺激。」她輕喟著。

這反讓王希君愕然不知所以地看著她。然後他們笑了。

「我們有多久沒在這兒遇著老教授了？」頗有慶幸的意味。

只見小瑜對著咖啡館門口詭詭地笑著，「這不就來了嗎？」

也活該他王希君那張烏鴉嘴。他回頭一看，天啊！老教授林德正衝著他笑，快走到他們桌前了。

他一驚一愣，接著一個僵硬的笑，「教授，好久不見。」

老頑童林德則答非所問，「禮拜天我很少來這裡，人很多。」說著從肩上一個灰色的粗斜紋布挎包裡捧出幾本電影雜誌和書籍擺放小瑜的桌前。「我猜準妳不會到我家來拿。」

「教授知道我們今天在這裡？」小瑜好生驚喜。

「我沒那麼神。反正只要到古樹屋我都會帶著……」

老教授將空了的布包收疊在手上，天真地笑著，「我告訴自己總有一天會碰到妳。」

「您每次來都帶著這個包?!那多重啊！」多使人感動啊。小瑜手按著胸口。

「好啦！任務完成了，你們慢用。」老教授對著面無表情的王希君擠了個眼笑著，後者被喚醒似地才又堆起依然僵硬的笑。

但小瑜慌了，「教授您別走。來！」這是個四人桌。她請教授坐她的對面，和上回他們初次見面一樣。

老教授躊躇著看了看王希君，「不好吧。」

王希君即刻說：「什麼好不好，坐坐，請坐。」他終歸是外頭走跳過，場面會做的人。

「來，教授，您想吃什麼？說好了，今天我請客。」

教授是老頑童，可不是老糊塗。「謝謝您啦！但是，呃，不是常常有這種機會，我們是老鄰居了，不講客套。我，就賣個老臉。今天桌面的，」教授指了指桌上他們吃了一半的午餐，「或者，還要再叫什麼，統統算我的。」

王希君尚待爭持，教授直說：「就當是我請李小姐總可以吧。」

「好嘛，好嘛。」小瑜的手摩挲著王希君的手臂，半個身子從沒有過地依著他。她的體香，柔滿的覆觸，便令人飄然了。王希君哪有不肯的，想不肯也不行，人早已神魂顛倒。

王希君先前的不快一掃而空。他試圖調整自己，去適應小瑜和教授他們熱乎親乎的聊天氣溫。然而，他像是淡水魚游不進大海，加入不了他們的話題。他們的話題總離不開電影，以及女人熱衷的明星；他們也談論影片內容、演技……

王希君有若被人推入美術館，只能是一旁閒蕩。並非懂與不懂，而是他壓根不感興趣。他們的話題彷無枯竭。小瑜竟提起昨日下午決鬥的事，那畢竟比電影真實，就發生在蘭苑山居的十七巷。

「就在您的身邊，想必教授也到了現場吧。」

「是啊！千載難逢。」

精彩是絕對的，重點在「尋回往日的趣味。」教授盡量據實無誇地敘說，其實他並不十分了解場中比武的過招。他的興趣是把鏡頭聚焦在對打的兩人──一個是黑衣俊朗絕倫的武道館館主，也就是社區總幹事的弟弟吳仲虎；一個是一襲飄飄白衣衫來歷不明的神秘過客。單僅那兩個人的分明造型，便足夠讓小瑜聽得美目圓睜，如癡如迷。

教授林德繪聲繪影地說著，「那時候真的刮起了風沙，風咻咻地吹。當然，沒有幾個人注意到這些，更沒有人注意到一個黑衣人。」

「您是說那個館主？」

「不是，是另一個人。」

「哦？是誰？」

林德頷著首，「應該是住我們巷子鬼屋隔壁七號房的那個人。」

「哇！這全……是真的假的？」小瑜多像個小孩子，那份開心皆在嚮往的眼神裡。

「我那天從頭看他們打鬥到結束，妳說是真的假的？」

「總覺得又好似在說電影，跟電影一樣不太真實。」

「所以嘛，我們看電影無非希望它們能是真實的，但沒有虛幻部分，電影就無趣了，不是嗎？其實我們人身上有虛幻的本質。」

「我不懂。」

「沒什麼。沒有假，哪有真？真與假是相依附的，它們沒有自性。」

常言的戲劇性不就是虛幻的代名詞？此外，有時為了契合社會準則而有的某種結局也是不實的。

小瑜茫然以對。不是不懂，是似懂非懂。

「不懂最好，懂了才糟糕。」教授又是那副玩世不恭。他緩了緩氣，問，「同樣李安的作品『冰風暴』與『斷背山』，妳喜歡哪一部……」

顯然他們將沒完沒了。王希君最聽不得那一大套玄哲不著邊際的，更恨小瑜和教授才幾次接觸便已成了忘年莫逆。他們說著笑著，王希君也跟著人家傻傻笑著，但暗地裡卻咬牙切齒，發誓再也不來古樹屋。

今天是最後一次。

「對了教授，您剛說到鬼屋。你們巷子真有鬼屋？」

「是有。」林德說：「可別當真。」

48

一月三十日早晨，王希君容光煥發地開車出門。這一天他必須再上台北一趟。

「這應該是最後一次。」在中港路的西式早餐廳，他擱下攪咖啡的小匙子，有種想多看一眼的神態盯著小瑜。

「最近您老愛說最後一次。」小瑜低頭說。

事實如此，王希君多巴望目前纏身的秀崗曦鄉認購一事盡快告一段落。

「待忙完咱們出國去，徹底放鬆放鬆。」他心中已布好一幅美景。

小瑜並無喜悅。「我不認為您有時間。」她淡淡地說。

「也是，時間是別人的。」王希君不得不承認。

「像今天原先沒預計要上去的，但有些資料文件需要公證。」指定的公證公司在台北。

「今天不簽約吧？」

「妳的意思是？」

「包包裡還塞滿您的那些寶貝？想著都累人。您不是說契約早簽，頭期款也付了，今天還用得著印章嗎？」

「說不定，辦公證也需要。反正帶習慣了。東西又不重，印章、本子加起來沒有妳們一瓶香水重。」

「東西是不重，但很重要。」小瑜說。

她看著王希君，她的眼睛到底是澄澈，抑或是深炯？王希君被吸入了。

「啊！」小瑜想起了什麼，說：「前次您要我交給廖襄理的那本存摺補登好了，老忘了帶給您。」

「沒關係，明後天再拿也不遲，暫時用不著。」

看看時間，沒說上幾句話已經八點五十分了。「我該走了。」王希君不捨地捏捏小瑜的手。

「回來給妳電話，不要不接哦。」唉，明知叮嚀是多餘的。

他們離開早餐廳，王希君坐進車子喀喀喀地打了幾次卻發動不了。出了車外，他打開車前蓋，拉拉管路、線路，電瓶的樁頭也沒有接觸不良。「可能是電瓶老化了。」王希君自言自語。

可，車子的蓄電池還不到一年。他腦海閃過捷豹的影子，過完農曆年一定換車。他壓下引擎蓋。

手機上的時間已經過了九點。

「怎麼辦？」小瑜替他著急。

王希君揉揉眉心，強裝笑容，「只好坐計程車去高鐵站啊。」

「那您的車子呢？」

在台中市王希君倒是有認識的修車廠，他記得電話號碼有存在手機裡，但滑了幾遍，就是找不到。

「您不如進去餐廳櫃檯，請他們幫忙找找。」也剩這個辦法了。「看好我的包。」王希君說。

「在車子裡面，安全。」

王希君走向餐廳，半途他接到一通電話。起初他有點錯驚，還能笑著，漸漸地，是越講越不耐煩，邊說邊推開餐廳的門。

早上這時候的風吹起來依然挺冷的，小瑜躲到車子裡面等著。感覺上有十分鐘吧，才看見王希君從餐廳出來。

「怎麼這麼久？有找到修理廠嗎？」

王希君點頭。「我打了電話了。」事實上，他根本沒有問櫃檯的人，他一進去便直接打電話給就近住在台中市的小浩，叫他盡速趕過來。然後，他上了洗手間。

「那我呢？」

「妳先回去。」

「您不能跟台北那邊改見面的時間？」

「現在聯絡也太慢了，唉……張總那邊事小，公證的時間排定好了的，改不了；如果改了，也不知道會拖到什麼時候。」而且此份公證是有期限性的，是拖不得的。王希君險些習慣性地三字經出口。然而，他一早的開朗心情也因車子出問題而跌落了……

但小瑜堅持，非等到修車廠的人來才走。她哪曉得要來的是小浩，王希君內心在拉鋸，他偌大的心胸，竟為了防堵這事的發生而拼命緊縮。

不，不能讓他們見面。

王希君也堅決地說，甚至板起臉孔。「妳不回去，我反而不放心。還不知道修車廠的人多久才能來，妳先回去。」其實小浩到這裡要不了十五分鐘。

「聽我的，快走吧。」

「那您去台北來得及嗎？」

王希君看了下時間，「沒問題，十點多的那一班高鐵可以趕上的。去吧！」

「催死人了。您啊！」小瑜嗔怪地笑著，然後帶點好奇地問，「剛剛進去餐廳前，接到誰的電話？您好像不太高興。」

「是個神經病，一直纏著要買我的房子。我請他明天來找我。那人表示能不能就今天，並且無論如何給他一個大概參考價。若不是又扯出了蕭董，我才懶得跟這種人浪費口水。神經病！」

雖然嘴巴罵著，王希君內心有說不出的怪異，好莫名其妙的電話。

「自己小心。東西都帶齊了？」小瑜囑咐著。

王希君拍著他從車上拿下來的黑色公文包，說了聲「妥當」（台語沒問題的意思）。

「東西全在我這個移動小辦公室裡。」再得意地甩動一下他的包。

「這也是我的小金庫。」

「好啦，路上多注意點。」

王希君幫她招了計程車。

「我才不放心妳呢。」他輕握著小瑜柔若無骨略帶冰冷的手。

小瑜只管低頭，若有所思。路人望著他們兩人，這情景始終是令王希君雖討厭，也臉上有光。男人身邊有著漂亮的女人代表他有本事。

看著小瑜坐車走了，他才後悔沒把她留下，其實他也可以帶她一起上台北啊！他拿起手機又放下。計程車向左一拐，一排建築物阻斷了他的視線，看不見了。小瑜，她走了。

在等著小浩的時候，突然他不打算上台北了。他拿起手機想打給天禧的張總，卻又放下……

當晚回到蘭苑，進了家門，站在玄關，廚房邊的架子上，一個金黃色罐子在客廳的小夜燈幽微的光中忽閃忽閃著，那是MOCCONA Continental Gold 的即溶咖啡。妻子秀琴喝了一次就喜歡上。王希君騙她是客戶送的，其實是麗可給他的。他自己都沒動過，睹物思人。他站在客廳，端詳著咖啡罐，然後拿下罐子進廚房沖了一杯。回到客廳的沙發上，他細口細口喝著。嗯，是很不錯。

咖啡入口絲滑，香濃醇正，彷彿能使他一再感覺麗可那種渾沉的撫慰，和她對他婉切無私的付出。

忽然他想要有一個可以談心的人。

小瑜？確如小鳥能依人，你卻依不了她。能近心嗎？純為癡心妄想。

夜，更深了。

王希君不怕喝咖啡睡不著覺，但咖啡使他睡得浮淺，以至於貓叫聲聽來不像在外頭，而是在心裡。事實上並不淒厲，也非是貓有心情（應該有，但誰懂？）。是他（或者是人的）內心都有一隻孤單、幽冷、無助而大多時候柔順潛伏的貓，在無備狀態下，才在夢裡時張牙舞爪而出？有道是，如夢似幻，然而夢幻也非無中而能生有。

無論如何他是在夢裡被尖銳的貓叫聲驚醒，冷汗涔涔。喵喵的餘音猶蕩漾在歲末寒夜的巷道。

幹，才凌晨三點。

妻子背向他的睡姿，長期是一堵牆，似乎在說，早習慣沒有他了。而這種右側臥的睡本是最香沉的。

前天為了決定兒子的英文補習班，夫妻莫名地吵了一架。

若是夫妻走到有似琴瑟不能和鳴，何如挑斷絲弦而絕？

他下樓到客廳，抽著菸。他此刻清醒的心臟宛如夏夜田埂間的蛙鳴，嘓動著。但現在是冬天。他躺在沙發上望著壁上的時鐘，再六小時，還要再六個鐘頭，他才能打電話給小瑜。多磨人啊！

這是此刻他的心唯一可掛放的。

像這樣的夜，他竟然不能投入小瑜的懷抱裡。幹！

好不容易挨到天破亮，早上八點，王希君在自家事務所辦公室交代會計小姐一些工作後，九點以要去稽徵處為由而匆匆出門。在路上，他邊開車，邊慌急著給小瑜打電話。手機響著沒人接。一直到上午十一點，他打了不下五、六通都是同樣情況。又是該死的把手機放在樓上人在樓下？

將近十二點，他再嘗試著撥撥看，小瑜總算接了。王希君鬆了一口氣。

小瑜說一早跟姨媽出去買東西。「我哪敢帶手機，姨媽在旁邊，手機響了我怎麼說？」

幹，幹，什麼姨媽的，簡直是虎姑婆。「明天妳能出來嗎？」

「不好說，晚一點我打給您。」

她會主動給我電話？可笑。這一天就再沒她的音息了。氣餒歸氣餒，他放棄了。頻打電話，人家也煩。又是個心情的問題。這天傍晚王希君開車回到蘭苑，因拿不準晚上是否外出，他將車子停在事務所的門口。打開車門才跨出，一個黑影從巷口朝他飄來——那種獨特的行走姿態，除了住七號的黑衣人還會有哪個鬼？實則他的步履是穩健的，應該是他身上黑風衣飄飄的錯覺。王希君不想看他卻自動抬頭，兩人不得不相視一笑——黑衣人的笑彷若是不時備用的；而王希君的笑是倉促間撿拾湊上的。總是招呼了，黑衣人就這麼默默飄去。

王希君像這樣和他「偶遇」，已有幾回。感覺如一回。

也許時日久了，黑衣人便不再神秘了。尤其在獲知他是國外某公司派駐田心鄉一間半導體工廠的技術顧問後，他正常化了，出入十七巷也規律了。然而他始終是悄然的，就像貓行的無聲。

除了社區總幹事吳伯虎之外，幾乎沒人聽過他講話的聲音。所以有不少揣測，是低沉？尖細？還是中柔？抑或豪放？

「都不是。他講話是輕輕的、低低的，也不小聲。很難形容。」這是總幹事給出的答案。

是以，黑衣人即便不再神秘，卻仍舊是個謎。他的出現總給人心頭一暗，甚至一緊。一似王希君不久前回蘭苑時的黃昏，眼看著天快黑了的那種心情。

次日，王希君不等事務所開門便去大路口的早餐店喝豆漿，並且迫不及待地嘀答按著手機打給小瑜，又是惱人的任電話響著沒人接。一整天都是如此。第三天小瑜索性關機了，這是頭一遭。王希君悶悶不樂，這可不是什麼好徵兆。「她就此消失了」的疑懼瞬間席據他的心。

到了傍晚，他差點抑制不住要衝去美僑街的禁區——小瑜的姨媽家。恰在這時，小浩一通電話把他叫去了老爺酒吧喝酒，稍稍給他的煩憂一個疏口，挽住他的衝動。

「您看起來很煩。」

「是累。」王希君強吞一口酒，「沒什麼。」如果明天小瑜的手機再關上，他自有打算。

「您的天仙女朋友呢？」從王希君的表情，小浩說：「你們鬧翻了？」

王希君搖頭，沒有比這一刻更令他不願提起小瑜。「她有事。」

「我以為今晚可以見到她。」小浩失望之情溢於言表。

「陳老闆早上還在問，什麼時候王老闆肯賞賜給我們瞄一眼也行。」這隻小博美犬以放輕鬆的語調，試著挑起王希君的酒興。

王希君接連喝兩口酒才說：「我自己都不曉得。」

星期五，早上九點剛過，也就是小瑜無聲無息的整整第四天，鼎信銀行的廖襄理來了電話，口氣嚴肅中有些猶豫，「王老闆，您能來一趟銀行嗎？」

「什麼事？廖襄理。」

「昨天下午有您的一張即期支票，對方已向銀行提出了。」也即付款提示了。

「即期支票?!多少錢？」王希君一時愕然。

「面額是七百萬。」

「七百萬?!」他失聲叫起。

廖襄理囁囁說：「昨天打不通您的電話。都在通話中。」他向來行事小心，特別是大金額的往來。或許廖襄理的來電剛好是在他不死心地給仍關機的小瑜不斷打電話的當口。就這麼巧？

「收款人是誰？」

「有點奇怪……還是勞駕您來一趟。」廖襄理說。

在鼎信銀行二樓襄理的小隔間辦公桌上，王希君瞅著戳上「已付訖」藍色方形章的支票，臉色遽白，體溫驟降，喉頭發緊，良久說不出一句話。

這是一張現金票，面額是以支票機打出的大寫數字——新台幣柒佰萬元整；支票背面蓋得居然是蘭心育幼院的公司章和手寫的聯絡電話。一看到那方形的公司章印，他完全明白了。頓時想到的是，他將是繼雍安診所的杜醫師之後，又一個新產出的十七巷大善人。再看支票號碼是DA5829，是他片刻不離身的那個鱷魚皮夾裡的支票簿的其中一張。

廖襄理不安地問道，「王老闆不知道這件事？咦，您身體不舒服嗎？」

不愧是王希君，在兩人短暫的言語間幾個折返，他已經把前後所有的來龍去脈頃刻間一下子貫連而歸納了。他吸口氣，調整了過來，並立即做出反應。「是沒想到我底下人的辦事高效率。」王希君自嘲地打哈哈，他那一笑確有企業家的風範。

廖襄理點頭，大大地鬆了口氣，瞅著王希君那眼神的誠敬僅次於他看小瑜。

「王老闆，真不簡單吶！您那麼忙，還不忘記做善事，不簡單……」他搖頭又點頭，彷如只會不停地說不簡單。

「過獎了。」王希君也點頭。這絕對是他媽的大笑話謬讚。

錢都已經出去了，還能說什麼？王希君唯有笑得更豁然大度。他是啞巴吃黃蓮啊。

「李小姐呢？」廖襄理好似於理於禮的必須問候。他直誇著小瑜，王希君在一邊心絞著。

王希君相當清楚，在他黑色包的鱷魚皮夾裡的那本支票有十張。號碼從 DA5821 到 5830，他只用了兩張。而開給蘭心育幼院的支票號是 DA5829。竊取的人很聰明，是由支票簿裡撕下倒數第二張，不注意的話，是很難發現的。支票上所蓋的章也是他的印鑒無誤，就是他皮夾裡的那枚黃水晶印鑒（是買賣業、求財最佳材質）。

要去台北天禧的那天早上，他打開過那只公文包，也摸了摸皮夾裡的印章、支票本，一樣不少。印章這幾天他使用了三次，即表示它未曾遺失。

那麼，是在何時、何處被盜用？

顯然，只有一個地方，也只有是小瑜。

在車子不能啓動，從他進去西式早餐廳問人找修理廠和中途接到一通神經病電話，再從餐廳出來，前後約莫有十多分鐘，現在想來無一不是為了給小瑜有足夠完成偷出支票、蓋好章的時間。

他的黃水晶印鑒是裝在一個附有紅色印泥的牛角盒裡。但那張即期支票的印章顏色偏深紅，可見小瑜也自帶了印泥，以備不時之需。

一切都在人家的算計中。實際上，他是在明知布有地雷的地面一步步踩下去，而自認無事。

他該覺察到小瑜有意無意的反復問及，也或是關心著他，要他注意黑色公文包裡的東西，實則那是她在確認？而那天早上時機也「正好」了。

那天天冷，小瑜躲在車子裡，他還叫她看守他的包包，而回報他的信任的，是給她方便而助她「作案」。

作案和小瑜的名字是多麼不能相提並列。

如果她急需七百萬，自己定會二話不說地付出給予；只要她開口，眉頭都不會皺一下。

然而，事情並非這麼單純。他可以十分肯定，車子突然出了毛病也非是偶然，是被動了手腳。是在哪裡？又是什麼時候？只能怪他常有不即時將車入庫，圖省事而停在巷道邊上的壞習慣。一定是在十七巷，但最有可能是那天早上，他們在中港路那家早餐西餐廳的時候。可，那麼短時間？除非是行家。也就是說（不能說他沒有想過）憑小瑜一個人單打獨鬥（瞧她那嬌弱樣，或者是她裝出來的）是斷然不可能的，必定有其「幫兇」。而他們已潛侵在十七巷了？

他們是誰？而小瑜真實身分又是什麼？為何要這樣做？直到此時此刻，他完全沒有任何頭緒。終於他有具體可以懷疑了。但為時已晚。

以及七百萬這個數字的概念，他們大可把支票的金額寫得更大。

那天在中港路早餐廳的路邊送走小瑜，望著她乘坐的計程車左轉，隱沒於一排建築物，當車子不見了的一霎，小瑜走了的那份強烈感覺，現在他知道了，那是他與小瑜的最後一面。

是這些日子裡，他老愛說的——最後一次。

49

王希君到獅墩口，直驅而入美僑街小瑜姨媽家按門鈴。外面的鐵門應聲被拉開，一名大約五十歲的婦人探出半身。

「你是……你想租房子？」口氣挺親切的。

「不不，不是。」王希君沒頭沒腦地說，「您是姨媽，小瑜的姨媽嗎？」

「小瑜？」

「啊！是李綺瑜。」

「你是說李小姐嗎？」老婦人眼睛滴溜著想弄清來人。

「是啊。」

老婦人頗失望地看著王希君：「她搬走了。」接著頭一縮，打算關門。

王希君用手肘卡住鐵門。「妳不是她的姨媽？」

「姨媽？誰的姨媽？」老婦人似笑非笑地搖頭，「你是說李小姐？我哪有這種福氣，有這樣的外甥女，水噹噹像仙女。」

「那她是……」王希君咳著乾緊的喉嚨。

「她租我的房子啊。」原來老婦人是房東，她平常不住這裡，今天她是過來整理房子，貼招租布告。王希君這才注意到鐵門邊貼著一張毛筆寫的吉屋出租的紅紙。

小瑜的租約是三個月，房租一次性付清。

她說：「還剩半個月到期，但她家人催她回去，所以……搬走啦。」

「什麼時候？」

「有三、四天了。」老婦人想了想說：「是一月三十一日中午。」

也就是王希君車子壞了的第二天。天啊……

是老婦人幫小瑜叫的車。小瑜沒有多少行李，只有兩個箱子而已。

王希君掏出香菸塞在唇裡，沒點火。

「知道她去哪裡嗎？」王希君心知問也是白問。

「這……真不曉得。我只替她叫車，她說她會告訴司機去哪裡。」

回想三十一日那天，小瑜一上午都不接電話，直到中午才回他電話。說是和姨媽出去買東西，不敢帶手機。所以中午那通電話等於是小瑜的最後電話，也是穩住他的電話。然後拎著行李走了。就這樣……

從獅墩口回到家的那天下午，王希君接到蘭心育幼院一個長筒的包裹，裡面是感謝函與感謝狀。院方是根據寄支票給他們的掛號信上的慶彰會計師事務所的地址和寄件人而聯繫到王希君的——小瑜寫得還真詳細。育幼院的院長秘書還專程上門拜會，王希君欣然接受採訪邀約並安排了時間。

幾天後，育幼院發行的蘭心月刊登載了王希君的受訪內容，可以說是相當穩健得體，可圈可點。對於慷慨解囊照顧社會上那些無恃失怙的孤兒們，王希君毫不高調地表示誰都會這麼做的。

他說：「今天他們需要我們，明天我們需要他們。便是如此。」

問到王希君的個人背景與從事的行業，藉著對自己的工作說明，他不著痕跡地趁機闡述了一下秀崗曦鄉新社區的觀點是如何誕生的。這才是他答應接受採訪的主要目的。

「所以投資，有時理念的追求更重於圖利，是不是這樣？對不起，這是題外話。」

「沒關係。」王希君說：「我也沒有那麼遠大的理念，只是想做點什麼而已。」

王希君一夕之間成了真正的名人。

「怎麼大慈善家盡出在蘭苑，而且是十七巷？」院長的秘書無任感慨。兩個月間，前一個杜醫師，後一個王希君，有若在競相行善。

他們誠然非常欣賞王希君的爽快，不似先前杜醫師的粗蠻拒人。這又傳為佳話。

只是這種事一宣揚，最難忍受，恐怕也是最慢知道的，通常是作為枕邊人的妻子。

秀琴等不了晚餐結束，一上便是嚴聲厲責，「我們的王大慈善家。呵！背著我做好事，救苦救難的大菩薩。那麼多錢哪來的？要不是你兒子從學校回來告訴我，我還不知道我們家有一位濟世的財神。」妻子氣憤到發抖。

兒子說班上的同學、老師都在傳這件事。

妻子秀琴劈哩啪啦數落著，手中筷子也激動地揮舞著，把一頓晚餐攪得支離破碎。兒子嚇得躲上三樓房間，飯也不吃了。妻子的話題繞著錢錢錢步步進逼。

「你太太也缺錢啊，怎麼也不見你救助救助我？七百萬哪裡來的？今晚你一定得交代——」

王希君最反感的莫過於被指著鼻子，聲氣咄咄。「要交代什麼？我的事妳別管。」

「那誰來管？叫那個像幽魂的女人來管？不要以為你在外面的事沒人知道。」

王希君的確嚇了一跳。秀琴知道小瑜的事?!他不做回應，乾脆裝聾作啞到底。

「錢是我的，做做善事總勝過花天酒地吧！妳的蕭董賺了那麼多錢，肯施捨一分一毛？」

「你也不用一講到什麼就牽扯上蕭董。」

「是是是，妳的蕭董碰不得。」

王希君乾脆甩門而出了飯廳，省得再吵鬧下去。

「去哪裡？」

王希君拿起車鑰匙，頭也不回地往地下室走。

「出去了就別回來。」秀琴在飯桌上掩著臉。

老爺酒吧越來越是王希君的避風港，是寒夜裡懸起的暖燈。酒吧裡，鼻翼張合間冷不防就浮游著麗可的氣息。

如今，唯一關心他的女人在茫茫人海中；自家女人的心又在別人身上；而他心之所繫的女人，卻從一開始就在欺騙他。

一想起小瑜，王希君的心便絞成一團。傷懷之餘，奈何他根本恨不起來。

一個成功的男人背後必有一個支柱的女人，他的女人呢？

面對蘭生育幼院的訪談時，他是何等意氣風發；而每當開著車回家，他的車子重如坦克，是他心情的凝重。若非有個秀崗曦鄉的投資事業在後鞭策，他很可能會自此垮塌而一敗塗地。

一個女人對男人的影響竟有這麼大？

粗中有細的陳老闆曾講過，「世上除了男人就是女人，你說重不重要？」

然後是王希君接到一封信——一只縞素的信封。

是個星期六。這一天會計師事務所是休息的，但有幾個會計員加班。王希君中午和朋友在外面吃飯，喝了點啤酒，回到家上了二樓角落他的小辦公室，感覺眼睛沒瞇多久便有人敲門。進來的是公司半工半讀的女記帳員；說了聲打擾，交給他一只白信封。王希君反覆瞧著，上面不但沒有郵票，也沒有任何戳印，唯有：

王會計師　親啓幾個字。是電腦打字在小紙條貼上去的。

「哪裡來的？」王希君打了個哈欠問道。

女記帳員搖著頭表示，是方才她聽到樓下有敲門聲，下去一開門便發現門口台階上的這封信。

這意味著信是專送到他的事務所。放了就走，顯然是特別挑他在家的時刻？

「事務所外面有看到什麼人嗎？」

女記帳員站著不動像沒聽懂。王希君讓她出去。

王希君的雙眼像船隻，擱淺在白沙灘似的信封上。沒錯，是它的白，他從未見過有這樣的一種白，如此病態，卻又那麼高貴，卻也是令人喘不過氣。確切地說，不是白本身，而是它隱含的不明——很簡單，它不會無緣無故而來。

白信封，白信紙，表裡一致，一樣的電腦打字。信的內容是楷體字，信封是微軟正黑，彷彿在堅持某種格式。王希君在桌上撫平信紙。

尊敬的王大會計師　希君　鈞鑒：

您好！

我一直沒打算寫這封信。您是有能力的人，可以輕易地將危機變轉機。在被弄走了七百萬之後，尚能在蘭心育幼院採訪時推銷秀崗曦鄉，實在佩服。是由衷的。

和您這樣的人說話，就不需拐彎抹角，想必您已在狀況裡了。可，七百萬這數字，不知您是否有印象，或想起來了沒？居於必要，不得不寫上這封信，提醒，提醒。總之，不管什麼事都應當有個明白。您認爲呢？

我想，只要我說起鍾崑山這個名字，七百萬這個數字應該能從您的記憶裡呼之而出吧？你們這些做大事的總是健忘。畢竟是四年前的事了，還是在此重述一遍，有個起承轉合，也較容易銜接。

四年前，鍾老闆鍾崑山以他的玩具廠前往大陸拓展的名義增股吸金這事，其實是個騙局。說好的，您、鍾老闆、蘇逸生三人各出資一千萬。結果只有那個呆頭書生拿錢出來，您和鍾老闆將他的一千萬二一添做五，平吞了五百萬，然後鍾老闆帶著兒子去東莞設廠，算是逃之夭夭了。致令蘇家人自此視投資若畏途。

您以鍾老闆背信爲由，聲稱您也是受害者，並散布鍾他捲款潛逃的謠言。另一方面，給自己製造了假資料證明您也投了一千萬。您深表義氣地說，您會想辦法抓回鍾老闆。如今呢？時隔四年了。

實際上，鍾老闆只拿到三百萬。您當時急著想買邱厝埔那塊地，所以向鍾老闆「暫借」兩百萬，因爲您早已洞悉鍾老闆潛往大陸的意圖。你們心照不宣。而他在台灣的爛債、爛帳又全在您的掌握中。對鍾老闆而言，五百萬、三百萬不都是意外之財，能撈多少是多少，及時走人才是上策。

所以這七百萬您若沒有聯想，只能說您不在乎，早已不把它放在心上。因爲蘇逸生已死了多年，死無對證了。

今天非是您掉以輕心，我較傾向一個看法，那就是您一心想在事業上的開創而心無旁貸。當然，小瑜的隨在身側才是您分心的最決定因素。

讓您吐出七百萬一點也不冤。不但沒和您算四年來的利息，您甚且因之而成了名正言順的大慈善家、大名人了。對於您日後的房子銷售勢將大有助益。

惡人有現世的善報，您不該感謝嗎？

其實您人不算太壞。

或許，您現在最急著想知道的是小瑜的下落。我可以告訴您，她走了，您再也找不到她了。

不錯，從小瑜的出現、你們的認識、交往到結束全都是一個完整的計畫。小瑜的確有任務在身。她得天獨厚的外貌，至今尚未有見過小瑜而不動心的例外。所以，您也不必太過自責，這不也表示您是個正常的男人？只是沒想到您竟是那麼專情。

我很吃驚。相對地，我既高興又放心，因爲她定能達成我所交付的使命。

過程的細節就不再贅述，您是身歷其中。但得告訴您，我們注意您的黑色公事包很長時間了，而且請相信，沒有那個包包，我們照樣能弄到您的印章、支票，憑您對小瑜掏心的信任。

那包包只是提供我們更方便的管道。

順便告訴您，我們的人在大陸找到了鍾老闆。他也的確建了一間玩具工廠，就在東莞企石。不過，他現在麻煩大了，他是自身難保——他們生產玩具所使用的最大宗ABS塑料，與海關手冊的進出嚴重不符，帳面一塌糊塗。目前還在接受東莞海關調查。還不到查帳期，海關爲什麼突然來個措手不及？王老闆是聰明人，就不必多言了。之所以，爲何我們會那麼了解您，便不足爲奇了。鍾老闆告訴我們許多事。

我寫多了。可是有件事必得釐清，是麗可。

或許您知道，也或許不知道。伊芙娜夜店從消防到執照有可能符合規定？不僅於此，在一個月前，他們被警方臨檢查到招用未成年的女孩陪酒的案子至今未了。可能您是眞的不知道。但您不覺得近來她的神色有異？而麗可的行業最怕政府哪個單位的人？我們找到而這個某單位的人。他答應把這些事擺平，唯一條件是，麗可必須將小瑜引見給您。當然這條件是來自於我。這個人自非是慈眉善目之輩，只因他有把柄在我朋友的朋友手裡。這沒有什麼好驚奇的。

這社會本就有一條若隱若現、欲蓋彌彰的相剋從而相生的牽鏈，端看您怎麼去援用。

麗可在介紹小瑜給您後，機靈的她馬上看出了什麼。她非常懊悔。爲顧全大局，她選擇保住伊芙娜，黯然遠走。

那是外在的情勢，但她的內心？同樣地，她也告訴我們不少事。

事實上，她極爲厭倦風月場的顛倒晝夜，早有勇退之念。重點是，她一個有意洗盡鉛華，唯盼得覓良人的女人，偏偏您又不能指望。尤其是您接觸了小瑜後，她發現您頃刻便對小瑜的用情之深，是她未曾在您身上感受過的。

小瑜是個強大的威脅。她初見小瑜的第一眼所埋下的隱憂，終成事實。只是她沒想到會這麼快，而且是一面倒，她自覺自己的存在是多餘的。萬念俱灰，或者該說是心碎了吧！這才使她下定決心一走了之。

所以歸結，您仍難逃其咎。

我知道您不恨麗可；而小瑜，您是既恨又愛。

這一切，不爲七百萬，是爲蘇逸生。而七百萬在蘭心育幼院可以造福更多的孩子，何等偉哉之舉？

當然這封信不會有我的指紋，您也可以報警。

再多言一句，您知道小瑜最痛恨您什麼嗎？

是您點菜的品味。

讀完洋洋灑灑兩張多A4紙的信。讓人吃驚的是，這寫信的神秘人竟比他更了解自己的事、知道更多他不知道的事。夫復何言——本不打算寫的信，卻寫那麼多——王希君坐在事務所二樓的小辦公室裡發呆了足足有一個小時。除了香菸一根接一根，沒有其他動作。之後，他看著沒有署名的信末一隻躍然紙上的藍色鯊魚，它有如雪白信紙上的一塊瘀青。那將會在他記憶層留下永遠的污痕。

王希君總算能體知杜醫師的心情。

一個月前當他聽到杜醫師竟然做起了善事時，還曾譏謔地說這人頭殼壞掉。現在輪到他了，而他的頭殼無疑壞得更厲害。杜醫師不過四百五十萬，他卻是七百萬。

原來大慈善家美譽的背後竟是這樣有著不可告人的。

奇怪，他居然沒有心情生氣、懊惱、悔恨。他只想睡。在可能睡去前，他將信連同信封投進辦公桌邊的碎紙機。聽著紙張在機器裡被切割成細條的嘰嘰哽哽聲音，彷彿信裡頭的所有人、所有事全被切碎了。

他朦朧入睡。

手機鈴聲叫醒王希君時，已近黃昏。

建材商陳老闆扯著破嗓叫說：「我在你家門口，快下來。」

王希君洗把臉後才慢慢下樓走出去。是小浩開了車門。

「王大老闆，久違了，人也憔悴了。」他點頭哈腰，恭恭敬敬地。

「少裝模作樣。」王希君強裝笑顏。

陳老闆載他們去海星海鮮餐廳，丁經理的叮噹串笑早迎接在門口。

「哇！王老闆，您有兩個多月沒來了吧？想死您了。」她奔上前挽住王希君的手臂。

「去去去。」陳老闆靠近身拉開叮叮噹的手，「妳不會抱抱我？」

丁經理推開陳老闆，「走遠點，臭美。」然後腳步一移立刻去摸小浩的臉。

「還是那麼幼齒。」

陳老闆呲牙裂嘴地嚷著今晚他請客，他說要慶祝一下。丁經理於是給他們一間 VIP 包廂，並特為他改動了幾個菜，增點菜色。

「不要老說我對您不好。」丁經理勾了陳老闆一眼。「你們請慢用。」說著掩門出去了。

看著陳老闆興奮的黑臉上油光滑亮，王希君不起勁地問著，「你要慶祝什麼？是娶細姨（小老婆）？」

酒杯都斟滿了玉米酒。陳老闆舉杯，「來！先乾了再說。」

然後抹了抹嘴正欲開口，小浩笑說：「讓我來講吧。」他最受不了陳老闆可以把一個簡單的事說得拉雜不堪的。總而言之，小浩以結語的方式直截了當，「黑面秦要我們的建材了，下星期一上台北去談。」細節上，「找時間再向王老闆報告。來，我們喝酒。」就略過不提。

陳老闆則感而慨之，「真想不到！真想不到！或許我們一直誤會黑面秦了。」

台灣人的說法，生意人烏龜性，能伸能縮；要做人家的生意嘛，哪來計較的仇。

或許吧，很多事是不能單憑表象。王希君對小瑜不也一樣？他昧於小瑜視金錢有如糞土如毒藥的那種潔然不苟。一與錢有相關，她便花容失色的模樣、聲音……猶歷歷在目，清晰在耳。

「越是不索不求不貪的女人，到頭來要得越多」，是至理名言。

但在七百萬上，小瑜仍是不索不求。她是用了手段，然而她畢竟沒拿分文。她是一個被推使的工具。雖不輕言寬恕，但不恨。他真的恨不起來。

可是她騙他。

現在無論什麼事都會聯想到她，王希君的心又一陣痛。

同樣地，麗可也騙了他。他想起她離去前夕的無奈，她說的「有一天你會恨死我的」，他總算是明白過來了，也能理解她的苦心。但又如何？越發地，他覺得她可憐。

他的女人都在背叛他，他能體諒，可有誰來體諒他？即如那封信上說的，他也自覺不是個很壞的人。

陳老闆酒一暢開，便不忘王希君的女朋友。

「到現在還藏著她，你是不打算帶出來。怕見光死啊？」

「她真的已經不在台中了。」

王希君終於可以說，「她是我客戶的人，被調走了。不講你們，連我也見不到了。」

「幹，騙鬼。」

這一晚在海星，王希君酩酊大醉，他全然不記得他是怎麼回蘭苑的。

夜裡巷道中，他撞上一條黑影，是穿黑風衣的人。「又是你！」

他破口大罵，「幹你娘的，你是人是鬼？」

黑風衣人朝他露齒一笑。黑暗中，一身黑衣，顯得牙齒格外亮白，對著不遠的柱燈有若利刃森森閃閃。

再定眼一看，巷道靜悄悄的哪有什麼人。幹，果真是見鬼了。一個冷颼。

他在貓叫聲中驚醒，是一場夢。

很真實的夢。

50

那人，唯其藏頭藏尾，所以是神秘人

不過，那人倒是讓王希君得悉麗可離開的緣由。對即今的他是無比珍貴的。麗可是他永遠的麗可。

神秘人不知來自何方？或許不辭千里迢迢而來。而千方百計全是為了十七巷九號的蘇逸生當年所受的屈冤，以牙還牙得如此露骨，卻又那麼謎樣不解而帶點騎士之風。

蘇家已人去樓空，那人會是誰？是蘇家的親戚好友或其他什麼人？抑或是姐姐蘇逸芬叫人回來索報？是報仇無疑。

他是誰？

縱使王希君有把槍在手，也沒有射殺的對象？

蘭心育幼院位於還不到後龍的一處僻靜海邊，是個童話般的城堡建築，可以媲美霧峰鄉的蘭生育幼院，也說不定就是以它為範本。從它的外部石塊和牆磚的顏色不是很黑沉來看，時間不會超過五年。

前一天王希君約好了育幼院院長的秘書，因此這一天下午他是以貴賓的高規格待遇被候在大門外的秘書亦步亦趨地護送進院長室。

「我只是來了解一下，不用勞駕院長。」

「是我們院長執意要這樣的。」秘書一身筆挺西裝。他們在採訪後成了朋友。

「這邊請。」他們上了二樓。

院長是個老女人，有一張誠摯的面容，一腔感激道不盡的熱忱，她特意準備了一泡王希君喝不出來的上等好茶。有熱情的人就不免喋喋不休，方能足夠表達她的內心。感謝之詞幾乎被她道罄。

「再說，我至今還沒有當面向您好好致謝呢！」

隨後院長展示了他們育幼院這幾年在照護孤兒上的成果，秘書在一旁補充解釋，尤其在講述到孤兒們各種悲慘的來歷時，不禁讓王希君也感受到這世間的確需要更多一些人的善心。他心沉重得低頭不語。

「我差不多該走了。」王希君說。

「您不參觀一下我們育幼院？」院長一臉遺憾。

「下次吧。」王希君吸口氣，「本來是不該問的，但……想請問院長，貴院最近幾年有沒有收容過一個姓蘇的女孩？」

「王先生，正如您剛說的沒錯，我們是不可以隨便公開孩子的資料。」

院長頗為難地帶著笑說：「我只能告訴您沒有。沒有您說的姓蘇的女孩。」

即使有，院長也不會說的。王希君下午在從事務所出發時，已很明白會得到什麼答案。

院長接著說：「王先生，很對不住。理應是我親自到您府上拜訪才對，卻讓您大老遠專程過來。」看著王希君忙不迭地推說沒事，不客氣。院長才又和藹地說：「噢！對了，杜醫師呢？同樣是你們蘭苑的大善人，他現在好嗎？代我問候一聲。」

好好好，王希君心不在焉地連聲說好。

人真到了渾身是苦，能夠撐持他的也唯有是苦了。

王希君漸漸變得會無緣無故搖頭傻笑，或許那是在笑他自己。

往後的夜，小瑜勢將是他仰望天上之際無可迴避的一顆遙不可及的星子。

第五部 虎兄虎弟

江湖　江湖
江上之氤也湖上之氳
是一句話　一杯酒
古今多少豪壯　一笑煙雲間

51

吳伯虎十三歲那年的秋天，原本是該上國中的，姑且不提頻臨輟學，光是三餐便無以為繼。伯虎與弟弟仲虎相差三歲，父母那年年初接連過世，兩兄弟於是相依為命。他們的父親曾經是個不能使一家人最起碼衣食溫飽的小學窮教員，身後留下不多的錢和一間冬天四面灌風，夏天蚊蟲滋擾的破寮，尤其是寒夜，席單被薄，兩兄弟緊擁著取暖也挨不到天明。這樣的家世自然無親無故，頂多一些鄰居舊識也寥寥無幾。他們生活的來源，主要是靠一個有病的姑媽家的殘羹剩飯來維持。

目睹這等淒慘情狀，也是搖頭的多，施以援手的少。隔週半月有人包上一小袋米、抓幾把菜葉閃進他們家，那是天大的恩賜了。

有天深夜，睡不著的吳伯虎，由破洞的屋頂望著初秋天上的清月。

「不行。天快冷了，得想辦法。」他對弟弟說。

但弟弟蹺縮在垮台的灶腳邊，套緊麻布袋才睡去。屋外秋夜的蕭瑟，稀稀緲緲的蟲聲唧唧，越發顯得這屋子的破落，淒冷的家徒四壁。

次日上午，吳伯虎直闖圳堵一家成衣廠，在門口直嚷著要找老闆——不管姓甚名誰，他要找的就是工廠裡最大的。警衛沒攔得住，給他一溜煙鑽入了一樓的大辦公室，撞上迎面而來一個胖胖的，福福態態的中年人。他以為這就是老闆了，一步上前拉緊人家的手死勁叫老闆。

「我不是老闆。囝仔（小孩子）你要幹什麼？」

這人其實是總務課長。他下意識地退了一步，年紀尚小的吳伯虎眼尖，在總務課長背後直對過去有一個房間，上面一塊藍底白字的牌子寫著「董事長室」。讀了六年小學的吳伯虎這幾個字當然識得。

「就是這間了。」他立刻甩開總務課長的手，拔腿就跑，沒敲門就衝入董事長室。後面跟著的是上氣不接下氣，慌慌張張的總務課長。

「停啊，別進去！你這小鬼……」

但遲了。

裡頭背光坐著，呈現壓迫黑影的人想必就是董事長了。

沒錯，他就是袁老闆。他朝總務課長揮揮手表示沒事，「你下去吧。」然後微笑地看著眼前這個半大不小，身上穿著破舊學生制服的孩子：上衣左邊口袋上繡著「吳伯虎」

「你找我？」對於這孩子的貿然出現，他一點也不驚訝，像鄰家的小孩，有種熟悉感——後來他的回憶，那是緣分——但他還是覺得困惑，更是好奇，對於這個小不速之客。

「找我有事？囝仔。」起先他忖度著會不會是工廠裡哪個員工家的孩子，急慌慌地跑來，肯定家裡出了什麼事，這也是常有的。看著孩子岔開雙腳站定喘著，胸膛如鼓風箱起伏。

「來來，坐那裡、坐那裡。」他指著對面的沙發。「說吧！到底有什麼事？」

「我肚子餓。」

「肚子餓?!」袁老闆哧地噴笑出來。小孩子的樣子活似跟自己父母親要東西吃的理所當然，有著赤子的天真。

「你多大了？」

「十三歲。」小吳伯虎回答。

以他略顯粗實的體型，這孩子是有點早熟，單看外表怕有十五、六歲。袁老闆眼裡盈滿著興味的笑意，這孩子眉目間自有某種樸質的厚實，也很可愛。他坐回大辦公桌，按了對講機，對著小吳伯虎說：「你肚子餓關我什麼事？我一定要給你東西吃？」

「我肚子實在太餓了。」小吳伯虎面無表情，是饑餓到了一種常態而再難有的表情了。

袁老闆收斂了笑容，又按了下對講機，有人回了話：「董事長，請吩咐。」

聽聲音應該就是剛剛那個胖胖的人。袁老闆湊近對講機，「去麥當勞買兩份漢堡套餐。是大麥克……嗯，現在就去。」

一聽麥當勞這三個字，小吳伯虎立刻瞪大了眼睛，完全不敢相信。那時麥當勞剛引進台灣不久，它的金黃色招牌，就是醒目的奢侈食品，特別對像肚子裡連滴豬油都沾不上的小吳伯虎。

袁老闆不笑的嚴肅臉龐，仔細瞧還是洩露出本性的慈祥。

問起小孩子的父母親，小吳伯虎直白地說：「都死了。」除了一個生病的姑媽，就沒有其他親人了。

袁老闆皺起眉頭。

「你跑來我這裡只是因為肚子餓？」

「是。可是，不是這樣，我可以賣老闆的衣服。」小吳伯虎終究是稚氣未脫。

袁老闆先是愣了一下，接著呵呵大笑，有意逗他，「你把我身上穿的衣服賣了，我就扒光光了。」

吳伯虎急了。「不是的，老闆。我、我要賣老闆工廠裡面賣不掉的衣服。」

「你是說想賣我們的存貨？」袁老闆說。

以吳伯虎那時的年紀哪曉得什麼存貨、呆貨，就簡單一句：「是賣不出去的。」

「你怎麼知道我有這種東西？誰教你這麼做的？」

「我家隔壁的阿桑。」

「哦，是嗎？你要用什麼來換我庫存的衣服？你有錢嗎？」袁老闆開始正經地審視著眼前的這個小孩子。

小吳伯虎也正視著他，一點兒不畏縮，反而起了一股頑皮的刁賴勁兒。

「沒有錢，我才來找老闆。」

峰西鎮的工廠不少。「為什麼找上我？」袁老闆傾前身子，雙手在桌上扣合。

小吳伯虎歪著脖子，「我們這裡就只有老闆這一家工廠。」

也是全鎮唯一的外銷成衣廠。

哦一聲，袁老闆靠回皮椅的高椅背。「你也是圳堵人？」

吳伯虎點頭。這時，總務課長叩了叩門進來，將一只麥當勞袋子擱在沙發邊的小方几上，人便退出去。

「先吃吧，吃飽再說。」袁老闆走出董事長室。他身材高瘦。

大約二十來分鐘後回來的他，手中多了一件咖啡色方格紋夾克，隨手輕輕扔給了吳伯虎，說：「天冷了好穿。是外國小孩的尺寸，可能會大一點，穿穿看。」然而瞟見小方几上還留有一份漢堡，他不解地說：「不喜歡吃嗎？兩份都是你的。」

吳伯虎咬著嘴唇。「是帶回去給我弟弟的。」

「你還有一個弟弟？」袁老闆搖頭皺眉。「我再去找件外套……」顯然衣服都是他親自挑的。

「不過，你打算怎麼賣衣服，講來聽聽。」他說。

「先跟老闆借衣服。」吳伯虎天真地說。

袁老闆眼睛一亮，「借衣服?!」有意思。

「先借，賣了再給錢，對吧？」他又呵呵笑說：「沒本生意，你的小腦袋瓜比我這顆老的靈活。萬一……賣了不還錢呢？」他走回皮椅上坐挺。

是啊，萬一賣了不還錢呢？吳伯虎漲紅著臉：「不會的，不會的……」

「憑什麼相信你？」袁老闆邊笑著，手指已經在對講機的數字鍵上按了幾下。

「叫李組長上來。」李組長是管理倉庫的。

小吳伯虎在一邊急著，「我，我我……」。

李組長飛快跑上董事長室，袁老闆交代他。「到F3區找些小女孩的尺碼，比較適合少女穿的，多點樣式……我看，就湊個二、三十件。」

說完便轉頭對小吳伯虎說，「等一下有人開車送你回去，車上有你要賣的衣服。」接著，袁老闆從口袋的皮夾裡抽出幾張鈔票，「買些菜和幾斤肉回去加加營養。」

小吳伯虎猛搖頭，而且態度異常堅決。

「我只求老闆給我衣服賣。我不要錢。」然後，再懂得請示說：「我可以回去嗎？」

袁老闆暗自點頭不再笑，目視著快步邁出董事長室的小吳伯虎的骨突背影。倘若三餐正常，這孩子不該才長這個樣，他天生有一副上好的骨架，袁老闆輕搖著頭。

送小吳伯虎回家的司機返抵工廠做了匯報，「哪像個家呀！比菜寮還不如，幾根木柱子圍上東一塊、西一塊的鐵皮。」

這是袁老闆交代他的任務：他大略調查了，問了附近的鄰居，跟小孩子說的一樣，他們沒什麼親戚。司機說：「硬要算一個，就一個姑媽。」

只是境況也好不到哪裡去。那姑媽有肺結核，一個家全靠打泥水零工的姑父苦撐過日，都自顧不暇了。

袁老闆陷入了沉思。

大約過了幾星期個把月，在袁老闆幾乎把這事拋諸腦後的一天下午，工廠快下班的時候，小吳伯虎不聲不響地出現在董事長室門口。這回沒人攔他。

袁老闆剛講完一通國際電話，一見小吳伯虎，不禁脫口：「又要來借衣服？」停頓一下，他才回神笑笑。

小吳伯虎不發一語地上前，並將一捆橡皮筋綁著的錢放在袁老闆的辦公桌上。

「這是什麼？」問完，袁老闆頭一點，笑了。

「錢啊，一百四十六塊錢。」小吳伯虎說。

至今吳伯虎猶記得這幾個數字，在當時小孩子的心目中已經是天大的財富了，也是他人生所賺的第一筆錢。

「賣衣服的錢我們花掉了三十二塊買米和菜……我不曉得老闆『掛』給我多少，不曉得這些錢夠不夠本？」

「掛」一般是指大盤商批發給零售商。

「你知道的，那堆是我賣不出去的衣服。」袁老闆的眼神無比愛憐。

「這錢你不用付。」

「那我不再拿老闆工廠的衣服。」小吳伯虎竟頑執了起來。

這下袁老闆把臉一板。「你再不聽話，衣服也不給你賣了。」那是父親的威嚴，不容他衝犯。但想了想換了口吻：「我看你也不用賣衣服了。」

說得讓小吳伯虎嚇在原地不敢動。老闆生氣了，他完了。

袁老闆又按了對講機，十分鐘後，咚咚敲門聲，總務課長一身濕答答開門進來。

「你怎麼了？」袁老闆臉一偏。

「圍牆邊的大水管破了。」

「交給水電工去做。」

「是，他正跟我在一起。」

「明天，你把配件倉庫後那個隔間整理一下，找兩張床。如果沒有就去買，還有被子，厚一點。」

「給誰住？」總務課長問。

「只管去準備，空也是空著。」袁老闆又說：「後天你派部車子去——去接他們兄弟過來。」

他看著小吳伯虎。「你家有很多東西嗎？」

吳伯虎搖頭。

袁老闆說：「我看也不需要小貨車，接人就行了。」

「老闆要我們住在工廠裡？」小吳伯虎一臉驚憂。

「你不喜歡？」

「不，不。我不知道……」小孩子就是小孩子，直問著，「為什麼？」

「不消多久，天快變冷了。你那房子能過冬嗎？」那四處是破洞的房子，雖然袁老闆沒親眼目睹，光聽先前司機的形容，也能想像它的慘狀。他不願多說。

「你和你弟弟後天就搬過來。」

「那……還給我再賣衣服嗎？」

「你還想賣衣服?!」袁老闆從位子上站起來，嚴厲地說：「下個月，你們兩兄弟乖乖給我上學去。」他又問總務課長，「他們的入學手續要怎麼辦，你去查查。」

「知道了。」

第三天下午，站在二樓會議室窗戶後面的袁老闆俯視著由保全帶進工廠大門的吳伯虎兩兄弟，幾乎是兩手空空。弟弟的樣子靈巧可愛，不像哥哥憨實，走著走著猶不停東張西望充滿著好奇；哥哥則頭低著一步一步隨在保全的後面。吳伯虎告訴過他，弟弟叫吳仲虎。一個伯虎，一個仲虎，兩兄弟是大小伯仲，外表、個性卻宛如不同生身父母。

袁老闆在窗前隻手撫著額頭，想著，之前這兩個小孩是怎麼撐過來的？他又看了幾眼身上仍舊是褪色學生服，不像兄弟的兩個兄弟。

他拉上窗簾，悄然退出會議室。

下午補習班下課回家的袁老闆的兒子，碰見自倉庫後面走出來的兩兄弟，即不眨眼地盯著他們看。

「你們，就是我爸說的哥哥和弟弟？」他就是袁老闆唯一的兒子袁家泰。

他才瞧了一眼弟弟吳仲虎，便分外開心，書包尚未及卸肩，立馬上前。「走，跟我走。」

「去哪裡？」哥哥吳伯虎一陣驚慌。「袁老闆，他……」

「沒事啦，跟我走就對了。」他帶著他們到處溜溜逛逛工廠。在車間裡什麼平縫機、拷邊機一大堆機器，一大堆人，機器聲、人聲彷彿一片有節奏的波濤。他們兩兄弟來到了一個陌生的環境有如兩隻小企鵝笨拙地走著，屏著息四下觀望；他們什麼都不懂，什麼都新鮮。老闆的兒子走到哪裡，廠裡的工人、主管們皆和他親熱地說說笑笑。有些年長的女工喜歡逗著他玩。在廠區拐拐繞繞了一圈，最後他們走進倉庫邊圍牆的側門。

「這是我家。」袁家泰說。袁老闆住的地方與工廠有一牆之隔。

在那時吳伯虎兄弟的眼裡：這哪是房子，簡直是宮殿。

只見有兩層、三層的兩棟高低樓房並立著，朱瓦白牆，屋宇高大且深；樓房前面是一口魚池，兩旁有花圃。偌大的庭院讓哥哥吳伯虎望之卻步。

「我們可以進去嗎？」

「為什麼不能？」袁家泰反而覺得奇怪。

他們上到三層樓房的二樓。

「到我的房間去。」

天啊！竟然能有那麼大的房間：那麼大的櫃子，裝那麼多玩具，以及一張那麼舒適的床，全然不是他們兩兄弟概念中的家。過年菜市場路邊上擺出的玩具也沒這裡的多。

兩兄弟瞠目結舌，而袁家泰一時高興，人一跳便從架上取下一個無敵鐵金鋼的組合玩具送給哥哥吳伯虎，給弟弟的是一艘星際戰艦的模型。兄弟兩人捧著各自的玩具呆然無措，那已經不是興奮二字可以言盡。

晚餐時刻，回到家的袁老闆驚訝地發現三個小孩竟好像從小一起長大似地玩在一塊，融洽得如此膠合，他簡直不敢相信。

而袁家泰見到了父親，拉拉他的手說，「晚上我可以和他們一起吃飯嗎？」

「當然可以。」袁老闆淺笑微頷著。這……莫非是早已註定了？孩子們年紀相仿，儼然天生的兄弟。自己兒子年紀恰好介於兩兄弟之間，比伯虎小一歲，大了仲虎兩歲。

袁老闆妻子過世得早，僅有這麼個兒子，是袁家的獨苗。他雖惜之如命，是慈父，也是嚴師。有那麼一眼瞥晃，兒子和那弟弟吳仲虎的神態舉止竟有幾分相似，真可謂不是一家人，不進一家門。

袁老闆在一旁「觀賞」著在餐桌上吃得津津有味的三兄弟，內心默默地湧上了絲絲欣慰，眼眶有點潮潤。自己的兒子就從來沒有像這個晚上，吃得如此香，如此高興。果然人多什麼都好吃。

「今天起這裡就是你們的餐廳。」

飯後老是有一條牛筋扯著的哥哥吳伯虎，心又扯緊了。「老闆還沒有安排我們工作。」

「什麼工作?!」袁老闆倒是被問得一愣。

「我們住這裡、吃這裡，當然要做事啊！」

袁老闆這才展顏一笑，「我是向天借膽！你們的年紀都不到。」誰敢在廠裡偷偷雇用童工。吳伯虎哪懂。袁老闆說：「讓小孩子工作，抓到是要被罰的。我當然有安排，過幾天你和仲虎必須回學校。」那時是哥哥應該要升國中，弟弟上國小四年級。而袁家泰則是國小六年級。

「你們……」袁老闆盯著吳家兄弟，「荒廢功課太久了。」

吳家兩兄弟便從那天開始在袁老闆的成衣廠倉庫後面住了下來。半年後遷到袁家泰臥室隔壁另行打通的一間大房。一解妻子臨終時所牽憂的，「兒子小，也才一個，往後的日子，他會多孤單啊。」

如今，說沒是沒，一有就多出了兩個兒子。他該在妻子的牌位前點香告慰她的在天之靈，讓她放心。「兒子再也不孤單了，現在不但有了哥哥，還有個弟弟。」

三個小孩就這麼無心插柳而柳成蔭地成了比親生還親的兄弟，他們除了姓氏有別，在外人眼裡，實同一家人了。袁老闆是他們兩兄弟再造之恩的養父。但他們還是叫慣了「老闆」。

哥哥吳伯虎說：「那是尊敬。」而袁老闆也常把「兩隻虎仔」掛在嘴邊。

有一天晚上，在餐桌上，廚房阿姨端來了茶，袁老闆的下巴抵著杯沿，看著正吃著飯的三兄弟。沒來由地心一沉，有些悵惘，在望不到的未來，誰知他們的以後？他不曉得自己是否能等到那一天。

52

寒來暑往，幾個年頭過了。讀高中二年級的吳伯虎早已經是個壯實的大男人了，弟弟仲虎的俊骨先天，可以看出日後非凡的儀表，而袁家泰在學成績一直表現優越，文質彬彬。

也就是那年學期結束的夏天，七月中袁老闆六十大壽，老人摒拒所有親友的祝賀晚宴，他堅持在家與三個兒子共度難得花甲之年的生日。當晚廚房阿姨精心製作一席豐盛酒菜，袁老闆破例讓他們三兄弟當晚喝點小酒。

「你們吃得越多，我的福氣越大。」老人家一整晚非常高興，話也多了。

令吳伯虎已趨成熟的心智頗多感觸。袁老闆對他們的恩重如山，他們兄弟將何以為報？若沒有他老人家的收留，他們現在還不知會淪落至什麼樣的光景。流浪街頭，四處乞討……想都不敢想。

激滿之情，吳伯虎倏忽有感而發，「老闆，為什麼對我們兄弟這麼好？」

袁老闆稍遲疑了下，微笑著說：「也許是前世欠了你們吳家的債。」

當無法解釋時，就丟給宿命或命運吧。那便是因緣、是緣分，打從第一眼，怎麼看他們兩兄弟就怎麼順眼。

「有前世這種東西？」吳伯虎嘴裡含著筷子傻頭愣腦的。

「既有現在這一世，照理該有前一世吧。」袁老闆正經地也帶著詼諧。「不然為什麼你們會無緣無故坐在這裡給我做壽？不是欠你們，還有別的嗎？不說了，我們來切蛋糕吧。」老人在剛才許願時，偷偷溜了溜他們三個兄弟。

吳伯虎說：「是老闆可憐我們。」他給每個人分了塊蛋糕。

袁老闆只是笑著搖頭。「還有，你們都這麼大了，不要再叫我老闆了。」老人家向來不介意兩隻虎仔稱呼他什麼。但，「那是工廠裡或外人叫的，我們是一家人。」

這一晚他似乎特別在意什麼。

吳伯虎說：「叫老闆已經習慣了，改不過來。」

其實他心裡一直抹滅不掉當初老闆給他人生的第一份麥當勞的情景，這個頭銜就象徵一個饑寒交迫的孩子在生死攸關之際所感受到的溫情意義。

「老闆」代表著在最艱苦日子裡對他們施以援手的人，是救助者，已形同至高無上悲憫眾生的菩薩或神明的地位了。

「在我們心中您永遠是我們的父親。」

「我知道，我不懷疑……」老人幾分悵傷笑著。

這時，突然一聲，「爸！」從生性機敏，才是個國中生的弟弟仲虎的口中叫出來，接著咚地一聲跪在老人面前。

「這是我們應該的。」

老人登時晶瑩的淚珠奪眶而出。哥哥伯虎也跟著下跪，袁家泰上前摟住兩兄弟的肩膀。餐廳霎時整個靜穆了下來，無人願意去驚擾這份祥氛。

這一幕已經刻印在他們三兄弟的心版入木深深，永不磨滅。

只是，沒人知道那竟是老人的最後壽宴。

一星期後，一個深夜，袁老闆在三樓前廳遭闖入的竊賊擊傷頸部送醫不治，凌晨身亡。臨終時，他將三兄弟的手攏在胸前，「無論什麼情況你們都不能分開。」然後竭力睜著殘光乍亮的眼睛，看著趕來急診室站在床邊的他的親大哥，也即是袁家泰的大伯。當著其他在場的衆親友的面說：「大兄，工廠交給你，你想怎麼處理就怎麼處理。但……但、但一定要代我照顧好這三個孩子，拜……託了。」

說完，袁老闆就這樣走了。

第一個爆發喊「爸爸」的是哥哥吳伯虎，但老人已經聽不見了。之後是一片嚎啕。

一星期前的慶壽晚餐，弟弟吳仲虎的那一聲爸才真叫得老人死而無憾了。吳伯虎過後想來都覺得驚險。假若弟弟那晚未及時一聲爸叫得徹實，日後對誰終是無可彌補的悔恨。弟弟的一聲值千金，縱千金也難換取。養恩大於生恩，小時不懂，現在他懂了。哥哥伯虎的羞愧、自責，那聲爸爸他只藏於心，卻始終托不出口。現在他叫了。最後這聲「爸」，老人能否聽見？他心都揪碎了。

袁老闆正應自己的預感：三個兄弟的未來，他是看不到那一天了。令人不勝唏噓。

吳家兄弟都不愛讀書，吳伯虎讀完高中就決心不再升學。

「我可以在外面找個工作，起碼照顧得了仲虎。」畢業典禮的前一晚他和袁家泰在客廳促膝長談。

「我們在這個家白吃白住幾年了，總該做點事。不敢說貢獻，至少也能減輕負擔。」

「什麼白吃白住，怎麼講這種話。父親才過世多久，他的話都忘啦？我們是兄弟啊！咱們家不差多一兩口人吃飯。即使要打工也不必出外，自家工廠還缺人手呢。」

於是吳伯虎被安排在當年那個胖子總務課長的手下工作。

袁老闆逝世後，大伯父雖接掌了工廠，但他約法三章，「我暫代可以。」家住新竹的大伯，之前甚少回峰西，和伯虎他們兩兄弟不是很熟。老人家自己也曾經開過成衣廠，錢賺夠了，經營工廠太累人了，早早便將廠房頂讓給別人。

他告訴侄子，「不曉得你還要讀幾年書。等你畢業了、當完兵，工廠就歸還給你們。」

很快地，翌年春天，吳伯虎接到了入伍徵召令。他抽到的是三年工兵，也恰合他那結實有力的體格的兵種。一去三年，最後一年他被調去外島馬祖直到退伍。

這期間，老二袁家泰不負眾望地考上了國立政治大學企管系。而最小的弟弟仲虎一轉眼也成了高中生，而且越長越高，越來越俊拔，但就是靜不下心讀書，捧起書本不到三分鐘準一下子呼嚕睡著了。從進入國中，這個弟弟便迷上了功夫電影，最景仰李小龍。課堂休息時間，或回到家裡，甚至走在路上，沒事就學著影片裡頭那些武打明星的動作，有模有樣揮打幾拳，撇踢幾腿。他不可能有錢上電影院看電影，全是晚上一個人溜去工廠大餐廳，費好大勁地擠進工人堆裡盯著電視機播放的由電影翻製的錄影帶。那時期功夫片所向披靡。

他的真正拳腳功夫是哪裡來的沒人知道。等到二哥袁家泰發覺時，弟弟已經是高二了，有了一身扎實的武術根基。那時大哥吳伯虎當兵去了，而他自己是大學一年級，忙於學校的功課。唯一有絲跡可尋的，應該是國三下學期開始，弟弟沒事就會在家後院呼哈地拳來腳往，還有招有式的。他以為至多是一時戲耍鬧鬧而已，鍛煉鍛煉身體也無妨，不想他卻是來真的。

「你在哪裡學的？」袁家泰苦思無果。明知不是，依然打趣問，「不會是從錄影帶裡挖的吧？」

仲虎竟說是，接著笑了笑。

「不過皮毛而已。」

「那……」

「不好說。」仲虎詭秘一笑。

袁家泰實在太喜歡這個弟弟了。不想說也罷，學武也並非壞事。「什麼時候開始的？」

「很早了。我很羨慕會武功的人。」仲虎表示。

哥哥點頭說他知道。

弟弟遠思的目光停住，「倘若我早學會功夫，爸爸那天晚上也不至於被小偷殺了。」懊喪欲泣之情令人惻然。袁家泰也為之動容。

可見父親發生的意外對他們兄弟的打擊有多深。

「別再想了，都過去了。」袁家泰黯然說道。

片晌，吳仲虎吁了一口氣，「其實也不是什麼秘密。」他說起他以前就讀的峰春國中。「沒人知道那裡臥藏了一位高人。」

「你在講武俠小說？」袁家泰一臉玩味的表情。

「不，那是真的。」他說哥哥你也認識，他們幾個兄弟讀的是同一所國中。

「就是那個燒開水的老向。」

哦？是那個不起眼的退役老兵，袁家泰想起來了。「但看不出來啊！」

是的，那老頭子除了勉強有一副能幹粗活的體架外，說難聽點，其貌不揚。只見白天他叼根菸在學校後面小鍋爐房附近晃蕩，夜晚一人在廚房邊的小屋喝著老酒，誰知他竟是身懷絕技的異人。打破頭，袁家泰也不信，但弟弟的陳述分明有鼻有眼，由不得他遽下斷語。

「你怎麼去求人家的？」

「是老向找我的。」吳仲虎說。

有一天輪他當值日生去鍋爐房打水，老向坐在門檻上對他說，小弟弟你想不想學功夫？他做夢都想學，還用說嗎？

「可是我行嗎？」他問。

「多好的一塊材料，不用多可惜。」老向吐掉菸蒂再換上一支。吳仲虎說他當時並不太懂老頭兒的意思。

「要學，下課或有空來找我。」老向說。

袁家泰初始不過是覺得弟弟有得天獨厚的俊秀外表，和他乖巧討人喜歡的性情才會有這般的奇遇。及後，事實證明他確有這方面的天賦，是塊練武的材料。

國中畢業之後，吳仲虎仍時常回峰春國中去看老向，繼續跟他習武，但向老頭的身子已大不如前，六十好幾的歲數早該要被趕出學校了，是前一任校長不忍心強將他留下。

「只靠放學那點時間能學出什麼來？」袁家泰不以為然，隨即恍然想起了，難怪仲虎早先上學的那些時候，屢屢下了課，晚晚不見他回家。星期天或假日也時而藉口去同學家溫習功課，一去就是一整天。

「原來啊！你的學習成績會好才有鬼。」袁家泰笑說：「老實講，平日在學校你是不是也經常翹課去偷學？」

「別再提了，都過去了。」吳仲虎學著哥哥方才的口吻。

昔日大陸來台的退除役老兵，俗稱「老芋仔」，當中的確不乏深藏不露的高人。在時代不停推演下，若非在弟弟身上目睹了上一代的傳奇，恐怕只能在荒夷的斷垣殘壁中去想像重建了。

老向之所以會主動找上弟弟，是不想讓他畢生所學因後繼無人而泯沒？

老向教仲虎的是太祖拳。那些拳法宗派，對袁家泰不啻是天馬行空。然而一技在身終有得用之時。

袁家泰在讀大學的時候，心中早勾勒出自己的藍圖，醞釀著有朝一日定要關掉成衣廠。在完成學業前，他的構想已經有眉有目了——他計畫成立一家保全公司。依舊是父親慘遭不幸的那一幕牢牢地在他們兄弟身上蝕刻入骨。當時他們只能眼睜睜看著一個成功的企業家被宵小人渣毫無道理地奪去生命而望空徒嘆。

「靠別人保護不如靠自己。」以最早袁家泰高中生的觀感，這世界存在著太多的不確定。社會的治安機制雖然懸著一盞警燈，但他覺得這只不過是黑夜裡豆大的燭火。這一點點火光，有爭如沒有；它在風中不安地搖曳飄抖著，反倒把夜照映得更加鬼魅，叫人寢食難安。

保全起碼保全自己。

袁家泰從預備軍官退役後，便開始掌家著手實踐他的夢想。成衣廠的結束是在大伯全力協助下完成的，賣了圳堵的廠房和土地，並買下一小比例父親的舊識和大伯的股份。不到兩年，他在台中市東區一棟大樓的一、二、三樓吊起了招牌——中一保全公司。圓框裡中間有個斜劈閃電盾牌的圖案就是公司的標誌。他出任總經理。

唯一遺憾的是父親未能親眼目睹他兒子的這個願望的實現。這是為了他，是給他老人家的。

「為什麼公司取名中一？」

袁總說：「中一是忠一，一致的一，一體的一……」忠心不二的一也。

吳伯虎在三兄弟裡是最早退伍，所以袁家泰尚在軍中時，公司初期的籌備工作自然落在他的肩上。同一時間也剛好弟弟仲虎入伍。老二、老三兩人在部隊期間各有休假，是他們兄弟難得聚首的機會。感覺上，每隔一回見到，弟弟吳仲虎便給人不同的驚奇，越發俊美得抓不到他的變化，近似男明星彭于晏。因勤於武術，打造出一身羨煞人的健美肌肉。真叫人刮目相看。

直到最小的弟弟仲虎服完兵役返鄉歸里，三兄弟總算是團圓了，能夠齊步為自家的事業拼搏。在分配上，吳伯虎負責公司的總務人事、採購，以及對外事務。特別採購這一塊，袁家泰說：「我還能信任誰？」而弟弟吳仲虎則總管各區保全據點的調度，並兼公司保全員的武術教練。果然，他一身打練的終於派上用場。

退伍後的弟弟在搏技功夫上所展現的，只可用眼花繚亂來形容，兩個哥哥無疑是霧裡看花。

最早弟弟學的是太祖拳，後來經人從旁解說，才知道三弟什麼拳門、派別樣樣都來。舉凡跆拳道、空手道，莒光拳、泰拳、擒拿手、西洋拳擊……均有他可汲取而引用的招式套路。有在軍中或外面剽學的；有與人切磋，討教之間所得的。明眼人看來，弟弟的功夫只一個字概括——雜，宛如一鍋大雜燴。弟弟不否認，也不以為然，他說他是集合各家武學的精華。自詡他的拳腳沒正統武術的羈絆，海闊天空，揮灑自如。

他講求的是實戰，端以一招奏其功，何需固定哪家之學？

在一次表演重於比鬥的中部武術觀摩賽會上，輪到吳仲虎上場，他一路施展下來，一個香港的評審聚精會神地看著直搖頭，嘴巴嗒嗒聲不絕。

他說：「這位好漢打的好像是太祖拳，但又不像。」

他指出吳仲虎長打短靠，某些攔、斬、卡……與現行的太祖拳大相徑庭，說起來很不正宗。

但他又不得不承認它們的實用性，不過又補了一句，「一塊寶玉，只可惜色渾了。」

吳仲虎不屑的表情挑挑左眉，「那李小龍不成了大黑人？」

不過是逞一時口舌，然而他早時的根基太祖拳，自那之後，不知何故卻消弭於他的雜學之海。或者如他自己所言，「東西多了，有些用不上。」又或是「太多雷同，該捨則捨。」

此外，他駁斥台灣武學國粹中部武術協會理事長在會賽的開場白說的：練武旨在強身。簡直是屁話，要強身有諸多運動還嫌少嗎？進習武術不比不打，何有高下？又何意義之有？若時代允許，路見不平，殲邪懲惡不也快哉！

這一點，二哥袁家泰不甚苟同，也為弟弟迄今猶未走出父親遇害的陰影而深感憂慮。

賽場結束時，一個中年人排開人群上前來自我介紹。

「敝姓祁，」

吳仲虎一看那人拿出的名片，一愣。對方是個導演。「這……」

「不好意思，我太冒然了。」導演笑起來有一口好牙齒。

「吳先生，我們能說幾句嗎？啊，這麼說吧，您想當明星嗎？請別見怪。」畢竟問得有些唐突了。

「我?!」吳仲虎覺得好笑，指著自己的鼻子說：「我夠格？」

「夠夠夠！太夠條件了。」時下有外型又有武打底子的是越來越麟角鳳毛難遇了。

「怎麼樣？我是說真的。請問在這之前，有人找過您嗎？」導演以期待的眼神看著他。

「沒有。」

導演像是放心了，又咧出白牙笑了。其實注意看，這人很不修邊幅。

「有機會，我們約個時間見面，可以嗎？」

吳仲虎不置可否，「再看吧。」

「想好了，請給我電話。」導演跟吳仲虎握了握手。

鐵拳

空手道、跆拳道劈斷幾層磚，擊破幾塊木板，是花人耳目而已。吳仲虎說拳要有效，要有置人於死地的奪魄之氣。鐵拳因而是他的殺招。這事實上是空手道後手直拳（主力拳）的強化和相應幾手變招。是他有別於其他同道的，銳不可擋。

曾跟他過招的練武同儕，無不吃盡這鐵拳的苦頭。此外，無人不折服他在拳術上的融會貫通而納為己用，獨樹一幟而成就他自己的拳法。如何歸宗依派不重要。由於此拳其堅如鐵，就有人乾脆叫它鐵拳，這簡單有力的名字便不脛而走。

當中一保全的公司一切上軌道後，吳仲虎立即在峰西的鎮街上，也即秉陽路後段的巷子裡開了一家道館，就是現在的「虎道館」。

兄弟能夠三人行，齊步走，最感快慰稱心的莫過於袁家泰。

「就當這是我們的約定。」也不負父親臨終所託，將兄弟團結一起。

父親告訴過他，將來吳家兄弟會不會做大事業，且不管，他們至少是有情有義的，「我是不會看走眼的，而且他們兄弟有常人不及的膽識。」

比如說，哥哥在十幾歲尚是毛頭小子的年紀，就敢單身獨闖袁老闆的辦公室，要求賣他工廠裡的庫存衣服；弟弟當時還小，雖然看不出來，但他從小老瞪著一雙炯炯的眼光旁觀周遭的事物。

「仔細想，他有怕過誰，怕過什麼？」父親再次強調自己看人的準確。「日後，不信瞧瞧，他的膽量絕不比他哥哥小。」而會武的人沒有幾些膽能行嗎？

峰西工廠頂掉之後，圍牆旁的住家也賣了。「免得觸景傷情。」袁家泰說。後來他在五權路買了一層三房兩廳的公寓，三人合住。

一個夏末夜晚，是六年前吧，袁家泰在台中住家的飯廳備了些啤酒小菜，三兄弟夜宵小酌一番。

今晚桌上擺的菜，有幾盤是餐館外送的。

「二弟不會只是叫我們來喝酒吃飯吧？」大哥吳伯虎看看桌上的菜，又看看袁家泰。弟弟吳仲虎撬開了啤酒給每人的杯子斟滿。

袁家泰大笑說：「大哥心細，是有個事。」他舉杯要大家喝酒，「晚上不談公事，說說咱家自己私事。」公司當前就像一部正常運行的機器，只需小心操作，按章循規，剩下的是持續性的經營管理層面的操盤。

「我們都將自己的大事拋丟不顧了。」

「所謂大事，我們會有什麼大事。」哥哥伯虎抹抹嘴，「不過是娶老婆。」

「沒錯。」

「可以遲些再談。」

「為什麼？」

哥哥伯虎支吾著，「我的考慮是，唉！女人。不都這麼講嗎？有了老婆，兄弟情薄。」

「大哥，這是多老舊的觀念。是有不少這種例子，可不一定全是這樣啊。我們都老大不小了，最小的三弟今年也都二十二了。三個老光棍成何體統。」

小弟仲虎等不及嘴裡的一口菜嚥下，連忙說：「只管你們，反正我現在還不想結婚。」

「我自有打算。」袁家泰排除衆意，鄭重地看著大哥，「你知道的，我們老家峰西目前最紅的是什麼？」

「蘭苑山居。」吳伯虎答道。

這是一個聲名新鵲起的社區，它的房子造型、格局、規模和台中市某些馳名的高級住宅區相比也不輸人，某些建構的新思維更有超越而無不及，已然被視為峰西鎮的地標，是當地之光。由於本身也是峰西人的背景，袁家泰已爭取到這個衆所矚目的大社區的保全相關業務。

「我在那裡簽下了一棟別墅作為管理處。」袁家泰說公司股東會已同意，而且決議任定專人管理蘭苑山居那一大區塊。

「人選就是你。」他看著哥哥，「說實在我也不放心給別人來管。重點是，買那棟別墅是我自掏腰包的，反過來由公司付租金。」說到這兒，他停頓看著他們兄弟，「房子是用你們兩人的名字買的。」他揮手阻止急著要說話的吳伯虎。

「聽我講完，以後那就是你們的房子，公司每月付給管理處的租金歸你們，等於公司向你們租房子。」

哥哥張紅了臉，「這絕對不行，你根本不需要特別為我們設想。我有工作了，有薪水，養活自己足夠有餘，再說……」

「不用再說了，房子我已經跟永鉅的房屋銷售公司簽訂了。」袁家泰點笑著，「我猜準你們絕對不會答應。我手上有你們身分證的影本，就自作主張把這事辦了，事後再補驗正本。」

「我們還是不能接受。」

「聽著，我們是兄弟嗎？」

「是兄弟，但不表示就該平白無故接受。」

「說平白無故就不當我們是兄弟。況且買賣合約都簽了，違約可是會沒收訂金的。」

弟弟吳仲虎問，「二哥給了多少訂金？」

「老實說我已經把頭期款繳了。當然啦，就像你說的不能平白無故，房子我也沒有平白給你們，後面所剩的房款，仍要由你們按月分期去付。只不過我付的頭期款不是百分之三十，而是百分之六十。」

也就是說，那棟別墅，他們兄弟兩人僅需負擔總房款的百分之四十就行了。

「這和送給我們有什麼區別？」兄弟倆，一個將持酒杯的手垂下，一個滑靠椅背，俱有著不同程度的原處癱坐。

「目前，」大哥吳伯虎說：「只是簽約，還沒正式過戶，名字可以改的。這樣做毫無理由。」

「這需要什麼理由？我只能告訴你們情況。」袁家泰說：「世上沒有萬年企業，中一也一樣。有了自己的房子，至少是個根基。公司在，你們有房租收；哪一天公司不開了，房子依然在。而不管公司有沒有，你們都有房子住。」

一股熱流堵得兩兄弟的喉頭發不出聲，激動霸踞心頭，帶著恩義的濃稠。吳仲虎啤酒一杯一杯往肚子裡灌，大哥呆若木雞，燈罩下是虎兄虎弟的閃閃淚光。袁家泰相當平靜。

「我們不要辜負爸爸的心願。」袁家泰彷佛如釋重擔。

吳伯虎問，「是爸爸的意思？」

身為大哥的他，瞧著二弟點頭，他哪有不清楚個中的小花伎倆。假使不抬出父親，他們兄弟是斷然不會順從的。

「我們今晚不是說結婚的事嗎？怎麼扯到房子了。」伯虎在硬拗。

袁家泰嘆了口氣，「我了解大哥的心情。」他笑說：「結婚是成家，沒有家結什麼婚。」

「多的是沒有房子照樣娶老婆的。」

「大哥不要跟我爭了，都已成定局。房款，該給也都給了。」

現今蘭苑山居十七巷最裡邊的十號別墅，即是中一保全總經理袁家泰買下作為社區的管理處的，也是虎兄虎弟他們的家。實際情況是，吳仲虎在鎮街上開了虎道館之後，就很少住蘭苑。晚上要是有回峰西，他通常就睡在道館後的武術器具房裡。那畢竟是他的道館。

十七巷人管哥哥叫大虎，弟弟叫小虎。哥哥憨厚彪壯，弟弟俊偉不群。初見他們的人不免都會納悶一句，「你們真的是兄弟嗎？」或「你們是同一父母生的嗎？」伯虎塊頭不小，看起來比實際年齡大。跟新月亭的黃秉鐘、會計師王希君差不多大。他有他的體重在，卻知道自己份量微薄。他從不對外說那棟別墅是他的，動輒便說：「我是來這裡給社區人服務的。」他越是這樣，人家越認為他是過謙了。

中一在蘭苑除了保全業務之外，由於原有的社區管理委員會的功能不彰，導致日常管理斷層，於是袁家泰一口氣包攬了社區的所有管理。自此之後，吳伯虎幾乎回不去台中總公司了，釘死在蘭苑，成了道道地地的社區總幹事。相對地，弟弟仲虎因負責台中大區域的保全人員調配，忙碌的程度可想而知，必要時甚至也需參與值班，晚上又大多在二哥袁家泰五權路的家過夜，因此他幾乎全時間在台中了。

一個月大約三到四次，大部分在晚上，他回峰西是為了道館。他收了不少習武的學生，所以一進道館，他便脫不了身。迫不得已，他逐漸把教學的工作下放給他的兩大徒弟。說他一年到頭唯逢中秋與過年才進得了十七巷的家門，一點也不誇張。

大哥老問著，「你不喜歡你二哥給我們的家？」

「喜歡啊，我也想，但我找得出空嗎？」吳仲虎說。

蘭苑山居浮露高岡雲端六年了，吳伯虎在此工作也有五個年頭。他是個盡職的人。保全的日常業務本身就瑣碎，諸如社區安全維護，巡邏……偶或監控警訊誤報、系統當機之外，再加上垃圾處理、難免的斷水停電，更有排水溝淤塞的無解難題。而管理處就他和一位技工。二弟袁總不是沒叫他多僱覓幾個人手，一向能省則省的他始終認為無此必要。然而社區越是老舊，問題就越是多，確實讓人分身乏術了。職是之故，今年他多聘用了一個電工，專責居戶的水電維修，公共生活區的排障、整飭。另外，又招了一個兼職的男性資料文書，社區管理處至此起碼完備了。

吳伯虎每週至少兩次會騎著小五十機車，有如領主巡守他的領地般徹頭徹尾將社區繞巡一圈。蘭苑山居方圓不小，噗噗有氣無力的機車穿行其間，更顯他的心餘力絀。

吳伯虎待在管理處的時間越來越少——他還有對外事務，如採購與交涉工作——經常是晨早出門，傍晚時返家。十七巷十號的管理處——他的家，是一個「0」的位。每天，他從「0」出發，又歸於「0」。那棟別墅對他而言是個虛有其表的家，提供了他睡覺的一席之地，僅此而已。所餘置的，是太多沒有使用到的空蕩。也許二弟說得對，沒有女人的家不成一個家。

五年來，於保全公司，於蘭苑社區均定定當當地自行其運作。但他們三兄弟個個照樣單鳥垂垂，三人的枕側於今猶涼。他們碰面提對，竟是相互指責對方為什麼不先結婚，並說「你們不要等我」，然後三兄弟搖頭大笑。

只是，大哥吳伯虎依然不覺得自己是蘭苑人。

53

「你這種人會失眠?」威古堡酒莊的蔡頭以奇異的眼光看著社區總幹事吳伯虎。

「半夜這地方鬧得兇。」吳伯虎指著自己的胸口。

他胃食道逆流的老毛病,通常都在將睡未睡時,胃部一股燒辣上湧噬咬著他,使他不得不坐起來靠著床頭抽菸。而菸一抽,那種酸蝕的痛徹更肆無忌憚,翻騰了他一整晚。他有藥,但只能壓,不能治。

「還有風。」其實他要說的是風中的貓叫聲,而他聽到的貓叫都是以有非有的。

「牠一叫,我就開始想了。」是他想去捕捉貓叫。昨晚他根本未睫上眼。十七巷的風是有名的,因高地,夏秋有南風輕吹卻沙塵飛揚;冬季的勁風更無以復加,且暴烈切膚。再加上終夜的呼嘯中,間或有隨風游離的貓叫,那像是行將斷氣的哀絕,斷斷續續,是吳伯虎最受不了的。

「貓叫?不會吧。那是心理作祟,就像早先我們巷子鬧哄哄地說九號屋子有鬼。」蔡頭說:「現在不是很平靜了嗎?」

最早發現的是教授林德,他說好似鬼也怕冷,去年十一月底後,九號屋就真正「連個鬼影也沒有了」。

「不是這個意思!貓不一樣,每次叫都會有事。」

蔡頭有點不明白,「那更好笑……」

「莊主,」吳伯虎低下頭說:「確實發生事情了。」

莊主是鎮上人送給威古堡酒莊老闆蔡宗南的一個戲稱,他是酒莊的主人。叫他蔡頭的,除了十七巷的老教授林德,恐怕沒有幾個。吳伯虎覺得蔡頭兩個字很不雅。

今天,就剛不久上午十點,威古堡一開門,吳伯虎一個人無精打采地連個招呼也沒打就走進來,直接在酒櫃前一張桌子邊坐下,悶悶地抽著菸,暗沉的臉龐,是嚴重的睡眠不足,看情況不是一天兩天了,不會僅僅是受了一夜的胃食道逆流與貓叫的折騰所導致。

蔡頭端來沖好的兩杯茶。「到底發生什麼事？喝口牛蒡茶，解解身上惡氣。」然後笑著拍拍吳伯虎的肩膀，「總幹事，是小虎吧。又鬧事了？」

從早上接到他的電話說有事要過來的語氣，以及此刻坐著愁眉不展猛抽菸的樣子，蔡頭用肚臍眼也能了然。能讓吳伯虎這般操煩的，只有是弟弟吳仲虎的事；而仲虎的事，除了與人幹架，不會有別的。

蔡頭索性直問：「這次的對象是誰？」

彷彿說出這人的名字就會震天動地，吳伯虎連續吞了幾口茶，才帶點口吃地將話推上舌齒間，說：「宏……宏森！」

「宏森！你是說楊老董?!」

總幹事苦笑，「是他兒子。」

「他把楊老董的兒子打了！」蔡頭駭然直視著。

「他兒子可是楊家的金光丸。」是楊家三娘的心頭肉，寶貝得不得了；而三娘又是楊老董的至寵最愛。宏森製藥，不單是在這鎮上，全台灣也是名列前十的大藥廠，不但藥廠的名氣壓人，眾所皆知而猒懼的是楊老董這個標誌性的人物。

他本該可以是一個德高望重的鄉紳，然而他的乖僻脾氣，心如鐵、喜怒無常，從不給人留顏面的死硬派作風，沒事便罷，一旦不小心刺痛了他哪條忌諱神經，撂了句我奉陪，那準玩你到底，不玩到你不剩一兵一卒是絕不善罷甘休。

「什麼人不惹，偏偏惹上楊老董。」上午當總幹事出現在他酒莊店門口，蔡頭就覺得事態不妙，沒想到，是那麼嚴重。可話說回來，若非衝撞的是楊老董，總幹事也不會來找他。

「人不是仲虎打的，是他的徒弟……」

「拳頭打頭和木棍打頭有差別嗎？痛的是頭。」蔡頭說。

徒弟打人，師父頂罪？事實上，十有九次鬥毆不都是仲虎的手下滋生的事端，有幾次是師父本人？而且每次闖禍幾乎也是同一人，也就是那個到處惹是生非，被外界推捧為虎道館的第一把交椅，一年四季紅著一張臉的麻煩精——紅猴。

他是顆公認的不引燃也會自爆的炸彈，是個沖頭子。說來不算年輕，也有三十了，比師父仲虎大幾歲。其實他的脾氣並非像外傳的那麼暴躁，只是喝了酒後便難以自控。這是吳仲虎最傷透腦筋的。

「不用說，又是紅猴，對吧？」蔡頭不看總幹事。

「不是。紅猴是去救人，是青狼被打傷了。」總幹事說。

大大出乎蔡頭的意料。

「他被打？不可能。」蔡頭搖著他的大頭。

「因為青狼喝醉了。」很醉很醉，總幹事形容。

事實上，是青狼給人解圍而受無妄之災，青狼在虎道館也是弟弟仲虎的一大弟子，與紅猴並駕齊驅。論說功夫，他只有在紅猴之上。

「他……楊老董知道這事的真實情況？」

「不曉得。」總幹事吳伯虎苦著臉，「就如你剛講的，誰打的還有意義嗎？據我所知後來是一群亂架，誰知道是誰？壞就壞在不分青紅皂白的楊老董如今放話了，要是不能給他滿意的解釋，半個月內保證讓仲虎街上的道館關門。」

這倒是楊老董的典型作風。

總幹事搖頭嘆氣，「我只有找你了，莊主。」

若非到了這個地步，他是不會上門來的。所有想幫他的朋友，聽到對方是楊老董，無不一一打了退堂鼓。

「依您和楊老董的交情。」這是總幹事溺水前最後一根樹枝。

楊老董愛品酒，且獨鍾紅酒。蔡頭一有好酒進貨，很少隔天，往往上午到貨，下午立即推薦給楊老董。另外，隔個半月至一個月，他會適時帶瓶酒上山去孝敬這個老怪。「是給您老人家品鑒的，當然不收錢。」

由楊老董經常呵呵的笑聲中，他們之間的情誼就像酒的點滴積累而至今日的深厚。

人家也沒少照顧蔡頭的生意。他是個買賣算分，相請不論的人；送歸送，買歸買。他買酒向來不講價。並且很熱心給蔡頭介紹客人，大多數是些有錢有身分的人，幾乎日後全成了他蔡頭的主顧。

然而，酒只是交流必需的氛圍醺華而已，楊老董覬覦的是蔡頭家地下室那堆死人的東西——古董。

宏森製藥的楊老董說來也是個小有名氣的古董和藝術品的收藏家，但在蔡頭眼裡，不過是沽名釣譽，砸大錢來砌築自己的風雅閣樓，是個鑒賞力不高的土收販（穿街走巷收破爛的人）。

越是有錢，臉皮越是破不得，死不會承認自己對古董半桶水的知識；也越是這樣，他越是以權威自居。暗地裡他卻留意著蔡頭的古董進出訊息與外面行情，偷偷藉著蔡頭那雙法眼作為他評購珍品古物的參考。

心照不宣的是，蔡頭固然處處逢迎著楊老董，但老人也極力在討好他。

這是他們之間不為外人知的——教授林德除外——微妙的各懷鬼胎，互取所需，也是蔡頭能成功之處。

楊老董除了能幫他增加酒的銷量外，蔡頭圖的是他倉庫裡那幾架子在年輕時尚缺經驗所收購的非上品的真品——他的東西不管好壞鮮有贗品——幾乎全割讓給楊老董，可笑的是，楊老董是以低姿態向他求售的。只要人喜歡，有何不可以？而依老人的脾氣，他要的，你不賣都不行。

教授林德常調侃蔡頭，說他：黑心。

儘管這樣，在正對著總幹事吳伯虎的時刻，他也感到相當棘手，他沒有十足的把握能讓楊老董賣這個面子，因為這回事情是發生在楊家的兒子身上，就很難望其有所妥協了。

他艱澀地笑笑，「別忘了楊老董有時根本六親不認，並且今天說的，明天不一定算數。」

總幹事空嚥著喉頭，他已經沒有口水可以吞了。「這是我沒辦法的最後辦法。」說著肩頭掙扎了一下。

蔡頭臉色稍整，「傷得嚴重嗎？楊老董的兒子。」

「身上根本沒什麼傷。紅猴到現場時人都走光了，只剩青狼和他的兩個朋友躺在地上。他是後面才趕去追人的。」吳伯虎茫然無助，「這還不懂嗎？人家是借題發揮，死活不放過。」這才是問題的癥結。

蔡頭同情地望著總幹事，這兩隻老虎這下子可真要被剝皮了。

「行不行，難講，試試看吧。」說實在，蔡頭挺喜歡總幹事的這個弟弟。他時常在看電視、電影時，會不自覺地將吳仲虎投射到片中或戲裡的某個角色。

蔡頭哪有不清楚楊老董的兒子是什麼東西，就是仗著老爸的錢勢在鎮上胡作非為的敗尾家子，是裁不出一件衣服的破布料。而倒過來想，這生性跋扈的楊家小子，那副驕狂的嘴臉早令鎮上人深惡痛絕，相信很多人都盼著看到這個不知天高地厚的兔崽子被修理的一天，而且打得越慘無疑越叫人拍手稱快。

「但……」多說無益。

「我來找你，是求你了，我會報答的。」總幹事的垂首近乎是鞠躬。

「千萬別這麼講。若能做到的，我哪會不幫。都是多年老厝邊（老鄰居）了。」

他們兄弟情深，一方遭苦難宛如割自己的肉，哥哥為弟弟的事的苦惱全寫在臉上。蔡頭深被打動，這樣的兄弟情在現今社會已少之又少了。

「你弟弟現在人呢？」

「上班啊！唉……他倒像個無事人。」弟弟吳仲虎壓根不將楊老董放在眼裡。

哥哥似個粗漢，但神經比弟弟細弱。

「這正是你家那隻小虎仔。」蔡頭就欣賞吳仲虎的這種硬骨。

總幹事六神無主，「那是他還不覺得事態的嚴重。」

蔡頭哂笑說：「皇帝不急，急死太監。」他推敲著，「楊老董要的滿意答覆，他有沒有明說？」

「能明說就好了。可能嗎？除了你，莊主。他眼中有誰？」

這種話，蔡頭最是害怕聽到。

峰西鎮的有錢人多數是山裡人——是笑話，也是實情——他們幾全聚集在往東勢那一向的淺山半山腰一帶。大小別墅鱗次櫛比，是峰西人翹首仰望的雲嶺小區，其實該叫大區才是。宏森製藥的楊老董自不例外，他的房子較之山區內鄰近的任何房子，不但來得地坪大，而且豪華多了。小區家家戶戶都有游泳池，是配置的，因而這裡的住戶大部分有晨泳的習慣。楊老董，也更不能例外。

蔡頭挑了一個晚飯後，攜著一瓶紅酒上山去見楊老董。楊老董的別墅離鎮街杜醫師老丈人家不很遠，在一段山路轉彎的另一面。

四下一片黝黑的山夜，像山壁般龐然聳峙的楊老董巨宅，只幽幽透亮幾處燈光，倍感它的森肅肅穆與當胸的壓迫感。任誰第一次夜訪這裡難免或多或少會裹足不前。屋如其人，那般拒人於外，這不就是楊老董的姿態嘛？

不過楊家宅第的銅牆鐵壁對蔡頭來說是進出無阻的，他只需在門邊按響對講機報上一句「我是宗南」，有如密碼，緊閉的門便喀嚓彈開了。他在來之前，已給楊老董打過電話了。

楊老董咬著菸斗——嘴裡含弄著這玩意，也是雲嶺小區老爺們的派頭，有說小區裡，少有不晨泳、抽煙斗的——伸展雙腿擱在小凳上，舒舒泰泰地坐在大客廳裡一把扶手、椅背上有著雕飾的紫檀木椅上。他瞇眼笑著，「你又帶酒來了？是什麼好酒？」

在楊老董眼裡，蔡頭是會隨時給他驚喜的人。他常對家人和朋友吐露，「峰西鎮沒有威古堡，我會渴死；沒有蔡宗南，我會無聊死。」

儘管外面燈光昏暗，裡頭卻富麗堂皇，客廳四周牆壁上懸掛著幾幅字畫，牆上的巨型嵌櫃裡擺滿了古董、藝術品，不少是從蔡頭的手中「讓渡」來的。當然有給錢。

蔡頭皮鞋跟叩叩敲在大理石地板上的餘音迴蕩，蕩得客廳分外軒敞。

「你太客氣了，宗南。」楊老董的三姨太從茶水間出來接過蔡頭手中的酒。「人來就好啦，每次都讓你破費。」

三姨太確確乎徐娘半老，卻風韻猶存。

「不是什麼好酒。」蔡頭在老人的對面坐定。「怕過不了您老人家的喉。」

「還說不是什麼好酒。」楊老董依然瞇眼笑著，看著酒瓶上的貼標，是智利 MONTES 出的紅酒。

「這酒我喝過，相當不錯。」臉上無絲毫冰鐵冷酷，反而有不敢想像的慈藹。

這只是針對蔡頭？也好像是針對那瓶紅酒。他很高興，至少今晚有人陪他說說話。

「你有一個月沒來了，對吧？」

「是的，楊董記性好。」蔡頭心頭一陣扭捏，「來看看您，順便跟您談個事。」

「有事？我猜也是。」老人瞬間板起了臉，但並非生氣。

「我不會耽誤您太多時間。」首先的慰問是必要的，「令公子現在好些了吧？」

剛沏好茶坐一旁的三姨太聞言蛾眉一擰。「很好呀，他還死不了……」

那是兒子無端遭人打傷，氣極了而潑洩的話。

突然她表情好似發現了什麼，「哦，對哦！那個死狗流氓不就是你的鄰居嗎？」

「不是，是他的弟弟。哥哥是老實人，是我們社區管理處的總幹事。」蔡頭說。

「總幹事?!」三姨太奚落說：「總幹事？管什麼？自己的弟弟都管不好……」她越說越氣，「有這樣的弟弟，哥哥會好到哪去。豬跟狗不都是一群？不都來自沒教養的家。要不是他爸，」她看了眼楊老董，「阻止我，我老早叫警察把他抓起來了。」傷了她的寶貝兒子就像一刀刺了母親的心肝，如何不痛？

蔡頭深知楊老董，他是不會透過警方的，他從不相信警察。他們能做什麼？他寧可採取自己的方式。

「叫那個死狗流氓，宗南……」女人控制不住將要站起時，忽然楊老董開口一聲喝，「閉上妳的嘴！」怒斥比他小二十幾歲的三姨太，像罵小孩子似的，叫她上樓去。

「男人在談事情，吵什麼？像個肖查某。」

三姨太怏怏地蹬著重重的步子上樓梯。她泡的茶散出的香氣，光聞著，就知道是上等好茶。然而沒有人碰杯子。

「宗南，你是為了那姓吳的插這個手？」楊老董老眼微睜。「我不覺得你這樣做是明智的。」

「是受朋友的拜託。其實他們兄弟不壞，挺老實，也講義氣。」

「這麼說，是我的兒子不好囉，對吧？」楊老董不怒反笑，真是個陰晴不定的人。

「我不也是你的朋友？而且我還是你的長輩。」他用拇指邊摁按著菸斗，邊強吸幾口，讓將熄的菸絲重新燃起，然後吐出一縷煙。空氣中彌散著甜膩的煙味。

「算是我一個拜託，你能不能不過問此事？」

「恕我再冒犯一句。」蔡頭也自非是個吃軟怕硬的人，明明肇事者不是吳仲虎。「是他的徒弟打了人。」應該可以輕緩點才是，蔡頭心想。

「我只認虎道館的人。推一個什麼徒弟、小嘍嘍來做啥，唬弄我？」

「您誤會了，董事長。我可不是不知自己斤兩的人，何況您老自有定奪，只是方便的話，請您高抬貴手。」蔡頭原本就是來睇點端倪而已。

「我們喝酒吧。」楊老董決然地結束話題。

「我這裡有瓶好酒，你嚐嚐看。」不下逐客令，已經太給蔡頭面子了。

54

吳仲虎在秉陽路的虎道館門下有兩大弟子，一個是紅猴，另一個是青狼。青狼年紀雖輕，卻很沉聲靜氣，和嘰呱狂躁的好友紅猴一比，就像馬戲團裡的雜耍。如果青狼是穩穩貼地滾動的球，那麼紅猴便是球上蹦跳獻技的猴子。儘管師出同門，緣於性情迥異，兩人武術運行的動作快慢、姿形就不太一樣：一個重穩取，一個求速攻。兩人功夫其實不相上下。

道館的兄弟形容他們，一個是竟日躁鬱不安的毛猴，一個是冷眼伏距一處的荒野之狼，都不好惹。不管是青是紅，都是吳仲虎的高徒。美中不足的是，他們各習取一半，無法盡得其師一身的全學——於穩於速，不徐不疾的遞變揑訣。

楊老董兒子被打的那天傍晚，青狼和兩個朋友在鎮東夜市一家羊肉爐攤子吃飯喝酒，三個人四箱啤酒，早灌得全身血管中大概流的盡是酒精，人七葷八素的。

那時候隔壁桌突然嘩然一片嬉笑喧鬧，亂哄哄中有女孩的嘶聲尖叫：「不要不要……」帶著哭腔。一個年輕，身穿紅色毛線衣的男子直勾勾瞅住那個求情告饒的女孩，笑得越發陰陽怪氣。女孩長得清純可人，一副學生摸樣，驚駭不已地摟緊身旁的男孩子，他們顯然是一對小情侶。

「就過來敬我朋友一杯酒也不掉妳一塊肉？」紅衣男子和那個女孩似乎相識。

「要不然妳男朋友也一起來。嘖，看你們難捨難分的樣子。」他企圖上前去拽開這對情侶，他們反而抱得更緊，在位子上抵死頑抗。男友忍不住罵了一句，紅衣男子頓時怒火中燒，拿起一杯果汁朝男友的臉上潑了去。男友一驚，忙著抹臉甩著汁液站了起來，衣服也黃橙橙地濕了一片。與紅衣人一夥的幾個人在邊上嘻哈鼓譟。

「不服氣，是嗎？想打架?!」紅衣男子不由分說一抬腳踢翻了桌子，桌上的東西稀里嘩啦傾翻一地。那對情侶嚇得躲到旁邊青狼的桌子後面。

喝得暈頭轉向的青狼對於眼前的生變突然毫無預警，出於本能反應，也立刻飛起一腳踹在迎面而來的紅衣男子的胸口，把他踹得連連後退，一個閃腳踩空，身子一偏跌到濺灑了湯汁油污的地上，揉著心窩喘不過氣來。有人跳下來扶住他。他們一桌約有七八個人，見狀蜂擁而至，有抓椅子、有拿酒瓶、有砸杯子地湧向青狼。在有若潮浪的淹覆下，可憐的青狼連帶兩個倒霉的朋友本就醉得半死幾乎不省人事，怎堪抵擋暴雨般的一輪毒打。

有人叫說：「停停，停停，他們是虎道館的人。啊！是青狼。」

「虎道館又咋樣？」紅衣男子嗤鼻說。

鎮上人知道虎道館有隻愛無事生非的猴子，對於青狼，人們大多只聞其名未見其人。其實紅衣男子和他的狐群狗黨在踏進羊肉爐店時，已有人認出青狼。唯其平日大家井水不犯河水，相互誰也不惹誰，且以紅衣人為馬首是瞻的這群人，何嘗正眼瞧過人。

當紅猴據報趕到現場，那對受驚的小情侶早已不知去向，只見青狼側著身縮成一團躺在垮腳的桌下，滿臉血污，不省人事。練過武的畢竟有身底，經那麼一陣慘烈的狂拳亂腳，還能承受得住而不至就此嗚呼哀哉。另外他的兩個朋友的情況就不妙了，各個遍體鱗傷，差不多一息奄奄尚存，與閻王交臂不過一步之遙。

紅猴叫隨行的人小心扶起青狼和另外兩人火速叫車送往醫院。

店家老闆驚魂未定地跑出來，「不等救護車?!」

「等個屁！」紅猴大吼。等救護車來，青狼那才真叫不掛也得掛了。

「你知道他們是什麼人嗎？」他探問店家老闆。

老闆似有所顧忌，「你看了就知道，穿紅衣服……」含糊了半晌，話最終仍舊在嘴裡。

紅猴破罵了幾聲，弄清了那幫凶神惡煞大致逃去的方向，轉身吩咐身邊所有人都去醫院照顧青狼。

而他自己一個人單槍匹馬「擒兇」去了。

「你一個人行嗎？我跟你……」一個未脫掉道館衣服的年輕人趕上，但紅猴已一溜煙鑽入夜市人群裡，的確人如其名猴手猴腳的靈敏矯捷。

鎮東夜市是老市場，腹地頗深，小道小巷蜿蜒交錯。紅猴好不容易在一家燒烤店門口瞥見裡面有一個穿紅色毛線衣的人——原來是他。不認識這個人，你就不是鎮上的人。

難怪羊肉爐店家老闆吞吞吐吐說：看了人就知道。

那一票人圍成一桌，有八個人。沒錯，就是這幫人。瞧他們肉來酒去的，盡情歡笑，不乏得意洋洋為剛才的「戰果」慶功。紅猴不聲不響地踱了進去。烤肉店的老闆跟他有些熟，他示意老闆不要作聲，便悄悄地趨近那張圓桌，隨即一揮手掃掉桌上幾個大啤酒杯和一盤烤肉。這個突如其來的大動作，在座的衆人無不大為震驚，唰唰地紛紛推椅站起，個個怒目環睜。

紅猴冷冷笑著，像招呼似地說道，「不好意思。」他叉手而立，「打擾各位的酒興了。」

紅衣男子似乎看清來人，臉色變了變，小聲地對邊上的人說：「是虎道館的瘋猴。」

不過幾秒鐘的空氣靜止，一個尖細的聲音說道：「打擾?!這算哪門子的打擾？分明是找麻煩。」

循聲望去，你不會相信這樣的聲音居然出自一個頂著光頭、一臉橫肉的壯漢。

「你的嗓子好聽。」紅猴似笑非笑，「你應該去當歌星，蔡依林的歌喉都不如你。」

紅猴看著光頭壯漢漲紅了臉，「你想跟我比臉紅？」

壯漢唇嘴緊閉，深怕一出聲又遭人取笑。他翻起大拇指朝外一比，率先大步踏出烤肉店。

「到外面去？也好，免得把人家的店給砸了。」紅猴省得。

其他人開始吶喊助威，尾隨其後也跟了出去，紅衣男子墊後。光頭漢子走在最前，將這三三五五一夥人引到夜市靠近圳溝的一塊空地上。站定後，他雙手交疊，掌心朝下撐直兩臂往下壓了壓，做了個簡單的吐納，再一個深呼吸立定。場上兩人這時都脫去了外套。紅猴裡面只剩一件短袖T恤。他哪有那麼多的閒規矩，早已克制不住滿腔的躥火，一上前便一腳先發而至，橫掃光頭壯漢的側腰。對方縱身一躍避開，一聲婆娘般的尖叫，一顆光禿禿的腦袋瓜帶著巨碩的身軀，人已到了跟前，夾著風聲，呼地，一擊重拳直劃過紅猴的面門。紅猴一個後仰，架起右手肘順著壯漢從右向左揮拳的去勢，猛力連格帶推將壯漢往左打得踉蹌收不住腳；再舉高右手，一張，改拳為刀，運勁砍在光頭下頸子右邊的動脈，啪地一響，壯漢應聲斜傾倒地。看光景，一時半刻是起不來了。

紅衣男子一行人才到齊站定，尚未來得及反應，場中的對搏已結束，只見自己的人倒地一旁不起。

紅猴氣定神閒地雙手一攤，「還有誰過來？」

無人吱聲，沒人敢動。

平時無比囂張的紅衣男子把自己藏在一排站開的人群的邊邊後面。一個有著一雙三角眼的高個男子站了出來，指著邊上紅衣男子對紅猴說：「你知道他是誰嗎？」

紅猴自然知道，峰西鎮有誰不知這小崽子。此人正是宏森藥廠楊老董的金寶貝兒子，別看他老成一副狡詐相，其實年紀輕得很。但紅猴卻裝聾作啞只管搖頭。

「說來你們也是同門師兄弟。」

「哦！我怎麼沒印象。」紅猴早忘了。不過是有這回事，是好多年前了吧，楊家這小子確曾到過虎道館求師學藝，只是沒幾天就跑得不見人影了。紅猴卻裝著一臉吃驚。「弄錯了吧，我們那種小廟哪供得起這尊大佛。」

「我沒講完。」三角眼高個兒咳了聲說：「我是說他父親，你知道他父親是誰嗎？」

紅猴咧嘴淡淡一笑。「是總統嗎？」

「這、不是。當然不是……」高個兒話音一窒！竟說不下去了。

在察覺自己被耍了，臉上一陣青一陣白。「很好，你就不怕楊老闆？」他鄭重其事地走到紅衣男子身旁說：「他就是宏森藥廠楊董的公子。」敢情以為提起楊老董，鎮上人無不退讓三分。

「是什麼藥廠不關我的事，我又不賣藥。」紅猴是一心要激怒這幫毛頭混混。

「廢話少說，誰先上……」話音未落，像龜孫子閃到邊上的楊董的兒子突然莫名其妙地快速走向紅猴，這才發現他手上有件捲成一團的外套；待距紅猴幾丈之處，他止步，接著猛然抖開外套將手中暗藏的一物朝紅猴的臉奮力一丟，人便撒腿跑了。

事出倉促，驚覺間已來不及，紅猴揮臂一擋，打下那飛來的東西，肘部一熱頓時傳來劇痛，一個亮閃東西鏘噹落地，赫然是一把剁肉刀，想必是從剛才那家烤肉店偷來的。紅猴小臂上已被劃出一道口子，鮮血順著傷口一直線汩出，幸好不深，不過這人其心之歹毒莫此為甚。

紅猴的怒氣整個爆發，顧不得傷處血流，腳尖點地狂奔直追而去。就在一間冷凍倉庫前，趕上正要鑽進倉庫的楊董的兒子，紅猴上前拽住他的衣領，稍使勁便將人拉死狗般一拖倒地。不曾見過這麼沒份量的男人。紅猴抬起腳剛準備踹下，忽然有人由背後抱緊他，隨後又來了兩、三人合力扣牢他的手腳。

「使不得。」他們是夜市裡的人，其中一個是菜市場的管理員。

有人叫著紅猴的名字，他說：「看在楊老董的份上饒了他吧。是他的兒子——」就這一混亂中，紅衣的楊家小崽子見機在地上一滾，爬了起來，三步併兩步抱頭鼠竄。

紅猴雷霆大發，一個扭肩轉腰從被人環抱中掙脫，吼聲道，「就是楊老董的兒子才該打。」

或許正是這句話刺傷了老人不可冒犯的顏面，那是不容挑戰的威嚴，而不在於他兒子是否遭人毆打？吳仲虎在事後蒐集外人的陳述，以及回道館後參對紅猴的報告。他默然喝著茶。

「師父，您說我有機會打那個爛崽子？」紅猴說：「我巴不得痛打他一頓。」

吳仲虎靜靜點著頭。

秉陽路的秉陽，音近平陽。有人說吳仲虎不該把武道館設在這條路，今日之事，不正鬧了個「虎落平陽被犬欺」的笑話。

「真不好意思，」在雲嶺小區見了楊老董後下山，蔡頭漏夜直接上十七巷的管理處叩門。面對一臉似睡非睡的總幹事吳伯虎，他也只能無奈地帶著酒氣吐了句愛莫能助。

今晚楊老董開的那瓶紅酒醇得沒話講，豈非是作為拒絕他前來說情的補償？但他無心去品研。那時刻，說什麼也是多餘的，他草草地連敬楊老董幾杯便藉口告辭了。

儘管如此，總幹事對於蔡頭深夜特意前來回覆所託，很是負愧不安。

「這麼晚了，大可明日再說也不遲啊。」

「反正我也睡不著。」楊老董晚上的態度與對待仍在他心裡發酵。「乾脆我回去拿瓶酒來喝喝？」

「我明兒一早有事。」

蔡頭若有所思，「你們，或你弟弟與楊老董有過節嗎？得罪過人家？」

「沒有，也不可能。」總幹事說：「楊董不會跟我們這種人打交道的。要說有關係，是他兒子來虎道館學過幾天功夫，吃不了苦，走了。也是很久的事了。」

停了停，他吸了口氣。「要說該討公道的是我們，你說這事目前最慘的是誰？」他看著默不作聲的蔡頭，遂說：「是我弟弟道館的青狼，傷得不輕。」

「應該沒事吧，青狼身體硬……再怎麼講，總是青狼先動手的。人家調戲一對情侶，關他什麼事。」

「莊主，你也知道情況並非完全如此。我且問你，那天晚上，如果夜市在場的換成是你，你會跳出來嗎？」

「沒有實際的情況氣氛，一個人會做出什麼很難預料。」蔡頭無法思索這個問題。狀況當前，也許他會視若無睹，也有可能反應比青狼更激烈。說來他也是個嫉惡如仇的人，或者說這類電影他看多了。

「氣人的是，楊老董兒子幾乎毫髮無傷。這……哪有天理！」

「你跟上天去討公道？」

總幹事現在是惶惶不可終日，他一顆心都焦枯了，為了替弟弟求情，他決定自己上山去找楊老董；未料，卻先在打去宏森製藥的電話中遭到老人的秘書無禮地拒絕了。

「他不見你們姓吳的任何人。」

總幹事不放棄即使僅僅是一點點希望，「若是老董家不方便，能否到藥廠拜會他老人家？」

「我們董事長只接待客戶，抱歉。」秘書掛斷電話。

總幹事那天生過人的膽子，一旦心一橫，哪管你是天上老爺。藥廠白天有警衛把關，要混入不易。碰上這幾天大小雨不斷，不能騎機車，他只得借公司的車在晚間開上雲嶺小區，按著楊董家的門鈴，敲著厚如鋼板的門。

可想而知，誰會理他。

門邊的攝影機早把他的影像一清二楚地傳進屋裡，非但門禁如故，不到十分鐘一部巡邏車停靠一旁，跳出兩個穿制服的保全人員，客氣地略作盤問後將他驅走。

中一保全大樓的總經理室裡，二弟袁家泰在位子上，一上午聽著老遠從峰西過來的大哥吳伯虎的滿腔怨怒。他靜靜聽著。

「不見吳家的人?!楊老董秘書真的這麼說？」凝望著大哥絕望的臉，他笑了笑。

「大哥別急，等著瞧。」

吳伯虎還得趕回峰西去。連日的雨，蘭苑又開始淤塞，特別昨日中午那場大雨，十六巷進入十七巷的一段，水已經漫出了路面。十七巷地勢高，巷道的水又往十六巷住家小庭院倒灌。

「我們家可以養魚了。」管理處昨天整個下午住戶的投訴應接不暇。「蘭苑該配備幾隻小船。」

吳伯虎除了帶人在崗頂的低窪處多挖幾條臨時導引水道之外，也束手無策了。幸虧雨勢減小了，今早他才能抽出身來台中見二弟。台中也下雨，但雨勢不大。大雨淹著蘭苑，弟弟的事在淹他的心。

溝渠疏通後一個下午近四點，二弟袁家泰撥通了他的手機。

「晚上我們去見楊老董。」

「上山？」

「不，在他的藥廠。」

「楊老董答應了？」吳伯虎有點不敢相信，「你用什麼辦法？」

「雕蟲小技。」袁家泰在電話裡笑說：「我請賴議員給他打了個電話。」

是啊！就這麼簡單，他竟未想到。賴議員是台中縣縣議員，與宏森楊老董的私交甚篤；而賴議員的父親和他們的父親袁老爹是世交。

「叫上三弟一起來。」吳伯虎說。

袁家泰唉了聲氣，「仲虎的脾氣你不清楚嗎？他是不吃楊老董這一套的，錯根本不在他。事實也是如此，是人家欺人太甚，我們就那麼低聲下氣？三弟是準備跟楊老董鬥到底。」

晚上八點，楊老董選在宏森藥廠的小會客室接見他們兄弟。老人已言明在先不願跟他們久談，他的意思是，要不是賴議員給他打過招呼，「你們今晚不可能坐在這裡」，依然氣勢凌人，嘴巴含著沒點著的菸斗。

「我們也不想坐在這裡。」素來溫雅的袁家泰這時不甘示弱地回道，雖然表情和悅。吳伯虎、楊老董都愣了一下。尤其是楊老董，很少有人敢跟他這樣講話。

他變了臉說：「你們已經來了，我們也見了，那你們可以走了。我和姓吳的沒什麼可說的。」

「我姓袁，不姓吳。」袁家泰說：「我們可以談吧。」

「你們不是兄弟嗎？」楊老董十分詫異。「你們是親的嗎？」

「誰說親兄弟不能不同姓。」袁家泰也板起臉，他不想繞圈子，「姓什麼不重要。我們來攤平事實，您比誰都清楚，我弟弟並沒有打貴公子；他底下的人，紅猴也沒有。不錯，那個叫青狼的是踢了貴公子一腳，但他那時喝醉了……」

「別多說，我懶得聽那些理由。」

「是是，我也不是來跟您講道理的，我是來解決問題的。」

「你……」老人看了一眼桌上的名片，「袁總經理，你用什麼來解決？」

「這也得看您。當然不會是用錢解決，您楊董什麼沒有，有的就是錢；家有一棟大米倉，還欠一兩袋米嗎？至於您表示需要我們一個合理的解釋，這未免太籠統了。」

「你太抬舉我了。錢，我是多多益善。然而，要你們一個合理的解釋不合理嗎？」

「這事本身就不合理，怎會有您滿意的答覆？何況，我四處問了那天晚上的目擊者，整個過程我都做了紀錄。」

此言一出，吳伯虎一臉困惑地瞅著他——二弟是何時進行調查的？他居然不知道。

袁家泰接著侃侃而談，「固然我們雙方各有錯，若論輕重，恐怕楊公子這邊的比例占得大些。」

楊老董未語先笑。目前為止，沒上一杯水，三個人乾巴巴地談著。老人的目光停在袁家泰臉上，狀似在研究眼前這個年輕人。

「果然不假。賴議員說你是保全公司的老闆，果然精明。哈！你在蒐集證據？」

「不敢。我是在釐清真相。」袁家泰今晚的從容不迫，應事舉對的得體著實令人不得不重新看待。他的膽識絕不下於他們吳家兄弟。

「我不指望楊老董同意我的說法，但請給個指示，告訴我們該怎麼做，並不過分要求吧？」

楊老董手指摩挲著菸斗，像琢磨著什麼，神色介於不耐煩與生氣之間。

「你們那個叫什麼虎的館主盡躲著，全沒個擔當，不敢出來，還配當個館主嗎？」

「他不是不敢出面，是他沒有必要認錯。而且怕和您一旦對上，以他的脾氣，難保不會做出不好的，或得罪您的事。」

「你在威脅我?!」

「對您，威脅有用嗎？」

「至少道個歉也行。」

嘿，事有退路了，但袁家泰不作聲色。

「我弟弟認為該道歉的是令公子。」

吳伯虎聞言色變，很為今晚這個吃錯藥的二弟捏一把冷汗。

豈料，只聽得楊老董一陣哈哈大笑，「太好了，果然是一條漢子。」笑聲一止，「叫他來見我。」

袁家泰像一聲響板拍下說，「沒問題。」

的確是一個多麼怪異的老頭，明明是好話卻惡臉相向，而該怒的卻反而笑了。

離開宏森藥廠，外面開始下起毛毛雨。哥哥像是剛剛由激流泛舟上岸，不是濺水，是衣服汗濕了，一顆心還噗通噗通著，他看著開車的二弟說：「仲虎真的說過那些話嗎？」

「在他眼裡，楊老董算老幾？這事三弟提都不想提，你說他會告訴我嗎？」

「我想，你那些調查目擊證人的事也是唬人的吧？你真會編故事。」

「不然怎麼辦？」袁家泰扶著方向盤，眼睛盯著前面蘆陽平原雨光中蜿蜒的路。

蘭苑山居的崗頂今夜總算雨停了，風可沒閒著，一陣強風吹撞防盜門，驚竄著幾聲門鈴促響。

蔡頭打開了門。

「啊，楊董是您?!」急忙請老人進來，「怎麼不先打電話，好讓我有個準備。」

「要準備什麼？」老人坐下解開西裝的釦子，從一個絨布袋子裡倒出菸斗。「是酒嗎？今晚不喝。」

「那您……」蔡頭問著，然後朝樓上叫妻子下樓泡茶。

此時門鈴又響，是楊老董的司機，拿了一本雜誌進來。

「您這又是……」

楊老董接過雜誌翻開折記號的一頁，手指點著叫蔡頭看，「跟你的一樣不一樣？」

那竟是一篇關於相撲的胡人俑介紹，所附的圖片確實和蔡頭地下室的那一尊很近似。「不過比不上你收藏的那一仙（台灣民間稱神明、瓷偶等的單位）。」

沒錯，無論圖片所標的尺寸、印刷呈現的陶土色值、造型都差了一點。楊老董要蔡頭看看文章裡寫的，去年蘇富比在香港秋季拍賣會上的落槌價。蔡頭仔細讀著報道，眼睛稍微星閃了一下，半晌不說話。他翻過雜誌的封面，是上一期的「收藏家」。

「美金七十五萬賣出。」楊老董替他說出價格。

蔡頭無語的表情彷彿這是意料之中，甚且有點失望。

「你是否認為它不只這個價？」楊老董探過茶几拍拍蔡頭的肩。「小老弟，七十五萬夠啦！當然你那仙胡人俑絕對超過，更值錢。老弟，你發財啦。」楊老董眼睛又乍亮些。

「晚上再帶我到地下室看一次那仙胡人俑總可以吧？」他是百看不厭。

「當然可以呀！不要說一次，隨時您想看都行。不過……下去時，請楊董把您的菸斗留在客廳。」他怕煙氣污染了古董。

「這東西在你手上有三年了吧？」

「有好幾年了。」

「小老弟就時常有這種機遇，我怎麼沒有？」

蔡頭嘆氣說：「機遇是個人的磁場。」臉色黯然。

「你有心事？是不是因為我拒絕你替吳家兄弟說情而不高興？」

「我是這種人嗎？」蔡頭爽然一笑，「我們到地下室去，楊董請。」

55

楊老董兒子的事件發生在一月初，早過了半個月，虎道館每天照常開門納客，並未如宏森楊老董所揚言的要將它關掉。

「虎道館」原先叫「國虎武術館」，後來改了招牌。

它在秉陽路的後半段的巷子裡，晚間八點過後，這一帶儘管有幾家零星的店鋪照明，實不若這條路的前半段的越晚越旺，人潮絡繹不絕。

一貫以來，虎道館一入夜，總是會在門廊點著兩盞黃燈（他們不需要閃爍的霓虹燈），裡面大半時候不說高朋滿座，卻也始終聚集不少人。說到底全是些習武的道友，以及地方上的武術同好，他們晚上無所事事經常會來這泡泡茶聊聊天，五湖四海，海闊天空，或言談中切磋功夫（而多的是自吹自擂噓誇自己本事的）。

於是，這裡無形中成了四面八方道上消息的交匯所，也是散播點。然而，縱使虎道館對各路人馬、英雄好漢耳熟能詳、如數家珍，就是不曾見過今晚出現在道館門口的這號人物。

他，一身白衫白褲，修裁貼體合襯，兩腳褲管收束，輕踏一雙黑包鞋；上下紮結利落，悠然自得，有似滑行般地移入道館，裡面竟然無人覺察……

道館今晚來的人沒有往常多，但也有五六個人圍在茶几邊。紅猴也在其中，正紅著臉跟人說著笑著，又像在爭論什麼。

一月，農曆近十二月天，夜裡還是寒氣重，說太冷也不至於，但那穿白衣的不速之客仍顯得衣物單薄了些。道館裡瀰漫著茶壺煮水嘶嘶呼呼的白煙，幾個人在氤氳中你一句我一句笑鬧不休，興許正說到什麼有趣的事。因而，當白影一閃，突然有一個人站到眾人跟前時，大夥個個像見了鬼，一下子脖子被扼住似的，瞠目噤聲。許多拿杯子、夾香菸的手舉在空中，紋絲不動，宛如一幅停止的畫面。目光都停在來人的身上。紅猴到底是吳仲虎的高徒，也闖蕩過不少地面碼頭，立刻起身跳出迎上，打破屋內霎時凝凍的尷尬。

「這位兄弟，」紅猴點了頭。「請問有什麼事？」

來人說；「我找你們館主。」

「抱歉，我們館主不在，找他有什麼事嗎？」

「既然不在，有什麼事也沒用。」來人說話相當斯文，若換了口氣，這句話其實很衝。

他瞧著紅猴的紅臉皺了皺眉，扣拳道：「您就是紅猴？」

「嗯，您認識我？」

「不認識，不過您的聲名遠播。」來人手一攤，「是惡名。」

有這樣挑明的？道館裡一片嘩然，有人低聲罵三字經，有人關掉茶盤組的電熱爐。

「這位兄弟，不，」紅猴也不客氣了，「先生叫什麼名字？」

「名字重要嗎？你們胡亂打人時問過人家名字了嗎？」

紅猴沒去深思對方的話意，拳頭攥緊，這明擺著是找碴來的。這情況，當真唯有用拳頭來說話了，在座的其他人無不詫然不解地看著紅猴，這火爆的「猴齊天」今晚居然能忍著性子到現在。

「幹，全是放屁！」一聲雷般的大吼，靜止的空氣為之一蕩。顯然有人更按耐不住了。

一個龐然大物，是貨真價實的一隻大猩猩從座位而起。他身上雖沒有塊疊糾結的肌肉，但臂渾腰圓，即使勾著頭看人，個子至少也超過一百八十公分。大冬天，仍舊短褲短袖，蹦凸凸的胸脯快將左襟繡有虎道館齜牙的虎頭標的T恤撐炸了。隨著暴喝，樹幹般的手臂揮掃生風地對準來人罩臉打下。

而白衣男子頭一偏，堪堪躲過。

大猩猩一擊落空，緊接著圈起粗壯的手臂再次撲向白衣男子。他心裡盤算著的，想必是瞧你這白衣男子和紅猴的個子相當，任憑你銅身鐵骨也經不起自己這一撲。壓都壓死你，還需要什麼招式。

白衣男子嘴角掀了點笑意，挨大猩猩近身的瞬間，雙手返胸再齊伸像彈片彈開大猩猩有如鋼箍的環抱。同時一隻手亦旋亦撥甩開大猩猩在蹬退時繼之而來的抓握；另一隻手腕一翻，以掌心的頓力直推大猩猩喉結下與胸口間。只聞一聲悶哼，大猩猩上身後仰，他那兩隻彷若巨象的腿再也不聽使喚，咚咚咚震響瓷磚地，人往後倒退嚕，停剎不住，整個人如大柱傾倒也似地跌至道館後面，稀里嘩啦地壓垮牆邊擺放膏藥和器械的兩個大展示櫥櫃，幾成殘塊——一時玻璃碎片、藥罐、跌打損傷藥貼、握手器、拉簧帶、鐵虎、鐵手、短羅漢棒……散落一地。

一只砸破的瓶子猶自汩汩流出黃稠的油液，滿屋子是嗆鼻的藥水與酒精辛味。在場衆人都看傻了眼，是瞬間的變化，有張口的依然合不攏嘴。反觀白衣男子，面不改色，氣不吁喘，依然站在剛進道館時的原點，神態自若，彷彿什麼事也沒發生過。

但紅猴似乎瞧出了什麼，濃眉深深擰著。

他注意到剛剛雙方交手間不容髮之際，白衣男子的左右移步，手劃圈和彈拍都一氣呵成，有如演示一種新舞步，節奏明快，何等優雅。但重點不在這兒，而是對方的拳路……

這時候大家的目光才聚攏到白衣男子的身上。不高不矮，一襲白衫下隱約廓出勻稱的肌凸分理，身形俊逸，年紀與館主不相上下，一派斯文。尤其一雙經常瞇成一線的眼睛瞥視間透著精光，像要穿透人心而把人攝住。

一屋子的人又反過來盯著紅猴，好像在說你還等什麼？紅猴瞄了眼躺在地上動彈不得的大猩猩。人重，摔得也重，或者他壓根不想爬起來。

他一臉煞氣地跳出來，「你知道這是什麼地方？」

照說紅猴問的不是這個意思，然而白衣男子似是揪準了他的語弊。

「自然不會是貓道場。」

「很好。」話都說到這份上了。紅猴稍轉了個身，再回過來正對著白衣男子；緊接著，半喝一聲：「放肆！」不見他什麼動作，人便趨上，不愧為虎道場的第二把交椅。轉瞬間，他已攻出一套連環拳外加一記迴旋踢。頭尾相應，面面俱到，就算拳沒打著，也會被腿掃到，萬無一失。當他甫一收勢才發現突然眼前一虛，腦子一片空白，心知不妙。白衣男子已經從容不迫地站定在他身後，雙臂交叉胸前，掌指併攏蓄意待發。

天啊，如果方才這人從背後進擊，此時的他很可能已經和大猩猩在地上躺一塊了。

白衣男子似笑非笑——最是令人討厭的表情。

白衣男子在等他。

紅猴的臉由紅變白了，而這一刻是白得發青。他不再出聲，深吸一口氣後，又掀起一輪猛攻。他的打法是空手道的底，但冲、摜的出拳帶點抄，那是散打，或稱散手；他也使鞭腿，不過更近似泰拳的橫掃踢。總之，就是「雜」。

有其師必有其徒，完全是師父吳仲虎一個樣式調教出來的。

漫天拳影腳風，速度徒快有餘，卻精準不足。儘管他如影隨身，就是近不了白衣男子的身。非是他不快，而是他每一遞招，對方已洞悉在先。

紅猴在一個正踢過猛，收腿不及而面門敞開的剎那間，白衣男子已移步趨近，雙臂先往內，兩掌掌指併攏如翅尖，夾著咻咻聲，手背朝外宛若飛禽展翅般甩打出去，劈啪一個脆響，紅猴也和稍前的大猩猩沒兩樣地向後疾退而去。只不過這次方向不同。紅猴是背對門口，在踉蹌的急速倒衝之下，直將道館的玻璃門撞得四迸炸開，人隨著水珠濺射般的玻璃碎片仰躺到外面的路中央，滿身晶亮的玻璃細塊。

幸好是巷子，又是晚上，沒有來往車輛，否則後果將不堪設想。

紅猴著地時，側了個身，表示他還能做些擋抗來避免二次傷害，而不像大猩猩一個勁倒下便呈大字型癱死於地。

在一連串乒乓聲響中，早已驚動了左鄰右居，圍靠過來的人不斷增加。

紅猴確也是好漢一條，從地上一躍而起，一陣拍打抖落身上的玻璃屑重返道館裡，作勢待要再比個高下。這時一個中年人邁出人群。

「停停，紅猴。」聲音不大，卻有種威嚴。

習武的人通常都練得眼觀四面，耳聽八方，白衣男子的利眼更好似掃描器。今晚才一進道館，瞇眼含蘊的光一閃，裡面大致的情景已盡收眼底。當時，茶几周邊的五個人，大猩猩、紅猴除外，尚有三個人；其中兩個年紀輕，剩下一個較年長的，就是眼前這個中年人。他才是個角色。

當白衣男子現身時，中年人只瞄了一眼（也是光閃的）便回頭喝著自己的茶，像個局外人。現在終於該當他出場了。白衣男子似乎也在等這一刻。

「不用再打了。」中年人說。

紅猴哪忍得下這口氣，依舊拼命往前。中年人一隻手掌抵著紅猴的胸膛，「聽我的，就這樣算了吧，紅猴。」

另外兩個年輕人正值血氣方剛，不知何時已從地上抄起散落的棒棍齊湧而上。

中年人臉色一寒，怒視著，「再不住手，要我來修理你們嗎？」大手一揮逼退兩個年輕人。

他們好像很怕這個中年人。

「這麼多人打一個也勝之不武，你們不要臉，你師父還要呢！」中年人說著抬起腿作勢準備踢出，兩個年輕急忙躲入人群裡。

但紅猴仍然不肯罷休，「可是阿水叔，不能這樣……」猴子搔著腮，臉愈加通紅。

只聽得這個叫阿水叔的中年人說：「且聽我一句，要打，等會再打也不遲啊！」

紅猴雖受不了這種屈辱，也只得百般不願地吞下，站到中年人的背後。

「這位兄弟好功夫。」中年人這才拱手上前，「您那一招白鶴展翅，」也即剛剛把紅猴打出道館的那一手，

「確實到位。」事實上，之前擊倒大猩猩的也同樣是白鶴展翅，只不過是半招而未盡全力而已。

阿水叔這麼一講，白衣男子不由得訝然以視，能一語道破他的武學家底，足見此人也非等閒。

阿水師揣度著，「不知——」然後大聲說：「您與霧峰林家是否有關係？」定然有淵源才對。

「牽不上。」

「您的拳路運走較屬霧峰林家，很正宗。」

「時下台灣的白鶴拳不算冷僻，有不少好手，誰不認為自己才是正宗？」

「說的也是。嗯，是的，這位兄弟方不方便留下您的大名？」

白衣男子頗顯為難，沉吟著，「這……」

紅猴再也壓制不住心底的狂躁，一個猴跳到了阿水叔的身邊。

「阿水叔，明明人家是上門來找事，您還對他那麼客氣，就這麼算啦?!」他的紅臉又刷白了，眼睜睜看著一片狼藉的道場。「您乾脆叫他把我們虎道館的招牌也拆了吧。」他瞪著白衣男子，把氣出在阿水叔身上。是可忍，孰不可忍，人家已將我們踐踏在地了。

「這個臉我丟不起。」一句話又撩起一干人的怒火。

剛才躲掉的兩個年輕人再度出現，手上的東西不一樣了，一個手執鋼鞭，一個揮著木劍，朝門口的白衣男子叫罵喊打；大猩猩在眾人不留意時也爬了起來。

白衣男子微笑著大跨步走到外面，看熱鬧的人牆自動讓出一個大空間。

阿水叔蹙緊的眉一舒，一個冷笑，索性不管了。不，是來不及了，因為紅猴一縱已到了白衣男子跟前，腳一點地，便忽地一拳直搗白衣男子的面門；兩個年輕人也一躍而上，鞭、劍一時齊發，就在這當口，白衣男子猝地飛起右腳，冷不防以腳刀斜削右前方手持鋼鞭，長得頗機靈的小夥子。誰知這不過是個虛招，小夥子一驚避開，白衣男子右腳才收回，左腳幾乎同時，迅雷不及掩耳一個側踢，攻向怒氣衝天剛好湊身過來的紅猴的腹部。紅猴雙肘往上一架企圖掀翻對方，殊不知這一腳純粹是借個力，白衣男子利用紅猴這一架的托力，凌空旋起右腳，以腳掌的內側結結實實地掃中了紅猴的左臉頰。這一腳不輕，將他整個人掃得騰空翻出，直直衝倒圍觀的群衆；一片驚呼搶喊，也有慘叫聲，一堆人在鋪滿玻璃碎片的地上攪成一團。

慢慢地，一個一個扶著拉著歪歪斜斜地全都站了起來，卻不見了紅猴。太不可思議，不會逃了吧？拿鞭拿劍的兩個年輕人彷如被場中突如其來的變化嚇得一時反應不過來，而原地呆立著；而大猩猩更有意思，一度站起來的他，出手也不是，躲也不是，索性再躺回原地，裝傷到底。

聽得有小孩問旁邊的人，「他們是不是在拍電影？」因為有人拿起小型攝影機在拍錄。

阿水叔大搖其頭，張開雙臂驅趕著巷道上仍不願離去的人群，然後沉著腳步走到白衣男子面前。

「就是這個樣子，成何體統。」阿水叔的臉色蒙上一層霜。「請問虎道館跟您有過節嗎？」

「沒有，或許……」白衣男子吁了口氣，「不過……我也能稱呼您阿水叔嗎？」看著對方頷首，他繼續說：「對您，我應要有個交代。紅猴不是我今晚來的主要目的。我長話短說，上個月他在大雅將一對夫妻開的小吃店給砸了，只因店裡的啤酒都被紅猴和幾個朋友喝完了，從外面叫酒送遲了，而遷怒到那對夫妻頭上，將人打了不說，店裡的東西也遭殃了。」

「那晚紅猴喝醉了。那對夫妻是您的什麼人？」

「是我朋友的親戚，現在兩人都還躺在醫院。不錯，紅猴是喝醉了，但難道一句喝醉了就情有可原？」

「這事我聽說了。後來吳館主親自去道歉也賠了醫療費，紅猴也蹲了幾天看守所。」

「這不是賠不賠的問題，而是這人行事乖張。阿水叔，我們不妨打個賭，不出多久，這隻猴子依然會故態復萌。」

「但您並不需要這麼以牙還牙。您今天晚上的行為，是挑明了跟虎道館過不去，這是踢館啊！您不知道嗎？」

白衣男子嘆了口氣，「我本來是想拜會一下館主，可一見到紅猴氣就來了。修為還是不夠啊！」

「您找吳館主有事？」

「慕名而來，想會會他，算是切磋吧。」

「有趣，你們要比武？哈！我會轉告吳伯虎。不知怎麼聯絡您？」

「我會再來的。還有今晚道館所有的損失，請開個單子，我會照價賠償。」白衣男子停頓了下，「請問阿水叔，您是虎道館的……」

「啊！我是吳館主的朋友。」阿水叔說：「哦對，不能留下您的大名？」

「馬上就會見面了。」白衣男子抱拳笑笑，疾步如飛地出了巷子。

吳仲虎聞訊從台中一保全趕回峰西已經是半夜了。虎道館的現場堪以震災過後滿目瘡痍來形容，令人既驚且怒。吳仲虎繃著臉在屋內繞了一圈，一語不發。阿水叔仍留在道館，他向吳仲虎詳詳細細描述了整個事情的經過。

吳仲虎皺緊眉頭，「那人也太囂張了。」

「算不上囂張，卻是有備而來。」

「我真該會會他。你認為他只是懲懲紅猴而已？」

「你也看出來了。」阿水叔露出了然的笑容，「像這麼沉穩的人應該不會魯莽行事。既然有心比試，先探探徒弟的能耐，多少能窺知師父的深淺，我沒說錯吧？」

吳仲虎默然。

吳仲虎黃夜派人把今晚事發在場的人全部找回。「綁也要把他們綁來。」

爛醉如泥的紅猴是被大猩猩背回道館的，後面跟著那兩個戰戰兢兢的年輕人。吳仲虎要大猩猩將紅猴放在地上。

「他醉了是吧？」然後上前往紅醺醺的臉頰一巴掌，搧得紅猴兩眼一睜，叫了聲，「師父！」

「你沒醉嘛！還認得師父。你給我坐好！」吳仲虎說。

兩個年輕人想去扶起紅猴，吳仲虎厲聲叱道，「不管他，讓他自己來。」

紅猴像個手腳麻痺了的挨著茶几連撐帶爬勉力坐上旁邊的椅子。

吳仲虎站著。「有你們這樣的徒弟，我臉上真有光。」眼睛在每個人臉上掃了一圈，「打不過人家，逃的逃，跑的跑，不然就裝死像個木頭人。」

紅猴好似被這些話激醒了，「這絕對是踢館。」衝了一句很不在狀況裡的話。

「人家踢進來，你不會踢出去？」吳仲虎氣極反笑。

紅猴噴著酒氣，歪脖斜膀還要硬掰，「阿水叔一直不讓我和他好好打一場。」

「最後你不也打了嗎？結果呢？」吳仲虎更氣，「阿水叔是護著你，憑你那三腳貓功夫，三個紅猴也敵不過。」

阿水叔和吳仲虎算是忘年之交，是武術界的前輩，已年屆快六十了，也是上一任中部國術協會會長，備受地方上人士的敬重。

而喝了幾杯的紅猴竟不知高低，在位置上身子一挺，不服氣地漲紅著臉，嘴才一張，吳仲虎馬上呵止，「都別說了，丟人現眼。好啦，大家聽著，明天起你們就不用再來了，虎道館關了。」

他對紅猴說：「也通知其他人。」虎道館除了眼前這幾個窩囊廢，尚有其他徒弟和不少學生。

「聽懂了嗎？現在你們統統給我出去。」

徒弟們面面相覷，幾乎同時喊出：「師父！」然後是接連聲的，「為什麼？」為什麼要關道館？阿水叔也臉色刷變。

待人走後，阿水叔走近吳仲虎，「你不會真的要封館吧？」

「是要關。」吳仲虎說：「門面砸爛成這樣子，不整修能開嗎？」

阿水叔笑嗆了。「你這傢伙。」他拍了拍吳仲虎的肩膀。「放心！那人說了，所有的損失他會照價賠償。」

吳仲虎只哦了一聲。他看了一會公司發來的短訊，今晚他負責的轄區平靜無事，就他的道館亂七八糟。

他打個哈欠，這一刻才知道累。

茶几桌椅是道館唯一倖存的，他們坐上去；想泡茶，卻發現茶壺碎在地上。其實也沒心情喝茶。

「那個白衣男子……聽您這麼說，與霧峰林家早年前的唐山師有關連？」

阿水叔雖說他也只是猜的，不過在這方面，即使他有所懷疑，也多少是認定了。以他的閱歷，不至於太離譜。

「您確定他使的是『白鶴展翅』？」也即白鶴振翅。

「這一點十分確定。」阿水叔說。白衣男子與紅猴過招時露的那一手，看他兩臂甩送而出，掌指尖猶如雨打枝葉顫抖得餘振未了，以及其間吐氣開聲咻咻嗚吟，正是曠久不復得見如此純熟的「鶴翅展開」。是鶴拳的精髓。

「錯不了的。」阿水叔起身依樣演示了一下，然後坐下說：「只不過他的年齡不對。」

「太年輕了？」

阿水師若有所思地點點頭。

早年，台灣人口中的唐山，指的是大陸，尤其福建一帶。所謂的「唐山過台灣」產生不少傳說中的人物與事跡。早期霧峰林家經常由福建僱請一些有技藝的人，諸如土木工匠、畫師、廚師、裁縫師……等，像以前台中縣林縣長的廚子就是鼎鼎有名的福州師，他的紅糟肉是霧峰上代人所津津樂道的。

以軍政起家、出過武將的三櫳榕仔林家下厝，在眾多來台的技藝人中，隨行幾個拳頭師（有武功的人）也實屬正常。只是那個久遠的霧峰林家的唐山鶴拳師父的真名實姓已無從考證了，正因如此，無形中平添了幾許傳奇色彩。

「所以，他不太可能師承那個唐山師。」阿水叔似在給自己下結論。

另個角度看，假設霧峰林家尚保留有鶴拳，恐怕也是斷章殘頁了。

「因此，」阿水叔歸納說：「就我的觀察，白衣男子只不過是以白鶴拳為底子。他和你們時下年輕一輩是一樣的，都講求速度和一舉見效。簡單說，拳術也必須符合現代的趨勢，參學各方技法也是在所難免的。」

「阿水叔是說他的功夫也很雜？」

「是有點，但融合得很好。」

「您越說我越想跟他交交手。」

「他說他會再找我們的。」阿水叔鄭重地說：「是找你。」

56

或許由於虎道館在重新整修的緣故，白衣男子並沒有依他自己說的再上虎道館來。然而，幾天後的蘭苑社區管理處接到了一封掛號信，是寄給弟弟吳仲虎。哥哥吳伯虎代收了，當日託人轉交到台中市中一保全正在執勤的弟弟手中。掛號信裡面是一張金額五萬的郵局匯票，另外附有一張紙條，上面潦潦幾行字：

茲寄上日前貴道館損毀的賠償，若不足，當再行奉上。

第二行是：

仰慕館主已久，盼能有幸切磋。若肯賜教，本週六，下午四點蘭苑十七巷九號房子邊的空地恭候。

如蒙見納，請明日中午於貴道館的門柱掛上一件道服。

字不是很漂亮，但字體猶勁。信末沒有名字，只落了幾個字：是那天冒犯貴道館的人。真有那麼不願說出自己名字的人？或者另有苦情？這一天是星期三，決鬥日也就是這個月，一月份的最後一個週末。

次日不到九點，吳仲虎便將一件有虎頭徽的武館上衣吊在虎道館的招牌下，迎風招展，這夠醒目了吧。

晚上他回峰西鎮在阿水叔家喝茶，他讓阿水叔看了那封信。

阿水叔笑了一聲，「稀奇，哈，還有這種事?!對方也太正經八百了，還來個滿紙文言文？」

不過話說回來，人家是多麼慎重其事。

「你說呢？」阿水叔認真地盯著吳仲虎。

「武林人下帖？」吳仲虎也覺得好笑。「要比就比，要打就打，何來這麼多形式規矩？」

「莫非白衣男子就希望這樣？」活在某種過去的氛圍。簡言之，現時拳擊台上的較量與昔時草莽民間的比鬥就少了那麼點俠氣的情懷。或者，這人是個瘋子，一個嚴肅的瘋子。

雖是如此，白天吳仲虎在道館招牌下剛懸上去那件道衣的一刻，人竟因興奮而微顫著。

他也嚴肅起來了。

「這是決鬥。」阿水叔說。

「不，是比武。」

「有不同嗎？」

「決鬥是解恩仇。」吳伯虎說：「比武是切磋。」

「全是瘋子，一個比一個瘋。」

吳仲虎笑笑，然後頗為不解地問：「地點為什麼選在十七巷？」而且是九號鬼屋旁邊的空地。

「你問我，我問誰？」阿水叔搓搓臉，喝了口茶。不管怎麼說，那地方夠大，確實是個理想的比鬥場地。

他想了想說：「看來，那個白衣男子似乎也很熟悉十七巷。」

現在是蘭苑的崗頂進入了年末春雨前的短暫乾旱。

離開阿水叔家回十七巷社區管理處，吳仲虎開著車沿坡道而上，在巷道兩邊柱燈的光暈下，隱約可見風中翻滾的沙煙。

視。

總幹事吳伯虎在屋裡看電視，弟弟吳仲虎剛踏進門，哥哥立即問，「晚上在家裡睡吧？」眼睛沒離開電視。

「我還要趕回台中市。」弟弟說：「明天一早，我叫道館的人過來把對面九號屋子邊的空地整理一下。」

「要幹什麼？」吳伯虎這才正眼看著弟弟。聽完弟弟說了一堆不著邊際，簡直荒唐至極的什麼與人約鬥的事，他以為弟弟在開玩笑，也正巧他在看電視的武俠劇。

「你也該正經點，你現在已經是公司的經理了。」是兩個月前晉升的。「什麼比武打鬥，根本就是打架，不能取消嗎？如果傳出去，派出所那邊隨便給你扣個鬥毆帽子，吃不完兜著走。」哥哥很不高興地說。

「沒辦法，我已答應人家了。」

「你就是這個死樣子。」哥哥雖氣也沒轍，他太清楚了，弟弟的瘋腦子一發燒，消防車也澆不熄。「別忘了，楊老董的事還沒完呢。二弟有沒有告訴你，那老魔鬼要見你？」

「說了。」

「你什時候去見他？這事不能拖，你知道老魔鬼的脾氣。」

弟弟挑挑左眉，一副不在乎的樣子，「他也該知道我的脾氣。不急。」

老教授林德的「電影人」雙月刊在十七巷是贈閱的，每期發行一定有多剩的，老教授林德於是挨家挨戶投入他們的信箱，不管人家要不要，反正雜誌是免費的。吳仲虎從沒事翻翻，到後來竟看習慣了，漏了一期還會跑去老教授家直接要，成了忠實的讀者。他喜歡林德這老頑童敘事的筆調，太搞怪了，也太過癮了。有些東西說說就好，他卻一定要形諸文字，譬如「世間沒有惡人將會很無趣」。

吳仲虎記得林德還這樣寫過：

「席維斯・史特龍、阿諾・史瓦辛格、史蒂芬・席格……這些硬漢在電影裡所代言的角色，果眞只存在於螢幕?……關鍵時刻，法律的蹩腳，以及它的軟弱被動、且蠻橫又顢頇——永遠是事後諸葛，盡做著『生米已煮成熟飯』的補救……我們的社會到底需不需要史特龍、阿諾?」

這種概發性論點，不是林德獨有，而是早有這類的聲音，是電影本身製作的目的也有，不需要什麼大道理。觀眾就是喜愛，無非是彌補人們對現實不公的無能為力的缺憾。但自早美國西部拓荒時期的電影裡便不斷在闡示，恣意報仇所淪於私刑的無法律，是可怕的。

這似乎很矛盾，或者吳仲虎認為是時代背景，也有社會的迴異性。

然而吳仲虎不需要答案，宏森楊老董的兒子在夜市攤調戲女人，該不該管?說這事大，尚不足以啓動派出所立案；若說它小嘛，也有可能鬧出人命。他之所以喜歡老頑童林德，也許就在遇事的當下做與不做，而不是在忖量該與不該。

林德之所以是老頑童，是這世間太嚴肅了，他只好玩世不恭。或許他很不負責。可是，倘若一個女孩被調戲而不幸出了人命，責任在法律是一連串程序，所以在電影裡採取給人乾脆的立竿見影的交代……

矛盾是沒辦法衡量的。林德至少給吳仲虎舒心。總之他越來越賞服老頑童，敬重這位長髮老型男。

特別是三年前，紅猴在十七巷社區管理處的標會現場鬧事打人，吳仲虎為了救教授反而誤傷了他老人家的無心之過，迄今依然耿耿於懷。

林德哪在乎這些。不過他說：「這塊疤傷得值。」並用手指梳梳他的長髮。他老覺得不只是適合自己，「長頭髮也應該會更突出你的造型。」屢次這般勸說吳仲虎，更時常當面大嘆可惜，「這麼一副儀表不去當明星?浪費、浪費。」

要圓武俠世界裡任俠仗義，笑傲江湖的夢，在電影的世界裡有他馳騁不盡的空間。

不如，「當明星去吧。」林德替吳仲虎下定論。

「人生難逢知音。」往往敵人很可能是你最後的知己。在阿水叔以及道館兄弟們的言來語去中，白衣男子不正是他吳仲虎夢寐以求一博的對手？他指名叫陣找的是他。這人是知道他、懂他，且表示慕名而來。不是有句話說：要當人家的敵人也須得夠格。有一技在身的人，誰不技癢？他已摩拳擦掌就等這即將到來的決鬥。比見情人更令他的心澎湃而迫切不已。

星期六中午，蔡頭的老婆煮了一鍋麻油雞，請教授林德過去吃中飯。說到麻油雞，林德是打死不退，一個人吃了人家半隻雞，之後轉移客廳喝茶。約下午三點四十分門鈴聲響，蔡頭開門望了下，小庭院空無一人，然而左手邊巷道那一頭，嘰喳聲中一群人有男有女正朝九號屋子方向簇擁過去。

「他們是去空地。」住二號的鍾太太剛好經過蔡頭家圍牆外。

她說：「那邊好像發生了什麼事。」

「什麼事？」蔡頭走下台階問。

「誰曉得。好像說是有人比武，過去看看。」鍾太太是不熱鬧不湊。

林德也來到了外面，聽到了比武兩個字，他脖子一扭向空地那頭眺著。衆多人中有不少熟悉的背影，像清潔工阿桃、社區的幾個警衛，最後一步一扭有著一副魔鬼身材的自然是會計師的太太秀琴，旁邊是她家那個眉目清秀的小兒子。

鍾太太看著他們，那眼神好似在問：「你們不去嗎？」

蔡頭轉過臉和林德打了個照面，沒說話，但那樣子也是在問：「去不去？」

林德的頭一偏，不置可否地笑了笑。

鍾太太走開了。突然後面又是一窩蜂人，夾雜幾副生面孔，全吵嚷嚷地說著有人比武。這可就不尋常了。

「整個社區大概只有我們不知道。」林德說。

蔡頭人不聲不響地邁出圍牆，回頭說：「我們過去吧。」林德準備喊他，稍一躑躅，也隨他之後往空地走去。

昨天開始峰西鎮的氣溫在逐漸升高，今天雲層疏薄，午後的陽光呈現怪異的暗橘色。九號屋邊上的空地沙多，沙塵彷如地表的皮屑被其下蘆陽平原旋起的風在漫天飛舞。空地的周邊已經築起一小堵人牆了，非僅蘭苑其他巷子的人，顯然有些更是從社區外聞風紛沓而來的。

蔡頭不解地說：「沒有卡，他們是怎麼進來的？」

「有什麼難的。」教授林德說。「一個人有卡就行了。」

「我知道。我的意思是總幹事怎麼容許這種事發生。」

「是他弟弟要跟人家比武。」一個女人走近，是會計師王希君的老婆秀琴。「教授您不知道嗎？」

「不知道。」林德努力克制不去看她凹凸有緻的飽滿身材，然後他到處張望，「沒見到總幹事。」

「他弟弟這麼胡鬧，他都氣得快吃不下飯了，還會想來嗎？」

「跟誰比？」

「不清楚。」秀琴搖頭。莫說無人知道，就算曾經交過手的道館的人都還摸不出對方的來路，「只知道是外地人。」秀琴說。

「有這種事？」林德說著看著蔡頭，這陣子他們好像與十七巷脫了節，這幾天他為下一期電影人雜誌的編排搞得焦頭爛額。但蔡頭在忙什麼？他隨口問問秀琴，「妳先生沒來？」

「他事多得很呢。」她好似不太願意提到丈夫。邊上的小兒子不時問著，「媽，幾點開始打？」

「快了。」秀琴原本皺著的眉頭一鬆，指著巷道一方，「虎道館的人來了。」

正有一小撮人走路昂首闊步，身上一概黑色道館衣，一眼便能認出。他們人數不多，大小徒弟不過六、七人，紅猴就在其中，還包括鬧館那天晚上的兩個年輕人與大猩猩，他們臉上的表情是那種急盼的激奮。

也許他們心中共同一個信念：等著瞧，看我們師父怎生修理你這個不可一世的白鬼。

另外一個沒穿道衣而步趨於後的中年人，便是阿水叔。林德他們並不認識這個人。眾人中，唯獨不見館主吳仲虎。

此時一起飛沙撲面，林德緊閉上眼；再睜開時，一條黑影在九號屋邊上的人群裡瞬間一閃而沒——是黑風衣地飄影？他也來了？而一轉身，蔡頭、秀琴和她兒子都不見了。他們是躲去了九號屋的牆角避風沙。

而場中有了變化，有叫聲說：「來了！」

只見吳仲虎正快速走向空地，步履雄赳，一入場中果然鶴立雞群，說人中之龍，一點不假。自然一片歡呼迭起，有劈劈啪啪拍手的，也有高喊館主加油的。

他的出現一發有若明星的登場，衆目的焦點。他一身通黑的道館衫褲，左襟金虎頭齜牙的繡標在午後陽光下熠熠生輝，整個人是那麼英姿颯爽；他高舉雙手，原地轉一圈朝各方觀衆微笑點頭，又是一片拍手歡呼雷動，夾著口哨尖嘯，以及飛揚的塵灰。

時間是下午三點五十分。

吳仲虎渾身是勁，道衣裡豐肌隆起，飽蓄著待發的精力。他繞著場邊甩手踢腿，也實等於是進行暖身；他巡視著幾天前手下學生整理過的空地，長久以來，這裡遍生雜草，現在經他們拔的拔，剷的剷，幾乎已寸草不留了。一些塑膠空桶、碎磚石塊也悉皆清走。

作為比武的場地，吳仲虎是謹慎的；別輕視地面那些小坑小凸、小物小絆，都有可能在戰鬥正酣的緊要關頭障害你，讓本該勝算在握的，反而一敗塗地，馬虎不得。

吳仲虎滿意地回到場地邊。實際上，下午來觀賽看決鬥的人比想像得踴躍。外面來的人並不多，足見蘭苑門禁的管控依然有它的力度在。

白衣男子會挑這地點，絕非偶然，是有他的計慮，完全合乎若沒必要，何需驚動這個城鎮？或另有……

這時吳仲虎才發現在攢動的人頭間隙，躲著一張與周邊人格格不入的俊臉。啊！那不是新月亭餐廳的老闆黃秉鐘？他也來了。吳仲虎打起手勢朝他揮揮，對方也含笑點頭。

現在是三點五十六分。然後五十七分、五十八分……白衣男子爽約？

吳仲虎踩著地上自己變形的影子在風沙的場中凝神佇立。他仰天一望，再低下看手機，五十九分了，約鬥的人不來了？正準備抬腳，一陣騷動，九號屋邊上一條白影穿行於人群間緩步而至，好像是算好了時間——說是一條白影在陣風甫歇、沙塵落定之際浮現。這是瘋子蔡頭後來添加的。

林德曾寫下（多少是受了蔡頭的影響）：

其實欲罷不能的是翻飛的沙塵，強勁的風使得將墜的沙反升而起，一股渦旋聚沙成霧。是沙的霧。而那時沙塵裡有一個不相干的東西，若有似無，是透明的。風力稍減，沙霧略散，一個模糊的人形才幻化而出，人的模樣才漸次地完整。由於沙塵濃密不一，舞動的霧亦白亦黃。白衣男子實際上是從和霧一體的白茫那部分分離而屹立在眾人面前。人們也因而低聲驚呼。

令林德扼腕的是他沒及時拍下這一瞬間。

教授林德永誌不忘的是電影「荒野大鏢客」最後對決的那一幕。決鬥開始，克林·伊斯威德是從硝煙（或許也攪合著沙煙）中走出來的，一似眼前的白衣人。就林德而言，是那些像沙塵煙霧再也回不來了的。以及決鬥前那高揚悲涼的小喇叭獨奏……

白衣男子的現身，場上少不了又是一起聲浪，卻是低的。但不似先前吳仲虎入場時的高聲歡呼，而是像人人交頭接耳，議論紛紛般地在周圍的群眾裡沉沉地滾了一圈。彷彿這人的到來是一種壓制，有種震懾，之後，全場霎時鴉雀無聲。

來人拱手說：「抱歉，讓您久等了。」音調低平卻清晰可聞。

吳仲虎微頷著報以一笑。「沒事，還不到四點。」差兩秒。

吳仲虎遂將手機抛給最近他的紅猴。

來人的白衣乾淨潔白，在場上觀眾的五顏六色的繽紛中，以及吳仲虎霸黑勁裝的侵迫下，白衣男子的亮白意外地醒目。不是特別俊美，卻軒昂清飄，氣宇非凡。

和吳仲虎對立一站，沒有人敢說他不如人。乍看，你會被吳仲虎的鮮明外表所吸引；過後，你的眼珠，甚至你的心會花更多時間在白衣男子身上。相對吳仲虎的健碩，他像個書生，多了些放況，似如閒鶴遊戲人間，全無阿水叔所先入為主的嚴肅不苟。

兩人這一照面，幾句禮貌寒暄後，誰也不想多說。

於吳仲虎，這人有種似曾相識，或有某種期待的錯綜交雜；而白衣男子臉上仍舊是他慣有的似笑非笑，感覺永遠瞇著眼以不變應萬變，猶如粼粼明淨的湖面映著隨時會變化的掠影。

他太平靜了，而場裡場外就這麼一時窒靜……

冷不防，蔡頭躡手躡腳潛行到教授林德的身旁，附耳說：「剛剛是誰敲我家的門？」

被問得很莫名其妙，反應不過來的林德也悄聲以對，「若不是有人敲門，我們會跑出來看？」

「重點就在這裡，是誰？」

「咦?!我怎麼知道？」

「我問你，你最後離開我家時有沒有關上門？」

「好像沒有。」林德說。

「再想想。」

「是沒有。」林德說，「你太太不是在家嗎?怕什麼。」才說著，就看見蔡頭妻子正笑吟吟走到他們跟前。

蔡頭小聲叱著：「妳來幹嘛！」

「全十七巷的人都來了，我怎麼不能來?」妻子吐吐舌頭壓低聲調。「放心，門我鎖好啦！」她知道丈夫著急什麼？

林德無聲笑著，「你家地下室可以算是銅牆鐵壁……」他止住話，因為場中的吳仲虎開口了。

吳仲虎背向他們，頭幾句聽不清楚，接下的一句是在請教對方大名。

白衣男子抱拳說：「事完後再報上可以嗎？」語氣謙遜。

吳仲虎左眉挑了挑，他也並不希望在這上面浪費時間，「那麼，請。」

白衣男子也手一比，「請。」

黃昏決鬥?!

午後偏西的斜陽下，九號鬼屋這一帶邊上，多年來從沒有這般人氣鼎旺過。正對空地一側遮了窗簾的兩扇窗子像人的一雙深黑眼睛在俯視場上的一切。

蔡頭直勾勾盯著中間空地上黑白身影的交織，黃塵風沙灰蒙了他的視線，顯然已封閉了外界的所有，包括聲音。也可能是他的心神已出竅，已飄悠在電影的放映裡吧——一場正在醞釀的決鬥。他竟呆癡地立於場邊。

而場中動了起來，人們紛紛向周邊退開距離。

吳仲虎和白衣男子，一黑一白開始繞圈子——那是小心翼翼、步步為營。

在林德眼裡，白衣男子有種不協調，或說是特質吧；明明一副置身度外，對周遭事物視若無睹，卻又給人蓄意以待的感覺，似乎不見發顯的殺氣，誰都看得出他整個人是未出鞘的利劍。總的來說，可能是他時常瞇著眼睛的緣故。瞇眼是更能集中視力？瞇眼是不理睬，不理一些不必要的，而更關注眼前——或者，他也是這樣瞇著眼看待這人世間？

這當中阿水叔一頭鑽到人群的最前面，那站姿和聚精會神的模樣，老實說，沒有比他更適合是個裁判的人選了。

場上一黑一白兩個人像畫著8字，也像S字，十分默契地有如在溜冰場上一對演出的舞者，在交叉畫著圈圈。

他們繼續繞圈，再繞圈，再繞……

突然，一個努力克制自己大嗓門的聲音罵說：「幹！要打就打，在那邊窮繞個什麼鈴鐺。」聲音不高，還是招來一陣笑聲。於是有人附和，叫道，「快打呀！」然後眾皆起哄，打，打，打……撮嘴吹口哨聲，此起彼落。

繞，是誰也不想先動手；繞，也是觀，在估量對方。事實上兩人的圈子已縮小了。

接著一陣風沙。眾人的笑聲未全落定，吳仲虎嘴角微漾起不易覺察的笑，下眼瞼一個小小的抽搐，白衣男子知道要開始了；幾乎同時，一個短促的虎吼，聲如其名，帶著散在風中的餘震，吳仲虎出手了。一發動即是一輪搶攻，手腳環環相扣，虎虎生風。

在這一面拳影掌風的網羅下，外加腳踢腿掃，便如書上寫的，任憑你插翅也難飛。

吳仲虎可真不是浪得虛名的，這一趟招滿式圓，可謂之為天衣無縫。

「好功夫！」白衣男子邊讚嘆，人已遠離了兇猛的戰圈。

一語蔽之：白衣男子捏準了一個「飄」字訣，他隨著吳仲虎的動而動。

雙方重又站定時，吳仲虎心裡已似鏡般明亮——今日這一仗，唯有速戰速決，剛那一出擊，不過是他的投石問路。白衣男子略施調息，眼睛盯著吳仲虎的前後腳。行家！在場子邊的阿水叔內心泛了一下，今天小老虎碰上對手了。腳是武功的基礎，盤穩始有攻擊；一出招，腳必先於手而有所動，所以腳是發動的信號。

吳仲虎右腳向右側跨一步，不是吼，是暴叱，又掀起第二輪猛攻。

很明顯這回他使的是有著泰拳的組合。一個衝刺步，採取近身打，不論擺拳、勾拳、頂肘、砸肘、撞膝、飛膝在他身上手起腳落都很到位。表面上只見白衣男子在他的拳腳間迂迴躲閃，實則是他打不著人家。他最恨這種打法，他寧可一拳一腳扎實地對碰過招，討厭這種趕雞入籠似的徒勞奔走。

可是他錯估了對方。就在緊跟著的下一個出擊，也許是他心急，志在必得，結果用力過猛，導致力盡，所遞的招式已老；在無法立時回護自己，破綻乍露之際，白衣男子眼明手快一個掌背向前以振帶打撇擊在吳仲虎的右頸處，將他打得往左偏傾而下。吳仲虎也非泛泛，幾個踉蹌便立樁站定。一時人聲沸騰。

他驚愕地面對著夕陽，一臉難以置信——適才白衣男子那一手?!阿水叔一旁瞧得十準，是鶴拳的金形手。至此他對白衣男子的來路已瞭如磨子不離心了。

場邊虎道館的人個個目瞪口呆，紅猴紅著臉，一隻手抖著，嘴角抽了筋似的幹了一聲，這怎麼可能？

空地變擠了，觀戰的人越聚越多。原本不欲聲張的，顯見比風沙吹送得更快更遠；又逢星期六，多數人有例休，主要是蘭苑的警衛已攔不住陸續強行闖入的附近居民，場面開始有些騷雜混亂了。

我們可愛的蔡頭，眼珠子到這一刻已完全被磁吸在場上，目不轉睛裡透著驚奇，無比的興奮，有似小孩子第一次看野台戲的武生打鬥；而站在他前面的，正是個小孩子，是王希君的小兒子，一老一小一樣癡癡迷迷的。在孩子的小小心靈裡可能已塑造出一個白俠，一個黑俠了。

蔡頭居然猶且問著旁邊的林德說，「還真的打呢。」沒想到會在自家門口演出？

「不然，你當他們在玩遊戲？」

蔡頭摸摸跟前小孩子的頭，「你媽呢？」

小傢伙指著密集人叢中的一處。

吳仲虎和白衣男子前兩輪過完招後並無多久中斷，約莫不過是一陣風吹過剛停的時間；而場外的觀眾比場內對峙的兩人愈加蠢蠢欲動，嘩然叫喊聲中，吳仲虎起式了，這是他第三波的攻擊。

他雙掌緩緩壓下，在吐納順氣後一聲沉喝，雙拳呼呼交替直攻，剛勁有力。在前踢、拳打、側踢以及有模有樣的李小龍式的迴旋踢之後，吳仲虎直擊一拳而出——是鐵拳?!這麼快就使出他的殺招？然而拳至中路變掌如刀，緊跟著拳掌互用，幻化莫測，多少是吸取了其他拳法的養分。

白衣男子白淨的臉上皺了皺又笑了笑，依然似笑非笑，但不再像先前的一味游閃。吳仲虎最後是收掌為拳，立定，一個奇特的運功姿勢，這才迅雷不及掩耳一拳搗出。便是外傳的仲虎鐵拳，但聞拳風破空洶洶襲至，白衣男子絲毫不敢怠慢，雙掌一托架開斗大如缽的拳頭，然後兩隻手臂連掌如蛇出洞直取對方面門。吳仲虎往後一退，用的是泰拳的後滑步，乘勢又一個迴旋，跟著一個後踢，白衣男子則削掌為劈迫令對方收腿自守。

之後雙雙跳開纏身惡鬥的圈子。

吳仲虎剛剛那記鐵拳雖沒奏效，但白衣男子以掌接拳，那力道之猛，使得他的前後腳陷入空地的沙土，並且拖了有兩個腳掌的移位。他也是一驚，竟有這等剛勁的拳擊力道？這是他出道以來首次所遭逢的。

這一交手，邊上的阿水叔不禁點頭讚賞。吳仲虎的鐵拳威力果然不同凡響，不是吹捧出來的；然而他更折服於白衣男子的靈巧和穩健，借退勢化解鐵拳無堅不摧的力道。

相傳是白鶴門秘笈的《武備志》手抄本，阿水叔手中也有一冊。不過對照如今充斥網站錄製的實戰或真人操演的影片。他覺得白衣男子狀似信手拈來的雙掌一托，以對抗方才吳仲虎雷霆般直擊的鐵拳，他推斷應該是白鶴拳八步連的一式——抱拳雙托掌。

八步連，全稱「八步連環氣功拳」，是鶴拳的經典套路。

書上（阿水叔也上網看過）記載：

> 鶴道共鳴，裡應外合，拳氣縱橫，寓意無窮，其套路在兩分多鐘時間裡便演示完抱拳雙托掌、蟒蛇三出洞、左右陰陽劈鬥、軟八仙掌、扦基攪手亮掌、封掌拗步起腳，以及撲雙切掌與白鶴開翅展翼等鶴形精湛拳法。

綜觀吳仲虎這幾輪下來的踢、劈、圈拳、勾手、揮掃，力道十足，走的是北派的門路，看似羅漢拳也不盡然；而近身時，擺拳、勾拳、反肘、砸膝，刺蹬、環繞步……無疑是泰拳，空手道在他身上也血統不純。

阿水叔記得他早前曾經在台中市一家空手道館浸淫過，明明學的是剛柔流，卻是以實戰、實用性為主，一擊必殺儼然是極直流最勁猛的打法。稍加留意，不難發現他的腳法靈健，並不遜於手上功夫。總而言之，吳仲虎是在傾囊其所學的，全數倒出，真的是一鍋大雜燴。

然而年輕就是本錢，吳仲虎強在年輕勢勝，講求力與實效，鐵拳就是這種需求下的產物。此外，多少也有西洋拳術的影子。

場中瞬息萬變，吳仲虎的鐵拳之後，阿水叔很清楚，兩人的收招不過是啓動新的一個更激烈的交鋒。吳仲虎絕非是個腦子不靈通的人，在所學的繁枝岐葉中。必要時他會從中選一主幹，正如此刻他採取了空手道為主攻。甫一出手便以平拳直擊白衣男子的咽喉，在對方一閃時，隨之以手刀砍劈其頸項；對方再閃，馬上一腳前刺踢跟進。他的一廂情願，總想以快速致勝不讓人有回手的機會；是故，他的手刀頻頻，配合著後擺腿的回身旋踢的確是凌厲無雙。

他的三日月踢（刮面腿）與逆旋踢（外擺腿）的交互使用，尤其不能掉以輕心。即使半路穿插剛柔流的三戰也是不轉身的，招招都使得恰到好處。

優雅的柔鶴也須得是隻猛鶴。白衣男子在對方的拳腳猛攻的勁風中，剛來柔迴，或用金掌背彈抖反擊，或手指向前如戳；這之中亦拳亦掌，跳踢、縱躍，游刃有餘。彼陰吾陽，彼陽吾陰。

空手道剛柔流的三戰是經過其創始人宮城與他的師父東恩納精心改良的，師徒兩人均曾遠赴中國福建習武，受系來自南少林拳白鶴門——白衣男子的舉式投招間，時而剛、時而脆、時而柔的收發自如。雖同有鶴門的血裔，但實非吳仲虎的剛柔流三戰能與之同席並論的。

鶴拳是典型的形意拳，其如白鶴伸頸、鶴翅截腰……在白衣男子施展開來，莫不惟妙惟肖比擬鶴神鶴形而不減其功。

阿水叔注意到白衣男子的板式雖是白鶴拳，卻不拘一格。實則，也有他家的搏技身影，類似空手道系東流的型，也有李小龍的影，所以他也「雜」。如今親眼近睹兩人的展現，「雜」之一字，原無可厚非。就如畫師，端看你是否能融貫而為一幅畫，不然，便成了百結衣的補綴而已。

武學之道一向如是，哪有不從外接枝產生新果的。在阿水叔的眼裡，笑吳仲虎是一鍋大雜燴，非指他「雜」的不好。話說，雜燴的味道有時並不比正牌菜差，甚至更合大衆口味。

眼前兩人的迥異之處，應該是在於氣、息、體的鍛鍊。這方面，吳仲虎是瞠乎其後了；說到底，是火候的深淺。白鶴拳講究內外合一，氣與力的和諧統一，著重內功基礎。兩人的氣質同而不同，不同亦同；一個柔中帶剛，一個剛中帶柔。其實他們有諸多的相似處，有一點最共通的，是他們都「快」；然而白衣男子無疑更快，因為他的肩胛，他的四肢百骸幾乎是鬆放的，不受緊張的肌肉筋骨掣肘扯腿，隨時蓄勢待發。一出手必是全身凝聚於一力，在一擊，以至柔達至剛。

場中驚呼頻頻，催聲四起……

白衣男子已改守為攻，一招緊似一招直取對手。吳仲虎在連續幾個閃避之後，不得不再祭出他的絕技——鐵拳，畢其力在次一搏。這一遞招，阿水叔暗暗叫苦。「壞了！」

眼看那是拼命的打法。

吳仲虎在一舉不得手之後，猛烈地續攻兩拳。

白衣男子學乖了。這回可不願與之正衝硬碰，他幾個閃躲架起了兩臂的雙掌背，上下正反揮扇，不時翻掌以震代守，反客為主；之間，必要時或硬堵或借推、或順挽彈打……迅捷利落，所謂指手不留情，留情不留手。實際的白鶴拳法樸實，內涵豐富，一招可衍生種種變招。吳仲虎早已只得收拳自保了，就在這一連串的逼勢下，一時竟無法抽身。鶴拳的手法黏黐黐的，叫人很難甩脫對方手腕的控制。白衣男子單收右腳立身往前一步，在原地跳步，左腳跨移，再出右腳，接著兩掌向下樁打之後，提展兩臂如翅，吐氣開聲「叩啊」、「咻咻」。在鶴唳般聲威中的同時，一個頓力，兩掌背朝外振臂甩開，啪地一個裂帛脆響，如翅尖的掌背實地摑在吳仲虎的胸膛，人應聲倒衝四、五步才勉強穩住；卻又退了一步，一臉駭然地直立場中。

而抬眼望著吳仲虎的白衣男子也是震驚不已。這太不可思議了，當今（今天下午之前）能承受他這一擊，還站得身不倒，尚無人在。可見這隻虎仔天生底質的深厚，其才不可多得。

場邊觀看的人聲徹響，彷彿在提早宣判圈內比鬥的輸贏。一旁的阿水叔也是不勝驚訝，既誠服於白衣男子行拳時的剛柔嬗替，以及柔婉中瞬息帶起的勁道，其勢固然有若排山倒海，然而吳仲虎儘管一副狼狽卻仍能屹立不搖。阿水叔這才如夢方醒的一聲叫好！非是針對其中哪一個，而是同時為兩人卓越不凡的表現喝彩。是目前民間難得一見的武學演繹。

他頻頻點頭，眉宇間仍漂浮不去絲許疑惑。白衣男子的鶴拳確實有別於一般常見的招法，卻又說不出個中的緣由。

他再度想到他與霧峰林家的淵源……猝然，場上一個短促的喝聲打斷了他的思緒。

吳仲虎聲起人也躍起，只見他雙拳緊握，有如環桶抱缸，左右臂如箍，拳如槌向白衣男子的頭部夾擊。白衣男子身形一矮將將躲過。這是什麼打法？阿水叔知道這下真的是完了，在電光石火間，白衣男子屈肘，一轉拳，一句「寸拳」直搗吳仲虎的心窩，打得透心透實。寸拳也叫「寸勁拳」，用來對付像吳仲虎這種比自己高大的強壯敵手是再好不過了。寸拳的條件是近距離靠身的猛力一擊，講求的是快速。

它有個公式：時間＝距離÷速度。

看在阿水叔的眼裡，這才叫勝負已定。

吳仲虎揉著胸口，難掩痛苦之色。那一拳是足以令人栽倒的，然而吳仲虎就是吳仲虎，確實硬漢。在剛才那一拳擊下，他是退了，但人仍一時挺著。他是強忍的，雖不至於當場倒地，最終還是免不了單膝著地，低下頭像俯首稱臣般吞嚥那一陣錐心的疼痛；曾經他是何等意氣風發，叱吒風雲一時，轉眼工夫，在衆人面前屈膝跪地。心再痛莫過於此，那是超越皮肉而無法接受技不如人的悲痛。

直到這一刻他仍舊難以置信。

在四周圍觀揚起的喧囂聲中，吳仲虎就在原地一蹦而起，力貫雙拳，然後凝氣一步一步地朝白衣男子靠近。

「何必呢?」阿水叔搖頭。

吳仲虎一上前便揮了一個大大的、勁風更盛的右擺拳,顯見他方寸已亂。那是最後的一拼,拳臂橫向而出,但白衣男子輕易地低頭避過,立即又起二指,以「鶴喙取珠」攻擊對方的雙眼——純是個欺招,旨在退敵。隨之跟進軟掌,以柔克剛。許是吳仲虎又犯了先前的錯,再次用力過猛,扼阻不了擺拳掃蕩的去勢,人大幅度往左偏轉,反而將自己的背和後腦完全呈現無餘。白衣男子本欲掌劈吳仲虎的後頸,倉促間突生一念不忍,但已收手不及,掌的指尖一下子劃上了吳仲虎的後腦勺,猶如鋼刀在上面割出了一道口子,頓時血花如煙飛濺風中。

鬥場上驚聲四起,阿水叔扭頭不看了,而紅猴與道館的幾個弟兄跳進場中。

吳仲虎大手一揮。「不許胡來!」

林德的眼光越過手捂著頭部傷口的吳仲虎,在對面人群的一角邊,霍然是黑風衣人正望著他微笑——是心有靈犀引導他看向那邊?——他一個錯愕,但馬上點頭,也跟著黑風衣人笑了。

莫非是天意,或根本就是有趣的巧合?吳仲虎剃的是平頭短髮,他一放開捂住腦後的手,現出滲著血水的傷口。林德摸摸自己長髮下的疤塊,啞然失笑。

從今爾後,這隻小老虎由不得他不留長髮遮遮傷痕了吧。

有意思的是,吳仲虎的新傷和林德的舊疤幾乎在後腦袋的同一位置,可以想像那樣子,即使痊愈了,也是跑不掉的月牙形;即使有差別,也許只不過一個是上玄月,一個是下玄月。

報應是如此巧妙不爽。

待他回神,偏尋四處,哪有什麼黑風衣人。又是他眼花了?不容你不懷疑今天這個人是否來過?除此之外,他也發覺了,一整個下午,那隻大老虎吳伯虎的確始終不曾露臉。

他是不想?眼不見為淨?還是也害怕……

另外,來回掃了下黑壓壓鑽動的人頭,十七巷人中就獨缺——裴校長一家人。記得來空地前,經過他們家也是窗門緊閉的，是外出？或躲在家裡？林德在揣摩著比武決鬥這種事對裴校長內心的衝擊——荒誕不經？肯定是的。凡遇這類離經叛道的，林德總是喜歡想到他，因為這一想就十分有趣。

林德仍掛著笑看向天邊。

夕陽緩緩西沉，是四點五十分。風沙懶散些了。

吳仲虎好像還停留在酣鬥未休的狀態，彷彿有耗不完的體力，尚自原地運勁蓄力，跨踱蹬退，擬似有即將再出擊的前奏。全不顧腦後的傷，血水仍淌著。

風旋沙又起，一聲輕喝：「不打了！」

一條人影縱出圈外，往後站定，抱拳守一，是白衣男子。

這突如其來的急轉使得吳仲虎一愣，瞠目以對。「不打?!怕了？」他已箭在弦上，欲罷不能。實在是，他確有一百個心不甘情不願。「還沒分出個結果呢。」

「是嗎？」白衣男子微笑著，又是那副氣人的悠然自若。

白衣男子拍打衣袖上的黃沙，「百聞不如一見，我心服口服。」他說。

「可是……」吳仲虎明知自己輸了，但他並不需領這個情啊，接受這份施捨，這對他反而是侮辱。

他用紅猴遞給他的一條黑手帕暫且綁束住頭上的傷口。

「比武就是要明白勝負。」他想翻盤。「目前我略輸一籌……」

「您沒輸，相反是我失手，收不住手才不小心劃傷您。輸贏不是主要目的。」

吳仲虎向來討厭這種不痛不癢的風涼話，他在胸前握拳，欲言又止。阿水叔這時上前來岔開他們的對話。

「這位白衣兄弟說不打是對的，比武本來點到為止就行啦！是切磋。」

「但這樣子就算了，不可笑嗎？」吳仲虎左邊眉毛挑了挑。聽著場子裡外攪混一片的喧騰高喊中，有叫著到底還打不打，更有說他們正用嘴巴在打。他一臉厭惡。聲浪淹沒了他們三個人的講話。

顯然又是看戲的人比演戲的人熱迷，群眾的盲目和無品讓阿水叔氣憤不過。應該是些社區外面來的人。

他快步往場中四處趕人，「結束了，結束了。走走走，請回家吧。」

社區的保全也出動了。

王希君的妻子秀琴隨著人潮來到教授與蔡頭旁邊。

「那個穿白衣服的是什麼人？」

「目前不曉得。」教授林德回答。

她深深地盯了白衣男子一眼，然後帶著兒子走了。這小傢伙居然乖乖地從頭到尾看完比武。

只聽他興奮地對母親說，「晚上爸爸回來，一定要告訴他下午的決鬥。爸絕對不會相信……」

阿水叔回到吳仲虎他們站的地方，「你說有意義嗎？」眼睛朝向漸漸散去的人群，「你們打得頭破血流，人家嘻嘻哈哈看著笑話。」

「我不是為他們打的。」

「沒錯。」阿水叔斂容瞪著吳仲虎，「你想繼續再打？其實你們各有所長……」

吳仲虎打斷他：「我不是想，而是還沒比完呢！並非真在乎誰輸誰贏。」

「我可以說，」阿水叔正色道。「館主，你輸了」

「我輸了?!」

「輸在這裡。」阿水叔伸出拇指點著自己的胸口。

「大家誤會了。」吳仲虎縱聲一笑，然後說：「是我的表達太差。輸贏不能不明白，贏就是贏，輸就是輸。只是我……我還沒有打完。」

「還繼續打嗎？」阿水叔問。

「不打了。」吳仲虎搖頭，並朝白衣男子抱拳說：「我甘拜下風，賜教了。」

吳仲虎的坦蕩直率，也令白衣男子十分敬佩，也抱拳回說：「幸會了。老實講再打下去，我未必招架得住。」

「行啦！惺惺相惜是好，但夠了。所謂不打不相識。」阿水叔笑顏逐開。「看在我這張老臉的面子上，能否請兩位賞光，我們一起去新月亭小酌幾杯？」

「在此謝了，我不喝酒。」白衣男子說。

剛好吳仲虎也是滴酒不沾。阿水叔於是表示，「吃個飯總可以吧？不一定要喝酒；然後到我家喝茶。」

「真的不用了，非常感謝。」白衣男子說。「我有事，得先走了。」

「請問尊姓大名。」吳仲虎說：「比武也比完了，能告訴我嗎？」

白衣男子略為遲疑，「我姓林。」

「大名呢？」

「義邦。」

阿水叔畢竟見多識廣，嘴裡唸著林義邦三個字，喃喃自語道：「姓林，中間是個義字，是正統霧峰林家義字輩的。」接著他正色地說：「不能再否認您是林家的人。」

「確實不是，是巧合。那……告辭了。」

白衣男子舉步待走，「等等！」是吳仲虎叫住他。「請留步。」他扯下頭上染了血的手帕塞進道衣的腰帶裡，幾個縱躍進了對面的管理處。出來時，手上多了一個信封，上前雙手交給白衣男子。

「這是？」白衣男子認出了信封。

「您的五萬塊。」吳仲虎答說。也就是前些天白衣男子隨信一起放入信封的那張郵局匯票，是作為虎道館損毀的賠償。「這錢我們不能收。」

白衣男子望了望天空，細聲一嘆。「我們也算有緣一場。」他平視著吳仲虎。「請幫個忙，請務必收下。」

白衣男子再拱拱手，頭也不回地走了。

「真走了！」這絕非只是吳仲虎一個人的心聲，還有不少意猶未盡流連場上的人，瘋子蔡頭、老頑童林德也應該在其中吧？

「就這樣結束啦？」蔡頭看著林德。

「你還想要有續集？」

今天的夕陽好像也不太樂意沉沒，將白衣男子離去孤逸的影子拉得長長的，最後唯似一縷塵煙消失於巷口的天際。

逝去不若它的本無來。

就這一刻，破碎雲層下暗血般的落日也宛如知道再留戀也無用地墜下地平線。

吳仲虎木然的臉龐映著落寞延伸的蒼茫暮色。

空地又空了，徒留沙地上無數凌亂的腳印。誰能說得清哪些是吳仲虎的，哪些是白衣男子的。

「我們走吧。」林德對蔡頭說。

「哦。」

57

蔡頭數度回望決鬥過的空地。「快走啊。」林德一旁催說。

他們走在巷道，先行一步回到家的蔡太太忽然驚慌失措地由家裡的小庭院出來奔向自己的丈夫。

「有人進了我們家。」她上氣不接下氣地說著。

蔡頭也嚇了一跳，「妳慢慢說，是什麼事？」

他與林德同時止住腳。不，是他走不動了，因為他已感覺到等待他的即將是什麼。蔡太太說她上了台階拿鑰匙準備開門，卻發現防盜門半掩，而第二道木門一碰即開。

「我是鎖上門才出去的。」

「妳確定?!」蔡頭的臉色驟變，「妳沒記錯嗎？妳到地下室去看了沒有？」他邊問邊衝進屋裡，而且幾乎是用跳的下到地下室。

「沒有，我不敢。」蔡太太說：「我怕底下躲了人。」她也跟了下去。

林德剛踏入客廳，下面便傳來近乎慘絕人寰的叫聲，林德聞聲也嚇壞了，同樣連跑帶跳直下地下室。只見蔡頭傾躺在最裡邊一個儲物架下，面如死灰；蔡太太蹲在旁邊六神無主。

「發生什麼事？」林德心急如焚。

蔡頭說不出話來。

「東西丟了，是那個……」蔡太太語無倫次。「那個，那個……他寶貴的……」

「胡人陶俑！」林德立馬猜到。他舒了口氣，是東西被偷，還好不是出了人命。

聽蔡太太雜亂無章的描述，當蔡頭下樓梯一眼瞧見他那形若銅牆鐵壁的鋼製防盜門大開時，腳一軟，差點跌滾下梯。林德心想，那是心裡絕望地意識到他深怕的將成事實，那是恐懼。及後，蔡頭扶著物架艱難地走到裡面最隱秘的右角落一個架子。那底層已空了一個位子——那原本是儲放形同他命根的胡人陶俑的所在。來人，應該說是小偷，將陶俑連箱一起搬走了，怎能不叫他驚心而哀慟萬分，跟著眼前一黑顛躓於地。

這無異於一槍斃了他的命。

若是他太太當場遭賊人殺害，他未必會如此悲痛欲絕。

蔡頭這時氣若游絲地嘴唇張合著；林德趨前，一手搭在他的肩上，「你要說什麼？」

「給我一杯酒。」

蔡頭報了案，警察、記者前後腳到他家裡來了。一個失竊案而已，有需要這麼大的驚動？消息傳開了。第二天果然上了早報：

峰西鎮名酒莊，國寶級古董遭竊。

居然把他的胡人俑定位為國寶級，這些記者有什麼編不出來的？

緊守保密的珍愛寶物竟因失竊而曝光，怎不叫他痛心疾首。

蔡頭在鎮街酒莊的酒庫是有連通保全系統的，但家裡地下室的古董倉卻沒有。因為他無法忍受住家裝設保全，那無疑是個不定時警報器，會造成多少生活的不便？何況，他也不時要下地下室「玩賞」他的寶貝。

總幹事吳伯虎屢次勸他安裝加入中一的保全。

「不是我在拉生意。」總幹事說：「你那些古董可比金子貴，萬一……」

總幹事所擔憂的到底還是發生了。

蔡頭是這樣認為，他蘭苑家的地下倉庫就是一個大保險櫃——不同於其他住戶，他的車庫不在地下室，是在屋後加蓋的，是隔離的——所以他們吃飯睡覺、日常起居都在上面，等於一家人大半時間都坐鎮在地下那個大保險櫃之上，有比這個更安全的嗎？或，真是他聰明一世，而糊塗一時？

雖然通往地下室的鋼門只有一個電子式密碼鎖，但鑒於電子的東西都有出錯的可能性，為了安全起見，又多加一個機械密碼鎖（那時的指紋識別還不是很規範）。於是有了兩個鎖的雙重把關，密碼只有蔡頭一人有，甚至他太太都不知道。不敢說外人就此無可趁之機，但想隨便進出又談何容易？何況地下室四面皆是鋼板牆。這便是他常自詡的：他的倉庫是銅牆鐵壁。

再則，整個蘭苑更有中一保全的社區防護網絡，以及各據點的防盜警報裝置，按道理是很安全的。

蔡頭的想法不能說有錯。竊賊是如何破解密碼拿走倉庫裡那尊胡人俑，而且門上兩個被打開的鎖完好無損，難不成竊賊也有鑰匙和密碼？才真叫人匪夷所思。

「你最後看到那個土俑是什麼時候？」警察問。

蔡頭覺得這個年輕警察有點顛來倒去，他不知說過幾遍了，他懷疑是那天有人利用社區大多全趕去空地看比武的空檔溜進他家偷東西的。或者，應該說是十分肯定的。

「我知道，但你總可以告訴我那古董最後存在的時間點。」警察的意思是，說不定它在比武之前就丟了。

似乎也言之有理，他的確有幾天未曾下地下室了；但也不對，五天前他才請人來查看地下室的溫控設備。有好一陣子倉庫的溫度、濕度皆偏高不下。一般像這種古董倉的內部正常溫度應維持在攝氏二十二度，相對濕度約45%左右。台灣中部氣候較為溫暖潮濕，特別在即將到來的春雨期間，相對濕度竟高達75%，就大大有問題了。這對古董是有害的，所以那天他下了地下室，首先查看就是那座胡人俑。確證東西那時還在。

「會不會是那個來檢查溫控的人趁你不注意挾帶出去？」

「不可能。」蔡頭搖頭，「那尊陶俑不算小。那人是原先製作地下倉庫溫濕度控制工程公司的技術人員。那天他背了一個小工作袋，除了裝工具不可能再放進任何大東西。他也還會再來。」蔡頭截然表示：「我不可能讓外人獨自留在古董倉庫，那天那人沒離開過我的視線，我一直陪著他到工作結束。」

從頭到尾蔡頭只同意警察不排除是熟人作案的觀點，而且作案的人很專業——而且和箱子一併偷走。這意味著什麼？難不成是為了保護古董？——其他的，他都當是那年輕的警察在他耳邊吹風。

「我一定要把它找回來。」他呢喃著像是在對自己承諾。

在蘭苑十七巷空地比武過後的第三天，吳仲虎轉收到一封他意想不到的信：

也許是多餘吧，權當是一個建議：請您去拜訪台北松流道館江波户先生；他不僅是空手道剛柔流的大家，身上還藏有不少其他東西。去挖，盡量挖，他會傾囊相授的。

告訴他，是東鶴介紹，他一定肯。

隨信附上推薦函一封。

別無他意，也不必道謝。

江波戶其人，吳仲虎頗知一二。

不用說，信是來自於白衣男子。信如其人：孤、謹、不濫人情。他自稱東鶴，卻還是不願具名。信仍然是經郵局寄到管理處。沒有寄信人地址。

吳仲虎這些天尚在敗戰中抑鬱寡歡。白衣男子這又是出的什麼招？推薦他再去拜師學藝？言下之意無非是他習武不精，功夫差遠了？

吳仲虎在公司放假的一天下午去了峰西省立醫院後面阿水叔的家，給他看白衣男子的信。

「我認為他沒惡意，是誠心的。」阿水叔說。「這未嘗不是件好事。」

「您是這樣看的？阿水叔好像很了解他？」

「不，絕不是。你不覺得這種人不會做多餘的事。」

「阿水叔知道江波戶這個人嗎？」

「沒聽過。」空手道方面阿水叔雖有涉獵，但終究不深入。「剛柔流我認識幾個，但江波戶……沒聽說，是日本人吧？」

「是。」

吳仲虎才從軍中退下來的初期，曾利用晚上時間在台中市一家空手道館參學了一、兩年。在那裡他聽聞了不少台北江波戶的英勇事跡：年輕時什麼武術、空手道的冠軍，打敗多少韓國、日本高手等等。最為人津津樂道的是，他在日本剛出道不久時，不小心與黑幫分子結了梁子，然後以一個打十個而一戰成名。總之越說越神奇。現在，他人已近中年了。

吳仲虎像在複習對江波戶的記憶。

「既然人家有心推薦，去拜訪拜訪也沒什麼損失。」阿水叔說。

況且白衣男子不是個信口胡謅的人。然則，由他的信和東瀛味十足的稱號——東鶴。尤其能夠在人才濟濟的日本武術界闖出聲名，可見這個白衣男子確有他過人之處。

某次，在重新裝修過的虎道館，吳仲虎和阿水叔兩人深夜茶聊，話題又回到白衣男子：從跟他的對答，以及無意中他的行徑所透露的，重點還是在他的武術門路。

「他是霧峰林家人。」阿水叔寧可這樣相信，「這錯不了。」

可能性是他人長期不在台灣，或者，進一步推測，也許他是在日本出生的台灣人。他應該和江波戶的關係匪淺，年齡雖有差截，說不定是同門，只是輩分高低而已，這是吳仲虎的看法。

「您看不出他的打法有些根本上就是剛柔流的招式？」吳仲虎說。

「你是說白衣男子？」阿水叔不完全贊同。

剛柔流的流派名稱是取自於白鶴拳秘書《武備志》中拳法八要裡的一句：法剛柔吞吐，身隨時應變。「白衣男子的白鶴拳還算正統。」阿水叔說。白鶴拳畢竟是中國的。

「而且你光注意這個，可你發覺了沒？」阿水叔喝口茶。

吳仲虎弓起背給阿水叔倒茶，「您指的是……」

「那天大多時候，他是用空手道在配合你。」阿水叔說。

老二袁家泰把弟弟吳仲虎叫來他的總經理室。外面正響著公司午休的鈴聲。

「中午我們到外面吃飯。」他示意弟弟坐下。

「就為這事？」

「不。」二哥說：「楊老董在找你。」

「哥，我說過這是我自己的事，你就甭管了。」

「怎麼總是你的、我的？聽哥一句。」

「不去！本來是他們的不對。」吳仲虎一想起就火冒三丈，「去了，反倒承認是我們的錯。他兒子有那麼寶貝？」

「現在不討論對錯，而是解決問題。」

「怎麼解決？賠錢？不賠就關我道館？」

「都這麼久了，他何曾關了你道館的門？你人去了，問題就解決了。這是楊老董親口講的。」

「這怪老頭又在演什麼戲？」

「老實說，我也不清楚，但事情似乎有轉圜的可能。去吧！二弟，算幫我個忙。」

「哥，你別這麼說。」

晚上吳伯虎也來了電話，「聽你二哥的！是好是壞，不去怎麼知道。」

三天後，楊老董和吳仲虎見面的地點是在大有名氣的——鳳閣酒家，那是位於台中市漢口街的一家老台式、有女郎陪酒的餐廳。

吳仲虎一臉無奈地由一個年輕男子領著乘電梯上了十多層樓，再左穿右拐地過了幾個通道才進到楊老董專屬的包廂。沿途吳仲虎飽受擦身而過的香噴艷抹的女人們足以生吞人的目光所欺凌，更有出言調戲的。聽年輕男子說，楊老董的包廂是全鳳閣最好的，裡面的地板、牆壁全以木造為主。

楊老董早已在包廂裡四平八穩地坐著，閒逸地吸著菸斗，旁邊一個相當俗麗的女人在給他換茶水。敲門聲使他們抬頭，當看見站在門口的吳仲虎，兩人都驚呆了；那個女人活似突然被人照臉潑了一盆冷水，猛吸一口氣喊說：「董ㄟ，您哪裡找來這麼個靚死人的？」

楊老董儘管不動聲色，但眸光和微啓的唇角，在在洩露出老人雖有心理準備却仍不免一震。那是出於嘆賞，多出衆的一個男人，豈止儀表堂堂，其勃發的英姿、精雕的五官確實難有匹敵。過去老人只覺得是道聽塗說，現在是真人面對面。

「來，這裡坐。」楊老董在菸灰缸裡扣著菸斗。吳仲虎道聲謝即往對面的位子坐下。

「你就是吳家小老虎。」老人沉沉地打量著吳仲虎，「和你兄長大老虎一點都不像，同一父母嗎？」

吳仲虎簡單地微笑點頭，左眉慣性地挑動，那表情彷若在說隨你怎麼想。老人也點著頭，「嗯，是啊。親兄弟不一定要像，像的不見得是兄弟。」好似在跟身旁的女人說，然後看看吳仲虎，「我知道你不抽菸不喝酒，來這種地方是不太合適……」難得老魔鬼能這麼推心置腹。

敢情老人已調查過他？

「這地方沒什麼不好，不相干。我是來見您的。」

「是這樣，沒錯沒錯。」老人又吧嗒吧嗒吸著菸斗。「菸酒全無，不至於女人也不要吧？等一下給你叫一個？」

「悉聽尊便。」

「呵呵，我就愛乾脆的人。」老人大笑。看來他越發欣賞面前這個卓犖不羈的年輕人。反過來，吳仲虎十分納悶，這老人並非如外傳的古怪、不近人情。或者只是暫時如此？

老人笑聲方歇，便急著吩咐邊上極其艷麗的女人，「去叫芳姐給我寫幾個菜，她知道我喜歡吃什麼。出去順便把門關上。」又加補一句，「半小時後再進來。」

很顯然，他不願有其他人在場。接著，他擱下菸斗，雙手在桌面交握。「有件事想麻煩你。」

吳仲虎的心突咚一下，奇了，不可一世的老人居然也會求人？完全不是他印象中的老魔鬼。

就這樣，他們關在房間裡足足有二十幾分鐘。

次日公司早會完後，二哥袁家泰和吳仲虎並肩走回辦公室。

「昨晚跟楊老董談得怎麼樣？」袁家泰並不樂觀其成。

可是弟弟肩膀一聳，說：「順利。」

「哦，說來聽聽。」

「現在不行。」

「連我都不能講？」

「對哥我沒什麼可隱瞞的，只是……」弟弟神秘地笑笑，「講出來就不好玩了。哥，你馬上就會知道的。」

「但願如你所說。對了，你覺得楊老董這人怎麼樣？」

「當然是怪。」

袁家泰忽然問道，「今天下班後你沒事吧？」

「要做什麼？」

「我帶你去見一個人。」

吳仲虎所負責的工作性質幾乎沒有準時下班的，今天算是沒什麼突發事情，但也磨蹭到了六點半才離開公司。

他一坐上車，袁家泰即說：「晚飯遲點再吃。」他加快車速。「最慢七點半前必須趕到。」袁家泰開著上個月新換的 LEXUS 一路疾駛。

「我們去哪裡？這麼急。」

「到了就知道。」

吳仲虎笑笑無語，最近大家都喜歡賣關子；有話不全吐，一半藏肚裡讓人活疑死猜。自己不也一樣？

將近峰西鎮的邊界，車子右拐上了峰社區的丘陵坡地，再一個轉彎往上，眼前立刻呈現一片遼闊大平台，以及高聳其間的兩棟三層的建築物。

吳仲虎一看，「這不是養老院嗎？」是峰社老人療養中心。「有誰在裡面？」

袁家泰只顧忙著停車，接著在入院的窗口辦理登記。窗邊一塊牌子：晚上八點後，謝絕訪客，難怪二哥那麼急著趕路。他們到達這裡才七點二十。袁家泰一言不發地帶著弟弟上二樓，後面跟著一位穿制服的中年婦人，是院方的照護人員。他們打開二一三號房的門。

「你先進去。」袁家泰輕輕推了一下仍懵騰著，全然不明狀況的弟弟。

這是一間單人套房，裡頭有個人背對著門躺在床上，被子一角拖在地上。袁家泰隨後進來，輕輕地小心將那人扳過來躺正，並理好被子。吳仲虎這才看清那人的臉，有一點眼熟，也許是太蒼老了而把某個人的特徵模糊了。然而，依舊是記憶能夠使殘剩的遺跡複合往日在人腦所儲存的圖庫。尤其是當這人曾經在他心中根深蒂固佔據過。

「老向！」吳伯虎先是一愣，接著悲切一聲，噗通跪地床邊，一手橫抱著老人的肩胸——這個幾乎後半生都在學校管理鍋爐房，照顧學生用水的凋零老兵，也是他武術的啓蒙導師。如今只成一具乾癟縮小的軀殼。

「他誰也不認得了。」袁家泰撫著弟弟的肩膀。

照護人員悄然掩門出去。弟弟有如教徒屈膝懺悔的不動姿勢，中間或有肩頭的抽動，就這樣跪了二十分鐘。待霍然起身，是一臉怒容正瞪著二哥，「是什麼時候的事？」臉上無淚，或許拭乾了，但眼睛是紅的。

「三、四年了。」袁家泰難過地說。

「是我退伍之後？」吳仲虎服完兵役回來，曾去峰春國中找過老向，但學校的人說他走了。學校本來就沒這個雜工編制，能幹那麼久都多虧前任校長的勉強留用。

「哥為什麼不早告訴我？」這是他的憤怒所在。

「我也是今年才接手的。而且，是老向堅持不能讓你知道。」那是老人尚清醒的時候，二哥說。「如果我不依他，他馬上就搬出養老院。」

「為什麼？」

「之前他腦子還清楚的時候就問不出來了。」袁家泰顯得很無辜，「現在更別談了。沒錯，他患老年癡呆症，也因為他的情況從上星期開始急速惡化，我認為你是該來看他了。上個月底他多少還能顛顛倒倒跟你說幾句，記起一些事；現在完全不行了，和失憶差不多。我觀察過，他是喪失了語言溝通的能力，可是他的內心呢？」

吳仲虎的怒火已熄冷，唯留壓控般的悒戚。「你怎麼找到他的？」

「不是我找他，而是峰春的前校長今年初來找我。這家養老院也是校長找的，他把老向送到這裡來，一直照料到去年，他是個有情義的人。」

弟弟既沉又長地嗯了一聲。「現在他不管了？」

「不是，他老伴過世了，他要去美國和兒子住。年老了總得有人在身邊，他就這麼一個兒子。我不曉得他是怎麼查到我的電話，不過他一說起老向的事，我沒多想，一口就答應繼續他的工作。老師有多種，不能說他不是你的老師，何況你們也是朋友，這感情彌足珍貴。而且趁這當今，我還有能力……」

「哥別說了。」吳仲虎背過臉轉向窗外前的一瞬間，燈光下眼瞼的晶閃，袁家泰知道這才是弟弟真正的眼淚。

對楊老董而言，一件事情最後的結果竟然是「不了了之」這四個字，根本是奇恥大辱。以往的紀錄，凡是犯在他手裡，很少有能全身而退的。但他兒子被打的事也一個多月了，卻絲毫不見這個老魔鬼有採取任何行動的跡象；他的諱莫如深，外界人士莫衷一是。他曾撂下狠話要在半個月內關掉鎮街上的虎道館，如今非但道館依然穩在，而且門面因重新裝修而改頭換面。

「這老鬼最近到底怎麼回事？」大家反而不習慣。

沒多久一個夜裡又傳出楊老董的兒子再次遭人「修理」了。那寶貝兒子是在半夜從台中一家KTV出來後便被盯上，等他開車回到峰西的縱貫路上一段樹多的陰暗處，突然一部黑色車子加足馬力超過他，在前頭不遠唰地車子一橫將去路攔了；吱吱吱的急剎車聲劃破夜空，他重重地撞在方向盤上，噔了下車子馬上熄火。對面黑色車子跳出一個戴著全罩式安全帽、一身黑衣的人。

只見那人舉起手中的粗鐵棒擊碎駕駛座的玻璃窗，敲開車門硬把他拖下車，然後是一頓痛毆，拳腳並施。其實那戴安全帽的人已跟蹤他好幾天，就相中那天晚上他一個人開車……

楊老董的兒子被送進峰西省立醫院的急診室。他的母親，楊老董的三姨太聞訊立刻叫來司機透夜奔往醫院。楊老董也隨後趕到。

「我已經交代過醫生了。」醫院院長是楊董的朋友。「別急，不會有事。」他在一片血污模糊了的累累傷痕中，仔細查看兒子身上的傷口。這樣的傷勢必然疼痛難擋。兒子並沒有昏厥，由是全身的劇痛愈加切膚切體，使得人在床上呼爹喚娘，哀聲不絕。

「有點男人的樣子吧。」楊老董擠蹙著斑花的眉毛。

三姨太怒瞪他一眼。「都這麼嚴重了，你還訓人。」她是恨不得兒子的傷能移到自己身上來。

楊老董目光朝向走來的人，他是今晚的值班醫師。他們認識。

「情況怎麼樣？」

「傷口不小，也不少，但都不是重要部位。」醫師說：「楊董事長放心，沒大礙。幸好沒有腦震盪，純粹皮肉之傷。」

「我不是說了，沒事的。」楊老董推了推三姨太說：「我會派人來照顧，妳先回去休息。」

「要回你回，我要留在這裡。」三姨太睬都不睬。

雖是皮肉之創，但受傷的程度確實不輕，楊老董兒子在醫院躺了半個月。如此深度的傷害，均未動及人體的要害；難得的是，臉上連個破皮也沒有，不得不佩服下手人的精準。然而三姨太很不諒解丈夫。

一晚在雲嶺小區家裡的客廳，三姨太一發不可收拾，「你就任你兒子給人這樣糟蹋？上回道館打人的事還沒完，人家又找上門了。你不管也罷，多少說句話啊！好了，現在誰把你放在眼裡，那是軟土深骨啊，看人好欺負。你說說看啊！好，你不管我管。以後你楊董還有什麼臉皮掛在鎮上？是你過於縱容人家……」

「是妳寵壞妳兒子。」原本端著杯白蘭地慢慢啜飲的楊老董咚地放下杯子，「肖查某，妳有完沒完？今天我們就好好說個明白。」他伸手拿起擱在菸灰缸邊的菸斗，用大拇指腹在斗壺裡急躁地按按吸吸。「妳兒子今天沒被打，明天也逃不掉。」他吐了口煙，「知道為什麼嗎？妳看他那樣子，我都想打。今天再不管教，有更嚴重的在後頭。妳還要不要這兒子？」

「我兒子不是你兒子嗎？」無法康復的是三姨太那顆倍受打擊的心。

「不跟妳講這個。聽著，從今以後這孩子歸我管，如果妳真想保住這個兒子的話！我希望這是最後一次的教訓。」

「你是什麼意思？教訓?!是誰教訓我們兒子？」

「我是說我希望。」楊老董不耐煩地揮揮手。「還有，不要以為峰西鎮人人都怕我，那是過去；我老了，妳懂嗎？」

「我不懂。」

「要說到妳了解，我的鬍鬚都能打結，別蠻纏了。」

楊老董按了對講機叫司機備車，三姨太忙問他要去哪裡。

「不在家吃晚飯嗎？」

楊老董懶得回答，他將菸斗在菸灰缸叩了叩起身走出客廳，司機把車子開到了門外，他鑽進車內。

司機請示：「董事長去哪裡？」

「鳳閣。」

「你昨晚又去了鳳閣？」袁家泰看著吳仲虎。

「你是說事情解決了？」大哥吳伯虎也在場。

他們三兄弟今晚聚在蘭苑十七巷社區管理處。大哥吳伯虎仍然不相信老魔鬼會那麼輕易放過他們；自小天資聰穎的袁家泰，長大了對事的反應幾乎與直覺同步。

「我可以這麼假設嗎？」看著弟弟點頭，他說：「先後兩次楊老董約你在鳳閣，你們之間必定達成某種協議，應該是楊老董要你替他辦什麼事。道理很簡單，每次見面都是他主動，而且第二次在鳳閣，是楊老董出於對你的感謝，其實也算是交易，我說得對嗎？」

吳仲虎光是笑著。而如墜五里霧中的憨厚大哥吳伯虎則是一臉困惑，「二弟的意思是？」

「楊老董的兒子這次被打，我們小弟最清楚，大哥你問他。」

吳伯虎回視弟弟仲虎，「受不了你們兩個，到底在打什麼啞謎？」

吳仲虎說：「二哥是怎麼看出來的？」

「用膝蓋想出來的。這裡頭的教訓意味濃厚。楊老董主要是要兒子徹底痛定思痛，也算是苦肉計；請人打自己的兒子，有幾個人做得到？楊老董我們說他是魔鬼也好，不近情理也好，就這種人才會做這種事。為了讓兒子能成器，也許他下的藥是過猛了。有時也是沒辦法的。」袁家泰停了停，衝著弟弟微笑，「所以要找一個能安全完成這項任務的人實在不容易。打輕了，產生不了嚇阻的效果；打重了可能不小心把人打殘了，或甚至丟了性命，的確很難拿捏。不說台中市，你想，放眼我們峰西鎮練武的，誰有這份能耐？」

他眼睛直盯著弟弟的臉，並投以莫測高深的笑。

「你是說這事是我們仲虎幹的？」吳伯虎不喜歡講話掩掩閃閃。「你們可真會憋著屁不放。」

「大哥生氣啦？」袁家泰卻笑不攏嘴，「我講過我是猜的，只有小弟承認才算數。」

「沒錯。是我。」吳仲虎坦直說：「但我沒動手，我是叫別人做的。」

「誰?!」兩個哥哥差不多異口同聲。

「這就沒必要說啦！說了你們也不認識，何必把人也扯進來。重要的是，事情解決就好。」

「弟弟說得對，這不是值得炫耀的事。事情解決就好。」

「我們都錯看楊老董了。」吳仲虎說。

「也許吧。」袁家泰的眼睛轉向吳伯虎，「我今晚來這裡，還有件大事。」

「關於我的？」

「是的，我已經替大哥物色了一個很不錯的對象，很年輕，很乖巧。相信我的眼光……」

58

蔡頭深以為傲的兩個倉庫都有其大於一般民間私人儲藏的規模，也各具特色：一個古董倉，一個酒庫。當古董倉有若他心肝的一尺x一尺四的胡人陶俑被盜之後，蔡頭對任何事都索然無味了。

「有這麼嚴重嗎？」林德知道這時候的安慰無濟於事。「它會再出現的。」

「不著邊際的話。」蔡頭一臉說不出的沮喪，心情有如十七巷烏雲下的一片灰茫茫。

「它既然能突然不見了，也會突然回來。」

「除非小偷不是傻子就是瘋子。」

說到瘋子，自從胡人俑遭竊，瘋子蔡頭一點也不瘋了，人變得嚴肅陰沉。古董畢竟是他的生趣所在，命之所依。最近林德三天兩頭就往蔡頭家那邊走走，就是不願看到好友的萎靡樣。

那天晚上他把蔡頭叫出來準備去鎮東夜市喝一杯，走在巷道正好碰上吳仲虎開車回到十七巷。小老虎停了車敏快地跨出來打招呼。

「教授您好、蔡老闆您好，好久不見兩位啦！」

「呵，好久。有多久？那天才在那塊空地，」林德指著後面。「我、蔡老闆欣賞著你和一個穿白衣服的人在那邊跳舞，你們跳得很精彩。」比武被他說成跳舞，吳仲虎不但不以為意，也自覺有意思地咧嘴笑著。吳仲虎總是跟教授沒大沒小的，卻無比敬重，也許是老人的玩世不恭才消除了他與年輕人的藩籬。

「你頭上的傷好了嗎？」林德說。

「一點小傷而已。」這對吳仲虎來說根本不痛不癢。

「讓我看看你的傷疤。」

吳仲虎轉過後腦勺來。果然是月牙形，與林德的疤十分相像，看來較像下弦月。林德不覺漾起了笑——當年你誤傷我，幾天前人家誤傷了你——本質俱都不是惡意。他不得不重新再咀嚼著報應與巧合之間的界線。

「你的傷很漂亮。」

「傷就是傷，哪有漂亮不漂亮的。」吳仲虎也玩笑說道：「跟您的比，是難看多了。不過，謝謝教授的關心。」

「我才不關心你這個。」林德輕起一拳捶著小老虎的肩窩。「我只是想知道你何時像我一樣留長髮。」

「會好看嗎？」

「一定好看，這點我有把握。」

「那我試試。」

「你當明星綽綽有餘，想不想？我認識幾個導演。我是說正經的。」

「先謝啦，教授。」

蔡頭一旁不耐煩地瞅了瞅林德，然後對吳仲虎說：「要不要跟我們一塊去夜市？」

「不，謝謝。我還要趕回公司，今晚我值大夜班。你們的車呢？」

「走路去啊！」林德向他扮個鬼臉，笑了笑，「我們外面叫計程車，喝酒不開車。」

吳仲虎望著兩個老而不老的半老人朝巷口的大門出去，他摸摸自己腦後的傷疤，心中有兩個聲音：

「你什麼時候去找江波戶？」阿水叔一直在問他。

「你當明星綽綽有餘，想不想？我認識幾個導演。」這是老教授剛剛提及的。他也想起早前在那次中部武術觀摩賽上從人群中突然冒出的導演說，「我們能約個時間見面？」並給他一張名片。那張名片不知被他丟去哪裡了？

這天晚上在鎮東夜市，蔡頭稍多喝了幾杯，在回家路上，他叫計程車司機在威古堡酒莊門前停車。

「幹什麼？」林德問。

「進去拿罐牛蒡茶。」蔡頭想解解酒。「家裡沒有了。」

「要不要我陪你？或者我在車上等你？」

「不用了，待會我叫車回去。」蔡頭說。

胡人倆失竊的第二天，記者來家裏蒐集些資料後，蔡頭稍微剛拉回自己，一顆心又咚了一下，便急急忙忙趕去鎮街威古堡酒莊後面的酒庫。

他解除保全系統的密碼，打開燈。這地方和蘭苑家裡的地下室古董倉一樣，也是全天候溫控。酒庫右邊有一個嵌入牆壁的烏金鐵櫃，鐵門上又是一個密碼鎖，他輸入一組數字，厚重的鐵門一拉開，門控式投射燈立刻照亮了裡面一只精緻的木盒。他搓搓胸膛，東西還在，他鬆了口氣。小心翼翼地將木盒捧出來放到酒庫中央的紅木桌上，輕輕撥動盒子側的卡扣，翻起蓋子。在泛著金光的華麗平紋綢緞的護襯裡，躺著一支全身通黑的瓶子，酒瓶上標貼著酒莊莊園的圖片：Chateau Lafite Rothschild 1982（一九八二年份的拉菲古堡產的干紅葡萄酒），酒瓶黑沉樸實，瓶肚宛如葡萄成熟的渾圓。

不曉得是否是室內燈光的柔和，它彷彿蒙上一層霧光，有著天生麗質的貴氣。這酒是有身分證的，包括發票、產地證明、酒莊出廠證、鑒定書……全都放入一個夾鏈封套，一起保管在牆壁的鐵櫃裡。大拉菲，750 ML 容量，當時的行情約十二萬到十五萬台幣。（註：是那年的價位。到了二〇一〇年一月中國進口葡萄酒產業總結大會發布的數據，一瓶一九八二年的拉菲中國市場的零售價已突破人民幣五萬元）。

就蔡頭心中的重要性，拉菲在他酒庫的份量，堪比胡人倆在他古董倉裡的地位，它的價值當然也不在金錢的衡量。謝天謝地，幸好它還在。

林德坐車走後，蔡頭在店裡櫃檯後的儲物櫃翻了翻，好不容易找到了一罐牛蒡茶，提醒自己該補貨了。他將它放入一個塑膠提袋裡，正要拿起手機打電話到計程車行叫車，想了想，他折回店後面的酒庫。

有幾天沒見他心愛的拉菲了，去看它一眼，也算是打個招呼。

他按序分別解除倉庫門和裡面牆上烏金鐵櫃的密碼鎖，拉開，門控燈暖暖地投射在那只精緻木盒上的照耀是多麼令人心安喜悅。

鬆了卡扣，木盒一開，他的呼吸像突然中斷，心臟的血液逆流著，手腳顫抖……

木盒內是空的，除了一封信。

一封電腦打字的信。

讀完信，他是驚嚇、悸動；亦激、亦羞……內心卻一陣喜。百感交集，久久無法平息。

信末是一隻有若才躍出海面的藍色鯊魚，它躍上的扭姿，讓他看到了某種正在扭轉的……

他呆立了許久許久，在酒莊後面的酒庫。

紛亂的腦子裡竟是——這寫信的神秘人的文筆絕不輸給老教授。

這天晚上半夜，他聽到了貓叫……

他居然能伴著喵喵喵的節奏深深入睡。

第六部 裴校長

他是個基督徒，虔誠不虔誠他自己也懷疑。
但他十分清楚，聖經上所揭示的最後審判「Last Judgement」
似乎來早了點……

（「最後審判」見尼腓一書 15：32；亞伯拉罕書 3：25 – 28。）

59

那是三年多前的歲末，一個寒冷的元旦清晨，住五號的峰岸高中校長——裴成章，被蘭苑崗頂下蘆陽平原喔喔鳴的公雞報曉聲中斷了他的睡夢，而讓他完全醒過來是隨後進了臥房的妻子驚動了他，樓下巷道還有著抑制的人聲喊喊喳喳，以及低語中時而掀起的一小浪尖似的驚呼。

「外面吵什麼？」躺在床上的裴校長雙掌揉著臉。

妻子截頭去尾地說了句：「孩子被帶走了。」她是來叫丈夫起床，看著丈夫茫然以對，想笑又笑不出來。「亦紅，那個小妖精，帶著女兒跑啦！」她認為有必要再補充：「昨天晚上，哦！是半夜。」就在去歲的最後一天。

三更半夜，大冷天的，一個女人帶著一個尚在襁褓中的女兒逃走了？裴校長的想像停在「逃」和「月黑風高」上。他下了床，套了件毛袍走向浴室；接著，他對著洗手台上鏡子裡的自己獻上一個有些放肆而無聲的笑：有種難以言喻的輕鬆。

「孩子不是剛出生不久？」

「應該滿月了吧。」這點妻子是清楚的。「今天是元旦。」

「元旦跟朱亦紅這事有關嗎？」

「無關。」妻子嘆口氣說。亦紅的突發事件對她不能說沒有一點衝擊。

照理說她是不合適叫朱亦紅是小妖精的，自己曾經是她的國小級任老師。當亦紅嫁到十七巷的蘇家，她差點不認得了。朱亦紅是單親家庭的小孩，靠母親在餐廳幫傭養家。小時候的朱亦紅瘦小聽話，因她的家境背景，課堂上對這個小女孩自然多付出點心力，另加份關切，本也無可厚非。除了不時給她做些課外輔導，更常留她在他們家吃飯，小亦紅於是便這樣出入著裴校長他們家。那時他們的房子是租的，在峰社路。朱亦紅與裴家兄妹的年齡在上下間，又是同個小學，小孩子打成一片是很快的。

朱亦紅個性不變大概就在國中三年級的期間吧。對於上了峰春國中後這個學生她的回憶幾乎是空白，一方面是她早已遠離教職工作，師生沒有可接駁的聯繫。直到朱亦紅被娶進蘇家，許多往事殘影才又拼湊起來。學生的過去與現在，她手中所能畫的連接線，總之是斷續、歪扭的；女大十八變，當年弱小的女孩已經是個大美人了，她的漂亮是有目共睹的。

「只是有說不出的怪異。」她想說的應該是：美得有點妖。

成了蘇家媳婦，他們也成了鄰居。可是朱亦紅竟一步也不曾踏進裴校長的家，連個問候招呼都沒有；有幾次瞥見她出現在蘇家的小庭院，她看都不看曾經是她的老師，現在的校長夫人一眼，好像壓根就互不相識。曾經讓人牽腸掛肚的學生，而如今了無痕了。

「現在的人真是薄情寡義。」師生之情蕩然無存，偶而她會有感而發。

隨著成長、性情的變化，最難捉摸的是人性，妻子和丈夫就這事談論過。

「妳們女人就是一身怪細胞。」使人有如雲霧中看山水。

丈夫不太愛管女人的事，尤其牽涉到朱亦紅的話題總是避之而唯恐不及。「這種人提她幹嗎？」

「你怕女人？」妻子沒事也會戲謔他。「你不是有教無類嗎？」這一點正是妻子對丈夫最放心的地方。

有人說笑起來的朱亦紅很美，但她就是不愛笑。

自從朱亦紅踏進蘇家門再抱著女兒逃出蘇家門，有關她的「形形色色」，特別是過去的緋聞，像彩帶紛飛不斷。其中一條最勒人，最能纏死人的是：女兒不是蘇逸生的。如是這般的傳言居然沒人覺得奇怪，這才是怪事，彷彿不是這樣就不是朱亦紅了。而蘇逸生的種種異於常人的情狀，更是讓人心照不宣而成了無可爭議的事實。

「可以驗DNA啊。」有人說。

「我覺得有可能。」妻子曾對丈夫說出他的看法。

哪知平時謙遜體貼的丈夫沒來由一股無名火，「別人家的事輪到妳來操心?!你跟巷子裡的那些長舌婦有什麼區別？」

「既然是別人家的事，有必要發這麼大的脾氣嗎？」妻子相當驚訝。

現在可好，昨天夜半，朱亦紅帶著女兒跑了。

「現在天下太平了。」丈夫的聲音在浴室裡嗡嗡迴響。「往後耳根能清淨了。」

「並不太平。」妻子疊齊了床上的被褥。「這不更加確定孩子不是書生的？」

浴室裡的丈夫沒有回聲。

妻子接著說：「好像知道是誰的。」

丈夫活似被打開玩具盒的玩偶，一顆頭一下子從浴室門後蹦出來。

「是誰？」他臉上兀自濕答著洗面皂泡，有種落水狗般的狼狽滑稽樣。

妻子噗哧一笑。「不管是誰，總不會是你的吧。窮緊張。」

「妳不是說知道了嗎？」

「還沒有，但至少縮小了範圍。」

縮小便意味著呼之欲出？

「那就是有特定的對象了？」丈夫說著隱入了浴室。

「也可以這麼講……是我們十七巷裡的人。排除蘇家，在剩下的九戶人家中……自然也得排除女人。」

妻子不擅長幽默。她轉述了聽來的話，也不怎麼放在心上。「也就是十七巷人的當中一個，他們是這麼說的。」

是如此言之鑿鑿。

「他們是誰？」丈夫走出了浴室，妻子已經不在臥房了。

外面巷道仍有未散的人語聲。

當天晚餐餐桌上，裴校長一家四口只有三個人吃飯。孩子放寒假了，今年，也就是新的一年要準備考大學的女兒宛焉下午去了台中市找朋友。同是這年秋天即將升大四的兒子宛文躲在三樓的房間，經母親三催四催才無精打采地下樓，坐上飯桌眼睛一閉便養起神來。

「萎靡不振。」裴校長斜乜著兒子。

母親端上了湯，說：「電腦不能看太久。」

「我沒看電腦。」

「那你在幹什麼？」裴校長和顏悅色問著。

無論家裡、學校，裴校長秉持著的是自由啓發式的教育，他自詡是新教育的前瞻。自由是啓發的先決，可以縱容。縱，他的註解：竭力鼓勵，盡其發揮；容是，可接受的限度，就像一個容器總有它的極限，逾越了，即謂之亂。他極力打破師生間的藩籬，也不容學生們的冒犯，這很不容易。他自認在這個尺度上，他斟酌拿捏得很好。

有人批評他，是因為今天有這個校長的職位，不用直接接觸學生，當然可以用光鮮亮麗的理論緩轉這之中的尷尬。他是在高高山頭吹著響號。

他求新，於是自視甚高。他走在十七巷有如參選人競選期間掃街拜票，逢人頻頻迎著笑點頭，但骨子裡卻很看不起十七巷的其他所有人，尤其深恨老教授林德。因為在女兒國中、兒子高中時，哥哥便經常帶著妹妹往教授家裡溜去，翻翻看看一堆堆電影書、雜誌。以他的新潮派，強硬阻止孩子們的行為實在是難能啓口，他只能暗示，也偷偷在妻子耳邊咬牙切齒過。

「那個老怪物在荼毒我們家的孩子！」

妻子把頭撇開，「電影是毒?!」

校長的死對頭是威古堡酒莊的蔡頭，他就說過這樣的話，「酒是魔鬼的舌液。」在蔡頭眼裡，老頑童林德的荒誕不羈無處不在點穿校長道貌岸然，裝模作樣的那層皮，不恨他入骨是不可能的。

校長的脾氣並不好，受盡他苦頭的是社區總幹事吳伯虎。十七巷下水道堵塞最嚴重的正是在五號校長家的那一段（頗似他的心腸），也幾乎是雨水才一漫口，第一通電話定然是來自他那不帶抑揚頓挫的投訴。

看著桌前的兒子宛文不吱一聲，他說：「吃飯吧，飯後到我房間來。」

他正俯首扶膝準備飯前禱念時，兒子睜開眼說：「現在就可以。」

妻子叫了聲不行，好歹吃飽飯再說。

「好，就現在。」裴校長對妻子說：「反正他也吃不下。」

他們進了二樓裴校長的書房，立刻按上鎖，他說：「坐下，看著我的眼睛。」

「要審問？」宛文勉強做出笑容。

裴校長的新作風，家中似乎也不太拘泥長幼輩序。雖不全學西方人，父親與兒子對等以 John 啊、James 地叫來喊去，但他們家的確「你」與「您」的鼻音泥濘不清；這不叫混淆，是融洽。兒子倒是不痛不癢沒感覺，不過他最為反感的是外面的人大半以「夫人」稱呼母親，像唱歌仔戲似的。

「我是校長，禮貌上叫慣了校長夫人。」父親的解釋何其多餘。

宛文甚至在同學朋友間對於他們一提到父親便校長長、校長短的打從心裡厭惡著。

他們父子倆的對話是一貫協商的聲韻，那是互相尊重卻虛假得很。可今晚父親的姿態不似往常的柔軟，他的背脊僵直地貼著椅背。

是什麼重大的事，至於關門閉戶。「爸，能打開房門嗎？裡面怪悶的。」

父親食指抵住抿緊的唇要他小聲。「我不想讓你媽聽到。」

「到底什麼事？」此刻反倒是兒子的臉和身子繃著。

父親手掌輕輕搭在兒子的膝蓋上。「放輕鬆，阿文。我不是逼問，只是想了解昨天晚上的事。是的，是蘇家；對，是朱亦紅帶孩子離家出走。哦，怎麼說呢……是否和你有關？是否……」

「這關我什麼事？」兒子的瞬間煩躁是年輕人激素的自然反應。「爸，你就直說吧。」

「啊，我是要、是要問……」向來教導學生遇事應當坦然直言的裴校長，這時候卻像滿嘴溪魚肉卻吐不清魚刺，喀喀巴巴了老半天，最終才把話咳完。

「你是不是暗地裡跟她有交往？」

「交往?!」兒子愕然以視，直瞪著：「跟誰？跟蘇太太？哦，父親你是怎麼想的？我和她田無交水無流，一點關係都沒有。」他用台語回父親。

「我是求證。你我都是男人，老老實實說出來也不丟臉啊。」儘管他不愛過問女人家的事，並不代表他不喜歡女人。這方面又另有他的觀點：老師，教育者也有七情六慾，給學生的是我們所學的專精，我們做不到像至聖先師。

你會覺得他，前一分鐘是食齋茹素，後一分鐘又是那麼腥葷不忌。

「說吧，沒有就好。」

「沒有。」兒子比呼出氣更不遲疑地說。

「只是……」父親顯然疑慮未消。「有人看見你們在一起。」

「誰？」

「你不認識的。」

「爸一直派人跟蹤我？」

「說哪兒話。」父親忙著抛撇，「是朋友碰巧看到，偶然的。」

「在哪裡看到我？」

裴校長一時啞口無言，有些窮窘。「呵呵，你在考我啊！我哪能記得。」父親難得一見漲紅了臉，心裡頭到底強行按捺了多少惱羞的怒火？

「有就有，沒有就沒有。」他是在為自己的草率不深入查證而生氣？

消息的來源是學校一位老師，而那個老師則稱說他也是聽人講的，具體的時間、地點，是什麼情況他也不太清楚。此外，他更不能透露那個老師的名字。

「總之是有人看到。」

「是誰？」

「你不認識的。是有人告訴他的。」

「是嘍！都是道聽途說，根本沒影的事。爸超天才，想像力太豐富了。」突然他反問，「如果我說，有人也看見爸和朱亦紅在一起呢？」

「你在說什麼？阿文！」那是毫無防備地來自兒子的突擊，剛漲紅的臉倏忽煞白了。

「你、你……你就這樣氣你的父親?!」他是失態了，但馬上鎮定了。「好，你說說，是什麼時候？在哪裡？」遇事要面對，也是他教兒子的。他認為兒子宛文是故意在氣他，是針對他剛剛發出的那一球的回手反拍。

「爸你不認識的。」宛文又笑了笑，索性也和父親玩起了「其人之道，還治其身」的遊戲。「是朋友碰巧看到。」

兒子大起嗓門，「有沒有這回事？爸。」

父親板起面孔。「你能不能小聲點。」然後也學兒子說：「沒有，沒影的事。」

「沒事就好。」兒子知道適可而止。「我可以走了嗎？」不管父親同不同意。

他沒有回走到飯桌上，直接到客廳開了門出去。

母親後面喊著，「阿文，你不先吃個飯……」

歲月的確是夠催人的，那麼一霎霎，三年過了，他覺得自己老了很多。

現在裴校長在學校裡無論做任何事，推行什麼，稍稍有了力不從心的疲憊。說的也是，孩子都大了，自己能不老嗎？一轉眼，從政治大學畢業的兒子宛文也出來做事了，目前在一家環境綠化公司做企劃，儘管學非所用；而女兒宛焉就讀於藝術大學，是大三學生，眼看著明年要進入第四學年了。最深刻感受的是，孩子越大了越陌生，離他們夫婦兩老、離家的中心越遠了。

又是一個新舊年的交替。寒假春節期間，女兒一天到晚往台中跑；外面上班的兒子，早出晚歸，就不提了。兄妹兩人非得到三更半夜才不情願地一個一個回來，不動聲響地潛入自己的房間。他們幾乎很少在家吃晚飯，跟時下大多數年輕人一樣，家只是睡覺的地方。

校長和他夫人的抱怨真的是只剩兩人抱著埋怨而已了。

「多空洞的家。」校長連三餐也食不知味了。

妻子看著兩鬢、髮際分線愈加霜白的丈夫，「你不是一向愛清靜嗎？」

一個星期天主日，早上裴校長下樓準備上教堂，只見客廳茶几上一只白信封在外面斜入的光線下對著他閃爍，他立即閉上眼睛，好刺眼喔。他咳了一聲，從寂靜的回音中，才發現家裡就剩他一個人，妻子呢？雙眼略作調適，白信封已消斂了幾秒前奪目的光芒而躺成死白，那像是被抽乾了血似的。他有些暈眩。

一般信件通常是每天上午十點左右才會投入他家郵箱。白信封沒有郵票，自然是不經郵局，而這時候不到八點，會有這封信，不需說，唯有是妻子帶進來放在茶几上的。

裴成章　校長親啓

他的名字是微軟正黑體打字貼在白信封上，黑體字黑得有如燒焦的烙印，而力求極簡，不多留痕跡的大面曠白，莫不叫人聯想到一片荒原。

信封，是一個暫時封閉的白碑石，他在等待某種啓示，即使是懲罰；而信封，本是要給人打開的，但你會是想又不想立刻去拆開它。不僅僅是下意識的不宜冒犯？他上樓，在書房取出裁紙刀慢慢裁開信封，抖出電腦楷體打的信，坐下一看，首先直戳入目的是信末那怵目驚心的一隻藍色騰飛的鯊魚，是蓋印上去的。而信的內容不過孤零兩行：

德高望重的教育改革家 裴校長 尊鑒：

三年了，是時候了。那個小女孩，您知道我說的是誰，您還能裝聾作啞嗎？

沒有落款人；聖經上神諭的字句也比這長多了。而那鯊魚，它的顏色，那強扭向上的魍魎之姿，多符合聖經上所釋言的魔鬼的變身——他很迷信第一直覺。

三年前他把兒子宛文叫到書房密談，並非無緣無故；他之所以口口聲聲是要確認、在求證，實際上是想保護兒子——主要是兒子的行蹤已經曝光了。

有人看見兒子和蘇逸生的妻子朱亦紅在一起，雖然那個老師後來也表示或許告訴他的人是看錯了。然而安全起見，是寧可信其有。他信得過自己的兒子做不出這種事，但謠言也有其部分事實，百分比的多寡而已。再則，這裡有個層面的問題，既然是一個轉告一個，消息的傳布面就廣了，是以他才擔心。

或者那一天開始，他更擔心自己。

而心中一個可恥的顫慄——竟然，但願兒子是確有其事，甚至朱亦紅的女兒也是他的。

當時關於書生蘇逸生女兒的生父，有幾位「嫌疑者」，如果這人如外傳所言的是十七巷的人，其中自然也包括住二號的鍾崑山的兒子，也是靚仔一個，生性風流。相形之下，無疑他的可能性最大。以裴校長僥倖的心理，多一個嫌疑，就多一個模糊焦點的可能。然而這條巷子才幾個男人？因此他也是有了嫌疑的？不是嗎？或者所謂的嫌疑者非單指一個的另種說法：不就是說究竟有多少人曾經與小妖精有過一腿？

他也多麼希望朱亦紅的女兒是鍾崑山的兒子的。

吊詭的是，三年前那天晚上，宛文居然也將他和朱亦紅扯一塊去，聽得他強撐尊嚴的內心裡暗自心驚肉跳。如果真是有人也看見過他們在一起而告訴兒子呢？這麼說，是否已然也有了這種謠傳？但至今並無一點有關這方面的飄絮飛進他耳朵。而兒子說了這些之後便沒下文了，再追問也是枉然。

兒子的脾氣到底像誰？總歸兒子是決意要氣他。如此一來，似乎又「天下本無事」了。

可是白信封的出現，所有事正在改觀了。信，直接給他即是針對性的，就是找他。

「您還能裝聾作啞？」信上說。

他曾想過這麼做——去驗驗孩子的DNA。然而他能登門去蘇家說這事嗎？即使去要求朱亦紅，他又憑什麼？誠如兒子宛文說的，這關爸什麼事？

無奈，現在遲了，孩子已經被朱亦紅偷偷抱走了。其實逃跑了倒好，但……

不過，由三年來十七巷的風平浪靜來看，他的判斷是正確的。或者只是他要命的樂觀：天下本無事？也有可能是三年前蘇家女兒的生父疑雲被隨後突如其來的蘇逸生的自殺悲劇所沖散了，而無人再提及？

有罪是身為教徒才會有的，而懺悔也只能減輕內心的罪壓，卻不能滅罪。

就算有罪也輪不到寫這封信的人來審判；何況，根本的重點在於，他何罪之有？

也許這三年來的十七巷是過於平靜了。然而是該來了，也終於來了。

這封信是啓示：這個日子到了？

聽見妻子上樓來的腳步聲，他匆匆將信和信封往褲袋一塞。

「一早妳去了哪裡？」

「丟垃圾啊。」妻子在書房門外。「茶几上有一封你的信，你拿了吧？」

「嗯。」裴校長問妻子信是哪裡來的，她說那封信是插在他們家信箱的投入口。

「誰寄來的？」她問丈夫。

「是廣告。」

「廣告用那麼漂亮的信封？不惜血本？」妻子說時間差不多了，「走吧，我們去教堂。」看著沉思著的丈夫，「你準備好了嗎？」

「準備好了。」

裴校長感覺頭是昏的，人不太舒服。真不想出門。

60

裴校長有位賢內助，一對有主見的兒女，這是外人的觀感。主見這一詞在裴校長的眼裡，那是自以為是。裴家的一男一女，哥哥生性叛逆，妹妹怪異；一個過於激進，一個不動聲色；和父親的對峙，一個是明挑，一個是暗鬥。

老大宛文在考大學決定科系那年，凡是有心理學的學校他都填，最後考上國立政治大學心理學系，有違父親希望他選第二類組電子工程方面的期待，著著實實賞了父親一個耳光，讓極力鼓吹為學要循自己的興趣發展的新派校長不得不自找台階。及至後來兒子從事的工作——環境綠化——與他所修的心理學更完全沾不上邊，根本上就是處處反父親之道而行。

兒子卻自認他摸透了父親，而做父親的則嗤之以鼻。

「我不知道你在想什麼嗎？我能生你，就能了解你。」

自從父子間在朱亦紅的事上有了些齟齬後，他們的對話更顯得疏乏淡漠了，比課堂師生的交流尤為刻板形式：總是父親問得多，兒子答得少。

長大的孩子就不再是自己的，知道是一回事，真切到來的感受又是一回事。

逐漸長大的孩子有如在自家園地播下的種苗，當開出的花兒不是自己想像的樣貌，才深深體會到，栽培是栽培，結果是結果，是兩碼事。

女兒宛焉跟她的母親是一個模子印出來的，都是美人胚子。小時候的宛焉手上一有筆就到處塗鴉，家裡的牆壁、櫥櫃、冰箱，甚至被單冷不防地會出現有如克利或米羅的童稚線條和色塊。上了國小，她最愛的是美術課。

他曾與妻子玩笑說：「妳我身上有藝術細胞嗎？」他自問沒有。

「怎麼說，」夫人以為：「上美術課都要比國文課好玩。」

女兒宛焉正如她小孩子時綻露的天分，最終考上了藝術大學，也是國立的。但她的科系，更是叫人想都想不到的，是個冷門冷到從沒在她父親腦海浮現過的「古蹟藝術修護學系」。

「是分數不夠，差幾分便可以分配到雕塑學系。」女兒說。

「妳不該填這個系。」

「這個系有什麼不好？爸不是老說不管什麼科系都有它們存在的必要？」

「但也沒必要非得是妳啊！妳喜歡嗎？」

「也不討厭呀！」

「明年重考。」

「不用了。」

再度是個理念一回事，實際情況是另一回事。新教育，他手中的這把利器是越來越難遂心應手了。說穿了，那時候他的兒女們尚未完全脫離他的每說東，他們便往西；他要向南，他們就偏偏朝北的逆抗旋流中。兄妹的心目中，父親開朗的新潮派是對外的，骨子裡是矛盾的扭曲。小時候他們暗地裡送給父親一個綽號：變形金剛。其實那是宛焉給父親取的。她一向點子多端。此外，她的特立獨行也絕不亞於哥哥宛文。譬如，才升大二那年，她便與一個女同學在學校附近合租一間工作室玩起了泥塑的創作，將學業拋諸一邊。

這就是他的兒子與女兒。他的春風化雨，櫛沐莘莘學子無數，卻並未能沾潤自己的子女。

「我們到底養了一對什麼怪物？」他對妻子說。

他有位賢內助，這一點確實不假。妻子在外，一眾人都稱呼她為校長夫人或夫人。初時妻子聽了很不慣，覺得怪肉麻的，後來才慢慢習以為常。真實生活中，她可沒有如夫人般名副其實的養尊處優，持理這個家一點也不輕鬆。在丈夫還不是校長的日子，手頭並不寬裕，家用開銷，一弓安一箭，一個收入剛好抵一項支出。

隨著丈夫教職的晉遷，正當經濟狀況稍見好轉，新一浪潮似的操心接踵而至，幾乎焦悴了她的心——那是澎湃的兒女青春期的成長變化。最明顯的是在宛文國中二年級，宛焉國小五年級的那段時間，兩人說不到幾句話便吵翻天，簡直可以拆下屋頂；而且越近成熟的邊沿越變本加厲，甚至對他們父親存有莫須有的敵意，只要是父親說的，便開口即非，閉口也錯。

「他不是我們的父親，他是別人的校長」、「爸的偉大在學校」這話是兒子宛文講的。

這方面裴校長是忍讓的，畢竟他是教育人，不在訓練人。而周旋於丈夫與子女間的潤滑功能自然是單靠夫人一人，過程是反覆重演的折磨，使人心力交瘁；每每在無法排解兄妹兩人慘烈的頂鬥，束手無策時，她會先自我癱敗。

「你們前世不知是那方的鬼域魔界來的。一湊對，就得你死我活。」近乎哽咽的泣訴。

母親的一滴淚足夠熄滅他們的萬丈火。他們敬愛母親，對母親有種纏膩的依賴，也是母親唯一最感欣慰的。

所幸這一切在哥哥宛文上了高中前後，突然不知哪一天，有如按鈕的啓動，哥哥妹妹一下子和好無間，相敬互讓、能溝通、體諒，讓父母親都覺得很不可思議，彷彿先前附在他們身上的惡魔一夕間被驅走了。難以想像他們的動輒劍拔弩張，怒目相視的過去。

然而好景不長，沒多久兄妹兩人的炮口一轉竟朝著父親開火，或者不如說是他們的和好便是要聯手對付父親？可真是一個戰爭剛結束，新的烽火又起。母親的心也是肉做的，早已傷痕累累。

校長夫人是師範學校畢業的，教過幾年書。結了婚當即把教鞭劈成柴火理三餐，盡心竭力全為這個家操勞。她作為母親是慈祥而勤儉的。

「只要你們好，什麼都好。」

他們的孩子在外人的眼裡經常是整整潔潔的。

在還是一般教職員的很長一段時日，也就是丈夫利用時間進修碩士以及博士學位的期間，儘管家中時遇拮据，她也始終讓丈夫保持一身光鮮——那象徵精神，仕途的前程——是做妻子給他持續加裝打造的。她說實力你有，但光憑這個是不夠的。

而夫人，年輕時曾有杏壇一枝花美譽的她，卻不太重視自己的外表，麗質天生是個硬基底，時間的耕犁觸到這個底，多少會受點頑抗而遲緩了，所以夫人沒有她實際年齡的老。在兒女，尤其是女兒宛焉的眼中，母親的容表（自內心散發的）是一片舒心的草原。然而歲月終歸是侵蝕劑，正一點一滴蝕化母親昔日臉上有形有樣的美麗景緻。

「我老了。」語氣沒有波濤。「女人嘛，就這個命，唉……」那是無怨無悔的嘆息。

宛焉知道母親接著要說的是，「我可沒能有你們父親的清福。」父親一生的悠哉是來自於母親青春的折舊——他爬得越高，在家的時間越少。在只有夫妻兩人短暫屬於他們的時刻，面對她，做丈夫的會不自覺地俯視著自己的胸口講話，已成了一種習慣。那不是畏懼，是絕對的尊重和永遠的虧欠——那姿勢像是一個決心——他可以為她付出一切，他永遠願意。

一個家庭的建立有多不易啊。

現在他起碼是幸福的。他的校長職位之尊，兩個孩子都讀了大學，兒子而且已經出社會工作了，女兒越發出落得像一株初放的花朵，又具藝術特質，他滿足了；雖不盡理想，也無可奢求了。況且宛文、宛焉儘管和他們兩老的吸引力仍然薄弱，但對峙的尖銳鋒芒也鈍圓了。家，基本上和睦了，萬事就待順興。妻子也變得容光煥發。你說，夫復何求。

除了一點不如他的心意——那就是，妻子雖跟著他的宗教信仰，卻一點都不熱衷。

不過，再堅固的家，也會因一小塊根基石被抽掉而像骨牌效應般啪啪啪啪一路傾倒。

那封白信，單單它的死白就給人不祥。寫信人似乎知道了什麼，或者很清楚什麼，而到底是什麼？語焉不詳，而其實是清晰的。信中寥寥數語不過像是書前頁的提綱挈領，其將是知者，知之；不知者，不知了。

主日是上帝要人休息的日子。天父選擇這一天給他啓示——是在曉諭他，聖經上最後的審判並不一定在最後一天，隨時都該有審判？天父憐憫他，晚來不如早來。感謝天父。

而這寫信的人是誰？只有天父知道了。

裴校長就在主日的這一天病倒了。

半夜他被送去醫院急診，不是什麼大病，只是血壓高了一點。

「不礙事。」醫生是這麼說，但妻子不放心還是讓丈夫在醫院多住一天。

女兒宛焉打電話回家問，「爸怎麼啦？」

「血壓升高，沒事了。」母親覺得奇怪，「是誰告訴妳的。」

「是哥打電話給我。」父親的家族並沒有高血壓的病史，奶奶那邊也沒有。「爸爸並不胖啊。」

「但不保證是後天的因素造成，胖瘦也不完全與血壓高低有關，或者是心理上受到突來的打擊。」母親照搬著醫生的話。

父親在家境漸次充裕後，確實也不太禁口。

「有嗎？爸最近有遭遇到什麼？」

「沒有啊，是醫生的分析而已呀。唉！沒事啦。」然而這一兩天，丈夫的神情稍見恍惚，有時跟他講話也沒聽見。這一點她沒有告訴女兒。

「要不要我回去？」宛焉早就放寒假了，只是在她自己所謂的泥塑工作坊忙得不亦樂乎。現在她有點想家。母親說不用了。

母親的腦子裡這時突然一閃，是一道白光——是上星期天她放在茶几上給丈夫的那只白信封，是那封信的問題嗎？給人一睹即印象深刻而不可方物的白，那究竟是……

由於下星期日，也即一月二十八日，是宛焉高中時代最要好的一位同學結婚，她便提前在星期五晚上回到峰西鎮。她急著想知道父親的身體情況。離農曆春節不過半個多月，所以這一回來，她就在家等過年？同學的婚禮在台中市舉行。她三叮四囑要宛焉早一天去她家，最好能住一晚，同學說我們可以聊一通宵。神經病，宛焉尚在咿唔其詞，同學生氣了，以強制的口吻，「必須在星期六上午就來，不然……」

「不然怎麼樣？」

「不怎麼樣。」同學笑了，「求求妳，行不行？」

母親當然認識這位同學。「妳是說佩芬要結婚啦？」因為她與女兒在高中時幾乎形影不離。

「她不是還在讀書嗎？」同學讀的是台中靜宜大學法律系。

「打算辦休學。」女兒說。

母親在廚房裡喃喃自語，「現在的年輕人不知在想什麼。」她端來一杯現打的果汁。

「我不要，晚上吃下的水果是垃圾。」

「我不懂這些。這是喝的，不是吃的。」

「爸呢？好一點沒有？」

「本來就沒什麼大不了，血壓上升了點。妳爸睡了，明天再說吧。」

宛焉一手提著行李，一手拿著那杯果汁上樓。

「果汁給我，免得打翻。」

宛焉一進到三樓的房間，一股腦把自己往床上摔去。

「輕點。」母親將手中杯子放在女兒的梳妝台上。「結婚有必要就得休學嗎？」

「婚後他們會先在國外住一年。她未婚夫是巴西華僑。」

「是怎麼認識的？」

「她未婚夫是來台灣讀書的僑生，是在一次校際交遊一眼就迷上了。」

「聽起來是一個不錯的夫家。其實啊，女人能有好歸宿，不一定要讀多少書。」

「好的不好的都讓媽媽講了。」宛焉笑說：「媽的思想很不合乎我們偉大裴校長的新女性觀點。」

「好啦好啦，妳爸只是出一張嘴的理論罷了。女人就是女人，沒有新、舊時代，以後妳就明白。早點休息吧！」母親說著準備關上房門才邁出，又探了頭眨著眼問，「妳有男朋友嗎？」

星期六上午，父親比女兒起得早，坐在客廳裡，神采奕奕。

「爸的氣色很好。」宛焉著好裝下樓拖著步子到父親跟前。

「我本來就好得很，是妳媽疑神疑鬼。妳看妳，」父親說著女兒，「臉色暗沉，是不是都沒在睡覺？說是回來看我，應該說是妳回來給我看。妳才讓人操心呢。」他慈藹笑著。

父親向來是你說一，他說十。宛焉笑笑，她依然學不會撒嬌。

父親看著女兒的穿著，「妳要出去啦。」他曉得她的朋友明天結婚。「自己多加小心。」他黯然注視著開門出去的女兒，確實長大了，漂亮得令人捨不得。

而似乎她動不動就想離開他身邊的感覺，這一刻是那麼強烈。

同學佩芬原本也是峰西人，後來一家遷往台中。他們在雙十路的透天厝，一樓租給賣茶葉的，他們住二、三樓。整棟樓房從宛焉乘坐的計程車窗遠遠眺去已經明顯地漫煥著濃濃的喜氣；不相干的茶葉店門廊上也張燈結彩，吊彩掛，拉起布幔。

佩芬的閨房在三樓。房間裡、牆邊、地板上堆著的，散置著的，全是黏上紅紙的大大小小賀禮的箱子、盒子。大半都未拆包，紅囍字像紅蝴蝶滿屋子翩飛。

兩人一見面便死緊地抱住對方不放。

「終於啊！」宛焉鬆開手臂。終於代表很多，「被套牢了，不曉得該恭喜妳還是可憐妳。」

「妳仍然是以前的那個鬼德性，不祝福我嗎？」

「我這不就來了嗎？這是最好的祝福。」打第一天聽到她要結婚的消息，「我不知說了多少個祝福了。」

「行，不說啦！妳看我這眼影的顏色怎麼樣？」佩芬將臉側個角度。她抹的是類似愛麗絲藍的眼影粉，很淡雅。「明天這樣可以嗎？」

「妳就是塗上牙膏也很好看。」

「正經點嘛。」佩芬拿起一面鏡子自己端詳著。「這眼影行吧。」

「絕對好看。」宛焉手貼胸。「我保證。」

同學的美貌在高中時就讓許多人為之瘋狂，就是野了點。

突然她嘆了口氣。「妳為什麼不答應當我的伴娘？」對於這個，她不是失望，是難過。

「我不喜歡婚禮場面。」宛焉直話直說，她們之間沒有什麼不能講的。

「總有一天妳也是要經歷的啊。」

「那是以後的事。」宛焉轉顏笑說：「大喜的日子嘆什麼氣。」但她知道同學的嘆氣不光為這事。

「是啊，好吧！等一下陪我去看我選的婚紗。」

佩芬和婚紗禮服店約好上午十一點。她們搭計程車去，車表跳兩格就到了。莎貝爾婚紗店巨型看板懸掛在大路的弧形角間。試衣與化妝在二樓。

佩芬挑的款式很適合她，她的大腿圍比較粗，所以婚紗裙擺從臀部最寬的地方開始削下延展將她的下身修飾得很完美。

「怎麼樣？妳是藝術家。」

「我是修護古蹟的。」

新娘明天的髮型是她之前試做一次拍下的照片，造型有點像低包頭編髮，鬢邊飄幾縷髮絲，以及銀花的箍飾，讓她個性的臉增添不少柔美的高貴氣質。

「你明天將是全世界最美的新娘。」宛焉一個深呼吸說。這一天也是女人一生中最美的一天。然而蓬鬆的婚紗長長拖地的裙擺，每一步都在拖累女人；而上身的束腰緊胸又是多麼的縛綁女人。女人就這麼心甘情願被套進去？

「妳在想什麼？」

「沒有啊。」宛焉回以倦乏一笑。

佩芬的父母和宛焉非常熟，也差不多當她是自己的女兒看待。中午他們想帶宛焉去外面吃飯，被佩芬蠻橫拒絕了。「宛焉跟我好久沒在一起了，總該給我們一點私人空間吧。」

午餐她們在一家義大利小館簡單地叫了一些起司卷、薯條。她們主要是來喝啤酒，或者應當說是來飲酒敘舊。兩人碰杯，相視一笑，單是這樣一個小動作，她們已經快活得不得了。

宛焉的父母親當然不曉得他們家有一個會喝酒的女兒。能擁有這個秘密，也是宛焉的十分樂趣。

回憶本身就是一種釀造，不論其結果是佳釀或苦酒；而醉也有很多種。

「記得高一那個夏天的晚上嗎？」佩芬碰了下宛焉的酒杯，她們立即擊掌笑了起來。

那是她們剛升高中的一個夏夜。她們好大膽子，竟然背著家人偷偷跑去迪斯可吧喝酒，那是她們初嚐人生的第一口酒。「並不好喝嘛。」可是後來就愛上那種酒勁的輕放。憑良心講，宛焉不是很喜歡酒，但也不怕酒。裴家是全面禁酒的。

那天晚上她和佩芬兩人才喝了半瓶海尼根啤酒便臉頰飛霞，煞是可愛，於是馬上有四、五個男孩子上前來搭訕。起先還注意點風度，隨著幾個小毛頭互相推擠，言語間激來激去，便浮蕩了。之中有兩個強出頭的要起硬來，定要拉宛焉跟他們出去。正不知如何是好，突然匡噹一聲，啤酒泡液、玻璃碎片噴濺，原來是佩芬抓起啤酒瓶猛力往桌上敲砸。

這一聲響使得空間不大的迪斯可吧裡的所有人的驚異目光像衆箭齊發地向她們這邊射將過來。那幾個無聊的男孩子沒料到佩芬一個小女孩有這麼出其不意的一手；在衆目睽睽下，不得不摸著鼻子知趣地開溜了。

那是宛焉第一次見識了佩芬倏忽爆發的野性。她說她是學電影裡的。

「那時的我們真是不知天高地厚。」宛焉說。

佩芬確實天不怕地不怕，像個男孩子，時常慫恿宛焉翹課跑去看電影或逛街，串串百貨公司。最震撼宛焉的一次是第三次月考前她們居然摸進教務處的印刷室偷考卷。於今回想，猶有後怕。

明日將嫁做人婦的這時候，她全然不像個要結婚的人。是她的心裡尚未準備好？

「真想回到過去。」佩芬抬起頭來看著宛焉，但眼神卻無焦點。餐廳窗簾的透光和室內的微暗朦朧了她的臉。「妳今天不來，我不知會怎麼樣。」她再叫一杯生啤酒。「妳說，我們這一見，何時能像今天這樣在一起呢？誰知道？也許沒有這一天了。」說著竟潸然淚下。

宛焉趕緊捂住她的嘴，抽了一張紙巾給她。「快別這麼說。」她自己的眼睛也濕了。

女人再野再悍，身與心終是柔柔的一體。而結婚像是一個定律，女大必須結婚生子。

「所以就得走這條路。」佩芬說：「現在想來好可怕喔，以後就是另外一個家了。」

結婚當天是女人最高興的，也是最脆弱的時刻，是她們最幸福的同時也是最善感的。她們就這麼傾其全力只為了婚禮這天的曇花一現？

佩芬幽幽傳來氣息聲，「妳真的沒有男朋友嗎？」話語很是縹緲，是酒氣的游絲。宛焉也夢囈般回她一句該有就有。她的另一半宛如雲霧裡的山頭，該出現，就會出現。

「妳眼光太高了。」

下午，她們兩人窩在佩芬的房間翻看著厚厚的婚紗相冊，分享喜悅。照片裡作為陪襯紅花的綠葉——新郎倌，不是挺耀眼，但相貌也不算差。身為富家子弟，豐裕無憂慣了自有其形樣在。但絕不是佩芬所愛的類型，不過因他的「平靜」反托出新娘的「活現」。

每一張照片，鏡頭下的佩芬皆是一朵朵燦爛的花；展開成冊的相簿是陽光下的一片花海。

女人選擇將自己極盡的美定格在這一張張的畫面上，確實可以永存她們當下的美好。宛焉卻無緣由地有了些許感傷。

除了婚紗照，佩芬還錄製了影片，晚餐她們沒胃口，就躺在床上看了一會。

近八點半，佩芬從沙發一躍而起。「走！」

「去哪裡？」

「PUB。」佩芬說：「悶死了。」

「明天就結婚了。」

「那也是明天的事。」

第二天的婚禮簡單而隆重，很符合現代人的實際訴求。

中午的喜宴設在大港城餐廳二樓的鳳陽廳，廳堂正面掛著喜幛，右側牆面高懸著新郎新娘鶼鰈情深的巨幅結婚照的海報。

婚宴就在消耗盛饌中進行；整個筵席廳炸滿著歡聲笑語，像一鍋浮油滾騰著喜氣。

熱。

宛焉快受不了。

今天她沒特別刻意打扮，穿著一件棗紅色蕾絲網紗長袖的一件式洋裝，外搭一件白色有透孔花的小披肩。即便這樣，也已艷驚全場了。她必須不暇地應接總體的讚嘆之餘，還要視若無睹男士們侵略的眼光，以及女人們既想展現自我又畏縮的不懷好意的錯綜投聚。

然而無疑的是，絕對的喜悅超越了不快，這就是女人的矛盾。宛焉發現自己也不能例外，是虛榮壓勝了厭煩。女人是這樣被命定做成的。

「幸好沒請妳當我的伴娘。」佩芬繞桌敬酒一圈回來，在她耳邊悄聲說。「不然就沒人多看我這新娘一眼了。」

宛焉則定定地看著佩芬。「妳不累嗎？」昨晚她們在PUB喝到半夜十二點多。

「反正都是累，乾脆累到底。」佩芬瞧著新郎向她走過來。「就這麼一天怕什麼。不說了。」

高中同學接到帖子的不多，倒也湊足了一桌。相對女同學，今晚男同學少得像一盤菜裡豎著的幾根醒目的辣椒點綴而已。他們似乎都飆高了個子；而女同學的變化就大了：時光彷彿是個捏麵人，短短的三、四年間便將舊日青澀的女生們形塑得環肥燕瘦各擁其姿。有些都已經是好幾個孩子的媽了。

然而，不管男同學、女同學幾乎把他們的焦點全盯繞在宛焉美麗的蛻變。他們像不認識般地研究著眼前的這個「突然」美女。宛焉已不再需要過多的讚詞，特別是所有的、連續的、同一性質的漫誇都集結在一個時間段、一個定點，像宴場，繁密得令人無從招架。是以，這就是她為什麼不喜歡參加婚禮這類場合的原因？

除非是她自己的……

同窗共讀的歲月，在久別的重逢自然被喚起了，大夥難免洋溢著熱情，話也多了。餐廳吵雜的高分貝，講話很是吃力，而時間的暌違也給他們添上幾許靦腆與生疏。大家客套了。

平日寡言的宛焉，同學們的話題她多半在靜默中附和著點點頭，笑笑而過。以至於，沒有人注意到她在椅子上挪動著，趁服務生上菜時，她已經離開座位了。

「嗨，宛焉。」剛到餐廳二樓門口，就聽到有人衝破周遭重重音層叫著她，循聲望去，一個圓胖熟悉的身形正招著手向她跑過來；沒記錯的話，是以前班上坐最前排的女同學。對，是翠屏。

「妳怎麼不在同學這一桌。」

翠屏叫說：「誰曉得呀，我一來就被帶去最後那桌，大概是我來晚了。」

待她走到跟前，「哇！妳變得好漂亮喔，越來越像妳母親。」

又是一句稱讚從宛焉耳邊劃過。只是她犯著嘀咕，翠屏見過母親嗎？

這同學不高，白白圓圓的，幸虧臉蛋挺好看的，還有兩個酒窩。

她緊握宛焉的手，「近來好嗎？」

「還好。」

翠屏說：「還好就是不壞。」她吸了口氣。「我正準備去找妳，結果妳出來了。我趕緊追……」

「為什麼？」宛焉放開翠屏肉肉的手掌。「找我有事？」

「不是我。」翠屏故作神秘笑著。

早有一個相當標俊的男孩子往她們這邊靠攏過來，翠屏推了推近跟前的男孩子問宛焉。

「妳認識他吧？」

「他是……」宛焉不太有印象，只能說似曾相識。

「他是程凱南呀！」翠屏不敢相信似地尖聲說：「以前我們隔壁班的呀。」

峰西高中是男女合校分班。

「妳不認識？人家可認識妳啊。」

翠屏不改其學生時說話的驚驚乍乍的。「從高一起，他……一直沒忘記妳啊。」她邊笑邊說道。

程凱南似乎並不覺得不好意思，他也跟著笑。「我記著有用嗎？人家理都不理我。」

這點倒蠻大方的。

經他們有如雙簧一唱一和，宛焉才認真地多瞧程凱南幾眼。在今晚巨人如林的男同學群中，他算是小了一號，其實也不矮，一七三、一七五公分該有吧，看起來也比其他男同學順眼多了。尤其有一雙迷人的眼睛，以及男孩子實屬少見的黑又密的睫毛，笑起時，眼波瀅瀅流動，是個美男子。

「抱歉，我記憶力不太好。」宛焉木然地說。

翠屏笑得曖昧。「找個地方坐下，我們總不能站著說話呀。」笑靨更深了。

站著說話有何不可？宛焉恨不得就此遁形。「我想到外面……」暗示著她要走人了。

哪知，程凱南欣然接下話說：「剛好，我也正想出去透透氣。」

這時若拒絕就太矯情了。

他們下樓轉到大港城停車場邊的一小塊綠地，一排枝葉茂密的樹木構成一道天然的遮陽棚，樹蔭下有幾個人坐在散落的石椅上。來這裡的人不多，有幾個小孩在草地上追逐嬉鬧。

宛焉回頭才發現翠屏沒跟上，很明顯地，這是她的計謀；有什麼意圖，不言而喻，是程凱南的主意也說不定。宛焉並不生氣，因為沒必要。再說，程凱南也不是那麼討人厭。

他們默默向前走。今天實際上是個不錯的天氣，不冷不熱，還有些許微風，的確是良辰吉日，她卻意興闌珊，但至少逃離了餐廳裡的熱騰、煙霧、人群的喧嘩。一時清靜下來，反而聽覺是麻鈍的，是那種不再接受外音的脹滿。

她不能在石椅上坐下；一坐，將有講不完的話，她便脫不開身了。

程凱南也陪她站著。其實他的話並不多，談吐也得體。他目前是成功大學工業工程系的學生。

他說：「也許是讀工科的關係，我對學藝術的人一直很羨慕。」他也不昧俗套、不離恭維。「你現在是個藝術家了。」

可是也怪，這回在宛焉聽來並不想反駁，也不自嘲說她是修古蹟的；因為程凱南深黑的眼眸不眨地凝視她，她相信是他的言由於衷。

「藝術家是社會的寄生蟲。」宛焉冷不防的一句讓程凱南有點吃驚。

「我第一次聽人這麼說。」同時也覺得有趣地咧嘴笑了起來，一口潔白的牙齒在陽光下閃熠。

「說好聽是藝術家，實際上是寄生於人們的賞識。」宛焉說得一本正經。「純屬個人觀點，不負任何言論責任。」她終於忍不住笑了，今天難得的鬆放竟然發生在這時候。

程凱南則茫然以對。「人類不能沒有藝術。」多麼堂而皇之。

宛焉哧地一笑，她心裡沒這麼想，嘴巴卻說：「藝術是副產品——古早的藝術是生活留下的；現在我們是刻意在藝術。」

程凱南說：「這正是藝術脫離一切附庸而純立啊。」看不出他是個工科的學生。在程凱南面前你可以天馬行空，他的談話言辭間有他的闊度，這是他的優點。

宛焉很開心，似乎已經忘了二樓還在進行的婚宴。

「總之，在肚子餓的時候我不會想到畢卡索。或許，可能吧……我會感受到梵谷。」

「妳很幽默，也不是完全錯。」

宛焉頗訝異程凱南對藝術觀點的嚴肅性。

「是的，我說的是無關緊要的事實面。」

「是啊，聊天嘛。」他說著俯視著草地，抬頭時又呈現那種深黑的凝眸，幽幽地，他說：「我們能再見面嗎？」

「見面又不犯法。」宛焉輕盈一笑。「我們該上去了吧？」

婚禮的宴會並沒有拖很長的時間。送完客人之後，佩芬把宛焉拉到一邊抱了好一會，有太多太多的話，反而不知道說什麼。

「什麼也別說。」宛焉拍拍佩芬的背。

最後在餐廳門口，佩芬再度抓著宛焉的手久久不放。「宛焉。」她低下了頭，舉起帶著蕾絲手套的手背摁了摁眼角，然後仰臉說：「什麼時候能再這樣叫妳？」

宛焉竟不知如何回答，俄頃她說：「隨時都可以，妳高興什麼時候叫，就什麼時候叫。」

「在巴西？像傻子一樣朝天空叫？天天叫妳？」

兩人對視，接著破顏一笑。

這邊的宴客才紛紛離場，新郎新娘便立即要趕回台北。星期三他們就要飛往聖保羅了。加長型的奔馳禮車已候在餐廳門外，宛焉送她到車門邊，佩芬仍緊緊握著宛焉的手。「別忘了我們約定的。」車門關上，佩芬降下車窗，不停地揮手。「保持聯絡，記住哦！」

車窗徐徐上升，禮車將這一對新人吞沒，緩緩上路。當車子絕塵而去，她們從此天涯，人各一方了。那一刻宛焉好怕佩芬會真的哭出來，幸好沒有。

而佩芬屬於女人真正的人生從這一步才開始踏出。剩下她煢煢子立於大港城餐廳門口，驀然覺得自己是多麼孤單。

「我送妳回去。」程凱南突然來到了她的身旁說道。「順路。」他也回峰西鎮。

宛焉淡靜地笑著，謝過他的好意。她回餐廳臨時的化妝室，脫下小披肩，怕變天，從手提箱拿出一件白色寬領的毛線衣套上。她想去走走逛逛。

一個人多沒羈絆。

61

今天的陽光彷彿專為佩芬的婚禮而浪漫了一個上午；婚禮一過，風送來一堆雲，天空便黯然了。

雖未屆春寒，但天說變就變，也連帶影響人的心情。

佩芬盈載著親友的祝福走了。雖說是快過年了，宛焉仍在考慮要不要上台北，去她的工作坊。倘若這時就這樣在家待著，那簡直是一種熬刑；而眼前提著裝衣服的箱子，想逛街也不方便。她忽然沒有了目標。

去喝一杯熱的，一個人靜靜是宛焉此刻最想的。

就去古樹屋溫一杯熱的！她心裡一個聲音催促著。

不知何時，她把喝咖啡說成溫咖啡。

但是，到了咖啡館她反而靜不下來，內心塞塞的是——煩。無頭無臉的煩之於女人，宛然是業的一顆種子似的——未婚女人眼看朋友走上紅地毯，是喜，也煩。煩什麼？又說不出來。

她點了一杯熱的翡翠咖啡（哥倫比亞咖啡）。

諷刺的是台中市這間古樹屋咖啡館，還是她住台北的同學告訴她的。

「妳不曉得台中有這樣一個好地方？」這同學是美術系的，人瘦小，老睜著一雙飽受驚嚇的有如釦子般的黑瞳仁；喜惡都很歇斯底里，隨時準備激動。宛焉想到她就不覺地笑了。

對美好事物的反應不容遲疑的同學所介紹的地方，也的確很不錯。正如她的形容：裡面沒什麼，卻很舒服，妳會喜歡的。

「是什麼風格？很古典的嗎？」宛焉是由古樹的名字聯想。

「是現代古典。」同學說。

宛焉第一次去古樹屋是在傍晚，然後以同學所營幻出的氛圍直接去找那個她所說的標誌——一棵老樹。

同學是對的，在一個不起眼的路牌：「明中街」的路口，從而遙望它的盡頭，一檥龐然如蓋的老榕樹一擋把大半個天給遮了。那時夜幕像才剛降下紗帳般，不是很暗，在榕樹枝繁葉茂覆蔽下，一棟黑屋已亮起暖黃的燈光。黑屋不黑，是深褐得近似黑，是年月的熏晦。這就是古樹屋咖啡館。

明中街的後段是一個寧靜的住宅區的邊緣。街，細長，不接主幹道，沒有熙攘的人車，是適宜步行的寬窄。由於巨大的榕樹霸道，至此無路可通；茂密的枝椏撐如傘蓋，它又粗又長的樹鬚垂簾，使它的方圓一片黑沉，似乎是那裡一到黃昏便已夜深了。

咖啡館的位置就像在明中街一個布袋的底，等待著收容各方來的行腳。

那天傍晚，第一次臨近老榕樹所統轄的黑暗，宛焉放慢了腳步，那像是侵犯了。她畏縮了，她徘徊在咖啡館門外。

「為什麼？」回到學校，同學急著想知道宛焉對古樹屋的感覺，她癡癡地聽著，接著問。

「妳怕了？」

「不是怕。」宛焉心知同學在期待什麼，她做著凝思狀，其實內心快笑蹦出來了；她故意要說不說的，最後才在逼問下說道，「若說怕，應該這麼講，那像是要去見一位闊別已久的朋友，又像……」

同學心急如焚，「像什麼？」

宛焉佯裝扭捏地說：「和男朋友的初次約會。」終於忍不住笑出來了。

「真的嗎？只是這樣？」同學努力思索著。「妳到底進去喝咖啡了沒？」人頹然若失。

「當然進去了，也喝了。」同學的認真讓宛焉很過意不去。她趕緊說：「確實不錯，比妳形容得還要棒。」看著同學這才放心，她感覺很慚愧。人家心的真，心的純，她自嘆弗如。

一家咖啡館的首重，也是唯一的目的：好咖啡、好氣氛，它做到了。

然而，宛焉對古樹屋的第一感覺並不虛幻。它給她一個原本熟悉，或期待已久的——以和男友的初次約會來比喻也不算是對同學胡說瞎掰——第一個感覺最是不摻雜。

其實古樹屋的古典是它的包牆、貼壁、桌椅的以淺褐、深褐、鐵褐的系列色固定；再以灰、白色的線條通室流暢，而有現代感；即如同學所說的：現代古典。其格局坦白說非常簡單，毫不花俏，咖啡館的面積至多一百五十平米。整個場地的活絡脈動是靠著有禮貌而勤快的兩女一男服務生穿梭出來的，還有館內全天流淌不輟的爵士音樂；而主中心的人物，也是靈魂所在——當仁不讓地便是這家店的老闆。

他姓歐，五十開外，經常是格子衫、黑吊帶褲的打扮；唇上一字型鬍髭，下面咬著一支不點火的雪茄——是哈瓦那的。不過他表示他剛戒菸不久，含著菸多少能解點癮。

他曾跟客人說：「您不覺得嘴上有沒有這支雪茄，對我整體的感覺很不一樣？」

歐老闆一身古銅膚色，像個船員——事實上他也真的曾經是個船員，行遍五洲七洋，見識廣博，常與客人談笑風生，海闊天空，無所不談。有懷疑來這裡的客人是為了喝咖啡，還是來找老闆開講（開講也說成開港，即是聊天）？如果時間、情況允許，客人的咖啡，歐老闆盡可能親自調煮，雖然店裡也請了咖啡師。

古樹屋主推哥倫比亞咖啡。宛焉愛古樹屋，便是愛上它的咖啡——那種甘甜的香味——然若，要說她和古樹屋的邂逅是起於咖啡，那麼這份情感的維繫，應該是它的音樂。歐老闆收藏一滿櫃子的爵士樂光碟。

「爵士的節拍可使海上的夜晚不寂寞。」他說。

又說：「少見愛咖啡的人不喜歡爵士；未見喜歡爵士的人不喝咖啡。」

那是他的推銷詞，是怪談。

不管怎樣，宛焉已由古樹屋的過客成為常客。

古樹屋不需要有頭有臉，衣著入時的客人，來這裡的人是隨著某種氣場，自然而然的際會；是有著酸苦中帶甘體質的人，也就是像有綠色金子美譽的翡翠咖啡的特質的人？這難道是循著歐老闆的思路？

事實上是宛焉自己的想像，她也自認太虛緲了。

她倒是在這裡碰見過幾個「有味道」的客人。當然是起碼的外表：有不修邊幅的、斯文內斂的、有孤而不群的。更有一次她巧遇了他們十七巷的鄰居老教授和他的女兒谷馨，他們打了招呼並湊一桌喝咖啡。她還記得那天林教授知道她讀的是古蹟修護學系時，他豎起大拇指，說：「勇氣可嘉。」他們是宛焉所見過的最有氣質的一對父女。

每回來古樹屋，那個美術系同學的純真的表情幾乎都會在她喝第一口咖啡時，自杯子裡的濃液中浮現。她是那麼凡事信以為真，讓人覺得即使是玩笑捉弄也是一種罪過。

宛焉來古樹屋一律一杯熱翡翠咖啡，一年四季都不變。她不喝冰咖啡。

歐老闆、服務生們一見她進咖啡館，一個歡迎的招呼，稍候便主動端上她的翡翠咖啡。而他們在底下卻以美人咖啡私相傳遞。

今天下午古樹屋的客人不多，歐老闆也不在，要不然他定會過來跟她說幾句。此時Clifford Brown & Max Roach的Full Album的演奏主導著一室的爵士樂海，使得咖啡的香氣更為充漫。

歐老闆曾介紹過這個專輯。「很早了。它發行時，妳我都還沒出生。」

Full Album以小喇叭為主調正滾跳不停。

宛焉從手提箱外面的夾層拿出一本羅伊・李奇登斯坦的小畫冊。那是上星期五等車時，在車站附近的書店買的，一直塞在那裡。

她不明白為何她對羅伊・李奇登斯坦的畫情有獨鍾。很多東西，特別是藝術這方面，她的喜惡全憑直覺，比如雕塑，她不一定欣賞摩爾，卻更不喜歡羅丹。

她最窮弱的就是理論。感覺李奇登斯坦沒有那麼理論，比較是如實的生活紀錄。她有些明白了。

就在她翻到李奇登斯坦1972 Still Life with Palette這張畫時，莫名地，咖啡和爵士樂一下子都對上了。這不是什麼神奇，而是所謂的普普（Pop Art）是很咖啡的。

它也可以是一碟著條在桌上……

聽到有人不停講電話的聲音，她才注意到後面的座位不知不覺坐了個人。她微蹙著眉往後瞧下，一個穿黑衣的男人一支手機貼在耳邊說個沒完，好似一通接過一通；儘管他努力壓低說話音量，而語速的急促像是事情很緊迫。那人低著頭，看不到他的臉，頭髮倒是有點長。

她右手挨著的一桌，這時換了客人，來了一位腦後綁一束馬尾的年輕人。那年輕人正看著她，她避開對方的視線，回到李奇登斯坦的畫冊上。一會兒時間，古樹屋突然空了，只剩三桌客人。她逼自己關注在李奇登斯坦一頁一頁有若漫畫又像雜誌廣告的作品上。

咖啡館基本上是較為安靜的了，她後面那個人也不講電話了。最吵的反倒是此時此刻爵士樂裡頭管樂器不懈地暢快催送，答嘀答無限活力的小喇叭肆無忌憚地一路奔縱，即使音調不高也是吵。

不過，宛焉也想過，假如現在換上小野麗莎那懶慵無精打采的沉沉囈呢，第一個睡著的恐怕就是她了。

她的咖啡涼了……事情就在那時候發生。

宛焉後面傳來有人輕推桌椅移動的聲音。她不需要回頭，可想而知，坐她後面那個黑衣男子要走了，而且應該是站起來了，並有著窸窸窣窣像是拿衣服、穿衣服的聲音。手機又響了。這人就在宛焉桌邊旋起一件黑風衣，一隻手臂甩著袖子要穿入，一邊下巴夾著手機。竟然還在講電話！不是，是在聽電話。而這時，一個女服務生端著托盤正朝他們走過來，準備送咖啡給宛焉隔壁桌那個束馬尾的年輕人；不曉得是誰的腳絆了什麼，只聽見砰的一響，黑衣男子風衣才套一半，便與女服務生撞個正著，乒乒乓乓，托盤連帶上面的熱咖啡嘩啦啦地全傾翻到宛焉的桌上，杯子跌至桌面又彈起，熱騰騰的濃濃咖啡潑灑了宛焉一身，尤其在她下午才換上的白色寬領毛衣胸前，霎時暈染了好大一塊漬印，像一朵怒放的褐菊。嚇得宛焉跳離座位。燙！不僅是肌膚，直燙入她噗通的心。

「啊，對不起！真的對不起，沒事吧——」連聲賠不是的唐突黑衣男子，將桌上托盤下的一條濕毛巾握成一團交給宛焉。「擦擦，先擦擦。」明知擦也沒用。隨即自錢包裡抽出一張千元鈔票貼在仍驚魂未定的女服務生的掌心。「先給這兩位客人，」他看著宛焉和馬尾的年輕人，「補上一杯咖啡，或者他們想喝別的什麼。」男子說：「剩下的是賠償你們的損失。」

女服務生張惶著瞪大的眼睛，原地不動。「沒有啊！杯子沒有摔破……」

李奇登斯坦的畫冊也被潑及，滲透了幾頁，宛焉拼命地甩著畫冊上的咖啡流液。

「先擦衣服。」黑衣男子好似比她還急。

宛焉將畫冊丟回桌上，就沒進一步的舉動，竟像個旁觀者，或者她依然在事發倉猝的茫然中，所呈現著的是很奇怪的泰然；束馬尾的年輕男子早已站到一旁，他身上是乾淨的，一滴咖啡也沒濺上。

彷彿才認清眼前的情況，宛焉開口說：「哦，沒事。不用再叫咖啡了。」

「沒事?!」黑衣人不可思議地瞅著她。「衣服怎麼辦？那可洗不掉。」

宛焉居然笑了出來，她說：「既然洗不掉，還能怎麼辦。」

因為她正面對著的是一個一身黑，略瘦，長髮全部往後梳，體型高大的男人。除了笑，她不曉得還有什麼其他更適當的表情。這總比驚慌、哭喪著臉好吧。

這短暫的一刻，對方壓過來的是突然的黑，懾惑，而且龐然得讓人無從細瞧。是她初覺的迷濛印象。

眼前這人招來服務生，仍舊堅持給宛焉和束馬尾的年輕人重新送上他們原先所點的東西，然後坐到宛焉的對面。宛焉也只得坐下。

「衣服是沒救了。」這人說，也笑了。

宛焉這下看清楚了。其實他有一張很好看的五官，可他有點嚴肅，但不拒人於千里，也許他的嚴肅不過是讓自己與別人保持距離罷了。出其不意地，這人冒出了一句，使宛焉非常吃驚。

「我見過妳。」他說，「妳住十七巷，蘭苑的十七巷，是裴校長的女兒。有一個好聽的名字。」

「您知道我的名字?!」

「嗯！裴宛焉，對吧？人如其名。」

宛焉更是一驚。「您是專做調查的？您是——」

這人的眼睛閃著逗弄人的波光。「我們是鄰居。我也住十七巷，我住七號。」

「哦——我知道了。」宛焉頓時由他這身黑風衣連帶想起有關他的不斷傳聞，「住在鬼屋旁的原來就是您。」黑衣人。她直瞪著他。

「鬼屋？哈——」他笑起來很好看。

他說：「妳不覺得有個這樣寧靜的鄰居蠻好的？」

宛焉不予置評，「您見過我？我怎麼沒……」

「像妳這麼漂亮的女孩哪會注意旁的人。」他掃了眼桌上透濕的畫冊。「李奇登斯坦。妳還在讀書？藝術系的？」

宛焉點頭。「您知道李奇登斯坦？」

男子笑笑，從上衣口袋拿出小冊子，翻開在上面沙沙地寫了寫撕下來給宛焉。「我的電話號碼。妳這件衣服是報銷了，買件新的吧！」他知道像宛焉這種女孩強迫她收錢唯有適得其反而壞了氣氛。他拋出一個有如玩遊戲的挑戰。「我可以賠償妳一件一模一樣的毛衣，信不信？」

「包括顏色？」宛焉果然好奇心動。「您能看出我穿的衣服尺寸？」

「要不要賭一賭？」黑衣男子笑起來真的很迷人。

「敢不敢給我妳的電話號碼？」

宛焉取出手機二話不說照著黑衣男子給她的號碼打過去。黑衣男子的手機響了，他看了看按掉。

「妳的號碼好記。」前三碼是 920，後三碼是 029。他注視著宛焉，頗為欣賞她的當斷利落。也看出了她骨子裡的硬氣。「要賭什麼？」

「是您提的，該您來說。」

「很簡單，請吃飯。誰輸誰請。」

「就請吃飯，小事。」宛焉微微笑著。

多麼一個大美女啊！其實她美在氣質，以及有別於一般女孩子的率真。

不易覺察地，黑衣男子輕輕點了頭。「就這麼定了。」

「要賭，也該明確當事人。」

「妳的意思是——」

「您貴姓？」其實十七巷人誰不知道他的名字，但宛焉要聽他親口講。

「傳東流。」黑衣男子說。不錯，正是這個假名。大家都是這麼認為。

宛焉笑了笑。

「今天是我失禮了。」他哂然並感到抱歉說道，「我有些急事——」剛一開口，他的手機又響了。一下午他幾乎被手機的鈴聲圍繞著。

「我馬上過去。」說著他切掉手機。「人家在催了……我會給妳電話。對不起，我先走了。」

他往前走了一步，又回頭。

「妳這身衣服怎麼穿得出去？」她白毛衣的衣襟仍然黃渲渲的，儘管不似先時的深褐。「要不，我叫輛車送妳回去？」

「沒事，真的。」宛焉指指桌下腳邊的手提箱。「我帶有外套。」

從古樹屋回到家是晚上八點，天氣變冷了。宛焉向母親謊稱在外面吃過飯。

「累不累？佩芬的婚禮熱鬧吧？真的不再吃點東西？」

宛焉搖搖頭。

「如果累了，就上樓去休息吧。咦？妳衣服怎麼回事？」母親看到女兒身上被漬污的白毛線衣。

「不小心打翻了咖啡。」

「快去換掉。」

「爸又睡了？」宛焉問。「以前沒有這麼早睡啊！爸到底有沒有問題？」
「沒問題，沒問題。早睡總是好事。」母親大手揮著像驅趕什麼似的，好像女兒講了什麼不吉利的話。
「妳還要回台北嗎？就不能好好待在家等著過年？女孩家老在外面跑來跑去。唉……妳的衣服我收好了，疊妳床上……」難道不嘮叨就不是母親？
宛焉上樓去，仍聽到母親在樓下說：「我以為妳會回來吃晚飯，我留了些菜在廚房，想吃就下來熱一熱。」
宛焉在樓梯半央忽然停住。如果有一天母親不囉嗦了，會怎麼樣？就沒有母親的聲音了。到時候，家就少了個什麼？或基本上這個家就真的是空了。胸口一堵，她快步上樓。
都說母女最連心了，但如今她和母親靠的是虛空飄傳的手機多過面對面促談。有時候，她甚至連電話也懶得打。其實她不是個好女兒。
這一晚是冷了點——佩芬一離去，莫名其妙地也把溫度帶走——宛焉有點想喝酒，可他們這清教徒似的家怎會有酒？她一進房裡，躺在床上便不想動了，弄髒的毛衣也沒脫，仍散發著乾了的咖啡酸味。
她眼睛直瞪著天花板。
她的心不可能不亂，宛若於行雲間隱現的月亮，有時清明，有時朦朧。
想想，人的一顆心才多大？說它像面鏡子，在今天短短一天，前後兩個男人都在她的鏡子前照影過。能隨照隨過倒好，但她不是悟道者，心不能如鏡。她的心儼然是一台小複印機，任何東西一經稿台玻璃，曝光、充電……瞬即定影不滅。也就是說，下午的程凱南、黑衣男子全都牢印在她心的玻璃版上了。說到底，也沒有什麼可煩的，可就是靜不下。
上天也忒捉弄人了，過去的日子，她幾乎與異性絕緣——是人家望她而卻步，不敢親近？
「妳是女神。」同學說。
佩芬婚禮才過，便雨後春筍般，忽然就冒出那麼兩個神形各異的男人，給人的是全然不同的風光景象。

同學程凱南再怎麼說都是溫室的，或不外乎是田園潺聲的恬靜；而傅東流，直至目前依然僅是呼地一陣刮過的黑旋風，乍然間與她相遇。那麼突然來，突然去，留下的就是一個燙——如那瀲灩的咖啡，已燙入她的內心深處。

想著，想著，在床上這一躺便不知不覺睡著了，直到近十一點才被冷醒。她下廚房沖了杯熱牛奶，然後回到床上裹著毯子半靠床頭板，打開她自己錄製的音樂，想了想又作罷，好像什麼事都提不起勁。

不過她自覺好笑。傅東流說要賠她一件毛衣，她明知他是利用打賭使她就範，再藉著有急事必須離開，讓她連反悔拒絕的機會都沒有，足見這人的善巧，或多謀的心機。可卻也是個成熟的男人。

她是明知而心甘情願？

然而，他真的知道她的衣服尺碼？重點是，他會打電話來嗎？

不去想了，她決定第二天上台北。

很快地，傅東流就打來電話，就在星期三的時候。

「明天能見面嗎？」傅東流表示他總算找到了差不多一樣的毛衣。

他居然這麼神速?!

但宛焉說：「我人在台北。」

「啊！是啊，我忘記妳還是個學生。咦，現在不是寒假嗎？」

「我在台北還有事。」她不打算提她在學校附近有間工作坊。

「那麼這個星期天可以嗎？」

「嗯，我想——再看看吧。」

「妳不是那種猶豫不決的人。」黑衣人哈哈笑起來。「我把衣服給妳，事情不就了結？不用擔心我會再煩妳。」他的笑帶著揶揄。

他是什麼樣的人？講話那麼直接，既哄人又帶激將。

「我沒這個意思。」宛焉說：「最慢星期六上午會明確答覆您。」

「星期天不會也忙著吧？」

「不，是有點事。」

星期天宛焉根本沒啥事，她只是做不了決定。去吧，她告訴自己去吧，拿了衣服早早把事情完了。真的嗎？自己願意和他就這樣結束了嗎？不可否認，她還是想能再見到他。說實話，她一點也不在乎賠不賠她那件衣服。可，沒了衣服，她更沒有見他的理由。她依然不信他找得到她那件白毛衣的款式和尺寸。不過是個誘餌罷了。

然而宛焉星期五晚上（她喜歡這個時間）冒著微寒的毛毛細雨回到了十七巷。一進家門突然望見父親坐在正對著門的沙發上對她笑著，著實嚇了她一跳。

「爸，都十一點啦，您還沒睡。」

最近父親不是睡得很早嗎？母親走過來遞給宛焉一條乾毛巾。「把頭髮擦擦。」她摸摸女兒被雨淋濕的披肩髮絲。「妳爸很久沒看到妳了。」今晚父親是特地留在客廳等女兒回來。

前一次，為了同學佩芬星期日的婚禮，宛焉在家多待了一天。回台北的星期一早上，她起晚了，父親已經出門了。寒假期間，學校仍然有些事，所以那天他們父女也沒能碰上。其實也沒多久啊。

今晚，父親仍舊很精神，他說：「看到女兒回來就開心了。」

「爸的血壓沒問題吧？」宛焉覺得父親臉上紅潤得有點過於光滑。

母親好像非得立即補上一句「誰說妳父親有問題」，否則心裡就不踏實。

父親含笑的眼睛打量著女兒，然後看著妻子，「我有點眼花了。」他若有所思笑著。他說他以為看到了年輕時候的夫人。雖然她們母女十分神似，但女兒有種更獨特的氣質，只能說是大體上相像而已。父親陷入了遙遙緬緬的沉思。他偷偷瞄了眼妻子，似在追憶過去的青春，而妻子卻彷若早已情願躲進歲月裡了。

總之，女兒美得那麼叫人措手不及。忽然間，他覺得自己的的確確是老了。

「回來有特別的事嗎？」父親問。

好像父親沒別的話講。宛焉嘟著嘴說：「回來看看爸媽不好嗎？」

她只想趕快到樓上她的房間。

「是的，是該多回家。」父親露出欣慰的笑容。「要不然我快不認得自己的女兒了。」

宛焉反而覺得父親大不如前了。「爸，您早點休息吧。」她拎起行李箱快速上樓。

我真的是回來看父親，不是為了傳東流？宛焉努力自我說服，星期五回峰西本是她不變的模式，她暫且不去心煩星期天的事。有時嘛，聽任自己的腳步前走，強過依賴腦筋的遲疑不定。

星期六她藉故去找朋友，上午九點出門。

「落雨滴答的，盡想往外跑。」

聽母親說，這陰雨濛濛已經有三天了。昨天台北那邊偶而還出點日頭花。

「妳冷不冷啊？」母親走到門口。

十點，宛焉在台中市立美術館各樓層走走看看，這一檔期展出的作品，主題是雜亂的景觀概念藝術，實在乏善可陳。接著她漫無目的地在一家百貨公司逛了逛，中午在鄰近的 Tiger City 樓下的墨西哥餐廳叫了一份玉米餅的蔬菜 Taco，一杯 Horchata 的杏仁露。一邊吃著，一邊翻閱著餐廳牆上架子取來的雜誌。時間很難捱，到了兩點半，她發愁了，要去哪裡？

她這次其實是不該回來的。

現在呢？望著中午稍歇又飄落的雨。是啊，現在去哪裡？她身上沒傘，她一向不喜歡帶雨具。看著餐廳外，出會神，最後依舊是那個聲音——去古樹屋。

她衝到路邊攔計程車時，有一個殷勤、路過的男孩子主動給她撐傘。她的身上、頭髮還是打濕了。她說了聲謝謝鑽進停靠過來的計程車裡。行駛了一小段，她從車後玻璃窗回看，那男孩仍然在剛剛的路旁高舉著傘不動，朝她遠去的方向眺望著。

古樹屋在霏雨中似乎更古樸了，室內燈光也氳潮了。

在進入人多的地方時，宛焉向來不太敢東張西望，因為她的出現總是衆目的輻輳點。

下午歐老闆在，才忙完手中的工作，看見宛焉立即笑瞇瞇地走過來；他向服務生比個手勢，那是手語，那代表著一杯熱的翡翠咖啡。

雨天，出乎意料地，客人多過平時。

「雨天是咖啡天。」歐老闆難掩好心情。他抽出插在吊帶褲腰間的雪茄含在嘴裡，依舊不點煙。

宛焉懷疑那支雪茄有沒有換過？噁心。

「妳一個人來？」歐老闆眨了眨眼。

「您的意思——」宛焉覺得他有話要說。

「是上星期天。」歐老闆在宛焉對面坐下。「聽服務生說，那天有個客人打翻咖啡弄髒了妳的衣服。」

宛焉點頭。「不是什麼大事。」由歐老闆的表情，她問：「您認識那個客人？」

「不能說不認識。他算是我們店的常客，也是好客人，很懂咖啡。他看起來很忙，電話接不完。」事實上他們談話不多。「是才出現的客人。」老闆說。

宛焉不懂。

「啊。」老闆解釋道：「他來我們的店，是近兩三個月的事。」

彷彿想起了什麼好笑的，他拿下雪茄咧開嘴。「從第一次進我們古樹到今天，就未見過他穿別的衣服，始終是黑的：黑風衣、黑襯衫、黑褲子，好像他就這麼一套衣服。」

沒錯，打翻咖啡那天，宛焉是親眼目睹了，這在十七巷也不是什麼新聞。「就跟老闆您嘴上的雪茄一樣。」她打趣說。歐老闆哈哈大笑，「妳是想說我的雪茄也沒換過？」

「這是您自己講的。」宛焉說。「不過，在我看，他應該有多套相同的衣服才對。」

「也許吧。」雪茄重回歐老闆的嘴裡。「下個月我們會來一批新品種的咖啡——」正說著，他放在櫃檯的手機響了。他起身前去接聽的同時，宛焉斜對面一桌來了一個穿獵裝，下身一條牛仔褲的男子。坐下時褲腳一縮露出一雙鹿皮色的長靴。不待點咖啡，那人拿了手機便打，然後一直講電話。宛焉納悶著，最近怎麼老碰到電話講個沒完的男人。吸引人的不是這個人的打扮與舉止，而是那張冷到極點，俊到極點的潔淨的臉。難得的是沒有絲毫脂粉氣，相反地，此人眉宇間隱藏著一股殺氣。

宛焉不好歸類他。在他的對話中依稀提及「身為記者」之語，或者他就是記者，但少了那份流氣。莫不是，他果真是個殺手？冷面的殺手？宛焉看過一部片子，劇中人在喝完咖啡後大開殺戒。

杯裡咖啡的濃黑本就有凝血的液色。

歐老闆講完電話後朝宛焉一笑。不期然地，那個冷面的人也和她對視了一眼，起了微風似的，他笑了。那張冷酷得有如冰原的臉龐瞬間起了春意般的吹拂。很迷人，居然還偷跑出完全不同質的無辜。

總是，有那麼好看的笑的人，通常都不愛笑。儘管如此，他還是冷，那笑是有侵透力的，也是個「冷不防」的陷阱——許多女孩會在不覺間迷失於他的笑容裡。

桌邊的服務生不可能枯等著他結束電話，先去應對其他的客人。而這人竟然站了起來，邊講電話邊走出了咖啡館。看他行色匆匆，不如說是冒冒失失，咖啡也不點了，仿似是午後來這裡沐沐咖啡香，浴浴爵士的淘洗便飄然而去。宛焉心的溫度這時和那人的面容一樣冷。

難道這人不是來喝咖啡，而是來給她見上一面的？不過是種碎屑的緣罷了？哈，她這是想到哪裡去了？她自嘲地笑了。然而，不也挺有意思的？她心裡又哈了一聲。

這人到了門邊，依著門框對著手機說了句，「你的意思是希望在下個星期天？Ok！時間夠。」然後收起手機走了。

今天的冷當屬於這個冷面人的。宛焉很不可思議自己會有這種感覺，沒多久，傅東流的來電使她的身心立即回暖。那像陰雲中突然一線陽光的流瀉。

「妳不是要給我電話嗎？」仍舊是那種挑釁的笑聲。「妳在哪裡？台北？」

「我在台中。」宛焉不想撒謊。

「明天我把衣服給妳，可以吧？別讓我有虧欠人的遺憾。」

「您想多了，我並沒有說不可以啊。」宛焉十分驚訝自己竟然會這麼說。

「那麼明天下午兩點在古樹屋。」

「還是古樹屋？」宛焉隨口說說。

「那地方不好嗎？」

雖然看不見黑衣人的表情，但能猜知他此刻的笑必定不懷好意。

他是在笑。他說：「事情在哪裡發生，就在哪裡結束。」

不至於嚴重到說結束吧，宛焉沒作聲。

傳東流問著，「妳現在在台中。台中的哪裡？」

「古樹屋。」

黑衣人卻突然沒聲音了，是訊號中斷？宛焉一個短暫間同時飽受著冷熱的交襲——先是冷面人，接著是黑衣人。一冷一熱，她打自內心一個寒噤。而電話突然中斷像給人一個問號。

62

「我輸了。」黑衣人傳東流當場俯首認了。

第二天下午在古樹屋咖啡館，宛焉瞄了一眼傳東流從一只購物袋裡拿出來放在桌上的毛衣，她便搖頭了。除了寬領白色之外，毛織的紋路和款式，與原先那件大致相似而已。不過她不得不佩服，一個大男人能在那天慌亂短促間對她衣服的觀察，說不上入微，卻也不太離譜，沒有遺漏衣服整體式樣的特點，不簡單。她雖然沒試穿，也相信她的尺碼必然不會跑掉。

「傅先生是故意輸的？」

「妳這樣說，我也接受。」傅東流笑著吁了口氣。「我很樂意請妳吃一頓飯。」

「算了，吃飯就免了。那是很久以前的衣服了。」宛焉坦白說：「現在不可能找得到。」她將桌上毛衣疊妥收入袋子裡。

「不，我們打了賭，輸了就該請。」

正如昨天她和歐老闆所議論的，黑衣人下午進了咖啡館脫去黑風衣往空位的椅子一搭，裡面是一件加絨的黑色襯衫。黑衣人之所以是黑衣人，總而言之，從外黑到裡，從裡黑到外，黑透了。

那他的心呢？

「傅先生，您都不換衣服嗎？」宛焉掩著嘴笑，深覺自己太冒然了。

「咦？換啊——」

「但大家，」宛焉說：「巷子裡的人都說您永遠都是這身黑衣服。」

「也沒錯，我的衣服全是黑的。」

「全是同樣的衣服？」

「不，只有顏色。」也就是說，除了同是黑色外，款、樣不同。「倒是黑風衣有三件一樣的。」

這讓宛焉想起「變蠅人」電影中的男主角，衣櫃裡頭是一排十幾套一模一樣的灰色西裝。

「為什麼？」

「不為什麼，方便呀。」

「那夏天呢？」

「夏天有夏天的衣服，就不是黑的了，但褲子還是黑色。妳不覺得每天為了想穿什麼是件麻煩的事？」

「女人當然不覺得。」宛焉說。不但不麻煩，且樂此不疲呢。

就此時面對面，宛焉卻更加迷惑了。事實上，黑衣人也有他冷峻的一面，一如昨日遇見的冷面人。那冷，或是冷漠，或由於他的黑衣衫、黑風衣的錯覺？雖不盡是，但也因之而神秘了？以及現在才看清楚的，他的右頰有一條很細很細、豎的疤紋，尤為給人感覺嚴酷。但他的臉，他的外形，宛焉發覺英俊、帥、漂亮用在他的身上並無多大作用。他不需要這些淺飾的美，他已概括而超越了。

傳揚於十七巷，無人不說他古怪——經常早出晚歸，逢人便只會微笑打招呼，完全不與巷子裡的人家有所往來交流，而以一身黑風衣為其怪異而獨行，也成了特徵。

他怪嗎？接觸了，他其實很平易近人，但言行舉止又似乎頗為不近情理。你固然不易接受他，卻也難以拒絕他。他究竟是什麼樣的人？能說他不怪嗎？宛焉無法歸納他。

這中間，歐老闆來過一趟，他和黑衣人的說說笑笑宛如舊識。黑衣人喝的是美式咖啡，多加了一份濃縮。

「你們像認識很久？」歐老闆在齒間撥弄著雪茄，他以為他們是因那天打翻咖啡才不「打」不相識呢。

傳東流說：「我們是鄰居。」

歐老闆一臉驚奇，「有這麼巧?!」邊說邊搖頭笑著走去櫃檯。那上面排了幾碟快餐，服務生忙不過來。

傳東流抽了張紙巾揩揩嘴角，詭詭笑著，「我們這種鄰居，真該感謝那天咖啡潑到妳身上，否則，恐怕老死也不相往來。」

「您的意思想再潑一次？」宛焉笑得很開。傳東流看著她，眼神是欣賞的。

「傳先——」叫了一半，宛焉頓住了。老實說她太不喜歡他的這個名字，那像一件不紅不綠沒有特色的衣服。「不好意思，我能說一句嗎？」她不等對方開口，「傳東流不是您真正的名字吧。」

「的確不是。」人家直問，他也直答。「是我護照上名字的音譯。」

他應該拿的是外國護照。沒錯，是美國護照。他自己解釋他的英文名是 Tonio。
「唸起來不就是東流嗎？」
「這名字倒像是拉丁人。」
「是，我自己取的。妳的外文程度不錯嘛。」
「還可以。」宛焉高中時的英文成績是很好。「Tonio 有特殊意義？」
「沒有，自己覺得好聽就行了。」
「Tonio 有很多名字能配上它的音，不定要用東流。」
「啊，是我們公司那個天才的總務課長為了方便給我取的。」他放聲笑，「確實方便。走到哪裡，有人問，我就報這個名字，是方便……意想不到的。」
「我以為您有什麼要付之東流呢。」宛焉吁了口氣。「傅先生在美國很久了吧。您是在那邊定居，做事？」
「都給妳說中了。」傅東流一語帶過。「妳好像很在乎名字。」
「是名不符其人。」
「妳是說我?!」
「傅東流不合您。」宛焉寧可叫他黑衣人。
「那我應該是什麼名字？」傅東流露齒一笑，一排整齊健康的牙齒，有點黃，他抽菸嗎？沒見過。
「還沒想出來。」宛焉臉上一個笑變了變，「在沒去美國前，那時候您的名字——」
「都過去了。」傅東流硬是打斷她的話。「我們談了一下午的名字，不累嗎？」他看著宛焉桌前半杯的咖啡顯然涼了，他招手要服務生再來一杯熱的。宛焉連忙說：「不用了。」
「已經叫了。」傅東流說。「那天妳不是拿了本李奇登斯坦的畫冊？」
「您知道這個畫家？」宛焉如何會不曉得他是在急轉話題。
「一點點。」

「您喜歡他的畫嗎？」

「比起那些誇誇其談，自認主流的東西好太多了。」他強調的是，「至少李奇登斯坦是真實的。」

「那安迪·沃荷呢？您喜歡誰？」

「妳不老實，呵呵呵。」黑衣人笑著，手指頭點著。「妳在考我？」他停了停，「都是普普藝術，沃荷是創始人之一。這樣，滿意嗎？」

這麼一說反而讓宛焉覺得不好意思。

她抿抿嘴。「您還是沒回答比較喜歡誰的畫？」

「這下真的是被妳考倒了。嗯……都喜歡，他們各有所長。若強要我說嘛，我更喜歡沃荷多一點。」

宛焉嘆口氣說：「我也一樣。不過我正在了解李奇登斯坦，我可以感覺到有一天我會更喜歡他。」她像是以回報他一笑的眼光問道。「傅先生您是學什麼的？看不出您對藝術有那麼深的見解。」

「電機工程。」

「不會是台大吧？」宛焉瞬間反射。

「是台大。」

「哇，高材生。」

「高材生是指年輕人，現在是老頭子啦！都四十五了。」

「您——並不老啊。」宛焉不諳恭維。「真的不顯老。」

「老就是老。」傅東流說。「有件事——是這樣，讀工科的人非是你們所想像地那般刻板。他們對藝術的熱愛絕不差於你們，有些而且更純，而且不光是研究，他們甚至乾脆投入。不是有很多畫家、小說家或歌星，翻開他們的學歷，不光是工科，也有不少是讀醫科、商學系的……」

高中同學程凱南不就是一個近似的例子？宛焉點著頭，然後她問：「您作畫嗎？」

「沒有。」他換個坐姿。「說說妳學的東西。妳是藝術大學的。」

「我學的——」愈到如今，宛焉已然將她的科系以笑話來增添談話聊天的趣味。「您可知道我修的是什麼？」

「倒是不知道，是什麼呢？」

「古蹟修護。吃驚吧？」

「蠻吃驚的。」傅東流合起掌指抵在唇上。

「古跡修護確實不是個吃香的科系，除非逢有機遇，十之八九的人是走不成這條路。可是它不會影響妳自己對藝術追求的本衷。不是有些人，比如說從建築啓發了他們的創作語言？」

宛焉記得一個從西班牙回國的客座講師這麼說過：繪畫的養分不一定全來自於繪畫本身的領域，某些人會因一塊廢墟瓦礫，或無關的生活中一件事在藝術上讓他們另闢蹊徑。這話和傅東流說的有著異曲同工之處。

「妳應該認真修妳的學分，很多事不是妳能預想得到的。」傅東流說。

寥寥數語，沒有大道理，精簡意涵。宛焉一時無言，她需要再調整自己來審視眼前這個謎般的人？只是他由美國回來，必將也會離開，宛焉因而有個感覺。

「您不可能常住台灣吧。」

「是，也說不準。看工作情況，工作一結束，不走也不行。」

「聽說您是一家電子公司的高層主管。」這是哥哥宛文告訴她的，工廠在田心鄉，叫藍登科技。

「我不是什麼高層。」傅東流說他只是負責把 OLEDs 的技術移轉到台灣廠而已。他簡要地介紹，他們的產品是奈米的。OLEDs（或稱有機電激發光）可替代現時的 LCD（液晶）。由於它的亮度更強，可視角更廣，而且非常省電。他們開發它是用在數位相機的顯示螢幕上。

宛焉不懂這些光光電電的，總之工作完成後，傅東流就得走。這本是很正常。妳到底在想什麼？她心下問自己。不，是氣自己。

「離鄉背井是挺累的。」

「沒錯，但也習慣了。」傅東流攤開濕毛巾擦擦臉。「現在該履行我的承諾了。」

「什麼承諾？」

「我打賭輸了，輸的人，理應請吃飯啊。」傅東流看著手錶，「已經四點多了。」

聊天的時間過得真快。

「您買的衣服，剛剛我大概比了下袖子，我想，嗯，是可以穿的。再說，我正打算換一件新的，這樣我們扯平了，吃飯就不用了。」

「那不能混為一談。」

傅東流臉頰上那條豎的細紋在他此刻的笑容裡顯得格外清晰。一道痕跡也等於一個經歷。

「我帶妳去一個地方。」他的話等於是決定了。

不是嗎？你是很難拒絕他的。

傅東流開著公司配給他的一部豐田轎車來到了陰雨的梧棲小鎮，就在海邊的一家民宿門口停了下來。

「來這裡做什麼？」宛焉惶促地四下張望。面對黃昏斜風細雨中的無垠大海，她頓時失去了方向。她瞄了一眼民宿灰撲撲的三層樓外表，眼神充滿戒惕。

「妳害怕了？」

傅東流，不，此時此地，黑衣人更加貼切他。他正瞅著她笑，宛焉越發覺得不懷好意是這男人的笑裡最基本的成分。

「為什麼來這裡？」宛焉再次問著。

他卻說：「這家民宿的鄉土菜很道地。朋友告訴我的。」

一個多小時的車程，宛焉猶在晃蕩的狀態，她虛浮著腳跟隨著他上二樓房間。

「不能在樓下用餐嗎？」

他徑自上前去拉開房間的窗簾，現出好大一片玻璃窗。「這裡可以看海。」

「這種天氣看海?!」

「海任何時候都好看啊。」

一個老媽子模樣的婦人送來一壺燙溫的紹興酒，放到茶几後牽上房門，並說：「您的菜馬上好。」

他已經點了菜了？宛焉心想，他一定時常來這裡。

傅東流似乎猜著了她的心思。「是事先把菜叫了。」

「所以傅先生是這裡的常客？」

「不，都是朋友安排的。包括訂房。」

傅東流聳肩笑笑。因為他正有趣地研究著面前這個與眾不同的女孩的變化：從她初始的拘泥不安到現在，只見她暗自猛吸了口氣，便泰然自若地在有靠背的一張椅子坐下，接著往茶几上的兩隻杯子倒酒。

他邊笑邊搖頭，「妳的確跟她們不一樣。」

「跟誰？」

「像妳這樣的女孩子很少見。」傅東流再聳了聳肩，脫下黑風衣。舉杯，他們互敬。

他所謂的不一樣，是在意指著她的膽子大？

宛焉長這麼大了，確實不曾和異性孤男寡女共處一室，更遑論在外開房，然而既來之，則安之。你黑衣人真敢對我如何？她等著瞧。宛焉從來不在乎別人是怎麼看的，她大方地坐到房間面海的特大窗前。

傅東流掠過一絲讚賞的眼神。他給宛焉的杯子添酒，自己抿了一小口。

「妳可以喝酒嗎？」

「我剛才不是喝了嗎？」

「酒量？」

「不行。」

雨濛濛的向晚海邊分外淒迷。他挨著宛焉旁的椅子坐下。「和我預想的一樣。」他抬起下巴指著窗外灰沉的海天一色。

「一樣？」

「我想看的——」

有人敲門，傅東流起身去開門。一個男孩帶來一張折疊式的小平板桌，打開好它。隨後兩個年輕阿姨將鐵托盤裡的菜擺放桌上。香噴噴的，是台灣人俗稱的海口菜，有蚵仔青、海瓜子、酥炸魚之類的四、五樣。

「來，我們吃吧。」他說。

傅東流吃得不少，酒也能喝；宛焉則像品嚐似的在菜盤上這個夾一點，那邊戳一塊。

「妳不用減肥，已經夠苗條了。」

「您的胃口都這麼好嗎？」

「絕對不是。」傅東流放下筷子。「實在是太久太久沒吃上這麼正宗的台菜。」

「大台中好的台灣料理比比皆是。」犯得上跑來這種鬼寂荒涼的地方？宛焉心裡不免嘀咕。

傅東流在依然不懷好意的眼裡浮現些玩世不恭的笑。「說是來看海的，妳就不信。」

「看海?!那更不必選這裡，台灣漂亮的海邊一大把。」

「我就喜歡這樣。」他關了房間裡的所有燈。

「這——」宛焉瞪大了眼睛。

「這樣看出去不是更清楚嗎？」他伸著雙掌隔著玻璃朝屋外比劃，好似攝影師在構思場景。但窗外仍是一片黑，除了依稀有著海浪波濤聲，什麼也沒有。

有病。來的路上，一望所及的海邊沒有比「一無所有」更給人蒼涼，彷彿至此天地已盡。在嘩嘩的潮聲伴奏下蕩離了她熟悉的世界，現在她的腳底下還是懸浮著的。然而側看傅東流的臉是少有的肅穆，這也不過是須臾間的變化。他逗弄人的神態依舊如故——他逗弄著的，是這一刻，這海，這地方？

他有無比的心事?。

他們默默喝酒,宛焉忽而笑出聲。「我們要這樣坐多久?」

「來了就來了。」他臉上漾起了歉意。「再陪我坐一會。」

「是的,要珍惜。」宛焉俏皮說:「也許您明天就回美國了。」

她以為好笑,但傳東流深深地盯著她看,「妳怎麼知道的?」一臉詫異。他喝了口酒,立即被酒嗆著。「是啊,妳分明是猜的。」然後正色地說:「妳倒猜對了。我的工作,也就是我這次回台灣的任務快接近尾聲了。可以這麼說,隨時都會走。」他呑了口酒。

宛焉原本是開玩笑的,不想卻引出這個消息——他果真要走了,而且很快。

「講歸講,還有些重點工作,不是三兩天的事。」

宛焉的確是鬧著玩的。「可沒有人趕您走呀。」

「不。」他搖頭。「我很想在台灣多留久一點。」

宛焉注意到他一望向窗外黑沉沉的大海,他的眼前彷如自己起了迷霧。他應該早已絕跡做夢年齡人之鄉,也非是騷人墨客之流。

「妳知道嗎?」他的眼神又漂游起來,那像是在想尋回什麼,而非多愁善感。「我時常有一個影像,而且有音響。」他出現了難得略帶靦腆的笑。「或許真是可笑,是我個人的。妳就當它是電影裡稍縱即逝的一景,說不定較好理解。」

多年來一直是那個影像,一個港邊酒吧薩克斯風的雨夜——這是他所強調的。

「是低俗而想附庸風雅所營造出來的那種,妳懂嗎?我還沒出國前,早期的台語歌曲常有此類流浪寄情的抒懷。當時我還是高中生,覺得他們有多俗就有多俗,我不唱不聽台語歌,但到了國外——」他停下來,拿起酒杯但沒喝。他接著說:「有一年,是紅杉市的一個海邊,在舊金山灣。是好幾年前的事了。我是去探望一個美國朋友,他在史丹佛大學教書。那天下雨,有點冷。紅杉市靠海,我問朋友那附近是不是有很多好的酒吧。他表示沒聽說過。我們一時很想去海邊找個地方喝酒祛寒，朋友說不如到他常去的酒吧，也在海邊，他保證我一定會喜歡。我們開車過去，酒吧名字我忘了，其實不用記，只要說『憂傷的帕西諾』沒有人不曉得。帕西諾是酒吧老闆的名字，吹奏一手好低音薩克斯風，時常在店裡客串吹奏自娛。帕西諾也是義大利人，不高，長得有點像艾爾．帕西諾，所以也沒人知道他真正的名字。」

傅東流稍停了下問宛焉：「妳知道艾爾．帕西諾吧？」

當然知道啊，「女人香的男主角。」宛焉笑說：「再菜，也知道教父。」

「是啊。」他也笑笑，無聲地，像擴散的波紋。「妳這個年紀會看教父的不多。」

「您也別小看年輕一代的電影口味。」紹興酒涼了，宛焉按了室內對講機叫人送一桶熱水上來。

傅東流嘴含著冷酒液，眼睛看著窗外，慢慢將酒嚥下。

宛焉指著海面，「您看，好大一條白線。」是突然刮風捲起的浪。

他說：「雨好像停了。」

「結果呢？」宛焉催問他。

「結果?!」

「您的憂傷帕西諾沒講完呢！」

「講完啦。」又是那種捉弄人的笑，瞧他在椅子上四肢舒展的樣子，有若一提到這個故事，便讓漂泊的人找回了停靠的港灣，看起來更像是他想就此結束這個不成故事的故事。

「妳想繼續聽？」他說：「其實沒什麼，在那裡除了喝酒，就是聽老闆吹吹薩克斯。」

「那天晚上喝得很舒服，真的只能用舒服來形容。我們喝得不多，但，該怎麼說呢？外面飄雨，屋裡是薩克斯風——」帕西諾很能掌握抒情曲的神韻。低音薩克斯風婉轉的管體本來就適合較柔美曲調的共振。他說他們在那間酒吧待到很晚，聽了不少動人的曲子。

「好多我們都沒聽過，但重點是旋律。」特別是，他說，最令他永生難忘的是，那晚居然能聽到他學生時代最愛那首老歌：I don't want to talk about it，重溫過去那段時光。

「是彼一時的心境吧。」傅東流說。

宛焉能理解異國他鄉，隻身在外的疏離感，雨夜、薩克斯風多麼能映照當其時緣起的情境。又或者說，雨夜，薩克斯風將是他以後四海漂泊的隨處港灣吧。

港邊，港都是何等繫人心弦的過客的家。那邊緣的一帶不是離去，就是歸來。

那濱海的有演不完的悲歡離合。

「話說回來，港都夜雨這首台語歌其實蠻有情調的。」黑衣人好像在為自己另加註解：「不是歌的本身，是那種所謂聊寄出外人的心情的曲調。」看來「港都夜雨」已成了他的鄉愁了。

「傅先生現在聽台語歌嗎？」

「當然，在美國的家裡，我有很多台灣的CD。朋友也會陸續寄些近期的新歌給我。」

讓他的耳朵和心靈得到一點從台灣來的家鄉聲音，或呼喚。

倏忽間，宛焉突有所感。傅東流和那天在古樹屋咖啡館偶而過眼的那個冷面人，他們的身上有一個共同的特質——漂泊的浪氣。只是黑衣人多了一份落寞。

傅東流抹了把臉，想倒酒喝，但剛叫的熱水尚未送上，茶几上酒壺裡的冷酒不知不覺已經一滴不剩了。

「今晚的酒多半是我喝的。」他說。

沒錯，宛焉只一旁慢酌細聽著傅東流近於自言自語的娓娓道來。

「再叫一瓶酒？」

「不了。」傅東流再抹了抹臉，自顧自地說道：「也僅僅就那一個晚上，那麼一次。」

說的是海邊那家憂傷的帕西諾酒吧？

「以後再也沒有那種感覺。」不，實際上，是他再也沒去了，正如他自己講的不過是彼一時的心境。何況，也沒機會了。那之後，港口對他來說無非是一個遠方的寄慰罷了。

「除非妳想或有必要，否則誰會沒事跑去港口？」

「什麼意思？」

「什麼什麼意思！妳有機會嗎？」傅東流瞪了她一眼，「現在要去哪全都是飛機來，飛機去。妳還會選擇坐船去美國嗎？」

宛焉噗哧一聲。她離開座位，一個人走到窗前，外面更漆黑如墨。海與天一衣相連，而推上沙岸的一線浪花像一件黑裙下襬的白色滾邊隨著推浪伸展。

「今晚妳有其他事嗎？」傅東流從她後面而來的一問像門縫突然鑽進的風。

宛焉心一緊：他想幹什麼？

「沒有。」她坦白說：「除了回家。」

傳東流不懷好意的故態復萌。「留下吧。」

留下?!留下做什麼？她仍看著窗外不敢回頭，怕被他看見臉上剎時湧起的一陣臊紅。

因為她想到——倘若他今晚要求，她會答應嗎？她沒把握。這在國外本是司空見慣的，只要兩廂情悅，有何不可。她以堅拒的背朝他。

「來，坐下吧。」他拍拍椅子坐墊。「留下來再陪我坐一會。」

他們都住蘭苑十七巷。「我們是一路的。我們自己開車方便得很，可以直接到家。」

宛焉這才鬆了口氣，可是幽幽地卻有一絲悵然若失。她低下頭。

愈晚，浪潮聲好似能穿透窗玻璃。屋裡屋外，天地間充盈著的是海邊之音。接著傅東流打了幾通電話。

「星期天還是這麼忙？」

「這就是我的工作。」傅東流說：「也不完全是公司的……」好似說溜了什麼，他馬上閉口，然後走去打開房裡的主燈。突然他問，「上星期六妳不在峰西吧？」

「在啊，什麼事？」

「我們十七巷有人比武，妳看了沒有？」

「在管理處邊的空地。我聽說了，那天我在台中，我高中同學結婚。打得精彩嗎？」

「我待了一會——」他欲言又止，但想了想說：「是不是覺得很無聊？」

「不不不，我哥從南部出差回來知道了這件事，可遺憾死了；我媽也不在，家裡只有我爸一個人。」宛焉臉上忽然露出一個耐人尋味的笑，「外面鬧哄哄的，您猜我爸在家做什麼？」

傅東流搖頭。

宛焉說：「讀聖經。」說著也自覺好笑地輕輕搖頭。

傅東流並不覺得好笑，彷彿若有所思。

「光天化日，竟有人私下比武。」宛焉仍搖著頭。

「奇怪嗎？」

「一點也不。」宛焉說：「應該很精彩。」

然後，宛焉正臉看著傅東流，略微躊躇。「容我說句實話，這地方是夠荒涼了。」偏離梧棲港不曉得有多遠。「這裡是不是和那個憂傷的帕西諾的海邊相像，我不知道。但，但是——」

房裡因點了燈，外頭更是漆黑一片，除了隱約輝映的白浪尖起伏。

「我看不出這裡到底有什麼。大冷天，雨中趕遠路，就為了來這裡……看海?!」

「是。」

「傅先生真的那麼愛看海，有個地方非常美，改天我帶您去。」

「那倒不用。」傅東流說：「我是特地來的，就這裡。」

「為什麼？」

傅東流也來到窗前，額頭貼著玻璃望向黑邈邈的天際。良久，他斜轉過臉，若無其事地笑笑。

「沒什麼，我是在這地方出生的。」他說。

63

峰西鎮的雨是從昨夜開始下到今晨的，淅瀝瀝正打著宛焉臥室的飄窗。

昨天晚上傳東流送她回到蘭苑時，烏黑的天空只噴了幾滴雨。一覺醒來，就像是她把梧棲的雨帶來峰西。冷。更可想見外面的濕冷。

她泡了杯熱咖啡，用一床小被子將自己裹著坐在窗台上，看著窗外煙雨中的蘆陽平原，考慮著下午要不要回台北時，她莫名所以地起了個激靈靈的寒顫。

台北興許也在雨中。

雨天出不了門。近中午雨成了細細毛毛的，莫名的是空慌。她問自己，就算今天是晴天，是否還會想去古樹屋咖啡館？

不，她隨即否定。

也是突然地，她不想再去了，那裡有著她說不明白的，無法收拾的；即使去了，也因「人」而異了。

是啊，也許今天冷面人也在咖啡館，說不定傳東流也去了。

強烈厭棄自己的，是她要壓制的那一念。因此，她很篤定地告訴自己，現在她最不想見到的，就是他們其中的任何一個。

細雨濕衣看不見
閑花落地聽無聲

心中的，非是飄來的這首詩的真正，誠如傳東流所說的，是一時的心境吧！現在是她宛焉眼下的。

該死的，竟又想起他。

她伸手拂過窗台玻璃上的水霧，所有事都在依稀又低迷的悵惘中，似有還無，唯有守候？她的心似乎已經被寂寞上鎖了。

不想見，是明知這一開始，便走向結束。他終將離去，也許往後的每一晚即有可能是他在台灣的最後一晚。然而，她和傅東流能再相見嗎？

昨晚他們分手時，傅東流深邃的眼眸盯著她說，想起就打個電話吧。

可以肯定，她是不會打電話的。

可笑的是，她家五號和傅東流住的七號中間僅隔一條防火巷，卻有如咫尺天涯的兩個國度，她從沒有感覺他存在過。而現在，是一個只屬於她的陌生人。也確實，十七巷裡，除了社區總幹事，她居然是唯一與「黑衣人」有過直接接觸的人；他們面對面，說話，喝咖啡，吃飯飲酒……

他還告訴她許多許多他自己的事。

她有獨自藏於心中，不為外人知的稱慰，也不免一份傷懷。

昨晚她進了臥室門一關，她只是想在朝巷道的那扇拉上簾子的窗戶旁靠一會。她沒有刻意去諦聽，但七號屋那頭遲遲毫無動靜，沒有腳步聲，也沒有開門聲。在她準備洗澡時，隔壁屋子仍然靜悄悄的——不會是像貓行無聲吧?!但父親抱怨說最近十七巷夜間常有狂放的貓叫——整條巷子也闃然俱寂。

難道他沒回家？在巷口讓她下車後，又開車走了？

無聲的，除非是影子。

在她心裡的影子。

下午，不情不願地——只是為了想遠離峰西？——宛焉在冷風寒雨中半背著行囊北上。

台北無雨。她先去她的私人泥塑創作坊憑弔。

與她合租作坊的同學前幾天，也即上個月底搬走——那裡面是一堆棄屍，斷肢缺腿、臉半毀的泥像；乾裂的紅土、灰土塊，削下的土皮、土屑；未清洗的鐵刀、竹刀、硬紙卡……散落一地，滿目瘡痍。

她利用點時間將房間略為清理。東西實在太多了，累得連晚飯也全無胃口，她打算泡個熱水澡——在她另外租的一套公寓房——然後到附近喝杯咖啡。才走上街道，手機暴衝似的響起，急促的不祥感侵襲而至。

是母親的聲音。

「妳爸又病了。」母親叫她不用急著趕夜車，隔天回來就行。

宛焉還是透夜搭最後一班高鐵回台中，急奔醫院。在急診室見到吃驚的母親瞪著女兒，「這麼晚了，叫妳別回，就是不聽。」父親的病情從母親的言表裡，宛焉覺察得出嚴重性，很不樂觀。父親晚餐沒怎麼吃，然後說頭有點痛，微微發燒。

「我以為是感冒。」

父親上樓去躺了一會不久，母親聽到父親的呼喊聲。

「上樓時，妳爸說他覺得噁心，眼睛突然看不太清楚東西。」母親趕緊打電話叫車送父親去醫院。那是晚上七點半的時候。

「醫生說什麼？」

「輕微腦溢血。」母親一臉憂戚。

「我老覺得爸最近的身體不太對勁，動不動就睡……」宛焉看著病床上正靜靜睡著了的父親。在降壓處理後，情況是穩定了。

「人睡覺是正常的。妳爸從年輕到現在，什麼沒有，就有一副好身體，連感冒都很少。」

「或者，爸有什麼操心事，比如學校——」

「沒有。」母親斬釘截鐵，「早上妳爸還高高興興地帶我去教友家，大半天裡他的精神、心情都好得不得了。不過——」

「不過什麼？」

「下午五點多他收到一封信……之後便關在樓上書房直到吃晚飯，我去敲門，他才下來喝口湯又上去。會不會是那封信的問題？大概兩星期前也接到過同樣的信……」

「什麼樣的信？」

「信封白白的——」現在，不再會是丈夫之前所說是廣告函了吧。

醫師說父親這次的病情雖無礙，但也不能掉以輕心，最好在醫院多住幾天觀察。

宛焉回家給父親帶些衣服、熱水壺等一些用具。她順道進了父親的書房，書桌上果然有母親所形容的白信封，但空有封套，裡頭什麼也沒有。第一眼的確是它的刺眼。白信封，黑體字，黑白過度分明，是簡潔極限的力量（簡約的藝術）。宛焉只覺得它純度的美，怎會傷害人呢？反而有種讓人想要重新開始的平靜。

在醫院病床上的父親明顯的消瘦、憔悴，老了很多。上次回家見父親太過光滑的臉，果然是不對勁。父親這時醒了，正望著床前的女兒勉強擠出的笑是那麼疲憊不堪。父親是該好好休息了。

她心裡一陣酸，為何她總是跟這個世上她最至親的人大眼瞪小眼從沒順眼過？沒停過？

「爸，白信封裡到底是什麼？」

「妳別聽妳媽瞎猜，就是廣告信。」

「相同的廣告，連續兩封？」

「妳說有宣傳廣告只乖乖做一次？」父親居然來了精神。「廣告信、廣告單不滿天撒算不錯了。」

宛焉沮喪地低下頭。是憂心。

裴校長從醫院回來接連三個晚上擁被床榻直到平明清早都無法入睡。失眠人的神經最是敏感。被子蓋久了燠熱難當，露出頭腳麻又冷。他不敢有太大的動作，怕吵醒身邊的妻子。此時，腦子裡好似安了有隨時準備嗚響的鬧鐘——說來就來的貓叫。貓是魔鬼，它的淒聲悲鳴是詛咒，總在冷不防間從黑暗的深處鬼泣般而出。今晚尚不曉得它們何處蟄伏，也許等一下就來了。

天啊！他竟然在等待貓叫。他能合上眼嗎？失眠便似貓爪子夜半三更抓耙著他一條一條脆弱的神經線。他痛苦萬分。這幾天他的頭是昏脹的，胸是堵悶的。他憂懼高血壓會不會再一不留神捲土重來？他身心俱疲，在在預示著他已屆崩潰的臨界點。

他實在喘不來氣了。他鑽出被褥披了睡袍去拉窗簾，推開臥室後窗，寒風凜冽而入，窗外是蘆陽平原上綿雨暫歇，破雲而出的一鉤冷月。是峰西鎮另一波陰雨前的一個不安的月夜。

清瘦的月兒正在四方增佈積雲的圍剿中掩躲，裴校長的一顆心也被天邊的烏雲遮落黯然了。

妻子醒了。「你不冷嗎？」她叫丈夫回到床上，兩人在被窩裡肩挨著躺靠床頭。窗子任它敞著，房裡的空氣好多了。「你說今晚會有貓叫嗎？」妻子問。

她一次也沒聽見過，她直接斷定是丈夫失眠的恍惚幻覺。

「可十七巷裡聽到貓叫的不只我一人啊。」

「那表示十七巷大多有病。」夫人說。只是她也不知道自己所言的病是什麼？

「台灣人十個裡有兩個失眠，台灣人也病了？」

「是現代人。」妻子說：「不是哪一國，哪個地方人。」她稍坐直了身子。「我關心的是你——我們，」停頓了一下，她直視著窗外，「我們多久沒有一起看月亮了？」

裴校長沒出聲。是不答，或是答不出來。

「是忘記了吧，男人這方面向來忘性大。」妻子絕無怨懟之意。「我是說我們躺著一起看。」

「不只一次，好久了。」

「有一次，我們躺在草地上看月亮。」妻子的聲音細細悠悠的。「總該記得那一次吧。」

裴校長點點頭。夫人緊追著問：「在哪裡？」

「在學校。」裴校長第一所任教的學校，「有一次妳來找我。」那是一個夏天的黃昏，學生都下課了。那時他們都很年輕。「在學校操場邊的草地上。」他們並排躺著直等月亮出來，是上弦月。那時他們才認識一個月。

「那個晚上你還記得什麼？」

「我沒做什麼啊。」裴校長忙著說。

妻子吃吃笑個不停。「你想到哪裡去。你不記得啦？你說你要請我吃晚飯，結果呢？」

「我請了，我——」裴校長話到一半卡住了。

「怎麼不說啦？」妻子有意糗糗他，捉弄他。「你是請了。」並代他回答：「請了一碗陽春麵，好大方哦！」

兩人都笑了。

那時候的裴校長是個剛踏入學校的窮教員。「好遙遠的事了。」丈夫說。現在回憶起過去的時光猶如喝了杯熱的酸梅湯，酸甜暖心。

分不清是誰，總之有輕輕的嘆息聲。

「不，是陌生了。」妻子說。「也不是陌生，應該是少了那份感覺。」

妻子猜丈夫沒聽懂，她改變方式說：「多長時間了，我們沒有靜下來好好說說話？」

他們不再無所不談，更甭說掏心肚了。

確實也是，也許人與人太沒距離反而喪失了互望的空間，日夜廝守，話就多餘了。而且孩子的成長也佔去家庭生活的大部分，所有話題幾乎圍著孩子身上轉，以及日常生計的瑣細。屬於夫妻的似乎也只是為了孩子的事而產生的齟齬。丈夫不知該說什麼？

突然妻子說：「我問你，你是不是一直懷疑朱亦紅的孩子是宛文的？」

「從來沒有。」裴校長心頭一顫，有股冷風隨著朱亦紅的名字，自打開的窗子灌了進來。

「我是怕宛文和朱亦紅有不清不白的關係。有人看見他們在一起。」是三、四年前的事了。

夫人出其不意地說：「他們是見過面，都是朱亦紅找宛文的。」

裴校長吃驚地由床上坐起，妻子把他按了回去。

「妳在說什麼？」

「在朱亦紅剛結婚不久。」夫人繼續說：「她告訴宛文她想打掉孩子。」

「為什麼找宛文？」

「聽說宛文有個朋友的父親是醫生，開的是那種地下小診所，專給人墮胎。」

這麼一來，事情就明白了，原來是蘇逸生叫妻子來拜託宛文幫忙。

「但宛文說他根本不認識這樣的朋友；即使知道，也不想做這種傷天害理的事。」是書生得到的消息不正確。

裴校長從失眠的焦鬱紊亂中一下子清醒了，但他不認為沒有宛文就找不到可以墮胎的醫生。

「她並不想打掉孩子。」

「你說對了。」妻子在被窩裡輕捏丈夫的手背。「朱亦紅是在應付書生。事實上，她想留住孩子，是書生硬逼她。書生不要這個孩子。」

「這麼說，書生早就知道孩子不是他的？」

「別老當人家是傻瓜。」妻子說。唯一不解的是書生如何查知宛文有密醫的管道？也許不知是從哪裡探聽到的。

「妳怎麼知道得那麼清楚？宛文告訴妳的？」

妻子不是很明顯地點了頭。

「為什麼今天才說呢？」

「宛文前幾天才告訴我的。」

「為什麼？」

丈夫有太多的為什麼？然而宛文整整憋了三年有多，於今才吐出？是說不通的。

「我問了。難道你不清楚兒子的脾氣？他表示是該講出來的時候，是認真的，說完就掉頭走了。」

「小妖精現在人在哪裡？」

這不是白問嗎？「天曉得。」妻子說。

「你也不要老叫朱亦紅是小妖精、小妖精。她曾經也是我們的學生啊！」換她來教誡丈夫。「你像是很怕她。」

「怕她？笑話。」

妻子在床頭板上側過臉來端詳著丈夫。「你和宛文是否共有什麼不可告人的秘密？」

「妳的腦子能不能休息一下？」

「反正有些事你是不會跟我講的。」妻子嘆口氣，「算了。」

最近丈夫心事重重，魂不守舍的樣子，誰看不出？前後兩封白信，兩次都讓他的血壓急速上沖。而且信封上的「裴成章校長親啟」的專有所指，是一般的廣告信件?!她不想戳破丈夫謊言的氣球。

「不說了。」她不想再看到丈夫第三次入院。

天快亮了。

64

使裴校長第二次入院的那封白信是秉著第一封一樣的瘆人的白。不是白的色，更多是它的意涵。

宛焉上台北的星期一下午，裴校長和夫人受邀前去一位教友家小聚。喝茶聊著聊著自然也分享著各人信解聖經的心得。他們也談到前一天，星期日，傳道人在釋經講道時，說了這麼一句：「但看你的信德，不要看你的罪過。」裴校長回想當時他乍聽之下，是多麼詫愕。繼之，他自認似乎懂了而莞爾。

他的解知是：罪過已過，重新堅定對天父的信仰。過去的縱然是錯，也無可挽回；只要向前，不要再錯。雖然那位教友不甚苟同。

走出教友的家，他感覺自己的心靈像歷經一番沐洗而無比清新，周身輕盈。他們夫妻倆再轉往另一位教友家坐了一會。

那是個愉快的下午。

然而，傍晚五點左右回到家，閉鎖的門縫下露出一截白色的紙角。

妻子眼尖，「是一封信。」

推開門，平躺客廳地板上的，正是那只宛如古里古怪的白信封。

「跟上次那封一模一樣。」妻子說。

截頭去尾只有收信人——**裴成章校長　親啓**——的白信封。

裴校長定定地俯視著它，夫人代他撿起。「又是廣告嗎？」

裴校長低著頭默默拿著信上樓。

夫人銳利的眼光盯著步上樓梯的丈夫背後，「誰寫給你的？到底什麼事，不能告訴我嗎？」房門關上了。

讀完信，裴校長一陣反噁；跌進浴室，在馬桶上卻嘔不出來。

第二封信，也不長不短一張A4紙。要表達的，要講的卻有若拷問形式一條一條逐列，讓讀信的人自己去填寫答案，不管對不對。

信頭：德高望重的教育改革家裴校長尊鑒，首先被他拿起筆槓掉。他竟如此衝動，血壓不飆才怪。

他馬上告訴自己，也是警告自己一定要冷靜。否則，他將無法正確判斷出寫信人的意圖，以及如何析理事情。鎮靜下來的裴校長，已經不再有初展信時的洶湧情緒。他正襟危坐面對著白信上的試題。

神秘人的第一道題：

至此，您該知道孩子是誰的吧？

回到書房裡，裴校長針對這一問，他（內心的）答案是：

知道，也不知道。

他反覺得神秘人是在虛張聲勢，在套他。說到底，神秘人也未必能說得清書生的女兒是誰的。

四年前，將近農曆年的元月中旬，峰岸高中校園後面正籌建一棟教學大樓，所有工程的對外發包也大致底定。一個星期六晚上，大樓主體建築的包商謝老闆私下請吃飯，由於不宜太張揚，只邀請了裴校長與學校的總務課長。他們在台中市一家有外交部認可的義大利餐廳吃飯。平日滴酒不沾的裴校長當然不能破戒，他以義大利進口的飲料代酒。一餐下來，不說大啖大飲，也是葷素海陸不拒。之後，他被半推半就地請上車去了台中市東區一家號稱金字招牌的KTV。在路上，他尚有些故作姿態地責訓了一頓包商謝老闆的不知輕重。然而到了KTV那光影綽綽的金銀包廂裡，出入的小姐哪個不艷？那個不妖？明知那是魔鬼的窟，地獄的火舞，他認為那是在考驗他的信德——耶穌不也曾經受過誘惑。當他注意到有一張臉上不甚施抹化妝，笑容甜甜宛如天使般的女孩打一進門就一直目不轉睛地對著他笑時，他才覺得頭昏。他自認無此魅力，或許她看上他某一點？難道他知道我的身分？女孩至為突出的是她那像倒懸問號的鼻子，小巧有肉，以及一雙流盼水盈盈的美目，說有多誘人，就有多誘人。他是昏了，不，竟有點醉。他整晚喝的都是飲料啊。

隨著不刺鼻的殊異送香，那女孩直接到裴校長身邊坐下。

「妳認識我嗎？」獨受漂亮女人的青睞，哪個男人不自迷。當前此時，哪有著天堂與地獄。其實魔鬼才真正有著天使的美貌與姿態。

女孩嫣然一笑。「我們現在不就認識了嗎？」

她說她叫葉然。好名字，裴校長心中一喜。

泥池自有新荷，KTV的脂粉堆裡也不乏有書卷之氣。葉然就是眼前活生生的一個？事實上她是個好聽眾，更沒有肉麻虛情，也不要他喝酒。除了媽咪另派任務，一整晚她幾乎守著裴校長，即使離開，也馬上回來。這讓裴校長非常受用，一種複雜的，許久沒有的重覓慰藉，滿足的幸福感居然在這樣的地方復甦。

難道這便是古時的文人雅士肯為那些青樓女子賦詩作頌，更視風塵為紅粉知己的心跡？

建築公司的謝老闆在一旁靜觀：這個平時裡明理，為人斯文的校長，雖有他的堅持尺度，有所不苟。然而腳一旦陷進這種場所，他們雖不動聲色，卻往往比此中的常客更為投入。是這些文化人特有的一根筋？不，實則是所謂的未經海浪的人，一上甲板便即刻暈了船，已經分不清東西南北了。

這一晚，建商謝老闆看到的是一個壓抑過久，試圖解放的可憐生靈。不過裴校長開心，他就放心了，也能理解；一個終日西裝革履的人，多想尋個空脫掉上衣，扯下領帶。

裴校長曾經回憶過那晚他自己的「醉」。在義大利餐廳，他是喝了幾瓶酸甜很好喝的進口飲料。離開餐廳時，雖然有點醺然，卻渾不在意，因為工程包商謝老闆保證過那飲料裡絕不含酒精。他真正的頭昏是初見葉然那一霎，他笑自己被迷醉了。在KTV他喝的是可樂，並沒有什麼異樣。他倒是喝了一肚子。只要葉然纖纖的玉手將杯子餵到唇前，他是眼一閉就喝。但不知為何，在結帳前，他便徹底茫了。

出了KTV，裴校長醉眼朦朧。「咦？總務課長呢？」虧他這一刻還能記起有這麼一個人。

「他有事先走了。」謝老闆說。實際上總務課長是在中途便溜走帶小姐開房去了。

「我們現在去哪裡？」

「馬上到了。」

他們在帝都飯店停車。謝老闆費了好大勁才將裴校長攙扶進電梯上了十樓的一間豪華房。

「你這是做什麼?!你總該問我一聲啊。」裴校長是既驚又怒，他氣忿忿地返身待走。

謝老闆強挽苦勸。「如果事先講，您絕不會答應，所以——」他嬉皮笑臉。「再說，您也該歇一下。您這樣整身酒氣回去行嗎？夫人怎麼看您？」剛說著，裴校長早雙腳一軟，咯噔一聲跌到床邊的椅子上。

「還有人不放心呢！」謝老闆笑得越發曖昧。

「誰?!」

「您自己看是誰？」老闆的眼睛朝著敲門進來的葉然。

她是隨他們後面坐計程車來的。

裴校長一看是葉然，所有的氣啊！火啊！全拋九霄天外。他無聲笑著勾下了頭。

「你們慢慢聊吧。」老闆掩上房門出去。

這之後到底發生了什麼？實際情況又是什麼？多少年來，他努力強加自己盡其所能去追憶。幾年來在大的梗概，他心裡是清晰的，卻偏偏在最致命的一點上至今仍是個「不確定」。

四年前帝都飯店的那晚，他實在太醉了。

唯一明白確鑿的是，第二天早上他醒來時的狀態是——和葉然赤裸裸地躺在被窩裡。

「我跟她做了?!」這一想，他驚醒了。

葉然也翻身醒來。「再睡一會吧。」

裴校長起身掀開一半被子，除了幾團擦過什麼的，有的漿乾了，有的尚微濕著的衛生紙，就不見有保險套。這無非說明一個事實：他跟葉然是做了，而且沒戴套子。由衛生紙的乾濕不一來看，他們不只做一次。最後一次還有可能是在天亮前不久。問題是他竟沒有丁點印象。他身體、器官也沒有深刻碰觸或激烈摩擦過後的酸麻或酥脫的殘乏。

這個疑點一直困擾著他到今天。

那天早上葉然走時，他心中搖蕩著是否向她要電話號碼，他有想再見她一面的欲念很強。這女孩有說不出的親切。但是葉然匆匆穿好衣服，在臉上拍拍，略施脂粉，開門正準備走。

「等等。」裴校長急呼呼跳下床，猛覺自己一身光溜溜，順手抓了搭在床頭櫃上的襯衫遮住下半身，到處尋找，「我的外套呢？」

「幹什麼？」

「拿錢啊。」

「不用了。」葉然嬌媚一笑，「有人付了。」

哦——

房間裡仍有不散的她的香水味。裴校長進浴室沖澡。整頓好自己，出去前又去浴室洗一次臉。突然，鏡台邊的室內電話響了，是工程包商謝老闆在樓下大廳等著接他。

下電梯時，裴校長伸手入褲袋拿手機，手指卻碰到有著像折疊的紙張。這是什麼？抽出打開看，字寫得不怎麼樣。

裴校長 您好：

昨晚進KTV，不敢確定是您。

終於就是您。

我是朱亦紅，您還記得我嗎？

叫我葉然。

裴校長無以名狀的震驚、駭然、恐懼已超過他自身所能承載的。好在電梯內沒別人，他乾脆蹲了下來。是她，朱亦紅——那個曾經是妻子在國小教書時最關愛的學生。那個時常在他們峰社路租的房子墊高凳子吃飯的小乖乖。那個小小、纖弱、楚楚可憐，也很可愛，很得人疼的亦紅。居然是昨晚陪他睡覺的葉然?!這世界，天翻地覆了，他的身心崩折了。長大後無從辨識的亦紅竟出落得如此美艷、誘人、成熟……完全是魔鬼的化身。裴校長一顆心狂亂不已。

走出電梯，人依舊混沌沌的。

「昨晚那個小姐不錯吧。」在車上謝老闆陰陽怪氣笑著，「很辣……校長，您不舒服嗎？」

「沒什麼。」校長說。「她是怎麼來？那小姐，是你叫她來的？」

「咦？不是您跟媽咪指定說要她？」謝老闆狀似被弄糊塗了。

實際情況是，在KTV的後半段裴校長變得很不可理喻，非得要媽咪讓葉然出場，否則他馬上就走人，並揚言要報警，搞得大家很是為難，要不是謝老闆多加了錢，那種尷尬的場面恐怕一時也擺平不了。可是到了帝都飯店，他又鬧著不想進去，謝老闆只得硬將他推入房間。

「小姐服務好才是重點。」謝老闆總得給裴校長留點顏面，他絕不能把事情這般開剖挖醜。

「那個小姐還可以吧？」

裴校長呆滯地點頭。昨天晚上他到底是怎麼醉的？飲料能醉人嗎？前前後後做一思尋，問題一定出在飲料上。對，是飲料。是裡頭含藏了那最禁忌的魔鬼的舌液——酒精，即使是微乎其微的，也足夠讓一個大半輩子滴酒不沾，自詡自制力很高的人瓦解，而將其潛身的惡質一下子抖發了出來？或者根本不是酒，是更可怕的，不曉得被下了什麼藥。可誰會陷害他？是工程包商謝老闆？沒道理。只是他知道在那關鍵時刻，他確實起了個有欲試試的動念，在那個他暫時不想上帝的夜晚。

所以，神秘人信上說：

至此，您該知道孩子是誰的吧？

老實說，四年後的今天，他還是會說不知道。朱亦紅後來生的那個女兒，是否是他的？依然將信將疑。他的老種有那麼厲害？那麼神準？一晚即讓人珠胎暗結？難道不是那瘋母狗見人就亂咬？

神秘人的第二道題，是問，也連帶責究。

您明知，居然給朱亦紅和蘇逸生兩人牽媒。您是爲一己之私而泯滅良心？

在帝都飯店一夜春宵過後兩個月，朱亦紅洗去鉛華、縞裝素顏地來到峰岸高中校長室見他。

「我有孩子了。」其目的在宣告：「孩子是您的。」

裴校長的否認是最起碼的自我防衛。

攻守的第一步。唯一的，也是他至為不願的。「我們到醫院檢查。」

沒化妝的朱亦紅給人一股似乎是原來就有的清麗感受，猶模糊著小時候的乖巧神態。

她不急不躁地說：「是誰的，不是誰的，自有分曉。」

她就瀟灑走了。

著急的是裴校長，這是他們第二次接觸。朱亦紅表現得相當溫柔而有條理，但大有唯裴校長是問的認定。

第三次的見面是在台中市南區一家不起眼的咖啡廳。朱亦紅雖然還是那麼細聲體人，為人著想，可卻也帶給裴校長一顆驚爆彈。

「我想結婚。」

「哦？」裴校長心頭一震，但不作聲。

「您知道我想跟誰結婚嗎？」看著裴校長愛睬不睬，朱亦紅用殘酷而帶有一種報復的語氣與笑容，稍作了調整，故意拖延並觀察裴校長的反應。

「我打算嫁給你們巷子的蘇逸生。」

裴校長老臉皮上只略見眼角、嘴角抽搐，但內心翻作；這完全是他所意想不到的，使得他預設的防衛無門。這女人不是妖精，是什麼？但他輕鬆地說：「妳想嫁他，嫁啊！那是妳的自由。」

「還得需要您助一臂之力。」

「要我幫忙？」又是個意外。

「做媒。」朱亦紅好像在說一件天經地義的事。

那時蘇逸生剛離婚不久。「聽說書生在找對象，請您幫我們撮合。」

「為什麼？」

「我往後的日子還得過。」朱亦紅摸摸小腹。「為了肚子裡的孩子。」

「胡鬧！」

「行，您能給我錢，我不胡鬧。」朱亦紅並沒有責怪人的意思。「您拿得出幾千萬嗎？」

「開什麼玩笑。」裴校長如何不懂，開始了，條件來了。他想，妖精現形了。

「妳的意思是……」

「我無所謂，只怕我們的事會紙包不住火。」

哇，想以此來要挾？真是個賣皮肉不知廉恥的東西。

「妳可以到處宣揚。去、去告訴我的妻子？我家人？」裴校長隱忍著一腔火。

「孩子是誰的尚言之過早，如今DNA檢驗方便得很。」

「檢驗是遲早的事，校長您請息怒。您也明白，也許等不到那一天，事情就爆了。」

朱亦紅慢條斯理，甚且帶著笑。「即便最後檢查出來不是您的，但這段期間，您要背著這個污名出入學校多久？而流言就是流言，需要什麼事實？何況，孩子是誰的，女人最清楚。」

氣一過，裴校長的嘴巴就軟癟了。是的，小妖精說的沒錯，不管是真是假，他自忖是經不起這一鬧騰的。

不想，小妖精竟是個談判能手。他不能忍受明擺著恐嚇的一步一步進逼，怎不叫人揪心氣結呀！堂堂一個校長之尊，以他的身分何需跟這種風月場中下三濫的女人窩在這個寒磣的咖啡廳裡，你一言，我一語飽受著人格被糟蹋。裴校長霍然變色前去櫃檯付了帳，頭也不回地走了出去。朱亦紅尾隨其後。

裴校長看不到朱亦紅的表情——她正微笑著。

他們一前一後步出咖啡廳，亦紅追上拉拉裴校長的手，「做媒的事，請您考慮考慮。」

也就在那一刻，一位路人無意間瞧見了；那人用手肘輕輕碰了碰身旁的人，指著前方和一名年輕女子牽著手過馬路的上了年紀的男人。

「那不是你父親嗎？」

身旁那人眼睛眨都不眨地點著頭。他正是裴宛文。

父親很生氣的樣子，只顧低著頭急行，全不理會周遭。

而那個女人乍看清純可人，但藏不住妖冶的神姿，妝扮一下，必定是個大美女。

那是個星期六的午後，宛文到台中找他的同學。同學家便在咖啡廳附近不遠。當時他還沒認出那女人就是朱亦紅，是之後她嫁到蘇家，經母親一說，始然想起。竟是她！

朱亦紅與裴家兄妹，小時候曾有一段歡樂時光。而童年總是依稀的，成熟有時也在淡忘某些。像朱亦紅幾乎改頭換面，除了遭遇，多多是因其性情。既屬時空的，迷失也就難免了。

才長大，回想所見到的一幕，居然是小時候的小亦紅和自己的父親手牽手過馬路，全不像是尋常的父女親情。

所以到後來，也就是三年前在父親的書房，宛文聲稱他也目睹父親和朱亦紅在一塊，並非無的放矢，也絕非是反唇相譏來氣父親。

而宛文確曾和朱亦紅見過面，那是更以後的事。那時亦紅已是蘇家的媳婦了。也就那麼一次，也是在一家咖啡廳——那是無事也會有事的地方——之後他們從咖啡廳出來，立刻在門口各叫一部計程車分道揚鑣——無巧不巧就在那短暫的幾分鐘被父親朋友的朋友撞見了？世界太小了。

他們在咖啡廳，談的是關於做人工流產手術的事。

「說來說去，妳壓根沒想要拿掉孩子。」宛文說著瞄了下朱亦紅依然平坦的小腹。

她坦承自己不過是在敷衍丈夫。「沒錯，而且說你知道打胎的密醫也是我揑造的。」她淺笑著，「我倒真的是想見你。」

「哦——」

「你沒變，宛文。」朱亦紅仔細地上下打量他。

永遠是她可信賴的人。小時候的宛文很穩靜，不愛嬉鬧。他大朱亦紅一歲，儼然以哥哥自居作為擋牆，在學校保護著宛焉、亦紅兩個妹妹。

宛文算不上美男帥哥，但五官端正，是可靠的人，是當年小小亦紅所仰慕的。

「可妳變得……不注意的話，我真的不敢認妳了。」宛文說。

朱亦紅自從進了蘇家，早已粉黛不施，因而濃妝艷抹的她，宛文無緣得見；就算見了，他更會認不出她來。

朱亦紅是帶著秘密來的，宛文有這樣的感覺。「妳有事要告訴我，對吧？」

「不如說……」亦紅狡黠笑笑，「你想問我什麼？」她似乎對宛文想說的事十拿九穩。

宛文看了看朱亦紅，低下頭，再抬頭看了看。「孩子是誰的？」

「你說呢？」

宛文鼓起勇氣問，「是我父親的嗎？」

「我不會回答這個問題的。」朱亦紅十分篤定。

「那妳是承認了？」

「這算承認嗎？」

宛文很討厭這種含糊其辭。「妳是來跟我打啞謎？」他是有氣量的人，儘管不高興，對昔時小可憐的妹妹，他說不出口重話。「那妳是——」

「來澄清。」朱亦紅說。

「你們裴家與我有恩，特別是你母親待我如親生，我還可以叫你一聲哥嗎？很多事情保持這種現狀對大家都有好處。」

「包括相見不聞不問，鄰居形同陌路？」

「好，那你說，兩家人來往要怎樣比較好？不尷尬嗎？」

「妳終於講出來了。我問妳，為什麼會尷尬？是有什麼不可告人的事？」宛文沉思了一下說：「孩子是我父親的吧？」

「我說過了，我絕不回答這個問題。」

宛文沉重地嘆口氣，「妳難道不知道我們住蘭苑？在嫁過來之前。」

「知道，是我自己要的。」

「因為蘇家有錢？」

朱亦紅閉口咬著唇。此刻她的心中是對自己的疑惑：那天晚上在帝都飯店的房間，她明知床上的客人是裴校長，為什麼還要跟他過夜？

在宛文告訴母親有關朱亦紅打胎的事，不過是出於洗清他那個可憐妹妹的無情寡義的詬名。至若凡屬他父親的——三年前在父親書房的晚上，竟希望亦紅的女兒是自己兒子的，那種僥倖、逃避的齷齪居心——他是厭惡地不想令它們污染自己的心。他寧願將它們爛在肚子裡傾棄，永遠消失於世。

做父親的，裴校長自然永遠不會知道。

65

當年朱亦紅找上他，正值他們之間糾葛不清之際，裴校長不是沒考量過，也分析了事態的可能或不可能發生，或真與假，以及危險呈現的面貌、幅廣與疾緩種種情況。

有一夜，他從床上翻醒，突然內心一個聲音；做媒的事，請您考慮考慮。朱亦紅的話在夜深人靜裡像句鐘響。

是呀！小妖精提出的，其實也不失為一個辦法。雖是逞她個人所願，卻也乾淨利落。而且她不傻，她知道自己拿不出錢來。

果能如此，豈不天下太平？

此外，答應她，並非是示弱，而是沒有必要傾其教育的事業前程、家庭妻小、聲譽、名節與小妖精去賭。不是有膽沒膽，是不值。

他無懼人之險惡與否，就是小子與婦人難纏。

他尚在猶豫中。突然有一天他的妻弟，他的小舅子尹青來找他，告訴他一個大大驚悚的故事。天啊！他簡直不敢相信。然後……就這樣，他答應了。應該說，小舅子的故事才是決定性的轉折。

於是，蘇逸生經媒婆細心的安排下，在一家茶館「相親」。而實際上事情比校長想像得簡單，書生在見了朱亦紅的面，胸坎有似突遭重擊，一臉痛楚。他捫著心默聲無語地挨到家裡，揉揉堵堵的心口，立即向姐姐吐露——非那個女人不娶。愛到卡慘死（愛得要死）。

朱亦紅迴異的妖美，就是同為女人見了，也會心動，更何況男人，誰能抗拒得了那種難以言喻的妖美？

蘇逸生就是不中箭，也是自甘落馬的倉皇者。

媒婆是裴校長找的——是他在操縱拉合，除了幾個當事人，沒旁人知道。而媒婆的嘴巴當然是被一筆可觀的錢牢牢封死，氣不再喘一聲——她是真的死了。那個查某人在牽成這樁婚事不久，有天在過馬路時被一輛機車撞飛，急救無效。

裴校長慶幸過，曾有一段高枕無憂的夜晚。有時自欺欺人何嘗不是一種解脫？

「啊，校長，您始終是那麼春風滿面。」學校老師們遇見他時，總會讚上一兩句。

如今呢？竟然無緣無由地蹦出了一個知情者——寫信的神秘人。

於書房，恍神間，他揉死爬行在聖經薄而有韌性的頁紙上的一隻螞蟻……

天父的聖意是什麼……

66

尹青

校長夫人，宛文兄妹的母親，其後頭厝（娘家）姓尹。在父母親車禍故世後，他們家多了幾分書香氣，夫人和弟妹三人讀的都是好的大學，畢業後從事的工作也是等而上之的職業。

夫人是大姐，在一所國小任教多年；妹妹個性端靜，學業成績始終在班上名列前茅直到高中畢業，接著考上台北國立師範大學，現在是彰化一所高中的英文老師。而弟弟更是爭氣，攻讀的是國立清華大學的資訊工程學系，走出校門後立即被網羅進北部一個國家研究機構，才多久，便已經是他們電腦中心的主任了。

「你們一個一個把姐姐都比下去了。」大姐在慰懷之餘，也感慨萬千，至少她卸下了一副重擔。

她身兼父母職，含辛茹苦的撫育之恩，看在弟妹們眼裡，就算父母健在也無能逾越。

「是你們的時代了。」大姐滿心歡喜，尤其望著一表人才的弟弟。

弟弟尹青的出生是他們家的奇跡。他們的母親在連續生了兩個女兒之後，曠時多年，才如戲稱的老蚌含珠，高齡產子。父親晚年天賜麟兒，他的歡欣鼓舞自不待言，慶喜傳宗接代這一環沒有在他的身上斷絕。只是令人生憾的是，這孩子出生幾星期後，便被檢查出心臟有一個小洞，是常見的心室中隔缺損，因而上了手術台。

尹青自小羸弱體虛，驚風怕寒，父親不遺餘力顧活了這個孩子，卻無福分看著他茁長成人。

雖然他從小備受疼惜寵愛，但父親在世時教子甚嚴，小地方或許稍有縱容或偏袒是可理解的。在原則性的問題上，總的來說，他從不馬虎。好在尹清也乖，長大後上進，而今更是他們家門楣上的光耀。

夫人並非凡弟妹有所求必如其願，但也是竭己能力全心奉獻。特別是對弟弟，她責無旁貸，是使命，只有去做，無有多言怨語。她的犧牲說是為了弟弟，不如說是給在天之靈的父母親一個放心。她無緣見父母臨終一面，但她相信父親在車禍猝然變故的一剎間，他眼前，他的心中唯一的影像必然是他的兒子。

現在的弟弟光是站立，就是一個驕傲。父親您看到了吧？

然而正是弟弟那種奇忞的美，才致使做大姐的墜入無端的愁雲中。

弟弟的確很美，有著一雙酷似姐姐漂亮的眼睛和勻正的鼻子，身材修長，瘦而不骨，俊美得過分。然而於顰笑睇盼間，隱隱地，卻時常是女性媚視的瞥影，令姐姐的內心深處為此憂思不解，無法釋懷。

弟弟，美得妖異，美得令人顫索。

姐姐問過弟弟，「你有女朋友嗎？」是關心。

「沒有。」

看來妹妹知道不少，笑說：「弟弟哪是沒有，是他不要。明的暗的追求他的女孩子，多得可以從我們老家排隊到峰西車站。」妹妹若有所指。「他一味躲著女人。」

「他怕女人？」

「不，是他好像不喜歡女人，」

有次姐弟三人在一起，妹妹開玩笑說：「你不會是gay吧？」

哪有這樣說話的，姐姐瞪起眼，罵妹妹太過火了，弟弟狀似充耳不聞，若無其事地瀟灑走開了。但這陰影在姐姐的心中不斷擴大，她快透不過氣了。

致使裴校長「也只能是這樣了」而促成小妖精朱亦紅的婚事的那個（自舅子尹青口中說出的聳人聽聞的）故事，已非是單純的故事了，而是地獄的篇章。

那是一天下午，尹青開著車到峰岸高中校長室對姐夫的一番傾訴，讓裴校長足足有半天沒能從極度驚駭中恢復。

尹青先是商量，「姐夫就答應亦紅吧！您只是做個媒介紹，成不成又不是您的事。我知道姐夫還在考慮。」

是啊，裴校長依然遲疑不決，除了是對朱亦紅的愈加輕蔑，主要是他不願自己的鼻子被人拎著走。

「你這麼關心她？你們之間——」

「是這樣……」啊，確實是一言難盡，不如說是難以啓齒。「其實也是看您的觀點角度。姐夫是新潮的人，只要您不讓我姐知道，我沒有什麼不可告人的。」小舅子臉上俊柔的線條凝硬了幾許。

說來也真是話長，不過解開纏繩的結頭就一個。

小舅子說：「亦紅一結婚，我便解脫了。」

裴校長聽得雲繚霧繞的，但馬上便撥雲見日了。「你們在一起？」是一對戀人？這是可能的，男俊才女靚麗，本當是一對……「等等。」裴校長眼瞳豁然乍亮。

「朱亦紅是不是懷孕了？」

「不曉得。」小舅子張大著惑惑然的眼神。「姐夫為何這麼問？」

「她有孩子啦。」裴校長另有想法。「剛有，現在還看不出來。」

「是誰的？」

「我正要問你呢。」裴校長換了個口氣。「你們在一起多久了？」

「您是說我們交往？兩年多了。」

「怎麼認識的？」

「在一家KTV，亦紅是坐檯小姐。是一間很大的KTV。」就是學校工程包商那天晚上帶裴校長去的地方。

「你可知道她是你姐姐以前的學生？」

「後來才知道，是她主動告訴我的。」

「你還讓你的女朋友拋頭露面在那種店上班？」

「女朋友?!她這麼想，我可不這麼想，我都快煩死了。」小舅子漂亮滑順的表情在皺眉間好似突然滯留了些雜質。

裴校長認為他的推測是正確的，朱亦紅自知有了孩子，自然更會抓牢小舅子。「這就對了。」

「對了？」

「是你被蒙在鼓裡，只是朱亦紅暫時不想告訴你而已。」這個小妖精，裴校長心裡一寬，接著冷笑，竟敢把別人的孩子「栽贓」到他身上。並同情地看著小舅子，你想擺脫她？難嘍！

「孩子是你的。你有孩子啦，你自己都不知道。」

「姐夫……姐夫，一般情況，啊，大概是，」小舅子吶吶了老半晌，吞著口水，抹抹臉又搓搓，俊臉上分明的稜角都被他揉亂了。他再吞口水。

「這也是我今天來找您的……姐夫，」他似乎自我平息了，深吸了一口氣。「我不可能有孩子。」

「怎麼說？」

「我對女人沒興趣，我是——」

「……不用說了。」裴校長頓時萎蔫於校長的大座椅上，或是嚇噤了。天啊，自己的小舅子居然是個同性戀。對於恪守教義的教徒，那是嚴重違犯上天誡命，是離經叛道的，是毀滅性的。更可怕的是，一旦獲悉這個殘酷事實的夫人，會怎麼樣？定然崩潰無疑，是整個世界末日了。

他一陣虛脫，致令所見的眼前皆與現實偏軌。而此刻在他對面的小舅子，卻定靜異常得令人困惑，叫人看不懂。他，與其說不了解上帝，毋寧說更不了解人。

「朱亦紅不知道你是同性戀嗎？」既然攤開了。

「知道，我不曉得她是把我當男的還是女的。」小舅子無所謂地將頭一甩，「她是雙性戀，這方面她很兇悍。」面對光溜溜的女人全無丁點「性趣」彷若躺上刑床，形同一具溫體的木乃伊的小舅子，哪堪如狼似虎的朱亦紅的蹂躪。他怎不思圖快快逃匿？他正飽受凌虐。裴校長不敢往下想。

在女人跟前，小舅子是不能堅昂挺立的。

「也許她當我是女的。」他是斷然製造不出孩子的。

於是裴校長適才剛鬆開的心情又提緊了。

那……孩子究竟是誰的？

朱亦紅居然是雙性戀者?!又是大大的一個震撼。她和小舅子間的倒行錯置，多恐悚啊！裴校長越發覺得小舅子可憐，甚至悲哀，也活該，是他罪有應得。而朱亦紅的妖靡、邪魅，已然是毋庸置疑的魔鬼了。

天啊，這是什麼世間，天父啊！他們究竟在做什麼？

他們都錯亂了。

朱亦紅和小舅子是圍著地獄之火在舞動他們的肆意縱放，他們的情慾荒淫，豈止變態，病態，是罪惡。這是存在於我們社會的冰山一角？是魔鬼虎視眈眈、伺機而動的暗藏處？

聖經舊約記載的兩座淫城索多瑪與蛾摩拉在現今的世界比比皆是，其罪行惡跡較之古時的兩城，唯有更形無度而橫濫有加。那是末世的前兆？

裴校長自認是知懺悔的人——其實是給自己寬罪。因為那次，也止於那一次他和朱亦紅的帝都之夜，是酒後的失控——茫而不知。情有可原，他的犯錯不在於清醒的時候。更重要的是，他是遭「設陷」的。此外，「孩子絕對不是他的」這個固守點，是他至死不渝的信念。

也根本沒必要去探討大錯與小錯的基本動機有無差別。他記起了傳道人的講經，「但看你的信德，不要看你的罪過」，這是重生的信息。

祈求赦免，有點狀似跟天父在討價還價。他該多讀聖經，勤懺悔，然而經書的一頁一頁活似一面一面的鏡，在倒映他可憎的嘴臉。

小舅子在叫他，裴校長才如夢方醒。

「朱亦紅能輕易放過你嗎？」

「這是有條件的。」小舅子此時像個乖學生。「只要我能勸動姐夫上蘇家說親。她知道姐夫一直不答應，所以……」他停下，嚥了口水。「請姐夫務必幫忙，算是救我。」

又是可詛咒的條件——他、朱亦紅、小舅子各交叉著不同的條件，是某種牽制和履行。

「你保證，她嫁入蘇家後不會再回頭找你？」

「我不知道。」

「你相信她，就這樣一了百了？」

「也只能相信。」

裴校長頹然懂了。「總之是朱亦紅叫你來找我？」

「算是，但她沒逼我。」

就這時，裴校長才將苦壓心中不敢冒險一問的話出口。「朱亦紅有對你說過我和她之間的事？」

「有，她說她小時候，姐夫一眼就看出她長大後會很漂亮。」

「還有說什麼嗎？」

「沒有。」

盜亦有道？難不成小妖精也有她的道義準則？別天真了，裴成章，他暗罵自己。即如香港人說的，戲子要有義，豬仔能上樹去。她暫時替他保密了，不會是在醞釀著更大的敲索籌碼在後頭？

裴校長、朱亦紅、小舅子尹青之間，他們各有各的接觸，有各自的一些不可告人的。

老教授林德說過：若非有了電影與各種鋪陳故事的媒介，你將不曉得人與人之間有那麼多不為人知的。

朱亦紅和蘇逸生的婚事便這樣在裴校長暗中情非得已地湊合成親。而決定性的臨門一球，自當是小舅子尹青那最後的一踢。

神秘人說：您是爲一己之私而泯滅良心？

他也不希望這樣啊！而神秘人是專為蘇逸生伸張冤屈之旨而來，是昭然若揭了。

神秘人的第三道題並不需要他回答。

是為蘇家女兒的父親是誰的驗明正身？

難！神秘人不諱言它的不易；其實也不難，在您的一念間。其意思，也許是您（裴校長）敢站出來嗎？驗驗DNA不就真相大白？全在於您了。

神秘人知道他不會，也不做這份指望。

他表示，雖然缺乏裴校長這一方的血液、口腔黏膜等標準檢體，但可從特殊檢體上著手，比如頭髮、指甲，以及用過的東西像梳子、牙籤、牙刷、掏過耳朵的棉花棒等等採取一些傾向值。不一定要做足十三個點位以上的檢查。只要，即使是幾點跡疑，也能公諸於世。

裴校長哪有不明白這個道理。

神秘人且說：您的校長辦公室多的是您的檢體，特別是您的頭髮，帶毛囊的。

他下意識摸摸頭皮，過大半中年了，掉髮是正常的。但最近掉得特別厲害。

神秘人不無挑釁：要不要賭一賭？

他垂下眼皮。

這道題似乎在告訴他：別輕舉妄動，省省力。或者在暗示他不如認命吧？

最後一道題是要求，是必須的，也是他不得不照做的。

一、過完年後的新學期開學第一天，我想見到貴校禮堂的門匾換成「逸生堂」。一字之差而已。

學校禮堂正面現在高掛的橫牌是黑底金字的「蕙生堂」三字，是為紀念這所中學的創辦人，也是第一任校長余蕙生。沒錯，與逸生確實只差一個字，但這比什麼都扎手難辦。

這不是說改就能改。如何向校董會報告，並說服學校的一眾教職員，特別是那些老古董一輩的？而更改的理由竟然是紀念他們十七巷的一個沒點陽剛氣、畏縮不振，最後還以自殺了結的人？叫他怎麼啓口？這神秘人的點子之刁，真有夠整死人的。

此外，錢。自然也不會放過他。

二、錢的方面，您也得做些貢獻。世間孤兒何其多，堂堂的教育家如您，當盡點綿薄。請您三天內備妥一百萬匯入下列帳户。

神秘人直接將蘭心育幼院的帳戶打在信上。

今後——他內心吶喊——再有誰叫他是教育家，他將不惜一拼。而且一百萬從那個見不得人的嘴巴說出來，竟僅是綿薄。

蘭心育幼院，神秘人做了補充。

是孤兒院。您以爲朱亦紅的女兒在那裡？請別自作聰明。

爲善救濟，給蘭心或慈光有兩樣嗎？愛心有分A與B？

您投入佛院廟寺的捐款箱，有特定給誰？全在您一念之間。

又是一念之間。

爲了讓您安心，可以透露一點，我們找到了朱亦紅和她的女兒。小女孩現在被照顧得好好的，她們各適其所，不希望人打擾。孩子的母親差不多已棄絕紅塵，就勿需多言。

當然，除非您不想再住十七巷，或者校長位子坐膩了；否則，請照我託付您的辦理。感激不盡。

最後，仍然是那隻妖魔怪狀的藍色鯊魚。

這時候他真的想罵人，痛痛快快的。這才發現能隨口髒話，罵三字經的人是多麼幸福啊。

朱亦紅會出家嗎？神秘人言下之意概約如此。這不是現在他該費神的，眼前的燃眉之急——一百萬這一關。對方只給他三天時間。

67

不敢妄斷裴校長的血壓問題是肇因於三年或四年前，他老搞不清楚。而他的睡眠不佳是從哪時候開始而潛移惡化，也不得而知。

記得他最後美美飽睡的一覺，是在得知朱亦紅攜子夜逃後的那個晚上。他在一個完全鬆懈的狀態，「從此天下太平」的釋然解脫給他享受了一個無夢的好覺。也該是在天之父憐憫他，給他的最後一個恩賜。那是二〇〇三年底與二〇〇四年的交關？他又混淆了。

只是，蘇逸生隨後自殺身亡，又讓他回到那塊原本狹小、容不下睡夢的貧瘠土地上，這才驚覺他自認並沒有傷害過蘇逸生，卻居然會在他心上留下沒有傷口的傷。三年了，它仍在？

有說，內裡的傷最不容易完好，因照不到陽光。

至後，他的夜，是半睡半醒，亦睡亦醒，醒與睡沒有邊界。幾年來如一日，他的睡眠是淺亂的。時常他自以為醒著，其實是在層出交錯的夢境中；有時他覺得睡著了，可是外面巷道的聲響，或白天學校工作上的繁瑣事卻舉舉分明。每當這時候，他會打開床頭燈取書閱讀。

以書生在二〇〇四年一月十六日（又是兩日交時的午夜），也可以說是十七日的凌晨約丑時，他的自殺為時間點，那麼二〇〇七年一月的現在，再幾天即將屆滿三年。

神秘人挑這時，替書生而擎起復仇之劍，一點都不晚。自有它的特定意義。

他是蘇家的什麼人？

他是誰？

該罪的是罪，他已在逐流中浮沉了。

「吾父，求你把這苦杯移去；可是，不要照我的意思，只要照你的旨意。」耶穌在客西馬尼園的禱詞。

等吧，等待這最後的審判；來吧！神秘人的信儼然是審判書。裴校長突然悟到，原來審判是自我的審問。審理，審訊自己。

上帝既然深知依祂自己形象創造的人類的脆弱本質，為何還安排一條魔鬼化身的蛇來引誘亞當與夏娃偷吃禁果？魔鬼眾中，居多是來自墮落的天使。更何況人？人的生養是靠吸取，人的體質最是容易受誘惑的。

為了維持生命而有了食慾；為了繁衍後代而有性慾……

上帝的旨意的確不是我們能妄加臆測的。或者就把自己交付給天父吧。

就算天父能寬赦他，那夫人，他那賢慧的妻子能嗎？在他將整個事情全盤托出，她受得了嗎？女人在某些節眼上要比上帝嚴厲得多了。

他不曉得自己能撐多久。此外，他的血壓也在隨時等待著躥升。

匯一百萬到育幼院。這幾年他和夫人不是沒有積蓄，要湊足這個數目也非難事。以夫人的明理、氣度，在他將這一切坦白以告，她是不會多加攔阻的。但他能如實告訴她嗎？

「您確實是有一位賢慧的妻子和一對好兒女。」是神秘人在信中突然冒出一句莫名其妙的話。是褒？是貶？

除此之外，這禮堂換牌匾一事，他絞盡腦汁仍想不出一個妥善對策。

他頭痛欲裂。

就是這封白信，神秘人的第二封信，讓裴校長被救護車送往醫院。

那天晚上，也就是宛焉才上台北，剛整理好她的工作坊，便接到母親的來電，「妳爸爸又病了。」

68

在古樹屋濃郁咖啡香裡，突然的手機聲打破了一方寧靜。

「你這人實在難纏，可我又沒你辦法。」講電話的人依舊是那張超「冷俊」臉的冷面人，他喜歡皺起眉頭，冷冷地笑著。手機貼著腮幫，邊講邊走到外面的老榕樹下，那神穩氣定的帥勁還是那般迷人。

「你要我扮演多少角色？」他凝神諦聽。「啊，我明白。總之關於那對母女的事，我們該罷手了。」

電話那一頭的人顯然也表示同意。為了尋找那對母女，在短短期間裡，這個冷面人不說翻山越嶺踏破鐵鞋，單是騎上那輛他酷愛的重型機車跑南跑北，就不曉得燒耗了多少汽油。

終於，朱亦紅找到了。

人已竹清松瘦，雖沒削髮，也差不多伴隨青燈了。

問她孩子在哪裡？直直苦等到她唸完一段經文的章節才慢悠悠地啓齒輕吐，孩子很安全；問她孩子的名字，她笑了，很平靜。她說：這重要嗎？我早忘了。又回頭繼續唸經。

她到底受了什麼打擊？

冷面人貼著手機的臉是冰寒的，「這樣我還能再問下去？」

可憐的是這孩子。

「是的。」手機那一頭的人說：「是該就此打住了。」

冷面人納悶的是，「你這麼費盡心血，是不是想給蘇家留個後？可，那孩子畢竟不是蘇家的。」

「有後，非得定要是親生的。其實我也沒有那麼博大的胸懷。但真相總該弄清楚。」

「你也懷疑那孩子是裴校長的，是不是？」冷面人走進咖啡館，朝櫃檯邊的女服務生招手要一杯開水。

「他的嫌疑最大。」對方說。「或者根本就是他的。」

「所以，嫌疑也就是不確定。」

「不，嫌疑通常也是很確定的。」

「確不確定是無法確定了。」冷面人大聲一笑。

「有一點我不明白，你為何選擇給蘭心育幼院匯款？」

「這——沒什麼特別意義。相比較起來，蘭心總是離峰西最近的育幼院。我只能想到那個地方。若強要說有什麼，不過是有點蘭心是蘭苑人的心，但蘭苑人的心……算了，不提了。另外我有一個很奇怪的——」

「是什麼？」

「一個強烈的感覺——我相信朱亦紅的女兒就在那裡，在蘭心。」

「你想再繼續追究下去？」

「不必了。」

「那——是啊，這樣也好。不過仍然很抱歉。」冷面人深為自己不能完全達成任務而遺憾。「最後這件事也沒辦好。」他在自我檢討。

到今天，書生的電腦還是沒下落。「那是你交給我的第一個工作。」

那是去年十一月初，而後半個月間，他都利用半夜潛入蘇家的空屋，徹底搜了不下四、五遍，全無所獲。反而讓蘭苑十七巷驚傳九號屋鬧鬼的事件。提到這個，冷面人也自覺好笑。

「我竟然成了鬼。」緊跟著他問，「不過，書生的電腦到底有多重要？」

「我到國外後，」冷面人隱約可以聽到對方的嘆息，「多年來蘇逸生都靠那部電腦與我保持聯繫，所以我才能知道他的許多事。」

「他向你訴冤？」

「你不了解他的個性，他會說他的無奈和被迫去做的事，但不會抱怨。一直以來，我們是用 E-mail、Skype 聯絡。從中我發現很不對勁，很明顯地，他是在被人擺佈，他飽受十七巷人的欺凌。」對方停了停。「那電腦裡藏了太多東西，我不想它外流，落入不相關人的手中。」

「哦。」這不是他該過問的，冷面人也吁口氣，「不管怎麼說，開頭與結尾我都失敗。」

「你盡力了。」對方說。「起碼找到了孩子的母親，算得上有收穫。換是我，我也會希望她們從此清靜。電腦的事並不能怪你啊，也許它早丟了。反而是我，沒有找著電腦，我的任務不算完成，總是遺憾。我想毀了它。」

「我知道你不願意說，不過你和蘇家的關係一定匪淺——」

「對你沒有什麼不可說的，之前是以『任務』為重，先完事再說也不遲。我稱它為『任務』，別見笑。」

「事實上就是任務，我愛這樣。」

「因為你是瘋子。」對方笑說。之後語氣慎重地說，「人要知恩圖報。簡單來說，沒有蘇家老爺就沒有今天的我，也許早客死他鄉了。另外，蘇逸生國中時非常喜歡我。」視他為成長中的偶像，那是蘇家未搬到蘭苑之前的往事。

對方好似不想太多透露。「我們親如兄弟。就這樣，唉，我們是老同學了，只能告訴你這些，這裡頭又牽涉到我母親的事，我可以不說嗎？」

既然有難言之隱，「我也不需要知道那麼多。」冷面人說。

這莫非就是早前蘇家姐姐口口聲聲時常對外宣稱的，她有個很棒的哥哥？冷面人在同學所委託的「任務」調查中，對這事也頗有所耳聞。

「你在高中時很少說起自己的事。」

「有必要嗎？」

「沒必要。」這本無關緊要。冷面人接著說：「不錯，人當知恩圖報。高二那年夏天，我們翹課去卓南溪游泳，要不是你及時拉我一把，我早被渦流捲走了。」他深吸一口氣，「今天我還能在這裡跟你講電話嗎？」

人生的際遇多像是在既定的個數中取出指定個數所進行的排列，而組合是那麼具有巧合性？

「上天把我們安排一起。」對方似乎有感而發。「緣吧。」

現在任務完了，冷面人意猶未盡似地說：「說真個的，就這樣結束了，我還沒玩夠呢。」

「你把它當成遊戲?!」對方頗為訝異。一變而略帶沉重地說：「每次給你的，拜託你的——就說是任務吧。哪次我不是與良心在爭鬥，天人交戰。」

「好啦，老同學，我理解。不過這當中確有某種快感，懲治那些惡人的快感。這世上有不少不可寬恕的人。」

「你是說Unforgivable?」是克林·伊斯威特的電影「殺無赦」。對方笑說:「不過,你還有件工作要做。」

「什麼工作?」

「幫我注意峰岸高中禮堂的牌匾有沒有在年後開學更換過來。」

「換成逸生堂?就這屁點小事?沒勁。」但冷面人聽出了意思。「你是打算離開台灣了?」

「是,差不多了。」

「我們不能再見一面嗎?」兩個同學到目前為止,只在去年十月中碰一次面。是同學剛從美國回來,那是洗塵。「現在是餞行。」他們這段時間都是靠電話聯絡,有如情報片裡避諱在公眾場合相見。

「暫時不急著見面。我是怕連累到你。」對方這位同學說。或許另有他的苦衷。

冷面人自非省油的燈,他何曾顧忌什麼。「你太小心了。」

「至少。」冷面人說:「回美國前,我們喝兩杯,不強求吧?」

「可能沒時間了。」

「我是堅持的。」

「再說吧。」

「你幾時走,訂了嗎?」

「還沒。」對方在電話裡咳了幾聲,「無論如何,這回真多虧了你……講實話,你們記者太神通廣大了。有時,我又覺得你們很可怕,很流氓……哈,開玩笑的。」

「沒有我們這種流氓能成得了事嗎?」

「那是絕對的,再怎麼說還是感謝你。」

「謝什麼,舉手之勞。記者好辦事,有些事也不需要我親自動手。主要是所有情況都在你的掌控中,都不出你所料,我只是依計行事。反倒是很佩服你,單槍匹馬,漂洋過海來——來復仇。」

「復仇?!別說得那麼危言聳聽，我只是像會計師把恩怨帳做個借貸平衡：單槍匹馬更說不上，沒有你的協助，我一個人哪做得來。」

「還是單槍匹馬。」冷面人說。「克林・伊斯威特的單槍匹馬，哪一部片子裡沒有從旁助他一臂之力的人？還有——你的美女兵團。哈，她們是——」

「是我在美國精挑的。出類拔萃，是吧。她們早就想到台灣來玩玩——啊，你說的沒錯，這種玩法是瘋狂，嗯，是誇張——哈，不談了。你不是有事要告訴我？」

「是這樣，去年高中同學召集了一次聚餐，那時你還沒回台灣，我想到了你。」

「哦，想到我？為什麼？」多年沒聯絡，又隔洋千里。「何況，你也料不到我會突然回國。」

「別慌，當然是某個人那天也來了我才想到你，你猜猜是誰？」

「誰？唉，你就說吧。」

「懷齡。」

對方頓時靜默。片刻後，冷面人加補了一句：「她還沒有結婚。」對方仍然在電話的一端沉默著。

冷面人嘆了口氣。「我是不該告訴你。但她確實還沒結婚，或者更應該說是她已經放棄了。因為……唉，不說了。」

又過了會兒，對方的聲音方始甦醒般。「繼續，還有什麼要說的？」

「沒有了。」冷面人忽然直問，「你怎麼不結婚？」

對方搶話反問：「那你呢？你結婚了嗎？」

冷面人乾笑著不講話了。不，現在是兩個人都沉默了。

俄頃，冷面人笑說：「反正搞不過你。行，只要求你一件事，找個時間喝一杯。」

「會的，但不是現在。」

「你這傢伙……等你請喝酒真難啊。」冷面人呼了聲帶口哨的氣。

「你不覺得嗎？老同學。高中時代的總總要比大學有更多的回憶和懷念。」

「這我有同感。」

69

幾天後，再對話，手機。

冷面人：「你明天走？就這麼吝於和我喝上最後一杯。」

對方嘆息，「實在沒時間。再是，有時我相當迷信，怕喝了你說的最後一杯，成了你我的永訣。我多盼望有朝一日我們再相見。」

「唉，事情是結束了。」

「是啊！」

「這兩三個月來，是我過得最充實，最有意思的日子。」

對方打趣說道：「我卻過得戰戰兢兢。」

「還有什麼未了的事？」

「有，蘇家姐姐蘇逸芬至今仍沒下落，是我最掛心的。你不是正愁著沒任務嗎？這事交給你，幫我接續查找，可以嗎？」

「沒問題，我怎麼跟你聯絡？」

「我會主動聯絡你。」

「依然謹慎小心。」冷面人笑道。「有時你又是那麼天不怕地不怕。像復仇這事，你的膽勢就非同一般，真弄不懂你。」

「對，另有件事要拜託你。大甲海邊正在興建的一座佛寺，是我給蘇逸生找到的一個好地方，那裡環境清幽，面向大海，風景很美，早晚有師父誦經，蘇逸生會喜歡的。佛寺今年三月底完工，到時候，要再麻煩你把蘇逸生在秀檀的骨灰移過去。」

「三月你不能回來嗎？」

「這是我最無法做主的。」

「你究竟在美國忙些什麼？」

對方彷如自覺好笑地說：「吃飯、生活。好啦，不說這些。總之，這次真的非常謝謝你；若非有你，可能一事無成。」

「離別總不是什麼好滋味。我說過，有時我很迷信。除非你不希望我回來。」

冷面人嘆氣說，「你的藉口不少。辦你的事，我是樂意的。這當今，能讓我心服口服的，又有幾個？」

對方意興闌珊回說：「你太抬舉我了。」

「哦，對對對。」冷面人突然想起了什麼。「你說，十七巷的貓叫究竟是怎麼回事？」

「硬要問我，我也不知所以然。不錯，是很詭異。好像是聽到貓叫的有，見過貓的沒有。而且，有夜夜被貓叫驚擾的，也有壓根兒不曉得有貓叫這回事。」對方停了片刻，「不過有一點，我倒記起來了。蘇逸生小時候很可愛，非常喜歡貓。蘇家還在舊台中港路的早年時期，是個大家庭，有不少異母兄弟姐妹，卻大多討厭貓。反正逸生養幾隻，他們就弄死幾隻。或許最後他從貓的慘死遷怒到人的身上，也說不定。」

「這麼說，蘇逸生自小就被欺負慣了。這個內心的陰影導致他既愛貓又怕貓？」

「這是你的分析。」對方笑了笑，「如果便因此與十七巷的怪誕貓叫有關，是無稽之談。我第一個就不贊同。我和你一樣，是多麼希望這是逸生藉由貓聲貓叫作為表達的方式。不正是你的意思？但——終歸是無稽之談。行了，越扯越無邊……明天——」

「酒不喝，明天去送機總可以吧？」

「真的不用啦！謝謝。」

冷面人唉了聲笑說：「你比石頭還頑固。」

「祝你一路順風。這趟回來，所有的事情都如你所願達成，感覺應該不錯吧？」

對方停了幾秒鐘……

「累！」

後記

◆

秀檀鄉公墓納骨塔，在三樓西廳第四層十五號，有名字而沒有相片的蘇逸生骨灰罈的格位——沒有嵌上相片。管理員表示最早是有的，後來被取下了。為什麼？只有問蘇家姐姐了。

一月十六日午後，有人來上香。三年前，蘇逸生就是在這一天結束自己的生命。

二月十五日，也是午後，又有人來。是同一人，是來道別的。

樓下地藏王的供桌前，一對忽忘我的紫色花、四樣單數水果、紙錢……這人焚香祭拜。

我走了。不問好不好。但放下，那邊已經沒有身子可以牽掛東西了。

就安下心吧。

今年三月後，你就不必擠在這陰暗狹窄的地方，也會給你的燈位貼上照片，那是我保留的一張你高中時代的照片。那畢竟是你這一生最無憂無慮的時光，希望你永遠都是那麼年輕……

我走了，不知何時再回來，安息吧。

近黃昏，冬日殘影斑駁，和等待飄走的香灰……

◆

三月初，有人開始在提元宵燈籠了。還未回學校的宛焉在家裡接到一個小包裹。拆開，裡頭是一張CD和一封鋼筆寫的信。筆跡談不上漂亮，卻是十足男人的粗邁。不知為什麼，她不必細看就曉得是誰了。

宛焉：

一直告訴自己是出差，所以工作結束了，當然就得回去。台灣是個好地方。

總是緣分，我們台灣人最相信的，有緣而聚，緣盡而散。我們的相處前後加總實際上不到二十個小時，但我深覺得是這些年來我最愉快的時光。

港邊、夜雨、薩克斯風，剛好又有個憂傷的帕西諾，太碰巧的組合。

妳不懷疑或許這是我編造的？把我的嚮往剪輯成一幅畫面而已。其實，就算能身歷其眞有之境，也不見得會有預想的效果。很多事非是定然的，或因人因地而異。

我在想，若非有古樹屋、咖啡，以及梧棲海邊，也是雨夜，我會跟妳講那麼多的故事嗎？即使是幻想，也是值得珍惜的。然而，這一切沒有妳，將變得全無絲毫意義了。

可是，如果我不得不告訴你，這些根本不是巧合，而是眞的呢？

無論如何，謝謝妳給我短短十數小時的快樂。能回憶的，便是永恆了。

胡謅一堆，是想寫點有氣氛的，卻囉嗦、也畫蛇添足了。

總之，我會懷念妳，很懷念，永遠的。

隨信附上一張 Rod Stewart 的專輯。

謹祝　永遠快樂，美麗。

一個不換衣服的人　Feb-20　夜

是兩個星期前寫的信。宛焉覺得好笑，竟有自稱是一個不換衣服的人。或許經常穿相同的衣服與不換是一個意思？宛焉的笑裡有幾分悵恍。

Rod Stewart 的專輯裡第一首就是I don't want to talk about it，也就是舊金山紅杉市的海邊酒吧，一個憂傷的帕西諾的薩克斯風曾經吹奏的那曲原唱。

究竟有什麼是他不願說起的？當然是往事。

她也會懷念他，永遠的。

然而，那天從梧棲海邊的細雨中回來，她已感受到空氣中不定的氣息，像隨著風。

他終究是候鳥，比候鳥更無季節的約定；以漂泊為家的，唯有一地一地的港灣。

當年憂傷的不是帕西諾，黑風衣飄飄不止的衣袂才是憂傷的形色。

黑衣人離開十七巷，恐怕只有她一個人真正知道。十七巷的人根本上是無知無覺的：習慣它的風來風去，沙來塵往，了無痕。

七號屋和九號鬼屋一樣，空了。

宛焉擔心父親。

父親從醫院回來，像變了個人似的跟母親吵了嘴，這在他們家是破天荒的，起因是父親十分堅決要第二天馬上匯一百萬到蘭心育幼院的戶頭。母親也沒錯，她的意思是，做善事她不反對，但非得急在一時半刻？誰知，父親忽然粗聲大嗓說：那妳等著來收屍。當然無人知道那是神秘人給的最後期限。母親驚慌了，她認為父親是中風後的神志不清。不過，她終是讓步了。

而後是母親出面應付育幼院的答謝以及採訪的邀請，母親委婉表示「我先生病了」。善感的院方秘書搖頭嘆說，好人總是多難。

自此，父親凝眉斂目，竟日不苟言笑，晚飯後必定上樓閉門讀經。

一家人怕他悶出病來，但也一同欣見，父親不曾有過像現在這樣，是一個死心塌地的虔誠教徒。

但在裴校長自己的內心，他是感謝天父藉這個事件給他贖罪的機會，即連綿綿的貓叫聲也是天父伸出祂的手來柔撫他不安眠的心？另外，難道他不該感謝那個神祕人？不管他是誰。

◆二月十五日下午，林德家的信箱出現了一只對折的大牛皮紙袋，上頭什麼也沒有，只貼上一張電腦列印的紙條，字體是渾暖的微軟正黑體——**林先生　鈞啓**。

裡面是一份一份，統一A4紙，按日期依序排好，用蝴蝶夾夾好的複印信件。每封信的末後都有一隻黑色斜躍騰飛的鯊魚。而這疊資料的最上面附有半張紙箋，看得出是另外打的，因為它最下方的鯊魚是戳印的藍色。原來這才是它的本色。藍得蠻橫，攻擊性十足。

所有的內容全部是電腦打字的。寄給林德這袋子東西的人似乎對他了然洞悉，像在和他話家常。

林　先生，您好：

我不稱呼您老先生，是您一點也不顯老；我更叫不慣教授，因爲我討厭這兩個字。

恕我唐突，敢問您要寫作的材料籌齊了嗎？沒關係，這紙袋子裡大把是現成的故事，都是發生在您身邊十七巷眞實的事。能用則用，您是專業電影的。如果希冀有什麼傳奇的色彩，由您的妙筆生花去增潤吧。不然，將其付之一炬，也算代我清除這次回來在台灣所留下的不好的跡印。

心裡有句話不吐不快：林先生，您是十七巷，甚至是當今社會碩果僅存的少數良知，絕非恭維。

祝您早日完成大作。

果真是，全世界都知道他要寫小說。這人是誰？為什麼要給他這些信？

不過，林德愛極了這隻鯊魚的動感，深藍色的充滿活力；複印件上黑色的，是那麼霸氣。

他童心大發，想把藍色的那隻拍了照，準備哪天拿去外面放大，裝框吊在客廳牆上，並異想天開地，似乎可用它來辟邪。

這一沓信，與其說是恐嚇信，不如說是一張張不折不扣的罪證。不翻看還好，一讀之下，盡是些駭人聽聞不已而難以置信的。有趣的是，這一份一份不可告人的資料竟是來自一個不知是誰的「不可告人」的人。

很明顯地，這攏總的一切是針對某些人過去所做的某些事來進行追究，以及代價的索償。信抬頭的某些人，居然全是十七巷裡平日正經岸然、人模人樣的諸君。而受害者，便是別無替代的，但憑想像也能指向的，我們巷子裡的那個老實巴交，懦弱無為的蒼白書生——蘇逸生。

林德一口氣讀完所有的信，依然有著年輕人的一顆易於激動的心在怦怦跳著。對於身為老電影人的他，突然日常的想像成真：屬於電影虛構的部分，活現於實際的生活中，怎不叫他怵目驚心。他是驚、是懼，以及衍生的厭憎、不齒，總成是可恨。十七巷盡皆是一夥衣冠禽獸，是些小敢小惡，而無膽大敢為之輩；雖非罪大惡極，卻卑鄙齷齪無比。是糞坑的蛆，是蘭苑的下水道。原來十七巷的惡臭是由來於此。

他覺得自己罵夠了。然而想想，他們的惡是有，尚不至殺無赦。

終究是人性。

他寫過上帝。得怪上天或上帝故意給人類創造出那麼薄弱的意志？經不起誘惑，因而定了我們的原罪。如或不然，祂們在上面將無事可做，天天耶穌看看穆罕默德，穆罕默德找找佛陀，無聊死了。既要人活著，又要人摒絕誘惑。於是犯罪、贖罪、再犯，再來救贖，循環不已，上天下地忙得不亦樂乎。

林德倒了杯威士忌在書桌前喝著，將信重新也照日期先後排好，如同整理自己的思緒。

林德以他擅長的影評人筆刀，三兩下已勾勒出信上那些人的特徵。譬如，新月亭餐廳的黃秉鐘太天真無腦、自命瀟灑；雍安診所杜醫師的無德、心術不正、生活亂糟；慶彰會計師王希君的盲目自信、躁進，專想一朝致富。而峰岸高中的裴校長，是道地的偽君子，更壞在「教育」與「教徒」兩個標籤貼綁著他，他大言不慚的新潮、改革者，是新瓶裝舊酒，了無創意。此外，他言行不一、徒有其表……

凡此種種，無非各別。而是基本潛質的人性的貪婪（大貪小貪而已）、無知（無關乎學歷）、脆弱、自私（保護自我），是悲哀的。是同體的悲哀，包括他林德自己。

林德也始然明白，原來這陣子接連被傳為佳話，讓蘭心育幼院極盡歌功頌德的幾位大慈善家：杜醫師、王希君，以及幾天前才加入行列的裴校長，他們叫人跌破眼鏡的，爭先恐後、慷慨解囊、共襄盛舉的背後，竟是被人用刀抵著脖子做出來的。

是天大的笑話，是社會的鬧劇。

理應要他們吐出更多的錢才是。他呷口威士忌，彷彿想藉它來壓壓五內的翻騰。

這一切復仇之所以為復仇，是為住九號的蘇逸生其生前所受的迫害而發矢出劍。

林德以為，個中所揭櫫的理由過於牽強，所付諸的行動也大大地超出實際的必要，整體是離譜的、荒謬的。而剛好，電影再怎麼寫實，或多或少不免有它的荒謬。

荒謬也許是人類一種偷跑的對體制的抗衡，或者這樣才活潤了現實的僵硬無趣？換言之，沒有這些，電影將少了部分養分。也拒退了觀眾。

寄信人或寫信人是如此神秘，林德很自然地也以神秘人（光這三個字就有戲分了）稱呼他。

林德很興奮，人老，心不老。在疊疊沓沓的信紙中，令他亮大眼睛而至感興趣的，莫過於貫穿其間的幾個女人，雖然神秘人並沒有詳加描述。然而，從信裡遊走的文字間的明說暗啓，不難想像出現在事件中的女人，必然個個貌美，縱非傾國傾城，也必屬閉花羞月，而且尤有過人的才幹。否則，怎能讓十七巷自視甚高的那些人神魂顛倒，及至丟盔卸甲？

即以幾次在咖啡廳裡，他所見識到的王希君的女人，那個李小姐，她那種超逾美的獨有氣質，至今他猶縈繫於懷。僅此一端，便可足資印證。

而這整個「報復」行動，若非有賴信中所提到的一個一個女人，是難以克盡全功的。所以黃秉鐘、杜醫師、王希君三人皆因一個特定女人的介入——由於美女天生總帶三分情的激引，才使得「工作」能事半功倍，順行無阻。

裴校長的朱亦紅是個例外，那是校長咎由自取。其餘的：神秘人派用任務的女人，林德屈指可數的就有四個——馬凱莉、龍蕙、李綺瑜，以及最初登場，與房屋仲介阿江簽十七巷七號房子租約而不知其名的女子。不過是驚鴻一瞥，便已令阿江驚艷而忘乎世間還有其他女人，其殺傷力之大，可見一斑。

然而她們是否是同一個人？這是個有趣的問題。

但顯然不像是。即因在任務的挑戰上，神秘人賦予她們所要對付的對象不同，不是一個單一質性的心智可以輕馳駕馭的。如或是不同人，那麼神秘人所擁有的是一個小團隊，不多不少恰好是四個此辣非彼辣的「絕辣」女郎，那不等於是「霹靂嬌娃（Charlie's Angels）」影集的台灣版？她們幕後老闆叫查理，是一個從來不在影集或後來的影片中現身的角色，僅用電話遙控。猜想這位神秘人也應該是這樣。

這一想，林德越覺得有意思。

還好，在神秘人的復仇之網下，幸有遺漏者——虎家兄弟、瘋子蔡頭——那表示十七巷人雖爛，尚未爛到底。

虎家兄弟：吳伯虎，吳仲虎。無話可說，哥哥憨厚，弟弟講義氣，尤以異姓的袁家泰的寬大心胸，無私的奉獻，才真正是彌足珍貴；三人間無私的篤深情誼，遠勝旁人家的親手足。放眼現今社會幾稀矣。

林德又下意識摸摸腦後的舊疤，摸的是當年。那是無心之過，也是過；是印記了，反成了他與小虎仔吳仲虎之間一份能切膚入體的情誼，能不珍惜？

好友蔡頭不在被報復之列，那是理所當然的。這瘋子除了古董與酒，就幾乎不聞問世間事，他和蘇逸生更扯不上有所關聯，或任何利害瓜葛……

然而他的慶幸只維持幾分鐘。在他準備將手中這疊信歸入牛皮紙袋時，發現袋子底還有一只信封，白色的。顯然是有意要區分放置。是罕見的有細壓花的白。上面沒有字，什麼都沒有，給人一種聖潔的貴氣。

裡面是一封信，也是複印的，並用迴紋針夾著一張另外打的字條：

林 先生，當您看完這封信，心裡可能會很不舒服。這並非我所願，可事情卻不能不說。

您的好友，威古堡蔡老闆果眞是如您所認識的嗎？唉，不多說了，請詳見附上的信。

林德喝了口酒，將折疊的信在手中抖開。信是寫給蔡頭的。

尊敬的威古堡酒莊莊主，蔡老闆　您好：

大拉菲酒我拿走了。不過有些事得從頭說起。

首先，那尊胡人陶俑根本不是您的，您是最清楚不過了。蘇家姐弟不懂古董，蘇老爹生前也沒交代。在他過世後，姐姐從父親的房間清出了這具陶俑，便將它隨便放在家中客廳的壁櫃裡。

蔡老闆是何時見到它，想佔爲己有？這不是重點。但可以理解一個愛古董如命的人在親眼目睹那稀世古寶之後，心神的那份飄丟無著。除了設法弄到手，恐怕無處安踏。有謂，愛古董的人，永遠少一件。

蔡老闆也算是個君子，您以一尊三寸高的翡翠觀音交換蘇家那座胡人俑。說來觀音像也非尋常物（現在還在蘇家）。我找人仔細研究過，它是一顆藍水綠的翡翠石，半透不透的泛著藍綠光芒，人見人愛。事實上它也是個高性價比的，種水和顏色還可以。蘇家姐弟早覺得櫃子裡的那座灰撲撲的胡人俑過於礙眼，能用它換一座觀音，正求之不得。他們哪曉得兩者的價別何止天壤。一土一玉，土巴巴的卻遠遠贏過光瑩瑩的玉。

而事情是，前陣子古董市場正傳著一個風聲，有人四處在「找回」一尊胡人相撲的陶俑。您應該比我們更早聽聞到這個消息，您畢竟是古董界的前輩。

經我們調查，也找到這個人，他是一個專跑大陸走私古董的台商。胡人俑便是好幾年前他向蘇家老爺借錢的抵押物。這一層經過，您可能就不知道了。

這人上個月從大陸回來，他去過十七巷，才知道蘇家空無一人，像間鬼屋。

「我們」馬上就想到您。很簡單，身擁寶物而不炫的痛苦，猶如懷才而不遇。您多少會忍不住給幾個人看過吧！也許不多，但夠了，保密就難了。而且外面所描繪的以及這種獨一罕見的東西，基本上已確定是您了。

您也擔心這點，於是藉著胡人俑被偷的第二天招來記者發布竊案新聞。並非如您對外所宣稱的是記者的鼻子靈聞風而至。您不愧是莊主，您很聰明。報紙上刊載的只是國寶級古董失竊而一語帶過，就有了雙重保險。萬一那台商找上門，國寶級是國寶級，那麼籠統，誰說的清楚？要是對方咬定就是胡人俑，但東西已經失竊了，唯有等警方何時破案。總有得扯。可，您不覺得嗎？這有點過於是您一廂情願的如意算盤？恕我直言。

像您這麼精明的人，想必早已僞造好一份當年蘇家老爺讓渡或買賣胡人俑的文件。

至於，那位台商爲何時隔多年才再出現？並不難理解。像這種人不是逃路，到處避風頭，甚至就是在大陸蹲牢房去了。

以上，您可以當它是我的胡編瞎猜。不過這也非是重點。

不錯，胡人俑是我們搬走的，是跟您玩玩，也給點教訓。這樣或許有點亂，不妨整理一下來說明：

一、原想把胡人俑捐給國家博物館之類的機構，但它沒有來源證明。

二、思慮再三，決定把胡人俑歸還。起碼，沒有比由您來照顧更妥善，更叫人放心的，所以幾天前它已完好地被放回您的古董倉。您不知道，或許是有好些天，您沒去地下室了，也或許是您怕觸景傷情？

三、那尊翡翠觀音仍留在蘇家，作爲鎮宅，您沒意見吧？

四、拉菲酒，我拿走，權充我的跑腿工，相信您也不反對吧？

容我再囉嗦幾句：

一、您的古董倉、酒庫的那些密碼鎖、保全系統對我們來說，是裝飾罷了，趁早改裝改裝。

二、蔡老闆的心不壞，絕對是個好人。爲了古董，便有如藝術家爲了藝術。然而往往只因追求而不擇手段，做出令人意想不到的事。能說情有可原？

三、心裡梗著的是，把胡人俑再還給您，是好是壞？

就這些。若有所衝犯，敬請見諒。

這便是為什麼那天晚上蔡頭在他酒莊後面的酒庫，打開壁上烏金鐵櫃，發現那只精緻木盒裡所珍藏的大拉菲酒憑空消失時的驚嚇、悸動、亦激、亦羞……也內心一陣喜的百感交集，當然也少不了憂。

他的憂，可肯定的是，往後他的日子將不會好過，需隨時防備著那台商不知何時登門的應對。

喜的是，胡人俑終歸是失而復得。一如老教授安慰他的，「它會再出現的。」

那晚在酒庫，讀完那封信的第一瞬間想到的確實是林德，倘若老頑童知道了這事？他，一個苦澀的笑。

顯然，這封信是神秘人直接給蔡頭的。

林德覺得這人的筆調頗有自己的那點味兒。只不過，其無處不在示耀著他的全知全能宛如上帝，且頗盡玩弄之能事（像電影裡自認天才的罪犯的那種行徑和語氣），令人有些反感。

然而，林德的心沉落著一塊石頭。這就是他熟悉多年的蔡頭？他是瘋了，也是個傻子，但不至於是個騙子啊。也終於了解，為什麼每當提起那座胡人俑的來歷，他的眼神總有剎那間的恍惚邈渺。那像是底虛。可是一直以來，林德未曾從中見到過有愧怍之色。

突然間，十七巷已經不再是以前的十七巷了。

讀了這些信，林德彷若跑完了一圈運動場般不得不略作調息。他再次整理好信件將之攏入牛皮紙袋，收進書櫃裡的一個箱子鎖上。除了那封寫給蔡頭的信……他拿著信連同信封丟入廚房的水槽點火，蔡頭將永遠不知道他知道這個秘密，永遠——

林德在椅子上長長伸個腰。他啜口酒看著窗外，他最想把這些信與之分享的人，是女兒谷馨。

到目前為止，林德始終未消滅對黑衣人的關注與興趣。感覺上，此人像他自己所形容的，是十七巷的風、沙塵，來無影去無蹤，但不離十七巷。關鍵在於：他到底搬來這裡做什麼？果真是庸人自擾的問題？說他是田心鄉一家奈米產品公司的工程師。依林德之見，不過是電影裡有如特務的假身分而已，不是嗎？十七巷的人全都瞎了嗎？看不出黑衣人的到來和十七巷接二連三發生的事，在時間點上一碰即合的「巧合」？敢說黑衣人不就是神秘人？也唯其如此才解釋得通。

是的！黑衣人就是神秘人。

親臨舞台好方便導演：住進十七巷是就近操作總比遙控來得及時即效。不錯，這將會置他於險地。不過，這不就是，越是危險的地方，越是安全？

從給他的信，林德的判斷，神秘人已經離開台灣了。但黑衣人呢？應該還在十七巷吧？不曉得。但僅以此人的怪異與神神秘秘，便認定神秘人就是黑衣人，才真叫做捕風捉影了。

林德的一顆心像被一刀剪了線的風箏，在半空中茫然無邊地飄著。

他定然會喜歡神秘人，也喜歡黑衣人，就像他喜歡克林・伊斯威特。他又重看了一遍「荒野浪子（High Plains Drifter）」。

故事中的美國西部小鎮Lago，是荒涼的小鎮；峰西鎮也荒涼，是繁華中的另一面荒涼。其實「荒野浪子」劇情所質疑的不過是以霸制惡，施行法外的正義。神秘人也然，表面上是替天行道，但復仇的硝煙凌駕了正義的凜然之氣。誠如這部片在網上的評價：逾越法律的正義與邪惡並無二致。

林德依舊無法苟同費了那麼大的勁，不過是為了一個無辜受欺凌的人，太小題大做了。可繼而一想，有什麼更好的方法？

當然有，但不痛快。

後後記

喬漢建設的新樓盤——秀崗曦鄉進行得十分順利。王希君藉著因蘭心育幼院的捐款所博取的慈善家的聲望，的確助長了他進軍房地產市場的力勁，使得他就其勢而推展的房屋銷售業績一路攀升。

一部嶄新的Jaguar捷豹也停進了他家裡的地下室。夢是圓了，卻獨缺一塊：每當臉一偏望著空空的副駕駛座，心裡不免一陣寥寞。

她在哪裡？小瑜。

蕭董的事業如日中天，人也滿面紅光。聽說他在天母買了棟別墅，又換了車。

隔年，有若吹氣似的秀崗曦鄉的雲雅區六十幾棟實用型別墅以及部分的闕宇、豪廷大致完成粗胚階段。蕭董、王希君在房地產界是兩條並行的軌道，朝著正能量的方向邁進，是可預見的美好未來。

然而就在這一年夏天的某個早上，報紙社會版的頭條刊登了一條驚人的新聞：

不堪綠雲罩頂

莽漢手刃姦夫

報導的是台中縣峰西鎮發生的一起兇殺案。莽漢不是別人，竟是峰西鎮的大善人，房地產新秀王希君；受害者是建築界赫赫有名的蕭裕川（蕭董）。疑是與兇手的妻子有染而橫遭殺身之禍……

蕭董傷重入院，生命垂危。

林德做夢也想不到王希君會如此衝動蠻幹。而男人在面對妻子這種行為，會有什麼反差的暴力也是誠難估料的，或許這正是王希君的個性，認準了就直幹。

與此同時，一個有關新社區的明日之星——秀崗曦鄉的勁爆消息突然被四處炸開。是一個記者掘出來的。指稱其所在的五張犁那一大片建地，有幾近總面積的三分之一，也即靠河岸一帶的農業用地的地目變更是不合法的。又將是一個驚天大案，勢必又有如一串粽子般，一提一牽便是一票人脫不了干係，包括一些地政單位連帶的其他政府相關部門的官員們，他們的烏紗帽恐將不保了。喬漢公司上下一團亂糟，旭東星王總急得跳腳。

蕭董還不省人事躺在醫院，自然不知道擔心；王希君人正關在看守所，也無從操心。

「怎麼會這樣呢？」建材商陳老闆和小浩在伊芙娜，各抱著一個女人。

小浩說：「太突然了。他們給我們下的瓷磚訂單會不會取消？老天爺，秀崗曦鄉的工程是千萬不能停啊。」

林德想的是，爆料這事件的記者是否是神秘人的同夥一員？

峰岸高中禮堂的門匾換下了沒有？換了。

裴校長因自己要了點小聰明而沾沾自喜。他將禮堂正面蕙生堂的大塊匾卸下移到第二進門的上方。在原來的位置另吊上一塊小小的，五十公尺外便看不太清楚的木牌：逸生堂，並遮上一塊紅布。神秘人沒有說不能這樣做，也沒有要求匾的尺寸大小。

他打算一個月後拆下它，劈柴燒。反正那小牌匾，用的是很差的木材。神秘人也沒規定需要懸掛多久。

林德困惑的是，神秘人為什麼一定要將那一袋資料塞給他呢？只為了信上所說的，他是蘭苑十七巷僅存的良知？為了提供他寫作的資料？林德絕對不會被吹點風就自我膨脹。他想到——

電影或小說裡一些有計畫的犯案者，在案子完成後會侃侃而談他們的作案過程是如何的精密安排、全盤的洞悉與掌握，何其用心以及不凡的卓見……表面上是針對他們所設下的詭雲譎霧的佈局向讀者或觀衆做掃清的必要說用，而其實是在誇耀他們的巧思得計，也為他們的如願成果而自鳴得意。神秘人不就是如此嗎？

這是神秘人給林德那些信件的目的？他那麼煞費苦心，不談知音，不期望能獲欣賞，但起碼總要有個知道的人吧？作案是孤獨的，事後不為人知無乃更消寂了。

以教授的奇頑性，他是不會放過像貓叫這種殊有的現象。

他是通過社區總幹事吳伯虎口中的疲於奔命，在應付十七巷不堪貓仔聲肆擾的住戶的投訴，以及一些人影影綽綽的描述所做出的歸納：

凡聽過貓叫的，必然或多或少是曾傷害過蘇逸生的，這一點確定無疑。換言之，貓是專為對待某幾個人而鳴叫的。而淒厲的程度也因人而異。是侵害蘇逸生的深淺而有別？而吳伯虎是個特例，他也聽見了貓叫，只因他身為社區總幹事而不可不讓他知道？真是天曉得。

林德自覺太有意思了。結論是，或許是真有其事，也或許是那些人的心虛生暗鬼。

可，林德至今無論夜裡白天，從來沒有一隻貓或小貓仔，在巷子、在他眼前跳過、竄過，更不談貓叫聲了。

事情不在合理不合理，他似乎有了故事的酵母開始在醞釀未來寫作的酒香。

信，不過是數張紙。但信的沉重彷彿是來自它們內容的重量，林德感覺到它們的壓力。

神秘人為什麼偏愛而選擇以信件這種最容易遺下證據的方式來運作？林德以為，信對神秘人而言，除了聯繫、通知之外，有更多的是他要告白的。也或者，就是為了要留下那些人的罪刑惡狀。至於信封的突顯白，林德的猜想，不過是盡量不存有痕跡而致生神秘感罷了？其實白，它的本質，原是越沒有什麼，越給人有未知的空間。而神秘人的藏頭藏尾，林德的另有見解是：這人應該有很多人，至少是十七巷的人所認識的？

現在林德的迫切，是來自信中的黃秉鐘、杜醫師、王希君、裴校長等人和他們的事。他有要將他們各自獨立，各自發揮成一部小說的焦慮，就像多加點佐料、配菜就可成為一道一道的正菜的躍躍欲試。

您若希冀有什麼傳奇的色彩，由您的妙筆生花去增潤吧。

神秘人信上說的。他是懂我的。

然而，他難道不怕我把這些信公諸於世？林德自問。

神秘人，黑衣人，他是誰？或他們是誰？

已經不重要了。

十七巷照樣風來，風去，飄揚的沙塵終有落下的時候。當然，也——或再起……

——END——

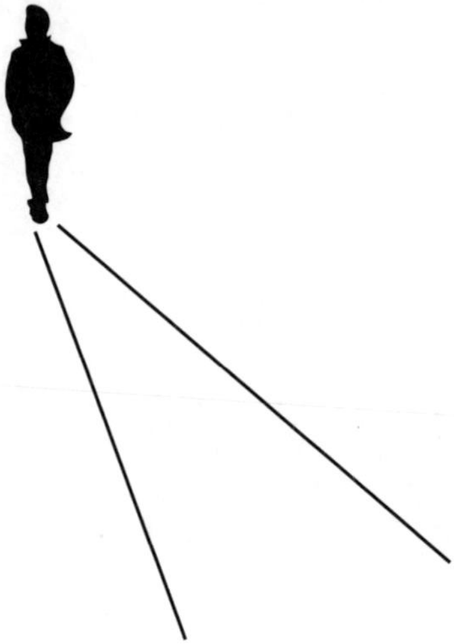

國家圖書館出版品預行編目資料

如是復仇

作　　者：林義棠
臺 北 市：十力文化 2019.07
規　　格：640 頁；14.8×21.0 公分
I S B N：978-986-95919-9-7(平裝)

863.57　　108009522

樂活館 D1906

如是復仇

作　　者　林義棠
責任編輯　吳玉雯
封面設計　陳綺男
美術編輯　林子雁
出 版 者　十力文化出版有限公司
發 行 人　劉叔宙
公司地址　11675 台北市文山區萬隆街45-2號
聯絡地址　11699 台北郵政93-357信箱
劃撥帳號　50073947
電　　話　(02) 2935-2758
網　　址　www.omnibooks.com.tw
電子郵件　omnibooks.co@gmail.com

ISBN　978-986-95919-9-7

出版日期　第一版第一刷　2019 年 7 月

定 價　420元

十力
文化

十力
文化

十力
文化

十力
文化